# Nächtliche Geheimnisse

Jo Beverley

# Nächtliche Geheimnisse

Deutsch von Johanna Lauris

Weltbild

Originaltitel: *Secrets of the Night*
Originalverlag: Signet/Penguin Group, New York



Besuchen Sie uns im Internet:
*www.weltbild.de*

## Die Autorin

*Jo Beverley* ist in England aufgewachsen und hat dort englische Geschichte studiert. Mittlerweile lebt sie mit ihrer Familie in Kanada. 1988 wurde ihr erster Roman publiziert; die Zahl ihrer bis heute erschienenen Titel beläuft sich auf weit über zwanzig. Sie gehört zu den wichtigsten amerikanischen Autorinnen historischer Liebesromane und hat sämtliche Preise des Genres gewonnen. Einige ihrer Werke standen auf der Bestsellerliste der *New York Times*.

**Weltbild** Taschenbuch

# Dank

Dieses Buch hätte ich so nicht schreiben können ohne die Bereitschaft meines Mannes, mich kreuz und quer durch die Yorkshire Dales zu fahren; ohne die kritischen Ratschläge all derer, die das Manuskript gelesen haben; und ohne die bereitwilligen Auskünfte meiner Schriftstellerkollegin Sue Stewart, die sich so gut mit Pferden auskennt.

Und natürlich nicht ohne meine Lektorin Audrey LaFehr, die immer gute Ideen hat, wie man einen Roman noch verbessern kann.

Mein Dank gilt ihnen und meinen alten Freunden Glyn und Jeff Dobson, deren Gastfreundschaft es mir leicht machte, mich nach so langer Abwesenheit von Nordengland wieder dort heimisch zu fühlen.

# 1

*Nord-Yorkshire, August 1762*

Eine Sünde zu begehen sollte doch nicht so schwierig sein! Hieß es nicht, verbotene Früchte schmeckten am besten?

Rosamunde Overton saß in der schwankenden und ratternden Kutsche und floh eiligst nach Hause – tugendhaft, doch nur aus Feigheit.

Um von den Fenstern so weit wie möglich entfernt zu sein, war sie in die Mitte der Sitzbank gerückt. Seit dem Unfall, der in ihrem Gesicht bleibende Narben hinterlassen hatte, mied sie Kutschenfenster. Sie hatte aus Scheu aber auch vieles andere gemieden, das war ihr heute bewusst geworden. Wer längere Zeit ans Bett gefesselt ist, verliert die Kraft in den Beinen. Rosamunde, die seit acht Jahren nicht mehr aus Wensleydale herausgekommen war, litt unter dem völligen Verlust der Energie, die im Umgang mit Fremden notwendig war.

Umso mehr, wenn es darum ging, mit einem Fremden ein Schäferstündchen zu verbringen!

Zusammengesunken saß sie da und blickte bewegungslos hinaus auf eine Landschaft, die ihre Stimmung widerzuspiegeln schien. Über den struppigen, steil ansteigenden Schafweiden hingen düstere Wolken, Überreste des Sturms, der ihre Fahrt verlangsamt hatte. Das Tageslicht war nur noch eine purpurne Erinnerung, das Mondlicht ein blasses Versprechen, und so dämmerte sie in dieser bleiernen Stunde zwischen Tag und Nacht dahin.

Tatsächlich war es ihr zunächst ganz leicht erschienen, etwas Sündhaftes zu tun, als sie es mit Diana geplant hatte. Alle verlangten nach einem Kind: nicht nur ihr Ehemann, sondern alle im Haus und in ganz Wenscote. Doch von ihrem Mann konnte sie keine Kinder bekommen. Also hatte sie eine Maske angelegt, um sich in Harrogate dem anonymen, zügellosen Treiben eines Maskenballs zu überlassen. Wie Diana ihr prophezeit hatte, waren da durchaus Männer aufgetaucht, die bereit waren, sich von ihr verführen zu lassen. Bereit – doch ohne zu ahnen, wer sie war und dass es ihr nur darum ging, schwanger zu werden.

Sie schloss die Augen. Wie einfach hatte sie sich das alles vorgestellt!

Doch statt einen von ihnen ernsthaft zu ermuntern, hatte sie ständig die Tanzpartner gewechselt, auf der verzweifelten Suche nach einem, der ihr richtig gut gefiel. Was um alles in der Welt hatte sie erwartet?

Einen schmucken Prinzen?

Einen charmanten Aristokraten?

Einen edlen Ritter?

Im Laufe des Abends war ihr klar geworden, dass es solche Traumliebhaber nicht gab. Immer deutlicher hingegen waren ihr die Fehler der realen Männer ins Auge gesprungen: ihre dicken Bäuche und schlechten Zähne, ihre lüsternen Augen und geifernden Münder, ihre schmutzigen Hände, ihre X-Beine …

Obwohl sie sich mit mehreren Gläsern Wein gehörig Mut angetrunken hatte, verlor sie am Ende doch die Nerven und ergriff die Flucht. Beim ersten Tageslicht, noch bevor Diana aufgewacht war, hatte sie die Pferde anspannen lassen, um sich in die Dales zurückfahren zu lassen – in die Sicherheit von Wenscote.

Wenscote, ein Zufluchtsort, den sie nicht verdiente, weil sie nicht bereit war, ihn zu retten! Wenn sie kein Kind bekäme, würde das Landgut eines Tages an Edward Overton, den Neffen ihres Gatten, übergehen. Und Edward würde es sofort der streng religiösen Sekte vermachen, der er angehörte. Rosamundes Gatten ging es gesundheitlich sehr schlecht, und ihr Versagen drohte seinen Tod noch zu beschleunigen. Es wäre für den herzensguten Mann, der einst der verwundeten Sechzehnjährigen Zuflucht gewährt hatte, womöglich das Ende. Dr. Wallace hatte gesagt, dass sich Digbys gesundheitliche Probleme und die Schwindelanfälle durch die Sorge noch verschlimmerten.

Wie einfach hatte sie sich das alles vorgestellt!

Rosamunde überließ sich für einen Moment dem idyllischen Bild eines glücklichen Digby, der zufrieden sein Kind heranwachsen sah und es auf sein Erbe vorbereitete. Wenn er für ein Kind sorgen müsste, würde er vielleicht eher den Anweisungen des Arztes Folge leisten, einfachere Kost zu sich nehmen und weniger Alkohol trinken. Tränen brannten ihr in den Augen, Tränen der Sehnsucht. Die Lösung lag jedoch nicht in sehnsüchtigen Träumen, sondern in einer Sünde mit Folgen, und darin hatte sie versagt …

Rosamunde verscheuchte ihre sinnlosen Gedanken und öffnete das Fenster. »Halt!«

»Anhalten, Mylady?«, fragte der Kutscher.

»Ja, anhalten! Sofort!«

Mit einem Ruck hielt die Kutsche an und stand nun so schief, dass Rosamundes Zofe Millie, die auf dem Sitz gegenüber lautstark schnarchte, mit ihrer ganzen Leibesfülle gegen ihre Herrin zu prallen drohte. Rosamunde hielt schützend die Arme vor sich, um sie notfalls auffangen zu können, und lehnte sich dann wieder in ihren Sitz zurück.

»Gibt es ein Problem, Mylady?«, rief Garforth vom Kutschbock herunter.

»Ich glaube, dort hinten liegt etwas im Straßengraben! Vielleicht ein Mensch – schick Tom zurück, um nachzusehen!«

Die Kutsche schwankte, als der junge Stallbursche heruntersprang. Rosamunde lehnte sich aus dem Fenster und blickte im Dämmerlicht hinter ihm her. »Ein Stück weiter hinten, Tom! Nein, weiter drüben – dort, beim Ginsterbusch!«

»Zum Kuckuck, da liegt tatsächlich was«, brummte der Stallbursche. Er glitt die Böschung hinunter, ging prüfend in die Hocke und rief dann nach oben: »Da liegt ein Mann, Mr Garforth!«

Rosamunde öffnete den Kutschenschlag, raffte ihre weiten Röcke und sprang auf die Straße. »Ist er tot?«, rief sie, während sie auf die Stelle zulief.

»Eher stockbetrunken, Mylady! Wie der wohl hierher gekommen ist?«

Rosamunde blickte hinab in eine morastige Bodensenke. »Er wird sich den Tod holen! Kannst du ihm da raushelfen?«

Tom schob seine großen Hände unter die Arme des Mannes und hob ihn an. Obwohl er ein kräftiger Bursche war, dauerte es einige Zeit, bis er die nasse, schwere Last auf die Straße gezogen hatte. Rosamunde kniete neben dem nach Gin und feuchter Wolle riechenden leblosen Bündel nieder.

Mit beklommener Miene fühlte sie an dem kalten Handgelenk den Puls. Wenigstens lebte er noch! Im kargen Licht tastete sie ihn vorsichtig ab, konnte aber keine Verletzung finden. Er war tatsächlich bloß stockbetrunken, wie Tom gesagt hatte; dabei war der nächste Gasthof meilenweit entfernt!

»Was sollen wir mit ihm tun, Mylady?«, fragte Tom.

»Wir nehmen ihn natürlich mit!«

»Ist das Euer Ernst? Es könnte sonst wer sein! Von hier ist er jedenfalls nicht.«

Ihn liegen zu lassen käme einem Todesurteil gleich. Rosamunde blickte Tom streng in die Augen. »Sind wir denn wie die Priester und Leviten, die einfach auf der anderen Straßenseite vorübergehen? Oder sind wir gute Samariter? Sag Garforth, er soll die Kutsche zurücksetzen!«

Kopfschüttelnd trottete der Stallbursche davon. Da konnte sie noch so viel auf die Bibel verweisen – Tom und Garforth würden sich bestimmt über ihr verrücktes Verhalten auslassen. Sie war jedoch keineswegs verrückt! Selbst wenn der Mann ein Fremder war und noch dazu ein Trunkenbold – sie konnte ihn doch nicht einfach so liegen lassen! Dermaßen durchnässt würde er sich bestimmt den Tod holen, denn hier oben waren die Nächte selbst im Sommer kalt.

Während das Gespann quietschend rückwärts rollte und der Kutscher den Pferden dabei gut zuredete, dachte Rosamunde im schwindenden Licht über dieses lebendig gewordene Gleichnis nach: Ob dieser Fremde wie der Mann auf dem Weg nach Jericho von Räubern überfallen worden war?

Wahrscheinlich nicht – sonst müsste sie trotz der Dämmerung Blutergüsse oder gar Blut erkennen können. Nein, er war sicherlich nur ein armer Wicht, der zu viel getrunken hatte.

Aber trotz der Bartstoppeln und des üblen Geruchs war er bestimmt kein Landstreicher! Vorsichtig betastete Rosamunde seine robusten Kniehosen und seine Jacke – ordentliche Kleider mit Hornknöpfen und dezenter Borte. Die Weste war schlicht, das Halstuch ohne Spitzenbesatz.

Alles deutete auf einen rechtschaffenen Mann mit einer Anstellung und Verpflichtungen hin. Das verwirrte sie. Ihrer Erfahrung nach kamen Trinker entweder aus der unteren oder der oberen Gesellschaftsschicht, nicht aber aus der arbeitsamen Mittelschicht, die ihr am vertrautesten war.

Er hatte Reitstiefel an. Möglicherweise war das die Erklärung. Vielleicht war er betrunken vom Pferd gefallen.

»Du bist mir wirklich ein Rätsel«, murmelte Rosamunde, während sie zögernd seine Taschen durchsuchte. Besonders unangenehm war es ihr, die Hand in die Taschen der engen Hose zu schieben, weil sie dabei zwangsläufig an intimste männliche Regionen stieß. Doch es war alles vergebens – bis auf ein schlichtes Taschentuch waren seine Taschen leer. Vielleicht war er ausgeplündert worden, oder er hatte sein Geld bis auf den letzten Penny vertrunken.

Sein Taschentuch benutzte sie nun, um ihm behutsam das Gesicht abzuwischen. Als die Kutsche langsam neben ihr zum Stillstand kam, warfen die Laternen ihr kegelförmiges, flackerndes Licht auf das Geschöpf, dessen sie sich angenommen hatte.

O weh!

Obwohl ihn Bartstoppeln, Schrammen und ein kleiner blauer Fleck am Kieferknochen verunzierten, war der Mann mit Sicherheit der Liebste einer Frau. Er war zwar kein Adonis, hatte jedoch ein ansprechendes Gesicht mit regelmäßigen Zügen, die auch im bewusstlosen Zustand aussahen, als würden sie lieber lächeln als sich grimmig verziehen.

Mit einem Anflug von Zärtlichkeit legte Rosamunde ihre Hand an seine stoppelige Wange und war froh, ihn den Menschen zurückbringen zu können, für die er zu lächeln pflegte. Hoffentlich würde ihm dieses Missgeschick eine Lehre sein! Wenn er eine Lungenentzündung bekäme, sähe es allerdings schlecht für ihn aus.

»Beeil dich, Garforth!«

»Ich tue, was ich kann, Mylady.«

Ihr war klar, dass der Kutscher von ihrer Barmherzigkeit ebenso wenig begeistert war wie Tom. Hätten die beiden den Mann wirklich seinem Schicksal überlassen?

Als die Kutsche in der richtigen Position stand, band Garforth die Zügel zusammen, überließ die Pferde kurz sich selbst und half dem Stallburschen beim Hineinhieven des Mannes. Das war bei dessen kräftigem Körperbau und einer Größe von einem Meter achtzig gar nicht so einfach. Während dieser Aktion wachte nun auch – welch Wunder! – Millie auf. Nach anfänglichem Murren zog sie die für kältere Fahrten bereitliegenden Decken hervor und wickelte den Mann darin ein.

»Damit die Sitze nicht schmutzig werden, Mylady«, bemerkte sie brummig.

Rosamunde gab Anweisungen, den Mann auf ihre Bankseite zu legen, und ließ sich dicht daneben nieder. Damit er nicht so durchgerüttelt würde, bettete sie seinen Oberkörper auf ihren Schoß. Als sie ihre Hand an seinen eiskalten Hals legte, hielt sie unwillkürlich die Luft an.

»Können wir irgendwo in der Nähe Hilfe holen?«

»Das nächste Landgut auf unserem Weg ist Arradale, Mylady«, sagte Garforth, »und von dort sind's nur noch fünf Meilen bis nach Hause.«

»Halte dort an!« Rosamunde stopfte die Decken fester um den Mann. »Eine Stunde könnte über Leben oder Tod entscheiden! Mach am besten schon beim Witwenhaus Halt – das ist ein Stück näher als das Haupthaus.«

Arradale House war das Heim ihrer Kusine Diana, der Gräfin Arradale; bemerkenswert an ihr war der äußerst seltene Umstand, dass sie die Peerswürde mit ererbtem Sitz im Oberhaus innehielt. Das Witwenhaus von Arradale hatte Rosamunde und Diana in ihrer Kindheit als eine Art Spielstätte gedient, und die beiden jungen Frauen suchten es auch heute noch auf, wenn sie ein paar Tage entspannen oder ausgelassen wie früher sein wollten. Das Haus stand immer für sie bereit.

Garforth tippte an seinen Dreispitz, und quietschend setzte sich die Kutsche wieder in Bewegung. Je schneller sie fuhren, desto schneller käme der durchnässte Mann ins Warme; doch Rosamunde brachte es wegen ihres damaligen Unfalls genauso wenig über sich, auf Eile zu drängen, wie sie es vermocht hatte, mit einem maskierten Lüstling zu schlafen. Nach dem misslungenen Unternehmen hatte sie sich zunächst einreden wollen, dass sie es ja noch ein zweites Mal versuchen konnte. Wenn sie dann nicht mehr so aufgeregt wäre, würde es sicher klappen. Mittlerweile bezweifelte sie jedoch, dass sich all ihre Ängste allein durch Willenskraft besiegen ließen.

Sie verscheuchte ihre Sorgen und konzentrierte sich auf das, was sie im Augenblick tun konnte. Als sie die Hand wieder an den kühlen Hals des Mannes legte, konnte sie seinen Puls zwar spüren, aber nur ganz schwach. Es war durchaus möglich, an Unterkühlung zu sterben!

»Was meinst denn du, Millie?«

Das Mädchen hatte die Arme vor ihrem üppigen Busen verschränkt. »Sieht ganz nach einem Galgenvogel aus, Mylady! Wenn er aus seinem Rausch erwacht, solltet Ihr besser nicht in seiner Nähe sein.«

»Aber was ist, wenn er nicht wieder zu sich kommt? Meinst du, er könnte sterben?«

Millie war kein hartherziger Mensch, sondern lediglich schlecht gelaunt. Statt irgendwo in einem Gasthof behaglich in den Federn zu liegen, verbrachte sie den ganzen Tag auf einer chaotisch verlaufenden Fahrt. Und trotz hereinbrechender Dunkelheit waren sie immer noch unterwegs. Sie beugte sich vor und musterte den Mann. »Sieht ziemlich robust aus, wenn Ihr mich fragt, Mylady! Wenn er nicht gerade Lungenfieber kriegt, wird er wohl durchkommen.«

Rosamunde drückte den Mann fester an sich. Er war zwar ein Fremder und womöglich ein Taugenichts, aber sie hatte ihn gefunden und würde dafür sorgen, dass er wohlbehalten nach Hause kam!

Es musste doch irgendetwas geben, das sie richtig machte!

Es schien eine Ewigkeit zu dauern, bis die Kutsche endlich in die Auffahrt zum Witwenhaus einbog. Rosamunde war sich sicher, dass der Puls des Mannes schwächer geworden war. Vorsichtig rutschte sie unter ihm hervor und sprang hinaus, kaum dass die Kutsche zum Stehen gekommen war. Energisch bediente sie den Türklopfer. Es brannte zwar kein Licht, aber sie wusste, dass sich die Hausverwalter in ihrem Wohntrakt aufhielten.

Die Tür ging auf, und die hagere Mrs Yockenthwait spähte argwöhnisch in die Dunkelheit hinaus. »Na so was, Lady Overton!«

»Ich habe einen Verletzten in der Kutsche! Kann Mr Yockenthwait uns helfen, ihn ins Haus zu bringen?«

Kurz darauf wurde der in Decken gehüllte Mann durch die Tür getragen.

»In die Küche mit ihm«, befahl die Hausverwalterin unwirsch. »Dass mir die guten Böden nicht vollgetropft werden!«

Tom und der sehnige Mr Yockenthwait trugen die schwere Last durch einen Gang in die geflieste Küche, dann eilten sie wieder hinaus, um Garforth beim Versorgen der Pferde zu helfen. In der Küche strahlte eine Feuerstelle behagliche Wärme aus.

»Ihr übernachtet natürlich hier, Mylady«, sagte Mrs Yockenthwait bestimmt. »Es ist viel zu spät, um weiterzufahren!«

»Wir kommen gerade aus Harrogate – die Wege sind völlig aufgeweicht vom Regen! Unterwegs haben wir diesen Mann aufgelesen. Er lag einfach so da!« Rosamunde spürte leichte Panik in sich aufsteigen und holte tief Luft. »Wir müssen ihm die nassen Kleider ausziehen!«

»Unbedingt«, sagte die Haushälterin und krempelte ihre Ärmel hoch. »Na komm schon, Millie!«

Millie, die sich auf einen Stuhl hatte plumpsen lassen, begann sich wieder hochzurappeln.

»Bleib ruhig sitzen, Millie«, sagte Rosamunde. »Ich werde Mrs Yockenthwait helfen!«

Die Haushälterin warf Rosamunde einen missbilligenden Blick zu. Offenbar gefiel es ihr nicht, dass sie Millie Igby schonte – oder sie hielt es für unschicklich, dass Rosamunde ihr beim Ausziehen des Mannes half. »Ich bin eine verheiratete Frau, Mrs Yockenthwait«, sagte Rosamunde mit fester Stimme. Hoffentlich merkte man ihr nicht an, dass sie trotz ihrer achtjährigen Ehe noch nie einen nackten Männerkörper gesehen hatte! »Aber geht Ihnen hier im Haushalt nicht ein Dienstmädchen zur Hand, seit Ihre Töchter verheiratet sind?«

»Jessie geht mit den Hühnern schlafen, Mylady! Ich bestehe darauf, denn schließlich muss sie auch mit den Hühnern aufstehen. Auch wir wollten gerade zu Bett gehen!«

Und natürlich hatten gottesfürchtige Menschen nach Sonnenuntergang nicht mehr unterwegs zu sein.

Rosamunde ignorierte den vorwurfsvollen Unterton und legte Handschuhe, Hut und Umhang ab. Weil keine Fremden zugegen waren – zumindest keine Fremden, die bei Bewusstsein waren –, nahm sie nach kurzem Zögern auch ihre mit Rüschen und Schleifen besetzte Spitzenhaube ab, mit der sie die Seiten ihres Gesichts kaschierte. Trotzdem strich sie nervös über die größte Narbe, die bis zum rechten Augenwinkel verlief: Was würde geschehen, wenn er zur Besinnung kam, während sie sich gerade über ihn beugte?

Rasch schob sie ihre Bedenken beiseite und kniete sich hin, um der älteren Frau beim Abwickeln der Decken zu helfen. Mrs Yockenthwait, die die Kräftigere von ihnen war, hob den Mann an, während Rosamunde ihm die nassen Kleidungsstücke – Jacke, Weste, Halstuch und Hemd – vom Oberkörper zog.

Danach war sie erhitzt und außer Atem, während der Mann immer noch blau vor Kälte war. Sie half Mrs Yockenthwait, ihn mit warmen, rauen Tüchern abzurubbeln, und fühlte sich belohnt, als er zu zittern begann, wenn auch unter heftigem Zähneklappern.

»So ist's gut, oder?«, fragte sie.

»Ja, aber wir müssen ihn richtig durchwärmen! Ich werde trockene Decken holen und ein paar in Tücher gewickelte, aufgeheizte Backsteine.«

Wenig später war der Oberkörper des Mannes dick eingepackt, und das Zähneklappern hörte auf. Rosamunde trocknete sein braunes Haar mit einem Handtuch.

Dann wandten sie sich der unteren Hälfte zu.

Die Stiefel saßen so fest, dass Rosamunde befürchtete, sie würden dem Mann die Fußgelenke verrenken oder gar brechen. Als sie die Stiefel endlich auf den Fliesenboden warfen und das Wasser aus ihnen heraussickerte, schienen die bestrumpften Füße des Mannes jedoch keinen Schaden davongetragen zu haben. Ihm die restlichen Kleider auszuziehen ging dann sehr schnell. Rosamunde versuchte zwar krampfhaft, nicht auf seine Geschlechtsteile zu schauen, konnte aber nicht umhin, einen flüchtigen Blick darauf zu werfen.

Das harte Ding, das immer Schmerzen zu bereiten schien, sah direkt niedlich aus und lag schlaff an seinem behaarten Schenkel …

Rosamunde wandte den Blick schnell ab und hoffte, Mrs Yockenthwait würde ihre geröteten Wangen auf die Anstrengung zurückführen. Beim Abrubbeln übernahm sie Füße und Waden und empfand dabei ein ungewohntes verbotenes Vergnügen an seinem gut gebauten Körper. Dass ein männlicher Körper so wohlgestaltet sein konnte! Eigentlich hätte sie sich das denken können – in der Kunst wurden Männerkörper ja häufig nackt dargestellt.

Als sie den Mann umdrehten, um seinen Rücken trockenzureiben, befand Rosamunde, dass er als Modell für die Art von Gemälden posieren könnte, die in Arradale House an den Wänden hingen. Bei ihr zu Hause hingen keine solchen Kunstwerke, denn Digby bevorzugte Pferde, Landschaften und Familienporträts. Einmal hatte er einen reisenden Künstler beauftragt, von ihnen beiden ein Doppelporträt anzufertigen; ihr Gesicht war darauf natürlich von der unversehrten Seite zu sehen.

Während sie die Beine des Mannes in eine warme Decke hüllte, entfuhr ihr ein Seufzer. Hätte sie ihren Schönheitsfehler denn für die Nachwelt festhalten wollen? Nein; trotzdem wäre sie lieber so dargestellt worden, wie sie wirklich war.

Sie verscheuchte ihre törichten Gedanken und half der Haushälterin dabei, den Mann wieder auf den Rücken zu drehen. »Das Zittern hat nachgelassen«, stellte sie fest, »jetzt dürfte ihm auch wärmer geworden sein!«

»Ja, und sicher wird es ihm auch gut tun, etwas Warmes zu trinken!« Doch als Mrs Yockenthwait versuchte, ihm Tee einzuflößen, lief das meiste daneben.

Rosamunde stand besorgt dabei. Sie hatte einmal gehört, dass sich jemand nackt neben eine unterkühlte Person gelegt hatte, um sie zu wärmen. Sie konnte sich lebhaft vorstellen, wie Mrs Yockenthwait bei so einem Vorschlag reagieren würde!

Sie verkniff sich ein Lächeln und strich dem Mann das Haar aus der Stirn. Während es in der Wärme des Feuers trocknete, ringelte es sich zu schönen, rotbraunen Locken. Sein gesäubertes Gesicht sah trotz Stoppeln und blauem Fleck gut aus; genau so, wie sie es sich vorgestellt hatte. Der Mann durfte auf keinen Fall sterben – notfalls würde sie sich tatsächlich nackt ausziehen und sich neben ihm in die Decken wickeln!

Sie strich mit den Fingern über seinen Hals und spürte erleichtert, dass er wärmer und der Puls kräftiger geworden war.

Während Rosamunde den Mann nur ganz zaghaft berührte, schob die Haushälterin ihre abgearbeiteten Hände resolut unter die Decke und befühlte seine Brust. »Schon besser«, stellte sie fest. »Manchmal scheint der Alkohol sie zu schützen! Und jetzt, Mylady«, fuhr sie fort und richtete sich dabei auf, »bringe ich Euch erst einmal eine Tasse Tee!«

Auch Rosamunde erhob sich. Nach ländlichen Gepflogenheiten war es bereits spät. Millie schnarchte schon wieder.

Als Rosamunde den Tee entgegennahm, sagte sie: »Millie und ich werden in unseren gewohnten Betten schlafen, aber für ihn werden wir wohl auch eins brauchen.« Sie blickte auf die eingewickelte Gestalt neben dem Kamin. »Wie lange wird er wohl bewusstlos bleiben?«

»Möglicherweise schläft er die ganze Nacht durch, Mylady. Ihr wollt ihn wirklich in einem Schlafzimmer unterbringen?«

Rosamunde zuckte innerlich zusammen, als ihr bewusst wurde, dass es tatsächlich ungewöhnlich war, einem Landstreicher solch einen Komfort zu bieten. Sie blickte erneut zu dem Mann hinüber, bei dem außer seinem guten Aussehen nichts auf seine gesellschaftliche Stellung hinwies. Es war durchaus möglich, dass er ein primitiver, abscheulicher Bursche war. Etwas an ihm deutete allerdings auf das Gegenteil hin, und das lag nicht nur an seinem Gesicht, das aussah, als würde es häufig lächeln.

Plötzlich wurde ihr klar, dass es an seinen Händen lag. Sie waren nun zwar unter der Decke verborgen, aber Rosamunde erinnerte sich, dass sie gar nicht rau und die Nägel sehr gepflegt waren. Außerdem war der Mann sauber gewesen. Nun ja, durch sein Missgeschick war er natürlich schmutzig geworden, doch aufgebrochen war er mit Sicherheit sauber und adrett wie jeder anständige Mann.

»Ein Schlafzimmer«, wiederholte sie bestimmt. »Ich möchte Ihnen keine zusätzliche Arbeit aufhalsen und werde mich mit Millie um ihn kümmern.«

»Mit der?«, fragte Mrs Yockenthwait und warf einen abschätzigen Blick auf das schnarchende Mädchen.

»Ach, dafür kann sie nichts – sie wird eben schnell müde. Kalt ist ihr auch immer, selbst wenn sie etliche Umschlagtücher um sich wickelt!«

»O ja, ihre Mutter war genauso. Aber sie ist Euch wohl kaum eine große Hilfe!«

»Nun, ich bin nicht sehr anspruchsvoll. Und es ist doch wichtig, dass sie eine Anstellung hat.«

Die Frau zuckte die Achseln. »Lasst ihn doch hier unten, Mylady. Auf dem Fußboden liegt er ganz gut, und neben dem Kamin ist es warm.«

»Wenn oben Betten zur Verfügung stehen? Das wäre doch herzlos!«

Rosamunde sah ein, dass ihre Hartnäckigkeit verwundern musste, doch langsam wurde ihr selbst klar, weshalb sie so handelte. Sie war überzeugt, dass er von guter Herkunft und daher das Obergeschoss der richtige Ort für ihn war. Außerdem gehörte er *ihr*. Er war ihre Angelegenheit – ihr lebendiges Gleichnis! Hier unten würde er außerhalb ihres Einflussbereichs und in der Obhut des Dienstpersonals sein. Oben würde sie sich seiner annehmen können, zumindest für ein Weilchen.

»Vielleicht ist er ein feines Bett gar nicht gewöhnt«, sagte die Frau mit einer Sturheit, wie sie für die Bewohner Yorkshires typisch war.

Aber auch Rosamunde war eine Frau aus Yorkshire. »Dann wird er es umso mehr genießen, nicht wahr?«

Mrs Yockenthwait schüttelte den Kopf. »Ihr hattet schon immer ein zu weiches Herz, Rosie Ellington.« Aber sie sagte es mit dem Anflug eines Lächelns, und Rosamunde hörte mit Freude, dass sie ihren Mädchennamen benutzte.

Diana und sie waren als Kinder in diesem Teil von North Riding herumgetollt und ständig in Schwierigkeiten geraten. Wie oft hatten die Leute aus der Gegend sie nach Stürzen aufgehoben und ihnen den Staub abgeklopft! Und wenn sich die beiden Mädchen in Gefahr gebracht hatten, hatten sie dafür gesorgt, dass sie nach Hause kamen, damit sie sich dort ihre Bestrafung abholten.

Und jetzt waren Diana und Rosie wieder einmal in Schwierigkeiten! Nur dass Diana noch in Harrogate war und von ihrer feigen Kusine derzeit bestimmt die Nase voll hatte.

Als die Männer wieder hereinkamen, servierte ihnen Mrs Yockenthwait Tee und kalten Pie. Rosamunde gesellte sich zu ihnen. Während sie ihr schlichtes Mahl genossen, nahm Mrs Yockenthwait die langstielige Wärmpfanne von der Wand. »Ich werde mich schon mal um die Betten kümmern.«

Rosamunde sprang auf. »Ich mache das schon, Mrs Yockenthwait! Millie soll mir helfen.« Sie schüttelte ihre Zofe, bis diese brummend aufwachte.

»Bin ich eingenickt, Mylady?«

»Gerade eben, Millie! Aber du musst mir jetzt beim Zurechtmachen der Betten helfen. Mrs Yockenthwait hat schon genug zu tun!«

»Das ist sehr nett, meine Liebe«, sagte die Frau und streckte sich. »Ich heize inzwischen noch ein paar Backsteine auf.«

Millie bestand darauf, die schwere Wärmpfanne hochzutragen. Rosamunde folgte ihr, um sicherzugehen, dass die Pfanne nicht umkippte. Zuerst gingen sie ins vordere Schlafzimmer, in dem Rosamunde und Diana immer schliefen. Rosamunde versuchte Millie die Arbeit zu überlassen, doch weil das Mädchen so schrecklich langsam war, verlor sie schließlich die Geduld und nahm ihr die Wärmpfanne ab. »Geh du lieber zu Tom hinunter! Er soll unser Gepäck hochbringen, damit du schon alles herrichten kannst. Um die Betten kümmere ich mich!«

Millie nickte und stapfte davon.

Rosamunde wärmte mit der Wärmpfanne das Bett im Gästezimmer vor und war froh, dass die Zimmer jetzt im Sommer nicht zu feucht und zu kalt waren. Mit ein paar warmen Backsteinen zusätzlich müsste es für ihn ganz behaglich sein.

Anschließend wärmte sie auch Millies Bett im kleinsten Zimmer. Die Ärmste fror nachts immer fürchterlich, selbst wenn sie zum Schlafen mehrere Kleider übereinander anzog. Zuletzt ließ Rosamunde die Wärmpfanne in dem Bett zurück, in dem der Mann schlafen würde. Während sie die Treppe hinuntereilte, fragte sie sich, ob sie eine Nachricht nach Wenscote schicken sollte, damit Digby wusste, wo sie war. Da sie aber ohnehin vorgehabt hatte, vierzehn Tage in Harrogate zu bleiben, würde er sie gar nicht vermissen. Außerdem war es schon sehr spät.

Am Fuß der Treppe hielt sie inne und beschloss, Digby besser nicht zu benachrichtigen, weil er dann unweigerlich zusätzliche Dienstboten herüberschicken würde. Und diese würden ihr *ihn* aus den Händen nehmen …

Sie schüttelte den Kopf. Er war gewiss nicht nur ein Betrunkener am Straßenrand! Kleider machen Leute, hieß es, aber nachdem sie ihrem zum Leben erweckten Gleichnis die Alltagskleider ausgezogen hatten, schien er ihr eher mehr zu sein als weniger.

Dumme romantische Fantasien! Sie war ja schon eifrig dabei, sich aus seinen rotbraunen Locken und seinem herrlichen Körper eine Kombination aus Herkules, Horatius und Roland zusammenzubasteln! Einen edlen fahrenden Ritter …

Bei diesem Gedanken erstarrte sie.

Einen fahrenden Ritter?

Genau so einen hatte sie doch auf dem Maskenball gesucht!

Warum sollte sie bis zu einem weiteren Maskenball warten?

Es war eine so aberwitzige Idee, dass sie den Gedanken kaum weiterzuspinnen wagte. Doch er ließ sie nicht los und verfestigte sich wie Dunst, der im Winter eine Fensterscheibe beschlägt und zu filigranen Eismustern gefriert.

Schließlich *musste* sie ja etwas unternehmen! Dr. Wallace hatte sie gewarnt, dass Digby jeden Augenblick einen Schlaganfall erleiden und tot umfallen konnte. Wegen seiner Kurzatmigkeit und seines stets geröteten Kopfes war ihr das ohnehin schon lange klar.

Jeden Augenblick!

Und dann würde Wenscote Edward und seiner Sekte gehören.

Als sie kürzlich mit Diana auf Reisen war, hatten sie ein Landgut besucht, das bereits im Besitz dieser Sekte gewesen war. Die beiden hatten feststellen müssen, dass die Geschichten, die über diese Sekte erzählt wurden, nicht nur der Wahrheit entsprachen, sondern dass alles noch viel schlimmer war.

Die Mitglieder von George Cotters Neuer Glaubensgemeinschaft mussten sämtlichen Freuden des Lebens entsagen und sich ganz der Arbeit und dem Gebet widmen. Jeder Verstoß wurde bestraft. Straften Eltern ihre Kinder nicht hart genug – zum Beispiel, wenn ein Mädchen seine Haube oder ein Junge seinen Kragen abgenommen hatte –, übernahmen dies die »Heiligen« der Glaubensgemeinschaft für sie, und dann floss Blut.

Rosamunde hatte einige Kinder dieser Sekte gesehen; sie mussten selbst an heißen Tagen dicke, unbequeme Kleider tragen und sahen aus, als wagten sie aus Angst vor einer Bestrafung nicht einmal zu atmen.

Der einzige Ausweg für die armen, in der Falle sitzenden Menschen bestand darin, fortzuziehen und das Land aufzugeben, auf dem ihre Familien seit Generationen und Jahrhunderten gelebt hatten.

Sie konnte nicht zulassen, dass Wenscote das Gleiche widerfuhr, vor allem deshalb nicht, weil ihr persönlich keine Gefahr drohte. Mit ihrem Witwenanteil könnte sie selbst sich anderswo niederlassen, während das Dienstpersonal und vor allem die Pächter in der Falle sitzen würden. Sie hatte es in der Hand gehabt, sie alle zu retten, aber sie hatte versagt! Und nun wurde ihr eine zweite Chance gewährt.

Ein Mann. Ein Fremder, der bald wieder fort sein würde!

Sie musste es zumindest *versuchen!* Sonst würde sie sich ihr Leben lang Vorwürfe machen.

Also gut. Obwohl sie bei dem Gedanken schon jetzt innerlich zitterte, beschloss sie, ihn in die Tat umzusetzen. Sie *würde* es tun. Die Frage war nur noch, wie sie vorgehen sollte.

Wie zum Beispiel sollte sie den Mann zum Mitmachen bewegen?

Männer, besonders junge Männer, waren landläufigen Ansichten und Warnungen zufolge begierig darauf, zwischen die Beine einer Frau zu gelangen. Offenbar mussten sie häufig sogar gewaltsam abgewehrt werden, und manche griffen auch zum Mittel der Entführung, um ans Ziel zu gelangen. Jede junge Frau wusste, dass das Alleinsein mit einem Mann zwangsläufig sündhaftes Treiben und einen anschwellenden Bauch zur Folge hatte.

Genau das wollte sie ja! Es sollte eigentlich so einfach sein, wie reife Beeren zu pflücken. Trotzdem hegte sie Zweifel ...

»Ist alles in Ordnung mit Euch, Mylady?«

Rosamunde fuhr zusammen, als die Hausverwalterin sie ansprach. Da stand sie hier im Flur herum und hätte doch längst das Bettzeug holen, die Betten beziehen und wärmen können! Sie war sich sicher, dass ihr verruchter Plan sie wie sichtbare Höllenflammen umloderte, und verschwand schnell in der Küche. Dort bat sie die Männer, ihren Ritter, ihren Retter, ihren möglichen Sündenpartner in sein Bett hochzutragen.

# 2

Um das Bett noch einmal vorzuwärmen, eilte Rosamunde voraus. Er durfte auf keinen Fall Fieber bekommen. Nachdem die Männer ihn diskret aus den Decken gewickelt und unter die Bettdecke gelegt hatten, verteilte sie die aufgeheizten Backsteine um ihn herum und packte ihn warm ein.

»Kennen Sie den Mann, Mr Yockenthwait?«, fragte sie. Damit ihr Plan funktionierte, musste es ein Fremder sein, einer, der möglichst nie wieder in diese Gegend käme.

Seth Yockenthwait schüttelte den Kopf. »Er ist nicht von hier, Mylady. Und ein so gut aussehender Spitzbube wie der wäre mir mit Sicherheit aufgefallen.«

Rosamunde musterte den Mann erneut und merkte, dass Seth Recht hatte. Bisher hatte sie nur einzelne Teile von ihm begutachtet; jetzt stellte sie fest, dass alle wunderbar harmonierten.

Besonders angetan hatten es ihr die schön geschwungenen Lippen.

Zum Küssen.

Sie trat vom Bett zurück. Meine Güte! Sie konnte sich doch nicht einerseits auf ein Opfer vorbereiten und gleichzeitig wie eine liebestolle Sennerin nach süßen Küssen schmachten! So ging das nicht …

Doch dann redete sie sich ins Gewissen. *Denk bloß nicht, du könntest einen Rückzieher machen. Du wirst es tun, Mädchen, selbst wenn er ein leibhaftiger edler Ritter ist!*

Sie verkniff sich das Lachen, das sie wegen ihrer verrückten Gedanken überkam, und verließ als Erste das Zimmer. Es durfte keiner merken, dass sie ein persönliches Interesse an dem Mann hatte.

»Wir wissen rein gar nichts über ihn«, stellte sie so beiläufig wie möglich fest. »Es könnte sein, dass er ein übler Schurke ist, und ich will nicht, dass hier jemand gefährdet wird.« Sie schloss das Zimmer von außen ab und steckte den Schlüssel in ihre Tasche. »So. Sie brauchen sich keine Sorgen zu machen, Mr Yockenthwait.«

»Ganz recht, Mylady«, sagte der Mann in der typischen Art des männlichen Yorkshire-Bewohners, der Frauen für dämlich hält, sich aber hütet, dies laut zu äußern.

Vor Nervosität beinahe zitternd, sah Rosamunde den wieder nach unten gehenden Männern hinterher und ließ sich dann von Millie zur Nacht herrichten. Anschließend schickte sie das Mädchen in ihr Zimmer und wartete. Sobald sie sicher war, dass alle im Bett lagen, holte sie noch einmal tief Luft ...

Und zögerte.

Sie konnte es nicht tun. Unmöglich!

*Es ist doch völlig harmlos, du Gans! Du willst nur nach deinem Patienten sehen!*

Trotzdem brauchte sie, den Schlägen der Standuhr draußen im Gang zufolge, eine ganze Viertelstunde, bis sie Mut schöpfte und sich aufraffte. Sie zwang sich, das Zimmer zu verlassen und zu seiner Tür hinüberzugehen. Sie nahm vorsichtshalber keine Kerze mit, denn vielleicht war er aufgewacht, und er durfte sie auf keinen Fall sehen. So leise wie möglich drehte sie den Schlüssel herum, schlich in das dunkle Zimmer, schloss die Tür und blieb dort stehen, den Rücken an das Holz gepresst.

Er lag immer noch reglos da; nichts deutete darauf hin, dass er zu sich gekommen war.

Leise wie ein Dieb schlich sie ans Fenster, um den Vorhang einen Spalt weit aufzuziehen und das schwache Mondlicht hereinzulassen.

Er hatte sich auf die andere Seite gedreht. Sie hielt das für ein gutes Zeichen, doch als sie ihn vorsichtig berührte, um seinen Puls und seine Temperatur zu fühlen, gab er keinen Mucks von sich. Aber er fühlte sich schön warm an, und es bestand wohl keine Gefahr mehr, dass er nicht durchkommen würde.

Also, was nun?

Sie trug einen Stuhl dicht neben das Bett, ließ sich darauf nieder, betrachtete die schemenhafte Gestalt und redete sich gut zu.

Wenscote war in schrecklicher Gefahr. Bis zum Frühjahr war alles in bester Ordnung gewesen, weil bis dahin nicht Edward der zukünftige Erbe war, sondern William, ein anderer Neffe von Digby. William, wie Digby ein warmherziger Yorkshire-Mann, hätte Wenscote übernommen und das Landgut auf dieselbe großzügige Weise geführt wie sein Onkel.

William Overton war jedoch plötzlich gestorben – vielleicht weil er Digby so ähnlich war. In einem Gasthof in der Nähe von Filey hatte er ein üppiges Mahl genossen, dabei zu viel getrunken und einen Schlaganfall erlitten. Und nun war Edward der rechtmäßige Erbe von Wenscote. Und Edward, der in York aufgewachsen war, hatte sich der Neuen Glaubensgemeinschaft angeschlossen …

Williams Schicksal als warnendes Beispiel vor Augen, war Digby zwar bemüht, seine Lebensweise zu ändern und mäßiger zu essen und zu trinken. Doch es gelang ihm nicht, und er genoss weiterhin die Freuden des Lebens. Edward Overton, der ihn jetzt regelmäßig besuchte und ihm dann Vorträge über die Vorzüge der einfachen Ernährung hielt, bewirkte damit nur, dass sein Onkel dem Essen aus reiner Verärgerung erst recht kräftig zusprach.

Und nun sein verspäteter Kinderwunsch.

Digbys Interesse an ehelichen Dingen war noch nie sehr groß gewesen und in den letzten Jahren völlig erloschen. Der Gedanke an Edward hatte ihn jedoch dazu gebracht, es ein paar Mal zu versuchen. Als sie sich an diese Misserfolge erinnerte, fingen Rosamundes Wangen in der Dunkelheit zu brennen an.

Armer Digby.

Im Anschluss daran hatte er begonnen, Rosamunde gegenüber dezente Andeutungen zu machen.

»Du bist eine junge Frau, mein Schatz. Es wäre nur natürlich, wenn du hin und wieder ein Auge auf hübsche junge Männer werfen würdest.«

Und: »Vielleicht ist Gott einem alten Sünder gnädig und lässt für ihn ein Wunder geschehen.«

Mit bitterem Lächeln sann Rosamunde über ihr Wunder nach. Es war lächerlich, den Mann in diesem Bett als ein Geschenk des Himmels zu betrachten. Er hatte mit Sicherheit nur wegen einer Dummheit am Straßenrand gelegen, und das, was sie hier plante, war eine Sünde, so ehrenwert der Anlass auch sein mochte.

Stimmte es wirklich, dass der Zweck die Mittel heiligte?

Ja, davon war sie überzeugt.

Plötzlich kam ihr ein Problem in den Sinn, und sie erstarrte.

Die Idee mit dem Maskenball war deshalb so verlockend gewesen, weil sie dort für den Mann, mit dem sie sich eingelassen hätte, inkognito hätte bleiben können. Angesichts der Tatsache, dass eine Erbschaft auf dem Spiel stand, war das sehr wichtig.

Wenn dieser Mann jedoch von hier aufbrechen würde, wüsste er, wo er gewesen war, und könnte leicht herausfinden, mit wem er zusammen gewesen war.

Das Kinn in die Hand gestützt, überlegte sie hin und her und wünschte, Diana wäre da, die im Pläneschmieden viel besser war als sie. Was wäre ihr Rat?

Ein falscher Name! Sowohl für sich selbst als auch für dieses Haus. Das wäre ganz einfach, vor allem dann, wenn sie den Mann nicht aus dem Zimmer ließ und die Yockenthwaits von ihm fernhielt. Wenn sie diese schweigsamen Leute um

Geheimhaltung bat, würden sie ihrem Wunsch bestimmt nachkommen. Und Millie würde ohnehin tun, was man ihr auftrug.

Welchen Namen sollte sie wählen? Wenn er je auf den Gedanken käme, sie zu suchen – welcher Name würde ihn völlig in die Irre führen, ohne dass sie den Ruf anderer gefährdete? Mit einem Anflug von Schalkhaftigkeit entschied sie sich für den Namen Gillsett. Dies war der Name zweier exzentrischer Schwestern, die im abgelegenen Arkengarthdale einen Hof bewirtschafteten.

Jeder, der Rosamunde dort zu finden versuchte, würde in einer Sackgasse landen.

Doch wie sollte sie ihn fortgehen lassen, ohne dass er merkte, wo er gewesen war? Natürlich! Sie würde ihn einfach wieder betrunken machen!

Erlösende Gewissheit durchdrang sie stark und klar wie ein dahinströmender Fluss. Es war richtig so. Es würde funktionieren. Es sollte so sein.

Und wenn er erst einmal fort war, würde er sowieso nicht nach ihr suchen. Die Welt war voll von Männern, die von einer Frau, mit der sie eine Nacht verbracht hatten, nichts mehr wissen wollten, und die sich nicht um die Kinder kümmerten, die sie gezeugt hatten. Rosamunde war kein einziger Fall bekannt, wo ein Mann sich die Mühe gemacht hätte, eine Frau aufzuspüren.

Also – nervös strich sie mit den Händen übers Kleid – ging es nur noch darum, wie sie ihn dazu bekam, das Nötige zu tun. Doch das dürfte kein Problem sein. Männer waren bekanntlich wie Schafböcke oder Stiere. Wenn sich die Gelegenheit bot, ein Weibchen zu begatten, nahmen sie diese auch wahr. Wenn er beim Erwachen eine Frau neben sich im Bett vorfand …

Rosamundes Herz begann wild zu schlagen, und sie schluckte, um ihre trockene Kehle zu befeuchten. Konnte sie das wirklich tun?

Sie *musste* es tun. Dieses Mal würde sie kein Feigling sein. Sie zog die Vorhänge wieder zu, streifte ihren Morgenrock ab und hängte ihn mit zittrigen Händen ordentlich über die Rückenlehne des Stuhls. Nach kurzem Zögern schlüpfte sie unter die Daunendecke und blieb am äußersten Rand des warmen Betts liegen.

Weil ihr zu warm war, nahm sie einen der heißen Backsteine heraus. Dann versuchte sie, eine bequeme Lage zu finden.

Mit einer anderen Person im Bett zu liegen, kam ihr nicht seltsam vor, denn schließlich tat sie das seit ihrer Heirat; dieser Mann hier lag allerdings in der Mitte.

Sie rückte so nah an ihn heran wie sie irgend wagte …

Erbarmen! Sie hatte ganz vergessen, dass er nackt war! Eigentlich spielte das keine große Rolle, aber neben einem nackten Mann zu liegen war doch so ziemlich das Sündhafteste, was man sich vorstellen konnte.

Nein.

Das war nicht das Sündhafteste.

Sie wollte mit aller Gewalt Ehebruch begehen.

*Das* war das Sündhafteste.

Sie versuchte sich innerlich auf die Prozedur vorzubereiten. Bloß nicht im letzten Augenblick in Panik geraten!

Es war doch so einfach. Er würde ihr Nachthemd hochziehen, sich auf sie drauflegen und ein bisschen hin und her rutschen, bis er hineinfand. Er würde ein paarmal zustoßen, bis sich sein Samen ergoss, sich anschließend umdrehen und weiterschlafen. Vielleicht würde er sogar vergessen, dass es passiert war.

Das einzige, was sie tun musste, war, es zuzulassen.

Sie atmete ein paarmal tief durch und sagte sich wieder und wieder, dass sie dazu in der Lage war – es hinzunehmen. Um es noch einfacher zu machen, schob sie nach einer Weile das Vorderteil ihres Nachthemds schon mal bis zur Hüfte hoch.

Als nichts geschah, rückte sie noch näher an ihn heran, sodass ihr nackter Oberschenkel nun den seinen berührte.

Dann lachte sie leise über sich selbst.

Glaubte sie etwa, er würde aus seinem Vollrausch erwachen, als hätte ihm jemand Riechwasser unter die Nase gehalten?

Was war sie doch für eine Närrin! Er war immer noch stockbetrunken und würde vermutlich die ganze Nacht durchschlafen. Bevor er nicht zu Bewusstsein kam, konnte er wohl kaum von Wollust befallen werden.

Sie blinzelte ein paar Tränen weg, die ihr teils vor Lachen, teils vor Pein in die Augen getreten waren, und entschied, dass sie genauso gut in ihrem eigenen Bett schlafen konnte.

Aber sie tat es dann doch nicht.

Es war leichter, geborgen neben seinem warmen Körper liegen zu bleiben. Und wer weiß, wann er aufwachen würde. Vielleicht erst am späten Vormittag, vielleicht aber schon in den nächsten Stunden. Sie musste da sein, wenn er zu sich kam.

Obwohl ihr durchaus bewusst war, dass sie sich sonderbar verhielt, begann Rosamunde, sich enger an ihren bewusstlosen, unvollkommenen Ritter, ihren ahnungslosen Liebhaber, ihren vom Himmel gesandten Retter zu kuscheln. Sachte ließ sie sich von seiner Wärme und seinen leisen Atemzügen in den Schlaf lullen.

Dunkelheit.

Schmerzen.

*Höllenqualen!*

Damit sein Kopf nicht platzte, presste er die Hände dagegen und war erstaunt, dass der Schädel sich in Wirklichkeit gar nicht mit jedem Herzschlag ausdehnte und zusammenzog.

Wo zum Teufel war er?

Was war mit seinem Kopf passiert?

Er öffnete die Augen einen Spalt weit, aber er konnte absolut nichts sehen.

Blind! War er blind?

Endlich nahmen seine hektisch hin und her blickenden Augen einen helleren Streifen wahr. Sicher eine Lücke zwischen zwei schweren Vorhängen, durch die das Abendlicht schimmerte. Bitte, lieber Gott, lass es so sein!

Diese Bauchschmerzen! Diese Krämpfe! Nicht so schlimm wie die Kopfschmerzen, aber schlimm genug. Er hoffte nur, dass ihm nicht schlecht würde. Wenn er sich übergeben müsste, würde er womöglich ersticken, weil er seinen Kopf bestimmt nicht bewegen konnte.

Während er vollkommen reglos liegen blieb, begann er andere Dinge wahrzunehmen. Er lag in einem Bett. In einem ziemlich bequemen Bett.

Er war nackt. Einen schwerkranken Mann würde man doch nicht nackt ins Bett stecken, oder?

Jemand lag neben ihm.

Sie lagen ein Stück auseinander, aber er konnte regelmäßige Atemzüge hören.

Eine Frau? Das würde erklären, warum er keine Kleider anhatte, aber ...

Was zum Teufel hatte er bloß angestellt?

Vielleicht war es ja auch ein Mann – ein Mitreisender, ein Zechgenosse, der zusammen mit ihm umgekippt war. Vorsichtig versuchte er sich zu bewegen und streckte forschend eine Hand aus.

Eindeutig weiblich. Er registrierte nun den zarten Blumenduft, den seine Sinne schon vorher wahrgenommen hatten. Sie trug ein Nachthemd. Merkwürdig. Er konnte sich nicht erinnern, jemals eine Frau verführt zu haben, ohne ihr dabei das Nachthemd auszuziehen.

Vielleicht war sie sehr keusch; aber solche Frauen waren gar nicht sein Typ.

Wer mochte sie sein?

Er hatte keine Ahnung. Nicht die leiseste Vorstellung. Heiliger Strohsack – ein schöner Schlamassel!

Seinem Kopf und der Tatsache zufolge, dass er sich nicht an die Frau erinnern konnte, musste er ein ganzes Fass leer getrunken haben. Was sollte er ihr am Morgen bloß sagen?

Aber *wo* hatte er so viel getrunken? Wenigstens das sollte er noch wissen. Er müsste sich zumindest daran erinnern, wo er das erste Glas geleert hatte.

Er suchte verzweifelt nach einem Ort, einem Namen, einem Bild …

Und stürzte in eine schreckliche Leere. Da, wo sein Gedächtnis sein sollte, war nur ein Vakuum.

Voller Panik klammerte er sich an eine Tatsache, von der er sicher war, dass sie stimmte. Er hatte nicht allzu viel getrunken. Seit seiner Kavaliersreise durch Italien hatte er keinen Vollrausch mehr gehabt. Damals war er sechzehn gewesen und hatte geglaubt, die Folgen hätten ihn für den Rest seines Lebens vom übermäßigen Alkoholgenuss kuriert.

War er jetzt etwa in Italien, in einem Palazzo in Venedig, volltrunken von edlem Wein?

Nein. Seither waren Jahre vergangen.

Viele Jahre.

Er war in England.

Ja, er war sich sicher, dass er in England war und ein erwachsener Mann. Er fuhr sich mit der Hand übers Kinn und spürte die kräftigen Knochen und die kratzigen Bartstoppeln.

Eine weitere Tatsache kam ihm in den Sinn. Sein neunundzwanzigster Geburtstag lag noch nicht weit zurück.

Warum wusste er manche Dinge so sicher, während ihm andere entfallen waren? Er wusste, dass er in England war, aber nicht, an welchem Ort. Er wusste, wie alt er war, aber nur wenig von dem, was er seit seinem zehnten Lebensjahr getan hatte. Verdammt! Er wollte den Kopf schütteln, hielt aber sofort wieder inne, weil ihn ein heftiger Schmerz durchfuhr. Sein Hirn war sowohl benebelt als auch leer, so, als hinge ein dichter Schleier zwischen ihm selbst und den Bruchstücken seines Lebens.

Woran konnte er sich außerdem erinnern? *Woran?*

Dass er sich von seiner Familie in London verabschiedet hatte.

Er hatte eine Familie – Brüder und Schwestern. Er konnte im Geist sogar ihre Gesichter sehen, doch als er sich ihre Namen ins Gedächtnis rufen wollte, fiel ihm nur Unsinn ein. Eine Elfe? Eine breite Elfe? Eine sündige Elfe?

Das war ja nicht zum Aushalten! Er versuchte sich aufzusetzen, gab es aber wieder auf, weil ihn erneut ein Schmerz durchzuckte. O Gott, o Gott ...

Langsam ließ er seinen Brummschädel zurück auf das Kissen sinken und blieb wieder vollkommen still liegen. Bei jedem Atemzug jagte ein stechender Schmerz durch seinen Kopf.

Vielleicht war er ernstlich krank. Aber wer war dann die Frau in seinem Bett? Seine Krankenpflegerin?

Wohl kaum.

Wer war sie?

Wer war er selbst?

Diese einfache Frage stieg jäh in ihm auf und sank sogleich in diese beängstigende Leere hinunter, sodass er vor Entsetzen erstarrte. Entsetzen darüber, dass er mit dieser Frage in dieses tiefe, schwarze Loch stürzen und aufhören würde, zu existieren.

Seine Hand tastete nach etwas Realem. Egal was. Ihr Baumwollnachthemd.

»Oh – Ihr seid wach!«

Die Frau hatte sich bewegt und ergriff nun seine zitternde Hand. Er umklammerte sie und hätte vor Dankbarkeit fast geweint.

»Wo bin ich?«, flüsterte er, weil er Angst hatte, die Schmerzen würden sich verschlimmern, wenn er lauter sprach.

Schweigen. Hatte er sich die Frau nur eingebildet? Er umklammerte ihre weiche Hand noch fester …

»In Gillsett! Au, Ihr tut mir weh!«

Er lockerte sofort seinen Griff. »Verzeiht! Ich … ich kann nichts sehen!«

Sie strich ihm mit ihrer anderen Hand über die Stirn, eine liebevolle Geste, die ihm wohlig vertraut vorkam. War dies seine Ehefrau? Er würde doch wohl noch wissen, ob er verheiratet war!

Die Vorstellung, vertraut mit dieser warmen Stimme und dieser weichen, liebkosenden Hand zu sein, war jedenfalls nicht unangenehm.

Ach was! Ihre zärtliche Berührung erinnerte ihn lediglich an seine Mutter, die seit vielen Jahren tot war. Mit ihrer sanften Stimme hatte sie ihn in Fiebernächten beruhigt. Sie hatte allerdings Französisch gesprochen. War er Franzose …?

Nein, mit Sicherheit nicht.

»Das liegt nur daran, dass es dunkel ist, Sir«, sagte die Frau, eindeutig auf Englisch. »Es ist mitten in der Nacht.«

Er machte sich zum Narren. Da lag er hier mit einem Flittchen und einem fürchterlichen Kater in einem Gasthof und führte sich auf, als wäre ein böser Geist hinter ihm her. Die Schmerzen jedoch waren real, und sein Magen wogte immer noch bedrohlich.

»Ich habe wohl zu viel getrunken.«

»Ihr könnt Euch nicht mehr daran erinnern, Sir?«

O verdammt. Wie sollte er verhindern, dass sie merkte, dass er sich nicht an sie oder an die fröhlichen Bettspiele erinnerte, die sie zweifellos miteinander gespielt hatten? »Es tut mir leid. Mein Kopf … Er schmerzt fürchterlich.«

»Ist schon in Ordnung!« Sie berührte ihn erneut auf diese zärtliche, wunderbare Weise, strich ihm mit ihren kühlen Fingern sacht über die Hände und den Kopf. »Versucht wieder zu schlafen. Morgen Früh wird es Euch besser gehen.«

»Ist das ein Versprechen?« Es gelang ihm sogar, einen

leicht humorvollen Unterton in seine Frage zu legen, was ihm irgendwie typisch vorkam. Doch dann stieg ein widerwärtiger Geschmack in seine Kehle, und er drehte sich trotz der hämmernden Schmerzen in seinem Kopf hastig von ihr weg. »Ich muss mich übergeben!«, stieß er mit erstickter Stimme hervor.

Während er dagegen anzukämpfen versuchte, stand sie wie durch ein Wunder plötzlich auf der anderen Seite des Betts und hielt ihm genau in dem Moment den Nachttopf vor den Mund, als der Brechreiz ihn überwältigte.

Zumindest schienen die Schmerzen mit dem brennenden Erbrochenen ein wenig abzunehmen. Als er aufs Kissen zurücksank, hörte das Stechen in seinem Kopf auf. Nur das Hämmern dauerte an.

Ein widerlicher Gestank verbreitete sich im Zimmer. Dies war wohl das Peinlichste, was ihm in seinem Erwachsenenleben je passiert war. »Ich bitte vielmals um Vergebung …«

»Das macht nichts.« Er nahm einen belustigten Unterton wahr und stöhnte auf. Er musste ja die reinste Witzfigur abgeben. Als er die Frau vergangene Nacht in sein Bett gelockt hatte, war er bestimmt äußerst galant gewesen, und nun lag er hier wie ein greinendes, krankes Kind.

Sie wischte ihm mit einem feuchten Tuch das Gesicht ab. Dann hob sie seinen Kopf leicht an und hielt ein kühles Glas an seine Lippen.

»Mehr«, verlangte er, als er das Wasser ausgetrunken hatte.

Er vernahm Gläserklirren und das angenehme Geräusch gluckernden Wassers. Er war froh, dass sich alles im Dunkeln abspielte, denn allein der Gedanke an helles Licht ließ ihn erschaudern. Einen Augenblick später hielt sie ihm ein weiteres volles Glas an den Mund; er leerte es und sank dankbar in die Kissen zurück.

Daunenkissen.

In Gasthöfen gab es keine Daunenkissen.

»Wo bin ich?«, fragte er erneut. Hatte sie das nicht bereits gesagt? Er hatte es schon wieder vergessen.

»In Gillsett.«

Das klang nicht nach dem Namen eines Gasthofs. Eher nach einem Wohnsitz. Einem Gehöft – oder gar einem Gutshof …

»Wie heißt Ihr, Sir? Sollen wir jemanden benachrichtigen?«

Wenigstens brauchte er ihr nicht zu sagen, dass er das nicht wusste. Denn nun versank er wieder in diese alles auslöschende Leere.

# 3

Rosamunde richtete sich auf und schüttelte den Kopf. Da nahm sie sich vor, Ehebruch zu begehen, und am Ende stand sie mit stinkenden Nachttöpfen da! Vielleicht war ihr eintöniges Leben gar nicht Folge ihres Unfalls, sondern schlicht und einfach ihr Schicksal!

Zumindest hatte sie es geschafft, ihm die Lüge über seinen Aufenthaltsort aufzutischen.

Sie war noch nie eine gute Lügnerin gewesen. Sie hasste Betrug, und ihre stockende Zunge und ihr schuldbewusstes Erröten hatten Diana und sie immer wieder verraten. Heute Nacht hingegen hatte sie mit ruhiger Stimme die Unwahrheit gesagt, und die Dunkelheit hatte ihre glühenden Wangen verborgen.

Vielleicht gelang es ihr ja doch noch, diesen verrückten Plan durchzuführen.

Allerdings nicht sofort.

Sie musste warten, bis es ihm wieder besser ging. Folglich konnte sie vorerst genauso gut ihren Nachttopfpflichten nachkommen.

Sie öffnete das Fenster, um frische Luft hereinzulassen, streifte ihren Morgenrock über und trug den Nachttopf hinaus. Weil sie ihn schlecht im Flur stehen lassen konnte, holte sie die kleine Nachtlampe aus ihrem Zimmer, schlich die Treppe hinunter und stellte den Topf leise draußen vor die Hintertür.

Zurück in ihrem Zimmer, zog sie den sauberen Nachttopf unter ihrem Bett hervor, ging damit zu ihm hinüber und stellte den Topf neben sein Bett. Ob sie wohl besser bei ihm bleiben sollte, falls er sich noch einmal übergeben musste?

Nein! Schließlich hatte der Kerl sich selbst in diesen Zustand gebracht – da konnte er auch ohne ihre Hilfe spucken, bis er wieder nüchtern war!

Zutiefst verstimmt kroch Rosamunde in ihr eigenes Bett, das jetzt unangenehm kalt war. Doch kurz darauf musste sie schon wieder über sich lachen: Wie hatte sie sich bloß einbilden können, dass ein kranker Mann beim Erwachen schlagartig gesund und wollüstig sein könnte?

Wie dumm von ihr!

Trotzdem wünschte sie, es wäre so gewesen, denn dann hätte sie es jetzt hinter sich.

Sie drehte sich zur Seite, boxte in ihr Kissen und fühlte sich aus irgendeinem Grund todunglücklich …

Dann fiel ihr ein, warum. Ihr wurde wieder bewusst, wie langweilig ihr Dasein war – eine Tatsache, die sie sich normalerweise nicht eingestand.

Sie führte ein schönes Leben. Sie hatte einen herzensguten Ehemann, ein gemütliches Zuhause und ein gut geführtes Landgut, auf dem es viel Nützliches zu tun gab. Ihre Familienangehörigen lebten in der Nähe, und sie war von guten Freunden umgeben.

Durch den Unfall hätte sie dazu verdammt sein können, den Rest ihres Lebens als Einsiedlerin zu verbringen, doch Digby hatte sie durch sein freundliches Angebot, sie zur Frau zu nehmen, errettet.

Wann war man eigentlich eine Einsiedlerin? Selbst eine Frau, die in einer Gemeinschaft lebte, konnte als Einsiedlerin gelten, wenn sie diese nie verließ. Wenn sie Angst davor hatte.

Die Fahrt nach Harrogate war ihre erste Unternehmung außerhalb von Wensleydale seit acht Jahren gewesen.

Na und? Sie drehte sich um und boxte wieder in ihr Kissen. Viele Leute begnügten sich damit, ständig in der Nähe eines schönen Heims zu sein. In Wensleydale gab es Leute, die noch nicht einmal in Richmond gewesen waren!

Dennoch – sie musste zugeben, dass sie mit ihrem Leben nicht zufrieden war. Stattdessen fühlte sie sich von der Welt um sie herum ausgeschlossen.

Sie strich mit dem Finger über die langen Narben rechts von ihrem Auge. Doch nicht sie waren das Problem. Sie versteckte sich wegen der Narbe, die quer über ihre Wange verlief, auch wenn ihre Familie und Diana immer wieder beteuerten, dass sie gar nicht so schlimm sei.

Aber selbst Digby saß lieber an ihrer linken Seite.

Der liebe Digby. Als Freund ihres Vaters und Wahlonkel hatte sie ihn stets geliebt. Jedoch nicht so – das wurde ihr immer klarer –, wie eine Ehefrau ihren Ehemann lieben sollte. Mit sechzehn war ihr das allerdings noch nicht bewusst gewesen, auch hatte sie nicht bedacht, wie unpassend es ihr vorkommen würde, wenn er seine ehelichen Rechte einforderte. Es war nie schrecklich gewesen, sondern lediglich etwas, das sie und Sir Digby Overton nicht miteinander tun sollten.

Sie war froh gewesen, als sein Interesse daran erloschen war und sie wieder unbeschwert miteinander leben konnten.

Bis jetzt.

Denn jetzt musste sie ein Kind bekommen. Das war sie Digby, Wenscote und allen anderen, die in diesen letzten acht Jahren so gütig zu ihr gewesen waren, schuldig.

Abgesehen davon, gestand sie sich beschämt ein, lag es auch in ihrem eigenen Interesse, Wenscote nicht zu verlieren. Wenn Digby starb und sie bis dahin kein Kind hatte, würde sie das Gut verlassen müssen.

Ihren Zufluchtsort, den Ort, an dem sie Aufgaben und Pflichten hatte.

Digby war ein gerechter, jedoch kein risikofreudiger Gutsherr. Das Schafzuchtprojekt und der Anbau von Winterfutterpflanzen waren Rosamundes Werk gewesen. Sie hatte die landwirtschaftliche Produktion – die Käseherstellung, Spinnerei und Weberei – besser organisiert und dafür gesorgt, dass alle für ihre Erzeugnisse einen fairen Preis bekamen. Besonders die Pferdezucht, die sie ebenfalls aufgebaut hatte, lag ihr am Herzen.

Obwohl sie dies alles zu Beginn mehr oder weniger aus Langeweile getan hatte, war ihr die Arbeit inzwischen zum Lebenszweck geworden. Wenn sie Wenscote verlor, müsste sie all das aufgeben. In den meisten Kreisen wurde es ja sogar als unschicklich angesehen, wenn eine Frau sich mit Tierzucht befasste.

So sah es also aus. Jetzt war die Stunde der Wahrheit gekommen.

Nein, sie hatte nicht vor, sich zur Märtyrerin zu machen. Sie verfolgte eigennützige Ziele.

Wenn sie diese Sache durchzog, würden zwar viele andere Leute davon profitieren, doch in erster Linie ging es ihr um sich selbst.

Und wenn schon: Sie hatte Grund genug, aktiv zu werden, und wusste, was zu tun war.

Ein Zuchttier, dachte sie ganz nüchtern. Sie war es gewohnt, Schafböcke und Hengste zu beurteilen, und dieser hier war gesund und gut gebaut. Was wollte sie mehr? Wartete sie immer noch auf einen verwegenen Ritter auf einem weißen Ross?

Ein verwegener Ritter würde bestimmt jede Menge Turbulenzen verursachen. Ihr betrunkener Tunichtgut würde die Sache erledigen wie Samuel, ihr bester Bock, und sich anschließend ohne einen weiteren Gedanken dem nächsten Schaf zuwenden.

Mit einem betrübten Seufzer drehte sie sich auf den Rücken, um zu schlafen, doch die Gedanken ließen ihr keine Ruhe.

Sogar sie wusste, dass junge Männer nicht jede Frau besprangen, der sie begegneten. Das wäre ja noch schöner! Sie lachte in sich hinein, als sie sich vorstellte, wie sich auf einem Jahrmarkt – oder gar beim Sonntagsgottesdienst! – sämtliche Männer wie Samuel auf einem Feld voller paarungsbereiter Schafe verhielten.

Doch das war gar nicht witzig! Sie musste herausfinden, was zu tun war. Sollte sie sich aufreizend anziehen? Würde sie nackt sein müssen? Sollte sie ihn zuerst berühren? Ihn zuerst küssen?

Oh, sie wünschte so sehr, Diana wäre bei ihr! Obwohl ihre Kusine unverheiratet war, kam sie mit bedeutend mehr Männern zusammen und flirtete mit den meisten. Sie hatte sogar von Büchern gesprochen, in denen intime Dinge beschrieben wurden. Bestimmt könnte sie ihr sagen, wie man einen Mann verführte! Was auch immer nötig war, Rosamunde war dazu bereit.

Selbst wenn sie ins Haupthaus von Arradale hinübergehen musste, um wegen dieser geheimnisvollen Bücher die Bibliothek zu durchforsten!

Angst.

Immer noch lag er im Dunkeln, verfolgt von einer unbestimmten, aber bitteren Erinnerung an Feinde, die ihn bedrängten.

Stille.

Ein ekliger Geschmack im Mund.

Erbrochenes.

Heiliger Strohsack! Jetzt erinnerte er sich einer peinlichen Situation. Er hatte sich vor den Augen einer Frau übergeben!

War sie tatsächlich da gewesen?

Er streckte vorsichtig die Hand aus und stellte fest, dass er allein war.

Gott sei Dank. Er hatte nur geträumt.

Aber der Geschmack war immer noch da, und die Erinnerung an eine ruhige, angenehme Stimme war verflixt klar.

Er spürte einen Luftzug und drehte den Kopf zur Seite, der nicht mehr gar so heftig schmerzte. In der Dunkelheit bewegten sich Vorhänge, durch die jetzt etwas mehr Licht von draußen ins Zimmer fiel. Jemand hatte das Fenster zum Lüften geöffnet.

Also wer war sie? Und wo war er?

Eindeutig auf dem Land. Das verrieten ihm die würzige Luft und die Stille.

Die Frau hatte ihm den Namen des Ortes genannt, doch er war ihm wieder entfallen. Gill-irgendwas? Gillshaw?

Er brannte darauf, endlich Klarheit zu bekommen. Obwohl er in einem bequemen Bett lag und alles friedlich war, plagte ihn eine widersinnige Furcht vor Gefahren, die in den Schatten lauern könnten.

Passierte dies alles in Wirklichkeit?

Er wusste es nicht.

So wie er auch immer noch nicht wusste, wer er war. Das war doch absurd! Er quälte sich weiter, um seinem Gedächtnis seinen Namen zu entlocken.

Doch er rief nur traumähnliche Erinnerungen wach, die er jedoch begierig festhielt.

Ein herrlicher Sommertag, an dem er über einen Feldweg geritten war.

Wann?

Ein altes, mit Efeu bewachsenes Steinhaus.

Wo?

Singende Vögel in den Bäumen. Ein blauer Mantel, der mit Farbe befleckt wurde, als er etwas frisch Gestrichenes streifte.

Hatte er sich darüber geärgert?

Eine gute, solide Kutsche, in der er saß – vertieft in Schriftstücke.

Er verweilte bei dieser Szene. Sie ließ auf einen arbeitsamen, pflichtbewussten Mann schließen – was ihm richtig vorkam – und nicht auf diesen Trunkenbold im Hurenbett …

Im Kerzenschein glänzende silberne Schalen auf einem reich gedeckten Tisch …

Er holte ein paarmal tief Luft, um nicht weiter zwanghaft

zu versuchen, diese Fetzen zu einem Ganzen zu verbinden. Mit beunruhigender Sicherheit wusste er, dass sie nicht zusammengehörten.

Wer war er?

Wie lautete sein *Name*, verdammt noch mal?

Plötzlich hob sich der Schleier. So wie ein kleiner Lausbub nach Stunden endlich aus seinem Versteck hüpft und unschuldig fragt: »Hast du mich etwa gesucht?«, sprang ihm jetzt sein Name entgegen.

Brand Malloren.

Ihm fiel ein Stein vom Herzen.

Er war Brand Malloren. Während sich das Wissen in seinem Hirn verfestigte, kamen weitere Teilstücke hinzu. Er war Brand Malloren, der dritte Sohn des Marquis von Rothgar. Des alten Marquis. Inzwischen hatte sein ältester Bruder diesen Titel geerbt.

Das reichhaltige Dinner war sein letztes Mahl im Malloren House in London gewesen, bevor er nach Nordengland abgereist war.

Während die Fetzen sich zu einer zusammenhängenden Geschichte verwoben, griff er voller Verlangen nach jedem Detail, um mehr über sich selbst zu erfahren.

Er konnte den Speisesaal so deutlich vor sich sehen, als würde er darin sitzen. Silberne Schalen mit köstlichen Speisen, alles war in warmes Kerzenlicht getaucht; doch weil Sommer war, wurde der Raum auch von der Abendsonne beleuchtet. Sein ältester Bruder, der Marquis, saß am Kopfende des Tisches, links und rechts von ihm Cyn und seine Ehefrau Chastity, und Elf befand sich ihm gegenüber. Das war also die Elfe, die ihm zuvor in den Sinn gekommen war! Seine Schwester Elfled. Cyn, nicht »Sünde«, Bryght, nicht »breit« – Arcenbryght, sein anderer Bruder.

Wie lange war das her? Hatte Bryghts Frau ihr Kind schon bekommen? War die Geburt glatt verlaufen? Sie war so zierlich …

Er versuchte verzweifelt, sich weitere Einzelheiten ins Gedächtnis zu rufen, doch alles, was sich zwischen jenem köstlichen Mahl und seinem Aufenthalt in diesem dunklen, rätselhaften Zimmer abgespielt hatte, war wie weggeblasen.

Dann entsann er sich, dass er während dieses Essens von einer Reise nach Nordengland gesprochen hatte.

War er jetzt im Norden? Er meinte, in der Stimme der Frau einen leicht nordenglischen Akzent wahrgenommen zu haben, obwohl sie wie eine Dame sprach. Folglich war er vermutlich in Yorkshire oder in Northumberland. Aber wo? Und wo war seine Pflegerin? Und was zum Teufel war mit ihm passiert?

Er wagte es, sich aufzusetzen, und stellte fest, dass seine Kopfschmerzen auf ein erträgliches Maß zurückgegangen waren. Während er versuchte, den dumpfen Schmerz wegzumassieren, quälte ihn noch immer die Vorstellung, sich bis zur Bewusstlosigkeit betrunken zu haben.

Wenn es ihm schon nicht gelang, die grauenhafte Dunkelheit in seinem Hirn zu vertreiben, konnte er wenigstens die ihn umgebende Finsternis erhellen. Er ertastete einen Tisch und suchte mit seinen Fingern nach Kerze und Feuerzeug. Nichts. Als er den Arm weiter ausstreckte, stieß er gegen ein Glas, das zu Boden fiel und zerbrach.

Er fluchte und tastete den glatten Tisch nach etwas anderem ab; vielleicht fand er etwas, das er als Waffe benutzen konnte.

In diesem Moment ging quietschend die Tür auf, und im schwachen Flurlicht wurde eine blasse Gestalt sichtbar.

»Seid Ihr wach, Sir?«

Als er die sanfte, ihm vertraute Stimme vernahm, hätte er vor Erleichterung weinen können.

Woher kam diese schreckliche Panik? Was war mit ihm geschehen?

»Sir?« Erst als sie auf ihn zukam, wurde ihm bewusst, dass er noch nicht geantwortet hatte.

»Ja, ich bin wach. Kommt nicht näher – rechts neben dem Bett liegen Glassplitter!«

Sie blieb stehen. Weil sie die Tür geschlossen hatte, war ihre Gestalt nur noch schemenhaft erkennbar. Mit unterdrücktem Stöhnen besann er sich auf das, was vorgefallen war.

Zuerst hatte er sich übergeben müssen. Und jetzt hatte er auch noch eine gefährliche Unordnung gemacht! Er sollte besser so schnell wie möglich von hier verschwinden und sich nie wieder blicken lassen.

»Ist Euch wieder übel?«, fragte sie. »Hier unten steht der Nachttopf!«

Er sann eine Weile über ihre Frage nach und war froh sagen zu können: »Nein! Ich danke Euch aufrichtig für Eure Fürsorge.«

»Keine Ursache. Braucht Ihr irgendetwas?«

*Ja – mein Hirn zurück.* Das konnte er wohl kaum sagen. »Eine Kerze vielleicht?«

»Es ist mitten in der Nacht!«

Wie sollte er erklären, dass er urplötzlich Angst vor der Dunkelheit hatte? »Es tut mir leid, Euch solche Umstände zu machen.« Er wünschte, er könnte sich an ihren Namen erinnern und daran, was sie einander bedeuteten. An irgendetwas.

Sie trat an die linke Seite des Betts. Während er zusah, wie sie den gespenstisch blassen Arm ausstreckte, um ihm die Hand auf die Stirn zu legen, fiel ihm ein, dass sie ihn zuvor schon einmal berührt hatte und wie angenehm das gewesen war.

»Es geht mir schon viel besser«, sagte er. Eine samtweiche Hand. Die Hand einer Lady; allerdings hatten auch viele Dirnen weiche Hände.

»Ihr habt eindeutig kein Fieber mehr.«

»Wo sagtet Ihr, bin ich hier?«

»In Gillsett.«

Gillsett. Um sich den Namen endlich einzuprägen, wiederholte er ihn im Stillen mehrmals. »Und wo ist Gillsett?«

»In Arkengarthdale.«

Eins der abgelegeneren Täler in Yorkshire. Hauptsächlich Schafzuchtland. Eigenartig, dass er die Lage des Tals kannte und wusste, wie das Land genutzt wurde, aber nicht, wo er vor kurzem gewesen war und aus welchem Grund. Sonderbarerweise war er sich sicher, dass er nicht aus geschäftlichen Gründen in Arkengarthdale war.

Dann musste er die nahe liegende Frage stellen. »Und Ihr seid ...?«

»Miss Gillsett.«

Er hatte mit Sicherheit nur geträumt, dass diese gesittete, beherrschte Lady in seinem Bett gelegen hatte. Miss Gillsett von Gillsett war zweifellos eine gütige und höchst tugendhafte Dame in einem abgeklärten Alter. Wenn er ihr erzählen würde, dass er sich eingebildet hatte, sie habe in seinem Bett gelegen, würde sie wahrscheinlich in Ohnmacht fallen.

»Ist Euch *Euer* Name wieder eingefallen, Sir?«, fragte sie.

Aus Verlegenheit und auch weil es ihm missfiel, wenn andere vor ihm katzbuckelten, hätte er ihr seinen Namen gerne verschwiegen. Aber er hatte keine Wahl. »Malloren.« Als sie darauf nicht reagierte, entspannte er sich und fügte seinen Vornamen hinzu. »Brand Malloren.«

»Habt Ihr Familienangehörige oder Freunde, die sich um Euch Sorgen machen, Mr Malloren?«

Eigentlich war er Lord Brand Malloren, doch er hatte natürlich nichts dagegen, in dieser peinlichen Lage als einfacher Herr angesehen zu werden. Die Frage war jedoch bedenkenswert. Wenn seine Familienangehörigen wüssten, dass es ihm nicht gut ging, würden sie sich bestimmt Sorgen machen. Aber sie waren weit weg, und seine Dienerschaft hatte er in Thirsk zurückgelassen. Wenn er Glück hatte, würden weder seine Familie noch seine Bediensteten je von diesem Debakel erfahren.

»Nein. Ich bin allein und in geschäftlichen Angelegenheiten unterwegs.«

Als hätte sich der Schleier noch ein weiteres Stück gelüftet, fielen ihm plötzlich einige Gründe ein, weshalb er unterwegs war: Um die über ganz England verstreuten Güter seines Bruders aufzusuchen. Um die Geschäftsbücher und den Zustand der Ländereien zu überprüfen. Um mit konservativen Pächtern über mögliche Veränderungen zu diskutieren. Um Zuchtergebnisse und die Erträge von versuchsweise angebauten Feldfrüchten zu begutachten.

Ihm fiel auch wieder ein, dass er Routinesachen häufig seinen Bediensteten überließ, während er selbst ohne Vorwarnung verdächtige oder interessante Orte aufsuchte.

Er hatte das Gefühl, ganz nah am Kern der Sache zu sein, spürte es wie das schmerzhafte Zucken in einer noch frischen Narbe ...

»Geschäftliche Angelegenheiten in den Dales, Mr Malloren?«, erkundigte sie sich, bevor er weitergrübeln konnte, um was es bei dieser Einzelheit ging und warum sie wichtig war.

»Verflucht!«, entfuhr es ihm, doch rasch verbiss er sich weitere wütende Worte. »Verzeiht – meine Nerven sind völlig am Ende. Ehrlich gesagt, liebe Lady, bin ich nicht bei klarem Verstand und weiß zu wenig über mich selbst, um mir einen Reim aus allem machen zu können. Was ist mit mir geschehen?«

»Ich weiß es nicht. Es wurde schon dunkel, als ich Euch bewusstlos am Straßenrand gefunden habe. Ihr wart meilenweit von der nächsten Ortschaft entfernt und völlig durchnässt.«

Das war ganz und gar nicht die Geschichte, die er selbst sich ausgemalt hatte. »Am Straßenrand ... in Arkengarthdale?« Er kannte die Gegend gut genug, um sie sich vorstellen zu können. Von Schafen beweidetes Heideland, das zu sumpfigem Hochmoor anstieg. Verstreute, triste Höfe und menschenleere Straßen. »Dann danke ich Euch aufrichtig, Miss Gillsett, dass Ihr mir das Leben gerettet habt. Und ich bitte umso mehr um Verzeihung, Euch solche Umstände zu machen.«

Rosamunde stand in der Dunkelheit und blickte auf die nur undeutlich sichtbare Gestalt. Diana sagte immer von ihr, dass sie ein zu wahrheitsliebender Mensch sei, und das stimmte.

Bei einer Lüge konnte sie zwar ein Weilchen mitspielen, doch dann quoll die Wahrheit aus ihr hervor wie überkochende Flüssigkeit.

So wie jetzt.

War es möglich, diese Sache wenigstens teilweise wahrheitsgetreu durchzuführen?

»Seid Ihr mir wirklich dankbar, Mr Malloren?«, hörte sie sich sagen. Ihre Hände waren krampfhaft ineinander verschränkt, und ihr Herz hämmerte.

»Bei meiner Ehre.«

Sie schluckte. »Könntet Ihr Euch vorstellen, mir dafür einen Dienst zu erweisen?«

Nach unmerklichem Zögern erwiderte er: »Wie könnte ich das ablehnen?«

»Es steht Euch frei«, versicherte sie ihm. »Ich möchte nicht, dass Ihr Euch verpflichtet fühlt, wenn es Euch unmöglich erscheint.«

»Warum sagt Ihr mir nicht einfach, was Ihr wollt?«

Von der Wahrheit übermannt hätte sie um ein Haar ausgerufen: »Ein Kind!« Sie war jedoch vernünftig genug, um zu wissen, dass sie das nicht sagen durfte.

Was dann?

Diana hatte gesagt, manche Frauen wollten einen Mann nur für sich selbst. Für den Akt.

Aber wie sollte sie das ausdrücken?

»Ich will ...« Hinsichtlich dieses Vorgangs konnte sie nur an Schafe denken. »Ich will besprungen werden«, entfuhr es ihr, doch gleich darauf schlug sie sich entsetzt die Hand vor den Mund. »Verzeihung! Ihr würdet natürlich nicht …«

»Warum nicht?«, entgegnete er erstaunlich gelassen. »Ich muss Euch jedoch darauf hinweisen, dass es Folgen haben kann, besonders für eine unverheiratete Lady.«

Sie dachte kurz nach und sagte dann: »Ich bin nicht unverheiratet.«

»Ah. Also nicht *Miss* Gillsett.«

»Nein.«

»Witwe?«

»Nein.« Diese Tatsache war ihr herausgesprudelt, bevor sie sie zurückhalten konnte.

»Also ein Ehemann, der Euch vernachlässigt.«

Sie zögerte. Digby war in fast jeder Hinsicht der liebste, gütigste Mann, den man sich vorstellen konnte, aber ihr war klar, worauf der Fremde anspielte.

»Ja«, murmelte sie, die Hand immer noch halb auf den Mund gepresst.

Dann wurde ihr bewusst, wie das auf ihn wirken musste, und sie spürte, wie ihre Wangen zu glühen anfingen. Sie musste ihm vorkommen wie eine Frau, die Heißhunger auf fleischliche Dinge hatte, eine Frau, die so lüstern war, dass sie einem am Straßengraben gefundenen Fremden ein eindeutiges Angebot machte!

Am liebsten wäre sie aus dem Zimmer gestürzt, doch dann sagte sie sich, dass es letztendlich ja stimmte. Nicht so, wie er es sich vorstellen musste, doch trotzdem stimmte es. Zudem war es egal, was er dachte. Wenn sie diese Sache hinter sich gebracht hätten, würden sie einander nie mehr wieder sehen.

Er schwieg und dachte wohl darüber nach, was genau sie erwartete.

»Also?«, fragte sie auffordernd und es klang ziemlich schroff.

»Jetzt? Du heiliger Bimbam, nein.« Er murmelte etwas vor

sich hin, das sie nicht verstand. Das war wohl auch besser so. Rosamunde war eine Träne aus dem Auge getreten, und sie bekämpfte den Drang, in Schluchzen auszubrechen. Sie machte sich noch völlig unmöglich!

»Ihr seid sehr nett zu mir gewesen«, sagte er, als wöge er jedes einzelne Wort ab. »Und ich bin gerne bereit, auch nett zu Euch zu sein, liebe Lady. Doch mein Kopf schmerzt noch höllisch, mein Hirn ist vollkommen benebelt und ich bin mir keineswegs sicher, ob ich mich nicht wieder übergeben muss, wenn ich mich bewege.«

Natürlich ging es ihm noch nicht gut genug. Rosamunde wäre am liebsten unters Bett gekrochen in der Hoffnung, dass sich dort ein Monster versteckte, das sie verschlingen würde.

Andererseits hätte sie es gerne möglichst schnell hinter sich gebracht, damit sie den Mann morgen wegschicken konnte und er für immer aus ihrem Leben verschwand.

Hier ging es jedoch nicht darum, was sie am liebsten tun würde, wie peinlich ihr alles war oder wie sehr ihr das Ganze widerstrebte. Sie musste es einfach hinter sich bringen und hoffen und beten, dass sie dabei ein Kind empfangen würde. Bevor sie zur Ehebrecherin werden konnte, galt es jedoch vorerst, Krankenpflegerin zu sein.

»Soll ich Euch ein Kopfschmerzmittel bringen?«, fragte sie so kühl wie möglich.

»Ich kann nicht garantieren, dass mein Magen das verträgt, aber ich bin bereit, es auszuprobieren.«

Er klang so gelassen. War er nicht zutiefst schockiert?

Sie war es.

»Ich bin gleich wieder zurück.«

Als sie draußen war, ließ Brand sich mit einem Seufzer, der nicht ausschließlich von den Schmerzen herrührte, auf das Kissen zurücksinken. Zum Teufel – doch er hätte wohl schlecht nein sagen können, oder? Frustrierte Ehefrauen waren ihm des Öfteren begegnet, und wenn sie ihm außerhalb des Bettes gefielen, war er durchaus gewillt, ihnen im Bett Vergnügen zu bereiten. Aber in diesem Fall ...

Er wusste nicht einmal, wie sie aussah. Das spielte zwar keine große Rolle, doch ihm war nicht ganz wohl dabei. Nun ja, bis er kräftig genug war, um sich ihrer anzunehmen, würde das Tageslicht dieses Problem lösen. Es sollte auch nichts ausmachen, dass er sie nicht kannte. Er konnte nicht gerade behaupten, dass er mit sämtlichen Frauen, mit denen er geschlafen hatte, gut bekannt gewesen war, und von dieser hier wusste er zumindest, dass sie ein gütiger Mensch war.

Mit reuevollem Lächeln gestand er sich ein, dass es im Grunde sein geschwächter Zustand war, der ihm Sorgen bereitete. Er war es nicht gewohnt, mit liebeshungrigen Frauen anzubandeln, wenn er nackt und krank und nicht Herr seiner Sinne war.

Er hörte sie wieder hereinkommen und beobachtete ihre schattenhafte Gestalt, die unsicher in dem dunklen Zimmer umhertappte. Sicher hatte sie in ihrem eigenen Zimmer Licht gehabt, und ihre Augen waren noch nicht an die Dunkelheit gewöhnt. Warum hatte sie die Lampe nicht mitgebracht? Hatte sie etwas zu verbergen?

»Hier – bitte!«, hauchte sie.

Ihre Hände berührten sich am Glas, nach dem er griff, und sie zuckte zusammen. Dann hörte er, wie sie mit dem Löffel ein letztes Mal umrührte. »Es ist bitter, aber es hilft. Trinkt alles aus!«

Er gehorchte und schüttelte sich danach angewidert. »Pfui Teufel!«

»Glaubt Ihr, Ihr werdet das Mittel bei Euch behalten?«

Er legte sich zurück. »Das wird sich zeigen. Was war das für ein Zeug?«

»Zum größten Teil Weidenrinde.«

Nach einer Weile meinte er: »Ich glaube, der Nachttopf wird nicht nötig sein.« Er wünschte, sie würde ihn allein lassen. »Ihr braucht nicht auf mich aufzupassen.«

Sie trat ein paar Schritte zurück. »Gut. Dann also bis morgen Früh?«

Ein Stöhnen unterdrückend, sagte er: »Frühstück und eine Zahnbürste, liebe Lady – danach werde ich Euch zu Diensten sein.«

Sie ging, und er befürchtete, dass sein Ton zu grob gewesen war. Doch verflucht: Er wäre um ein Haar gestorben, sein Hirn war verhext und gerade hatte er etwas geschluckt, das wie tödliches Gift schmeckte!

Was glaubte sie, was er war: ein verdammter Liebesautomat?

Er nickte wieder ein. Im Schlaf erschien ihm eine garstige dürre Alte, die an einem riesigen Schlüssel drehte, der sein Glied langsam hochsteigen und zu ziemlich beängstigenden Dimensionen anwachsen ließ.

# 4

Selbst nach dieser Nacht, die die unruhigste und merkwürdigste ihres Lebens gewesen war, wachte Rosamunde wie immer früh auf, wenn auch ohne die gewohnte Freude auf den bevorstehenden Tag. Sie schlug die Hände vors Gesicht und fragte sich, wie um alles in der Welt sie ihren Wunsch so unverblümt hatte äußern können.

Mein Gott!

Mit der Dunkelheit war all ihr Mut gewichen – und sie hatte es immer noch vor sich!

Sie verließ das Bett und zog die Vorhänge auf. Ihre Stimmung hob sich ein wenig, als sie die ersten Sonnenstrahlen eines verheißungsvollen Sommermorgens erblickte. Die Vögel sangen aus voller Kehle, und leise Geräusche aus dem Untergeschoss verrieten ihr, dass die Yockenthwaits schon munter waren.

Frühstück und eine Zahnbürste, hatte er gesagt, doch als sie sich an den Tonfall seiner Stimme erinnerte, fingen ihre Wangen von Neuem zu brennen an. Sie hatte es als Lohn verlangt! Wenn ein Mann von ihr so etwas fordern würde, wäre sie imstande, ihn umzubringen, selbst wenn er ihr das Leben gerettet hätte.

Doch bei Männern war das anders.

Oder nicht?

Sie streckte sich und sog in tiefen Atemzügen die frische Morgenluft ein. Natürlich war es bei ihnen anders – häufig bezahlten sie sogar für das, was Rosamunde ihm angeboten hatte.

Sie zog ihr schlichtestes Kleid an, darunter einen einzigen Unterrock und ein leichtes Korsett.

Um sich die Häkchen am Rücken schließen zu lassen, ging sie zu Millie und weckte sie.

Verschlafen schlug das Mädchen die Augenlider auf. »Mylady? Wie … wie spät ist es?«

»Früh am Morgen, Millie, aber ich muss mit dir reden! Und hilf mir bitte mit dem Kleid!«

Die Zofe setzte sich auf, rückte ihre riesige Nachthaube zurecht und machte sich an die Arbeit. »Ist es wegen diesem Mann, Mylady? Geht es ihm schlechter?«

»Nein, nicht schlechter. Hör zu! Ich habe ihm gesagt, dass dieses Anwesen Gillsett heißt und dass mein Name Mrs Gillsett ist.«

Nachdem sie mit ungeschickten Fingern drei Haken geschlossen hatte, fragte Millie: »Warum?«

»Das ist unwichtig! Merk dir das einfach, wenn du mir bei ihm zur Hand gehen musst.«

»Aber Mylady – Ihr könnt Euch doch nicht selbst um so einen kümmern!«

»Das habe ich bereits getan.« Als Millie mit dem Kleid fertig war, stand Rosamunde auf und drehte sich um. »Er musste sich während der Nacht übergeben.«

»Aber dazu hättet Ihr mich rufen sollen, Mylady!«

Rosamunde konnte sich lebhaft vorstellen, wie das vonstatten gegangen wäre. »Das war nicht nötig. Aber ich habe den Nachttopf vor die Hintertür gestellt; falls die Yockenthwaits ihn noch nicht weggeschafft haben, solltest du das tun. Das Wichtigste aber ist, dass du den Mann nicht wissen lässt, wo er sich wirklich befindet!«

»Wenn Ihr meint, Mylady.« Rosamunde nahm die schwerfällige Verwunderung in der Stimme der Zofe wahr, doch sie wusste, dass Millie keine Energie darauf verschwenden würde, Fragen zu stellen. Mitsamt ihren vielen Kleiderschichten hievte Millie sich aus dem Bett. »Ich ziehe mich sofort an und kümmere mich um den Nachttopf, Mylady.«

Während Rosamunde die Treppe hinuntereilte, überdachte sie ihre Taktik. Falls Millie ihr beim Versorgen des Mannes helfen musste, würde sie mit Sicherheit nichts ausplaudern; aber würde sie auch daran denken, dass sie Rosamunde nicht mit »Mylady« anreden durfte?

Nun ja, dann wäre sie eben *Lady* Gillsett. Ehefrau von … Sir Archibald Gillsett. Sir Archibald würde ein alter Herr sein, der die meiste Zeit zur Kur in Harrogate oder Matlock weilte.

Deshalb war sie eine vernachlässigte Ehefrau.

Eigentlich gefiel ihr diese andere Identität ganz gut. Lady Gillsett – eine frechere, heißblütigere Frau als Rosamunde, Lady Overton. Lady Gillsett würde beim Gedanken an den im Gästezimmer liegenden Mann und an das, was ihr bevorstand, kein flaues Gefühl in der Magengegend haben. Sie würde sich vor Vorfreude die kirschroten Lippen lecken!

*Wann* würde es stattfinden? Nach dem Frühstück? Starr vor Schreck blieb Rosamunde am Fuß der Treppe stehen, die Hand an den Bauch gepresst. Das bedeutete am helllichten Tag!

Was ihr bei Nacht möglich erschienen war, hielt sie bei hellem Tageslicht für völlig undenkbar; sie und Digby hatten es nur im Schutz der Dunkelheit getan. Allerdings war sie sich nicht ganz sicher, ob sie den Mann noch eine weitere Nacht hier behalten konnte: Wenn er kräftig genug wäre für … für das, was sie von ihm wollte, wäre er sicher auch kräftig genug, um aufzubrechen.

Sie könnte ihn einsperren.

Ein gefangener Liebhaber, dachte sie und hielt die Hand vor den Mund, um ein wildes Kichern zu ersticken.

Was das angeht, hätte Lady Gillsett keinerlei Skrupel! Lady Gillsett sammelte vermutlich in der ganzen Umgebung hübsche Spitzbuben ein und entließ sie nach Gebrauch, ohne sich auch nur einmal nach ihnen umzudrehen. Um Lady Gillsetts Gang zu proben, näherte sich Rosamunde mit keck geneigtem Kopf und wiegenden Hüften dem Spiegel im Korridor.

Bedeutungsvoll rollte sie mit den Augen, doch das sah selbst auf der unversehrten Seite ihres Gesichts lächerlich aus. Mit ihren nussbraunen Locken und ihren runden, rosigen Wangen war sie immer ein natürlicher Typ gewesen; sie konnte gar nicht verrucht wirken. Der Versuch, die Lider kokett über ihre unschuldig blauen Augen zu senken, sah ganz und gar nicht sinnlich aus, sondern eher verschlafen! Mit einem tief ausgeschnittenen Kleid könnte sie vielleicht ihre vollen Brüste zur Geltung bringen – doch sie hatte keins, also schied das aus.

Er hat sich dazu bereit erklärt, rief sie sich energisch ins Gedächtnis. Er muss nicht verführt werden!

In der Küche herrschte geschäftiges Treiben. Aus den Töpfen quoll Dampf, und ein köstlicher Duft von frisch gebackenem Brot und schmurgelndem Schinkenspeck stieg Rosamunde in die Nase. Ein schlankes junges Mädchen räumte gerade das Frühstücksgeschirr der Männer ab, die offenbar schon gegessen und ihr Tagewerk begonnen hatten. Mrs Yockenthwait knetete mit ihren kräftigen Händen einen riesigen Brotteig.

»Ihr seid früh dran, Mylady. Bitte geduldet Euch einen kleinen Moment – Jessie wird gleich das Frühstückszimmer für Euch herrichten.«

Rosamunde setzte sich an den Küchentisch. »Ich kann doch ebenso gut hier frühstücken, Mrs Yockenthwait.«

Die Frau zog zwar die Brauen hoch, doch während sie den Brotteig mit einem Tuch abdeckte und ihn wieder neben den Herd stellte, entgegnete sie: »Von mir aus! Jessie, bitte deck den Tisch mit dem guten Porzellan!«

Rosamunde hütete sich davor zu sagen, dass das nicht nötig sei und sie ruhig das Geschirr des Dienstpersonals nehmen konnten. Sie würde ihnen gerne unnötige Arbeit ersparen, doch die Ordnung musste nun einmal eingehalten werden.

Während das Mädchen das Porzellangeschirr holte, wusch

sich Mrs Yockenthwait die Hände. »Habt Ihr schon nach dem Mann gesehen, Mylady? Ich bin noch nicht dazu gekommen.«

»Er musste sich mitten in der Nacht übergeben; später habe ich ihm ein Pulver gegen seine Kopfschmerzen gegeben. Seither schläft er seinen Rausch aus.«

»Wir haben den Nachttopf gefunden – habt Ihr ihn hinuntergebracht, Mylady? Ihr hättet einen von uns wecken sollen!«

Rosamunde nahm sich eine Scheibe Brot, die vom Frühstück der Männer übrig geblieben war, und bestrich sie mit Butter. »Ihr braucht ihn nicht zu versorgen, Mrs Yockenthwait. Millie und ich werden uns um ihn kümmern.«

Millie, in mehrere Tücher gehüllt, kam in diesem Augenblick herein und tappte zur Hintertür. Gleich darauf kam sie wieder zurück – der Nachttopf war nicht mehr da. »Was soll ich als Nächstes tun, Mylady?«

Rosamunde amüsierte sich insgeheim über diese Bemerkung. Als hätte sie bereits schwer gearbeitet, atmete Millie tief aus. »Setz dich hin und iss etwas«, sagte Rosamunde zu ihr und merkte erst danach, dass sie schon wieder ein neues Problem geschaffen hatte. Die junge Jessie, die gerade mit dem feinen Porzellan hereingekommen war, brauchte nun zusätzliches Geschirr für Millie.

Das Mädchen deckte für Rosamunde auf und holte anschließend auch für Millie Teller und Tasse von dem guten Porzellan herbei. Mrs Yockenthwait blickte missbilligend. Oh, wie gut gemeinte Absichten doch zu ernsthaften Schwierigkeiten führen konnten!

»Millie«, sagte Rosamunde, »setz schon mal das Teewasser auf und hilf Jessie beim Vorbereiten des Frühstücks!«

Damit schien die Ordnung im Universum wiederhergestellt zu sein; die Stimmung in der Küche jedenfalls hellte sich auf.

»Hat er Euch gesagt, wer er ist, Mylady?«, fragte Mrs Yockenthwait, während sie die Brotbleche vorbereitete.

Um ein Haar wäre Rosamunde sein Name herausgerutscht; gerade noch rechtzeitig fiel ihr ein, dass er besser so wenigen Leuten wie möglich bekannt sein sollte. »Er weiß es nicht«, schwindelte sie. »Er kann sich nicht einmal daran erinnern, wie er in den Straßengraben geraten ist.«

»Das überrascht mich nicht – betrunken wie der Kerl war! Und Ihr solltet besser nicht zu vertraut mit so einem werden, Mylady.«

Vertraut! Rosamunde spürte, wie sie rot wurde. »Er ist wirklich vollkommen harmlos! Das alles ist ihm furchtbar peinlich, und er hat sich vielmals entschuldigt. Was auch immer ihn dazu gebracht hat, so viel zu trinken – es ist ganz sicher nicht seine Art. Das hat er mir auch gesagt!«

»Wenn's denn wahr ist«, sagte die Haushälterin trocken. Doch gleich darauf räumte sie ein: »Seine Kleider sind recht ordentlich – oder waren es zumindest. Sie sind jetzt fast trocken. Ich habe Jessie aufgetragen, sie abzubürsten und mit einem Schwamm abzureiben.« Als der Speck und die Eier zu brutzeln begannen, fügte Mrs Yockenthwait hinzu: »Vielleicht möchte er auch ein Frühstück haben.«

Rosamunde konnte nicht zulassen, dass eins von den Mädchen es hinaufbrachte. »Ich werde nachsehen, wenn wir gegessen haben«, sagte sie.

Sie aß schnell, um Mr Malloren aufsuchen zu können, bevor ihr jemand zuvorkam; großen Appetit hatte sie sowieso nicht. Sobald sie fertig war, sprang sie auf und stellte trotz Mrs Yockenthwaits Protest ein Tablett für ihn zusammen.

Spiegeleier und Schinken könnten seinen Magen wieder in Aufruhr bringen, deshalb wählte sie dick mit Butter und Honig bestrichenes Brot. Dazu einen Becher Tee mit Milch – wobei sie bewusst das Dienstbotengeschirr nahm; auf die Untertasse legte sie ein paar Zuckerstückchen. »Ich bringe das hinauf und frage ihn, was er sonst noch möchte.«

»Aber Mylady ...«, protestierte Mrs Yockenthwait.

Sogar Millie stemmte sich hoch.

»Ich mache das schon!«, rief Rosamunde lächelnd und eilte aus der Küche.

Oberhalb der Treppenstufen hielt sie inne, um sich zu sammeln – es durften ihr keine dummen Fehler unterlaufen. Als sie erkannte, dass sie gerade dabei war, den allergrößten Fehler überhaupt zu machen, fuhr sie so zusammen, dass beinahe der Tee überschwappte.

Er durfte auf keinen Fall ihr Gesicht sehen!

Dass sie sich wegen ihrer Narben schämte, war nur zum Teil der Grund dafür. Er durfte niemals erfahren, wer sie war! Wenn er aus irgendeinem Grund versuchte, sie zu finden, würde er in Gillsett Pech haben. Wenn er verrückt genug wäre, könnte er jahrelang durch die Dales streifen, ohne dieses kleine Haus zu finden; forschte er hingegen nach einer Dame mit Narben im Gesicht …

Sie stellte das Tablett ab und lief in ihr Zimmer, um die bemalte Maske zu holen, die sie auf dem Ball getragen hatte. Als sie das Ding betrachtete, verzog sie das Gesicht und wünschte, sie hätte sie nicht so mutwillig verändert. Sie hatte sich aus Dianas Maskensammlung eine schlichte Ganzgesichtsmaske aus vorgeformter Seide ausgesucht, dann aber zum Spaß Augenbrauen, rosa Bäckchen und ein paar modische schwarze Leberflecken aufgemalt. Für einen dekadenten, ausgelassenen Maskenball war ihr das passend erschienen; aber jetzt …?

Als sie die Maske aufsetzte, sah sie genau das, was sie befürchtet hatte: ein groteskes Puppengesicht.

Sie zuckte mit den Achseln. Es war nicht zu ändern und musste nun einmal sein! Sie trug das Tablett zu seinem Zimmer und stützte es auf der Hüfte ab, um die Tür aufzuschließen.

Im Zimmer war es hell und das Bett war leer!

Fast im gleichen Augenblick sah sie ihn mit einem um die Hüften gewickelten Handtuch am Fenster stehen. Es war kein sehr großes Handtuch.

Rosamunde hätte um ein Haar das Frühstückstablett fallen gelassen.

»Oh, Verzeihung«, sagte er und amüsierte sich offenbar köstlich. »Soll ich schnell wieder ins Bett hüpfen?«

»Ja, bitte«, entgegnete Rosamunde mit krampfhaft abgewandtem Blick.

O je – war das etwa Lady Gillsett?

Während er zum Bett schlenderte, unter die Decke schlüpfte und diskret das Handtuch herauszog, zwang sie sich, ihm frech zuzusehen. Lady Gillsett würde sich an jedem einzelnen Zentimeter von ihm ergötzen, und Rosamunde musste sich eingestehen, dass auch sie es tat. Schon als er bewusstlos dalag, hatte sie seinen Körper bewundert, doch jetzt, wo er wach war und sich bewegte, fand sie ihn geradezu atemberaubend. Als er schließlich wieder bis zur Mitte des Brustkorbs bedeckt war, fühlte sie einen Lady Gillsetts würdigen Anfall von Bedauern.

Erst dann wunderte sie sich darüber, wie entspannt er gewirkt hatte, und wurde unruhig. Zwischen seinem ersten und zweiten Erwachen hatte er den Namen des Anwesens vergessen, in dem er sich ihren Angaben zufolge befand: Was sollte sie tun, wenn er diesmal das während der Nacht gegebene Versprechen vergessen hatte?

Müsste sie dann ganz von vorne anfangen?

Sie zwang sich zur Ruhe, trat ans Bett und stellte ihm das Tablett auf den Schoß.

Während er eine Hand danach ausstreckte, blickte er lächelnd zu ihr hoch. »So besser?« Obwohl er sie eindeutig necken wollte, schien er gleichzeitig ein wenig verblüfft zu sein. Bedeutete das, dass er sich an seine Zusage erinnerte?

»Ihr habt mich erschreckt.«

»Ich konnte meine Kleider nicht finden!«

»Sie sind zum Trocknen in der Küche. Und zum Reinigen – so gut es eben geht.« Nervös nestelte sie an ihrem Rock herum. »Ihr lagt in einem schlammigen Straßengraben.«

Er schaute auf das Tablett und griff nach einem Honigbrot. »Wenn ich mich nur entsinnen könnte, wie oder weshalb ich dort gelandet bin! Hätte ich mit dem Gesicht nach unten gelegen, wäre ich womöglich ertrunken – mit Sicherheit aber wäre ich erfroren. Ich werde Euch ewig dankbar sein, Mrs Gillsett!«

Spielte er damit auf ihre frivole Abmachung an? Rosamunde glaubte nicht, dass sie es über sich bringen würde, noch einmal von vorne zu beginnen, überdies im hellsten Tageslicht. »Wenn Ihr außer Tee und Brot noch etwas Nahrhafteres wünscht, sagt es bitte!«

Er tat Zucker in den Tee und rührte ihn um. »Ich muss gestehen, dass ich Hunger habe, doch ich probiere lieber erst aus, ob meine Innereien das hier vertragen.« Er blickte wieder hoch. »Ich bitte Euch wirklich sehr, meine scheußliche Unpässlichkeit in der Nacht zu entschuldigen.«

Er meinte es ernst. Auch er ist verlegen, dachte Rosamunde.

Weil er sich übergeben hatte? Oder aus einem anderen Grund?

»Erinnert Ihr Euch daran?«

»Ich denke schon.«

Rosamunde presste die Hände aneinander. »An alles?«

Er nippte am Tee, behielt sie dabei aber im Auge. »Ich glaube, ich erinnere mich an alles, ja«, antwortete er hintergründig.

Rosamunde musste erst Mut sammeln, bevor sie erwidern konnte: »Gut.«

Mit kaum merklich gehobenen Augenbrauen wandte er sich wieder seinem Frühstück zu.

War das alles, was er dazu zu sagen gedachte? Rosamunde hätte ihn gerne gefragt, ob er *wirklich* dazu bereit sei. Und wann. Und wie …

»Ist die Maske tatsächlich nötig?«, fragte er.

Sie betastete sie und stellte fest, wie seltsam sie sich unter ihren Fingern anfühlte. »Ich möchte nicht, dass Ihr mein Gesicht seht.«

»Dann seid Ihr vermutlich nicht Mrs Gillsett von Gillsett.«

Rosamundes Herz setzte ein paar Takte aus. »Wie kommt Ihr darauf?«

»Wenn ich Euren Namen und den dieses Anwesens weiß, wozu solltet Ihr dann noch Euer Gesicht vor mir verbergen?«

Er hatte Recht! Sie hätte sich denken können, dass sie die Sache verpatzen würde! Sie rang nach Fassung. »Ich bin nie davon ausgegangen, dass Ihr mich suchen würdet.«

»Dann gibt es erst recht keinen Grund, eine Maske aufzusetzen.«

Verzweifelt suchte sie nach einer Erklärung: »Und was wäre, wenn wir uns eines Tages auf der Straße oder bei einer Versammlung begegneten? Ich möchte nicht, dass Ihr mich dann erkennt.« Ihr fiel noch eine Phrase ein, auf die Diana hin und wieder zurückgriff: »Es ist nur eine kleine Laune, Sir. Lasst mir doch einfach meinen Willen!«

Es funktionierte. Er zuckte mit den Achseln und sagte: »Ich verdanke Euch mein Leben und werde Euren Willen selbstverständlich respektieren.« Er warf ihr einen eindringlichen Blick zu. »In jeder Hinsicht.«

Obwohl es genau das war, was sie wollte, hätte Rosamunde beinahe gequiekt wie eine in die Enge getriebene Maus.

Sie sah ihm beim Essen zu, bis er schließlich das Tablett wegschob. »Ich scheine es bei mir zu behalten! Doch leider bin ich immer noch außerstande, Eurem Wunsch Folge zu leisten. Ist es möglich, eine Zahnbürste zu bekommen?« Er rieb sich das Kinn. »Ein Rasiermesser könnte auch nicht schaden.«

Angesichts dieser nüchternen Bitten wäre Rosamunde beinahe in Tränen ausgebrochen. Als Nächstes würde er womöglich noch einen Termin für, sagen wir, halb ein Uhr nachmittags ansetzen!

Gleich darauf hatte sie sich wieder unter Kontrolle. »Natürlich! Ich werde Euch Zahnbürste und Zahnpulver borgen und lasse Wasser heiß machen, damit Ihr Euch waschen könnt. Ein Rasiermesser kann ich hingegen nicht versprechen.«

»Rasiert sich Euer Gatte nicht?«

O Gott! Was sollte sie darauf antworten? »Selbstverständlich! Aber er ist verreist – sicher hat er seine Rasiermesser mitgenommen. Doch ich werde nachsehen!«

Damit floh sie aus dem Zimmer und verschloss die Tür, als bestehe die Gefahr, dass er sich aus dem Staub machte. Das würde ihm nicht gelingen! Bestimmt zögerte er die Sache nur deshalb hinaus, weil er hoffte, sie würde es sich anders überlegen!

Und er hatte erraten, dass es ein falscher Name war – verflixt! Was auch immer er sein mochte, ein Dummkopf war er jedenfalls nicht.

Die Hand an die Brust gepresst, lehnte sie sich an die getäfelte Wand. Diana hatte Recht gehabt: Auf dem Maskenball wäre alles *viel* einfacher gewesen!

Sie bedauerte jedoch nicht, dass die Sache diese Wendung genommen hatte.

Wenn sie an das Verlangen dachte, das sie gerade angesichts seines fast nackten Körpers empfunden hatte, bedauerte sie es umso weniger. Mochten ihre Gefühle auch sündig sein – wenn sie diese Sache schon tun musste, dann doch lieber mit diesem gut aussehenden Tunichtgut.

Sie nahm die Maske ab, steckte sie in ihre Tasche und rieb sich mit den Händen über das Gesicht, um etwaige Abdrücke zu verwischen. Nach einem prüfenden Blick in den Spiegel eilte sie in die Küche hinunter, um Millie anzuweisen, ihm Zahnbürste, Zahnpulver und warmes Wasser zu bringen. »Oh, und er hat es tatsächlich geschafft, in der Nacht ein Glas auf den Boden zu werfen. Mach bitte sorgfältig sauber und gib Acht, dass keine Scherben zurückbleiben.« Dann wandte sie sich an die Haushälterin. »Mrs Yockenthwait, können wir ein Rasiermesser für ihn besorgen?«

»Wollt Ihr so einem Mann wirklich eine Klinge in die Hand geben, Mylady?«

»Er ist völlig harmlos!« Noch während Rosamunde dies sagte, wusste sie, dass es nicht stimmte. Er würde die Klinge zwar nicht für einen mörderischen Angriff benutzen, doch irgendetwas Gefährliches hatte er an sich, dieser Mr Malloren. Trotzdem war sie von ihm gefesselt – wie eine Fliege, die sich in einem Spinnennetz verfangen hat. Sie würde sich sicherer fühlen, wenn er das Nötige getan hatte und wieder aus ihrem Leben verschwunden war.

Sicherer, doch nicht unbedingt glücklicher.

Mrs Yockenthwait stellte das Rasiermesser ihres Mannes zur Verfügung, und bevor Millie mit allem nach oben ging, erinnerte Rosamunde sie leise an ihre Abmachung.

Am liebsten wäre sie selbst gegangen, doch das hätte seltsam gewirkt.

Als Nächstes galt es zu überlegen, wie sie die Haushälterin von dem Mann fernhalten konnte.

Während sie immer noch nach einer glaubhaften Ausrede suchte, stürzte ein molliges junges Mädchen keuchend und mit hochrotem Kopf in die Küche. »Tante Hester, Tante Hester! Bei Carrie haben die Wehen eingesetzt!«

Erst dann erblickte das Mädchen Rosamunde. »Mylady!«, grüßte sie artig und machte einen Knicks.

»Meine Nichte Dilly Beckworth«, sagte Mrs Yockenthwait. Sie runzelte die Stirn. »Das kommt wirklich sehr ungelegen. Ich hatte versprochen zu helfen, aber ... «

»Aber Sie müssen gehen!«, beharrte Rosamunde und hoffte, man hörte ihr die Erleichterung nicht an. »Jessie kann sich hier unten um alles kümmern, und Millie soll ihr dabei zur Hand gehen. Ich werde wahrscheinlich ohnehin im Laufe des Tages aufbrechen.«

Nach kurzem Zögern nickte Mrs Yockenthwait. »Nun

gut. Aber Ihr könnt jederzeit im Haupthaus Hilfe anfordern. Ich packe schnell ein paar Sachen zusammen.«

Sie marschierte davon, während ihre Nichte nervös in der Küche auf und ab lief.

»Ist Carrie deine Schwester, Dilly?«, fragte Rosamunde, um sie abzulenken und um sich nicht anmerken zu lassen, dass ihr gerade neue, beunruhigende Gedanken durch den Kopf schossen.

Das Mädchen knickste. »Ja, Mylady. Es ist ihr erstes Kind.«

»Ich hoffe, es wird alles gut gehen.«

Insgeheim dachte Rosamunde jedoch darüber nach, dass bei einer Geburt immer viele Frauen zusammenkamen und es sicher eine großartige Gelegenheit für sie war, stundenlang miteinander zu plaudern.

»Ist sie kurz vor der Niederkunft?«, fragte Rosamunde.

»Ich glaube nicht, Mylady. Die Wehen haben erst vor einer Weile eingesetzt.«

Dann konnte es noch den ganzen Tag dauern.

Mrs Yockenthwait kam wieder herein. »Ich hoffe, du gehst Lady Overton nicht auf die Nerven, Dilly.«

»Nein, nein«, versicherte Rosamunde. »Ich habe mich nach dem Befinden Ihrer Nichte erkundigt.«

»Es wird schon gut gehen, so Gott will! Sie ist eine gesunde und kräftige junge Frau«, sagte Mrs Yockenthwait, und dann, an ihre Nichte gewandt: »Warte draußen auf mich, Dilly!« Als das Mädchen gegangen war, vertraute sie Rosamunde an: »Ich bin ein bisschen besorgt, Euch hier mit diesem Mann allein zu lassen, Mylady.«

Rosamunde war genauso nervös wie die arme Dilly, nur aus einem anderen Grund. »Dafür besteht kein Anlass. Ich schließe seine Tür immer ab. Und sollte er irgendwelchen Ärger machen, sind ja Männer in der Nähe, die helfen können.«

Mrs Yockenthwait warf ihr einen typischen Yorkshire-

Blick zu: Er konnte sowohl Besorgnis widerspiegeln als auch Argwohn, dass Rosie Ellington etwas im Schilde führte.

Es ließ sich nicht ändern. Rosamunde nahm ihren ganzen Mut zusammen. »Mrs Yockenthwait, ich glaube, es wäre besser, wenn niemand von dem Mann erfahren würde …«

»Ja, Mylady?«

Rosamunde versuchte, ruhig und beherrscht zu wirken. »Er war zwar die ganze Nacht bewusstlos oder hat sich erbrochen. Trotzdem könnte ein falscher Eindruck entstehen, wenn andere davon erfahren. Mein Ruf …«

Die Frau stutzte erst, dann nickte sie. »Vielleicht habt Ihr Recht, Mylady. Es ist sowieso das Beste, wenn die Angelegenheit unter uns bleibt. Hörst du, Jessie?«

»Ja, Mrs Yockenthwait!«

»Ich werde auch meinem Mann Bescheid sagen. Und Ihr solltet mit Eurem Stallburschen und Eurem Kutscher reden, Mylady.«

»Das werde ich tun. Vielen Dank.« Rosamunde gab sich so gelassen wie möglich. Innerlich zitterte sie jedoch, weil sie überzeugt war, dass Mrs Yockenthwait etwas ahnte.

Dass sie ahnte, was Rosamunde vorhatte.

Und aus welchem Grund.

Deshalb war diese strenge, rechtschaffene Frau auch bereit, ein Auge zuzudrücken.

Die Haushälterin nahm ihre Schürze ab, und während sie sich den Hut aufsetzte und den Mantel anzog, erteilte sie noch schnell eine Flut von Befehlen: »Jessie, kümmere dich gewissenhaft um Lady Overton! Und stell das Brot in den Ofen, sobald der Teig aufgegangen ist! Lass es nicht zu lange drin! Vergiss nicht, den Schinken für das Abendessen in den Backofen zu stellen! Und pflücke die Bohnen. Und …«

Als ihr keine weiteren Anweisungen mehr einfielen, ergriff sie den Korb mit ihren Sachen und warf Rosamunde einen letzten nachdenklichen Blick zu. »Passt auf Euch auf, Mylady.«

Rosamunde nickte und sah ihr hinterher, als sie ging. Dass die Haushälterin womöglich etwas ahnte, war eine schreckliche Vorstellung. Andererseits deutete es darauf hin, dass die Leute in der Umgebung bereitwillige Verbündete sein könnten. Niemand hier wollte die Neue Glaubensgemeinschaft in der Nähe haben. Da die Bewohner der Dales alle irgendwie miteinander verwandt waren, gab es in Wenscote keine Familie, die nicht irgendwelche Verbindungen zu den anderen Familien dieser Gegend gehabt hätte. Und als typische Bewohner der Dales wollten sie ohnehin nicht, dass Außenstehende ihre Nasen in ihre Angelegenheiten steckten.

Rosamunde warf der jungen Jessie einen verstohlenen Blick zu, doch die hatte sich bereits ihrer Arbeit zugewandt. Wenn sie Glück hatte, hegte das Mädchen keinerlei Verdacht.

Normalerweise hätte Rosamunde dem Mädchen gut zugeredet, doch jetzt war es ihr recht, dass Jessie ein bisschen eingeschüchtert war und im Erdgeschoss zu tun hatte. »Millie und ich werden uns um den Herrn kümmern, Jessie. Es ist nicht nötig, dass du hochkommst.«

»Wie Ihr wünscht, Mylady.«

Millie kam zurück. »Ich habe getan, was Ihr mir aufgetragen habt, Mylady. Aber es ist nicht richtig, dass Ihr da reingeht – dieser Kerl hat ja kaum etwas an!«

Rosamunde errötete, antwortete aber schlagfertig: »Es tut mir leid, dass es dich aus der Fassung gebracht hat, Millie. Da ich im Gegensatz zu Jessie und dir eine verheiratete Frau bin, werde ich nach ihm sehen!« Bevor Millie Einwände erheben konnte, fügte Rosamunde hinzu: »Bitte versuche doch, ob du die Schmutzflecken aus meinem blauen Unterrock herausbekommst. Am besten, du machst es in der warmen Küche!«

Millie runzelte die Stirn, doch es war nicht ihre Art, hartnäckig zu widersprechen. Sie zuckte mit den Schultern und stapfte davon, um den Unterrock zu holen. Rosamunde ging schnell zu den Ställen hinüber und wies Garforth und Tom an, mit niemandem über den Mann zu sprechen. Als sie in die Küche zurückkam, stand Millie mit dem Unterrock, einer Schüssel Wasser und Seife am warmen Herd.

Alles war bestens vorbereitet. Es müsste schon etwas Außergewöhnliches geschehen, um Millie zu veranlassen, noch einmal die Treppe hinaufzusteigen – und Jessie hatte keinen Grund, das zu tun.

Und nun?

Nervös lief Rosamunde in den Salon. Wie um alles in der Welt verhielt man sich in einer so ungewöhnlichen Situation? Wann sollte sie nach oben gehen?

Was würde Lady Gillsett jetzt tun?

Lady Gillsett wäre mit Sicherheit längst oben und würde, während er sich rasierte, kein Auge von seinem Körper lassen, bereit, sich bei der erstbesten Gelegenheit auf ihn zu stürzen. Rosamunde hingegen schlich mutlos und mit weichen Knien hier unten herum.

Sie straffte die Schultern: Sie würde es tun, selbst wenn ihr die Knie zitterten und sie innerlich bebte. Jetzt!

Sie stieg die Treppe hoch und blieb vor der Tür zur Lagerstatt ihres gefangenen Liebhabers stehen. O je! Sie fühlte sich wie einer der frühen Christen, der in der römischen Arena den Löwen vorgeworfen wurde. Gütiger Gott …

Während sie mit den Händen über ihr schlichtes grünes Kleid strich, fragte sie sich, ob sie nicht besser ihr Nachthemd anziehen sollte. Nein – nicht am helllichten Tag!

Was auch immer geschehen mochte, sie musste durch diese Tür gehen.

Mit zittrigen Fingern zog sie ihre Maske auf. Bevor sie den Schlüssel umdrehen konnte, musste sie die Hände noch einmal am Rock abwischen.

Ihr Herz hämmerte, und ihre Lungen sogen verzweifelt Luft ein.

Sie ging hinein.

# 5

Es sah aus, als hätte er das Bett gar nicht verlassen. Doch er war rasiert und hatte sich frisch gemacht, sein lockiges Haar fiel weich auf seine Schultern. Er lag mit nacktem Oberkörper da und blickte Rosamunde unverwandt an. Ihr stockte der Atem.

Fall jetzt nicht in Ohnmacht, befahl sie sich, und es gelang ihr, die Fassung einigermaßen wiederzugewinnen. Niemals würde sie diese Sache durchführen können!

Er zuckte leicht mit den Brauen und klopfte auffordernd aufs Bett.

Rosamunde holte tief Luft, rief im Geiste Lady Gillsett herbei und schlenderte zu ihrem Liebhaber hinüber. Vollkommen bekleidet legte sie sich an seine Seite.

O je – hätte sie sich zuerst ausziehen sollen?

Als sie an sich hinuntersah, fiel ihr Blick auf ihre robusten, verschrammten Schuhe: Man konnte sich doch nicht mit Schuhen an den Füßen verführen lassen! Sie streifte sie hastig ab und stieß sie über die Bettkante auf den Boden. Hoffentlich hatte er nichts gemerkt!

Ihre bestrumpften Zehen fühlten sich unanständig nackt an.

Sie sollte ihm jetzt wohl ins Gesicht schauen, überlegte sie sich, und ihr Blick flatterte seitwärts zu ihm hin. Ratlos und verblüfft versuchte sie seine Miene zu deuten.

»Liebe Lady, wenn Ihr als Lohn für Eure Pflege ein vergnügliches Liebesabenteuer wünscht, könnt Ihr das gerne haben! Aber warum sagt Ihr mir nicht, was Ihr wirklich wollt?«

Rosamunde lief unter der Maske feuerrot an. Welch ein Pech, dass er nicht dumm war!

Einen Moment lang war sie versucht, ihm die Wahrheit zu sagen: dass sie ein Kind bekommen musste. Doch dann fehlte ihr der Mut dazu. Es stand einfach zu viel auf dem Spiel; ihre Tugend und ihr Ruf waren hierbei nur der geringste Einsatz. Das Wohlergehen aller mit Wenscote verbundenen Menschen hing von diesem Augenblick ab!

»Warum bezweifelt Ihr, was ich von Euch will?«

»Nun, mir scheint, es mangelt Euch erheblich an Verlangen!«

Erst jetzt schaute sie ihn *richtig* an, sah seinen kräftigen Hals, seine breiten Schultern und den muskulösen Brustkorb. Ein leichter, beruhigender Duft von Kernseife umgab ihn …

»Ich empfinde durchaus Verlangen«, sagte sie, und das stimmte auch. Sie spürte es, obwohl dieser Zustand ihr bisher fremd gewesen war. Sie fühlte sich ein wenig benommen, so als schlüge ihr Herz nicht mehr ganz regelmäßig. Und eine seltsame Überempfindlichkeit der Haut fiel ihr plötzlich auf, als müsse sie bei der kleinsten Berührung schmerzen.

Nein, nicht wirklich schmerzen …

»Vielleicht tut Ihr's deswegen.« Er ergriff ihre linke Hand und berührte den Ehering. »Wenn Ihr nichts dagegen habt, würde ich gerne etwas über Euren Gatten erfahren.«

Was sagte er da?

Weshalb denn das?

Ob dieser Mann jemals das tun würde, was sie von ihm erwartete? War das nun typisch männlich oder hatte sie es mit einem äußerst ungewöhnlichen Exemplar zu tun?

Da es ihm wichtig zu sein schien, erzählte sie ihm weitgehend wahre Einzelheiten, doch verwirrte er sie dabei völlig, weil er unentwegt sanft über ihre Finger strich. »Mein Mann ist ein guter, ein gütiger Mensch. Aber er ist alt. Er kann nicht …« Das könnte alarmierend klingen. »Er fordert nur selten … ähm … seine ehelichen Rechte ein.«

Er zog ihre Hand an seinen Mund und küsste sie – absichtlich, da war sie sich sicher, direkt neben ihren Ehering. »Und Ihr wollt mich, hier und jetzt?«

Mit seinen warmen Lippen streifte er ihre Finger – eine hauchzarte Berührung, die ihr durch und durch ging. »Ja«, sagte sie mit klopfendem Herzen. »Ich will Euch! Hier und jetzt.«

Das traf zu, aber inzwischen war es mehr als pures Verlangen.

Eine unbändige Neugier hatte sie erfasst.

Sie war schon immer sehr neugierig gewesen und wollte nun auch über diese Sache Bescheid wissen: War das, was sie mit Digby kennen gelernt hatte, alles, oder gab es da noch mehr? Das versprachen jedenfalls der eigene Instinkt, die Andeutungen anderer und ihre aufgewühlten Sinne.

Während er weiter mit ihren Fingern spielte, fragte er: »Ist der Zeitpunkt günstig?«

»Ja.«

Erneut zog er ihre Hand an seinen Mund, küsste langsam und hingebungsvoll ihre Fingerknöchel und glitt weiter zur blassen Innenseite ihres Handgelenks. Sie spürte seine nasse Zunge auf ihrer Haut.

»Sehr gut.«

Rosamunde, die schon jetzt atemlos war, machte sich auf etwas Schwindelerregendes gefasst, das sie überwältigen würde wie die geheimen Sehnsüchte, die tief in ihrem Inneren brodelten. Doch er drehte sie bloß von sich weg. »Jetzt legen wir erst einmal Eure Kleider ab!« Mit ruhigen, geübten Fingern begann er die Häkchen an ihrem Kleid zu öffnen.

Schockiert über seinen nüchternen Ton, schnellten ihre Hände wie von selbst an ihr Mieder, um ihn an seinem Vorhaben zu hindern. Letztlich zwang sie sich, es zuzulassen – aber musste das so kühl und sachlich geschehen?

In den darauf folgenden Minuten war sie mehrmals kurz davor, die Sache abzubrechen. Letzte Nacht, im Dunkeln und im Nachthemd, wäre sie dazu bereit gewesen, doch am helllichten Tag von einem nackten Fremden ausgezogen zu werden, war etwas völlig anderes!

Schließlich riss sie sich los, schlüpfte aus dem Bett und zog sich selbst Unterrock und Strümpfe aus. Ihr Unterkleid behielt sie an. Es war aus grober Baumwolle, hatte ein Schnürbändchen am Ausschnitt und schlicht gerüschte, halblange Ärmel. Obwohl es ihr wie ein Zelt bis unter die Knie hing, fühlte sie sich sündhaft entblößt.

Um festzustellen, wie all das auf ihn wirkte, schaute sie verstohlen zu ihm hin.

Wie war das mit den Geschichten über liebestolle Männer?! Da stand sie fast nackt im hellen Tageslicht und er betrachtete sie gerade so interessiert und erregt wie ... wie ein Schäfer seine Schafe! Waren die Geschichten dummes Zeug? Nein, dachte sie und seufzte in sich hinein: Sie vergaß nur immer wieder, Lady Gillsett zu sein! Eine willige Geliebte würde sich anders verhalten.

Und wieder wäre sie am liebsten unters Bett gekrochen.

Bis sie sich grimmig ins Gedächtnis rief, dass es völlig gleichgültig war, ob sie lächerlich wirkte oder ob er sie begehrte. Wichtig war allein, dass sie schwanger wurde!

Und er hatte eingewilligt.

Als wäre er gerade zum gleichen Schluss gekommen, schlug er einladend die Decke zurück. Sie schlüpfte ins Bett, wo sie sittsam ihr Unterkleid über die Beine zog ...

O nein – was tat sie da wieder? In der Nacht hatte sie ihr Hemdchen hochgeschoben und sich an ihn geschmiegt – jetzt lag sie steif wie ein Stock und züchtig bedeckt am äußersten Bettrand!

Brand betrachtete seine rätselhafte Bettgenossin voller Zweifel. Sicher, es gab vernachlässigte Ehefrauen, die sich Männer zum Stillen ihrer Bedürfnisse suchten. Doch was erwartete *sie* bloß von ihm?

Nun, vermutlich erwartete sie, dass er ihr zu ein paar netten Erfahrungen verhalf. Er war überzeugt, dass sie ihm das Leben gerettet hatte, und erinnerte sich dankbar an ihre sanfte Fürsorge. Er stand in ihrer Schuld, und sie hatte ihm gesagt, welchen Lohn sie begehrte; einen Lohn, den zu zahlen er imstande war. Er durfte sich nicht drücken, mochte ihn ihr sonderbares Verhalten auch noch so sehr verunsichern.

Ihm fiel die Angst wieder ein, die er beim Erwachen verspürt hatte. Lag es vielleicht daran? Die Panik hatte bei Tage zwar nachgelassen, doch ein kleiner Rest davon war zurückgeblieben, auch die Gedächtnislücken waren noch da. Wahrscheinlich kam ihm deshalb alles so wirr vor.

Ob das hier eine Falle war?

Aber aus welchem Grund?

Erpressung womöglich?

Kaum vorstellbar, wie das ablaufen sollte!

Ein Versuch, ihn in eine Ehe zu nötigen?

Möglicherweise existierte der Ehemann gar nicht, wenngleich ihr Ehering aussah, als trüge sie ihn schon viele Jahre. Unter Umständen war sie Witwe. Und wenn es so war: Wie konnte sie glauben, auf diese Weise einen Mann an den Altar zu bringen? Würde im entscheidenden Moment ein erzürnter Verwandter das Zimmer stürmen, eine Heirat verlangen oder ihn zum Duell fordern? Er würde ungern kämpfen und nur notgedrungen jemanden töten.

Oder würde der Eindringling ihn im Bett erstechen, und dann behaupten, er wäre dazu provoziert worden?

Doch wer zum Teufel sollte ihn umbringen wollen? Die Familie Malloren mochte zwar Feinde in einflussreichen Positionen haben, aber es war schwer vorstellbar, dass ihn einer von ihnen bis in die nordenglische Provinz verfolgte. Außerdem waren das zumeist Feinde seines Bruders, des Marquis, und der rechnete selbst mit ihnen ab. Als Gutsverwalter war Brand nicht in die politischen Ränke seines Bruders verstrickt.

Nein, seine unklaren Ängste hingen sicher mit dem Ereignis zusammen, das ihn am Vortag in den Straßengraben befördert hatte, und nicht mit dieser armen Frau! Er durfte sich davon nicht abhalten lassen, ihr für ihre Güte den gewünschten Lohn zu geben, und zwar großzügig.

Wenn er nur wüsste, was genau sie eigentlich wünschte!

So beschloss er nüchtern, einfach so langsam vorzugehen, dass sie sich jederzeit zurückziehen konnte. Das würde ihm nicht schwer fallen. So reizend ihr Wesen und ihr Körper auch sein mochten, es würde eine Weile dauern, in Stimmung zu kommen – was auch an dieser grotesken Maske lag.

Zuerst einmal nahm er sie behutsam in die Arme. Er spürte, wie sich ihr verkrampfter Körper langsam entspannte, bis sie sich schließlich fast an ihn zu schmiegen schien. Das war schon besser!

Sobald er merkte, dass ihr seine Berührungen offenkundig behagten, begann er, ihre weiche Haut zu streicheln und sacht zu küssen, wobei er mit den unverfänglichen Stellen anfing und langsam bis unter das schlichte Unterkleid vordrang.

Sie hinderte ihn nicht daran.

Allmählich fing er Feuer. Die weichen Rundungen einer Frau, ihre seidige Haut, die warmen, erdigen Gerüche ihrer verborgeneren Stellen: all das genoss er immer sehr. Auf den Mund konnte er sie nicht küssen, weil die Maske in diesem Bereich nur eine schmale Öffnung hatte. Das war jammerschade, doch vielleicht würde sie mit der Zeit lockerer werden und das Ding abnehmen!

Vielleicht trug sie die Maske aber gerade deshalb: Manche Frauen fanden Küsse intimer als die eigentliche körperliche Vereinigung.

Schon bald hatte er völlig vergessen, das Ganze als Pflichtübung aufzufassen. Ihr Körper war wohlgeformt, weich und sinnlich und fühlte sich wunderbar an. Ein angenehmer, moschusartiger Duft ging von ihr aus. Ihre Figur entsprach genau seinem Geschmack; angenehm mollig, dabei fest wie eine reife Frucht. Obwohl sie selbst untätig war, reagierte sie doch deutlich auf jede seiner Berührungen.

Welch Schande, solch ein reizendes Geschöpf an einen Mann zu verschwenden, der es nicht zu schätzen wusste!

Behutsam befreite er eine ihrer prallen Brüste aus ihrem gelösten Ausschnitt und begann sie sanft zu liebkosen. Er atmete tief ein.

Ein vollkommener Genuss!

Absolut vollkommen.

Benommen und erstaunt ließ Rosamunde alles mit sich geschehen. Sie hatte zwar keine genaueren Vorstellungen davon gehabt, erwartete jedoch etwas Ähnliches wie bei Digby, der immer geradewegs zur Sache kam. Da Mr Malloren bedeutend jünger war, würde es lediglich kraftvoller vonstatten gehen, hatte sie gedacht. All diese Berührungen, das Streicheln und Lecken verblüfften sie.

Zudem wurde sie langsam nervös. Wann würden sie zu dem entscheidenden Teil kommen? Seine Hände schienen schon überall gewesen zu sein, nur nicht an der Stelle, auf die es ankam – und selbst dort wäre es mit Händen nicht getan!

Diese klugen Hände taten jedoch andere Dinge, Dinge, bei denen sie am liebsten erschauert und zusammengezuckt wäre. Schließlich ergab sie sich ihren Gefühlen, und er fragte: »Gefällt Euch das?«

Gefallen? Als ob es hier darum ging, dass ihr etwas *gefiel!* Sie wollte, dass er endlich zur Sache kam! Um ihn anzuspornen, bejahte sie seine Frage, doch gleich darauf gestand sie sich ein, dass es tatsächlich so war.

Es gefiel ihr.

O weh! Statt angespannt auf den furchtbaren Akt zu warten, ließ sie es zu, dass sie seine Berührungen genoss! Sein fester, sie sanft berührender warmer Körper hatte etwas in ihr zum Klingen gebracht. Eingehüllt in seine Wärme, schwindelig von seinem Geruch, trieb sie dahin …

Herr im Himmel! Dieses rauschhafte, fiebrige Gefühl musste Verlangen sein – das Feuer, das Dichter und Lüstlinge inspirierte und Männer wie Frauen in Sünde und Verderben trieb! Dies war das erahnte Geheimnis, das sich ihr zuvor nie offenbart hatte!

Hier war es!

In ihr selbst!

Erstaunt hob sie den Kopf, schaute ihn an und … schwieg, als sie sah, wie selbstvergessen er ihre Brüste bewunderte. Eine von ihnen küsste er wieder und wieder und wiegte sie dabei sanft, wie eine reife Frucht, die er gerne verzehren würde.

Sie verzehren.

Er wiegte sie und begehrte sie.

Selbst voller Begehren, diese Lippen auf ihren zu spüren, griff sie in sein Haar, zog sein Gesicht zu ihrem hoch und neigte sich ihm entgegen, um ihre Lippen gegen seine zu pressen.

Erst dann fiel ihr die Maske ein.

Lächelnd entzog er sich ihr. »Vielleicht verzichten wir jetzt auf die Maske? Ihr könnt auf meine Diskretion zählen …«

Doch als er die Bänder lösen wollte, ergriff sie seine Hände. »Nein!«

Er hielt inne. »Vertraut mir!«

Es schmerzte sie, die Aufrichtigkeit seines Verlangens zu sehen und selbst nicht aufrichtig zu sein. Wie gerne hätte sie ihm die Wahrheit erzählt! Doch als sie sich erneut bewusst machte, was diese Maske verdeckte, durchlief es sie eiskalt: Sie verbarg ja nicht nur ihre Identität – die sie schon um das Wohl anderer bewahren musste –, sondern auch ihr verunstaltetes Gesicht!

»Nein«, entgegnete sie fest.

Er zuckte mit den Schultern. »Dann eben keine Küsse auf den Mund!« Stattdessen beugte er sich hinunter, um ihre Brustspitze zu küssen, und sog sie tief in seinen Mund hinein.

Rosamunde stieß einen erstickten Schrei aus und wurde ganz schwach. Doch als es schien, er würde damit aufhören, presste sie ihn fest an sich. Leise lachte er an ihrer mundnassen Haut. »Ich fürchte, Euer Gatte vernachlässigt Euch nicht nur, meine Süße – er hat auch nicht die geringste Ahnung!«

Digby? Digby hätte solche Dinge tun sollen?

Er hatte ihre Brüste manchmal gedrückt, was ihr aber nicht gefiel. Die Sachen, die dieser Mann hier mit ihr anstellte, hatte er freilich nie gemacht! Jetzt begann er denselben Zaubertrick mit ihrer anderen Brust …

Von süßen Empfindungen durchrieselt, lachte sie leise. Sie erkannte, dass all das von Grund auf natürlich war, und begrüßte es als ein ihr seit langem vorenthaltenes Recht. Sein warmer, lächelnder Blick traf sie; ihr Lachen schien ihm echte Freude zu bereiten. Schließlich berührte er, vorsichtig und beinahe fragend, die wichtige Stelle.

Als Antwort spreizte sie die Beine, doch er machte keinerlei Anstalten, in sie einzudringen. Er streichelte sie nur. Nun zog sie ihn fest an sich, wortlos bittend; Stolz und Würde waren vergessen. Zum ersten Mal in ihrem Leben empfand sie ein Verlangen danach, einen Mann in sich zu spüren. Ein maßloses Verlangen, wie brennender Hunger, wie ein Instinkt, der sich nicht unterdrücken ließ, nicht unterdrückt werden durfte!

Er streichelte sie.

»Jetzt«, befahl sie. »Macht es *jetzt. Jetzt!*«

Seine Augen blitzten auf – begehrend und ein wenig belustigt. »Seid Ihr sicher?«

Es war keine ernsthafte Frage, und sie versuchte gar nicht erst, eine Antwort zu geben. Er lächelte und schob sich auf sie.

Sie hatte damit gerechnet, sich von ihm erstickt oder zerdrückt zu fühlen, doch das war nicht der Fall. Sie genoss es sogar, sein Gewicht zwischen ihren Hüften zu spüren, und hob sich ihm suchend entgegen. Wie in direkter Erwiderung drang er langsam in sie ein.

Endlich!

Sie kostete jeden Zentimeter aus, doch als sie plötzlich begriff, dass er ganz in sie eingedrungen war, schrie sie erschrocken auf. Lachend legte er seine Hand über ihren maskierten Mund. »Schhhh! So sicher Ihr Euch hier auch glaubt, Ihr dürft nicht so laut sein!«

Nun presste Rosamunde selbst ihre Hand an den Mund, denn zum ersten Mal in ihrem Leben konnte sie sich vorstellen, tatsächlich hemmungslos zu schreien. Als Digby anfangs seine Rechte einforderte, hatte sie auch geschrien – allerdings vor Schmerzen. Weil er ja nichts dafür konnte, hatte sie später versucht, ihre Schreie zu unterdrücken. Dieser Schmerz hatte aufgehört. In den darauf folgenden Jahren ächzte sie ab und zu, wenn Digby sie mit seinem Gewicht zu zerquetschen drohte; ansonsten tat sie keinen Mucks mehr.

Jetzt wartete sie auf seine kraftvollen Bewegungen und befahl sich, keinen Lärm zu machen.

Doch es passierte nichts.

Er hatte sich wieder ihren Brüsten zugewandt, knabberte und lutschte daran und bewegte sich nur ganz langsam in ihr. Ihre an den Mund gepresste Hand diente nun dazu, Ausrufe zu unterdrücken, dass er schneller und härter zustoßen sollte.

*Jetzt!*

Sie durfte ihn nicht aus dem Konzept bringen. Digbys letzten verzweifelten Anstrengungen waren fruchtlos geblieben – einen weiteren Misserfolg konnte sie sich nicht leisten! Doch es gelang ihr nicht, das rhythmische Wiegen ihrer Hüften zu verhindern, während die seinen immer wieder hart gegen ihre drängten. Wie anders es doch war, wenn kein bauchiger Leib dabei hinderte!

Und wie sehr er sie ausfüllte! Das war mit Digby sicher ebenso gewesen, doch bei all dem Rucken und Stoßen hatte sie das nie so wahrgenommen wie jetzt. Während sich ihre

Hüften im Zusammenspiel mit den seinen hoben und senkten, spürte sie deutlich seine Berührungen in ihr.

Sie blickte unverwandt zu ihm hoch; er war etliche Zentimeter größer als Digby und viel breiter. Eigentlich hätte es beängstigend sein müssen, dermaßen überwältigt zu werden, doch das war es nicht. Stattdessen fühlte sie sich geborgen. Zärtlich geliebt, zu Hause. Wie eine Kreatur, die sicher und behütet in ihrem Bau lag.

Sie ließ ihre freie Hand über seinen muskulösen Arm bis zu seiner breiten Schulter gleiten und dankte ihm damit stillschweigend für die kostbaren Geschenke. Doch plötzlich erfasste sie ein so wildes Verlangen, dass sie ihre Nägel in sein Fleisch grub. Er lächelte mit Augen voller Begehren und senkte sich ein einziges Mal tief und machtvoll in sie hinein.

Sie bog sich unter ihm und hob ihn mit sich nach oben, während ihr Blut wie eine Trommel durch ihren Körper klopfte, und glaubte vor Lust vergehen zu müssen. Als er sich hinunterbeugte und fest an ihrer Brustwarze saugte, fühlte sie keinen Schmerz, sondern presste ihre Hand noch fester an den Mund, um die hinausdrängenden Schreie zu ersticken. Wieder und wieder hob sie ihm die Hüften verlangend entgegen, um zu bekommen, wonach sie sich verzehrte.

Endlich gab er ihrem Verlangen nach. Drängend und kraftvoll antwortete er ihrem begehrenden Leib, stieß sie dort hinunter, wo sie sein wollte. Unter ihm! Um ihn herum! Ein Teil von ihm!

Während er sich fester und schneller bewegte, flüsterte er Verworfenes, drängte sie zu Verworfenheiten.

Und hörte nicht auf.

Und hielt nicht inne.

Fast wünschte sie schon, dass er aufhörte! Es war zu viel! Zu gewaltig.

Zu gnadenlos.

*Bitte, hör nicht auf!*

*Erbarmen, Erbarmen!*

Sie spürte es herannahen, es drängte zur Vollendung hin und etwas wie Panik vor dem über ihr schwebenden Geschick befiel sie.

Ein qualvoller, lustvoller Schmerz ließ ihren Körper erbeben, und sie stöhnte vor Angst und Vergnügen …

Und schluchzte.

Bis es – endlich, endlich! – geschah!

Kein Wunder, dass sie nie schwanger geworden war, dachte sie mit jäher Klarheit, kurz bevor die erlösenden Flammen über ihr zusammenschlugen.

Sie hatte es nie richtig gemacht!

An diesen Gedanken klammerte sie sich, während sie wild durch das Feuer trudelte, und auch danach, als sie in ihre Maske weinte. Dabei war sie ganz und gar nicht traurig – und froh, dass die Maske ihre Dummheit verbarg.

An diesen Gedanken klammerte sie sich, weil er ihr wie eine Verheißung schien – die Verheißung, dass sie sicherlich ein Baby gezeugt hatten. Und daran dachte sie immer noch, als sie unter seinem heißen, bebenden Körper lag und meinte, zu einer Pfütze aus gesättigten Sinnen und Schweiß geschmolzen zu sein.

Das war das Wunderbarste gewesen, was ihr je im Leben passiert war! Wie überaus dankbar war sie, dass sie das erleben durfte!

Er küsste schon wieder ihren Hals und ihre Brüste, doch sie wollte nur eine Pfütze bleiben, eine Pfütze, die sicher schwanger war …

Er rollte sich auf den Rücken und zog sie mit herum, hielt sie fest an sich gedrückt.

Nachdem sie eine Weile – eine kleine Ewigkeit – schläfrig dagelegen hatten, flüsterte er: »Na, wunderbare, geheimnisvolle Lady – noch mehr?«

»Was?« Selbst Sprechen strengte an.

Er rutschte ein kleines Stück nach unten, drückte sie mit den Armen nach oben und saugte an ihren Brüsten.

»O nein!« Rosamunde wäre nie auf die Idee gekommen, dass man es mehr als einmal pro Nacht – oder pro Tag – machen konnte.

»O ja!«

»Das können wir nicht!«

»Das können wir doch!«

»*Ich* kann es nicht!« Das stimmte. Sie fühlte sich wie ein gekochtes, ausgewrungenes Bettlaken.

»Doch, Ihr könnt!« Er knabberte an ihr auf eine Weise, dass sie am liebsten gekichert hätte. »Ich bin nicht geizig, wenn es ums Bezahlen von Schulden geht! Und Ihr müsst mich ganz bezahlen lassen!« – »Ihr habt gezahlt ...«

»Dafür, dass Ihr mein Leben gerettet habt?« Er ignorierte ihre schwachen Proteste, ließ sie auf sich herabsinken und hatte sie wenig später so weit, dass sie aufs Neue erregt war.

Also zweimal, um sicherzugehen. Warum nicht?

Doch als er sie dann auf den Rücken rollte, streichelte er sie zwischen den Beinen, so langsam und bedächtig, dass sie schließlich bettelte und flehte und sogar ungehalten wurde, bevor das köstliche Ende kam.

Während er sie weiter streichelte und beruhigte, sagte sie: »Aber jetzt haben wir es nicht getan, oder?«

»Was getan?«, antwortete er belustigt, doch sie war zu verlegen, um ihn anzusehen und darüber zu reden.

»Nun ... das Ganze.«

»Hat es Euch nicht gefallen?«

Sie wusste, dass Lügen sinnlos gewesen wäre. Obwohl es Unfug war, ihr maskiertes Gesicht zu verstecken, senkte sie den Kopf.

Mit seinem Zeigefinger hob er ihr Kinn. »Das könnte auch Euer Mann für Euch tun, selbst wenn er andere Sachen nicht kann!« Rosamunde versuchte sich den nüchternen Digby bei solchen Spielchen vorzustellen.

»Nein?«, fragte er.

»Ich glaube nicht.«

»Manche Männer haben ihren Schatz gar nicht verdient! Aber das meiste davon könnt Ihr auch selbst machen.«

»Das ist Sünde!« Wie absurd von ihr, das zu sagen, wo sie doch eben jetzt sündigte!

»Noch mehr?«, fragte er.

Fast zitternd vor Mattheit schüttelte sie den Kopf. »Ihr wollt mich wohl umbringen!«

»Ich habe bis jetzt noch keine Frau umgebracht! Dreht Euch um, Liebste!« Er wartete nicht lange ab, sondern drehte sie selbst herum und zog sie auf alle Viere. Dann beugte er sich von hinten über sie und knabberte an ihrem sich wegbiegenden Hals wie ein Hengst an einer Stute. »Mehr?«

Erschreckt setzte sich Rosamunde zur Wehr, doch er schlang einen Arm um sie und strich über ihre empfindlichen Brustwarzen, während sie ihn erneut zwischen ihren Schenkeln fühlte.

Ein Stöhnen entwich ihr. Er leckte an ihrem Ohr und flüsterte: »Noch mehr? Ja?«

»Mehr«, stimmte sie zu, und er drang in sie ein, dieses Mal rasch und mit schnell aufeinanderfolgenden Bewegungen. Wie eine Hündin, eine Stute oder ein Schaf mit einem Bock ließ sie sich von ihm beherrschen und nehmen, bis sie beide entkräftet zusammenbrachen, er halb über ihr.

So ineinander verschlungen, schliefen sie ein.

# 6

Als Rosamunde erwachte, war sie verschwitzt, und alle möglichen Stellen taten ihr weh. Immer noch lag sie halb unter seinem großen Körper. Sie fragte sich, ob Digby und sie es tatsächlich die ganze Zeit völlig falsch gemacht hatten. Sicher war jedenfalls, dass sie niemals zuvor das empfunden hatte, was dieser Mann in ihr auslöste. Vielleicht war es für die Empfängnis besser, wenn die Menschen es wie die Tiere taten; Tiere schienen schließlich selten Empfängnisprobleme zu haben.

Bücher! Diana sagte, sie hätte welche. Rosamunde kam zu dem Schluss, dass es um ihr Wissen über diese Dinge traurig bestellt war und sie deshalb diese Bücher unbedingt lesen sollte.

Sie rutschte ein Stück zur Seite und sah ihren herrlichen Liebhaber an.

Als sie eine Locke aus seiner Stirn strich, merkte sie, dass sie schweißnass war, doch auf seinem entspannten Gesicht lag ein leichtes Lächeln.

Sicherlich hatte er bei der großzügigen Begleichung seiner Schuld Vergnügen und Befriedigung gefunden. Rosamunde wusste, dass es Männern ziemlich gleichgültig war, mit wem sie es machten, doch trotzdem freute sie der Gedanke, dass ihr Körper ihm gefallen und ihn befriedigt hatte.

Er hatte ihr so viel gegeben, dass sie im Moment gar nicht an das Kind dachte, das sie so dringend haben musste.

Als sie sich an die außergewöhnlichen Gefühle erinnerte, geriet ihr Körper erneut in Erregung. Besänftigend streichelte sie ihren Bauch, als wäre er ein unruhiges Wesen, das nicht haben konnte, wonach es verlangte.

Und so war es – sie konnte nicht haben, wonach sie verlangte.

Das Geschehene war ein himmlischer Moment außerhalb der Zeit. Bald würde ihr Liebhaber fort sein, und sie musste sich wieder in die gelassene, zufriedene Ehefrau eines alten Mannes verwandeln, der diese Dinge nicht mit ihr tun konnte oder jedenfalls nicht tat.

Niemand durfte je vermuten, dass sie zu dermaßen schamlosen Ausschweifungen fähig war.

Er hatte gesagt, dass sie es auch selbst tun könnte. Um es zu versuchen, schob sie ihre Hand zwischen ihre Beine. Ja, es stimmte vielleicht, dachte sie, während sie ihre empfindsame feuchte Haut streichelte. Trotzdem bezweifelte sie, dass es auch nur annähernd dasselbe sein würde.

Sich weiterstreichelnd, betrachtete sie erneut ihren Liebhaber. Ihren heimlichen Liebhaber. Könnte man doch als Frau ebenso einen Geliebten haben, wie Männer eine Geliebte hatten.

Welch absurder Gedanke! Gequält lächelnd, zog sie ihre Hand weg und unterdrückte die sündigen Triebe. Sie musste sich auf Wenscote konzentrieren – das allein war wichtig! Sie ließ ihre Hand auf ihrem Schoß ruhen und betete darum, dass dort ein Kind im Entstehen war.

»Fühlt Ihr Euch ein wenig wund?« Schläfrig und satt klang das, als er seine Lider hob.

»Eigentlich nicht.« Sie sagte das, um ihn zu beruhigen, merkte dann aber, wie es für ihn klingen musste.

»Noch mehr?«

Sie lachte, weil es eindeutig ein Scherz war, rollte sich jedoch vorsichtshalber schnell aus dem Bett. Sie fühlte sich so matt und erschöpft, dass ihr nicht nach mehr zumute war.

Im Moment jedenfalls nicht.

*Schluss damit, Rosa. Das war's.*

*Vorbei.*

*Für immer.*

Sittsam zog sie ihr Unterkleid herunter und warf ihm dann einen Blick zu. Ob mit oder ohne Unterkleid, es gab keine einzige Stelle an ihr, die er nicht kannte.

Bis auf ihr Gesicht.

Wie seltsam, wie absonderlich musste sie ihm erscheinen!

Den Kopf in die Hand gestützt, lag er auf der Seite und sah sie an, als wäre alles an ihr ganz normal. »Wollt Ihr, dass ich jetzt gehe? Ich könnte bis morgen bleiben ...«

Sie hielt beim Zubinden ihrer Ausschnittbänder inne. War das jetzt wieder Großzügigkeit oder hatte es ihm so gut gefallen, dass er selbst mehr wollte? Der Gedanke war beglückend und verführerisch. Es hatte nichts mit der Rettung von Wenscote zu tun. Es war schlicht und einfach die Freude darüber, möglicherweise begehrt zu werden.

»Ist Euch denn inzwischen mehr über Euch eingefallen?«, fragte sie und band die Schleife fertig.

»Dynamische Leibesübungen scheinen wirklich Wunder zu wirken!« Mit lüsternem Augenzwinkern fügte er hinzu: »Ein paar weitere könnten den Heilungsprozess abschließen.«

Rosamunde sah ihn kopfschüttelnd an, konnte aber nicht umhin, sein Lächeln zu erwidern. Sie hoffte, es würde sich zumindest in ihren Augen widerspiegeln. »Also werdet Ihr im Augenblick nicht vermisst?«

»Ich glaube nicht. Ich verwalte die Landgüter eines Adligen und habe gerade ein paar Orte im Vale of York aufgesucht. Wir sind hier nicht im Vale, oder?«

»Nein.« Sollte sie wirklich in Betracht ziehen, ihn länger dableiben zu lassen? Es war gefährlich. Und verführerisch ...

»Das dachte ich mir. Ich bin in einem Gasthof abgestiegen, dem Lämmerhorn, in der Nähe von Northallerton. Das ist das Letzte, woran ich mich erinnern kann, also habe ich mich vermutlich dort betrunken.«

»Das dürfte dreißig Meilen von hier entfernt sein. Und Ihr habt keine Ahnung, wie Ihr in diese Gegend gekommen seid?«

»Nicht die geringste. Vielleicht noch ein paar dynamische Leibesübungen …?«

»Jetzt hört aber auf!« Sie lachte und warf ein Kissen nach ihm, selbst überrascht davon, dass seine Neckereien ihr so viel Freude machten.

Und sie verlockten. So sehr. Er konnte bleiben. Sie konnten …

Sündhaft. Gefährlich.

»Niemand würde Euch vermissen?«, fragte sie, sehr um Sachlichkeit bemüht, während sie ihren Unterrock ausschüttelte und hineinschlüpfte.

Er setzte sich mit gekreuzten Beinen hin und hielt das blaue Kissen vor sein Geschlecht. »In Thirsk warten ein paar Leute auf mich, aber sie werden sich vorerst keine Gedanken machen.«

Er könnte bleiben. Wie schwach von ihr, überhaupt daran zu denken! Doch es wäre ihre einzige Chance; wenn er erst einmal von hier fortging, würde es für immer sein.

Sein Körper war so unvergleichlich schön, sein Lächeln sogar noch schöner und er war so … süß. Ein unpassendes Wort für solch einen Mann, aber was sonst konnte die honigsüße Wärme beschreiben, die er in ihr erzeugte? Sie rann durch ihre Adern und lockerte Stellen, von denen sie gar nicht gewusst hatte, dass sie dermaßen starr und kalt waren.

Als ob er ihre Gedanken erraten hätte, lächelte er plötzlich und warf das Kissen zu ihr zurück, sodass nicht zu übersehen war, dass er erneut erregt war. »Noch mehr?«

Rosamunde legte das Kissen wieder auf den Stuhl, und während sie hastig ihren Unterrock in der Taille festband, versuchte sie, auch etwas in sich selbst festzubinden. »Ihr könnt unmöglich zu Fuß von Northallerton bis hierher gelaufen sein«, sagte sie in sachlichem Ton.

»Nun, ich könnte schon, aber ich glaube nicht, dass ich es getan habe. Was für ein Tag ist heute?«

»Der achtzehnte August.«

»Ich erinnere mich daran, dass ich am sechzehnten zu Bett gegangen bin. Also muss ich gestern zu Pferde oder in einer Kutsche hierher gekommen sein. Ich sollte besser bleiben, bis mir alles wieder eingefallen ist. Vielleicht habe ich einen gefährlichen Feind.«

Obwohl er es in leichtem Ton sagte, erschrak sie. »Habt Ihr denn einen Feind?«

Auch seine Miene wurde plötzlich starr, doch dann zuckte er mit den Achseln. »Nicht dass ich wüsste. Wollt Ihr mir nicht dabei helfen, mein Gedächtnis wieder anzukurbeln?

»Seid bitte ernst!«

»Bin ich doch! Obwohl ernst nicht ganz das richtige Wort ist.« Er berührte sich. »Steif schon eher. Kommt wieder ins Bett!«

Seine ungenierte Dreistigkeit ließ sie erröten, schürte aber zugleich ein Feuer in ihr. »Ich kann nicht.« Von hundert verschiedenen Gründen pickte sie den einfachsten heraus. »Es ist zu riskant.«

»Aha. Ihr dürft wegen Eures Rufs nicht so lange in meinem Zimmer bleiben, nehme ich an. Dann also später?« Es gelang ihm, das klagend vorzubringen wie ein Kind, das um ein besonderes Vergnügen bettelt; doch das Leuchten in seinen Augen war ganz und gar nicht kindlich.

Er war gefährlich. Sie sollte besser seine Kleider holen, ihm etwas Geld geben und dafür sorgen, dass ihn jemand nach Thirsk brachte. Sie sollte es tun.

Es gelang ihr, ihren trockenen Mund zu befeuchten. »Wenn Ihr sicher seid, dass Ihr bleiben könnt …«

»Ich sollte mich wirklich erst an alles erinnern können, bevor ich aufbreche.« Obwohl er mit der Hand sein Glied bedeckte, war er ernst, und in der Tat: Wenn an der Sache etwas faul war, hatte er Recht. »Also?«, fragte er. »Wann?«

Sie lachte verzweifelt. Wie konnte man so unbekümmert sündigen? »Nicht, bevor es Nacht wird. Und selbst dann …«

»Bei Einbruch der Dunkelheit«, unterbrach er sie unbeirrt,

während er das Betttuch an sich zog und es zurechtlegte, um sich anstandshalber damit zu bedecken.

Sie stemmte die Hände in die Hüften. »So, Ihr meint also, Ihr könntet bereits die Entscheidungen für uns treffen?«

»Wenn ich es nicht mache, würdet Ihr mit Eurer Zauderei unsere ganze gemeinsame Zeit vertun!«

»Das stimmt nicht«, sagte sie matt; seine Gewissheit und Leichtigkeit ängstigten sie. Eine Sünde müsste doch eigentlich voller Stacheln und spitzer Klingen sein.

»Es liegt bei Euch – wenn Ihr möchtet, breche ich jetzt auf. Sorgt Euch nicht um meine Sicherheit. Sollte ich einen Feind haben, der mich in den Dales abgeladen hat, wird er bestimmt nicht hier in der Nähe herumlungern, um sein übles Werk zu beenden. Sicher nimmt er an, Regen und Kälte haben das längst für ihn getan.«

Also hatte sie die Wahl. Bestürzt erinnerte sie sich daran, dass es anfangs eine Forderung von ihr gewesen war. Als Lohn. Ein kalter, harter Handel in der Nacht. Sie versuchte, jenen klaren Standpunkt wieder einzunehmen, doch die Wärme in ihrem Inneren hielt sie sanft umfangen. »Es ist vielleicht falsch«, sagte sie und sah ihm in die Augen, »aber es ist mir egal.«

Sein beglücktes Lächeln schien sogar die Sünde zu verscheuchen. »Das freut mich.« Nach dieser schlichten, verblüffenden Feststellung fügte er hinzu: »Aber wenn Ihr noch Aufregenderes erleben wollt, liebste Lady, solltet Ihr mir jetzt besser etwas zu essen geben.«

In alltägliche Dinge zurückgeworfen, griff sie nach ihrem Kleid und schlüpfte hastig hinein. »Natürlich. Ihr müsst ja völlig ausgehungert sein. Was möchtet Ihr denn?«

»Irgendetwas Stärkendes. Kommt her, ich helfe Euch.«

Sie mühte sich gerade damit ab, ihr Korsett und die Häkchen auf der Rückseite des Kleides zu schließen. Sie brauchte Hilfe, aber würde er sich darauf beschränken?

Mit zittrigen Beinen ging sie hinüber und setzte sich mit

dem Rücken zu ihm auf den Bettrand. Sie rechnete damit, dass er die Gelegenheit ausnutzen würde – hoffte es sogar fast, doch seine Finger nahmen sich nur geschickt der Kleidungsstücke an, die er vor kurzem erst geöffnet hatte. Er zurrte die Korsettbänder fest und verknotete sie. Dann schloss er die zehn Häkchen an ihrem Rücken und strich ihr das Haar aus dem Nacken, um an die letzten beiden zu gelangen.

»Das habt Ihr schon öfter gemacht.«

»Selbstverständlich.«

Keine Scham. Keine Reue. Das sollte sie an die Sünde erinnern, die sie beging, doch stattdessen kamen ihr, fast unter Tränen, Gedanken an die Ehe in den Sinn. An die Art Ehe, wie manche Menschen sie vielleicht führten, wo leidenschaftliche Liebesspiele, gute Gespräche und der alltägliche zärtliche Umgang einander ablösten.

Als er fertig war und sie aufstehen wollte, umfasste er ihre Taille.

Ah! Also doch ein Angriff.

»Ich muss gehen und das stärkende Essen für Euch besorgen«, sagte sie, während ihr Herz wild zu hämmern begann. Wenige Augenblicke zuvor hatte sie sich vollkommen gesättigt gefühlt; jetzt war sie sich nicht mehr so sicher.

»Aber gnädige Gastgeberin! Es ist doch nicht nötig, mich zu bedienen! Ich kann mit in die Küche hinunterkommen.«

»Nein!«

»Warum nicht?«

»In einem Handtuch?«

»Ich könnte mir das Laken wie eine Toga umwerfen.«

»Seid nicht albern.« Sie versuchte sich zu befreien, aber er hatte sie in die Falle gelockt.

Er legte seine Lippen an ihren Hals und flüsterte: »Warum schließt Ihr eigentlich immer die Tür ab?«

Trotz dieser wärmenden Zärtlichkeit strafften sich ihre Schultern. »Weil Ihr ein Fremder seid. Ihr könntet alles Mögliche tun.«

Er lachte leise. »Ihr habt noch nicht alles erlebt, was ich tun kann. Noch nicht.« Seine Zunge neckte sie, und seine Daumen malten winzige Kreise auf ihren Rücken. »Süße geheimnisvolle Lady, bin ich etwa Euer Gefangener?«

Sie zuckte zusammen. »Nein! Ich … ich will nur nicht, dass Ihr im Haus herumlauft.«

»Tatsächlich? Wisst Ihr, was ich glaube?«

»Was denn?«, hauchte sie.

Während die Daumen sachte weiterspielten und sie wohlig erschauern ließen, sagte er: »Ich glaube, ich bin Euer Liebessklave! Den Ihr auf den wilden Mooren für Euer lüsternes Vergnügen eingefangen habt.«

Die Übereinstimmung mit ihren eigenen Gedanken, mit der Wahrheit schockierte Rosamunde so sehr, dass sie sich jetzt ernsthaft zu befreien suchte.

Den Arm eng um ihre Taille geschlungen, hielt er sie fest. »Dann nennt es eben zeitlich begrenzte Knechtschaft. Ist das nicht so? Ich stehe in Eurer Schuld und Ihr verlangt als Lohn, dass ich Euch zu Diensten bin.«

»Aber Ihr habt …«

»Einen Teil davon bezahlt. Ich stelle mich selbst in Eure Dienste.« Er drehte sie herum und ließ sie aufs Bett sinken. Sie rang nach Atem. »Bis zur nächsten Morgendämmerung gehöre ich Euch. Befehlt mir, Herrin! Was wünscht Ihr in den geheimen Nachtstunden?«

»Nichts!«

»Lügnerin«, flüsterte er und drückte sich fester an sie. Sie japste nach Luft. »Ich möchte gehen und Euer Essen besorgen.«

»Einige Teile von Euch sehen sehr schmackhaft aus.«

»Nahrhaftes Essen!«

»Meine Herrin befiehlt, dass ich meine Kraft nicht verliere?«

»Nein, ich …«

»Meine Herrin findet, dass ich zu dünn bin?«

Halb lachend stieß Rosamunde an seine Brust. »Hört auf! Das ist doch lächerlich. *Ihr* habt gesagt, dass Ihr Hunger habt.«

»Wenn es Euer Wille ist, werde ich verhungern.«

Seine warmen Augen blickten sie an und drängten sie mitzuspielen. Konnten Männer und Frauen so miteinander spielen?

»Möchtet Ihr, dass ich verhungere?«, fragte er.

Sie versuchte sich seitlich herauszuwinden. »Nein, natürlich nicht.«

Er hielt sie fest. »Ich bin dankbar für Eure Gnade, Herrin. Was also verlangt Ihr von mir, wenn ich wieder bei Kräften bin?«

»Nichts.« Es war immer noch eine Lüge.

Er wusste es. Ein Funkeln in seinen Augen verriet es, doch er senkte die Lider und schaffte es, niedergeschlagen dreinzublicken. »Ach! Es ist mir nicht gelungen, Euch Vergnügen zu bereiten. Bringt mir die Rasierklinge wieder, Herrin, und ich werde meiner elenden Existenz ein Ende bereiten.«

»Niemals. Von jetzt an werdet Ihr Euch einen Bart wachsen lassen.«

»Also wird es Erhängen sein! Ich werde dazu die Laken nehmen.«

»Dann werde ich alle Laken wegbringen.«

Er blickte sie mit leuchtenden Augen an. »Aha! Ihr wollt mich also nackt!«

»Nein!« Lachend versuchte Rosamunde erneut, von seinem Körper und seinem Unsinn freizukommen. »Als Eure Herrin befehle ich Euch zu leben. Und Schluss!« Erst nach diesem triumphierenden Ausruf wurde ihr klar, dass er sie erfolgreich in seine Spiele hineingezogen hatte.

Sie blickte zu ihm hoch und erkannte, dass auch dies ein Teil seiner Zahlung war, seiner großzügigen Zahlung. Wie lange war es her, dass sie solch einen unbeschwerten, spielerischen Moment genossen hatte?

Glücklich hineingefunden in ihre Rolle, schlängelte sie sich unter ihm hervor und aus dem Bett. Sie hatte gesiegt, und er ließ sie gehen. »Ich weiß, was Ihr seid, Sir!«, erklärte sie. »Ihr seid ein fahrender Scharlatan, und Eure Freunde in Thirsk sind Eure Theatertruppe!«

»Leider nein«, sagte er, setzte sich wieder auf und legte die Hand aufs Herz oder besser gesagt – Rosamunde raubte es den Atem – auf seinen wunderbar muskulösen Brustkorb. »Ich bin ein reiner Amateur. Was die Schauspielerei betrifft, meine ich.«

»Und in der Liebeskunst, Bürschchen, seid Ihr wohl Fachmann?«

Er lachte laut. »Nein, meine Herrin. Auch da bin ich Amateur. Aber kein *reiner*.«

Ein Amateur war jemand, der Dinge aus Liebe tat, nicht des Geldes wegen.

So hatte er es zwar nicht gemeint, aber es brach den Zauber. Das hier hatte nichts mit Liebe zu tun. Es diente als Bezahlung, als Bezahlung für sein Leben. Und sie war nicht hier, um sich zu amüsieren oder kindische Spiele zu treiben, sondern weil sie unbedingt ein Kind gebären musste. Darüber hinaus durfte sie so einem glattzüngigen Schlawiner auf keinen Fall trauen. Oh, er war gutherzig und charmant, aber zweifellos ein Schlawiner. Er könnte ein Straßenräuber sein oder ein zügelloser Spieler oder einer von den Männern, die von Ort zu Ort zogen, Herzen brachen und ihren Gläubigern entflohen.

»Welche Speisen mögt Ihr denn?«, fragte sie, schlagartig völlig ernüchtert. Sie tappte im Zimmer herum, um ihre Schuhe zu finden, und zog sie an.

Er legte seine Hände aneinander und verneigte sich. »Was immer meine Herrin wünscht.«

Absichtlich zählte sie Sachen auf, die sie am wenigsten mochte. »Erbsenbrei? Aal? Zunge?«

Er blickte spitzbübisch hoch. »Zunge. Das mag ich.«

Rosamunde errötete bis hinunter zu den Zehen. Oh, warum tat er ihr das an?

»Auf den Aal jedoch«, fuhr er fort, »werde ich lieber verzichten. Und bitte auch nichts von der hiesigen Delikatesse, die aus Rinderfüßen gemacht wird.«

»Rindshaxen«, sagte sie und bemühte sich, ernst zu bleiben. »Aber wie wär's mit gepökelter Schweinshaxe?«

»Ich gestehe, dass mir noch nie ein Fuß begegnet ist, den ich gerne verzehrt hätte.« Dann blitzten seine Augen vergnügt auf. »Aber daran knabbern ...«

Rosamundes errötende Zehen – die erkannten, dass über sie gesprochen wurde – schienen vor Lust zu erzittern. »Oh, nicht!«

»Nein? Euer Wunsch ist mir Befehl, Herrin. Bis zum morgigen Tagesanbruch gehöre ich Euch. Ohne Eure Zustimmung werde ich Euch nicht berühren, nirgendwo. Und Euch steht es frei ...«

»Frei?«, hauchte sie.

»Euch steht es frei, mit mir zu tun, was immer Ihr wünscht.«

Rosamunde erkannte, dass er es ernst meinte, und sofort stellte sie sich vor, wie sie mit ihrer Zunge seinen nackten Körper liebkoste.

Jeden einzelnen Zentimeter davon. Für einen Moment stockte ihr der Atem, dann trat sie vor und sah seine Augen erwartungsvoll aufblitzen.

Zögernd stand sie am Bettrand, erfüllt von wilden Sehnsüchten, in denen sie, vollkommen bekleidet und so gegen ihn gepanzert, seinen nackten Körper mit ihrer Zunge erforschte, während er passiv unter ihr lag. Könnte sie mit ihm tun, was er mit ihr getan hatte? Könnte sie ihm dabei zusehen, wie er völlig verging?

Er hob die Brauen, als hätte sie ihren schändlichen Traum laut ausgesprochen, und eine heiße Woge durchflutete sie. Es würde doch nicht so furchtbar gefährlich sein, noch etwas mehr Zeit hier oben mit ihm zu verbringen, oder? Millie und Jessie würden bestimmt nicht …

Ein Geräusch unterbrach sie. Vertrautes Glöckchengebimmel.

»O nein!«, stieß sie hervor, jäh in die raue Wirklichkeit zurückgeworfen.

»Was ist los?« Jeglichen Spaß vergessend, sprang er alarmiert aus dem Bett.

»Meine Mutter!«

Er erstarrte, und sein Blick weitete sich vor Erstaunen. »Eure *Mutter*?«

»Das sind die Glöckchen ihres Ponygeschirrs. Verflixt und zugenäht, ich hätte es mir denken können!«

»Verflixt und zugenäht?«, hörte sie ihn nachsprechen, während sie zum Fenster rannte.

Sie spähte durch den Vorhang und konnte gerade noch sehen, wie der Einspänner ihrer Mutter unter Glöckchengeklingel die Auffahrt zur Vorderseite des Hauses hinauffuhr. »Sie hat auch noch jemanden bei sich!« Sie wirbelte zu ihm herum. »Was soll ich nur tun?«

Er konnte sich vor Lachen kaum halten. »Eine *Mutter!* Und eine schuldbewusste Tochter!«

»Woher konnte sie das wissen?«

Er hielt sie an den Schultern fest. »Beruhigt Euch, geheimnisvolle Lady. Vielleicht weiß sie gar nichts. Und wenn doch, bin ich bloß Euer kranker Patient.« Er musterte sie rasch und drehte sie sogar herum, um ihr Kleid auch hinten kurz zu überprüfen. Dann schob er sie zur Tür. »Geht. Sie kann unmöglich ahnen, was Ihr getan habt.« Nach einer kurzen Pause fügte er hinzu: »Wird sie heraufkommen wollen?«

Rosamunde, die Hand bereits am Türknopf, stöhnte leise. »Wenn sie von Euch weiß … aber das ist *unmöglich*.« Sie fragte sich jedoch, ob Mrs Yockenthwait womöglich gedacht haben könnte, dass eine Mutter von der Geheimhaltung auszunehmen sei. »Wenn sie weiß, dass ich einen kranken Mann hier habe, wird sie glauben, dass ich mich nicht richtig um Euch kümmere.«

»Wie schlecht sie Euch kennt«, sagte er mit einem Lächeln, das ihr wie ein Feuerstrahl durch den ganzen Körper fuhr. »Doch wenn sie hochkommen wird, braucht Ihr etwas, um den Geruch zu überdecken.«

Rosamunde hielt inne, während sie die Tatsache in sich aufnahm, dass das Zimmer nach ihren Liebesspielen roch. »Erbarmen!«

»Habt Ihr etwas Gin?«

»Jetzt ist nicht der richtige Zeitpunkt, um sich zu betrinken!« Doch dann begriff sie, was er vorhatte. »Nein. Wartet!«

Sie rannte in ihr eigenes Zimmer, das Zimmer, das sie und Diana seit Kindertagen miteinander teilten, und zog eine Flasche Portwein hervor. Ihr einst verwegenes Kindheitsvergnügen war zu einer süßen Tradition vor dem Zubettgehen geworden.

Verwegen. Sie hatten die Bedeutung des Wortes gar nicht gekannt!

Als sie mit der Flasche zurückeilte, betätigte unten jemand den Türklopfer.

Immer noch nackt, hatte er das Fenster weit geöffnet und das Duftpotpourri, das in einer Schale auf dem Kaminsims stand, durcheinander gemengt. Sie wusste nicht, ob das ausreichen würde. Sie drückte ihm die Flasche in die Hand und überlegte verzweifelt, was sie sonst noch tun könnte.

Er schob sie wieder zur Tür hinaus. Sie rannte die Treppe hinunter, stoppte schlitternd an der Biegung und rannte wieder hinauf, um die Tür abzuschließen. Ihr zitterten die Knie, und ihr Herz klopfte mit der gleichen Panik, die sie mit etwa zwölf Jahren empfunden hatte, wenn ein furchtbarer Unfug, in den sie verwickelt war, kurz vor der Aufdeckung stand.

Furchtbarer Unfug – in der Tat. Das hier übertraf alles!

Was, um Himmels willen, würde ihre Mutter sagen, wenn sie es herausfand?

Rosamunde sprang die Treppe hinunter in den Salon, gerade noch rechtzeitig, bevor die arme, abgearbeitete Jessie durch den Korridor trottete, um die Tür zu öffnen. Tief atmend riss sie die Maske herunter und steckte sie in ihre Tasche, doch ein Blick in den Spiegel offenbarte die Druckstellen, die zurückgeblieben waren. Unwillig brummend zog sie die Maske wieder heraus und legte sie erneut an.

Sie hatte sich gerade hingesetzt und ein Buch aufgeschlagen, als die Tür aufging.

»Hallo, Rosie«, rief ihre pummelige Mutter strahlend und gut gelaunt. »Wir haben gehört, du sitzt hier fest und hast einen geheimnisvollen, halbtoten Fremden am Hals. Da mussten wir schnell mal vorbeikommen und nach dem Rechten sehen!«

# 7

*Wir? O nein.* Hinter Mrs Ellington tauchte Rosamundes neugierigste Schwester auf.

Trotzdem sprang Rosamunde auf, als wäre sie freudig überrascht. »Mama! Sukey!«

Sukey, im sechsten Monat schwanger, begutachtete bereits die Stempel auf der Unterseite einer der herumstehenden Porzellanfiguren. »Warum trägst du diese Maske, Rosie? Die sieht ja fürchterlich aus.«

Mit unsicherem Lachen nahm Rosamunde sie ab. »Nur so zum Spaß. Ich dachte, da kommen Fremde.«

»Wirklich sehr spaßig«, sagte ihre Mutter trocken und setzte sich hin. »Fremde würdest du doch gar nicht hereinlassen, oder? Wie auch immer, du solltest endlich einsehen, dass deine Narben nicht so schlimm sind, dass du dich im Mauseloch verkriechen müsstest.« Doch dann zuckte sie mit den Achseln, weil sie das schon so oft gesagt hatte. »Nun, meine Liebe, erzähl uns von diesem Kranken. Mrs Yockenthwait hält ihn offenbar für einen Gauner.«

»Für eine Art Straßenräuber?«, fragte Rosamunde leichthin. »Auf diesem Gebiet würde er es wohl kaum weit bringen, wo er doch vom Pferd gefallen ist.«

»Ach, ist er das?«

Jessie kam schüchtern herein und machte einen Knicks. »Wünscht Ihr Tee, Mylady?«

»Ja, bitte«, erwiderte Rosamunde in der Hoffnung, das Verhör damit beenden zu können. »Tee wäre herrlich!«

Kaum war Jessie wieder draußen, fragte ihre Mutter jedoch weiter: »Also, wer oder was ist er, meine Liebe?«

Schon wieder musste Rosamunde lügen. »Ich habe keine

Ahnung. Er hatte weder Werkzeuge noch Waren dabei. Eigentlich überhaupt nichts, außer dem, was er am Leibe trug und einem Taschentuch. Entweder hat er alles vertrunken oder jemand hat ihm die Taschen leer geräumt.«

»Weiß er denn nicht, wer er ist?«, fragte Sukey und drehte sich zu ihrer Schwester herum, nachdem sie gerade eine Bücherreihe inspiziert hatte. Sie war nicht nur neugierig, sondern auch äußerst scharfsinnig und kam Geheimnissen im Nu auf die Spur. Rosamunde betete, dass ihr von dem sündigen Morgen nichts anzumerken war und dass es ihr wenigstens einmal in ihrem Leben gelang, an ein paar Unwahrheiten festzuhalten.

»Er war die ganze Nacht bewusstlos«, sagte sie beiläufig, »und er scheint immer noch verwirrt zu sein.«

»Oder ihm gefällt das gemütliche Bett, in dem er gelandet ist«, warf Sukey ein.

Rosamunde spürte, wie ihr das Blut in die Wangen stieg, und setzte schnell ein heiteres Lächeln auf, um es zu kaschieren.

»Wo hast du ihn denn untergebracht, Liebes?«, fragte ihre Mutter, als Jessie ein mit Geschirr, Teekanne und Kuchen beladenes Tablett hereintrug. Rosamunde nutzte die Gelegenheit, um aufzuspringen und zu helfen.

»In einem der Schlafzimmer im Obergeschoss.«

»Rosie!«, rief Sukey aus. »Du weichherziger Holzkopf!«

»Warum denn nicht? Er ist schließlich kein Landstreicher.«

»Woher willst du das wissen?«

»Weil er anständige Kleider hat.«

»Vielleicht hat er sie gestohlen.«

Auf die Idee war Rosamunde noch gar nicht gekommen. »Er redet wie ein Gentleman. Und er hat keine abgearbeiteten Hände.«

»Dann ist er ein Tunichtgut.«

Weil Rosamunde dem insgeheim zustimmte, fiel ihr keine passende Erwiderung ein.

»Hört auf, euch zu zanken, Mädchen«, sagte ihre Mutter. »Diana dürfte wohl kaum etwas dagegen haben, dass Rosie ihren Pflegefall in ein gutes Zimmer gesteckt hat – sofern er keine Läuse hat.«

»Natürlich hat er keine!«, protestierte Rosamunde.

»Und, ist dieser Ausbund an Tugend in der Lage, Besucher zu empfangen?«, fragte Sukey und setzte sich in die Nähe des Tabletts. »Wie sieht er denn aus? Ist er flott und attraktiv?«

»Wenn er sich übergeben muss?«, fragte Rosamunde.

»Übergibt er sich denn immer noch?«

»Nein, und er ist durchaus attraktiv.« Weil Rosamunde bezweifelte, dass Sukey das Haus verlassen würde, ohne einen Blick auf den Mann geworfen zu haben, brauchte sie gar nicht erst zu schwindeln.

»Hat er schütteres Haar?«

»Nein.«

»Schielt er?«

Rosamunde starrte ihr Schwester verdutzt an. »Nein!«

»Schlechte Zähne?«

Beinahe hätte Rosamunde ein weiteres nein gebellt, fing sich aber noch rechtzeitig. »Ich glaube nicht.«

»Demzufolge«, sagte Sukey, während sie sich Sahne von den Fingern leckte, »müsste er ja der reinste Engel sein.«

»Ich kann mich nicht entsinnen, dass Harold einen dieser Mängel aufzuweisen hätte«, warf Rosamunde in Anspielung auf Sukeys Ehemann ein.

Sukey schenkte sich Tee nach. »Ich sage ja auch immer, dass ich einen Engel geheiratet habe.«

»Und«, unterbrach ihre Mutter, während sie an ihrer Teetasse nippte, »wann wird dein Engel voraussichtlich davonfliegen?«

»Morgen, hoffe ich. Ich möchte endlich nach Hause.«

»Das kann ich verstehen, mein Schatz.« Ihre Mutter nickte, und die grauen Locken unter ihrem schlichten Hut wippten.

Rosamunde hatte plötzlich das Gefühl, sich rechtfertigen zu müssen. »Digby erwartet mich noch nicht. Er macht sich bestimmt keine Sorgen.«

»Natürlich nicht, Liebes.«

Rosamunde nahm an, dass ihre Mutter als Nächstes vorschlagen würde, ihm eine Nachricht zukommen zu lassen, doch als sie es nicht tat, erstarrte sie. Dass Mrs Yockenthwait einen Verdacht hegte, hielt sie durchaus für möglich, aber ihre Mutter würde doch wohl nicht misstrauisch sein! Sie gehörte normalerweise nicht zu denen, die Dinge leicht durchschauten.

»Also«, sagte Sukey, leerte ihre Teetasse und erhob sich entschlossen, »dann lasst uns mal in den Himmel steigen und unserem Engel einen Besuch abstatten.«

Obwohl Rosamunde das erwartet hatte, versuchte sie es zu verhindern. »Warum?«

»Du hast Dr. Wallace nicht kommen lassen. Wenn der arme Mann sich übergeben hat und immer noch bettlägerig ist, solltest du das vielleicht tun. Mutter und ich können dir sagen, ob ein Arzt nötig ist.«

»Bestimmt schläft er jetzt.«

»Dann gucken wir nur ganz leise hinein. Hat er Fieber?«

Rosamunde schaute ihre Schwester verärgert an. Sukey loszuwerden, ohne sie einen Blick auf den Mann werfen zu lassen, war ebenso unmöglich, wie auf der Stelle in den Himmel aufzufahren.

Während sie trotzdem noch immer nach einer Ausflucht suchte, tupfte sich ihre Mutter mit der Serviette den Mund ab und erhob sich, um den Salon zu verlassen.

»Hat er Husten, Liebes?«, fragte ihre Mutter sachlich, während sie die Stufen hinaufstieg. »Ich habe gehört, er war völlig durchnässt, als du ihn gefunden hast.«

»Das stimmt.« Rosamunde eilte ihr hinterher und sprach dabei so laut wie möglich, um ihn nötigenfalls zu warnen. »Aber soweit ich es beurteilen kann, hatte es keine Folgen.«

»Das kann noch kommen – bei Lungen muss man vorsichtig sein.«

»Wenn er kein Fieber hat, dürfte keine Gefahr bestehen«, meinte Sukey, und nun erst begriff Rosamunde, dass diese Überprüfung nicht nur aus reiner Neugier stattfand. Sukey war drei Jahre älter als sie und hatte zwei Kinder; ihre Mutter hatte acht Kinder geboren und zwei verloren. Beide wussten bedeutend mehr über Krankenpflege als sie.

»Er hat sich in der Nacht übergeben, aber seither nicht mehr«, informierte sie die beiden.

»Das kommt vom Alkohol«, sagte Sukey, »und es ist gut, wenn er das Gift losgeworden ist.«

Rosamunde fragte sich, ob Harold Davenport womöglich Seiten hatte, die sie noch gar nicht kannte.

»Er hatte furchtbare Kopfschmerzen«, fuhr Rosamunde von sich aus fort. »Ich habe ihm ein Mittel dagegen verabreicht. Es scheint geholfen zu haben.« Sie nestelte absichtlich lange mit dem Schlüssel herum.

»Du hast abgeschlossen, Schätzchen?«, fragte ihre Mutter.

»Bei einem Fremden kann man nicht vorsichtig genug sein.«

Rosamunde schickte ein Stoßgebet zum Himmel und öffnete die Tür.

Die Vorhänge waren zugezogen, sodass das Zimmer im Halbdunkel lag, doch weil das Fenster weit geöffnet war, bewegte der Vorhangstoff sich leicht hin und her. Vogelgezwitscher und frische Sommerluft drangen herein. Rosamunde schnupperte nervös, roch aber hauptsächlich das Potpourri und den Portwein, wenn sie auch Spuren von anderen, sündhaften Gerüchen wahrzunehmen vermeinte.

Ihr heimlicher Liebhaber lag bis zum Hals zugedeckt und mit geschlossenen Augen im Bett.

»Oho«, flüsterte Sukey, die auf Zehenspitzen näher schlich. »Nicht ganz ein Engel, aber für einen Sterblichen sehr hübsch.«

Rosamunde sah, dass seine Mundwinkel zuckten, und betete inständig, dass er sich beherrschen konnte.

»Man soll niemanden nach seinem Äußeren beurteilen«, sagte ihre Mutter nüchtern und zog die Vorhänge einen Spaltbreit auf, um mehr Licht hereinzulassen. »Die gut Aussehenden machen normalerweise nichts als Ärger.« Sie kam herüber und nahm einen Zipfel des Lakens in die Hand, um einen dunkelroten Fleck zu inspizieren.

Auf dem Nachttisch stand die leere Portweinflasche neben einem benutzten Glas.

»Wie konntest du ihm bloß noch mehr zu trinken geben, Rosie?«

»Heißt es nicht, man soll einen Schluck Alkohol trinken, um seinen Kater zu vertreiben?«, brachte Rosamunde unsicher vor.

Ihre Mutter schüttelte den Kopf und legte ihm die Hand auf die Stirn. »Kalt, wie du schon sagtest. Und er hat eine gute Farbe. Ich denke, es besteht kein Grund zur Besorgnis, solange du ihn vom Alkohol fernhältst. Wir gehen jetzt besser, bevor wir ihn noch aufwecken.«

»Ist er nackt?«, flüsterte Sukey, während sie auf die Tür zuschlichen.

»Glaubst du vielleicht, er hatte ein Nachthemd in der Tasche, als er da am Straßenrand lag?« Rosamunde schob die beiden zur Tür hinaus und machte sie hastig zu, denn ihr war klar, dass er das Lachen nur noch mit Mühe unterdrücken konnte.

»Mr Yockenthwait wird doch sicher eins übrig haben.«

»Seth Yockenthwait ist einen Kopf kleiner und halb so breit wie er.«

»Na ja, es heißt ja, Engel haben keinen …«

»Bist du wohl still!«

»Sukey Davenport«, sagte Mrs Ellington kopfschüttelnd, aber mit einem Zwinkern in den Augen, »manchmal muss ich mich doch sehr über dich wundern.«

Sukey lachte nur. »Irgendjemand muss ihm die nassen Kleider ausgezogen und ihn ins Bett getragen haben.«

Rosamunde schloss die Tür ab und ging mit den beiden wieder nach unten.

»Mr Yockenthwait und Tom haben ihn ins Bett gebracht, aber Mrs Yockenthwait und ich haben ihn ausgezogen und abgetrocknet. Ich hoffe, dass sich das nicht herumspricht. Ihr wisst ja, wie die Leute reden.«

»Allerdings«, sagte ihre Mutter. »Wir werden nichts ausplaudern, und Hester Yockenthwait hat mich nur deshalb informiert, weil sie meinte, dass eine Mutter es wissen sollte.«

*Was wissen sollte?*, fragte sich Rosamunde beklommen.

Ihre Mutter küsste sie auf die Wange – vielleicht ein bisschen kräftiger als gewöhnlich. »Sei vorsichtig, mein Schatz.«

»Und?«, fragte Sukey, die ihrer Schwester einen Abschiedskuss auf die Wange hauchte. »ist er wirklich ein Engel?«

»Er ist ein ganz normaler Mann«, sagte Rosamunde bestimmt, während sie die beiden zum Ausgang begleitete. »Weiter nichts.«

Und das bewies, dachte sie, ihnen hinterher winkend, als sie unter Glöckchengeklingel davonfuhren, dass sie allmählich eine exzellente Lügnerin wurde.

Sobald der Einspänner hinter der ersten Biegung verschwunden war, stieß Rosamunde erleichtert die Luft aus und ließ sich gegen die Mauer fallen. Dass ihre Mutter in ihrem Sündenhaus auftauchen könnte, hatte sie bei ihren Planungen nicht bedacht. Am liebsten wäre sie sofort zu ihm hinaufgerannt, um …

Einfach so.

Lächelnd gestand sie sich ein, dass sie mit ihm über diesen Vorfall lachen wollte. Ein Engel, also wirklich! Aber zuerst sollte er etwas Ordentliches zu essen bekommen.

Als sie mit Jessie gerade überlegte, was man auf die Schnelle zubereiten könnte, wurde die Küchentür geöffnet.

Aufgeschreckt fuhr Rosamunde herum, in der Annahme, ihre Mutter und ihre Schwester seien zurückgekommen – aber es war Diana, Gräfin Arradale, die hereingerauscht kam. Sie trug einen eleganten burgunderroten Reitanzug mit goldener Borte, und an ihren Händen glitzerten zahlreiche Ringe. Mit der einen Hand klatschte sie ihre bestickten Reithandschuhe gegen den Handteller der anderen.

»Guten Tag, Jessie«, sagte sie zu dem Mädchen, das sofort völlig konfus wurde, und wandte sich dann mit strenger Miene Rosamunde zu. »Ich möchte mit dir reden.«

Die beiden hatten fast die gleiche Größe und Statur, doch da Diana sich – vielleicht wegen ihres Adelsranges – aufrechter hielt, wirkte sie ein paar Zentimeter größer. Außerdem bevorzugte sie, selbst bei ihren Reitstiefeln, hohe Absätze. In der selbstverständlichen Annahme, dass Rosamunde ihr folgen würde, stolzierte sie nun selbstherrlich und mit klappernden Absätzen aus der Küche.

Rosamunde warf dem Mädchen ein gequältes Lächeln zu und ging Diana nach. Ihr stand nun eine Standpauke wegen ihrer Feigheit bevor.

Im Salon schleuderte Diana ihre glitzernden Handschuhe aufs Sofa und ihren maskulinen Dreispitz hinterher, sodass ihr kunstvoll frisiertes, hochgestecktes Haar sichtbar wurde, das von einem rötlicheren Braun war als Rosamundes. »Du bist davongelaufen!«

»Ja«, sagte Rosamunde widerspruchslos.

»Wie konntest du nur! Es wäre perfekt gewesen. Mindestens zwei Männer haben verzweifelt ihr Täubchen gesucht.«

Gestern hätte Rosamunde sich von diesen Worten noch getroffen gefühlt, doch nun musste sie ein Lächeln unterdrücken.

Diana war kein Dummkopf. Sie warf Rosamunde einen durchdringenden Blick zu und setzte sich. »Was hast du in der Zwischenzeit gemacht?«

Rosamunde schluckte. »Ein Baby, hoffe ich.«

»Was? Du hast den Ball *in Begleitung* verlassen? Mit wem denn?«

Rosamunde ließ sich auf einem Sessel ihr gegenüber nieder.

»Ich habe den Ball nicht in Begleitung verlassen«, flüsterte sie. »Ich habe den Mann auf der Straße gefunden.« Rasch erzählte sie ihrer Kusine die Geschichte.

Diana klappte vor Entsetzen der Unterkiefer herunter. »Und du denkst, dieses Exemplar ist ungefährlicher als einer meiner Gäste? Also wirklich, Rosa! Wie kannst du nur so leichtsinnig sein! Wahrscheinlich wird er dich erdrosseln und das Tafelsilber stehlen!«

»Nein! Ganz sicher nicht. Glaub mir, er ist ein Gentleman und hat ausgezeichnete Manieren.«

»Das haben manche Straßenräuber auch.« Sie erhob sich abrupt. »Ich sehe ihn mir besser mal an ...«

»Nein.«

Diana zögerte einen Moment und setzte sich mit fragendem Blick wieder hin.

»Ich möchte nicht, dass du dich da einmischst, Diana.«

»Dies ist *mein* Haus, wie du vielleicht weißt.«

Rosamunde hatte dieses Detail glatt vergessen und versuchte es schnell auf andere Weise.

»Bitte!«

Dianas blaue Augen verengten sich. »Du führst etwas im Schilde!«

»Natürlich führe ich etwas im Schilde! Ich begehe« – es fiel ihr schwer, das Wort auszusprechen – »Ehebruch«.

Es war ihr nicht wie Ehebruch vorgekommen.

»Aber das ist zu gefährlich! Du wirst bestimmt erwischt werden.«

»Nein. Es käme doch niemand auf die Idee, dass ich ... dass ich so etwas mit einem kranken Mann, den ich gerettet habe, tun würde!«

»Ist er krank?«

»Nicht mehr. Aber ich lasse ihn dort oben liegen, als ob er es noch wäre.« Sie biss sich auf die Lippen. »Er ist mein heimlicher Liebessklave.«

Diana riss die Augen weit auf, dann lachte sie los. Rosamunde fiel in das ungestüme, erlösende Gelächter ein, das sie an ihre jüngeren Jahre erinnerte.

Als sie sich wieder beruhigt hatten, schüttelte Diana jedoch den Kopf.

»Aber er weiß Bescheid, Liebste. Das wäre ja das Gute am Maskenball gewesen, dass der Mann nicht in der Lage gewesen wäre, etwas zu verraten oder Schwierigkeiten zu machen.«

»Ich weiß. Aber es wird schon gut gehen. Ich habe mich nur mit Maske gezeigt und werde ihn hoffentlich von hier fortbringen können, ohne dass er weiß, wo er gewesen ist oder mit wem er zusammen war.«

»Wie soll das gehen? Wo glaubt er denn zu sein?«

»In Gillsett.«

»Wo die Gillsett-Schwestern wohnen? Du raffiniertes Weibsbild! Wenn er dort nach seiner maskierten Geliebten sucht, bekommt er einen Schock. Und, habt ihr's schon getan?«

Rosamunde zuckte bei dieser unverblümten Frage zusammen und errötete. Aber sie nickte.

Diana wirbelte zu ihr hinüber, um sie zu umarmen.

»Du tapferes Mädchen! Ich hoffe, es war nicht zu unangenehm.«

Rosamunde biss sich auf die Lippen.

Es erschien ihr fast zu kostbar, um darüber zu reden, doch es war auch ein zu großer Schatz, um ihn vor ihrer Kusine zu verbergen.

»Diana, es war das Außergewöhnlichste ... ich wusste bisher gar nicht ...«

»Rosa! Du hast dich doch wohl nicht in diesen Gauner verliebt, oder?«

»Natürlich nicht. Aber er ist kein Gauner. Er ist ein Gentleman.«

»Ha!«

»Doch, das ist er.« Dianas Worte stimmten sie jedoch nachdenklich. »Ich bin nicht verliebt. Das wäre ja lächerlich. Ich kenne den Mann ja kaum.«

Sie fragte sich allerdings, was dieses zärtliche Gefühl zu bedeuten hatte, das in ihr den Wunsch weckte, ständig zu lächeln und mit ihm zusammen zu sein. »Das, was man miteinander tut, das ist es, was ich meine«, sagte sie, sowohl zu sich selbst als auch zu ihrer Kusine. »Jetzt verstehe ich endlich, warum manche Leute deswegen den Verstand verlieren.«

Diana runzelte die Stirn. »Tatsächlich? Kannst du mir das näher erklären?«

Doch dazu fehlten Rosamunde die Worte. »Es ist etwas ganz Besonderes. Ein körperliches Gefühl ... das ...«

»Nicht dasselbe wie mit Sir Digby?«

»Nein.« Sie kam sich schrecklich treulos vor. »Nicht dass ..., ich meine ...«

Zu ihrer Erleichterung klopfte in diesem Moment Jessie an die Tür. »Das Tablett ist fertig, Mylady. Soll ich es hinauftragen?«

Rosamunde sprang auf die Füße. »Nein, das mache ich selbst.«

Auch Diana erhob sich. »Glaub bloß nicht, du kannst mich hier mit einer Reihe von Rätseln und Andeutungen sitzen lassen, Rosa! Weißt du wenigstens, wie er heißt?«

Rosamunde blieb mit dem Tablett in der Hand stehen, wohl wissend, dass sie wie die billigste Dirne wirken würde, wenn sie sich mit einem Mann im Bett getummelt hätte, von dem sie nicht einmal den Namen wusste. »Er heißt Malloren«, sagte sie. »Mr Brand Malloren.«

Sie eilte hinaus, hörte aber noch ein entsetztes: *»Was?«*

O nein.

»Rosa! Komm sofort zurück!«, rief Diana, doch Rosamunde floh so schnell die Treppe hinauf, dass die Teller auf dem Tablett hin und her rutschten und die Kanne überschwappte. Sie wollte gar nicht wissen, weshalb Diana geschrien hatte. Sie wollte es nicht wissen!

War er tatsächlich ein Straßenräuber? Waren womöglich in ganz England Suchplakate aufgehängt, auf denen groß und breit sein Name prangte?

Sie hielt kurz inne, um sich die verhasste Maske aufzusetzen, stieß den Schlüssel ins Schloss, stürzte ins Zimmer und schlug die Tür mit dem Hinterteil zu.

»Was ist los?«, fragte er, sofort in Alarmbereitschaft, obwohl er nur ein Laken wie eine Toga um sich gewickelt hatte. Er stand wieder am Fenster, hatte die Vorhänge aber nicht aufgezogen, sondern durch einen Spalt hinausgespäht.

»Werdet Ihr gesucht?«, stieß sie hervor, das Tablett immer noch umklammernd.

»Gesucht?«

»Steckbrieflich.«

»Nicht dass ich wüsste.« Er kam herüber, nahm ihr das Tablett ab und stellte es auf einen kleinen Tisch, dann rückte er das Geschirr wieder zurecht. »Da mir allerdings noch nicht ganz klar ist, was ich in jüngster Vergangenheit getan habe, kann ich es nicht beschwören. Ah, Schweinspastete. Vielen Dank.« Er biss herzhaft hinein, schluckte den Bissen hinunter und fügte hinzu: »Und? Was hat das zu bedeuten?«

»Das ist unwichtig.«

Er nahm noch einen Bissen, und ihm war anzusehen, dass er ihr die Antwort nicht abnahm. »Wollt Ihr Euch nicht zu mir setzen, während ich esse?«

Sie kämpfte mit sich, setzte sich dann aber ihm gegenüber hin und betastete ihre Maske, um sich zu vergewissern, dass sie richtig saß.

Sie wollte bleiben. Außerdem wollte sie den Moment noch ein wenig hinauszögern, in dem sie Dianas schlechte Nachricht zu hören bekommen würde. Wenigstens noch eine kleine Weile.

»Mit dieser Maske lässt es sich zwar schwer beurteilen, aber ich finde, Ihr wirkt mitgenommen. Hat es Schwierigkeiten mit Eurer Mutter gegeben?«

Rosamunde hörte auf, nervös ihre Hände zu ringen, und strich sich über den Rock. »Nein. Natürlich nicht.«

»Sie scheint eine nette Dame zu sein. Ich bin froh, dass Ihr sie habt.«

»Ich auch.« Sie war sich nicht sicher, ob es richtig war, persönliche Fragen zu stellen, aber nach kurzem Zögern tat sie es. »Und Eure Mutter?«

»Sie ist gestorben, als ich noch sehr jung war.«

»Das tut mir leid.«

»Ich habe sie sehr vermisst. Ich denke, das tue ich immer noch. Sie war ein wundervoller Mensch. Fröhlich, liebevoll, stark. Ich würde viel darum geben, wenn ich sie noch besuchen könnte, mit ihr Unternehmungen machen und dies und jenes für sie tun könnte.«

Es berührte sie tief, weil er es ganz beiläufig während des Essens sagte, als ob es etwas Selbstverständliches zwischen Söhnen und Müttern sei. Ihr Instinkt hatte sie nicht getäuscht. Mochte er nun ein Straßenräuber sein oder nicht, er war jedenfalls ein guter Mensch.

Als er das letzte Stück Pastete hinuntergeschluckt hatte, sah er mit blitzenden Augen hoch.

»Und die andere Lady habt Ihr davon überzeugt, dass ich kein Engel bin?«

»Das war meine Schwester Sukey.« Rosamunde wusste, dass auch ihre Augen blitzten. »Ich habe ihr mein Wort darauf gegeben.«

»Und sie werden keinen Ärger machen?«

»Nein.«

Er goss sich etwas Schokolade ein, und während er daran nippte, sah er Rosamunde eindringlich an. »Möchtet Ihr unsere Abmachung rückgängig machen, nachdem Eure Mutter auf der Bildfläche erschienen ist?«

»Nein.«

»Es schmeichelt mir zu glauben, dass ich ein so wunderbarer Liebhaber bin, dass Ihr meinetwegen Risiken einzugehen bereit seid. Aber was ist der wahre Grund?«

Rosamunde strich mit einem Finger über die heiße Schokoladenkanne aus ziseliertem Silber und überlegte, wie viel Wahrheit ratsam war. Sie wollte ihm so viel wie möglich mitteilen. »Ich habe noch nie zuvor einen Geliebten gehabt und bezweifle, dass ich je wieder einen haben werde.«

»Ihr seid doch noch jung.«

»Und verheiratet.«

Nach kurzem Schweigen sagte er: »Verzeiht die Taktlosigkeit, aber mit einem älteren Mann.«

»Er ist erst fünfundfünfzig.« Sie hoffte, es klang nicht wie eine Klage. Sie wünschte sich nicht, dass Digby tot sei, doch ehrlicherweise musste sie sich eingestehen, dass sie wünschte, sie hätte ihn nie geheiratet. Es lastete schwer auf ihrer Seele, so undankbar zu sein.

Mehr noch betrübte sie jedoch der Gedanke, was aus ihr hätte werden können, wenn sie nach dem Unfall nicht so ein Feigling gewesen wäre.

»Fünfundfünfzig, und Ihr seid?«

Sie schrak aus ihren Gedanken. »Vierundzwanzig.«

»Und wie alt wart Ihr bei der Heirat?«

»Sechzehn.«

»Heiliger Strohsack! Warum habt Ihr das getan?«

Ihr verzweifeltes Bedürfnis nach einem sicheren Hafen – um sich der erdrückenden Fürsorglichkeit ihrer Familie zu entziehen, aber auch, um sich von der Welt zurückziehen zu können, in der sie ständig Fremden begegnen musste – hatte Rosamunde noch nie zuvor infrage gestellt. Jetzt tat sie es, aber es schmerzte zu sehr, daran zu rühren.

»Warum nicht«, erwiderte sie forsch. »Viele Damen heiraten jung, und manche ziehen ältere Männer vor. Was zählt, ist, dass ich verheiratet *bin* – mit einem guten Mann. Ich kann dies nicht aufs Spiel setzen.«

Sie dachte, er würde vielleicht widersprechen, doch er lehnte sich zurück und nippte an seiner Schokolade. »Ich werde nichts ausplaudern. Mein Ehrenwort! Und, bereut Ihr, was wir getan haben?«

»Nicht im Geringsten.«

»Gut.« Er trank seine Schokolade aus. »Was also befehlt Ihr nun?«

Im ersten Moment begriff sie nicht, was er meinte. Dann errötete sie. »Nichts.«

»Nichts? Ich warne Euch, meine Liebe, so bezaubernd Ihr auch seid, meine Pflicht endet bei Tagesanbruch. Inzwischen ist mir eingefallen, weshalb ich unterwegs bin und dass ich eine Verabredung habe, die ich unbedingt einhalten muss. Wenn Ihr versucht, mich hier festzuhalten, werdet Ihr einen Feind haben, und keinen willigen Sklaven.«

»Ich werde Euch nicht festhalten.« *Aber es wird Euch leider auch nicht gefallen, wie ich Euch verabschiede.* Wie sie es auch anstellte, er würde danach unweigerlich ihr Feind sein, und das war auch besser so.

Sie erhob sich und ergriff das Tablett.

»Ich habe eine Besucherin im Haus und muss mich um sie kümmern. Und falls Eure Anwesenheit sich herumsprechen sollte, ist es wichtig, dass man sieht, dass ich nicht viel Zeit hier oben verbringe.«

Er grinste. »Daran ist nur mein engelhaft gutes Aussehen schuld. Keiner würde Euch glauben, dass Ihr unschuldig seid.«

»Genau. Wenn Ihr hässlich wärt, wäre es wesentlich einfacher.«

»Ich kann ja schielen«, sagte er und demonstrierte es. »Bedauerlicherweise halte ich das nicht lange durch.«

Rosamunde schüttelte nur den Kopf. Kein Wunder, dass er

betrunken im Straßengraben gelandet war. Er hatte keinen Funken Ernsthaftigkeit in seinem schönen Körper und war zweifelsohne ein verantwortungsloser Tunichtgut. Was sehr bedauerlich war.

»Könnte ich wenigstens meine Kleider haben?«, fragte er. »Die römische Toga ist dieses Jahr nicht in Mode.«

»Schade«, sagte sie und erlaubte sich eine kurze anerkennende Musterung des Römergewands. Als er daraufhin lachte, fügte sie hinzu: »Eure Kleider sind von dem Abenteuer ziemlich in Mitleidenschaft gezogen worden, aber ich werde meine Zofe damit hochschicken.«

»Und wann darf ich Euch wieder zu Diensten sein?«

Rosamunde hielt das Tablett beinahe wie einen Schutzschild vor sich.

Sie hatte einen gut entwickelten Sinn für das, was richtig und falsch war und wusste, dass jede weitere Begegnung mit diesem Mann falsch wäre.

Sie könnte versuchen sich einzureden, dass es die Chance auf ein Kind erhöhte, aber in ihrem Herzen wusste sie, dass es ihr nicht darum ging, wenn sie sich ihm wieder hingab. Es würde nicht zum Wohle von Wenscote geschehen.

Es wäre reine Begierde und der Hunger danach, für die kommenden mageren Jahre wärmende Nahrung zu speichern.

Sie sollte ihm sagen, dass es keine Verpflichtung mehr zwischen ihnen beiden geben würde und dass sich von nun an Millie um ihn kümmern werde …

»Heute Abend«, flüsterte sie. »Sobald alle im Bett sind.« Nach einer kurzen Pause fügte sie hinzu: »Sie gehen alle früh schlafen.«

»Gut. Das gibt uns ein paar Stunden mehr bis zum Tagesanbruch.«

Die ganze Nacht? War das möglich?

Sie ging rückwärts zur Tür, als ob sie sich vor einem gefährlichen Tier zurückzog. Als sie das Tablett auf die Hüfte klemmte, um den Türknauf drehen zu können, kam er ihr rasch zu Hilfe – erstaunlich elegant in seinem Toga-Laken.

Die Frage, die in ihr brodelte, brach nun hervor. »Aus welchem Grund könnte Euer Name jemanden erschrecken?«

Die Hand auf dem Türknauf, hielt er inne. »Wen hat mein Name erschreckt?«

Er stand so dicht neben ihr, dass seine Schulter und sein nackter Arm sie berührten. Beinahe übermannte sie der Drang, sich an ihn zu lehnen und ihre Wange an seine weiche Haut zu legen, um die Wärme und den Trost seines Körpers zu spüren.

Das durfte sie nicht tun. Sie durfte sich nicht erlauben, einen Geliebten zu haben.

»Das ist nicht wichtig«, sagte sie und eilte hinaus. Sie schloss die Tür ab, obwohl das jetzt keinen Sinn mehr hatte. Die Gefahr lauerte nicht in dem Zimmer, sie war in ihr selbst.

# 8

Bevor Rosamunde ihre Gedanken sammeln konnte, kam Diana aus dem Schlafzimmer gestürzt, schnappte ihr das Tablett aus den Händen, um es auf einen Tisch zu stellen, und zog Rosamunde schnell in ihr Zimmer. »Brand Malloren!«, flüsterte sie.

»Ja.« Rosamunde war von ihrer Begegnung noch ganz benommen. Warum sollte sie sich nicht auch einmal einen Geliebten erlauben dürfen, nur ein einziges Mal in ihrem Leben? Hatte nicht jede Frau ein Recht darauf?

Diana starrte sie an. »Du hast keine Ahnung, stimmt's?«

»Wovon?«

»Von den Mallorens!«

Rosamunde ließ sich auf die Bank am Erkerfenster sinken und machte sich auf eine unangenehme Wahrheit gefasst. »Was hat er denn angestellt?«

»Angestellt?« Diana zog ihre schmalen Brauen hoch. »Das müsstest du eigentlich besser wissen als ich.«

»Außerhalb des Hauses, meine ich.«

Diana schüttelte den Kopf und nahm mit elegantem Schwung am anderen Ende der Polsterbank Platz. »Mein Gott, ich habe ja ganz vergessen, dass du nirgendwo hingehst. Und Zeitungen liest du wohl auch nicht, oder?«

»Hat etwas über ihn in der Zeitung gestanden?« Rosamunde wurde richtig übel. Ihr war das Räuberleben noch nie sonderlich romantisch vorgekommen. Schließlich waren sie alle nichts als Diebe und häufig sogar Mörder. Wenn er wenigstens ein schneidiger Räuberhauptmann wäre, vielleicht wäre dann alles ein bisschen erträglicher. »Welches Verbrechen hat er denn begangen?«

»Verbrechen?« Diana blieb fast der Mund offen stehen. »Rosa …! Nein, soweit ich weiß, hat über Brand Malloren nichts in der Zeitung gestanden. Aber über seinen Bruder schon oft. Du hast doch sicherlich von Rothgar gehört.«

»Was ist Rothgar?«

»Nicht *was*. Wer! Der Marquis von Rothgar.«

Rosamunde starrte sie entgeistert an. »Willst du damit etwa sagen, dass er« – sie deutete in Richtung des Zimmers, in dem sich ihr Gefangener befand – »ein *Marquis* ist?«

»Wo hast du bloß deinen Verstand gelassen?« Diana beugte sich vor. »Pass auf. Wenn er Brand Malloren ist, ist der Marquis von Rothgar sein Bruder. Sein ältester Bruder natürlich.«

»Natürlich«, wiederholte Rosamunde. »Aber seine Kleider sind so schlicht. Ich verstehe nicht …«

»Ich auch nicht. Aber die Mallorens sind berühmt. Oder berüchtigt. Lord Bryght …«

»*Lord*?«, schrie Rosamunde entgeistert.

»Lady Elf ist eine sehr liebenswürdige Lady«, plauderte Diana weiter. »Sie ist die einzige aus der Familie, die ich persönlich kennen gelernt habe …«

»Diana!«, rief Rosamunde, um sie zu unterbrechen, dann senkte sie die Stimme wieder. »Heißt das, ich habe in dem Zimmer einen *Lord* eingesperrt?«

»Wenn es Brand Malloren ist, dann schon, aber …«

»Das ist ja furchtbar!«

»Na ja, er ist kein richtiger Lord. Er hat keinen Sitz im Parlament oder dergleichen.«

»Soll das ein Trost sein?«

Diana fing plötzlich an zu lachen. »O Schätzchen! Keine Bange, er wird dich schon nicht vor Gericht zerren. Aber beim Einfangen von Liebessklaven legst du eindeutig einen guten Geschmack an den Tag.«

»Ich habe ihn nicht eingefangen, sondern *gerettet*.« Rosamunde bezweifelte jedoch keine Sekunde, dass er eine hochgestellte Persönlichkeit war. Das erklärte so vieles. In seinem selbstsicheren Körper war kein einziger Funken Unterwürfigkeit.

»Ob gerettet oder gefangen …« Diana winkte ab, wobei die vielen Ringe, die sie an ihren Händen zu tragen pflegte, glitzerten. »Mir fällt regelrecht ein Stein vom Herzen! Du bist in den letzten Jahren so langweilig geworden – doch das hier kann sich durchaus mit den Heldentaten unserer Kindheit messen. Einen Malloren als Liebhaber. Wirklich eine erstklassige Wahl.«

»Ich habe ihn nicht *gewählt*«, protestierte Rosamunde und spürte, wie ihre Wangen rot wurden.

Diana zog eine ihrer geschwungenen Brauen hoch. »Willst du damit sagen, du hast ihn aus dem Straßengraben gezerrt und sofort gedacht: Ein Mann. Gut. Spätestens morgen werde ich ihn in meinem Bett haben?«

»Natürlich nicht!« Rosamunde sprang auf und schritt aufgewühlt im Zimmer auf und ab. »Na gut. Ich habe tatsächlich gedacht, dass er … gar nicht so übel wäre.«

»Siehst du! Aber was zum Teufel hat Lord Brand Malloren betrunken und in einfacher Kleidung im Straßengraben zu suchen? Ich kenne den Mann zwar nicht, doch das kommt mir äußerst seltsam vor.«

»Vielleicht ist er von seiner Familie ja auch verstoßen worden.«

»Es heißt, dass der Marquis sehr besorgt darum ist, dass seiner Familie nichts passiert. Vielleicht solltest du schon mal anfangen zu beten, dass Lord Rothgar es dir nicht krumm nimmt, wie du mit seinem Bruder umgegangen bist. Es wird gemunkelt, dass er in solchen Sachen keine Gnade kennt.« Sie senkte die Stimme. »Manche behaupten sogar, er sei verrückt.«

»Verrückt!«

Diana lachte. »War nur Spaß, Schätzchen. Ich bin dem Marquis zwar nie persönlich begegnet, habe aber auch noch nicht gehört, dass er Schaum vor dem Mund haben soll. Ich glaube, es war seine Mutter, die verrückt war.«

Rosamunde starrte sie an. »Lord Brands Mutter war *verrückt*?«

»Nein, nein. Die beiden sind Halbbrüder.«

Rosamunde atmete auf. »Gott sei Dank!«

»Also wirklich! Ist es nicht unfair, jemanden nach seinen Eltern zu beurteilen? Ist Lord Brand dir etwa geistesgestört vorgekommen?«

Rosamunde fragte sich, ob sie überhaupt wusste, was ein gesunder Verstand war. »Nein, aber …«

»Dann beurteile ihn nach sich selbst.«

»Wie du weißt, bin ich Tierzüchterin.« Sie verschränkte die Arme vor der Brust. »Stell dir das vor! Ich hätte ein Kind zeugen können, das eine Geisteskrankheit im Blut hat. Ich habe zwar den Körperbau in Betracht gezogen, aber an einen gesunden Verstand oder moralische Qualitäten habe ich nicht gedacht. Dabei kann man genau wie den Körperbau auch das Temperament herauszüchten. Hast du wirklich nichts Schlechtes über Lord Brand gehört?«

»Nein, aber er scheint nicht in der Gesellschaft zu verkehren.«

»Er hat mir erzählt, er verwaltet die Landgüter eines Adligen.«

»Da hast du's! Er ist ein Bauer – so wie du eine Landpomeranze bist. Er würde sich wahrscheinlich mit dem größten Vergnügen über Fruchtwechsel, Steckrüben, Klauenseuche und so weiter unterhalten.«

»Was mich mehr interessiert, ist, ob sein Kind das tun wird.«

Diana verdrehte die Augen. »Ich bin sicher, du wirst dafür sorgen, dass das arme Ding es tut.« Sie erhob sich und ordnete ihre Röcke. »Eines beunruhigt mich jedoch. Wir müssen verhindern, dass die Mallorens dich ausfindig machen, nachdem die Sache hier vorbei ist.«

Rosamunde überlief eine Gänsehaut. »Ich habe mein Bestes getan. Er weiß weder, wo er ist, noch mit wem er hier ist.«

»Mag sein, aber wenn er auf den Gedanken kommt, sich zu erkundigen, wo hier in der Gegend ein Mann gefunden und versorgt wurde, bist du geliefert. Gib's zu. Meine Maskerade war ein viel besserer Plan.«

»Möglich, aber mit etwas Glück wird kaum jemand erfahren, dass je ein Mann hier bei mir gewesen ist. Das Dienstpersonal hat versichert, dass es die Sache für sich behalten wird.«

»Ist auf sie wirklich Verlass?« Diana runzelte zweifelnd die Stirn.

»Ich denke schon. Sie wollen genauso wenig wie wir, dass sich die Neue Glaubensgemeinschaft hier ausbreitet.«

Diana setzte sich wieder und starrte sie an. »Hast du ihnen etwa alles erklärt?«

»Natürlich nicht! Aber sie sind schließlich nicht dumm. Ich glaube, Mrs Yockenthwait ahnt etwas, und meine Mutter und Sukey auch.«

»Tante Ellington!«

Rosamunde presste die Hände an ihre brennenden Wangen. »Schrecklich, nicht wahr? Aber ... sie schien gar nichts dagegen zu haben. Ich weiß nicht, ob das tröstlich ist oder eher ein Beweis dafür, dass die ganze Welt verrückt geworden ist.«

Diana stieß den Atem aus. »Na ja, vielleicht geht alles gut. Trotzdem ...« Sie schürzte die Lippen und in ihren Augen erschien ein vertrautes schalkhaftes Funkeln.

»Was denn?«, fragte Rosamunde, nichts Gutes ahnend.

»Es wäre nicht schwer, gewisse Gerüchte zu verbreiten. Für alle Fälle. Ein Mann wurde von einer Dame am Straßenrand aufgefunden. Vielleicht war es hier, vielleicht in der Nähe von Ripon, vielleicht in Niddersdale oder Airedale. Von Lady Hauxwell oder Mrs Tring oder sogar von einem der Fräulein Gillsett ...«

»Diana!« Aber noch während sie protestierte, dachte Rosamunde, dass es funktionieren könnte.

»Du weiß doch, dass die Leute die Geschichten glauben, die man ihnen erzählt, und sie dann mit Veränderungen weitererzählen. Und jeder Bewohner der Dales glaubt, dass sich in den anderen Dales sündhafte und wunderliche Dinge abspielen. Damals nach deinem Unfall hat halb Nord-Yorkshire geglaubt, du seist tot, während die andere Hälfte dachte, du seist erblindet. Und ziemlich viele haben geglaubt, du seist mit einem Liebhaber durchgebrannt – oder gar wir beide.«

»Ich bete darum, dass solche Gerüchte nicht wieder aufkommen. Mein Plan funktioniert nur, wenn ich einen untadeligen Ruf habe.«

»Den hast du ganz sicher.« Diana rückte näher heran und ergriff Rosamundes Hand. »Es war meine Schuld ...«

»Nein!«

»Doch! Ich war diejenige, die ohne Grund darauf gedrängt hat, schneller zu fahren. Es hätte *mich* treffen sollen.«

»Unsinn! Es hätte keine von uns beiden treffen sollen. Es war ein tragischer Unfall, dass die Kutsche sich überschlagen und das Glas mein Gesicht zerschnitten hat. Du warst von dem Aufprall bewusstlos und hättest noch schlimmere Folgen davontragen können.«

»Habe ich aber nicht.« Diana berührte Rosamundes Wange. »Ich wünsche mir so sehr, du könntest es endlich hinter dir lassen, Liebes. Mittlerweise sind die Narben ganz unauffällig geworden. Sie sehen wirklich nicht so schlimm aus, wie du meinst.«

Rosamunde erkannte plötzlich, wie sehr es ihre Kusine erleichtern würde, wenn sie wieder ein normales Leben führte. Nie zuvor war ihr in den Sinn gekommen, dass Diana darunter leiden könnte. »Ich werde es versuchen«, versprach sie. »Aber nicht sofort. Vorerst muss ich noch die ehrbare, einsiedlerische Lady Overton bleiben.« – »Aber ...«

»Zum Glück habe ich niemandem außer dir seinen Namen gesagt!« Rosamunde hatte Diana absichtlich unterbrochen. Sie wollte jetzt nicht an ihre Narben und ihre damaligen Entscheidungen denken.

Es war einfach zu schmerzhaft.

Diana zuckte mit den Achseln und ließ das Thema fallen. »Das war sehr klug. Ich werde ein paar zuverlässige Diener damit beauftragen, die Gerüchte zu verbreiten. Sollte jemals durchsickern, dass sich ein Mann hier aufgehalten hat, wird es einfach nur eine von vielen vagen Geschichten sein.«

»Danke.«

»Nun, dann bleibt nur noch ein Problem: er selbst. Du kannst ihn nicht aus dem Haus gehen lassen, ohne dass er mitbekommt, wo er gewesen ist.«

»Vor allem, weil wir meilenweit von der nächsten Ortschaft entfernt sind. Ich muss ihn irgendwo hinbringen.« Sie rang einen Augenblick lang sorgenvoll die Hände. »Ich könnte ihm die Augen verbinden.«

»Würde er das zulassen?«

»Wahrscheinlich schon.«

»Interessant, wie gut du ihn zu kennen glaubst. Aber es würde nicht funktionieren. Er hätte eine ziemlich genaue Vorstellung davon, welche Strecke er zurückgelegt hat. Und anhand der unterwegs wahrnehmbaren Geräusche könnte er nachvollziehen, durch welche Landschaft er sich bewegt. Er ist bestimmt nicht dumm.«

»Nein, das ist er nicht. Also, wie soll ich den Armen in die Irre führen?«

»Als du ihn gefunden hast, war er betrunken. Stell ihm doch einen Krug Gin hin, vielleicht trinkt er wieder bis zur Bewusstlosigkeit.«

Vor kurzem noch hatte Rosamunde genau das vorgehabt, doch jetzt schüttelte sie den Kopf. »Er hat kein einziges Mal um Wein oder Schnaps gebeten. Klingt das etwa nach einem Trinker?«

»Leider nein. Du könnest ihn auch bewusstlos schlagen, aber …«

»Um Himmels willen! Erstens hätte ich nicht die geringste Idee, wie das vonstatten gehen sollte, und außerdem ist es furchtbar gefährlich. Denk doch, wie verwirrt du nach unserem Unfall warst. Und der arme Bob Wigglethorpe hat sich nie mehr richtig erholt, nachdem ihm der Balken auf den Kopf gefallen ist.«

»Nun, dann könnte ich das alte Fräulein Naisby um ein Zaubermittelchen bitten.«

Rosamunde war zwar nicht wohl bei dem Gedanken, den Mann zu betäuben, doch es schien ihr das kleinere Übel zu sein. »Vielleicht solltest du das machen, nur für alle Fälle. Aber ich würde ihm das nur äußerst ungern antun.«

Diana beugte sich vor und küsste Rosamunde auf die Wange. »Du hast schon wieder zu viele Skrupel. Vergiss nicht, dass du die Hauptsache schon hinter dir hast und jetzt nicht weich werden darfst.«

*»Schraub deinen Mut nur bis zum Punkt des Halts. Und es misslingt uns nicht«*, zitierte Rosamunde aus Shakespeares *Macbeth*.

»Genau. Aber vergiss nicht, das hier ist keine Shakespeare-Tragödie. Rosie und Diana werden am Ende triumphieren. Vorausgesetzt, Rosie bekommt nicht einen ihrer verhängnisvollen Ehrlichkeitsanfälle. Versprochen?«

Mit Wehmut dachte Rosamunde an die schlichte Schönheit der Ehrlichkeit, aber sie nickte tapfer. »Versprochen.«

Als Diana das Haus verlassen hatte, war Rosamunde versucht, voller Unruhe bis zum Abend am Erkerfenster sitzen zu bleiben, aber sie musste sich sehen lassen für den Fall, dass irgendwann etwas herauskam. Außerdem hatte er ja um seine Kleider gebeten, fiel ihr ein, während sie ihre Röcke glatt strich und aus dem Zimmer ging.

In der Küche begutachtete sie die Kleidungsstücke erneut

und befand, dass Stil und Qualität nicht dem entsprachen, was man bei einem Aristokraten erwartete. Vielleicht war er trotz seiner Herkunft in Wahrheit ein einfacher Mann. Um sich gesellschaftlich nicht zu extrem von ihm zu unterscheiden, hätte sie sich das nur allzu gerne eingeredet, doch sie zwang sich, mit diesen Torheiten aufzuhören. Der gesellschaftliche Rang war nun wirklich das geringste Hindernis, das zwischen ihnen stand.

Sie war verheiratet.

Sie wollte ein Kind bekommen, um Wenscote zu retten, und das konnte nur gelingen, wenn niemand auf der Welt ahnte, dass Lady Overton sich zu diesem Zweck einen Liebhaber gesucht hatte. Selbst wenn diese Barrieren wegfielen, blieb sie immer noch die Tochter eines Landwirts – eines Gutsbesitzers immerhin, aber trotzdem eines Landwirts. Brand Malloren dagegen war der Sohn eines Marquis.

Und außerdem, so rief sie sich ins Gedächtnis, hatte er gar kein Interesse an einer dauerhaften Beziehung mit ihr. Er zahlte nur seine Schuld ab und amüsierte sich dabei. Das war alles.

Sie schickte Millie mit seinen Kleidern nach oben.

Nun musste sie sich auch draußen blicken lassen. Sie setzte die Haube auf, die den äußeren Bereich ihres Gesichts verbarg, und schlenderte in dem Teil des Gartens umher, der an die vorbeiführende Straße grenzte.

Mehrere Fahrzeuge und Fußgänger kamen vorbei, und wenn sie Rosamunde bemerkten, grüßte sie sie. Es waren alles Leute, die sie kannte, und keiner von ihnen zeigte den geringsten Argwohn. Es war ja auch nicht ungewöhnlich, dass sie ein paar Tage bei Diana verbrachte.

Vielleicht sollte sie Diana vorschlagen, ebenfalls ins Witwenhaus zu ziehen, damit es noch harmloser wirkte. Aber das wollte sie nicht. Sie glaubte nicht, dass sie ihren nächtlichen Plan ausführen könnte, wenn Diana im Zimmer nebenan schlief.

Sie hatte gerade damit begonnen, ein bisschen Unkraut auszuzupfen, als Millie den Gartenweg entlanggestapft kam und dabei wieder etwas von halbnackten Männern murmelte. »Er möchte etwas zu lesen haben.«

»Zu lesen?«, wiederholte Rosamunde verdutzt, obwohl es durchaus verständlich war. Der Arme war wieder wohlauf, saß aber zur Untätigkeit verdammt in diesem Zimmer fest.

»Soll ich ihm ein Buch aus der Bibliothek bringen, Mylady?«

»Ja …« Doch da fiel Rosamunde eine mögliche Komplikation ein. »Nein! Ich werde selbst etwas für ihn aussuchen. Vielen Dank, Millie.«

Während Rosamunde zu den wenigen Regalen eilte, die im Witwenhaus die Bibliothek darstellten, wurde ihr klar, dass sie gerade knapp einer weiteren Katastrophe entronnen war. Die Bücher stammten alle aus dem Haupthaus und waren auf der Innenseite mit dem Namen »Arradale« und dem Familienwappen gekennzeichnet.

Ohne große Hoffnung sah sie die Bücher durch und konnte tatsächlich kein unmarkiertes Exemplar finden. Es wäre zwar möglich, bei einem die erste Seite herauszuschneiden, aber sie hasste es, ein Buch zu verstümmeln.

Was nun?

Einer plötzlichen Eingebung folgend, verließ sie das Haus und ging zu Fuß die halbe Meile bis zum Haupthaus des Landguts Arradale. Sie betrat es durch die Küchentür und fragte nach Diana.

»Sie ist ausgeritten, um nach dem Heu zu sehen, Mylady«, sagte der Butler, der mit dem Instinkt seines Berufsstandes genau im richtigen Moment aufgetaucht war. »Die Gräfinwitwe ist jedoch zu sprechen.«

Am liebsten hätte Rosamunde nur um ein paar Zeitungen der letzten Tage gebeten, doch sie würde mit ihrer Tante sprechen müssen.

Lady Arradale, die genauso rundlich war wie ihre Schwester, trug ihr Gewicht mit gräflicher Würde, und ihr Haar war durch ein kosmetisches Kunststück immer noch vom gleichen satten Braun wie in ihrer Jugend.

»Na, meine Liebe«, sagte sie und ließ sich einen gehauchten Kuss auf ihre zart gepuderte Wange gefallen, »wie ich höre, hast du gerade ein kleines Abenteuer.«

»Abenteuer, Tante Arradale?«, fragte Rosamunde und ließ sich auf einem Brokatstuhl nieder. In ihrem Inneren regte sich nervöse Unruhe.

»Mariah hat kurz hereingeschaut und mir von deinem Kranken erzählt. Sehr barmherzig von dir, Liebes.«

Rosamunde hätte sich denken können, dass ihre Mutter, wenn sie gerade in der Nähe war, auch ihre Schwester besuchen würde und ihr berichtete, was im Witwenhaus vor sich ging. Aber was genau hatte sie erzählt? Rosamunde versuchte verzweifelt, aus dem Ton ihrer Tante etwas herauszuhören, doch sie war schon immer schwer durchschaubar gewesen.

»Glaub mir, es ist ziemlich öde, Tante«, sagte sie in gelangweiltem Ton, »aber ich fühle mich verpflichtet, im Witwenhaus zu bleiben, bis wir ihn aufbrechen lassen können. Morgen, hoffe ich.«

Sie hatte eigentlich geglaubt, erwachsen zu sein, doch durch diese Sache fühlte sie sich in ihre Kindheit zurückversetzt. Rosie und Diana mal wieder in Schwierigkeiten.

Rosamundes Eltern waren immer nachsichtig gewesen und hassten es, ihre Kinder zu bestrafen, aber Lord und Lady Arradale hatten für ihr einziges Kind hohe Maßstäbe gesetzt und darauf geachtet, dass sie eingehalten wurden. Wenn Diana etwas angestellt hatte, war klar, dass Rosamunde daran beteiligt war, und so stimmte jeder – einschließlich Rosie und Diana – zu, dass sie beide die gleiche Strafe erhielten. Wurde eine Tracht Prügel für nötig erachtet, war sie stets von Tante Arradale verabreicht worden.

Rosamunde konnte sich in diesem Moment beinahe vorstellen, wie ihre Tante nach dem Butler rief, damit er ihr den Rohrstock brachte!

Das ließ sie schlagartig an die Neue Glaubensgemeinschaft und ihre strenge Behandlung der Kinder denken. Selbst unter Tante Arradales starker Hand war eine Bestrafung nie wirklich schlimm gewesen, sondern gerade hart genug, damit beide ihre Schandtat ernsthaft bereuten.

»Probleme?«, fragte ihre Tante scharfsichtig und riss Rosamunde aus ihren Gedanken.

»Nicht wirklich, Tante. Na ja, Sir Digby macht mir Sorgen.« Rosamunde lenkte schnell auf ein harmloses Thema ab. »Ich wünschte, er würde mäßiger essen und trinken. Dass sein Kopf immer so rot ist und sein Keuchen, wenn er die Treppe hochsteigt, bereitet mir wirklich Sorgen.«

»Mit Recht. Der Graf war in einem ähnlichen Zustand und wenig später ist er von uns gegangen.«

Das hatte Rosamunde gar nicht bedacht, und es tat ihr leid, traurige Erinnerungen wachgerufen zu haben.

»Und wenn ich recht informiert bin«, fuhr ihre Tante fort, »ist Sir Digbys rechtmäßiger Erbe ein Anhänger dieser neuen extremen Sekte.«

»Edward Overton, ja. Das ist wirklich schlimm.«

»Du solltest ein Kind bekommen, meine Liebe«, stellte ihre Tante beiläufig fest.

Rosamunde wurde es ganz heiß, denn niemals hätte sie sich träumen lassen, einmal mit ihrer erhabenen Tante über eheliche Angelegenheiten zu sprechen.

»Wir versuchen es ja. Digby und ich …« In gewisser Weise stimmte das sogar.

»Zum Glück sind die Männer im Gegensatz zu uns Frauen auch in höherem Alter noch fähig, sich fortzupflanzen. Digby kann sich glücklich schätzen, mit einer gesunden jungen Frau verheiratet zu sein.« Mit leisem Lächeln neigte sie ihren Kopf. »Mit dir, mein Liebes.«

Sollte das etwa eine hoheitsvolle Absegnung sein? Dies

war wirklich die ungewöhnlichste Unterhaltung, die Rosamunde je geführt hatte.

Dann ging sie unvermittelt zum Grund ihres Besuchs über. »Mein Pflegefall würde gerne eine Zeitung lesen, Tante. Ich wollte dich fragen, ob ich mir eure ausleihen kann.«

»Selbstverständlich, meine Liebe.« Lady Arradale läutete das goldene Glöckchen, das neben ihr stand, und als ein Lakai erschien, trug sie ihm auf, die Zeitung zu holen.

»Und«, fragte sie, »wer ist er?«

Rosamunde nahm allen Mut zusammen, um zu lügen. »Es scheint ihm noch nicht eingefallen zu sein.«

»Wo kommt er her?«, fragte ihre Tante.

»Das weiß er auch nicht.«

»Und ein Opfer der Trunksucht.« Ihre Stirn legte sich ein wenig in Falten. »Vielleicht verschweigt er seine Identität bewusst. Nimm dich in Acht, Rosamunde.«

»Er behauptet, normalerweise nicht viel zu trinken, Tante Arradale.«

»Das kann ich mir denken.«

Es amüsierte Rosamunde, dass alle älteren Frauen gegenüber Männern so skeptisch waren.

Die Tante blickte sie mit scharfen Augen an. »Sieh dich vor, meine Liebe. Gauner und Schlawiner sind häufig charmant, was sie um so gefährlicher macht, besonders, wenn sie gut aussehen – was, wie ich höre, auf diesen zutrifft. Wenn du möchtest, kannst du ihn diese Nacht hier schlafen lassen.«

Rosamunde musste zum Glück nicht gleich antworten, da der Lakai gerade mit einem Silbertablett hereinkam, auf dem ein kleiner Zeitungsstapel lag.

Tante Arradale winkte ihn zu Rosamunde hinüber, und Rosamunde stand rasch auf und schnappte sich die Zeitungen. »Vielen Dank, Tante. Ich denke, es lohnt sich nicht, ihn noch umzubetten, und Diana wird mir morgen helfen, ihn in die Zivilisation zurückzubringen.«

»Ach ja? Es wäre auch ein Wunder gewesen, wenn sie sich

eine so ungewöhnliche Situation hätte entgehen lassen. Aber wenn du weder seinen Namen noch seinen Wohnort weißt, wo, bitte schön, willst du ihn dann hinbringen?«

O Gott. »Nach Thirsk. Er scheint zu glauben, dass er von dort gekommen ist. Deshalb hoffen wir, dass man ihn dort erkennt.«

»Und wenn nicht?«

»Dann lasse ich ihn mit etwas Geld dort zurück. Ich kann ihn ja wohl kaum hier behalten, Tante Arradale!«

»Ich hoffe doch sehr, dass ihr zwei euch eurem Alter und eurem Rang entsprechend verhaltet.«

»Selbstverständlich, Tante!«, rief Rosamunde aus und sah sie im Geiste den Rohrstock schwingen. Doch dann kam ihr eine Idee. »Vielleicht«, sagte sie und bedachte genau, was sie sagte, »sollte *ich* heute hier übernachten. Es ist mir doch etwas unangenehm, mit ihm dort zu sein, nachdem er wieder bei Bewusstsein ist.«

Tante Arradale nickte sichtlich befriedigt. »Sehr vernünftig. Man kann nicht genug auf seinen Ruf achten, und ich freue mich auf deine Gesellschaft beim Abendessen.«

Das hatte Rosamunde eigentlich nicht vorgehabt, doch weil die Worte wie ein königlicher Befehl klangen, musste sie wohl oder übel zustimmen. Nachdem sie sich bedankt und verabschiedet hatte, verließ sie gedankenverloren das herrschaftliche Haus.

Ja, so war es am besten, dachte sie, während sie auf der großzügigen Terrasse, die zu dem nach Osten liegenden Rasen führte, in den Sonnenschein hinaustrat. Falls etwas über seine Anwesenheit durchsickerte, würde die Tatsache, dass es ihm in der ersten Nacht sehr schlecht gegangen war und sie die Folgenacht nicht dort verbrachte, jeglichen Verdacht zerstreuen.

Warum, fragte sie sich, hielten die Leute eigentlich nur die Nacht für eine gefährliche Zeit?

Sie eilte über den samtweichen Rasen und durch die sorgsam in Schach gehaltene Wildnis und war froh, von mehreren Gärtnern dabei gesehen zu werden. Doch der Besuch in dem großen Haus hatte sie auch seltsam beunruhigt.

Wieso?

Sie blieb auf einer hölzernen Zierbrücke stehen und sah nachdenklich ins dahinfließende Wasser. Schon ihr ganzes Leben lang kannte und akzeptierte sie den Stil, in dem Arradale erbaut war. Als Kind waren die prachtvollen Treppenaufgänge und Marmorsäle ein Spielplatz für sie gewesen. Sie hatte sich nie danach gesehnt, so zu leben, sondern den schlichteren Stil ihres Elternhauses und den von Wenscote vorgezogen.

Weshalb also störte er sie jetzt?

Ach ja. Weil Arradale dem gewohnten Lebensstil Brand Mallorens entsprach. Oder noch prachtvoller war. Es verdeutlichte die zwischen ihnen liegende Kluft.

Sie schüttelte den Kopf, weil ihre törichten Gedanken immer wieder in dieselbe Richtung gingen. Die Kluft war so unendlich weit wie ein Ozean und bestand aus ihrer Unaufrichtigkeit, aus den Zwängen, denen sie unterworfen war, und aus der unumstößlichen Tatsache, dass sie verheiratet war.

Und sie waren Fremde, rief sie sich ins Gedächtnis zurück. Während sie schnellen Schrittes weiterging, klapperten ihre Absätze auf den Holzplanken und verstummten schließlich auf dem laubbedeckten Pfad. Brand Malloren war ihr seltsamerweise sofort vertraut erschienen, dabei hatte sie den Mann gestern um diese Zeit nicht einmal gekannt. Sie war tatsächlich dabei, sich mit einem zwielichtigen Fremden eine romantische Fantasterei zu ersinnen. Schlimmer noch war, dass sowohl Diana als auch Tante Arradale es möglicherweise ahnten.

Obwohl es einen edlen Grund gab, war es schon schlimm genug, wenn jemand von ihrem Ehebruch wusste. Unerträglich hingegen war es, für dumm gehalten zu werden!

Von einem anderen Gedanken durchzuckt, blieb sie bei der

alten Eiche an der Straße nach Hawes stehen. Warum hatte er ihr nicht gesagt, dass er Lord Brand Malloren war? Warum hatte er ihr einen Teil seiner Identität verheimlicht? Wahrscheinlich – warum war sie nicht schon früher darauf gekommen? – waren seine schlichten Kleider eine Tarnung. Was also hatte Lord Brand Malloren angestellt, dass er bewusstlos und in Todesgefahr im Straßengraben gelandet war?

Sie wollte es gar nicht wissen. Schließlich konnte der Sohn eines Marquis alles Mögliche sein – ein Straßenräuber, ein Schmuggler, ein gesuchter Schwerverbrecher.

Sie war in Gefahr, sich von einem charmanten Gauner den Kopf verdrehen zu lassen. Sie durfte sich *nicht* dazu hinreißen lassen, ihm zu vertrauen. Es war eindeutig Dummheit, ihm so sehr zu vertrauen, wie sie es tat. Eine weise Frau würde sich von ihm fernhalten.

Rosamunde jedoch war offenbar nicht weise genug.

Sie pflückte eine Butterblume, drehte sie zwischen den Fingern, sodass sich die Sonnenstrahlen darin fingen, und überlegte, wie sie sich nach dem Abendessen zu dem verlockenden Stelldichein davonstehlen könnte.

# 9

Rosamunde war fast beim Witwenhaus angekommen, als sie eine Stimme vernahm, die ihr zurief: »Gott sei mit Euch!«

Sie drehte sich um und erblickte jenseits der Weißdornhecke, die den Garten zur Straße hin begrenzte, einen Reiter mit hohem schwarzen Spitzhut, den sie im ersten Moment für Digbys Neffen Edward Overton hielt. Doch der hätte sie mit ihrem Vornamen angeredet – außerdem war dieser Mann stämmiger.

Einer von der Neuen Glaubensgemeinschaft. Hier.

Das war wie ein Schlachtruf, der an den Ernst der Lage gemahnte.

»Sir? Sucht Ihr etwas?«

Er sah völlig normal aus, hatte einen freundlichen Gesichtsausdruck und schöne, lebhafte braune Augen. Sein schlichter grauer Anzug war abgetragen.

»Ist das hier Arradale House, Schwester?« Rosamunde stutzte, doch dann fiel ihr ein, dass sich die Sektenmitglieder nicht mit Namen, sondern stets als »Bruder« und »Schwester« anredeten.

»Nein, das hier ist das Witwenhaus.« Obwohl es absurd war, hatte Rosamunde das Gefühl, er wisse genau, was hier im Gange war.

»Ein hübsches Anwesen. Und Ihr seid vermutlich Lady Overton, die Kusine der Gräfin.«

Rosamunde bedeckte schnell die Narben auf ihrer Wange mit der Hand und wunderte sich, nicht sofort daran gedacht zu haben, als der Fremde sie ansprach.

»Ja, ich habe Euch an den Narben erkannt«, sagte er freiheraus. »Edward Overton hat mir davon erzählt.«

Sie zwang sich, die Hand wieder herunterzunehmen. »Ihr kennt meinen Neffen?«

»Sehr gut. Ich bin derzeit auf seine Einladung hin in Eurem Haus zu Gast.«

»Er hat kein Recht, Gäste einzuladen!«, entfuhr es ihr scharf.

»Nur für eine Nacht«, sagte der Mann und tat so, als hätte er ihre Unhöflichkeit nicht bemerkt. »Wir sind auf dem Weg nach Lancashire, um dort zu predigen, und haben in Wenscote Zwischenstation gemacht, damit Edward seinen kranken Onkel besuchen kann.«

»Sir Digby ist nicht krank, was Ihr und Edward hoffentlich gesehen habt!«

»Welch ein Segen. Trotzdem wäre es besser, wenn er sich an einfache Kost hielte, wie wir es ihm beizubringen versucht haben.« Zum Teufel mit den beiden! Obwohl der Rat im Grunde vernünftig war, regte Digby sich jedes Mal über Edwards belehrende Art auf, und dieser Mann mit seiner hartnäckigen Liebenswürdigkeit machte die Sache auch nicht besser. Gott sei Dank würden sie am Morgen wieder abreisen.

Etwas anderes hatte ihre Aufmerksamkeit erregt. »Ich wusste gar nicht, dass Edward neuerdings predigt.«

»Er assistiert mir und arbeitet sich ein. Wir rechnen alle damit, dass er in unserer Gemeinschaft bald eine hohe Position einnehmen wird.«

Nachdem er euch großzügig Wenscote überschrieben hat, dachte Rosamunde bitter, setzte aber ein Lächeln auf. »Das dürfte ihn sicher sehr freuen.«

»Freude bereitet uns allein der Dienst am Herrn! Wir werden morgen in aller Frühe aufbrechen. Werden wir Euch heute Abend in Wenscote sehen?«

»Ich verbringe die Nacht auf Arradale House.«

»Dann lasst mich Euch jetzt für die Gastlichkeit Eures Heimes danken. Man merkt, dass hinter all dem Schönen die Sorgfalt einer Frau steckt.«

»Dann solltet Ihr lieber Mrs Crofton, der Haushälterin, Euren Dank aussprechen. Sie ist schon um einiges länger dort als ich und für das meiste verantwortlich.«

Er neigte den Kopf ein wenig zur Seite, wie um ihre abwehrenden Worte zu bestätigen. »Das werde ich tun. Von Eurem Gatten weiß ich jedoch, dass Ihr Euch um den Garten kümmert und mit der Tierzucht beschäftigt.«

»Das stimmt.« Einerseits wünschte sie, er würde gehen, andererseits hätte sie gerne noch mehr von ihm erfahren. Er war ihr Feind, aber abgesehen von Edward der erste Angehörige der Neuen Glaubensgemeinschaft, den sie persönlich kennen lernte.

»Dann wünsche ich mir umso mehr, dass wir einmal Gelegenheit für ein längeres Gespräch haben werden – es liegt mir wirklich sehr am Herzen. Eines Tages wird Eure Arbeit unserem Herrn zugute kommen. Gott segne Euch, Schwester!«

Er schnalzte mit der Zunge, und sein Pferd setzte sich wieder in Bewegung. Rosamunde lauschte dem Klappern der sich entfernenden Hufe und kochte bei dem Gedanken, dass die Neue Glaubensgemeinschaft von ihrer Arbeit profitieren sollte. Auch in anderer Hinsicht beunruhigte sie die Begegnung. Er konnte zwar unmöglich etwas ahnen, doch sie wäre hier heute lieber nicht auf einen Angehörigen dieser Sekte gestoßen. Würde er irgendwelche Schlüsse ziehen, falls – sobald – sich abzeichnete, dass sie schwanger war?

Nein, denn er wusste ja nicht, dass ein Mann hier war.

Trotzdem hatte sie eine Gänsehaut.

Außerdem war er von ganz anderer Wesensart als Edward. Obwohl Edward sie alle immer wieder verletzte, fand sie ihn mit seiner demonstrativen Schlichtheit und seinen humorlosen Predigten hauptsächlich lächerlich. Dieser Mann mit seiner einfachen Art und seinen warmen Augen hingegen war in der Lage, empfängliche Gemüter zu beeinflussen und Unentschlossene zu überzeugen. Er hatte es sogar geschafft, sie glauben zu machen, dass ihre Narben völlig belanglos seien. So etwas war gefährlich.

Er war ein gefährlicher Mann. Dabei hatte sie die Neue Glaubensgemeinschaft bislang für eher töricht gehalten.

Während Rosamunde schnellen Schrittes weiterging, wünschte sie sich, Digby würde Edward den Zutritt zu Wenscote verbieten. Digby hoffte immer noch, er könnte seinen Neffen von der Sekte abbringen, doch sie war überzeugt, dass ihm das nie gelingen würde. Im Augenblick war dies jedoch das Einzige, was Digby einfiel, um die Katastrophe abzuwenden.

Bald, so Gott will, würde sich alles ändern.

Ob sie lieber nach Wenscote fahren sollte, um die Lage zu erkunden? Es würde nicht länger als eine Stunde dauern. Doch dann hätte sie keinen überzeugenden Grund, um wieder hierher zurückzukehren. Sie würde jedoch einen Brief schicken müssen, um ihrem Mann das Hin und Her zu erklären.

Wie kompliziert das alles war!

Der Mann hatte gesagt, dass er und Edward morgen abreisten. Es würde schon alles gut gehen. Sie verzog das Gesicht, trat ihre Schuhe ab und ging in die Küche. Sie wollte, dass alles gut ging; denn nur dann konnte sie hier bleiben und ihre schändlichen Freuden genießen.

Bis zum gestrigen Tag hätte sie nie gedacht, dass sie so schnell und so hemmungslos der Sünde verfallen könnte.

* * *

Als Rosamunde hereinkam, saßen Jessie und Millie bei einer Tasse Tee am Küchentisch. Jessie sprang auf, als hätte man sie bei einer Sünde ertappt, doch Rosamunde bedeutete ihr, sich wieder zu setzen. »Von oben habt ihr nichts gehört, nehme ich an?«

»Keinen Ton, Mylady. Möchtet Ihr Tee?«

»Ja, gerne. Vielleicht sollte ich ihm auch etwas Tee hochbringen.« Beim bloßen Gedanken, ihn aufzusuchen, fing ihr Herz heftig zu klopfen an.

»Das kann ich doch tun«, sagte Jessie, die hastig ihren Tee ausgetrunken hatte und sich eilig daranmachte, neuen zuzubereiten. Rosamunde war klar, dass das Mädchen in dieser Situation sowieso nicht gemütlich dasitzen konnte, doch sie war nicht gewillt, sich von irgendjemand ein paar wertvolle Augenblicke mit Brand stehlen zu lassen.

»Ich werde das machen«, sagte sie und wünschte, sie hätte die Kraft, anders zu verfahren. »Dann kann ich ihm gleich die Zeitungen geben.«

»In der Bibliothek wären jede Menge Bücher gewesen, Mylady«, sagte Millie mit missbilligendem Blick. Sie glaubte immer, andere Leute nutzten Rosamunde nur aus.

»Die sind ganz sicher nicht nach seinem Geschmack. Aber das Buch über Tierzucht, das ich in Harrogate gekauft habe, könnte ihm gefallen.« Zum Glück hatte sie ihren Namen noch nicht hineingeschrieben.

Inzwischen war Jessie mit dem Tablett fertig, und Rosamunde eilte damit aus der Küche. Wahrscheinlich wäre es besser gewesen, eins der Mädchen zu schicken, doch sie konnte der Aussicht auf ein paar weitere Minuten mit ihm nicht widerstehen.

Konnte nicht widerstehen …

Und je weniger die Mädchen von ihm sahen, redete Rosamunde sich ein, umso weniger würden sie irgendwelche Einzelheiten ausplaudern können.

Oh, was für ein verworrenes Lügengespinst!

Die verflixte Maske durfte sie nicht vergessen. Sie setzte sie auf, öffnete die Tür und betrat sein Zimmer.

Er erhob sich, und sie blieb verwundert stehen, weil er so verändert wirkte. Obwohl die Kleider schlicht und befleckt waren, verliehen sie ihm eine noch eindrucksvollere Gestalt. Er wirkte größer und zugleich distanzierter. Sein Haar hatte er mit einem dunklen Band gebändigt, und trotz der bescheidenen Qualität seiner Kleidung merkte man ihm an, dass er Aristokrat war. Lag es an seiner Haltung? Den adligen Jungen und Mädchen wurde beigebracht, so zu stehen und zu gehen, als würden sie Befehle erteilen. Rosamunde sah das bei Diana, und auch Tante Arradale hatte es nach ihrer vornehmen Heirat gelernt.

Was auch immer der Grund dafür war: Er beherrschte mühelos den Raum. Er war ein Fremder.

»Gibt es Tee?«, fragte er freundlich. »Wenn man nichts zu tun hat, werden die Mahlzeiten sehr wichtig.«

Rosamunde kam wieder zu sich und stellte das Tablett auf einen Tisch. »Und Zeitungen.«

»Wundervolle Lady!« Er lächelte sie an, doch sie fühlte sich mehr wie eine gelobte Dienstmagd und nicht wie eine Gleichgestellte, der für etwas gedankt wurde. »Vielleicht könntet Ihr noch freundlicher sein und mir Gesellschaft leisten?«

Unfähig zu widerstehen, nahm Rosamunde Platz und bereitete den Tee zu. Sie empfand eine törichte Freude an dieser einfachen Aufgabe. »Ich kann nicht lange bleiben«, erklärte sie, während sie die wirbelnden Teeblätter umrührte.

»Das habe ich mir gedacht.« Die Beine übereinander geschlagen, saß er völlig entspannt da. »Mit wem habe ich Euch da draußen sprechen sehen?«

Ihr Löffel schlug gegen die Teekanne. Er hatte sie *gesehen*? Doch dann wurde ihr klar, dass das in dieser Entfernung nicht viel gewesen sein konnte; außerdem hatte sie ihre verhüllende Haube getragen.

Von der dunkelbraunen kreisenden Flüssigkeit wie hypnotisiert, rührte Rosamunde weiter die Teeblätter. »Mich sprechen sehen? Wann?«

»Gerade eben. Mit dem Mann mit dem Spitzhut.«

Sie sah schnell hoch, konnte jedoch keinen Argwohn an ihm erkennen, obwohl sie sich einbildete, dass seine Worte misstrauisch geklungen hatten. »Das war nur einer von der Neuen Glaubensgemeinschaft.«

»Ach ja. Diese puritanische Sekte.«

Sie merkte, dass der Tee mittlerweile fast zu lange gezogen hatte, und goss ihn schnell ab. »Ich bin mir nicht sicher, ob sie das wirklich sind, obwohl sie möchten, dass die Menschen ein streng puritanisches Leben führen. Milch? Zucker?«

Auf sein Zeichen hin fügte sie beides hinzu.

»Er ist also ein Nachbar?«, fragte er und nahm ihr die Tasse ab. »Die Neue Glaubensgemeinschaft ist in dieser Gegend?«

»Noch nicht.« Sofort wünschte sie, sie hätte einfach nur »nein« gesagt.

»Sie scheinen sich immer mehr auszubreiten. Überall sieht man ihre Spitzhüte und steifen Kappen.«

»Ja.« Über ein gesellschaftliches Phänomen zu sprechen, konnte im Grunde nicht gefährlich sein, doch weil es so eng mit ihren Geheimnissen in Verbindung stand, war ihr nicht ganz wohl dabei. Sie ergriff die Schale mit den Plätzchen und hielt sie ihm auffordernd hin.

Er nahm sich eins, fuhr aber fort: »Ich gestehe, dass ich durchaus ein bisschen Sympathie für ihre Sache empfinde.«

*»Sympathie?«* Um ein Haar hätte sie ihm die Ingwerplätzchen auf den Schoß geschüttet. War *das* etwa der Grund für seine schlichte Kleidung? Mein Gott, was hatte sie getan?

»Ihr klingt schockiert.«

Sie riss sich zusammen und betrachtete kritisch sein Gesicht. »Ihr kommt mir nicht wie ein Puritaner vor.«

»Sicher nicht«, sagte er mit einem Lachen. »Ich bin bestimmt keiner. Aber ich mache mir auch nicht viel aus dem ganzen Überfluss, wie er heute üblich ist. Obwohl die Regierung den Verkauf von Gin eingeschränkt hat, trinken die Armen immer noch zu viel.«

Mit einem Klirren setzte sie die Schale auf dem Tisch ab.

»Die höheren Stände dürfen also ihre Sorgen im Alkohol ertränken, der kleine Mann jedoch nicht?«

»Seid Ihr eine Radikale? Wenn ein einfacher Mann jeden Tag trinkt, müssen seine Kinder mit ziemlicher Sicherheit hungern. Wenn ein Adliger es tut, werden seine Abhängigen davon nicht in Mitleidenschaft gezogen, es sei denn, er ist gleichzeitig Spieler.«

Sie konnte sich nicht zurückhalten. »Das heißt also: Adlige sind sowieso zu nichts zu gebrauchen.«

Seine Lippen zuckten, weil er glaubte, sie mache einen Witz. »Nur einige von ihnen, liebe Lady.«

»Und was ist mit dem Adligen, der Euch beschäftigt? Ist er auch ein müßiger Trinker, der nicht zu schätzen weiß, was er hat?«

Noch so eine humorvolle Bemerkung von ihr. »Sicherlich nicht.«

»Aber *Ihr* seid betrunken aufgefunden worden.«

»Ich habe Euch doch gesagt, dass ich nicht übermäßig trinke.«

»Wird er Euch also entlassen?«

Er stellte seine Tasse ab und blickte sich um. »Wo sind Folterbank und Daumenschrauben? Das hier ist eindeutig ein Verhör!«

Rosamunde fragte sich, weshalb sie plötzlich so aggressiv geworden war.

»Entschuldigt. Aber Ihr schient wirklich betrunken zu sein. Es ist mir alles ein Rätsel.«

Er verzog zerknirscht das Gesicht. »Mir ebenfalls, denn das ist gar nicht meine Art. Ich habe diese vage Erinnerung an einen Wirtshausbesuch, was aber nicht heißt, dass ich dort viel trinken wollte. Es ist eine Möglichkeit, andere zu treffen oder eine Kleinigkeit zu essen.«

»Aber die Stelle, an der ich Euch gefunden habe, ist meilenweit vom nächsten Wirtshaus entfernt.«

»Dann kommt zu den vielen Rätseln noch ein weiteres

hinzu.« Er zuckte mit den Achseln. »Es ist bestimmt nicht wichtig.«

»Obwohl Euch jemand – betrunken – von dort ins kalte, nasse Moor gebracht hat?«

»Vielleicht bin ich geritten. Ich hatte mir in Thirsk ein Pferd gemietet, einen graubraunen Wallach. Ist hier in der Umgebung so ein Pferd aufgetaucht?«

»Nicht dass ich wüsste.«

»Vielleicht ist es zu einem Ort zurückgelaufen, der ihm vertrauter war.«

»Aber aus welchem Grund könntet Ihr hierher gekommen sein?«

»Wo ist *hierher*?«

Fast wäre ihr die Wahrheit herausgerutscht. »G-Gillsett.« Zu dumm, dass sie dabei stammeln musste!

»Lügt nicht«, sagte er gelassen. »Ihr wollt Eure Identität nicht preisgeben. Ich akzeptiere das.«

»Es tut mir leid«, sagte sie, und das stimmte. Ihr war erbärmlich zumute. Die Wahrheit hatte sie immer als etwas sehr Kostbares betrachtet, als einen unabkömmlichen Bestandteil jeder tiefen, innigen Bindung. *Du willst dich doch gar nicht an diesen Mann binden,* sagte der ernste Teil in ihr.

*Doch, das will ich*, flüsterte der törichte Teil.

»Wo möchtet Ihr morgen hin?«, fragte sie und erinnerte den törichten Teil daran, dass morgen alles vorbei sein würde.

»Nach Thirsk. Ich habe dort einen Termin, den ich einhalten muss. Wenn ich die Dinge weiterhin schleifen lasse, zerschlägt sich womöglich ein Geschäft.«

»Demnach habt Ihr wohl einen strengen Herrn.«

»Streng ist untertrieben! Ich hoffe inständig, dass er nie etwas von meinem Missgeschick erfährt.«

»Würde er Euch hinauswerfen?«

»Er würde mich auseinander nehmen. Natürlich habe ich ja auch wohl irgendeine Dummheit begangen.«

Er redete wahrscheinlich von seinem Bruder, dem furchteinflößenden und rachsüchtigen Marquis. »Von mir wird er jedenfalls nichts erfahren«, sagte Rosamunde und erhob sich. Sie wusste, dass sie gehen musste, wenn sie darüber auch unglücklich war. Genauer gesagt, unglücklich deshalb, weil er von seinem Fortgehen sprach.

Morgen.

Für immer.

Es war einfach nicht richtig, dass dies so bald und so unwiderruflich zu Ende gehen sollte.

»Ist unsere Zeit um?«, fragte er, als ob er auf ihre geheimen Gedanken antwortete. Zu gerne wollte sie glauben, dass es auch ihm leidtat – wenigstens ein klein wenig.

»Noch nicht ganz. Ich habe ein Buch, das Euch vielleicht interessiert.«

Als sie das Zimmer verließ, sah Brand ihr hinterher und ärgerte sich über den wehmütigen Ton, den er in seiner eigenen Stimme wahrgenommen hatte. Sie war eine verheiratete Frau, und er hatte nicht vor, sie auf seinem Rücken mit sich davonzutragen, wenn er von hier fortging.

Sie interessierte ihn einzig und allein wegen der Langeweile, die er hier empfand. Und mehr nicht.

Er lenkte seine Gedanken auf die Frage, wie sein Bruder reagieren würde, sollte er jemals von all dem erfahren. Bey wäre außer sich, wenn er hörte, dass einer seiner Brüder sich ein Betäubungsmittel hatte einflößen lassen.

Das nämlich musste die Erklärung sein. Möglicherweise war es auch eine Art Opium gewesen. Alkohol allein hätte nicht die Auswirkungen haben können, unter denen er gelitten hatte. Wer also, überlegte er, während er sich zurücklehnte und noch einen Keks knabberte, hatte ihn betäubt? Und warum? Könnte er sich doch nur daran erinnern, mit wem er getrunken hatte!

Das Geld in seinen Taschen war weg, doch es war nicht viel gewesen und ein Komplott hätte sich deswegen nicht gelohnt. Außerdem würden sich normale Diebe nicht die Mühe machen, ihn so weit vom Ort des Überfalls wegzuschaffen.

Und warum zum Teufel hatte sich seine geheimnisvolle Lady mit George Cotter unterhalten?

Rosamunde kam mit einem großen, in Leder gebundenen Band zurück, den sie fast wie einen Schutzschild an sich presste. »Ich weiß nicht, ob Ihr Interesse daran habt. Es ist etwas Landwirtschaftliches.«

»Mein tägliches Brot, liebe Lady.«

»Oh – dachte ich's doch.« Sie ging zu ihm hinüber und drückte es ihm in die Hand. »Es ist neu, deshalb kennt Ihr es vielleicht noch nicht.«

Er las den Titel. »*Systematische Züchtungsprogramme – Eine Anleitung für den Mann von Stand.* Interessant.« Als er das Buch öffnete, fügte er hinzu: »Es ist ja so neu, dass die Seiten noch gar nicht aufgeschnitten sind. Ich werde ein Messer brauchen.«

Sie ging hinaus, um kurz darauf mit einem speziell für diesen Zweck bestimmten Exemplar zurückzukehren, das eine rasiermesserscharfe, lange Klinge hatte. Er könnte ihr damit problemlos die Kehle aufschlitzen. Er sagte nichts, doch es beruhigte ihn: Wenn sie so naiv war, konnte sie nichts ernsthaft Böses im Schilde führen.

Er war sich nicht sicher, ob Cotter ein falscher Kerl war, aber dass Rosamunde sich mit dem Mann unterhalten hatte, ließ ihm keine Ruhe. Bis jetzt hatte ihn seine sanfte Gefängniswärterin nur ein wenig neugierig gemacht; nun aber musste er mehr herausfinden.

»Wollt Ihr das Buch jemandem schenken?«, fragte er, die Seiten aufschlitzend.

»Mir selbst.«

Das überraschte ihn. »Ihr züchtet Vieh?«

Eine leichte Bewegung ihres Rückgrates und ihrer Schultern verriet ihm, dass ihr die Frage unangenehm war. Das verwunderte ihn nicht. Schließlich war es nicht gerade eine konventionelle Beschäftigung für Damen. »Es interessiert mich, ja.«

»Schafe? Rinder?«

»Schafe und Pferde.«

»Rennpferde?« Faszinierend.

»Nein. Zugpferde.«

Verblüffend. Er liebte es, sich verblüffen zu lassen. »Ich habe eine Schwäche für diese kräftigen Tiere.«

Vielleicht ohne es zu merken, ließ sie sich auf einen Stuhl sinken.

»Sie sind wunderschön. Rennpferde mit ihren spindeldürren Beinen und ihrem nervösen Temperament finde ich zum Lachen.«

»Ist das eine Art Seelenverwandtschaft? Ich habe jedenfalls nicht den Eindruck, dass Ihr ein nervöses Temperament habt.«

»Wollt Ihr damit sagen, ich ähnle einem Zugpferd, Sir?«

Er lachte. »Nur in Bezug auf seine besten Eigenschaften. Ich weiß zum Beispiel, dass Eure Beine keineswegs spindeldürr sind.«

Sie zog ihren Rock herunter, als befürchte sie, man könne ihre Beine sehen. Ein wahres Rätsel, seine Entführerin! Er wünschte, er könnte einen ganzen Monat hier verbringen, um all ihre Geheimnisse zu erkunden. Damit sie noch etwas blieb und um sie ein wenig zu testen, fragte er sie nach der bekanntesten Autorität auf dem Gebiet der Tierzucht. »Was haltet ihr von Bakewell?«

»Nicht viel. Was offenbar auch seine Absicht ist, denn er gibt nicht viel über seine Kenntnisse und seine Methoden preis. In punkto Pferdezucht scheint er ja gute Fortschritte zu machen, aber seine gezüchteten Schafe haben zu fetthaltiges Fleisch.«

»Vielleicht wird sich für Schafffett eine Verwendungsmöglichkeit finden. Züchtet Ihr sie wegen des Fleisches?«

»Nicht in erster Linie.«

»Durch die vielen neuen Fabriken und Bergwerke ist die Nachfrage groß.«

»Ich weiß, aber das interessiert mich nicht.«

»Dann also wegen der Wolle.«

Sie nickte energisch. »Ich versuche, die Weichheit zu verbessern, ohne dass die Tiere dabei an Robustheit verlieren. Ich habe Schafe aus Irland importiert, aber die Wollqualität scheint mehr von den Lebensbedingungen der Tiere abzuhängen als von der Rasse.«

»Gutes Fleisch, raue Wolle. Aber an rauer Wolle herrscht reichlich Bedarf, und außerdem ist die Faser länger.«

»Auch an feiner Wolle ist Bedarf. Für England ist zwar die Wollproduktion wichtig, aber große Mengen feinerer Wollsorten werden importiert. Findet Ihr nicht, wir sollten neben Kammgarngewebe und Decken auch feine Wollschals herstellen?«

»Unbedingt.«

In ihrer Begeisterung hatte sie sich vorgebeugt, doch nun erstarrte sie. »Ihr lacht mich aus!«

Er hob beschwichtigend die Hand. »Aber nein! Ich freue mich über Eure Begeisterung. Und was ist mit den Pferden? Verwendet Ihr Tiere europäischer Abstammung?«

»Lord …«. Sie brach jäh ab. »Ein anderer Züchter hier in der Gegend hat einen friesischen Hengst. Ich lasse damit einheimische Stuten decken, aber ich denke daran, mir einen eigenen Zuchthengst zuzulegen. Wir brauchen mehr kräftige Pferde, vor allem hier oben im Norden. Ochsen sind unbrauchbar.«

Führte sie etwa ein eigenes Landgut? Was war mit ihrem alten Ehemann? Vielleicht war er so gebrechlich, dass sie die Leitung übernommen hatte und sich nun als bewundernswert gute Gutsherrin erwies.

»Denkt Ihr daran, einen Teil des Landes einzuzäunen?«

Wieder nickte sie auf diese energische Weise, die ganz im Gegensatz zu ihrem mädchenhaft-nervösen Verhalten bei intimeren Dingen stand. »Ich denke, die Pächter werden sich nicht dagegen stemmen. Die Tage von schmalen Feldern und offenen Weiden sind vorbei. Sind die Landgüter Eures Arbeitgebers eingezäunt?«

»Ein Teil davon – er hat sehr viele Ländereien. Wie Ihr ganz richtig sagtet, ist es normalerweise das Beste. Wie soll man sonst mit Grundstücken zurechtkommen, die über ein riesiges Gebiet verstreut sind?«

»Und wo sämtliche Tiere zusammen auf einer Weide stehen. Wie soll man da ein Zuchtprogramm durchführen ...?«

Sie unterhielten sich lebhaft weiter, bis das Schlagen einer Uhr im Haus Rosamunde aufschreckte. Sie sprang hoch, als wäre sie gestochen worden. »Ich kann hier nicht den ganzen Tag sitzen und reden! Was werden die Leute denken?« Sie legte sogar die Hand auf ihre Maske, als befürchtete sie, sie hätte sich aufgelöst.

Was in gewisser Weise vielleicht auch zutraf. Denn während er ihre Gesellschaft genoss, war es ihm vorgekommen, als hätte er durch den Stoff hindurch ihre Gesichtszüge gesehen. Und würde sie nun wirklich kennen.

Er erhob sich und wollte sie bitten, noch zu bleiben, doch rücksichtsvoll unterdrückte er es. »Wie die Leute nun mal sind, werden sie bestimmt das Schlimmste vermuten.«

Sie flog beinahe zur Tür. Wie ein wachsamer Vogel verharrte sie jedoch noch einmal, die Hand schon auf dem Knauf. »Ich werde heute Abend nicht hier sein.«

»Aha.« Seine Enttäuschung war beunruhigend groß. »Das bedauere ich wirklich sehr.«

In schnell ausgestoßenen Worten, wie ein Vogelpicken, fügte sie hinzu: »Ich komme aber zurück. Nach Einbruch der Dunkelheit – denke ich.«

»Tut das.« Gegen seinen Willen setzte er hinzu: »Bitte ...«, doch da war sie schon draußen, und die Tür sprang ins Schloss. Hatte sie das verräterische Wort gehört? Hoffentlich nicht, wünschte er fast. Das war doch alles Wahnsinn!

Eine herrliche Form von Wahnsinn allerdings. Ein herrliches Abenteuer. Er sollte ein Buch darüber schreiben – *Die Abenteuer eines Gentleman in den Yorkshire Dales*.

Aber wie würde es enden?

Leider ohne einen glanzvollen Triumph. Es endete morgen, wenn er sich wieder seinen alltäglichen Aufgaben zuwandte und sie zu ihrem alten Ehemann zurückkehrte.

Er schlug ihr Buch auf und dachte dabei an die unerwartete Übereinstimmung ihrer Interessen und die reizvollen Unterschiede, die damit einhergingen. Sie hatte die gleichen Vorstellungen und Ziele wie er, doch das weichere Herz stand ihr im Weg. Sie wollte sich um das Wohlergehen jeder einzelnen Person kümmern, die auf ihrem Landgut arbeitete, sogar um das der Nutzlosen. Er bezweifelte, dass sie hart genug war, um bei der Tierzucht bedeutende Fortschritte zu erzielen. Sie würde die Schwachen nicht aussondern.

Keiner dieser Punkte bewirkte, dass er sie weniger mochte oder weniger bewunderte.

Und all das sollte morgen Früh enden?

Es musste sein. Sie war verheiratet. Dies war nur ein flüchtiger Besuch an einem verbotenen, geheimen Ort. Morgen musste er von hier fortgehen. Zweifellos wartete eine Menge Arbeit auf ihn, und er hatte eine Verabredung in Thirsk, die er nicht versäumen durfte.

Er würde keine Nachforschungen über seine geheimnisvolle Lady anstellen, aber er musste herausfinden, was es mit seiner Entführung auf sich hatte. Oberflächlich betrachtet, ergab sie keinen Sinn. Er hatte nichts weiter getan, als ein Anwesen zu besichtigen, an dessen Erwerb er interessiert war.

Wie stets bei solchen Reisen, hatte er bewusst schlichte Kleidung getragen und war auf einem gemieteten Pferd unterwegs gewesen. Er legte Wert darauf, die wahren Verhältnisse herauszufinden, und nicht die von einem bemühten Verkäufer präsentierten. Aber er täuschte niemanden bei diesen Reisen und gab auch stets seinen richtigen Namen an.

Der Name Malloren sagte den Leuten, mit denen er sich unterhalten wollte – Gastwirte, Bauersfrauen, Arbeiter und Handwerker – ohnehin nichts. Wenn sie ihn mit Mallory verwechselten, berichtigte er sie allerdings nicht.

Er hatte nicht mit Überraschungen gerechnet, da sein hiesiger Agent das Landgut zuvor schon sorgfältig geprüft hatte. Jetzt, wo er darüber nachdachte, fiel ihm jedoch ein, dass er bei seinen Erkundigungen auch Fragen über ein benachbartes Anwesen gestellt hatte. Rawston Glebe war vor kurzem von der Neuen Glaubensgemeinschaft übernommen worden.

Wie er seiner Lady gesagt hatte, war er nicht mit allem uneins, wofür die Cotteriten sich einsetzten. Sie waren gute Farmer und stellten arbeitslose Landarbeiter ein, die den Veränderungen, denen England unterworfen war, zum Opfer gefallen waren. Wenn man davon absah, dass sie auch Familien aufnahmen, kam ihr strenges Gemeinschaftsleben beinahe einer Wiederbelebung der großen mittelalterlichen Klöster in dieser Gegend gleich: Jervaulx, Rievaulx, Fountains. Und keiner konnte bestreiten, dass die Mönche in dem rauen Landstrich einst landwirtschaftlichen Wohlstand geschaffen hatten.

Das einzige, was Brand an der Neuen Glaubensgemeinschaft missfiel, war die Tatsache, dass sie bei der Übernahme eines Gutes diejenigen vertrieben, die nicht gewillt waren, sich ihnen anzuschließen. Es war nicht richtig, Menschen von dem Land fortzujagen, das sie seit Generationen bewirtschaftet hatten. Außerdem wurden die ländlichen Gebiete durch Stabilität und Kontinuität zusammengehalten. Es war nicht gut, die alte Ordnung zu stören, aber die Cotteriten stellten den Norden völlig auf den Kopf.

Natürlich durften die derzeitigen Pächter bleiben, aber nur, wenn sie sich den strengen Lehren der Sekte unterwarfen. Obgleich Brand sich nicht viel aus dem zurzeit so verbreiteten dekadenten Lebensstil machte, konnte er in Spiel und Spaß keine Sünde erkennen.

Seine Gedanken wanderten zu seiner geheimnisvollen Lady, der Spiel und Spaß fremd zu sein schienen. War sie etwa eine Anhängerin dieser Sekte? Sie trug zwar nicht deren Uniform, doch ihre Kleidung war eher schlicht als modern. Falls zwischen der Neuen Glaubensgemeinschaft und seiner Entführung ein Zusammenhang bestand, war sie dann womöglich daran beteiligt?

Er schüttelte den Kopf, denn er konnte sich nicht vorstellen, dass George Cotter uneheliche körperliche Liebe duldete. Wenn Cotter in Bezug auf seine Glaubensgrundsätze nicht aufrichtig sein sollte, müsste Brand ernsthaft an seinem eigenen Urteilsvermögen zweifeln.

Brand hatte den Mann für überraschend intelligent und zweifellos ehrlich befunden. Er sprach sich leidenschaftlich und überzeugend dafür aus, dass man Land, das für Parks und Vergnügungsgärten verschwendet wurde, besser soliden, fleißigen Pächtern überlassen sollte. Dagegen konnte man schwerlich etwas sagen. Mit Cotter war es Brand im Grunde ähnlich ergangen wie mit seiner geheimnisvollen Lady: Da gab es so etwas wie eine Geistesverwandtschaft. Auch Cotter war ein leidenschaftlicher, aber zugleich hellsichtiger Anhänger landwirtschaftlicher Verbesserungen. Wie es früher in den Klöstern der Fall gewesen war, konnte er mit seinen disziplinierten Anhängern Veränderungen schneller als gewöhnlich herbeiführen.

Jedenfalls schneller als Brand das konnte, der sich mit der Landbevölkerung herumschlagen musste, die stur an alten Methoden festhalten wollte. Seine Geduld wurde häufig genug auf die Probe gestellt durch Sätze wie: »Was für unsere Väter gut genug war, ist auch gut genug für uns, Mylord.« Und: »So machen wir es hier sonst aber nicht, Mylord.«

Vollkommenen Gehorsam zu fordern hatte sicherlich etwas für sich.

Brand verscheuchte seine umherschweifenden Gedanken. Seine geheimnisvolle Lady konnte unmöglich an einem von

George Cotters Plänen beteiligt sein. Im Grunde hatte die Neue Glaubensgemeinschaft mit seinen Angelegenheiten nichts zu tun bis auf die Tatsache, dass ihnen ein Anwesen gehörte, das an jenes grenzte, das er vielleicht für seinen Bruder kaufen würde.

Und dann natürlich die Tatsache, dass sein Bruder im Auftrag des Königs nach Nordengland zu kommen gedachte, um die Sekte auf staatsgefährdende Tendenzen hin zu überprüfen.

Brand lehnte sich zurück, um darüber nachzudenken. War es möglich, dass sich Beys Vorhaben herumgesprochen hatte? Morgen Mittag sollte er sich mit seinem Bruder in Thirsk treffen, weshalb die vergnüglichen Stunden hier bei Tagesanbruch enden mussten. Wo immer er hier auch sein mochte, bis nach Thirsk war es gewiss nicht mehr als ein sechsstündiger Ritt.

Bey wollte Gewissheit darüber erlangen, welche Eindrücke Brand vom Norden und von der Neuen Glaubensgemeinschaft gewonnen hatte. Danach würde Brand schleunigst alles bislang Versäumte nachholen müssen. Einschließlich, dachte er mit jäh erwachendem Interesse, Besuche verschiedener Güter, auf denen Viehzucht betrieben wurde. War es denkbar, dass er auf solch einem Gut einer gewissen geheimnisvollen Lady begegnete?

Das würde ihn freuen.

Sehr.

Zu sehr.

Er legte das ungelesene Buch wieder hin, ging in dem engen Zimmer auf und ab und kämpfte vergeblich gegen seinen Wunsch an, nicht einfach so von hier fortzugehen – auch wenn sie das forderte. Er musste mehr wissen, und sei es nur, um sicher zu sein, dass dieses Abenteuer keine bösen Folgen für sie hatte.

Vielleicht gelang es ihm, sie zu überzeugen, dass sie ihm vertrauen konnte. Vielleicht könnte er ihr diskreter Liebhaber werden. Wenn ihr Mann tatsächlich alt und gleichgültig war, könnten sie vielleicht …

Er bremste sich. Welch ein Wahnsinn! Ein Mann konnte sich doch nicht nach einer Frau verzehren, deren Gesicht er noch nie gesehen hatte und deren Namen er nicht kannte.

Offensichtlich doch.

Eine verheiratete Frau, rief er sich ins Gedächtnis, und zwang sich, wieder Platz zu nehmen und das trockene Buch zu lesen.

Verflixt, die Seiten waren noch immer nicht aufgeschnitten!

Zur Hölle mit allem!

Er griff nach dem scharfen Messer, fing an, die Seiten nach und nach voneinander zu trennen, und wünschte sich, er könnte das auch mit der Wirklichkeit tun: Sie so lange in Stücke schneiden und verändern, bis er an einen Ort gelangte, wo seine geheimnisvolle Lady nicht verheiratet war und nichts vor ihm verbarg. An einen Ort, an dem sie alle möglichen wunderbaren Gespräche führen konnten – wann immer sie wollten.

Bis ans Ende ihres Lebens, vor, während und nach köstlichen Liebesspielen.

# 10

Rosamunde war im Gang vor dem Zimmer stehen geblieben und hatte gegen den törichten Drang angekämpft, wieder hineinzugehen – nicht zu ihrem gefangenen Liebhaber, sondern zu dem Mann, mit dem sie sich zu ihrer großen Überraschung so anregend unterhalten konnte. Doch dann war sie benommen und voller Staunen weitergegangen: Das war ein Mann, der die gleichen Interessen hatte wie sie und ihre Begeisterung nicht verspottete oder herabsetzte!

Ihr war immer bewusst gewesen, dass nicht einmal Digby sie ernst nahm. Obwohl er keinerlei Einwände gegen ihre Leidenschaft für die Tierzucht oder gegen die Kosten dafür erhob, hatte sie immer deutlich gespürt, dass er dafür genauso viel Verständnis aufbrachte wie ein anderer Mann für die Neigung seiner Frau, neue Vorhänge oder Hauben zu kaufen.

»Sehr schön, Rosie«, war alles, was er zu ihren bescheidenen Erfolgen sagte, während er gleichzeitig eine Zeitung oder Zeitschrift las.

Rosamunde hatte sich so daran gewöhnt, dass ihr gar nicht der Gedanke gekommen war, dass es auch anders sein könnte.

Keinesfalls hatte sie damit gerechnet, in dem charmanten Spitzbuben, den sie sich zum Liebhaber genommen hatte, einen Gleichgesinnten zu finden.

Draußen im Garten gestand sie sich ein, dass die Warnungen der anderen zwar durchaus berechtigt sein mochten, sie sich aber ebenso gut gründlich täuschen konnten. Sie befürchteten, sie könnte sich in einen gut aussehenden Spitzbuben verlieben. Wenn sie sich in Brand Malloren verliebte, dann jedoch nur, weil ihr seine Gesellschaft ebenso gefiel wie sein Körper. Nein, noch mehr sogar. Sie war zu praktisch veranlagt, um ihr Leben für körperliche Freuden wegzuwerfen. Doch für Kameradschaft – für Respekt, geteilte Interessen und gemeinsames Lachen … Diese Schätze konnten ein Leben lang halten und waren kostbarer als alles andere.

Als fast alles andere.

Gelöbnisse, Pflichten und Verantwortung *mussten* an erster Stelle stehen.

Am Steinbogen, der in den Küchengarten führte, verharrte Rosamunde einen Augenblick und schüttelte über sich selbst den Kopf. Schon wieder war sie dabei, lächerliche Träume zu spinnen, obwohl es für sie und ihn keine gemeinsame Basis gab.

Nicht die kleinste.

Und trotzdem hatten sie beide Gemeinsamkeiten gefunden, und sie mochte ihn so sehr.

Sie straffte ihren Rücken und verscheuchte die albernen Gedanken. Das alles war doch völlig sinnlos! Morgen würde er fortgehen, und nun sollte sie endlich Bohnen und Brombeeren pflücken.

Sie hatte Jessie gefragt, ob sie etwas aus dem Garten brauche, worauf das Mädchen um einen Korb Bohnen bat. Zudem hatte Rosamunde auf dem Weg nach Arradale Brombeersträucher entdeckt, die voll von reifen Früchten waren. Aus Angst, wieder schwach zu werden, war sie nicht nach oben gegangen, um sich umzuziehen und ihre Haube zu holen, sondern hatte eine Küchenschürze über ihr cremefarbenes Kleid gebunden und sich zum Schutz ihres Gesichts bei Jessie eine Morgenhaube ausgeliehen.

Gegen die Sonne, redete sie sich ein. Es war höchste Zeit, dass sie diese Manie überwand, sich vor Fremden zu verstecken; wenn schon nicht für sich selbst, dann wenigstens Diana zuliebe.

Sie pflückte die Bohnen und ließ den vollen Korb stehen,

um ihn bei ihrer Rückkehr ins Haus zu tragen. Dann zog sie los, um den Kampf mit den Brombeeren aufzunehmen. Doch während sie allein in einem abgeschiedenen Winkel des Anwesens stand, kämpfte sie nicht nur mit dem Dornengestrüpp, sondern auch mit dem Wirrwarr ihrer Gefühle.

Selbst wenn sie hübsch und unverheiratet wäre, würde Lord Brand Malloren niemals für sie bestimmt sein. Niemals! Sie war zwar die Kusine der Gräfin von Arradale, aber nur aufgrund der nicht standesgemäßen Heirat des jüngeren Sohns des alten Grafen mit der hübschen Tochter eines hiesigen Gutsherrn.

Für ihre Familie hatte das keinen gesellschaftlichen Aufstieg bedeutet: Die Ellingtons blieben nach wie vor der solide Bauernschlag, der sie seit Generationen waren. Ihre Heirat mit Sir Digby Overton war mehr, als sie normalerweise erwarten konnte.

Auch ihre Freundschaft zu Diana machte sie nicht zu einer geeigneten Partie für den Sohn eines Marquis. Wenn sie es wünschte, könnte sie sich natürlich in höheren Kreisen bewegen und dort vielleicht einen Ehemann finden – selbst mit ihrem verunstalteten Gesicht.

Es war jedoch nicht damit zu rechnen, dass ein Adliger um ihre Hand anhielt. Ihre Mitgift hatte lediglich aus eintausend Pfund bestanden. Ein Mann wie Brand Malloren konnte das Zehnfache erwarten.

Sie war so in Gedanken, dass sich die Dornen in ihrer Schürze und ihrem Fleisch verfingen und ihr tief die Haut aufritzten.

Als sie sich endlich befreit hatte, waren ihre Finger nicht nur rot von den Beeren, sondern auch von Blut. Sie leckte die Wunden sauber und schmeckte das Gemisch aus Blut und Saft und dem Salz ihrer Tränen.

Dann holte sie tief Luft. *Schluss jetzt, Rosa! Auf der Stelle.* Wenn der Himmel dir gnädig ist, bist du vielleicht schon schwanger und wirst ein Kind bekommen, das Sir Digby

Overtons Erbe wird. Du hast eine Verpflichtung gegenüber diesem Kind, deinem Ehemann und dem Landgut. Wenn Brand Malloren erst einmal fort ist, wirst du nicht mehr an ihn denken.

Nie mehr.

Fest dazu entschlossen, pflückte sie die letzten reifen Beeren und ging zum Witwenhaus zurück.

Fest entschlossen?

Wäre das wirklich der Fall, würde sie die Verabredung zum Stelldichein heute Nacht platzen lassen. Rosamunde blieb an einem Winkel stehen, den sie und Diana ihre Feenlichtung nannten: ein verstecktes Plätzchen im naturbelassenen Teil des Parks, wo ein kleiner Bach, umgeben von Wildblumen, über Steine rieselte.

Sie hatten sich immer vorgestellt, dass Feen hier leben müssten, und hatten ihre Wünsche in das gurgelnde Wasser geflüstert.

Einmal waren sie hierher gekommen, um zu wünschen, dass Rosamundes Narben verheilten und ihre Haut wieder vollkommen glatt würde.

Welch kindische Torheit!

Während Rosamunde ihre befleckten, zerkratzten Hände in dem kalten Wasser wusch, wünschte sie sich die nötige Kraft, das Richtige zu tun. Denn ebenso wenig wie sich die Flecken wegspülen ließen, ließ sich auch ihr sündhafter Hunger nicht einfach abwaschen.

Sie brachte es nicht über sich, auf ihre letzte Nacht zu verzichten.

Dann blickte sie auf ihre dunkelroten Finger und stöhnte auf. Sehr verführerisch würde sie aussehen! Am Ende musste sie nicht nur mit Maske, sondern auch mit Handschuhen zu ihm gehen! In ein, zwei Tagen würden die Flecken nicht mehr zu sehen sein, aber vorerst war nichts dagegen zu machen. Weil sie von den süßen, saftigen Früchten genascht hatte, waren Mund und Kinn vermutlich ebenfalls fleckig.

Doch diese Flecken würden unter der Maske wenigstens nicht zu sehen sein. Unter der Maske, die keine Küsse zuließ.

Sie sehnte sich so sehr danach, ihn zu küssen und von ihm geküsst zu werden.

Ach, wie ein Kind sehnte sie sich nach Dingen, die unmöglich waren. Sie wollte eine schöne Frau sein. Eine verführerische Frau sogar, eine, die Männer beim ersten Blick begehrten. Aber das würde sie nicht einmal ohne die Narben sein. Weil sie viel Zeit im Freien verbrachte, war ihr Gesicht voller Sommersprossen, zudem hatte sie ihre Haut auch nie eingecremt.

Hieß es nicht, dass man mit zerdrückten Erdbeeren Sonnenbrand und Sommersprossen loswerden konnte? Sie blickte auf die Brombeeren und lachte über sich selbst. Das einzig Gute, das die Brombeeren bewirkten, wäre, dass sie ihre Sommersprossen mit dunkelroten Flecken überdeckten. Er würde vermutlich denken, sie hätte die Pest!

Ach, aber welch verlockender Traum, wie geschaffen für eine Feenlichtung wie diese. Rosamunde mit makelloser Haut, die weich und geschmeidig war durch jahrelange Pflege. Das Haar dieser anderen Rosamunde käme nur mit Regenwasser in Berührung, Regenwasser mit Rosmarin, um die kräftige Farbe zum Leuchten zu bringen.

Ein spezielles Parfüm vielleicht noch für die letzte Spülung; sie verwendete bereits Levkojen dafür, aber eine Verführerin brauchte schwerere Waffen. Den Duft von Rosen? Nelken? Reseden?

Dann die Kleider. Erlesene, weich fallende Seidenkleider, wie Diana sie trug, mit Stickereien sogar an den Stellen, die andere nicht sahen und nicht sehen sollten.

Sie erinnerte sich daran, wie ihr gefangener Liebhaber sie ausgezogen hatte, und schlug die Hände vors Gesicht. Was hatte sie sich bloß dabei gedacht! Ihr Korsett war vier Jahre alt und mehrfach geflickt, Hemd und Unterrock waren schlicht und praktisch.

Bemitleidenswert. Einfach nur bemitleidenswert. Konnte sie es denn ertragen, ein zweites Mal nur aus Mitleid geliebt zu werden?

Sie ließ die Hände sinken und blickte durchs grüne Laub zum grenzenlos blauen Himmel empor. Ehrlich gesagt, ja. Sie würde sich von ihm lieben lassen, aus welchem Grund auch immer.

Um ihrer sündigen Sehnsucht und den Gefühlen tiefer Schmach zu entkommen, sprang sie auf und entfloh dem Ort törichter Wünsche.

Als sie aus der Wildnis auftauchte, ertönte ein Ruf, der sie aus ihren panischen Gedanken riss, und sie sah Diana, die ihr winkend auf dem Pfad entgegeneilte.

Sie verspürte einen schmerzhaften Anflug von Neid.

Diana war der Inbegriff weiblicher Verführung. Ihren milchweißen Teint schützte sie stets mit riesigen Hüten; der Hut, den sie jetzt trug, war weiß und mit einer breiten, strohgoldenen Schleife festgebunden. Er war mit Seidenblumen besetzt, und Schleife und Blumen passten farblich genau zum Besatz auf Dianas fließendem, tief ausgeschnittenem Musselinkleid. Ihre Brüste waren zwar ein bisschen kleiner als Rosamundes, doch das Mieder brachte sie vorteilhaft zur Geltung.

Dieses wunderschöne Kleid, dachte Rosamunde ziemlich boshaft, würde beim Brombeerpflücken im Handumdrehen ruiniert sein.

»Da bist du ja!«, rief Diana aus und schüttelte belustigt den Kopf. »Brombeersaft, Grasflecken und die Schürze eines Dienstmädchens. Also wirklich, Rosa!«

»Hier – koste mal!« Rosamunde hielt ihr den vollen Korb hin und hoffte beinahe, ihre Kusine würde zugreifen und sich dabei mit Saft bekleckern.

Spitzbübisch lächelnd nahm Diana behutsam eine Beere zwischen die Fingerspitzen und schob sie sich in den Mund, ohne sich im Geringsten dabei zu verschmieren. »Mmmmh –

jetzt sind sie am besten! Wenn Mrs Yockenthwait einen Brombeerkuchen macht, bleibe ich zum Essen hier.«

»Sie ist zu einer Nichte gegangen, die ein Kind bekommt.«

»Oh. Welche denn? Ich könnte sie besuchen. Neugeborene Babys sind so faszinierend. Du solltest auch mitkommen und es dir ansehen – das soll bei einer Frau die Fruchtbarkeit erhöhen.«

»Das ist doch Altweibergewäsch!«

Rosamunde schob sich eine Beere in den Mund und war selbst verblüfft, wie offen sie auf ihr sündiges Unternehmen anspielen konnte.

Auch Diana blinzelte sie überrascht an. »Also gut«, meinte sie dann, »wie du meinst.« Sie zog eine kleine verstöpselte Flasche aus ihrer Tasche. »Die ist von Fräulein Naisby – damit wird er garantiert in tiefen Schlaf sinken. Sie weist darauf hin, dass du ihm die ganze Flasche einflößen musst, damit er viele Stunden lang bewusstlos bleibt. Und dass er sich beim Erwachen nicht sonderlich gut fühlen wird.«

Rosamunde nahm ihr die Flasche zögernd ab. »Hat sie nichts Milderes gehabt?«

»Nichts, das lange genug wirken würde. Und das hier schmeckt sogar gut. Sie schlägt vor, es ihm in einer würzigen Suppe oder in einem Punsch zu verabreichen.«

»Mein Gott! Wie soll ich das denn anstellen?«

Diana deutete auf den Korb. »Wie wär's mit Brombeerlikör? Bei dem kräftigen Aroma und mit einem ordentlichen Schuss Brandy würde er nicht einmal scharfen Pfeffer herausschmecken.«

Rosamunde betrachtete die prallen Beeren, als hätten sie sich in Teufelswerkzeuge verwandelt. »O je, o je. Du hast keine Ahnung, wie nett er ist. Warum kann ich ihm nicht einfach vertrauen?«

»Tja, warum wohl nicht?«

Rosamunde verzog das Gesicht. »Weil ich kein Risiko eingehen darf. Die Zukunft von zu vielen Menschen hängt vom

Gelingen der Sache ab.« Sie steckte die Flasche in ihre Tasche. »Wer trinkt denn bei Tagesanbruch Brombeerlikör?«

»Bei Tagesanbruch? Wieso bei Tagesanbruch?«

»Weil er darauf besteht, dann aufzubrechen.«

Sie schlenderten weiter. »Ich war vorhin im Haupthaus, und deine Mutter hat mich eingeladen, bei euch zu übernachten.«

Diana verdrehte die Augen. »Und wie hast du dich herausgewunden?«

»Gar nicht. Falls doch ein Verdacht aufkommt, wird es hilfreich sein. Aber du musst mir beim Hinausschleichen helfen.«

»Diana und Rosie.« Diana lachte leise vor sich hin. »Das haben wir schon ein-, zweimal hinbekommen, stimmt's? Ehrlich gesagt bin ich ganz schön eifersüchtig auf dein verworfenes Rendezvous.«

Rosamunde blieb stehen und sah ihr in die Augen. »Das brauchst du nicht.«

Das Lachen verstummte. »Ist es so schrecklich? Du warst doch so …«

»Es ist nicht schrecklich. Aber genau das«, sagte Rosamunde, und es widerstrebte ihr, die Worte auszusprechen, »ist ja das Problem.«

»Rosa! Ich habe dich gewarnt.«

»Genauso gut könntest du mich vor dem Aufgehen der Sonne warnen. Das würde ebenso wenig nützen!«

Diana blickte sie an. »Es tut mir leid …«

»Nein, nein! Mir tut es leid. Ich habe keinen Grund, dich anzufahren. Es ist nur …«

»Ja, ich verstehe. Vielleicht könnt ihr später …«

»Nein!«, rief Rosamunde aus. »Sprich *nicht* von Digbys Tod!«

Diana wurde blass. »Es tut mir leid. Aber eigentlich … nein! Es tut mir leid. Aber …«

Rosamunde war wütend auf sich selbst, weil sie ihre Kusine aus der Fassung gebracht hatte. »... aber er ist bedeutend älter und wird mich mit Sicherheit als Witwe zurücklassen, ich weiß! Aber Diana, selbst dann könnte nie etwas daraus werden. Er ist ein Adliger!«

»Mein Vater hat meine Mutter geheiratet.«

»Und manchmal werden Lämmer mit zwei Köpfen geboren. Wie auch immer«, sagte sie seufzend, »selbst wenn er verrückt genug wäre, es zu erwägen, würde er den Gedanken verwerfen, sobald er wieder zur Besinnung kommt. Ich lüge ihn an, ich benutze ihn und habe vor, ihm ein Betäubungsmittel zu verabreichen, um mein Geheimnis zu wahren.«

»Rosa ...«

»Und denk an mein Gesicht! Selbst wenn er alles andere verzeihen könnte, wäre er wohl kaum in der Lage, das zu übersehen!«

»Glaub mir, Rosa, es ist nicht so schlimm, wie du ...«

Mit verzweifeltem Auflachen warf sich Rosamunde ihrer Kusine in die Arme und klammerte sich an ihr fest.

»Oh, ich fühle mich so elend! Es ist alles so furchtbar schrecklich!«

Diana hielt sie fest. »Du hast getan, was getan werden muss, Liebste. Du musst es nicht noch einmal tun. Ich bin sicher, es wird egal sein. Schau, wir ...«

Rosamunde befreite sich und trocknete ihre Wangen. »Aber ich *möchte* es tun! Das ist ja das Furchtbare. Ich möchte es. Ich möchte es so sehr, dass ich bereit bin, meinen Ruf und sogar Wenscote aufs Spiel zu setzen, und auch meine Chance, in den Himmel zu kommen!«

»Oh«, sagte Diana fassungslos. »So ernst ist es jetzt also.«

Vom Fenster aus beobachtete Brand, wie zwei Frauen einen Pfad entlang aufs Haus zuschlenderten. Als sie noch ein Stück entfernt waren, sah er, wie sie stehen blieben und sich umarmten, fast so, als hätte die eine der anderen eine schlechte Nachricht überbracht. War eine von ihnen seine geheimnisvolle Lady?

Als sie näher kamen, verdeckten Bäume und Sträucher die Sicht. Beide Frauen waren gleich groß und hatten die gleiche Figur, doch die eine trug ein modisches weißes Kleid und einen extravaganten großen Hut mit gelber Schleife. Obwohl ihr Gesicht darunter nicht zu erkennen war, glaubte er nicht, dass sie seine Lady war. Die andere sah wie ein Dienstmädchen aus und trug einen Korb mit etwas Dunklem darin. Brombeeren?

Zweifellos war keine von beiden seine Lady.

*Seine.*

Nein. Entschlossen, sich nicht zum Narren zu machen, wandte er sich wieder seinem Buch zu. Es war genau der Stoff, der ihn normalerweise interessierte. Als er bereits eine Weile darin gelesen hatte, wurde die Tür aufgeschlossen, und sie trat ein. Er erhob sich und verfluchte die Freude, die er bei ihrem Anblick empfand.

Sie kam auf ihn zu und er bemerkte, dass ihre Finger verfärbt waren.

Brombeeren? War sie also doch die Frau mit der Schürze gewesen, die er im Garten gesehen hatte? Wenn ja, warum war sie der anderen so verzweifelt in die Arme gefallen? Was bekümmerte sie?

Wie konnte er ihr helfen?

»Hat Euch das Buch die Zeit vertrieben, Sir?«, fragte sie.

»Ja, danke.« Forschend betrachtete er ihr maskiertes Gesicht, um irgendwelche Gefühlsregungen, irgendetwas von ihr selbst zu entdecken. Sofern die Maske nicht raffiniert gefüttert war, gab sie ihre Gesichtsform preis – runde Wangen, eine kleine, kurze Nase, ein entschlossenes, festes Kinn. Die Bemalung sollte die Illusion von Wirklichkeit vermitteln, aber das Ergebnis sah ganz und gar nicht natürlich aus. Bis auf die Augen, und die waren völlig normal und verrieten keinerlei Kummer.

»Meine Zofe wird Euch in Kürze das Abendessen bringen«, sagte sie. »Darüber hinaus versucht bitte nicht, die Dienstboten in Anspruch zu nehmen. Es sind nur wenige und sie sind sehr beschäftigt.«

»Werdet Ihr jetzt gehen?« Warum kam es ihm so vor, als würde die Welt dann mit einem Schlag leer sein? Er sollte seinen Verstand und seine Gefühle besser unter Kontrolle haben.

»Es ist Zeit.«

»Wann werdet Ihr wiederkommen?« Sie *musste* wiederkommen.

Ihre Hände bewegten sich. Wäre sie eine Dame mit weniger Selbstkontrolle, hätte sie jetzt vermutlich nervös an ihrem Rock genestelt, dachte er.

»Später. Nach Einbruch der Dunkelheit.«

Er atmete auf. »Das freut mich.«

Ihre Blicke trafen sich, und er glaubte, dass er ihre Augen möglicherweise wiedererkennen würde, wenn sie ihn auf diese Weise anschauten.

»Seid Ihr sicher?«

Sie hatte kein Recht dazu, ihn solche Dinge zu fragen. Keinerlei Recht. Trotzdem streckte er eine Hand aus. »Ganz sicher.«

Sie rührte sich nicht.

»Jetzt solltet Ihr eigentlich Eure Hand in meine legen, liebe Lady.«

Wieder bewegten sich ihre Hände, dieses Mal so, als ob sie sich hinter ihrem Rücken in Sicherheit bringen wollten. »Warum?«

»Nun, weil Ihr dann hier stehen müsstet, ganz dicht bei mir.«

»Und wozu wäre das gut?«

»Ich könnte mich dann hinsetzen und Euch auf meinen Schoß ziehen. Ich könnte Euch einen Augenblick lang festhalten.«

Er bemerkte, wie sie sich anspannte, beinahe zurückwich, als würde sie bedroht. »Warum?« Es war fast ein Klagelaut.

»Warum nicht? Wovor habt Ihr Angst? Vergesst nicht, meine Geliebte, dass Ihr hier befehlt – ich bin nur Euer ergebener Diener.«

»Ihr, Sir, wisst überhaupt nicht, was Ergebenheit ist.« Doch sie kam auf ihn zu und erinnerte ihn dabei wieder an einen wachsamen Vogel, der von Körnern angelockt wird, aber Angst vor dem Jäger hat. Noch ein letzter Schritt, und sie legte die Fingerspitzen auf seine Hand. Die befleckten und kalten Fingerspitzen.

Er wartete.

Mit hörbarem Atemzug ließ sie die Hand ein Stück weiter gleiten und schlang ihre Finger fest um seine. Er setzte sich, zog sie sanft auf seinen Schoß und setzte sie bequem dort zurecht, wo sie – das wurde ihm bestürzend klar – hingehörte.

Er war sich der Gefahr so sehr bewusst, dass er beinahe den Atem anhielt. Für ihn gab es hier nichts außer ein paar vergnüglichen Stunden.

Mit der Frau eines anderen.

Verdammter Sir Archibald oder wie auch immer der Mann heißen mochte.

Er zog ihre Hand zu sich heran, inspizierte die dunkelroten Fingerspitzen und leckte dann daran. »Brombeeren. Darf ich auf Brombeerkuchen hoffen?«

»Vielleicht.« Ihr Kopf war gesenkt, und während sie weich und entspannt wie ein Kind an ihm lehnte, war er sich sicher, dass sie unter der Maske errötete.

Was für ein bezauberndes, widersprüchliches Rätsel sie doch war.

Er schlang seine Arme um sie und hielt sie fest an sich gedrückt, als wäre sie ein großes Kind. Er wusste nicht, warum er das tat, bis ihm klar wurde, dass er sie schon von dem Augenblick an so halten wollte, als er die Umarmung im Garten gesehen hatte.

Sie hatte Trost gebraucht, und er wollte ihr jetzt Trost geben.

Ihre glänzenden braunen Locken, die sein Gesicht streiften, rochen zart nach Blumen. Ihre anderen Düfte waren dezent und natürlich und schon jetzt für ihn unverkennbar ihre. Er wusste, dass das gefährlich war. Das einzige, was er hier heraufbeschwor, war Schmerz. Morgen würde er fortgehen, und für kurze Zeit würde der Verlust ihm wehtun. Aber nur für kurze Zeit. Wenn er wieder zurück in seinem wirklichen Leben war, mit Arbeit, Freunden, anderen Frauen …

Er drückte sie noch enger an sich.

Weich und fest. Wie ein reifer Pfirsich, der ihm das Wasser im Mund zusammenlaufen ließ. Sie neigte ihren Kopf näher zu ihm und lehnte ihn an seine Schulter; ihr Atem ging ruhig und gleichmäßig. Er spürte, dass sie in diesem Augenblick vollkommen gelöst war. Das zumindest konnte er ihr geben. Mochte es auch nur eine kurze Ruhepause sein von dem, was sie quälte, so war doch er es, der sie ihr schenkte.

Er wollte ihr gerne vieles sagen, die erstaunlichsten Dinge.

Er wollte ihr sagen, dass er nie zuvor eine Frau auf diese Weise im Arm gehalten hatte, dass es sonst, wenn eine Frau auf seinem Schoß gesessen hatte, nur Teil eines Liebesspiels gewesen war.

Dass er auch mit ihr solche Liebesspiele wollte, aber dass er diesen Moment über alles schätzte.

Er wollte sie erneut bitten, die Maske abzunehmen und ihm zu vertrauen; nicht nur, weil er sich wünschte, dass sie ihm vertraute, sondern weil er das heftige Verlangen verspürte, seinen Mund an ihren zu legen und in einem innigen Kuss mit ihr zu verschmelzen.

Nie zuvor hatte er Küsse unter diesem Aspekt betrachtet.

In der schwachen Hoffnung auf eine Art Ersatz, war er versucht, ihren Kopf nach hinten zu neigen und die gemalten Lippen auf der Maske zu küssen.

Er wollte sie nach dem Grund für die Maske fragen, nach dem Grund für die verzweifelte Umarmung im Garten, nach dem Grund für ihr hungriges, forsches, unerfahrenes Begehren nach körperlicher Liebe. Welche Sorgen, Probleme, Leiden plagten sie?

Wenn er es wüsste, könnte er sie vielleicht allesamt hinwegwischen wie mit einer göttlichen – oder zumindest adligen – Hand.

Sein Adelsrang und sein Reichtum waren ihm normalerweise ziemlich gleichgültig, doch dieser Lady hätte er mit Freuden alles zu Füßen gelegt.

Er wollte ihr versprechen, sie glücklich zu machen. Er wollte noch mehr. Nur mit größter Willenskraft hielt er sich davon ab, sie zu bitten, alles aufzugeben – ihre Ehe, ihr Leben, ihre Freunde, ihre Familie – und mit ihm durchzubrennen, um mit ihm in Skandal und Schande zusammenzuleben.

Er holte tief Luft, während er damit kämpfte, sie vor ihm selbst zu schützen.

Nie hätte er vermutet, so eine törichte romantische Ader zu haben. Für sie würde es den Ruin bedeuten, und sein eigenes, angenehmes Leben wäre zerstört. Seine Arbeit beglückte und erfüllte ihn; er hatte genügend Freizeit und Freunde, die diese mit ihm teilten, er hatte liebevolle Angehörige und er war bei seinen Mitmenschen allgemein geachtet. Das Letzte, was er gebrauchen konnte, war ein Skandal.

Vielleicht war ihr Gatte noch nicht zu alt dafür, ihn aufzuspüren und zum Duell zu fordern.

Er wäre zweifellos in der Lage, den Mann zu töten, doch er würde es nicht tun. Sein Ehrgefühl ließe es nicht zu. Nicht, wenn er im Unrecht war.

Wollte er aus Liebe sterben?

Und wenn es auch nicht so weit käme, könnte er doch mit einem Prozess rechnen, weil er sie ihrem Mann entfremdet hätte. Sie und er würden zum Gespött der Stadt werden, und er müsste mit einer beträchtlichen Geldstrafe rechnen. Als er sich vorstellte, wie sein Bruder Bey auf solch eine schmutzige Affäre reagieren würde, unterdrückte er ein Stöhnen.

In den populären Zeitungsblättern würden Berichte stehen, derbe Illustrationen in den Fenstern der Druckereien hängen. Spekulative Illustrationen von ihm und seiner ehebrecherischen Geliebten in ihrem Sündenbett. Vulgäre Zeichnungen von einer Dirne aus Yorkshire mit riesigen Brüsten und dicken, entblößten Oberschenkeln.

Wenn er der Niemand wäre, für den sie ihn hielt, könnten sie vielleicht heimlich miteinander leben. Kaum einer würde sich darum kümmern. Was ein Malloren tat, war jedoch stets von Interesse, und eine Menge Leute wartete nur darauf, einen Pfeil auf den Marquis von Rothgar abzuschießen, der eine mächtige Persönlichkeit im Land und ein Vertrauter des Königs war.

Ihre Beziehung durfte schlichtweg nicht sein.

Vom Gefühl des Verlusts überwältigt, vergrub er sein Gesicht in ihren weichen braunen Locken und spürte erstaunt, dass in seinen Augen Tränen brannten.

Rosamunde lehnte an ihm und kämpfte verzweifelt gegen ihre Tränen an. Ein paar waren ihr entwischt, würden aber unter der Maske verborgen bleiben. Sie würde nicht schluchzen – wenn auch der Druck in ihrer Brust immer größer wurde.

Sie versuchte an gar nichts zu denken, weil es keinen einzigen Gedanken gab, der nicht schmerzhaft gewesen wäre. Einer drang trotzdem durch wie Glockenschläge in der Nacht: Wenn es doch wenigstens möglich wäre, Tag für Tag diese Nähe zu spüren! Sie hatte ein Recht darauf. Jeder Mensch hatte das angestammte Recht, jemanden zu haben, der ihn zärtlich in den Armen hielt …

Doch dann fand sie die Kraft, gegen den Gedanken anzukämpfen.

Wenn sie wollte, dass jemand sie zärtlich in den Armen hielt, würde Digby das tun. Digby, ihr gütiger Mann, dem sie hier eigentlich helfen wollte, statt ihn in ihrem Herzen zu betrügen. Verzweifelt begann sie, sich aus Brands Armen zu lösen und von seinem Schoß aufzustehen. Er war überrascht, half ihr dann aber, damit sie nicht stürzte.

»Ich muss gehen«, sagte sie, wohl wissend, dass diese Worte unzureichend waren. Sie schaute ihn an und hatte das Gefühl, dass er die unvergossenen Tränen in ihren Augen sehen konnte. So töricht es auch sein mochte, es war ihr plötzlich wichtig, dass er von den Tränen wusste.

»Werdet Ihr zurückkommen?«

Waren seine Augen tatsächlich ein wenig feucht? Was hatte das zu bedeuten?

Sie sollte besser nein sagen.

Sie sollte Lebewohl sagen.

Jetzt.

»Später«, sagte sie und musste wieder schlucken. »Es ... es wird vielleicht sehr spät ...«

Er legte die Hände aneinander und verneigte sich. »Wie Ihr wünscht, meine Herrin. Zu welcher Stunde auch immer, ich werde der Eure sein, werde alles sein, was Ihr wünscht.« Doch diesmal lag in seinen Worten kein Humor, auch nicht in dem, was er hinzufügte:

»Aber vergesst nicht – für unsere Sünden bleibt uns nur die Zeit bis zum Tagesanbruch.«

Rosamunde verließ das Zimmer in Würde und unterdrückte ihre Tränen auch dann noch, als sie längst außer Sicht war. Sie würde nicht weinen. Nicht einmal, wenn sie allein war. Sie schlug die Tür ihres Zimmers zu und riss die heiße, stickige Maske herunter, rieb fest ihr Gesicht und zwang die Tränen zurück in die schmerzende Quelle, wo sie hingehörten.

Sie würde *nicht* weinen!

Wenn sie zu weinen begänne, wäre alles verloren. Es würde beweisen, dass alles verloren war ...

Verloren.

Verloren.

Nein! Das hier war nicht wichtig. Es war ein Trugbild. Wichtig war nur die Wirklichkeit. Wenscote, Digby und all die Menschen dort. Menschen, die sie liebte. Die Wirklichkeit war das Kind, das sie alle retten würde.

Sein Kind.

*Brands Kind.*

Sie umklammerte den Bettpfosten mit beiden Händen und drückte ihn so fest, dass die geschnitzte Ananas sich in ihr Fleisch bohrte, drückte zu, bis der Schmerz die Torheit überwältigte, bis sie schließlich wieder atmen und ruhig dastehen konnte, ihr Ziel klar vor Augen.

Keine weiteren Risiken mehr. Wenn sie heute Nacht zu ihm zurückkehrte, riskierte sie nicht nur, entdeckt zu werden, sondern etwas Schlimmeres. Etwas, das tief in ihrem Herzen war und ihre Ehre zerstören könnte.

Sie würde zum Arradale House hinübergehen und dort bleiben, bis sie nach Hause fuhr.

Sie würde es Diana überlassen, diesen störenden heimlichen Liebhaber wegzuschaffen.

Störend.

Heimlich.

Liebhaber.

Niedergeschmettert saß sie auf dem Bett. *Warum* hatte er sie auf diese Weise festgehalten? Sie hätte die Frage am liebsten herausgeschrien, denn es hatte solche Wunden verursacht, dass sie sich vorstellen konnte, daran zu sterben. Trotzdem hätte sie seine Umarmung nicht missen wollen, und kostete es ihr Leben.

Ja, jetzt kannte sie den Wahnsinn, von dem Dichter schrieben, den Wahnsinn, der starke Männer und Frauen in den Untergang trieb. Aber es war keine Liebe. Niemand konnte jemanden lieben, den er erst seit so kurzer Zeit kannte.

Es war Torheit! Es war Idiotie!

Eine Schwäche des Geistes.

Eine Feuersbrunst der Lust.

Sie durfte nicht wiederkommen. Sie musste zu ihrem Mann nach Hause gehen.

Doch sie, die ihr Leben immer nach moralischen Prinzipien gelebt hatte, die immer die Kraft gehabt hatte, das Richtige zu tun, brannte vor Verlangen und konnte sich gegen die Flammen nicht wehren.

Das Gesicht mit kaltem Wasser zu bespritzen erwies sich als unwirksam gegen solche Hitze und solches Feuer, und ihr entfuhr ein winziges, verzweifeltes Lachen. Selbst wenn sie das Feuer besiegen könnte, musste sie wiederkommen. Nicht aus Begierde, sondern ganz einfach deshalb, weil sie es versprochen hatte.

Sie würde Brand Malloren in anderer Hinsicht enttäuschen – sie hatte keine Wahl –, doch nicht in dieser.

Sie hatte es versprochen und würde ihr Wort halten. Sie würde bis zum Morgengrauen seine Geliebte sein.

# 11

Eigentlich hätte Rosamunde der Abend im herrschaftlichen Arradale unendlich lang vorkommen müssen, doch sie empfand ihn als wohltuend. Die hier herrschende Ordnung, die Manieren und Konventionen bewirkten, dass die in ihrem Inneren lodernden Flammen sich ein wenig beruhigten.

Zu ihr, Diana und Tante Arradale hatten sich zwei weitere Personen gesellt: die Freundin ihrer Tante, Mrs Lampwick, eine selbstbeherrschte, intelligente Frau, und Mr Turcott, Dianas Sekretär, dessen Steckenpferd die Erforschung der Geschichte dieses Teils von Yorkshire war.

Die Unterhaltung bei Tisch war zwanglos, kultiviert und frei von Emotionen.

Trotzdem hatte Rosamunde den Eindruck, als bestehe zwischen Mrs Lampwick und Mr Turcott irgendeine Art von Verbindung. Tatsächlich war es so, dass die Dame dem Herrn schon des Öfteren bei seinen Nachforschungen geholfen hatte. Obwohl beide völlig gelassen wirkten, bemerkte Rosamunde manchmal, wie ihre Blicke einen Moment lang aufeinander verweilten und dass in ihren Stimmen, wenn sie miteinander redeten, eine besondere Spannung und Intensität lag, die nicht feststellbar war, wenn sie mit den anderen sprachen.

Wäre ihr das einen Tag zuvor auch schon aufgefallen?

Während ein Gang dem anderen folgte, stimmte ihre Beobachtung sie trübe. Welch wunderbare Ehe könnten diese beiden führen – eine Ehe zweier Menschen, die sich geistig ebenbürtig waren, gemeinsame Interessen hatten, alles zusammen machten und ihre Zuneigung offen zeigen konnten. Warum blieb ihr selbst das verwehrt?

Weil sie mit sechzehn Jahren, von ihren Verletzungen entstellt, vor dem Leben davongelaufen war und sich hinter den hohen Steinmauern von Wenscote verkrochen hatte. Doch wie man sich bettete, so lag man eben auch. Sie hatte ihre Wahl getroffen und musste nun damit leben.

*Aber ich war erst sechzehn!*

Trotzdem.

Nach dem Abendessen verabschiedete sich das ältere Paar, weil angeblich jeder von ihnen noch etwas anderes vorhatte. Rosamunde fragte sich, ob es wohl stimmte, schob solcherart Verdacht dann aber beiseite. Nur weil sie selbst eine sündhafte Person geworden war, bestand kein Grund, an der Aufrichtigkeit zweier ehrbarer Menschen reiferen Alters zu zweifeln. Wenn zwischen ihnen tatsächlich etwas wäre, würden sie den üblichen Weg zum Altar beschreiten, statt sich heimlich in staubigen Familienarchiven zu tummeln und zu befummeln.

Bei dieser Vorstellung musste ihr Mund wohl gezuckt haben, denn die adlige Witwe fragte: »Worüber amüsierst du dich, Rosamunde?«

Sie hatten sich inzwischen in den prachtvollen Salon mit den chinesischen Tapeten begeben und tranken aus zierlichen Tässchen Tee.

Wie es ihre Natur war, antwortete Rosamunde wahrheitsgemäß: »Ich habe mich gefragt, ob sich zwischen Mrs Lampwick und Mr Turcott eine Romanze anbahnt.«

Tante Arradales Augen blitzten auf. »Du hast es also auch bemerkt? Ja, ich hoffe sehr, dass es so ist. Zwei Menschen, die besser zueinander passen, kann man sich gar nicht vorstellen.«

»Wie reizend«, sagte Diana. »Wir müssen uns überlegen, wie wir sie zusammenbringen können.«

»Sie sind alt genug, um das allein zu bewerkstelligen, meine Liebe.«

»Es macht mir aber Spaß, bei anderen ein wenig nachzuhelfen. Wenn man die Leute sich selbst überlässt, kommt meist nur ein heilloses Durcheinander dabei heraus!«

»Manchmal ist ein heilloses Durcheinander genau das Richtige. Was *du* brauchst, Diana, ist eine *eigene* Familie.«

Diana reckte trotzig ihr Kinn hoch. »Du weißt, dass ich nicht heiraten werde.«

»Das ist doch albern. Was nützt dir deine kostbare Unabhängigkeit, wenn du allein bist und dich langweilst?«

»Ich langweile mich nicht. Mein Leben ist sehr interessant.«

»Dann mische dich nicht in das Leben anderer Leute ein. Warum spielst du uns nicht etwas vor, meine Liebe!«

Mit wogenden Seidenröcken erhob sich Diana. »Meinetwegen. Aber wenn man bedenkt, wie oft du mir Ordnung gepredigt hast, finde ich es sehr widersprüchlich, dass du Durcheinander auf einmal befürwortest, Mama. Komm Rosa, lass uns ein ordentliches Duett spielen.«

Als beide zum Cembalo hinübergingen, rief Tante Arradale ihnen hinterher: »Der Unterschied ist, dass menschliche Angelegenheiten manchmal durcheinander geraten *müssen*. Nur dann entwickelt sich alles zum Besten. In einer ordentlichen Welt hätte dein Vater nicht mich, sondern die Tochter des Herzogs von Langton geheiratet und wäre sein Leben lang unglücklich gewesen.«

Diana blickte zu Rosamunde und verdrehte die Augen, dann wandte sie sich dem beim Cembalo liegenden Stapel Notenblätter zu, um sie durchzusehen.

Rosamunde jedoch dachte über die Worte ihrer Tante nach. Bei ihrer eigenen Heirat war alles geordnet zugegangen. Es war eine ordentliche Lösung ihres Problems gewesen und die Ehe war von dem Moment an, in dem sie an Digbys Arm die Kirche verlassen hatte, in ordentlichen Bahnen verlaufen.

Doch irgendetwas fehlte. Sie hatte es bis jetzt nicht so gesehen, aber es stimmte.

Sie hatte immer geglaubt, dass im Leben eines Erwachsenen Ordnung herrschen müsse, doch wenn eine so hellsichtige, intelligente Person wie Tante Arradale das anders sah …

Während Diana ein Notenblatt herauszog und sich ans Cembalo setzte, konnte Rosamunde nur mit Mühe ein Lachen unterdrücken. Wenn Unordnung das Richtige war, dann verlief ihr Leben im Augenblick ja geradezu ideal! Sie setzte sich neben Diana, schaute sich das Musikstück an und begann ihren Part zu spielen. Nachdem sie und Diana dann Ordnung in das Durcheinander der Noten gebracht hatten und sie zu einem heiteren Duett zusammenfügten, blickte sie aus den hohen Fenstern über den gepflegten Park hinweg und versuchte zwischen den Bäumen ein bestimmtes Fenster zu finden.

Was machte er gerade? Dachte er nach?

Sie geriet aus dem Takt und konzentrierte sich schnell wieder auf die Musik. Bitte glaubt nicht, dass es eine Pflicht ist, betete sie, während sie weiterspielte. Auch nicht die Bezahlung einer Schuld. Bitte lasst es mehr sein als das.

Sie wusste, dass es das war.

Beängstigend mehr.

Die Schatten vor den Fensterscheiben wurden dunkler und länger, und der goldene Abendhimmel färbte sich rot. Bald würde es Nacht sein.

Geheimnisvolle Nacht.

Die beste Zeit für Geheimnisse, Durcheinander und die Sünde.

Als es so dunkel geworden war, dass die Gräfinwitwe nach dem Diener klingelte, damit er die Kerzen anzündete, entschuldigte sich Rosamunde, um zu Bett zu gehen. Sofort sagte Diana, sie ginge ebenfalls hoch. Ihre Mutter warf den beiden einen skeptischen Blick zu, und es war genauso wie vor fünfzehn Jahren: Rosie und Diana führten wieder etwas im Schilde.

Alles, was sie sagte, war jedoch: »Gute Nacht, meine Lieben.«

Kaum hatten sie die Tür des Schlafzimmers hinter sich zugemacht, sagte Rosamunde: »Ich bin mir sicher, dass sie etwas ahnt. Das ist *schrecklich!*«

»Du meintest auch, dass Mrs Yockenthwait etwas ahnt. Und sogar deine Mutter.«

»Aber das hier ist *Tante Arradale!*«

Diana verdrehte die Augen. »Hast du auch manchmal noch Angst, sie könnte einen Rohrstock in der Ecke bereitstehen haben?«

Rosamunde lachte, doch es kam ihr selbst leicht hysterisch vor. Sie wischte die feuchten Hände an ihrem Rock ab und versuchte sich zu beruhigen.

Der Mond schien nur schwach, und auch wenn sie das Gelände gut kannte, wollte sie den Park auf keinen Fall bei völliger Dunkelheit durchqueren.

»Ich muss los.«

»Ja. Das ist wirklich sehr außergewöhnlich, weißt du.«

»Sicher weiß ich das!«

»Ich meine, dir hinterherzublicken und zu wissen, was du tun wirst.« Ein düsterer Blick huschte über ihr Gesicht. »Zumindest hast du die Chance, es zu tun!«

»Ich bin schon in meiner Hochzeitsnacht dazu gekommen.«

»Das hier ist nicht dasselbe! Du hast jetzt so etwas an dir …«

»Etwas an mir …?« Rosamunde blickte an sich herunter, als ob man es dort sehen könnte. »Was denn?«

»Du hast dich verändert. Deine Gedanken sind natürlich sonst wo, aber du bewegst dich anders. Es ist nur eine Kleinigkeit, doch es hat dich verändert.«

»Oh, das will ich nicht hoffen!«

Diana drehte sich um, nahm Rosamundes Umschlagtuch auf und legte es ihr liebevoll um die Schultern. »Hör nicht auf mein Gerede. Geh! Ich werde dafür sorgen, dass niemand merkt, dass du weg bist. Und vergiss das Schlafmittel nicht.«

Rosamunde klopfte auf ihre Tasche, obwohl sie den Gedanken, es zu verwenden, hasste. »Ich tue das nicht …«

Sie hatte sagen wollen, dass sie dies nicht aus freien Stücken tun würde, aber das stimmte natürlich nicht.

»Doch, du tust es!« Diana lächelte. »Entschuldige, Liebste, aber ich muss gestehen, dass ich neidisch bin. Meinst du, er würde vielleicht auch mal auf ein, zwei Tage hierher kommen?«

Das war eindeutig ein Scherz, doch Rosamunde entfuhr ein grimmiges »Nein!« und sie war völlig aus der Fassung gebracht.

»Oh Liebes«, sagte Diana besänftigend, »reg dich nicht auf.«

Rosamunde richtete ihr Umschlagtuch und musterte sich in dem hohen Spiegel. Für den Abend auf Arradale hatte sie eins ihrer edleren Kleider angezogen, ein blassrosa Seidenkleid mit cremefarbener Spitze und Perlenbesatz. Trotzdem war es nicht das, was sie sich für die heutige Nacht gewünscht hätte.

Es war ein Kleid im Jungmädchenstil, der Digby am besten an ihr gefiel.

»Es ist nichts weiter als eine dumme Vernarrtheit«, sagte sie zu Diana und wandte sich vom Spiegel ab. »Ich glaube, wir Frauen bilden uns gerne ein, wir liebten die Männer, mit denen wir es tun.« Sie warf der neidvollen Gräfin Arradale einen ironischen Blick zu. »Betrachte das ruhig als Warnung.«

»Als Warnung, dass ich mir, wenn ich mir einen Liebhaber zulege, nicht einbilde, es sei Liebe? Keine Bange, das passiert mir bestimmt nicht, aber ich werde es im Hinterkopf behalten.« Sie umarmte Rosamunde und schob sie zur Tür. »Geh. Genieße es für uns beide!«

Rosamunde lachte und verließ das Zimmer, um rasch

durch das Labyrinth eines Hauses zu schlüpfen, das ihr so gut bekannt war. Durch eine kleine Seitentür trat sie ins Freie, und Kies knirschte unter ihren Füßen, als sie dem Weg ums Haus herum folgte. Dann bog sie ab und lief über den federnden Rasen auf die Baumgruppe zu, hinter der sich das Witwenhaus verbarg.

Plötzlich sah sie, sogar durch die nachtschwarzen Bäume hindurch, ein schimmerndes Licht.

Wie ein Leuchtfeuer wies ihr eine Kerze in seinem Fenster den Weg.

Brand hatte seine Kerze dicht ans Fenster gestellt.

Am Spätnachmittag hatte er beobachtet, wie seine Lady in Begleitung des dicken Mädchens, das ihm das Abendessen gebracht hatte, das Haus verließ. Obwohl er fast ununterbrochen Wache hielt, hatte er keine von beiden zurückkehren sehen. Dummerweise war es durchaus möglich, dass sie aus einer anderen Richtung kommen würde, und außerdem war es lächerlich zu glauben, dass sie sich verirren könnte.

Aber es war Nacht und erst wenige Tage nach Neumond. Der Gedanke, dass sie dort draußen allein in der Dunkelheit herumlief, behagte ihm gar nicht.

Er versuchte, vernünftig zu sein und sich auf sein Buch zu konzentrieren. Doch so interessant es auch war, die Wörter flossen durch ihn hindurch wie Wasser.

Er konzentrierte sich noch stärker. Der Autor hatte einige faszinierende Ideen, wie man bei Nutztieren durch sorgfältige Züchtung bestimmte Verbesserungen erzielen konnte. Trotzdem gehörte stets Glück dazu, wie jeder aus eigener Erfahrung wusste. Ein Mann mit markanten Gesichtszügen konnte eine hübsche Frau heiraten und hübsche Söhne, aber grobgesichtige Töchter bekommen.

Wie würden ihre Kinder … ?

*Nein.*

Möglicherweise hatten sie schon ein Kind gezeugt.

Wenn das der Fall wäre, würde es als Kind ihres Mannes gelten. Ihn ginge das nichts an.

Das war leicht gesagt, aber weniger leicht war es, sich damit abzufinden.

Vielleicht sollte er sie in ungefähr neun Monaten ausfindig machen, um sich zu vergewissern, ob alles in Ordnung war. Wenn ja, würde er nichts unternehmen, was ihren Ruf gefährden könnte.

Er fluchte leise über den Selbstbetrug. Wenn er sie wiederfand, würde der Gefühlswirrwarr von vorne beginnen. Vielleicht sollte er jetzt hier ausbrechen und fliehen – es würde nicht schwer sein, zu entkommen.

Während seine Hand die zuletzt gelesene Buchseite markierte, versuchte er seine ganze Willenskraft zu sammeln, um sich davonzumachen. Es war vergeblich. Er würde den bitteren Kelch bis zur Neige leeren.

Lies weiter, erinnerte er sich.

Systematische Zuchtprogramme.

Gezieltes Züchten war nichts Neues. Schon seit Jahrhunderten hatte man erstklassige Rennpferde zu züchten versucht, und seit noch früheren Zeiten hatten Liebhaber Pitbullterrier und Kampfhähne gezüchtet, die immer kräftiger und aggressiver wurden. Dabei war allerdings in Kauf genommen worden, dass Hunderte von Tieren, die nicht die gewünschten Eigenschaften aufwiesen, ausgesondert wurden. Landwirte brauchten höhere Erfolgsraten. In dem Buch wurden wissenschaftliche Methoden beschrieben, mit denen sie erzielt werden konnten.

Er schaffte es, sich in den Text zu vertiefen, und schrak auf, als der Schlüssel herumgedreht wurde und seine Lady eintrat. Er sah zuerst zu ihrem Gesicht hoch, das jedoch wieder hinter der grotesken Maske verborgen war. Enttäuscht musste er weiter unten nach Hinweisen auf ihre Stimmung suchen.

Sie wirkte nervös, aber nicht so unbeholfen wie beim ersten Mal.

Während er fortfuhr, sie zu mustern, stellte er fest, dass sie erstmalig ein tief ausgeschnittenes Mieder trug, das wunderbar ihre Figur betonte.

Sein heißes Verlangen traf ihn wie ein Blitzstrahl.

Seide, dachte er, verzweifelt bemüht, nicht die Kontrolle zu verlieren. Rosa Seide. Spitzen. Schleifen. Hübsch. Feminin.

Nicht das Richtige für sie.

Nicht für seine geheimnisvolle Lady.

Sie mochte hübsch sein, und sie war mit Sicherheit feminin, doch sie besaß mehr weibliche Stärke und mehr Charakter, als dieses Kleid vermuten ließ. Er würde sie in Erdfarben kleiden. Zarte Grüntöne, warme Brauntöne, Creme, Brombeerrot …

Er saß immer noch. Das Buch beiseite legend, erhob er sich und machte eine tiefe, galante Verbeugung. »Willkommen, Herrin.«

Auch sie schien wie erstarrt, und er fragte sich, ob sie womöglich beinahe gar nicht gekommen wäre. Sollte er sich zwischen sie und die Tür schieben, um ihre Flucht zu verhindern?

Dann sprang sie mit einem Satz los und eilte auf die Kerze zu.

Als sie an ihm vorüberkam, hielt er sie am Handgelenk fest. »Es war Tageslicht beim letzten Mal.«

»Jetzt gibt es kein Tageslicht.« Die Sehnen unter ihren Fingern spannten sich.

»Kerzenlicht ist sehr vorteilhaft.«

Sie legte den Kopf in den Nacken, als würde sie zum Himmel flehen. »Ich brauche Dunkelheit«, flüsterte sie.

Warum war es zuvor bei Tageslicht möglich gewesen, aber diesmal nicht? Was hatte sich verändert? Er hätte sie sehr gerne bei Kerzenlicht geliebt, doch er ließ ihren Arm los, befeuchtete Zeigefinger und Daumen und drückte die Flamme aus. »Nun, Herrin«, fragte er im Dunkeln, »wie lautet Euer nächster Befehl?«

Jetzt, wo das Licht aus war, wurden seine anderen Sinne schärfer. Er bildete sich ein, das Knistern ihres Kleides zu hören, während sie atmete, und nahm ihren blumigen Duft wahr, der in seiner Erinnerung immer mit dieser seltsamen Affäre verbunden bleiben würde.

Mit ihr.

»Soll ich mich ausziehen?«, flüsterte sie.

»Wie Ihr es am liebsten mögt.« Hatte seine Stimme etwa vor Erregung gezittert?

Was war er denn? Ein unreifer Jüngling?

Sie bewegte sich unsicher. »Sagt mir, was ich tun soll.«

Er sprach aus, wonach es ihn verlangte. »Ergebt Euch. Überlasst mir das Kommando. Seid diese Nacht meine Sklavin.«

»Euer Schuldknecht?«, erwiderte sie scharf und schien einen Schritt zurückzuweichen.

»Meine Sklavin.«

Allmählich gewöhnten sich seine Augen an die Dunkelheit. Er sah, wie sie den Kopf drehte, als wollte sie ihm prüfend ins Gesicht schauen. »Was ist, wenn Ihr etwas tut, was mir nicht gefällt?«

»Sagt es mir einfach. Ich möchte, dass es Euch Freude bereitet – das verspreche ich Euch. Vertraut mir.«

Das war es, was er vor allem wollte. Ihr Vertrauen.

»Warum sollte ich Euch vertrauen?«

Die kalte Frage schmerzte ihn. »Das müsst Ihr selbst entscheiden.«

Mit geheimnisvoll wispernden Röcken lief sie unruhig hin und her, hinüber zum Bett und zurück. »Ihr werdet wirklich nichts tun … was mir unangenehm ist?«

»Das kann ich nicht versprechen. Wir haben nur ein paar Stunden, in denen wir herausfinden können, was uns unangenehm ist und was uns gefällt. Höchstwahrscheinlich werden wir uns nie wieder sehen.« Er sagte das ganz bewusst und nahm ihren erstickten Protest wahr. »Es wäre jammerschade, wenn unsere letzte gemeinsame Nacht langweilig wäre. Doch wenn das Euer Wunsch ist, ist er mir Befehl.«

Sie stand so regungslos da, dass er weder ein Rascheln noch Atemzüge vernahm.

Doch dann drehte sie sich um und sank vor ihm auf die Knie. »Gut, ich gehöre Euch. Tut mit mir, was Euch beliebt, Mylord. Bis zum Morgengrauen.«

*Mylord*? Er hatte ihr seinen Titel doch gar nicht genannt! Aber dann begriff er, dass es nur zum Spiel gehörte. Ein anderes Wort für Herr. Eine fröhliche Laune. Es gefiel ihm, dass sie ihn in dieser besonderen Nacht mit seinem richtigen Titel anreden würde.

Er legte seine Hände auf ihre weichen, warmen Schultern, ließ sie über die seidige Haut gleiten und spürte ihren Puls, der genauso rasch ging wie seiner. Als er an ihrem Hals entlangstrich, spannten sich ihre Muskeln und sie schluckte, wehrte sich aber nicht. Er war sich nicht sicher, ob er in diesem überwältigenden, schwerelosen Augenblick überhaupt atmete.

»Willkommen, Sklavin«, sagte er dann und ergriff sie bei den Händen, um sie in seine Arme zu ziehen. Er setzte sich und zog sie auf seinen Schoß. Seine Hand fand die Stelle, wo sich ihre vollen Brüste aus dem steifen Korsett wölbten.

Wenn sie seine Frau wäre, würde er sie auffordern, noch tiefer ausgeschnittene Mieder zu tragen. Ihre Figur war wie geschaffen dafür. Doch wenn sie ihm angehörte, würde er ihre Schönheit vielleicht für sich allein haben wollen.

Er hielt sie einfach nur fest, während seine Finger diese sanfte Wölbung erkundeten. Mit ratlosem Lächeln wurde ihm bewusst, dass er nun, da sie sich ihm vollkommen ergeben hatte, nicht weiterwusste. Was *wollte* er denn mit ihr tun?

Sie zärtlich lieben.

Immer.

Er drückte sie fester an sich und rieb sein Gesicht an ihrem seidigen Haar. »Ich wünschte, wir hätten nicht nur diese wenigen Stunden.«

»Weshalb?«

»Dann könnten wir mehr Zeit einfach vergeuden – so wie jetzt.«

Sie rückte ein winziges Stück näher. »Es kommt mir aber gar nicht wie vergeudete Zeit vor.«

»Nein, nicht wahr?« Während sie so nah beieinander saßen, war die Wollust vorübergehend abgeklungen. Er ließ seine Hand über die zarte Haut ihres Nackens bis zum Haaransatz gleiten und sehnte sich danach, sie zu küssen. Er würde sie jedoch nicht noch einmal bitten, die Maske abzunehmen, denn sie hatte sicher ihre Gründe dafür. Vielleicht war sie eine umwerfende Schönheit, die weit und breit bekannt war. Vielleicht hatte sie Pockennarben.

Beides war ihm egal.

Er sog ihren Duft ein, und ohne sich von den lästigen Schnüren ihrer Maske irritieren zu lassen, strich er mit seiner Zunge über ihr Ohr.

Sie schnappte nach Luft. Er lächelte und reizte sie etwas heftiger, erforschte die Biegungen und Wölbungen des Ohrs und das weiche Ohrläppchen. Dann lutschte er sanft daran.

Ihre Hand umklammerte seinen Arm. Er blies sanft in ihr Ohr, nur ein einziges Mal, doch er wusste, wie das hier im Dunkeln für sie klingen würde, während sie so dicht aneinander geschmiegt saßen.

»Ihr könnt doch nicht Liebe mit einem Ohr machen«, sagte sie unsicher.

»Es ist alles möglich.« Und er fuhr fort, zärtlich ihr Ohr zu liebkosen, während er mit einer Hand an ihrem zarten Nacken spielte und mit der anderen ihre Finger umschlungen hielt und ihre wachsende Erregung spürte.

Plötzlich lachte sie japsend auf. »Hört auf!«

Er biss sie leicht ins Ohr. »Ihr habt Euch ergeben, Sklavin.«

»Aber ich will mehr. Bitte!«

Also hob er ihre Hand, und indem er seine darin verschränkten Finger daraus löste, liebkoste er nacheinander jeden einzelnen ihrer Finger. Er lutschte und streichelte jeden in seinem Mund, ging dann zu ihrem weichen Handrücken über und schließlich zu der empfindsamen Mitte ihres Handtellers.

Er biss sie zart in den Ballen unterhalb des Daumens. »Ich habe eine Beschwerde.«

Sie spannte sich an. »Welche?«

»Es gab keinen Brombeerkuchen zum Abendessen.«

Erleichtert lachte sie auf. »Oh, das tut mir leid. Jessie hat wohl keine Zeit gehabt.«

»Ihr braucht mehr Bedienstete, geheimnisvolle Lady.«

»Im Augenblick brauche ich nur Euch.«

Ein verräterisches Zittern ging durch seinen Körper. Er fühlte das Pochen in seinem Glied. Lange konnte das nicht mehr so weitergehen …

Nun – warum eigentlich nicht?

Er setzte sich aufrechter hin und rückte sie so zurecht, dass sie rittlings auf seinem Schoß saß. Sie verkrampfte sich ein wenig. Vermutlich hatte sie es nie zuvor auf diese Weise gemacht. Zum Teufel, sie hatte es ohne Zweifel noch nie anders gemacht als passiv unter ihrem rüpelhaften, ältlichen, stoßenden Ehemann liegend.

Er hoffte, dass das stimmte. Wenn er schon nichts anderes von ihr haben konnte, wollte er wenigstens, dass allein er in ihren Sinnen, ihren heißen Erinnerungen und geheimen Träumen war.

So beherrscht und langsam wie es seine immer dringlicher werdende Lust erlaubte, schob er ihre Röcke beiseite, damit nichts zwischen ihrer und seiner Nacktheit war.

»Was tut Ihr …«

»Schhhh, Sklavin.«

Sie verstummte, blieb aber ängstlich starr.

Er brachte sich in die richtige Position, spreizte seine Beine und schob ihre ebenfalls auseinander. Als wollte sie sich jeden Augenblick von ihm wegdrücken, stemmte sie sich gegen seine Brust, doch er nahm ihre Hände und legte sie auf seine Schultern. »Nein«, sagte er.

Ohne aufzustehen, schälte er sich aus seinem Jackett. Sein Halstuch folgte, dann sein Hemd, das er aus seinen Kniehosen und über den Kopf zog, während sie mit seinen Bewegungen hin und her hüpfte und rutschte, was ihn noch mehr erregte.

Dann legte er ihre Hände auf seine nackten Schultern und zerschmolz fast unter der Süße ihrer Berührung.

Nach einem kurzen Moment ließ sie ihre Hände langsam über seine Schultern bis hinunter zur Armbeuge gleiten, dann zurück zu seinem Hals, wie er es zuvor bei ihr gemacht hatte. Ihre Daumen strichen an seiner Kehle auf und ab, und sicherlich konnte sie spüren, wie er schluckte und wie heftig sein Puls ging.

Dann glitten ihre Hände zu seinem Nacken. Er drückte seine Augen fest zu und hoffte inständig, dass er nicht schon kam – nur durch diese unschuldige, verheerende Berührung.

Ihr heißer nackter Körper war so nah, so bereit dafür! Es gelang ihm, sich zusammenzureißen, als sie ihn mit ihren Fingern ertastete. Sicher ohne zu wissen, dass ihn diese Bewegung beinahe wahnsinnig machte, beugte sie sich vor und legte ihr Gesicht in seine Halsbeuge.

Jetzt machte er sich bereit, sich wegzudrehen, falls sie ihn mitsamt der Maske küssen wollte. Doch er spürte nur ihre Zunge. Während sie darauf achtete, dass die Maske ihn nicht berührte, liebkoste sie seine Haut mit ihrer nassen Zunge.

Länger konnte er sich nicht beherrschen. Er schob seine Hände unter ihre Seidenröcke und befreite sein Glied. Vor Erleichterung aufstöhnend, führte er es in ihren heißen, samtigen Schoß, und während er immer noch damit kämpfte, langsam vorzugehen, unterlag er schon, sein ganzes Bewusstsein nur noch an dieser einen Stelle.

Als sich ihre Hände in sein Haar klammerten, hatte er sogar vergessen, dass er einen Kopf besaß.

Sie bewegte sich, als wolle sie ihn gierig noch tiefer in sich aufnehmen, als wolle sie ihn vollkommen umschließen.

Tief stieß er in ihre glühende Umklammerung hinein.

Er stöhnte irgendwelche Worte. Schmeichelhafte, hoffte er, denn so war es gemeint – sie war einfach perfekt und bereitete ihm höchste Wonne; doch in diesem Moment war sie nur das: seine Wonne. Er nahm und nahm, presste ihre Hüften an sich, bis er sich in ihr auflöste und sie sich in ihm, von seinen Armen umschlungen, ihr feuchtes Haar in seinem suchenden Mund.

Verdammt, er wollte sie endlich küssen!

Er drückte ihren Kopf nach hinten und irgendetwas zerriss, als er das Unterteil ihrer Maske anhob – dann drückte er seinen Mund auf ihren. Sie schrie auf, wehrte sich, doch er küsste sie trotzdem, forderte sein Recht ein, seine Frau zu küssen, und endlich ergab sie sich.

Glückseligkeit.

Schließlich löste er sich von ihr und spürte, wie er gesättigt, zerschmolzen, erfüllt aus ihr herausglitt. »Ich sage es Euch ganz aufrichtig, süße Lady – sollten wir uns je noch einmal küssen, werde ich Euch wiedererkennen.«

Sie nestelte an ihrem Gesicht herum, und er wusste, dass sie ihre alberne Maske zurechtrückte. »Dann besteht ja keine Gefahr«, gab sie trocken zurück. »Ich habe nämlich nicht die Angewohnheit, umherzuspazieren und fremde Männer zu küssen.«

»Ich bin kein Fremder mehr für Euch. Nie mehr.«

Aber er hatte die Regeln verletzt und hielt deshalb vorsichtshalber ihre Röcke fest, damit sie nicht etwa fliehen konnte.

Alles, was sie sagte, war jedoch: »Versprecht mir, dass Ihr das nicht noch einmal tut.«

»Hat es Euch nicht gefallen?« – »Doch.«

Er seufzte über ihre wunderbare Ehrlichkeit und zog sie in seine Arme. »Warum also nicht? Warum? Wozu braucht Ihr im Dunkeln eine Maske?«

»Ich habe meine Gründe. Ihr müsst es versprechen.«

»Aber Ihr seid meine Sklavin. Ihr habt Euch ergeben.«

»Das gilt nicht hierfür.«

»Für alles.«

»Nein.« Sie versuchte sich zu befreien und merkte, dass es nicht ging. »Nicht«, flüsterte sie, »zerstört es jetzt nicht.«

Er wollte gerne darauf bestehen und sie seinem Willen unterwerfen. Er hatte gedacht, er könnte es. Doch zugleich wusste er, dass er es nicht konnte. »Sagt mir, warum Ihr die Maske tragen müsst.«

»Das kann ich nicht.«

»Es ist dunkel. Ich kann Euch nicht sehen. Verbindet mir meinetwegen die Augen!«

»Darum geht es nicht. Hört auf damit, sonst muss ich gehen.«

Er unterdrückte die zornigen Worte, die auf seinen Lippen brannten. »Aber Ihr habt nichts gegen Küsse?«

»Nicht prinzipiell.«

»Dann sagt mir, wie ich Euch küssen kann. Ich muss es einfach tun.«

Sie lehnte sich gegen ihn, ihr Atem ging stoßweise wie seiner.

Nach kurzem Schweigen sagte sie: »Lasst mich gehen, damit ich die Maske wieder befestigen kann.«

Erneut wollte er widersprechen, doch das war nun eindeutig ihre Grenze. So sehr es ihm auch missfiel, er half ihr von seinem Schoß herunter; dann hörte er, wie sie das Zimmer verließ.

Vielleicht würde sie nicht zurückkommen.

Was bedeutete es, wenn ein Mann eine köstliche Nacht voller Liebesfreuden aufs Spiel setzte, um einen einfachen Kuss zu bekommen?

Er ließ den Kopf in die Hände sinken und konnte all das kaum glauben. An übersteigerter Dramatik hatte er bislang noch nie Gefallen gefunden.

Auch jetzt fand er keinen Gefallen daran.

Er war in eine echte Tragödie geraten.

Er war überzeugt, dass der zwischen ihnen bestehende Zauber überall erwacht wäre, egal wo sie sich begegnet wären. Wenn das Schicksal ihnen gnädig gewesen wäre, wäre es bei einer Versammlung gewesen, bei einer Teegesellschaft oder sogar auf einem Jahrmarkt. Dann hätte er sie umwerben und auf die übliche Weise gewinnen können.

Stattdessen war ihnen dies hier beschieden: Masken, Dramatik und qualvolle nächtliche Geheimnisse.

# 12

Die Tür ging auf, und er dankte dem Himmel, dass sie zurückgekommen war. Sie tastete sich zu ihm hinüber, und als eine suchende Hand seine Wange streifte, ergriff er sie und zog Rosamunde behutsam auf seinen Schoß zurück. Beschämt wurde ihm bewusst, dass seine Kleidung immer noch in Unordnung war; ein Gentleman mit guten Manieren und einem letzten Funken Verstand hätte sich etwas zurechtgemacht, während sie draußen war.

»Wenn Ihr es immer noch wollt«, flüsterte sie, »könnt Ihr mich jetzt küssen.«

Wenngleich er kaum zu hoffen wagte, erkundete er mit seinen Fingern den Pfad entlang ihres Armes hinauf zu ihrer Schulter, die Vorderseite ihres schlanken Halses hoch zu ihrem festen Kinn.

Als er mit der Hand seitwärts strich, stellte er fest, dass die Maske immer noch da war – doch der untere Teil war abgeschnitten, sodass Kinn und Lippen unbedeckt waren. Trotz ihrer spürbaren Anspannung folgte er dem ausgefransten Rand nach oben, über die Nase hinweg und auf der anderen Seite wieder hinunter.

Aus der Ganzgesichtsmaske war jetzt eher eine Venezianische Maske geworden, und er fragte sich, warum sie sich nicht gleich darauf beschränkt hatte. Neugierig erkundete er ein bisschen mehr, und seine Finger trafen auf weiche, volle Lippen. Ein gütiger, verletzlicher Mund, der zum Küssen einlud. Er hatte gewusst, dass er so sein würde. Als er die Konturen mit dem Finger nachzeichnete, entdeckte er nichts Unbekanntes, nur, dass ihre Lippen zuckten, als würde er sie kitzeln.

Zu gerne hätte er eine Erklärung dafür gehabt, doch er wollte nicht riskieren, das kostbare Geschenk ihrer Lippen wieder zu verlieren. Er neigte ihren Kopf nach hinten und legte seinen Mund auf ihren, verharrte dann aber einen Augenblick wie vor einem Heiligtum. Sie war es, die ihre Finger in sein Haar schlang und ihn dichter heranzog.

Obwohl er sich der Maske immer noch bewusst war, ergab er sich. Vollkommene, wunderbare Lippen – weich unter den seinen, ein herrlich hungriger Mund. Während sie sich immer inniger küssten, bis sie schließlich miteinander zu verschmelzen schienen, wurde der Kuss zu einer eigenen Form von Vereinigung, die auf ihre Weise vollkommen war, und als sie sich voneinander lösten, fühlte er sich fast genauso befriedigt und erschöpft wie nach dem Beischlaf.

Fast.

Ihre Hand strich über sein Gesicht. »Danke. Ihr hattet Recht. Ich würde es mir nie verzeihen, wenn ich dies versäumt hätte. Jede einzelne Sekunde hiervon. Ich möchte, dass Ihr das wisst. Bei Tagesanbruch muss es enden, aber was immer auch kommen mag, Ihr habt mir etwas sehr Kostbares geschenkt.«

So unvermittelt, dass man es beinahe hätte hören müssen, brachen seine Willenskraft und Selbstbeherrschung. »Es muss nicht bei Tagesanbruch enden.«

Ihre Hand brachte ihn zum Schweigen. »Es muss.«

Er hielt ihre Hand an seinen Lippen fest und sagte: »Komm mit mir. Es wird einen Skandal geben, ja, aber in meinen Kreisen akzeptieren die Leute Skandale.«

Er war, ohne es selbst zu merken, zum vertraulichen Du gewechselt. Rosamunde bemerkte es mit wohligem Schauer – und tat es ihm gleich. Es ging so leicht und war so selbstverständlich!

»In deinen Kreisen. Jemand hat mir erzählt, dass Brand Malloren ein Lord ist. Und sein Bruder ein Marquis.«

»Ja.«

»Warum hast du mir das nicht gesagt?« – Es überraschte ihn, dass sie deswegen gekränkt sein könnte. »Nicht aus böser Absicht, ich schwöre es. Ich wollte dich nicht beunruhigen. Und außerdem bin ich gar nicht sonderlich vornehm. Ich bin Gutsverwalter meines Bruders, mehr nicht.«

»Ja sicher – Verwalter von riesigen Ländereien.«

»Wenn wir schon von Ehrlichkeit sprechen, solltest du mir eigentlich deinen richtigen Namen sagen.«

Sie zog ihre Hand zurück. »Ich kann nicht. Das ist die schlichte, einfache Wahrheit. Nicht meinetwegen, sondern wegen anderer Menschen. Und ihretwegen kann ich auch nicht einfach mit dir weglaufen.«

In ihm regte sich Zorn.

Er wusste, dass er keine flatterhafte Verführerin vor sich hatte. Sie war eine Frau, die an ihrem Vorsatz festhalten würde. Hatte ihm die Tatsache, dass sie stark war, wirklich gefallen?

Was war es, das sie so absolut aneinander fesselte?

Wie konnte er diese Fesseln sprengen?

»Würdest du mit mir durchbrennen, wenn du frei wärest?«, probierte er es. »Nicht unverheiratet, aber frei von dem, was dich bindet?«

»Ist man jemals wirklich frei? Doch ja, ohne zwingende Verpflichtungen könnte ich mir das vorstellen. Es ist bitter für mich, meine Schwäche einzugestehen, doch es ist die Wahrheit. Aber ich bin gebunden. Ich möchte, dass du mir versprichst, dass du niemals versuchen wirst, mit mir in Kontakt zu treten, nachdem wir auseinander gegangen sind. Bitte. Es ist wichtig.«

Er schob sie behutsam von seinem Schoß herunter und stand auf, um sie zu entkleiden.

»Das kann ich nicht versprechen. Um dessentwillen, was uns verbindet, um deiner Redlichkeit willen werde ich versuchen, zu tun, was du willst. Ich verspreche, es zu versuchen, kann jedoch nicht versprechen, dass es mir gelingt. Auch für mich ist es ungewohnt, schwach zu sein – du hast mich verändert und ich kenne mich selbst nicht mehr wieder. Ich habe mich nicht unter Kontrolle.«

Seine ungeschickt an ihrem Kleid herumnestelnden Hände bestätigten seine Worte.

Ihr Erbeben ebenfalls. »Ich bin nach wie vor dieselbe. Es ist nicht richtig …«

Er hörte nur halb hin, weil er mehr darauf bedacht war, schleunigst ihre Korsettbänder zu lösen.

»Ich bin diskret«, versicherte er ihr, während er heftig an den Bändern zog und zerrte, bis das Korsett so weit gelockert war, dass er es ihr über ihren Kopf ziehen und wegschleudern konnte.

»Diskretion reicht mir nicht. Ich wünschte, du würdest es versprechen.«

»Ich gebe keine Versprechen, die ich nicht halten kann. Du?«

»Nein.«

»Dann versprich mir eins.«

»Was?«

Er schlang von hinten seine Arme um sie.

»Wenn du nicht mit mir kommst«, flüsterte er in ihren Nacken, »versprich mir, dass du mich rufen wirst, falls du je in einer Notlage bist. Egal, in welcher. *Versprich es.*«

Nach ein paar tiefen Atemzügen fragte sie: »Wie soll das gehen?«

»Eine Nachricht zum Malloren House in London wird mich jederzeit erreichen. Marlborough Square. Oder adressiert zu Händen des Marquis von Rothgar. Versprich es.« Ihm war bewusst, dass sein Griff immer fester wurde. Er konnte nichts dagegen tun.

»Wir sollten besser nicht …«

»Nur für den Notfall. *Versprich es!*«

»So ein Notfall wird nicht eintreten!« Gegen ihn ankämpfend, keuchte sie: »Ich habe einen guten Ehemann und eine liebevolle Familie. Ich werde dich nicht brauchen. Ich stehe nicht allein in der Welt!«

Schlagartig ließ er sie los. »Dann wünschte ich, du würdest es.« Er mühte sich jetzt mit den Unterrockbändern an ihrer Taille ab und erreichte nur, dass sie sich heillos verknoteten. Verärgert – über die Bänder, über die Dunkelheit, über Rosamunde – zerriss er sie mit seinen bloßen Händen.

»Hör auf!«, protestierte sie. »Du machst ja Lumpen aus meinen Kleidern!«

Ohne auf ihren Protest zu achten, hob er sie in die Höhe, sodass der Unterrock zu Boden fiel, zerrte ihr Baumwollhemd weg und hielt sie endlich völlig nackt in seinen Händen. Einen Augenblick lang fast atemlos, ließ er die Hände auf ihrer Taille ruhen.

»Versprich es mir«, sagte er abermals und versuchte dabei so vernünftig zu klingen, wie er normalerweise war, und nicht unbeherrscht, wie er zu werden drohte. »Versprich mir, dass du nach mir schicken wirst, wenn du jemals in irgendeiner Notlage bist.« Langsam ließ er seine Hände höher gleiten, bis sie auf ihren üppigen Brüsten lagen. *»Versprich es mir.«*

Er konnte ihre Atemzüge hören und unter seinen Händen spüren. »Wie wäre es, wenn ich dich herbeirufe, um mein Liebessklave zu sein, wann immer ich danach Verlangen habe?«

»Ich kann mir nichts Herrlicheres vorstellen.«

»Das ist doch töricht!«

»Versprich es.«

»Na gut!«, stieß sie hervor. »Aber es wird dir nichts nützen, denn ich werde niemals in diesem verzweifelten Zustand sein.«

»Eigentlich sollte ich hoffen, dass du Recht hast, doch ich tue es nicht. Ich bin nicht sicher, ob ich ohne dich leben kann.« Er war verrückt, das zu bekennen. Eindeutig verrückt. Aber es war ihm egal.

»Wir haben nur die heutige Nacht – mehr nicht.«

Ohnmächtige Wut flackerte in ihm auf, weil er fürchtete, dass sie Recht hatte. Er verstand weder ihre Lage, noch ihre Familie, noch ihren Mann, aber er kannte sie. Er kannte sie mit seinem Leib und seiner Seele. Was immer sie hierzu getrieben hatte – und »getrieben« war durchaus das richtige Wort –, sie war keine Frau, die offen in Sünde leben konnte.

So unerträglich der Gedanke auch war, sie würde niemals ihm gehören. Bei Tagesanbruch würde sie verschwinden, ihr normales Leben wieder aufnehmen und ihn aus ihren Gedanken verbannen.

Doch nicht aus ihrer Erinnerung und aus ihren Träumen. Dafür würde er sorgen!

Er ließ sie los und begann sich auszuziehen. »Deine Situation ist ganz anders als meine«, sagte er; seine Worte wählte er dabei sorgfältig wie Waffen. Er schlüpfte aus seiner Unterhose und stand schließlich so nackt da wie sie. Nackter als sie, denn er trug keine Maske. »Ich werde wohl kaum enthaltsam bleiben. Wenn ich will, kann ich schon morgen für Abhilfe sorgen. Und du?«

»Ich brauche keine *Abhilfe.*«

»Lügnerin.«

Er kam einen Schritt näher an ihre schemenhafte Gestalt heran, und sie wich zurück. Er sollte das nicht tun, schalt er sich. Er sollte die Zeit lieber nutzen, um ihr all seine Liebe zu schenken, und nicht, um seine Wut auszulassen. Er sollte sie nicht dazu drängen, ihr Verlangen, ihre Versuchung zuzugeben. Sollte nicht versuchen, ihr bisheriges Leben zu zerstören.

Sie zog sich nicht weiter zurück, sondern reckte trotzig ihr Kinn in die Höhe. »Ich habe bei dem, was wir vorhin gemacht haben, keine Abhilfe gefunden.« Ihr Ton war jetzt barsch wie seiner.

Sie hatte Recht. Er hatte sich keinerlei Gedanken über ihre Befriedigung gemacht. Ein kläglicher Anfang.

»Aber das ist vielleicht gut so«, fuhr sie ruhig fort. »Nach dieser Nacht werde ich so etwas nie wieder tun, also ist es sogar besser, wenn es eher enttäuschend ist.«

Er packte sie am Handgelenk. »Reiz nie einen Löwen, mein Schatz, wenn du ihn nicht brüllen hören willst.« Er zerrte sie aufs Bett zu. Sie sträubte sich.

»Sklavin?«, erinnerte er sie.

»Herrin?«, fauchte sie zurück. »Mylord?«

Unvermittelt ließ er sie los. »Du kannst gehen, wenn du willst.«

Er hielt den Atem an. Würde sie wirklich …? Und wenn er auf die Knie sank und sie anflehte?

Doch nach kurzem Schweigen trat sie näher, suchte seine Hand und legte sie wieder um ihr Handgelenk. »Mylord?«

Beinahe hätte er sie stürmisch in seine Arme gerissen, doch das hätte nicht zu dem Spiel gepasst, das sie gerade spielten. »Sklavin«, flüsterte er. »Liebessklavin.« Sollte sie das auslegen, wie sie wollte.

Dann zog er sie zum Bett, dessen Decke er schon einladend zurückgeschlagen hatte.

Er legte sie auf den Rücken, zog ihre Hüften zum Bettrand hin und drückte mit seinen Händen ihre Beine weit auseinander. Er hörte, wie sie nach Luft schnappte, und hielt inne. Er hatte sich genügend unter Kontrolle und wäre niemals wirklich über sie hergefallen.

Unvermittelt entspannte sie sich, ergab sich ihm. Um sicherzugehen, berührte er ihre Hand und stellte fest, dass sie locker neben ihrem Oberschenkel auf dem Laken lag. Er hob sie an und küsste sie, küsste dann die Innenseite ihres Handgelenks, wie er es vor Ewigkeiten schon einmal getan hatte, und strich mit seinen Lippen bis zur Beuge ihres Ellenbogens hinauf.

Ihre Hand weiterhin in seiner haltend, ließ er seine andere Hand zwischen ihre Schenkel wandern. »Gehorchst du jedem meiner Wünsche, Sklavin?«

»Ja, Mylord.«

»Dann befehle ich dir, dich fallenzulassen und einfach zu genießen.« Insgeheim fügte er hinzu: *Und es nicht zu vergessen.*

Sie wehrte sich nicht, also begann er, sie mit der Hand zu erregen, während er mit seinem Mund ihre Brüste liebkoste. Der Druck ihrer Hand verriet ihm den Grad ihrer Leidenschaft, zeigte ihm an, wie er vorgehen sollte: schnell oder langsam, sanft oder kräftiger.

Als ihre auf und ab wogenden Hüften ihn belohnten, verlangsamte er sein Streicheln und hoffte, dass sie ihre andere Hand bereithielt, um ihren Mund zu bedecken, falls sie schreien würde.

Doch zum Teufel, wenn ihre Schreie Zeugen herbeiriefen, würde er vielleicht bekommen, was er wollte: sie – zu seiner lüsternen Geliebten.

Voller Genugtuung vernahm er ihr tiefes Aufstöhnen, ein Laut, den sie gewiss nie zuvor ausgestoßen hatte – da ging er jede Wette ein. Ein geheimes, kehliges Stöhnen nur für ihn. Er würde es sicher noch öfter hören. Er hatte sich völlig in der Gewalt und könnte, wenn nötig, noch stundenlang weitermachen.

Er setzte sein Streicheln fort, während sie ihren Körper vor Wollust hin und her wand. Kurz bevor sie so weit war, verlangsamte er wieder seine Bewegungen. Sie nahm ihre Füße hoch, stellte sie auf die Kante des Betts und rutschte mit ihren Hüften zurück. Jetzt hörte er ganz auf.

»Komm, komm wieder runter, Liebling.«

Mit einem Seufzer entspannte sie ihre Hüften und rollte sich zurück. »Hör auf, bitte …«

»Schhhh. Schhhh. Leise«, murmelte er und knabberte an ihren feuchten, festen Brustspitzen.

»Scheusal.«

»Sklavin.«

»Ich hasse dich.«

»Tust du nicht.«

Er begann erneut sie zu streicheln und sah, wie ihr Körper umgehend lustvoll erschauderte. »Ich werde es nicht tun.« Sie sprach nicht vom Hassen, sondern vom Orgasmus. Sie wollte dagegen ankämpfen.

Er grinste. »Doch, das wirst du.«

Und sie tat es, auch wenn sie sich so dagegen wehrte, dass sie auf dem Bett einen regelrechten Ringkampf mit den seltsamsten Verrenkungen vollführten.

Erst nachdem sie sich ergeben hatte – als sie erhitzt, verschwitzt, matt und ganz ihm gehörend dalag –, schob er sich auf sie, um in sie einzudringen.

»Wenn ich tot bin«, murmelte sie, »wende dich an Diana. Sie wird dir helfen, von hier wegzukommen.«

Er hatte keine Ahnung, wer Diana war, dafür aber inzwischen eine Vorstellung von Rosamundes Temperament. Welche Lebenslust lag unter ihrer ruhigen Art verborgen! Sie verdiente mehr als das laue Leben, das sie führte.

»Komm mit mir, wenn ich gehe«, sagte er, während er sich über ihr abstützte und sie mit seinem Glied neckte. »Dann können wir das hier jede Nacht tun. Jede einzelne Nacht.« Behutsam drang er in sie ein, Zentimeter für Zentimeter. Ihre Hüften schoben sich ihm verlangend entgegen.

»Das wäre mit Sicherheit mein Tod.«

»Nein, verdammt. Dann würdest du *leben!*«, entgegnete er. Und senkte sich tief in sie hinein.

Sie kam wieder jäh zum Höhepunkt, viel schneller als er es erwartet hatte.

Befreit kam auch er bald zur höchsten Lust und beschloss alles mit einem Kuss, der so verzweifelt war wie alles andere zwischen ihnen.

Sie hatte Recht.

Dies hier konnte sie zugrunde richten.

Doch er würde zumindest in wilder Leidenschaft untergehen.

»Wie spät mag es wohl sein?«, fragte sie.

Ihm war klar, dass Zeit verronnen war, doch er hatte keine Ahnung, wie viel. Minuten? Tage? Es war immer noch dunkel und sie lag kraftlos neben ihm, und immer noch waren sie ineinander verschlungen. Der Ton ihrer Stimme entsprach dem, was er empfand: Sie klang fast bis zur Bewusstlosigkeit erschöpft.

Eine entfernte Kirchturmuhr ersparte ihm die Antwort. Zwölf Schläge.

»Mitternacht.« Sie bewegte sich leicht hin und her, als wollte sie ihren Körper an eine neue Haut anpassen. Er legte seine Hand auf ihren Bauch, strich über die seidige Wölbung und wünschte sich, er könnte sie so sehen und den Anblick ihres gesättigten Körpers genießen.

Irgendwann würde er sie so sehen. Sie gehörte zu ihm. Er musste es ihr nur beweisen.

Noch vor Tagesanbruch.

»Noch etwa sechs Stunden«, sagte er und vergrub eine Fingerspitze in ihrem Bauchnabel.

Sie krümmte sich weg. »Lass das!«

Er hielt sie fest. »Warum?«

»Es kitzelt.«

Lachend drückte er sie nieder, küsste ihren Bauchnabel und fuhr mit der Zunge darin umher. Sie schubste ihn weg, und sie rangen miteinander, bis er sich von ihr auf die Matratze drücken ließ. Sie war flink und stark und hatte keine Scheu davor, unfair zu kämpfen. Noch eine wunderbare Überraschung.

Dann spreizte sie seine Beine und drückte seine Arme aufs Bett – obwohl ihr natürlich klar sein musste, dass er diesen Griff jederzeit lösen konnte, wenn er gewollt hätte. Nun senkte sie ihren Kopf, um *seinen* Bauchnabel zu küssen und mit ihrer Zunge zu kitzeln. Seine Bauchmuskeln spannten sich an und sein Glied regte sich wieder.

»Gefällt dir das?«

»Es gefällt mir.«

Mit einem Geräusch, das wie ein Schnurren klang, begann sie seinen Oberkörper zu lecken, mit kurzen und langen Strichen, sich über ihm hin und her schlängelnd, um jede einzelne Stelle zu erreichen.

»Warum stöhnst du?«, fragte sie, mit Schalk in der Stimme.

»Weil ich mich wie eine an Land gezogene Forelle fühle.«

»So nass?«

»So hilflos.«

»Soll ich aufhören?«

»Niemals.« Er wiederholte bewusst frühere Worte von ihr. Beide kämpften gegen das Morgengrauen an.

»Was würde dir sonst noch gefallen?«, fragte sie, während sie ihre Zunge wieder um seinen Bauchnabel kreisen ließ.

»Berühre mich.«

Sie gab nicht vor, es falsch zu verstehen. Sie ließ seine Handgelenke los und glitt nach unten, um mit sanften, neugierigen Fingern sein Geschlecht zu erkunden. Er konzentrierte sich darauf, sich so lange wie irgend möglich zu beherrschen, während sie ihn umfasste und mit ihm spielte, mit der Hand bis zur Spitze strich und wieder zurück.

Dann war es mit seiner Beherrschung vorbei. Er packte sie, rollte sie herum und tauchte tief ein in sie und in die wilde Leidenschaft.

Und so ging es die ganze Nacht hindurch – spielend, erforschend, neckend, quälend. Es war die wildeste, süßeste Leidenschaft, die er je erlebt hatte, mit einer Frau, die für die Liebe geboren und bereit war, mit Freude und Hingabe zu lieben.

Sie fand Vergnügen an jedem neuen Kniff, den er sich für sie ausdachte, und erfand selbst ein paar hinzu.

Es musste jedoch auch Ruhephasen geben, und in der schläfrigen Tiefe der Nacht hielt sie ihn in ihren Armen, während er von sich erzählte. Es war ihm vollkommen klar, dass sie sich wenig aus seinem dahinplätschernden Redefluss machte, doch er wollte versuchen, sie mit seiner Lebensgeschichte zu gewinnen. Er würde ihr seine ganze Seele offenbaren, wenn sie dadurch die Seine würde.

Er erzählte ihr von den glücklichen Jahren seiner Kindheit, und sie erzählte ihm im Gegenzug ein paar Erinnerungen aus ihrer eigenen. Es freute ihn zu hören, dass sie diese Zeit genossen hatte, und es überraschte ihn nicht im Geringsten zu hören, dass sie ein ziemlicher Wildfang gewesen war.

Er berichtete ihr auch vom plötzlichen Fiebertod seiner Eltern, der mit einem Schlag alles völlig verändert hatte, und sie streichelte ihn tröstend und küsste zärtlich sein Haar. Er wusste, dass sie zumindest noch eine liebevolle Mutter hatte, trotzdem schien sie zu verstehen, welch lähmender Schock es für ihn gewesen war.

Vielleicht verstand sie auch, was es für ihn und die anderen, vor allem für die kleinen Zwillinge, bedeutet hatte, als Bey darum gekämpft hatte, sie alle zusammenzuhalten.

»Bey war erst neunzehn.«

»Bey?«

»Mein älterer Bruder – eigentlich mein Halbbruder, der Marquis von Rothgar. Wir sind alle nach angelsächsischen Helden benannt; das war ein spezielles Interesse unseres Vaters. Ich bin froh, mit dem Namen Brand davongekommen zu sein. Als Ältester wurde der arme Bey auf den Namen Beowulf getauft, und Vater redete ihn mit sichtlichem Vergnügen so oft er konnte mit dem vollen Namen an.«

Sie kicherte. »Also hat er statt dessen den Namen eines orientalischen Prinzen angenommen.«

»Bey passt gut zu ihm. Nachdem er so jung und so plötzlich die Verantwortung für uns alle übernehmen musste, ist er ein selbstherrlicher Teufel geworden. Obwohl er nach dem Tod unserer Eltern weder über die nötige Kraft noch über Autorität verfügte, ist es ihm gelungen, sich durchzusetzen. Ich war damals erst zwölf und habe vor Kummer von allem, was sich abspielte, nicht viel mitbekommen. Aber wie ich später erfuhr, wollten alle uns auseinander reißen, um Bey die Last abzunehmen, für seine Geschwister sorgen zu müssen. Er jedoch war wild entschlossen, alles so unverändert wie möglich zu lassen ... Damals habe ich es einfach hingenommen«, fuhr Brand fort, während er mit blicklosen Augen in die Vergangenheit starrte. »Er ließ uns nicht einmal wissen, dass wir von Veränderungen bedroht waren, obwohl wir es ahnten und beunruhigt waren. Die Zwillinge waren einmal einen ganzen Tag lang verschwunden. Schließlich fand man sie in einem Schrank unter der Speisekammertreppe, den wir zuvor schon durchsucht hatten – sie waren also von einem Versteck zum nächsten gezogen. Es muss eine erdrückende Verantwortung für ihn gewesen sein. Dabei war er zuvor eher leichtsinnig.«

Dann brach er trotz der verlockenden Dunkelheit ab, denn einen Großteil der Geschichte kannte er nur vom Hörensagen. Wie er später erfahren hatte, machte sich sein Bruder für den Tod ihrer Eltern verantwortlich, und das nicht ohne Grund.

Er hatte sich bei einem seiner wilden Abenteuer ein Fieber zugezogen und zwischen Leben und Tod geschwebt. Seine Stiefmutter hatte ihn liebevoll gepflegt und ihm das Leben gerettet, sich dadurch jedoch bei ihm angesteckt. Der Marquis hatte die Anordnungen des Arztes, sich von seiner geliebten Frau fernzuhalten, missachtet, und war ebenfalls der Krankheit erlegen.

Die kleineren Kinder waren in dieser Zeit in einem entfernten Flügel untergebracht worden, was den Schock für sie noch vergrößert hatte. Als man sie dorthin verbannt hatte, war ihr Halbbruder schwer krank, was schlimm genug war. Als sie wieder heraus durften, waren ihre wundervollen Eltern gestorben und Bey – noch immer bleich und mager von der Krankheit – war jetzt Marquis von Rothgar und ihr einziger Schutz gegen die Welt.

»Das hat sicher viel Mut erfordert«, sagte Rosamunde, während ihre Hand beruhigend in seinem Haar spielte.

»Unglaublich viel Mut. Keiner würde ihm einen Vorwurf gemacht haben, wenn er die Familie hätte auseinander brechen lassen. Ich glaube, er wurde sogar dafür kritisiert, es nicht getan zu haben. Viele Leute hielten ihn für zu wild, um sich um uns zu kümmern.«

Wieder unterbrach er sich, damit er nicht auch noch den Wahnsinn erwähnte. Bey war nicht verrückt. Es hatte nie Anzeichen dafür gegeben. Aber seine Mutter war verrückt geworden, und das hing wie ein drohender Schatten über ihm. Bis zu dem Zeitpunkt, an dem sie ihr neugeborenes Kind umgebracht hatte, war seiner Mutter nichts von einer Geisteskrankheit anzumerken gewesen.

»Die Menschen tun, was sie tun müssen«, sagte sie. »Wenn sie Mut brauchen, finden sie ihn.«

»Manche Menschen.« Dann fragte er sich, ob sie damit wohl sich selbst meinte, und wünschte sich den Schlüssel, mit dem er ihr Innerstes öffnen konnte. Er unterdrückte diesen Anflug von Groll und begann, ein wenig von seinen harmloseren Abenteuern zu erzählen.

»Und wie kam es, dass du Gutsverwalter deines Bruders geworden bist?«

»Ich weiß nicht, wie vertraut du mit den Gepflogenheiten in aristokratischen Familien bist. Um zu verhindern, dass der Familienbesitz in immer kleinere Teile zerfällt, geht nahezu alles an den ältesten Sohn über. Die jüngeren Söhne und Töchter erhalten einen bestimmten Anteil, normalerweise aus dem Besitz, den ihre Mutter mit in die Ehe gebracht hat. Auf diese Weise werden die ursprünglichen Besitztümer nicht zerstückelt. Von den jüngeren Söhnen wird erwartet, dass sie ihren eigenen Weg gehen. Kirche, Armee und Marine – das sind die üblichen Laufbahnen.«

»Ich kann mir dich kaum als Pfarrer vorstellen.«

Er lachte. »Und Bey wollte nicht, dass einer von uns zur Armee oder zur Marine geht. Er hält sie für barbarische und schlecht geführte Institutionen. Ich war schon immer an

Landwirtschaft interessiert, und so habe ich diesen Weg gewählt.«

»Und was wäre geschehen, wenn du lieber ein schneidiger Offizier geworden wärst?«

»Genau das, was geschah, als mein jüngster Bruder diese Richtung einschlug. Heftige Streitereien und Hausarrest.«

»Meine Güte. Und was ist dann passiert?«

»Cyn ist heute Major.«

»Also bellt dein Bruder zwar, aber er beißt nicht?«

»Nicht mehr als ich, liebe Lady.« Um seine Aussage zu bekräftigen, zwickte er sie mit den Zähnen. »Bey hat besonders scharfe Fangzähne und benutzt sie auch. Aber letzten Endes möchte er für uns alle nur das Beste. Cyn liebt die Armee und ich bin glücklich mit Rüben und eingezäunten Grundstücken.«

Sie zwickte ihn zurück. »Ich bin froh, dass du ein ausgefülltes Leben hast.«

Er hatte sich wieder ihrer Brust zugewandt, hielt aber inne. »Ohne dich wird es unerfüllt sein.«

Sie antwortete nicht mehr darauf. Die ganze Nacht über war er immer wieder auf dieses Thema zurückgekommen, hatte versucht, sie umzustimmen, und wollte einfach nicht glauben, dass er am Ende verlieren würde. Seufzend machte er sich daran, das Einzige zu tun, wozu er in der Lage war – die Erinnerung an ihn in ihren Körper, ihren Geist und ihre Seele einzubrennen.

Und seinerseits Erinnerungen an sie zu sammeln.

Doch selbst wenn jede einzelne Minute kostbar ist, fordert die Natur ihr Recht, und Menschen sind keine Maschinen. Immer noch einander umschlingend und über ihre letzte Verrenkung lachend, kamen sie schließlich zur Ruhe, und der Schlaf stahl ihnen den Rest ihrer Nacht.

Als Rosamunde erwachte, war ihr ihre Lage sofort bewusst, und in ihren Augen brannten Tränen.

Sie waren nur mit dem Laken bedeckt, und sie fröstelte ein wenig. Er lag ein Stück von ihr entfernt auf dem Bauch, hatte aber den Arm um sie gelegt, wie um sie zu trösten und seinen Besitz festzuhalten.

Besitz.

Immer wieder in dieser leidenschaftlichen Nacht hatte er sie gebeten, mit ihm zu gehen, hatte er herausfinden wollen, weshalb sie so fest an diesen Ort gebunden war, was für eine Art Bindung es war, die offenbar so viel stärker war als das, was zwischen ihnen entstanden war.

Irgendwann hatte sie es aufgegeben, mit ihm zu streiten. Sie konnte ihm die Wahrheit nicht sagen, und auch wenn sie es tat, war sie nicht sicher, ob er es einsehen würde. Nach dem Vorbild romantischer Dichter erwartete er von ihr, dass sie aus Liebe zu ihm alles andere aufgab.

Liebe.

Denn genau das war es. Sie konnte es nicht länger leugnen.

Und draußen signalisierte die silbrige Morgendämmerung das Ende.

Sie rutschte vorsichtig zu ihm hin, um ihn in dem schwachen, verschwommenen Licht zu betrachten. Was war mit ihnen geschehen, nicht nur in der vergangenen Nacht, sondern im Laufe dieser außergewöhnlichen Tage?

Eine Intimität war entstanden, eine Vertrautheit, die tiefer ging als bis auf die Haut.

Es war ein bisschen so wie die Verbundenheit mit Diana, der weder räumliche Entfernung, Veränderungen, geschweige denn Meinungsverschiedenheiten etwas anhaben konnten.

Jene Freundschaft hatte jedoch schon in der Kindheit begonnen und beruhte nicht auf einer kurzen Begegnung. Wie war es möglich, dass sie sich mit einem Fremden genauso verbunden fühlte? Alles war jedoch da – das gemeinsame Lachen, das gegenseitige Vertrauen, das Wunder, sich sofort unterhalten zu können, gemeinsame Interessen zu haben, sich instinktiv zu verstehen. Ein Gefühl der Sicherheit, das sich durch nichts zerrütten ließ.

Sie schniefte und schluckte. Sie weigerte sich, dieser Kostbarkeit den Glanz zu nehmen, indem sie sie leugnete. Sie und Lord Brand Malloren hatten hier etwas sehr Wertvolles gefunden; eine Verbindung, die sie sich nie hätten träumen lassen, war durch puren Zufall zustande gekommen.

Aber ihre Beziehung war so sinnlos, wie Samen auf einem Felsen auszustreuen.

Unter normalen Umständen wären sie sich niemals begegnet – der Sohn des Marquis und die Tochter des Gutsbesitzers. Mit Sicherheit hätten sie niemals ihre traditionsgebundenen Schalen geknackt und das sie verbindende pulsierende Gemeinsame darunter gefunden. Und nun musste sie diese Schalen durch einen Verrat wieder fest verschließen.

Wenn er versprochen hätte, sie auf keinen Fall ausfindig zu machen, hätte sie vielleicht darauf verzichten können. Diana würde es nicht gutgeheißen haben, doch sie selbst würde seinem Versprechen trauen. Die ganze Nacht hindurch hatte er sich jedoch bemüht, sie umzustimmen, und sie konnte nicht sicher sein, dass er nicht doch versuchen würde, sie zu finden.

Also musste sie dafür sorgen, dass es ihm auf keinen Fall gelingen würde.

Sie musste ihm das Betäubungsmittel verabreichen.

Einen kurzen Moment lang stellte sie sich die verrückte Alternative vor. Sie könnte näher an ihn heranrücken, seine Haut küssen, wie sie es so oft in der Nacht getan hatte, seinen Geruch einatmen, den sie fortan überall erkennen würde. Sie könnte aus reiner Freude an der Berührung die muskulösen Konturen seines Körpers erkunden und ihm erklären, dass sie auch über den Tagesanbruch hinaus sich ihm ergeben würde.

Dass sie mit ihm durchbrennen würde. Dass es ihr nichts ausmachte, alles, was sie kannte und liebte, für ihn aufzugeben. Dass sie bereit war, zu einer gefallenen Frau zu werden, die von der anständigen Gesellschaft gemieden wurde, wenn sie dafür in seine Arme sinken könnte.

Und das Erschreckende war, dass das alles stimmte. In diesem verrückten Augenblick empfand sie genau das. Später würde sie es natürlich bereuen, aber die Angst vor zukünftigem Schmerz würde sie nicht davon abhalten, sich dem augenblicklichen Sinnentaumel hinzugeben, wenn Schmerz der einzige Preis wäre, den sie zu zahlen hätte.

Doch das war nicht der Fall.

Sie konnte sich von ihrem Heim und ihrem gewohnten Leben losreißen, ihren Ruf verlieren und sich vielleicht einreden, dass die dafür gewonnene Liebe alles wert sei. Doch ihren Pflichten konnte sie sich nicht entziehen.

Ihren Pflichten Digby und Wenscote gegenüber.

Sie seufzte. Konnte sie ihm die ganze Wahrheit erzählen und darauf vertrauen, dass er alles verstehen und auf sie verzichten würde?

Das zu tun war verlockend, denn ihr Vertrauen in ihn war unendlich groß.

Sie konnte jedoch nicht sicher sein, dass er die Dinge genauso sehen würde wie sie. Vielleicht würde er es wichtiger finden, Anspruch auf sein Kind zu erheben, als ein kleines Landgut in Yorkshire zu retten. Vielleicht – das hatte er in der leidenschaftlicheren Phase der Nacht angedeutet – würde er es auf einen Skandal ankommen lassen, um sein Ziel zu erreichen.

Sie konnte dieses Risiko nicht eingehen.

Mit tränenfeuchter Maske schob sie sich vorsichtig unter seinem Arm hervor. Er gab einige Laute von sich, wachte aber nicht auf. Sie bedeckte ihn mit der Decke, schlüpfte in ihr Unterkleid und schlich aus dem Zimmer. In ihrem Schlafzimmer hatte sie sich ein schlichtes braunes Reisekleid zurechtgelegt, das sie ohne Hilfe anziehen konnte. Millie blieb während dieses riskanten Unternehmens in Arradale. Als sie wieder salonfähig war, stieg sie leise in die Küche hinunter und betete, dass noch niemand wach war.

In der Küche war zum Glück alles still, der Herd noch kalt. So leise wie möglich suchte sie ein paar Sachen zusammen – Brot, ein paar Scheiben kalten Braten und den Brombeerlikör, den Jessie am Vorabend auf ihre Bitte hin vorbereitet hatte, wobei sie dem Gemisch Brandy und ein paar Gewürze hinzufügte.

Sie kippte das Betäubungsmittel in den Krug, rührte kräftig um und probierte einen winzigen Schluck. Es schmeckte vollmundig und köstlich, alles andere wurde von dem kräftigen Aroma überdeckt.

Es widerstrebte ihr jedoch immer noch, ihm das anzutun.

Ihre Skrupel beiseite schiebend, ging sie wieder hinauf und fand ihn halb wach, mit zerzaustem Haar auf dem Bauch liegend, das Kinn in die Hände gestützt. »Du bist wohl Frühaufsteherin?« Es war so köstlich, dieses einfache, vertraute Du, das ihm nun schon so selbstverständlich über die Lippen kam, als kennten sie sich bereits viele Jahre.

»Es ist kurz vor Tagesanbruch«, entgegnete sie und hatte Mühe, eine heftige Aufwallung von Sehnsucht und Kummer zu verbergen. »Ihr … du hast selbst festgesetzt, dass es dann zu Ende ist.« Sie war einen Moment verwirrt, hin- und hergerissen zwischen dem, was sie als notwendig erachtete, und der innigen Nähe, die sie zu ihm spürte. Doch sie durfte sich nichts anmerken lassen!

»Welcher Idiot hat bloß gesagt, dass es kurz vor Tagesanbruch immer am dunkelsten ist?«

Darauf konnte sie keine Antwort finden. »Ich habe dir etwas zum Frühstücken gebracht. Nur ein paar einfache Sachen. Das Dienstpersonal schläft noch.«

Er setzte sich auf, und sie trug das Tablett zu ihm hinüber.

»Isst du nichts?«

»Ich hatte schon etwas«, log sie. Sie würde jetzt nichts hinunterbringen.

Er biss in das Brot und betrachtete sie, während er kaute. »Ich würde gerne mehr von deinem Gesicht sehen.«

»Ich weiß.« Das zunehmende Licht war gefährlich. Er würde vielleicht den Rand der Narbe sehen, die von der Maske jetzt nicht mehr ganz verdeckt wurde.

Er zuckte mit den Achseln und biss wieder ins Brot. »Also«, sagte er, nachdem er geschluckt hatte, »wie geht es jetzt weiter?«

Das Glas hatte er noch nicht berührt.

»Meine Kutsche wird dich nach Thirsk bringen.«

Noch ein Bissen und ein prüfender, nachdenklicher Blick. »Wird es dann nicht leicht für mich sein abzuschätzen, wo ich gewesen bin? Ich warne dich, ich habe einen ziemlich guten Orientierungssinn.«

»Man wird dir die Augen verbinden«, log sie.

Er schüttelte den Kopf, weil ihm klar war, dass das wenig Zweck hätte. Wenn er doch endlich trinken würde! Diana würde jeden Augenblick mit der Kutsche vorfahren. Himmel, sie musste dafür sorgen, dass er seine Kleider anzog, bevor er bewusstlos wurde. Aber vielleicht trank er überhaupt nichts!

»Das ist Brombeerpunsch«, sagte sie. »Ich ... ich habe ihn extra für dich zubereiten lassen.«

Er lächelte, ein bisschen traurig, griff dann aber nach dem Glas und nahm einen Schluck. »Du liebe Güte, Liebling, das haut mich gleich wieder um! Nicht gerade das Richtige zum Frühstück.«

Obwohl sie sich äußerst ungern verstellte, versuchte Rosamunde, verletzt auszusehen. »Ich dachte ... nachdem du schon keinen Brombeerkuchen bekommen hast.«

Er lachte und nahm einen größeren Schluck. »Na ja, wenn ich nicht reiten muss, wird es wohl nichts ausmachen.«

Mit den Tränen kämpfend, brachte Rosamunde ihm seine Kleider. Er erhob sich nun aus dem Bett, um sich anzuziehen. »Steh nicht da wie ein nervöses Dienstmädchen«, sagte er ziemlich unbeherrscht. Auch sie war gereizt und wütend auf das Schicksal.

Sie setzte sich aufs Bett und sah ihm zu, wie er sein Hemd zuknöpfte.

»Also«, fragte er, »wann fangen wir an, uns liebevoll Lebewohl zu sagen?«

»Bald.«

»Du kommst also nicht mit mir?«

»Ich kann nicht. Ich muss nach Hause.«

»Zu deinem Mann.« Er biss wieder ein Stück Brot ab, dann schlüpfte er in Weste und Jacke, ohne sie zuzuknöpfen. »Du weißt, dass er dich nicht verdient.«

»Hör auf.«

Als er nach dem Glas griff und einen großen Schluck nahm, wusste Rosamunde, dass er seine Wut hinunterspülte. Unvermittelt hielt er ihr das Gefäß hin. »Komm, lass uns das als Liebesbecher verwenden. Ein letzter Trunk auf unsere gemeinsame Nacht. Gelobe mir, dass du sie zumindest nie vergessen wirst.«

Rosamunde schaute in seine zornigen Augen und fragte sich verzweifelt, ob er etwas ahnte. Aber sie sah nur Gram und Sehnsucht, und ihr Wille wurde schwach. Lieber Gott, sie konnte ihm das doch nicht antun!

Aber sie hatte es bereits getan. Er hatte das Gebräu schon fast zur Hälfte getrunken.

Mit einem Mal erschien es ihr vollkommen richtig, dass auch sie davon trank, von diesem betrügerischen Trank, den sie ihm serviert hatte. Sie legte ihre Hand auf seine warmen Finger, mit denen er das Glas hielt, zog es heran und nippte von dem Rand, der noch feucht von seinen Lippen war.

Dann nahm sie bewusst noch einen größeren Schluck.

Sie schob das Glas wieder zu ihm hin. »Trink du den Rest. Ich verspreche dir, dass ich diese Nacht nie vergessen werde.«

Sie wartete, bis er den Punsch geleert hatte, wobei er den Blick nicht von ihr wandte, und glitt dann vom Bett herunter. »Ich muss nach der Kutsche sehen. Ich bin gleich wieder zurück.«

Sie verließ das Zimmer, ohne zurückzuschauen, und erlaubte sich nicht zu zögern. Dies hatte nichts mit ihren Bedürfnissen oder Gefühlen zu tun.

Eigentlich gab es keinen Grund für sie, zur Kutsche hinauszugehen, aber sie sollte sich wenigstens von Jessie verabschieden und ihr und den Yockenthwaits ein Trinkgeld dalassen. Außerdem hatte sie für Digby schon eine Nachricht geschrieben, in der sie ihm mitteilte, dass sie mit Diana für ein paar Tage nach Richmond fahren werde. Sie ging in ihr Zimmer, um Geld zu holen, nahm die verstümmelte Maske ab und stopfte sie in ihre Tasche, um sie später wegzuwerfen. Als sie aus dem Zimmer ging, lauschte sie in sich hinein, konnte aber keinerlei Auswirkungen der Droge spüren.

Was sollte sie tun, wenn sie gar nicht wirkte? Oder es zu lange dauerte?

Doch als sie die Treppe hinabzusteigen begann, verlor sie beinahe das Gleichgewicht. Erschrocken klammerte sie sich am Geländer fest. Mein Gott, wie furchtbar! Was sollte sie tun, wenn das schlimmer wurde? Diana würde böse sein, wenn sie ihr beichtete, dass auch sie von dem Saft getrunken hatte.

Die Hand fest am Geländer, stieg sie vorsichtig die Stufen hinab.

In der Küche war Jessie gerade beim Feuermachen und rieb sich noch den Schlaf aus den Augen. »Mylady! Ich dachte, Ihr würdet die Nacht im Haupthaus verbringen.«

»Habe ich auch.« Rosamunde hoffte, dass ihre Worte nicht so verworren klangen, wie sie ihr vorkamen. »Aber Lady Arradale und ich haben beschlossen, unseren ungebetenen Gast nach Richmond zu bringen.«

Das Mädchen wischte sich ihre mit Asche verschmierten Finger am Rock ab. »Kann ich irgendetwas für Euch tun, Mylady?«

»Bitte sorg dafür, dass diese Nachricht nach Wenscote gebracht wird.« Sie legte das Schreiben auf den Tisch. »Ich habe schon etwas zum Frühstücken nach oben gebracht, und die Kutsche wird jeden Augenblick hier sein. Ich danke dir, dass du mir mit ihm geholfen hast.« Sie gab dem Mädchen einen Schilling und legte für die Yockenthwaits eine Krone auf den Tisch.

Nachdem das Mädchen sich bedankt hatte, machte Rosamunde sich vorsichtig auf den Weg zur Vorhalle, um auf die Kutsche zu warten. Sie fühlte sich, als wäre sie betrunken, doch es war mehr als das. Sie konnte sich auf keinen einzigen ihrer Sinne verlassen. Das Morgenlicht flimmerte, und als die Kutsche auftauchte, schien sie von einem vielfarbigen Nebel umgeben zu sein.

Die Kutsche hielt an, und Diana sprang herunter. »Hat es funktioniert?«, fragte sie gespannt.

»Ich glaube schon.« Um in Kontakt mit der Wirklichkeit zu bleiben, hatte Rosamunde ihre Hand auf den Verandapfosten gelegt. »Ich musste selbst etwas davon trinken. Ich fühle mich ziemlich komisch.«

Diana packte sie am Arm. »Bist du verrückt geworden! Wie konntest du das tun?«

»Ach, lass doch.« Rosamunde sah Tom hinter Diana auftauchen – einen ziemlich verwackelten Tom –, der nun sicherlich noch überzeugter von ihrer Verrücktheit war.

»Ich habe auch noch einen Stallburschen von Arradale mitgebracht«, sagte Diana und deutete auf einen stämmigen jungen Mann. »Er wird den Mund halten. Jeder hier in der Gegend wird alles tun, um zu vermeiden, dass sich die Neue Glaubensgemeinschaft hier breit macht.«

Rosamunde musste die Tatsache akzeptieren, dass ziemlich viele Leute ahnten, was sie gemacht hatte, und dass sie es mit Sicherheit wissen würden, sobald ihr Bauch dicker zu werden begann. Gott sei Dank waren die Leute in den Dales Fremden gegenüber sehr verschlossen.

Während Rosamunde Diana und die Stallburschen die Treppe hinaufführte, um die Schlafzimmertür zu öffnen, konzentrierte sie sich ganz auf ihre Schritte und wünschte, ihre Füße wären nicht so weit vom Kopf entfernt.

Er war bis auf die Stiefel angezogen, doch kurz vor dem Umfallen musste er etwas geahnt haben. Sie wusste es, weil er zum Bett gewankt war und alle Decken heruntergerissen hatte. Vermutlich hatte er vorgehabt, das Laken zu zerreißen, das er immer noch zerknüllt in den Händen hielt.

Behutsam entzog sie es ihm, fest entschlossen, nicht zu weinen. Es war besser so. Jetzt würde er sie mit Sicherheit niemals wieder sehen wollen.

»Es ist nicht nötig, ihm die Stiefel anzuziehen«, hörte sie sich selbst mit merkwürdig ruhiger Stimme sagen.

Mit beifälligem Murmeln strich Diana ihm das zerzauste Haar aus dem Gesicht. Rosamunde hätte ihr am liebsten auf die Hände geschlagen, trat dann aber ein paar Schritte zurück, während Diana die beiden Stallburschen anwies, ihn hochzuheben und aus dem Zimmer zu tragen.

»Oh, passt doch auf!«, rief sie aus, als einer seiner Füße gegen die Tür stieß. Bei der plötzlichen Bewegung wurde ihr schwindelig, und sie plumpste auf einen Stuhl.

»Was für ein Wirrwarr!«, sagte Diana und stemmte die Hände in ihre Hüften. »Keine Bange, Liebes. Ich werde mich um alles kümmern. Sobald du dich erholt hast, kannst du nach Hause fahren …«

Rosamunde rappelte sich hastig hoch. »Nein! Ich komme mit.«

»Weshalb?«

*Um dafür zu sorgen, dass er ordentlich behandelt wird*, dachte Rosamunde. Diana würde ihn womöglich einfach irgendwo in der Wildnis abladen, sodass er abermals vom Tode bedroht wäre. Tief in ihrem Inneren durchlief sie ein kaltes Frösteln. Selbst wenn es nicht regnete, könnte er an Unterkühlung sterben.

»Ich muss einfach mitkommen«, erklärte sie, wohl wissend, dass sie wie ein trotziges Kind klang.

Als sie den Blick auf Dianas Gesicht richtete, nahm sie darin Verärgerung, aber auch Besorgnis wahr. »Weiß der Himmel, in deinem Zustand wird es besser sein, wenn ich dich im Auge behalte. Wer weiß, was du sonst alles anstellen oder sagen würdest! Setz dich hin.«

Rosamunde gehorchte. Sie fühlte sich gefährlich nahe am Einschlafen und das nach nur ein paar Schlucken! Ob sie ihm zu viel gegeben hatte?

»Fräulein Naisby«, sagte sie mit schwerer Zunge und sah wie durch einen leuchtenden Tunnel hindurch dabei zu, wie Diana das Bett abzog.

»Ja? Was ist mit ihr?« Diana knüllte das Bettzeug zusammen und warf es auf den Boden. Sie hatte frisches mitgebracht. Nein, nicht ganz frisches.

»Wo hast du die Bettwäsche her?«

»Es ist meine. Sie sieht aus, als hätte jemand ein paar Tage darin geschlafen, aber mehr nicht.«

Rosamunde sah zu, wie Gräfin Arradale mühsam das Bett bezog. Vermutlich hatte sie so etwas nie zuvor gemacht. Sie hatte doch gerade etwas fragen wollen. Etwas Wichtiges.

»Fräulein Naisby …«

»Ja?« Die schmutzige Wäsche im Arm, wandte Diana sich um und schüttelte den Kopf. »Meine Güte, du bist vielleicht in einem Zustand, Liebes.« Sie legte den freien Arm um Rosamunde und zog sie auf die Füße. »Komm jetzt. Du kannst deinen Rausch in der Kutsche ausschlafen. Wenn alles gut geht, sind wir heute Abend zurück und du kannst morgen zu Hause sein. Nüchtern.«

»Bin nicht *betrunken*«, erwiderte Rosamunde trotzig.

»Ich weiß, Liebes.« Diana führte sie zur Tür.

»Fräulein Naisby.«

»Was ist mit der alten Hexe?«

»Wie viel hat sie gesagt, soll man verwenden?«

»Bei einem kräftigen Mann die gesamte Flasche, damit er sicher über einen längeren Zeitraum bewusstlos bleibt.«

»Oh, gut«, sagte Rosamunde weinerlich.

Diana umklammerte sie fester, als sie langsam die Treppe hinuntergingen. »Morgen um diese Zeit wird zum Glück alles vorbei sein.« Flüsternd fügte sie hinzu: »Bis auf die Folgen, hoffentlich.«

Als sie wohlbehalten die Diele erreicht hatten, legte Rosamunde die Hand auf ihren Bauch, als könnte sie dort schon etwas spüren.

»Alles vorbei«, wiederholte sie. »Bis auf die Folgen.«

# 13

Sie erwachte mit heftigen Kopfschmerzen und völlig verwirrten Sinnen. Wo war sie? Und was war das für ein Geholper?

»Endlich.«

Rosamunde zwang sich, die Augen zu öffnen, drehte den Kopf in die Richtung, aus der die Stimme ihrer Kusine kam, und stöhnte vor Schmerz auf. Die arme Diana sah so schlecht aus, wie sie selbst sich fühlte.

Diana sah wirklich ganz merkwürdig aus.

»Sind das *Pickel*?«

Diana berührte ihr mit Pusteln übersätes Gesicht. »Wirken sie echt? Ich hielt das für eine ganz schlaue Idee.«

Rosamunde schloss die Augen. Dies konnte nur ein Traum sein, den sie unter dem Einfluss des Betäubungsmittels träumte. Diana würde sich nie im Leben über Pickel freuen und auch nicht so fade graue Kleider und eine Morgenhaube tragen.

Jemand tippte ihr leicht ans Gesicht. »Rosa! Schlaf nicht wieder ein. Wir müssen dich zurechtmachen.«

»Bitte nicht.« Als Rosamunde die Augen wieder öffnete, stellte sie fest, dass Dianas Gesicht immer noch voller Pickel war. Auf dem linken Wangenknochen war ein besonders ekliges Exemplar, rot und entzündet, mit Eiter in der Mitte. »Bist du das wirklich?«

Die Augen dieser sonderbaren Diana flackerten belustigt auf. »Nur in gewisser Hinsicht. Ich bin deine Zofe.

»Was für ein merkwürdiger Traum.«

Diana kam mit ihrem pickligen Gesicht näher heran. »Das ist kein Traum, Rosa. Das ist eine Verkleidung. Pass auf. Wir können Brand Malloren nicht irgendwo zurücklassen und uns in der gleichen Gegend blicken lassen. Man würde zu leicht einen Zusammenhang herstellen können. Deshalb habe ich in Richmond Zwischenstation gemacht – du hast fest geschlafen – und bin eine Freundin um eine kleine Hilfe angegangen. Eine Schauspielerin. Sie hat mir diese Kleider besorgt und mein Gesicht angemalt. So wird wohl niemand die Gräfin Arradale erkennen, oder?«

Rosamunde starrte auf den riesigen Pickel. »Nein. Vor allem, weil gar niemand auf die Idee kommen würde, dass du das sein könntest.«

»Genau. Niemand, der von Bedeutung ist, nimmt Dienstpersonal wahr. Wir sind allerdings bald in Thirsk, deshalb müssen wir dich herrichten.«

Rosamunde hielt abwehrend die Hand vors Gesicht. »Keine Pickel!«

»Nein, nein. Nur eine dicke Schicht Schminke.«

»Ich will auch keine Schminke!«

»Es geht aber nicht anders.« Diana zog ein Holzkästchen auf ihren Schoß und öffnete es. »Du bist meine Herrin. Eine dieser hochgeborenen Damen, die sich dick mit Schminke zukleistern.«

Rosamunde hatte das mulmige Gefühl, dass dies alles nur zu real war.

»Ich mag keine Gesichtsschminke. Das sieht doch schrecklich aus.«

»Denk doch mal nach, Liebes! Du darfst deine Narben nicht zeigen, und mit einer Maske würdest du auffallen. Wenn du aber lediglich stark geschminkt bist, wird kaum einer auf dich achten.«

Rosamundes Gedanken bewegten sich jäh in eine andere Richtung. »Wo ist er?«, fragte sie und fuhr trotz der Schmerzen in ihrem Kopf mit einem Ruck auf. »Was hast du mit ihm gemacht? Was hast du getan?«

»Nichts!«, sagte Diana und drückte sie wieder in den Sitz zurück. »Pst! Er liegt unter unseren Füßen. Und bevor du zu protestieren anfängst: Ich konnte euch ja schließlich nicht beide vier Stunden lang stützen. Dort unten liegt er sicherer.«

Brand Malloren war das Polster unter ihren Füßen! Er lag zusammengerollt in dem engen Zwischenraum auf dem Kutschenboden, aber Diana hatte ihm wenigstens eine zusammengefaltete Decke unter den Kopf gelegt.

»O je.« Rosamunde hob die Füße, aber es war wirklich kein Platz, um sie anderswo abzustellen.

»Reg dich nicht auf. Dort unten liegt er gut.«

Rosamunde musste ihre Füße wohl oder übel wieder auf Brands Schultern stellen, beugte sich aber trotz ihres hämmernden Kopfes hinunter, um ihm am Hals den Puls zu fühlen. Langsam, aber kräftig und regelmäßig. Und diesmal dürfte ihm zumindest nicht kalt sein.

Sie setzte sich wieder aufrecht hin. »Leg bitte eine Decke über ihn.«

Diana verdrehte die Augen, zog jedoch unter dem gegenüberliegenden Sitz eine dicke braune Decke hervor und breitete sie über ihm aus.

»O je«, sagte Rosamunde klagend. »Das ist fast genauso wie das, was ihm zuvor passiert ist. Und es ist ihm danach so schlecht gegangen. Oh, du meine Güte ...!«

»Was?«

»Die Symptome. Er hat mir versichert, dass er nie viel trinkt. Er muss kürzlich ebenfalls betäubt worden sein, und zwar mit einem ähnlichen Mittel. Er wird mich hassen für das, was ich ihm angetan habe.«

»Das kann unter diesen Umständen doch nur gut sein.«

Ehe Rosamunde etwas erwidern konnte, fuhr Diana fort. »Rosa, wenn er dich hasst, wird er nicht versuchen, dich zu finden.«

»Wenn der Hass groß genug ist, vielleicht doch.«

Das schien Diana zu denken zu geben. »Und ein Malloren. Mein Gott. Ein Grund mehr, uns zu verkleiden!«

Rosamunde blickte angewidert zu den Schminktöpfen hin.

Am liebsten hätte sie sich mit Brand zusammengekuschelt, um wieder einzuschlafen und nicht eher aufzuwachen, bis ihr Magen sich beruhigt und ihre Kopfschmerzen sich gelegt hätten. Oder um gar nicht wieder aufzuwachen. Aber sie musste diese Sache durchziehen. Für Digby und Wenscote.

»Kann man meine Narben mit Schminke wirklich überdecken?«

»Dulcie hat mir gezeigt, wie man das macht.« Diana zog aus einem flachen Tiegel den Korkpfropfen heraus. »Dieses Zeug ist eine Art Paste, mit der man Falten zuschmieren kann. Oder Narben. Dreh dich mal zu mir her.« Sie neigte Rosamundes Gesicht etwas nach oben und begann die Paste dick aufzutragen.

»Damit fühle ich mich bestimmt steif wie ein Brett.«

»Möglich. Aber du brauchst ja weder zu lachen noch zu sprechen, also mach dir keine Gedanken.« Mit ihren kräftigen Fingern bestrich sie Rosamundes Schläfe und Wange. »Na bitte. Kaum noch zu sehen.« Diana zog einen anderen Tiegel heraus und verteilte eine cremigere Substanz über Rosamundes ganzes Gesicht.

»Das ist aber hoffentlich kein Blei, oder?«, fragte Rosamunde und wich zurück.

»Nein! Komm wieder her. Es ist inzwischen allgemein bekannt, wie gefährlich weißes Blei ist.« Diana beugte sich ein Stück nach hinten, um ihr Werk zu betrachten. »Es funktioniert. Selbst ich kann die Narben kaum noch sehen, und bei einem flüchtigen Blick würde man sie niemals bemerken. Und es wird dich auch keiner erkennen. Du siehst völlig verändert aus. Älter.«

»Wie reizend.«

»Wenn ich mit Pickeln herumlaufen kann, kannst du auch als alte Hexe herumlaufen.« Diana stellte die beiden Tiegel weg und öffnete ein paar andere.

»Ich fühle mich nicht besonders gut, Diana«, sagte Rosamunde, der von dem Geruch des Schminkfetts übel wurde.

»Es muss sein.« Diana nahm Rosamundes Kinn fest zwischen die Finger. Während sie eine Augenbraue nachzumalen versuchte, biss sie sich vor Konzentration in die Unterlippe. Dann stieß sie einen Fluch aus, der alles andere als damenhaft war. Sie öffnete das Fenster und brüllte: »Anhalten!«

»Anhalten?«

»Anhalten!«

Die Kutsche kam mit einem Ruck zum Stehen. »Ist etwas passiert, Mylady?«

»Nein. Bleib einfach ein paar Minuten stehen.« Ohne weitere Erklärung machte Diana sich ans Werk, und Rosamunde spürte, wie der Pinsel über ihre Brauen strich.

»Besser«, sagte Diana. Im Nu waren auch die Lippen angemalt. »Ich habe sie dünner und dunkler gemacht. Du siehst wirklich wie eine alte Hexe aus!«

»Das glaube ich sofort, vielen Dank.«

»Es ist mir eine Freude, Euch dienen zu können, Mylady. Was noch? Ach ja, ein paar Schönheitspflaster!« Sie zog eine kleine Schachtel und etwas Leim hervor und klebte eine Reihe schwarzer Pflästerchen auf Rosamundes Gesicht.

»Hör auf! Die Leute werden denken, ich habe Pockennarben.«

»Gut. Wenn sie etwas von den Narben bemerken, wird das die Erklärung sein.« Sie neigte den Kopf, um ihr Werk zu bewundern. »Ich glaube, ich habe Talent hierfür. Fahr weiter, Kutscher!«

Während sich die Kutsche wieder ruckelnd in Bewegung setzte, zog Diana einen Spiegel aus der Kiste und hielt ihn hoch.

Rosamunde starrte die Fremde an. Mit den bleich geschminkten Wangen, schwarzen Augenbrauen, knallroten Lippen und den »Schönheitsflecken« kreuz und quer im Gesicht sah sie aus, als wäre sie in einen Farbtopf gefallen. Modische Damen und Herren pflegten durchaus etwas

Schminke zu verwenden – es gehörte dazu, um als gut gekleidet zu gelten –, aber das hier war wirklich übertrieben. Sie wusste jedoch, dass es Leute gab, die sich so dick schminkten, vor allem, um Hautprobleme wie Pockennarben zu überdecken. Oder wenn sie sich einbildeten, dadurch jünger zu wirken.

»Ich habe keine Narben mehr«, flüsterte sie und berührte ihre Wange. »Das ist ja kaum zu glauben.« Im Spiegel waren zwar noch leichte Schatten der alten Wunden zu sehen, aber wie Diana ganz richtig gesagt hatte: Wenn man nur flüchtig hinsah, war ihr Gesicht makellos.

»Und keiner wird dich erkennen«, sagte Diana. »Ich werde auch noch dein Haar pudern. Kein Fett. Nur eine dünne Puderschicht, um die Farbe zu kaschieren. Blau, denke ich.«

»Blau?«

»Ich finde, blau würde gut zu dir passen.« Obwohl sie ganz vorsichtig zu Werke ging, waberte eine Puderwolke um Rosamundes Kopf herum.

»Wenn ich niesen muss, jaule ich bestimmt vor Schmerz laut auf.«

Diana hielt inne und starrte sie fragend an. »Was für Schmerzen?«

Rosamunde fiel ein, dass sie ihrer Kusine davon noch gar nichts gesagt hatte. »Ich habe ganz fürchterliche Kopfschmerzen.«

Diana legte hastig den Puderpinsel beiseite und versuchte sogar, die Wolke wegzuwedeln. »Warum hast du das nicht gleich gesagt?«

Rosamunde lehnte einfach nur den Kopf zurück, ohne etwas zu erwidern.

Nach einer Weile sagte Diana: »Schau mal, Rosa.«

Rosamunde öffnete die Augen und sah wieder das fremde Gesicht im Spiegel, diesmal mit angegrautem Haar.

»Das ist kaum zu fassen«, meinte Diana. »Obwohl es rein

zufällig so geworden ist. Stumpf wie das Haar deiner Mutter. Es macht dich um Jahrzehnte älter.«

»Stimmt.« Rosamunde wollte nur die Augen schließen und gegen die Übelkeit ankämpfen.

»Nur noch ein Letztes …« Diana kramte in ihrer Tasche und zog eine Hand voll glitzernder Gegenstände heraus.

Schmuck. Vermutlich der gleiche, den Diana am Morgen getragen hatte, denn Diana liebte glitzernden Schmuck. Sie und Rosamunde nannten ihn scherzhaft ihren »Flitterkram«, denn zum täglichen Gebrauch nahm sie lieber so etwas als wertvolle Juwelen.

Sie befestigte Ohrclips an Rosamundes Ohrläppchen, legte ihr ein paar Halsketten und Armbänder um und streifte zuletzt noch eine Reihe von Ringen über Rosamundes schlaff herabhängende Finger.

»Ich mag nicht so viele Ringe an den Fingern.«

»Meine Güte, bist du vielleicht ein Murrkopf. Na gut, dann eben nur vier. So, jetzt bist du der Inbegriff einer dekadenten vornehmen Dame und so weit von Rosamunde Overton entfernt, wie man es sich nur vorstellen kann.« Diana blickte aus dem Fenster. »Wir müssen inzwischen kurz vor Thirsk sein. Höchste Zeit, uns unserer Last zu entledigen.«

»Er ist keine …«

»Ja, ja, ich weiß«, sagte Diana und wedelte mit ihrer bleichen Hand, die ohne die Glitzerringe ganz fremd aussah. »Er ist ein Prinz und ein Held. Aber wir müssen ihn trotzdem loswerden.«

»Hier?« Rosamunde sah nichts als Felder weit und breit. »Er braucht zumindest irgendeinen Schutz.«

»Rosa, es ist Sommer, und das hier ist keine Moorgegend!«

»Schutz«, wiederholte Rosamunde bockig.

Diana brummte etwas, ließ den Blick aber suchend durch die Gegend schweifen. »Auf dieser Straße ist sowieso zu viel Verkehr. Wir müssen in eine Nebenstraße abbiegen und einen Heuschober oder dergleichen suchen.«

Dann befahl sie Garforth, ein Stück weiter vorne abzubiegen.

»Das ist nur ein Feldweg, Mylady.«

»Fahr dort hinein.« Diana lugte aus dem Fenster. »Da drüben ist ein Wegweiser. Also *muss* es eine Art Straße sein.«

Als sie langsam von der Landstraßc abbogen, merkten sie jedoch an dem heftigen Ruck, der durch die ganze Kutsche ging, dass Garforth Recht gehabt hatte. Wegweiser hin, Wegweiser her, die Fahrbahn war nicht viel mehr als ein von Hufen und Wagenrädern zerfurchter und ausgefahrener Pfad, der unter der Sommersonne steinhart geworden war. Rosamunde machte sich ganz steif und biss die Zähne zusammen, um nicht laut zu jammern, während sie hin und her geschüttelt wurde. Sie hatte es verdient, die gleichen Schmerzen zu ertragen wie Brand.

»Auf dem Wegweiser stand Neu-Soundso«, sagte Diana, die sich krampfhaft an der Halteschlaufe festhielt. »Anderthalb Meilen. Das ist nicht weit, und wir werden hier bestimmt etwas finden, wo wir ihn ablegen können. Schau, da drüben ist eine Scheune. Das ist genau das Richtige.« Sie rief Garforth zu, dass er anhalten solle.

Rosamunde weinte fast vor Erleichterung, als das Geholper endlich aufhörte. Sie kniff die Augen zusammen und erblickte auf dem Feld einen wackeligen Holzschuppen. An einer Seite stand er offen, sodass man sah, dass sich darin nur Heureste befanden. Sie hätte am liebsten protestiert, dass dieser Ort nicht gut genug sei, zwang sich aber zu schweigen. Es war besser als nichts.

Die Gegend wirkte jedoch sehr verlassen. Er könnte dort eine Ewigkeit liegen, bis ihn endlich jemand fand.

Sie hörte, wie Diana Anweisungen gab, und hob die Füße, damit die Männer Brand herausziehen konnten. Sie schloss die Augen, um sich nicht aufregen zu müssen. Dann war er draußen, und sie stellte die Füße auf dem Boden ab.

Sie versuchte, die Augen geschlossen zu halten, um von alldem nichts mitzubekommen, aber es war unmöglich. Als sie einen Blick nach draußen warf, sah sie, wie Brand von den beiden jungen Stallburschen über das stoppelige Feld getragen wurde, während Diana mit seinen Stiefeln hinter ihnen herlief. Obwohl es kräftige junge Männer waren, konnten sie nicht verhindern, dass ein Arm fast am Boden schleifte und der Kopf hin und her baumelte.

Rosamunde griff nach den Decken und kletterte vorsichtig aus der Kutsche. Als sie unten war, musste sie kurz stehen bleiben, weil sich ihr alles drehte. Sie betete, dass ihr Magen sie nicht in Verlegenheit bringen würde. Beim Gedanken daran, wie schlecht es Brand beim letzten Mal ergangen war, verstärkten sich ihre Schuldgefühle noch. Wenn sie noch einmal die Wahl hätte, würde sie ihm das nicht wieder antun, nicht einmal, um Wenscote zu retten.

Sobald der Schwindelanfall vorüber war, setzte sie sich in Gang und stapfte verbissen über das Feld hinter den anderen her, um wenigstens dafür zu sorgen, dass er einigermaßen bequem lag.

Als sie sah, wie die Männer ihn einfach aufs Heu plumpsen ließen, fing sie an zu rennen. »Passt doch auf!«

Diana wandte sich um. »Rosa ...«, doch dann schüttelte sie nur den Kopf und nahm ihr die Decken ab. »Schau, ich werde ihn so schön einwickeln wie ein Baby.«

Rosamunde ignorierte den verärgerten Ton ihrer Kusine, stützte sich mit einer Hand an einem der verwitterten Pfosten ab und sah Diana zu. Auf einmal riss sie entsetzt die Augen auf. »Diana! Die Familienwappen.«

»Mist!« Diana zog einen Zipfel der Decke zu sich her und starrte auf das aufgestickte Wappen, das sich vermutlich an sämtlichen Gegenständen befand, die sie besaß. Dann sah sie zu den beiden gleichmütig dastehenden Stallburschen hin. »Tu doch etwas, Culver.«

Ohne eine Miene zu verziehen, kniete sich der Mann nieder, schnitt mit einem Messer von jeder Decke die bestickte Ecke ab und stopfte die Zipfel in seine Tasche.

»Das wäre erledigt«, sagte sie und strich sich Stroh von den Kleidern. »Können wir jetzt gehen?«

Rosamunde hätte am liebsten nein gesagt, hätte Brand am liebsten selbst in die Decken eingepackt und ihm einen letzten Kuss gegeben. Noch lieber hätte sie sich neben ihn gelegt, um sich um ihn kümmern zu können, wenn er aufwachte. Im Augenblick schien er einfach nur tief zu schlafen, aber sie wusste, welche Qualen ihm beim Erwachen bevorstanden. Sie hatte es letztes Mal mitbekommen und erlebte es nun in abgemilderter Form am eigenen Leib.

Bei der ganzen Aktion war es ihr jedoch nie um sich selbst gegangen – bis auf die eine sündige Nacht, die sie dem Schicksal gestohlen hatte. Wie sie es verdient hatte, war dadurch alles nur schlimmer geworden. Sie gestattete sich noch einen letzten Blick, dann drehte sie sich um und ging zur Kutsche zurück, ohne sich noch einmal umzuschauen.

Nachdem sie sich auf ihrem Sitzplatz niedergelassen hatte, hielt sie den Blick bewusst von dem Feld abgewandt, während Diana neben ihr Platz nahm und sich die Kutsche in Bewegung setzte.

Es war geschafft. Es war vorbei.

Kein Blick zurück.

»Es sieht nicht so aus, als ob wir auf diesem Pfad wenden könnten«, sagte Diana, während die Kutsche langsam eine Anhöhe hinaufkroch und dann mit einem Ruck, der durch und durch ging, wieder in ein Schlagloch geriet. Rosamunde stöhnte laut auf.

»Oh, Liebes, ist es so schlimm?«

»Ich habe es nicht besser verdient. Ihm wird es noch viel schlimmer ergehen – autsch!« Wieder ging eine Erschütterung durch die ganze Kutsche und durchfuhr Rosamunde qualvoll.

Diana streckte den Kopf aus dem Fenster und befahl Garforth anzuhalten.

Nach einem kurzen Wortwechsel sagte sie jedoch: »Wir können die Kutsche unmöglich wenden, Liebste. Aber bis zum nächsten Ort ist es nur noch eine knappe Meile, und wir werden so langsam fahren wie möglich. In Neu-Soundso wird die Straße sicher wieder besser sein.«

Während sich die Kutsche ganz langsam voranbewegte, versuchte Rosamunde den Kopf so steif wie möglich zu halten und nicht zu jammern.

»Ich komme mit diesen Dingern einfach nicht klar«, murmelte Diana.

Rosamunde öffnete die Augen einen Spalt weit und sah, dass Diana mit einem Straßenatlas kämpfte. »Wie hieß der letzte Ort, durch den wir gekommen sind? Ich kann bei Thirsk kein Neu-Soundso finden ... Oh, Rosa.«

Rosamunde merkte an ihrem Ton, dass dieser Ausruf nichts mit der Straßenkarte zu tun hatte, und spürte, dass ihr Tränen über die Wangen liefen.

»Das ist nur von dem Betäubungsmittel. Und den Schmerzen.«

»Schmerzen weshalb?«, wollte Diana wissen und tupfte ihr mit dem Taschentuch die Tränen ab. »Er ist nur ein hübscher Charmeur, aber nichts für dich, Liebes.«

»Ich meine die Schmerzen in meinem Kopf.« Es war nicht die ganze Wahrheit. Sie hatte nicht gewusst, dass Kummer solche körperlichen Qualen verursachen konnte.

Ein Rad blieb in einer besonders tiefen Furche stecken, und wieder ging ein Ruck durch die ganze Kutsche. Rosamunde stöhnte auf.

»Zum Teufel aber auch!«, rief Diana aus. »Und wir können nichts weiter tun, als stehen zu bleiben und eine Ewigkeit abzuwarten.«

»Wir könnten doch zu Fuß gehen«, schlug Rosamunde vor. »Ja, das machen wir!«, rief sie aus und tastete schon nach der Tür.

Diana hielt sie mit einer Hand zurück, während sie Garforth zurief, dass er anhalten solle, damit sie aussteigen könnten. Kurz darauf stand Rosamunde draußen, mit einem sich drehenden Kopf und pochenden Schmerzen, aber Schmerzen, die sich kontrollieren ließen. »Das ist besser«, sagte sie. »Viel besser.«

Diana legte den Arm um ihre Taille. »Na dann komm, Liebes. Auf nach Neu-Dingsda.«

Rosamunde ließ es sich gefallen, von ihr geführt zu werden, und setzte sich in Gang, während ihr wirre Gedanken im Kopf herumgingen. Sie machte nun in abgemilderter Form das Gleiche durch, was Brand Malloren durchgestanden hatte, nachdem sie ihn gefunden hatte. Er war also schon einmal betäubt worden. Aber von wem? Und warum?

War er womöglich in Gefahr?

Sie blieb stehen. »Es ist nicht richtig, ihn dort liegen zu lassen.«

Diana zog sie weiter. »Rosa, hör auf damit! Was sollten wir denn deiner Ansicht nach tun? Ihn liebevoll in einem Gasthof abladen, damit die ganze Welt mitbekommt, wer ihn dort hingebracht hat?«

»Wir sind doch verkleidet.«

»Dafür reicht unsere Verkleidung nicht!«

»Aber was ist, wenn ihn die falschen Leute finden?«

»Die falschen Leute? Was für falsche Leute?«

Rosamunde versuchte es zu erklären, hatte aber das Gefühl, dass es ihr nicht richtig gelang.

»Feinde«, sagte Diana höhnisch und zudem mit brummiger Stimme, denn sie ging nicht gerne zu Fuß und hatte auch bestimmt keine vernünftigen Schuhe an. »Wenn er tatsächlich überfallen worden ist, dann von einem zufälligen Dieb. Warum gleich an Feinde und Verschwörungen denken?«

»Ich weiß nicht. Ich kann nichts dagegen tun!« In Rosamundes Schläfen hämmerte es bei jedem Schritt. »Warum sollte ein zufälliger Dieb sein Opfer mitten in die Wildnis verfrachten?«

»Vielleicht ist ihm der Dieb ja mitten in der Wildnis begegnet?« – »Er hat gesagt, das Letzte, woran er sich erinnern kann, ist, dass er in Northallerton gewesen ist. Er wurde ins Bergland verfrachtet, weil er dort sterben sollte.«

»Aber warum«, warf Diana mit einer Stimme ein, die fast wie ein Knurren klang, »hat dieser Feind, der wollte, dass er tot ist, ihm nicht einfach die Kehle aufgeschlitzt?«

Rosamunde wusste darauf keine Antwort und versank in Schweigen. Eins wusste sie jedoch: Sie konnte diese Gegend nicht verlassen, bevor sie nicht sicher war, das Brand außer Gefahr war. Andernfalls würde ihre hinterhältige Tat unabsehbare Folgen haben.

Neu-Dorf – weil nirgends ein Ortsschild zu sehen war, wussten sie nicht, wie die Ortschaft richtig hieß – erwies sich als eine traurige Ansammlung von verlassenen Bauernkaten an einer relativ gut erhaltenen Straße. Für Rosamundes wirren Kopf symbolisierte das Dorf den verheerenden Zustand ihres derzeitigen Lebens.

»Dieses Dorf hat auch mal bessere Tage gesehen – aber das muss irgendwann im Mittelalter gewesen sein!«, schimpfte Diana, als sie auf den Wegweiser zuging, auf dem Pfeile nach rechts und nach links zeigten. »Aha! Nur noch eine Meile bis nach Thirsk. Von dort aus können wir die Straße nach Ripon nehmen und heimwärts fahren.«

Garforth lenkte das Gespann in diese Richtung, brachte es dann zum Stehen und stieg ab, um besorgt Räder und Achsen zu kontrollieren, während Diana Rosamunde in die Kutsche half. Mit einem Seufzer der Erleichterung ließ Diana sich dann neben sie sinken und zog einen ihrer hochhackigen Schuhe aus, um ihren Fuß zu untersuchen.

»Es tut mir leid«, sagte Rosamunde, die nicht besonders überrascht war, als sie spürte, dass ihr wieder schlecht wurde. Aber weil sie so wenig von dem Saft getrunken hatte, könnte sie den Brechreiz vielleicht unterdrücken.

Als sich die Kutsche quietschend in Bewegung setzte, zog sich Diana den Schuh wieder an und nahm ihre goldene Uhr aus der Tasche. »Das hat fast eine Stunde gedauert. Bis wir nach Hause kommen, wird es spät werden, vor allem, weil wir bald Halt machen müssen, um den Pferden eine Ruhepause zu gönnen.«

War jetzt der Zeitpunkt, ihr zu sagen, dass sie nicht mitkommen würde?

Rosamunde beschloss, lieber eine kleine List anzuwenden. Wenn sie ihrer Kusine sagte, dass sie noch nicht gleich heimfahren wollte, um verfolgen zu können, wie es Brand erging, würde es wahrscheinlich Streit geben. Die selbstherrliche Gräfin Arradale war durchaus imstande, sie mit brutaler Gewalt nach Hause zu bringen, erst recht, wenn sie mitbekam, was Rosamunde sonst noch im Sinn hatte: jemandem mitzuteilen, wo Brand lag, damit man sich um ihn kümmerte.

Sie hatte jedoch eine perfekte und zugleich ehrliche Ausrede, um noch nicht weiterfahren zu müssen. »Mir ist ziemlich übel.«

Das musste ihr auch anzusehen sein, denn Diana warf ihr nur einen kurzen Blick zu und fing nicht an zu streiten. Vielleicht hatte sie aber auch selbst keine Lust mehr, noch etliche Stunden in der Kutsche zu verbringen. »Na gut, dann übernachten wir eben in Thirsk. Schließlich sind wir verkleidet. Keiner wird auf die Idee kommen, dass wir etwas mit Brand Malloren zu tun haben.«

Nachdem der erste Teil ihres Plans gelungen war, überlegte Rosamunde mit ihren benebelten Sinnen angestrengt, wie sie heimlich jemanden darüber informieren könnte, wo Brand sich befand.

Auf irgendeine raffinierte Weise, sodass niemand wusste, dass die Nachricht von ihr stammte.

Sie musste sich eingestehen, dass es nicht einfach war.

Diana hatte wieder ihren Straßenatlas aufgeschlagen und blätterte darin herum. »Thirsk. Thirsk. Thirsk. Mal sehen ...

Der einzige Gasthof mit Stallungen scheint der Gasthof *Drei Fässer* zu sein.«

O weh. Rosamunde hatte Brand an diesen Ort bringen wollen, weil er ihr gesagt hatte, dass er hier mit ein paar Leuten verabredet war. Wenn es hier jedoch nur einen einzigen größeren Gasthof gab, war es möglich, dass diese Leute genau dort auf ihn warteten.

Sie hatte Diana nichts davon erzählt und tat es auch jetzt nicht, weil ihre Kusine sonst bestimmt bis nach Ripon weiterfahren wollte. Sie redete sich ein, dass es mit ihren geschickten Verkleidungen schon gut gehen würde.

Diana rief Garforth zu, dass sie bei den *Drei Fässern* Halt machen würden, dann wandte sie sich an Rosamunde. »Jetzt brauchen wir noch einen Titel für dich.« Mit einem verschmitzten Augenzwinkern sagte sie: »Wie wär's mit Lady Gillsett?«

»Nein!«, rief Rosamunde beinahe kreischend, sodass ihr Kopf wieder zu hämmern anfing. Nach kurzem Schweigen fügte sie hinzu: »Wir hatten uns doch vorgenommen, alles zu vermeiden, was einen Bezug zu dem bisher Vorgefallenen herstellt, erinnerst du dich? Wir brauchen einen ganz gewöhnlichen Namen. Einen, der nicht auffällt. Lady ... Richardson.«

»Also gut. Lady Richardson, Gemahlin von Sir John Richardson zu Lincolnshire. Und wie erklären wir, dass wir kein Gepäck dabei haben?«

»Das haben wir verloren.« Rosamunde schloss die Augen und versuchte, einen vernünftigen Gedanken zu fassen, was ihr aber vor Schmerzen und Schuldgefühlen nicht gelang.

»Unsere Gepäckkutsche ist an einen falschen Ort gefahren!«, schlug sie dann vor, und Diana stimmte mit fast unerträglich stürmischer Begeisterung zu. »Ja. Das ist wirklich sehr raffiniert.« Dann drückte sie Rosamundes Hand und sagte leise: »Arme Rosa. Nun dauert es nicht mehr lange. Schau, wir haben die Stadt schon erreicht.«

Rosamunde hob ihre bleischweren Lider. Die Kutsche schlängelte sich tatsächlich schon durch eine schmale, belebte Gasse. Erbarmen, das war ja kaum zum Aushalten! Das Geklapper von Hufen und Rädern, das Dröhnen des Schmiedehammers, eine Wolke von beißend riechendem Bratfleischgeruch …

Sie hatte das Gefühl, jeden Augenblick von der Übelkeit übermannt zu werden, doch dann erreichten sie glücklicherweise den großen Marktplatz. Es war kein Markttag, deshalb war er leer und relativ ruhig. Wenig später hielten sie vor dem noblen Portal des großen Gasthofs.

Rosamunde zitterte vor Erleichterung. Ein Bett. Bald könnte sie in einem Bett liegen.

Dienstboten eilten den vornehmen Gästen entgegen. Rosamunde, die Diana alles erledigen ließ, staunte und amüsierte sich darüber, dass ihre Kusine mit dem Personal sprach wie die schnippische Zofe einer Dame von niederem Adel. Ganz besonders bissig wurde Dianas Tonfall, als der beleibte Gastwirt darauf beharrte, dass er der Dame zwar einen Privatsalon zur Verfügung stellen könne, die Schlafzimmer jedoch diese Nacht allesamt ausgebucht seien.

*Kein Platz in der Herberge*, dachte Rosamunde, während sie in der großen Empfangshalle stand und alles um sie herum widerwärtig schwankte. Sie konnte auf keinen Fall noch weiterfahren. Während sie sich an eine massive weiße Säule am Fuß der dunklen Treppe lehnte, wurde ihr klar, dass sie nicht einmal imstande sein würde, wieder in die Kutsche zu steigen. Schwache Küchengerüche drehten ihr beinahe den Magen herum. Stimmen dröhnten in ihren Ohren – Dianas Stimme klang scharf, die des Gastwirts ölig. Noch eine Stimme. Männlich. Besänftigend.

Bitte kläre die Sache, dachte Rosamunde verzweifelt. Nimm einen Privatsalon, wenn sie nichts anderes haben. Sie merkte, wie ihr schlecht wurde. Sie erinnerte sich, wie Brand verzweifelt gegen die Übelkeit angekämpft hatte. Er hatte verloren. Sie würde verlieren. Sie würde den Kampf viel lieber unter Ausschluss der Öffentlichkeit verlieren.

Dann berührte Diana sie am Arm. »Mylady?«

Ihre Stimme klang ein bisschen seltsam. Das war weder ihr Akzent noch ihr gewohnter Tonfall. Oder würde in diesem Augenblick jeder seltsam in ihren Ohren klingen? »Dieser Gentleman erbietet sich, Euch zu Eurem Bett hinaufzutragen, Mylady, wenn Ihr gestattet.«

»Bett?«

»Er hat Euch sein Schlafzimmer überlassen.«

Rosamunde drehte unter Schmerzen den Kopf und erblickte einen hoch gewachsenen, dunkelhaarigen Mann, der sich vor ihr verbeugte. Ein echter fahrender Ritter!

Er war ein gut aussehender Mann, aber das war nicht der Grund, weshalb sie ihn als einen Helden empfand. Er hatte ihr sein Zimmer überlassen und würde sie die Treppe hinauftragen.

»Gestattet Ihr, Lady Richardson?«

Rosamunde löste sich von der Säule und ließ sich von ihm auf die Arme nehmen.

»Gestattet, dass ich mich vorstelle«, sagte er, als er die Treppe hinaufzusteigen begann. »Mein Name ist Rothgar.«

# 14

Mit geschlossenen Augen kämpfte Rosamunde einen inneren Kampf. Sie sollte diesen liebenswürdigen Gentleman wirklich warnen. »Ich fürchte, ich muss mich übergeben, Sir.«

»Das dürfte dann der Ausgleich für einige meiner zahlreichen Sünden sein.«

Sein leicht humorvoller Unterton erinnerte sie an jemanden und ließ sie die Augen einen Spalt weit öffnen. Nein. Sie hatte ihn noch nie zuvor gesehen, und wenn sie ihm je zuvor begegnet wäre, würde sie sich bestimmt an ihn erinnern. In ihrem überdrehten Zustand wirkte er auf sie wie Luzifer in einem gewöhnlichen dunklen Stoffanzug. Teuflisch schön …

»Seid Ihr ein Lebemann?« Sie hatte noch nie einen richtigen Lebemann kennen gelernt, doch er entsprach ihrer Vorstellung davon, und außerdem hatte er von zahlreichen Sünden gesprochen.

Er drehte sich zur Seite, damit sie durch die Zimmertür kamen. »Meiner Ansicht nach nein.«

Er blieb stehen, während Rosamunde die Zimmermädchen leise murmelnd im Zimmer umherwuseln hörte. Vermutlich machten sie das Bett fertig und wärmten es vielleicht auch noch mit einer Wärmpfanne an.

»Kann man selbst beurteilen, ob man ein Sünder ist oder nicht?«, fragte sie. Verwirrt und von Schuldgefühlen geplagt, wie sie es derzeit war, erschien ihr die Frage wichtig.

»Gibt es eine bessere Richtschnur als unser Gewissen? Euer Bett ist bereit, Lady Richardson.« Mit einer deutlichen Spur schwarzen Humors fügte er hinzu: »Ihr wisst ja: Wie man sich bettet, so liegt man.«

Rosamunde musste beinahe lachen. Er führte ihre Beschwerden offenbar auf übermäßigen Alkoholgenuss zurück, so wie sie es fälschlicherweise bei Brand getan hatte. Wirklich die gerechte Strafe.

Nachdem ihr jemand die Schuhe ausgezogen hatte, legte sie der Mann vorsichtig auf das Bett. Er war sehr stark und wunderbar behutsam, doch kaum lag sie auf der weichen Matratze, war ihr alles andere egal. »Vielen Dank, Sir«, fiel ihr noch ein zu sagen, ohne dabei die Augen zu öffnen.

Seine Stimme schien aus großer Ferne zu kommen. »Ich wünsche Euch eine baldige Genesung, Lady Richardson.«

Rosamunde ging davon aus, dass er nun das Zimmer verließ, war jedoch ganz davon in Anspruch genommen, gegen den Brechreiz anzukämpfen. Sie hoffte inständig, dass sie sich nicht übergeben musste, zumal ihr vor den heftigen Schmerzen graute, die ihr dabei durch den Kopf jagen würden. Was Brand durchgemacht haben musste, der nicht einmal mehr gewusst hatte, wer er war und wo er sich befand! Trotz allem hatte er sich bemüht, stets höflich zu bleiben, eine Eigenschaft, die, wie sie inzwischen wusste, ein Wesenszug von ihm war.

Was war ihr eigener grundlegender Wesenszug?

Sie musste sich hin und her drehen, weil ihr jemand das Kleid und das Korsett auszog, doch es gelang ihr, die Übelkeit zu bezwingen. Als man ihr etwas zu trinken reichte, probierte sie davon. Ein süßer Saft mit Honig, der ihren Magen leicht zu beruhigen schien.

Vielleicht würde bald alles wieder in Ordnung sein.

Sie spürte, wie jemand sie zudeckte, hörte, wie die Vorhänge zugezogen wurden, und dann kehrte Ruhe ein.

»Na also«, sagte Diana und berührte sie sanft am Kopf. »Ruh dich aus, meine Liebe. Morgen Früh wird es dir wieder besser gehen.«

»Möglich«, sagte Rosamunde, während sie betrübt daran dachte, dass sie sich eigentlich um Brand kümmern wollte. Er lag jetzt allein und verlassen in der Scheune, und sie hatte ihn im Stich gelassen. Sie war nicht einmal in der Lage, dafür zu sorgen, dass man ihn dort fand.

Konnte sie Diana bitten, sich darum zu kümmern? Wenn er aufwachte, würde er in einem schlimmeren Zustand sein als sie selbst. Ihn würde niemand in ein Bett tragen ...

»Rothgar«, murmelte sie und überlegte angestrengt. »Ist das nicht ...?«

»Pst«, beschwichtigte Diana sie. »Mach dir keine Gedanken. Er hat keinerlei Verdacht geschöpft.«

Rosamunde fuhr aus dem Bett hoch. »Brands älterer Bruder. Der Marquis!«, rief sie aus.

Und dann musste sie sich heftig übergeben.

Ihr Kopf! Als Rosamunde wieder zu Bewusstsein kam, spürte sie zunächst nichts als ihren hämmernden Kopf. Schlagartig dachte sie an Brand. Sie fragte sich, wie es ihm wohl ergangen sein mochte und wie er sich diesmal fühlen würde, wenn er aus der Betäubung erwachte.

Sie musste etwas unternehmen. Sie musste jemanden zu ihm schicken, jemand musste sich um ihn kümmern ...

Bei dem Versuch, sich zu bewegen, durchzuckte ein heftiger Schmerz ihren Schädel. Sie blieb reglos liegen und atmete tief ein und aus.

»Aha«, sagte eine sanfte Stimme in dem breiten Akzent dieser Gegend. »Seid Ihr aufgewacht, Mylady? Wie's aussieht, seid Ihr noch nicht ganz auf der Höhe. Bleibt einfach noch etwas liegen, ihr braucht Euch keine Sorgen zu machen.«

Keine Sorgen machen! »Wie viel Uhr ist es?«, fragte Rosamunde, immer noch mit geschlossenen Augen.

»Nachmittag.«

Nachmittag! Sie unterdrückte eine aufkommende Panik. Es war immer noch genügend Zeit, um vor Einbruch der Nacht jemanden zu Brand zu schicken. Um etwas unternehmen zu können, musste sie jedoch ihre Kraft und ihre fünf Sinne zurückgewinnen.

Hatte sie das alles geträumt? Nein. Brands Bruder, der Marquis, war hier, und ein Blick in sein energisches Gesicht und in seine Adleraugen hatte genügt, um ihr zu sagen, dass sie ihn nicht zum Feind haben wollte, so liebenswürdig er auch gewesen sein mochte. Aber sie hatte ihn sich bereits zum Feind gemacht. Er durfte auf keinen Fall herausfinden, wer sie war.

Es war beinahe ein Ding der Unmöglichkeit: Sie musste jemanden über Brands Aufenthaltsort informieren, ohne den Argwohn des bedrohlichen Marquis zu wecken. Seine Wirkung auf sie war so intensiv gewesen, dass sie fast das Gefühl hatte, er hätte durch ihre Verkleidung hindurchgesehen.

Diana!

Sie schlug rasch die Augen auf und erblickte wie vermutet eine stämmige Frau mittleren Alters, die zu ihr herunterblickte. »Wo ist meine Zofe?«

»Es ist alles in Ordnung, Mylady«, sagte die Bedienstete beruhigend und nahm eine von Rosamundes Händen in ihre raue Hand. »Sie ist zum Apotheker gegangen, um ein Kopfschmerzmittel für Euch zu besorgen, und hat mich gebeten, so lange bei Euch zu wachen. Nun, was kann ich für Euch tun, Mylady?«

Rosamunde unterdrückte ein Stöhnen. Sie kannte ihre Kusine. Diana heckte bestimmt etwas aus. Wahrscheinlich spionierte sie dem Marquis nach. Diana würde in dieser Situation mit Sicherheit nicht den nötigen Ernst walten lassen. Immerhin nahm sie die Sache ernst genug, um keine Entlarvung zu riskieren, folglich war dies vielleicht Rosamundes einzige Chance.

Sie richtete sich vorsichtig auf. Ein Kopfschmerzmittel wäre Ihr jetzt sehr willkommen – falls es je einträfe. Schmerzen hin, Schmerzen her, sie musste jetzt aufstehen und dem Marquis auf irgendeinem Weg eine Nachricht übermitteln.

Auf sehr indirektem Weg.

Als sie schließlich aufrecht saß und das Zimmer aufgehört hatte, sich zu drehen, bat sie die Frau, ihr Tee zu bringen.

»Selbstverständlich, Mylady. In Eurem Zustand genau das Richtige. Möchtet Ihr auch etwas essen?«

»Nein.« Beim bloßen Gedanken daran drehte sich ihr der Magen um. »Nein, vielen Dank.«

Als die Frau leise hinausgegangen war, konzentrierte sich Rosamunde auf ihren Magen. Ihre Eingeweide waren zwar immer noch in Aufruhr, aber sie glaubte nicht, dass sie sich noch einmal würde übergeben müssen. Brand war auch nur ein einziges Mal schlecht geworden.

Stöhnend erinnerte sie sich daran, wie sie ihn auf die Bezahlung seiner Schuld angesprochen hatte, als er in demselben oder gar in einem noch schlimmeren Zustand gewesen war als sie. Kein Wunder, dass er so gereizt darauf reagiert hatte! Sie konnte nur hoffen, dass sie sich genauso schnell erholen würde, wie er es offenbar getan hatte.

Obwohl sie bis auf ihr Unterkleid entkleidet war, wankte sie zu einem Stuhl am Fenster hinüber. Vorsichtig schob sie den Vorhang ein Stück zur Seite. Die Sonne schien an dieser Seite des Gebäudes nicht hinein, deshalb wurde sie nicht vom Licht geblendet. Sie blickte auf einen Garten hinunter, doch da war nichts Ungewöhnliches zu sehen.

Um herauszufinden, wie die Dinge standen, und um dafür zu sorgen, dass man Brand fand, müsste sie das Zimmer verlassen.

Wie lange würde es dauern, bis er wieder zu sich kam? Sie selbst war auf der Reise etwa vier Stunden lang betäubt gewesen und hatte dann noch ein paar weitere Stunden geschlafen. Als sie daran dachte, wie viel er von dem Brombeertrank getrunken hatte, zuckte sie vor Pein zusammen. Er war zwar ein großer Mann, trotzdem wäre es möglich, dass er den ganzen Tag bewusstlos blieb, und seine Schmerzen würden mindestens ebenso heftig sein wie beim letzten Mal.

Das Dienstmädchen kam wieder herein. »Oh, Ihr seid aufgestanden, Mylady. Dann scheint es Euch ja schon besser zu gehen. Ich habe eine Kanne schön starken Tee gemacht, und hier ist heißes Wasser, falls Ihr ihn verdünnen möchtet. Und ein paar Kekse, die Eurem Magen vielleicht gut tun.« Sie stellte das Tablett vor Rosamunde ab. »Soll ich Euch einschenken, Mylady?«

»Ja, bitte. Stark und süß.«

»So ist's richtig. Starker süßer Tee bringt den Körper wieder in Schwung.«

Ein paar Augenblicke später hielt Rosamunde die warme Tasse in den Händen, nippte an dem mahagonifarbenen Tee und spürte, wie die Wärme, der Geschmack und der Zucker ihre Lebensgeister weckten.

Ihre Kopfschmerzen nahmen ab.

»Köstlich. Vielen Dank. Wie heißen Sie?«

Das Dienstmädchen machte einen Knicks. »Gertie, Mylady. Unser Tee ist wirklich gut. Mr Sowerby, der Gastwirt, hat seine eigene Teemischung. Sie wird von allen, die eine gute Küche mögen, sehr geschätzt. Und sein selbst gebrautes Ale ist weithin berühmt. Es ist ebenfalls sehr gut und sehr stark. Aber ich muss aufhören zu plaudern«, sagte sie und brachte das Bett in Ordnung.

Rosamunde hätte am liebsten Ruhe und Frieden gehabt, aber was sie dringender brauchte, waren Informationen. Informationen über den Marquis: Warum war er hier? Und vor allem musste sie wissen, ob man in einer Scheune einen Mann gefunden hatte.

»Sind zur Zeit viele Gäste hier?«, fragte sie.

»Das Haus ist bis unters Dach ausgebucht, Mylady. Weil heute ein bedeutender Lord mit einem großen Gefolge eingetroffen ist. Ehrlich gesagt kann ich mir kaum vorstellen, dass eine einzige Person so viel Personal braucht, das sich um sie kümmert. Und sein Bruder ist schon länger hier, ebenfalls mit vielen Bediensteten, die sich um ihn kümmern. Aber er ist im Moment nicht da. Der Bruder, meine ich. Ein furchtbar netter Mann, dieser Lord Brand. Er hat ein so liebenswürdiges Lächeln.«

Nachdem sie das Kissen glatt gestrichen hatte, sah das Bett aus, als wäre es nie benutzt worden.

Liebenswürdig, dachte Rosamunde mit bitterer und unsinniger Eifersucht. Aber es stimmte. Brands Lächeln war liebenswürdig, weil es echt war.

»Aber es ist ganz interessant, all diese herrschaftlichen Dienstboten im Haus zu haben«, fuhr Gertie fort, während sie den Waschtisch saubermachte. »Ein paar von ihnen sind rechte Schlingel, wenn Ihr versteht, was ich meine. Mrs Sowerby schließt nachts die Türen von den Kammern der jüngeren Dienstmädchen ab.«

»Wer ist denn dieser bedeutende Lord?«, fragte Rosamunde, um das Geplauder in Gang zu halten.

Gertie hielt in ihrer Arbeit inne, um zu antworten. »Kein geringerer als ein Marquis, Mylady. Der Marquis von Rothgar. Seine Dienerschaft sagt, dass er in Südengland ein einflussreicher Mann ist. Wenn wir seinem Lakai glauben können, kennt er den König so gut wie ich Mr Baines, den Metzger!«

Rosamunde hätte sich bei diesem Vergleich fast verschluckt. »Dann macht er bestimmt eine Menge Umstände.«

»Das kann man noch nicht sagen, weil er erst kurz vor Euch angekommen ist, Mylady. Aber ich habe nicht den Eindruck. Seine Diener sorgen zwar dafür, dass seine Lordschaft dies und das bekommt, aber das ist nicht mehr als das, was die meisten Lords erwarten. Es ist sein eigenes Bettzeug, in dem Ihr gelegen habt, Mylady, denn er hat Euch sein Zimmer überlassen. Er kann also nicht so schlimm sein, wie er aussieht.«

»Schlimm?«, wiederholte Rosamunde, während sie über den Marquis nachdachte. Er hatte ihr eine große Gefälligkeit erwiesen. Vielleicht brauchte man ihn gar nicht zu fürchten.

Das Dienstmädchen errötete. »Ich hätte das nicht sagen sollen, Mylady. Aber ich finde, er strahlt so etwas Düsteres aus. Er leidet bestimmt darunter, dass er Luzifer so ähnlich sieht.«

Also war dieser Eindruck nicht auf die Droge zurückzuführen. »Vielleicht gefällt ihm das auch«, warf Rosamunde ein. »Es dürfte doch ganz nützlich sein, wenn andere vor einem Angst haben.«

»Aber nicht sehr angenehm, oder? Na ja«, sagte das Mädchen und rückte einen Stuhl zurecht, »ich habe wahrscheinlich sowieso nicht viel mit ihm zu tun. Seine Diener kümmern sich um ihn, und wir kümmern uns um seine ranghöheren Diener.«

Rosamunde war mit den Gedanken schon weiter. Lord Rothgar war gerade erst angekommen? Ob er etwa von Schwierigkeiten erfahren hatte und deshalb nach Nordengland gekommen war?

Aber das war eigentlich unmöglich.

Selbst mit den besten Pferden war es von London bis hierher mindestens eine Dreitagesreise. Er musste ungefähr zur selben Zeit aufgebrochen sein, als Brand zum ersten Mal betäubt worden war.

Aller Logik zum Trotz war ihr sein plötzliches Auftauchen irgendwie unheimlich, als ob es von Flammen und Schwefel begleitet würde.

»Und sein Bruder?«, fragte Rosamunde und hatte das Gefühl, dass allein die Tatsache, Brand zu erwähnen, sie verraten könnte.

»Lord Brand?« Obwohl sie schon in mittleren Jahren war, seufzte Gertie schmachtend auf. »So ein liebenswürdiger Mann. So umgänglich und geduldig. Wenn man ihn kennen lernt, würde man nie vermuten, dass er der Bruder eines so bedeutenden Lords ist.«

Rosamunde musste sich beherrschen, um ihr nicht beizupflichten. »Aber Sie sagten, er hätte eine Menge Bediensteter dabei?«

»O ja, aber eher geschäftlicher Art. Schreiber, Buchhalter, Anwälte und so weiter. Aber auch die haben wiederum ihre eigenen Diener mitgebracht. Lord Brand verwaltet anscheinend die Güter seines Bruders. Bestimmt sind es eine Menge Güter.«

Schreiber.

Buchhalter.

Anwälte.

Während Rosamunde sich Tee nachgoss, kämpfte sie gegen Lachen und Tränen an. Ihr heimlicher Liebessklave. Selbst als sie erfahren hatte, dass er ein Lord war, hatte sie nicht begriffen, was das alles bedeutete. Wie hätte sie das auch ahnen sollen? Er hatte an dem bescheidenen Haus mit den wenigen Bediensteten nichts auszusetzen gehabt. Er hatte sich geradezu wie der Tunichtgut verhalten, für den sie ihn anfangs gehalten hatte – als hätte er im Leben nichts Besseres zu tun, als sich mit ihr zu amüsieren!

Bis auf die Tatsache, dass er ihr klargemacht hatte, dass bei Tagesanbruch alles zu Ende sein müsse.

Lord Brand Malloren hatte also einen Bruder, der ein enger Vertrauter des Königs war, und ein eigenes Gefolge. Jetzt war ihr mehr denn je klar, dass es keine weitere Beziehung zwischen ihm und Rosie Ellington geben konnte, außer vielleicht einer zufälligen Begegnung auf einer dunklen Gasse.

Und trotzdem – sie knabberte an einem Keks – hatte er sich nicht verstellt, als er sie gebeten hatte, mit ihm durchzubrennen. Sie erinnerte sich daran, wie hartnäckig er die ganze Nacht immer wieder darauf zurückgekommen und regelrecht ärgerlich geworden war, als sie nicht einwilligte.

Nun, da sie wusste, was für eine hohe Stellung er innehatte, begriff sie, dass es ihm ernst gewesen war. Eine so mächtige Familie war es gewohnt, die Welt nach ihren Vorstellungen zu gestalten. Sie würden sich nicht um die Meinungen anderer scheren. Er glaubte bestimmt, dass sie sich geehrt fühlen würde, seine Mätresse zu sein. Ein Skandal wäre für ihn sicher nicht mehr als eine Lappalie.

Wäre Wenscote nicht von der Neuen Glaubensgemeinschaft bedroht, wäre sie ihm dann gefolgt?

Nein. Hätte diese Bedrohung nicht bestanden, wäre sie gar nicht erst mit ihm ins Bett gegangen, so wunderbar dieser Mann auch sein mochte. Und sie musste zugeben, dass er niemals Interesse an ihr gezeigt hätte, wenn sie nicht auf ihn zugekommen wäre. Nicht das geringste Interesse, denn wenn kein Grund bestanden hätte, ihre Identität zu verbergen, hätte sie ihm zweifellos ihr wahres Gesicht gezeigt, ihr vernarbtes Gesicht.

Auf einmal sehnte sie sich ganz schrecklich danach, wieder bei Digby zu sein, zu Hause in Wenscote, wo sie sie selbst sein konnte.

Dann merkte sie, dass Gertie immer noch schwatzte.

»... seit Tagen fort.«

»Wer ist seit Tagen fort?«

»Na, Lord Brand, Mylady, wie ich eben gesagt habe.«

»Er wird vermisst?« Es gelang ihr, ganz gelassen zu klingen.

Nachdem sie ihre Arbeit getan hatte, stand Gertie einfach da, die Hände auf ihrer weißen Schürze gefaltet. »Nein, nicht vermisst. Offenbar ist es seine Art, allein auszureiten und Besuche zu machen. Er hat eins von Mr Sowerbys Reitpferden gemietet, obwohl er selbst zwei eigene prächtige Pferde hat. Inkogno oder so ähnlich nennen es seine Diener.«

»Inkognito.« Das erklärte die schlichte Kleidung.

»Ja, genau. Aber der Marquis hat ihm mitteilen lassen, dass er sich heute hier mit ihm treffen will, und diese Nachricht hat er schon vor seinem letzten Ausritt erhalten. Deshalb ist es ein bisschen verwunderlich, dass er noch nicht zurück ist.«

Rosamunde musste etwas erwidern. »Was kann ihm denn passiert sein?«

»Nun, die Welt ist voller Schlechtigkeit, nicht wahr, Mylady? Letzten Monat wurden ein Stück nördlich von hier drei Kutschen von Straßenräubern überfallen, und neulich ist die Presspatrouille zur Zwangsrekrutierung von Seeleuten in Filey eingefallen. Ich hoffe sehr, dass ihm nichts passiert ist.«

»Das hoffe ich auch.« Weil sie befürchtete, dass ihre Worte etwas zu heftig geklungen hatten, fügte Rosamunde schnell hinzu: »Dass aber auch so viel passieren muss. Da bekommt man ja richtig Angst vorm Reisen!«

Gertie kam zu ihr herüber und musterte zufrieden die leere Keksschale. »Nun macht Euch mal keine Sorgen. Wenn Ihr am helllichten Tage reist, wird Euch schon nichts geschehen.«

Wäre Rosamunde diesem Rat immer gefolgt, hätte der Vorfall, mit dem diese ganze Geschichte angefangen hatte, ihr nie passieren können.

»Aber was ist nun mit Lord Brand?«, fragte sie weiter.

Mit sorgenvoller Miene griff Gertie nach dem Tablett. »Wir können nur hoffen, dass er bald auftaucht, Mylady. Wenn nicht, wird der Marquis diesen Teil von Yorkshire völlig auseinander nehmen, sagen seine Diener. Darauf können wir gerne verzichten.«

Rosamunde erschauderte, denn ihr fiel ein, wie Brand in ihrer letzten Nacht von seinem ältesten Bruder erzählt hatte und davon, wie dieser sich um seine Familie kümmerte. Auch Diana hatte gesagt, dass er im Ruf stand, äußerst rabiat zu werden, wenn einem seiner Familienmitglieder etwas angetan wurde.

Was würde so ein Mann mit Leuten tun, die seinen Bruder betäubt und in einer abgelegenen Scheune zurückgelassen hatten?

Rosamunde stützte ihren schmerzenden Kopf in die Hand. Wäre sie doch bloß nach Dianas Plan vorgegangen und hätte es auf dem Maskenball hinter sich gebracht! Dann wäre Brand jetzt nicht in solcher Gefahr. Sie hätte ihn vielleicht trotzdem gefunden und gerettet, aber sobald er wieder genesen war, hätte sie ihn gefahrlos weiterziehen lassen können.

Was wäre in den ein, zwei Tagen geschehen, in denen er sich im Witwenhaus erholte? Hätten sie sich miteinander unterhalten? Hätte sich auch dann diese persönliche Beziehung entwickelt, die ihr immer noch so schmerzhaft zu schaffen machte?

Möglicherweise wäre sie nicht einmal dort geblieben, sondern gleich nach Wenscote weitergefahren, und die Yockenthwaits hätten sich um ihn gekümmert. Wenn dieser Gefühlswirrwarr nicht eingetreten wäre, könnte sie jetzt glücklich und zufrieden sein ...

Sie seufzte. Ihr Herz sah das anders. Trotz der Schmerzen über den Verlust konnte sie sich nicht wünschen, dass sie die Tage mit Brand besser nie erlebt hätte. Sie konnte sich nicht wünschen, dass sie jetzt das Kind eines gesichtslosen Fremden austrug statt – hoffentlich – Brands Kind.

Selbstsüchtig wie sie war, konnte sie nicht einmal wünschen, ihm Leiden zu ersparen.

Aber sie konnte wenigstens etwas tun, um seine Leiden zu mildern. Sie stand auf und bemühte sich, dabei weder zusammenzuzucken noch zu schwanken. »Es geht mir schon besser, Gertie. Vielleicht kann ich meine Reise heute noch fortsetzen.«

»Nein, Mylady, Ihr müsst hier übernachten. Wenn Ihr in einer Kutsche herumgeschüttelt werdet, wird Euch bestimmt wieder schlecht.«

Rosamunde befürchtete das ebenfalls, aber hier zu bleiben war einfach zu gefährlich. »Ich muss nach Hause. Bitte helfen Sie mir beim Ankleiden.«

Gertie zuckte mit den Schultern. »Wie Ihr wünscht, Mylady.« Sie half Rosamunde beim Anlegen des Mieders, des Unterrocks und des schlichten Kleides. Als Rosamunde im Spiegel ihr Aussehen überprüfte, erschrak sie über die Fremde, die ihr entgegenblickte, war aber auch etwas beruhigt. Selbst wenn sie dem Marquis irgendwann begegnete, würde er sie nie mit Lady Richardson in Verbindung bringen.

Sie fragte sich, ob Brand das tun würde. Oder sie zumindest als seine maskierte Lady wiedererkannte. Lady Richardsons geschminktes Gesicht, mit dicker weißer Creme, Rouge, dunklen Augenbrauen und karminroten Lippen wirkte genauso unheimlich wie ihre bemalte Maske. Die Maske war ruiniert, aber auch dieses Gesicht war vom Schlaf schwer in Mitleidenschaft gezogen.

Rosamunde schickte das Dienstmädchen fort, suchte Dianas Schminksachen und besserte die Schminke so gut wie möglich aus. Das Gesicht im Spiegel war furchtbar – das Gesicht eines bissigen, hässlichen alten Weibs –, aber es tröstete sie. Und Gertie hatte sie auch gar nicht mitleidig angesehen.

Nachdem sie sich einigermaßen hergerichtet hatte, suchte Rosamunde im Zimmer nach Schreibmaterial. Nichts, nicht einmal Dianas Reiseschreibmappe. Wie sollte sie eine Nachricht hinterlassen, wenn sie weder Stift noch Papier hatte?

Der Gästesalon. Dort müssten solche Utensilien wohl zu finden sein.

Sie zögerte, zum einen aus Scheu, sich in diesem seltsamen Aufzug blicken zu lassen, zum anderen aus Angst, dem Marquis zu begegnen. Aber sie musste es tun. Brand würde jetzt vielleicht gerade aufwachen und leiden. Rosamunde warf einen letzten ermutigenden Blick in den großen Spiegel.

Niemand würde sie erkennen –

Ein Lächeln erschien auf ihrem Gesicht. Lady Gillsett! Sie sah genau so aus, wie sie sich die verruchte Lady Gillsett vorgestellt hatte! Sich nun auch deren Kühnheit zu Eigen machend, eilte sie zur Tür, um ihren Liebessklaven aus seiner Not zu erretten. Der Gasthof schien ungewöhnlich ruhig zu sein, und draußen im Gang begegnete ihr nur eine einzige Person – ein junger Mann mit einer Kladde in der Hand, vermutlich ein Buchhalter. Vielleicht einer von Brands Angestellten.

Sie könnte ihn anhalten und ihm Bescheid geben …

*Sei kein Dummkopf, Rosamunde!*

Als sie die Treppe zur Eingangshalle hinunterstieg, gingen gerade zwei Offiziere in roten Uniformen darauf zu, warteten aber höflich am Fuß der Treppe, bis Rosamunde an ihnen vorbeigegangen war. Beide machten eine kleine Verbeugung, nahmen aber weiter keine Notiz von ihr.

Starrten sie nicht an.

Warfen ihr keine mitleidigen Blicke zu.

Rosamunde war mit einem Schlag leichter ums Herz und ging beschwingt weiter. Zum ersten Mal war sie wirklich draußen in der Erwachsenenwelt.

Ein Lakai in der Halle geleitete sie diensteifrig zum Gästesalon. Er erwies sich als ein hübscher Raum, dessen hohe Fenster den Blick auf den Marktplatz freigaben. An einem Tisch beim Fenster saßen zwei ländliche Damen und tranken Tee. Ein korpulenter Mann mittleren Alters saß in einem Ohrensessel am Kamin und las eine der ausliegenden Zeitungen.

Der Mann beachtete Rosamunde nicht, aber die Damen – windgegerbte Gesichter und drahtiges Haar – sahen lächelnd zu ihr herüber und nickten ihr zu. Als Rosamunde ihren Gruß mit einem knappen Knopfnicken erwiderte, kam ihr der Gedanke, dass bestimmt niemand vermuten würde, sie hätte etwas mit den beiden zu tun. Das brachte sie auf eine Idee.

Sie setzte sich an den Schreibtisch, der aus edlem Walnussholz geschreinert war, nahm ein Blatt Papier aus der Schublade und steckte die Feder zusammen. Dann tauchte sie die Spitze ins Tintenfass und begann zu schreiben. Sie hatte vorgehabt, eine knappe Notiz zu verfassen, die vorgeblich von einer unbeteiligten Person stammte, aber ihre Hand und ihr Kopf schrieben den Brief, den ihr das Herz diktierte.

*An Lord Brand Malloren,*

*Ihr werdet mir niemals verzeihen, und das ist auch gut so. Zwischen uns kann es ohnehin keine dauerhafte Beziehung geben, nur die kurze Zeit, die wir miteinander verbracht haben. Aber das eine sollt Ihr wissen, und bitte glaubt es mir, Mylord: Das Licht und die Freude, die Ihr in mein Leben ge-*

*bracht habt, werden immer mit mir sein. Im Namen dieser Freude, die Ihr, so hoffe ich, zu einem kleinen Teil geteilt habt, bitte ich Euch inständig, auf keinen Fall den Versuch zu unternehmen, mich aus Rache oder einem anderen Grund ausfindig zu machen.*

*Ich hatte keine Wahl. Ich hatte noch nie eine Wahl.*

*»Lady Gillsett«*

Sie las das Geschriebene durch und wusste, dass sie es eigentlich zerreißen sollte. Doch sie brachte es nicht über sich, konnte es aber auch nicht hier für ihn liegen lassen wie eine für jeden sichtbare Visitenkarte. Sie faltete das Blatt zusammen, versiegelte es und adressierte es an Lord Brand Malloren. Welche Adresse hatte er ihr in der leidenschaftlichen Nacht genannt? Malloren House. Da war noch mehr gewesen.

Marlborough Square! Sie schrieb es hin, darunter »London« und steckte das törichte Schreiben in ihre Tasche. Sie würde einen Weg finden, um es ihm überbringen zu lassen, einen Weg, den er nie zurückverfolgen könnte.

Dann schrieb sie die Notiz, die zu schreiben sie sich vorgenommen hatte.

*Lord Brand Malloren liegt in einer Scheune ein Stück außerhalb von Thirsk an einem Feldweg zwischen der Ripon Road und einem Ort, dessen Name mit »Neu« beginnt.*

Sie widerstand der Versuchung, ein paar nicht unbedingt notwendige Wörter hinzuzufügen, faltete das Blatt zusammen und überlegte, an wen sie es adressieren sollte. Obwohl es riskant war, beschloss sie, die Nachricht direkt an den Marquis von Rothgar zu richten. Wenn ihr Plan funktionierte, würde es eine Weile dauern, bis er das Schreiben erhielt. Genug Zeit für sie, um von hier wegzukommen. Denn sobald die Botschaft auf den Weg gebracht war, müssten sie abreisen. Sie wäre zwar gerne noch geblieben, um mitzuerleben, wie Brand in Sicherheit gebracht wurde, doch das war ein zu großes Risiko. Ein Risiko für sie selbst und für Diana, aber auch für den wichtigen Plan, der hinter alldem steckte.

Jetzt zum nächsten Schritt. Sie erhob sich vom Schreibtisch, nahm sich eine der Zeitungen, setzte sich in einen Sessel in der Nähe der beiden älteren Damen und tat so, als würde sie lesen. Wie sie es gehofft hatte, verließ der Mann als erster den Raum, und es kam niemand mehr hinein. Rosamunde nahm ihren ganzen Mut zusammen und ging zu den beiden Frauen hinüber, die gerade ihren Tee ausgetrunken hatten.

»Verzeihung.«

Beide schauten auf. »Ja?«, sagte die eine.

»Können wir Ihnen behilflich sein?«, fragte die andere.

Mit vor Nervosität wild klopfendem Herzen setzte Rosamunde sich zu ihnen und versuchte sich wie die hartgesottene Frau zu benehmen, nach der sie aussah. »Machen Sie hier lediglich einen kleinen Zwischenstopp?«

Die beiden nickten.

»So ist es, Mistress.«

»Wir sind auf dem Weg nach Hause.«

»Wir sind froh, wenn wir wieder daheim sind.«

Sie antworteten nacheinander wie alte Vertraute. Sicherlich waren sie Schwestern, vielleicht sogar Zwillinge. Sie waren so normal und fröhlich, dass Rosamunde sich danach sehnte, normal mit ihnen umgehen zu können und sich nicht verstellen zu müssen. Die Schminke war in Wahrheit nur eine andere Art Maske.

»Ist es noch weit bis dorthin?«, fragte sie, als würden sie sich zwanglos unterhalten.

»Weit genug, Mistress.«

»Bis nach Arkengarthdale.«

»Wir müssen bald aufbrechen.«

»Damit wir vor Einbruch der Dunkelheit zu Hause sind.«

Weit genug, in der Tat. Und ziemlich abgelegen. Umso besser für ihren Plan. »Reisen Sie ohne Begleitung?«

Ein Kichern. »Wer würde zwei alte Frauen wie uns belästigen?«

»Aber für alle Fälle haben wir unsere Pistolen dabei.«

»Mit der Kutsche?«, fragte Rosamunde.

»Wo wir wohnen, gibt es kaum Straßen. Wir sind zu Pferde unterwegs.«

Eine der beiden Frauen streckte ein Bein vor, damit Rosamunde die großen Reitstiefel sehen konnte, die sie unter ihren Röcken trug. »Rittlings, natürlich.«

»Natürlich.« Die beiden Frauen begannen Rosamunde zu faszinieren, und sie wünschte, sie könnte sie näher kennen lernen. Sie musste jedoch zur Sache kommen und dann schleunigst von hier aufbrechen.

»Auch ich werde bald abreisen«, sagte sie. »Aber ich muss hier für einen Herrn eine Nachricht hinterlassen – ohne dass er weiß, von wem sie stammt.« Bei dem Gedanken, welche Schlussfolgerungen die beiden Frauen daraus ziehen würden, errötete sie unter ihrer Schminke, war aber sicher, dass sie äußerlich ganz gelassen wirkte.

Die Augen der beiden Frauen weiteten sich.

»Du liebe Güte.«

»Sie haben doch hoffentlich nichts Törichtes getan, oder?«

»Man sieht deutlich, dass Sie verheiratet sind, meine Liebe.«

Rosamunde hatte nicht daran gedacht, ihren Ehering abzustreifen! Rasch spann sie ihre Geschichte weiter aus. »Im Gegenteil«, sagte sie und versuchte, einen tragischen Blick aufzusetzen. »Ich bin zur Vernunft gekommen. Aber ich muss ihm wenigstens eine Nachricht hinterlassen.«

»Ganz richtig.«

»Vortrefflich.«

»Vernünftig zu sein, meine ich.«

»Wie traurig.«

»Ziemlich romantisch!«

»Wir wollten uns hier treffen und zusammen durchbrennen«, fuhr Rosamunde fort, »aber bis jetzt hegt noch niemand Verdacht. Er ist gerade erst angekommen, was mir die Gelegenheit gegeben hat, zu erkennen, dass es unmöglich ist.« Sie ließ den Kopf in die Hand sinken. »Mein armer Gatte. Meine armen lieben Kinder.«

»Oh, die kleinen unschuldigen Wesen!«

»Wir fühlen mit Ihnen!«

Rosamunde sah ihnen ins Gesicht und schämte sich der Lügen, die sie diesen gutherzigen Damen auftischte. Aber zum Trost lag allem ein wahrer Kern zugrunde. »Um meines Rufes, meines Gatten und meiner Kinder willen« – sie legte den zusammengefalteten Brief auf den Tisch – »darf niemand in diesem Gasthof wissen, wer diese Nachricht für ihn hinterlassen hat.«

Die links sitzende Dame griff nach dem Schreiben und las die Adresse. »Ein Marquis!«

»Leider habe ich mich von seinem hohen Rang blenden lassen.«

»Und gewiss noch von anderen Dingen.«

»Wir haben den Herrn schon kurz gesehen, meine Liebe.«

»Eine stattliche Gestalt.«

»Aber man soll niemanden nach seinem Äußeren beurteilen, Schwester.«

»Das stimmt. Es ist schändlich von ihm, eine gute Ehefrau von ihrem Heim weglocken zu wollen.«

»Wie können wir Ihnen helfen, meine Liebe?«

Rosamunde überlegte aufgeregt, wie der Marquis auf diese üble Verleumdung reagieren würde.

Gott sei Dank würde er nie erfahren, wer dafür verantwortlich war.

»Ich dachte ... ich weiß, es ist eine Zumutung, aber wäre es möglich, das Schreiben am Stadtrand jemandem zu übergeben mit der Anweisung, dass man es mit einer kleinen Verzögerung hier abliefern möge? Ich befürchte nämlich, dass er mich verfolgen könnte und dass ich dann wankelmütig werden könnte.«

»Sehr klug von Ihnen, das zu verhindern.«

»Wir werden tun, was Sie wünschen.«

Jetzt kam der schwierigste Teil. Sie musste sie bitten zu lügen.

»Wenn später jemand nachfragt, würden Sie dann bitte nichts über mein Aussehen verraten? Ich bin etwas verkleidet ...«

Die links sitzende Frau tätschelte ihre Hand. »Selbstverständlich, meine Liebe. Seien Sie unbesorgt.«

»Und werden Sie nicht wankelmütig.«

»Kehren Sie zu Ihrem Ehemann und Ihren Kindern zurück.«

»Ihre wertvollen Schätze.«

»Weder meine Schwester noch ich haben je geheiratet.«

»Manchmal ist es bestimmt hart, verheiratet zu sein.«

»Männer sind es, nicht wahr? Hart.«

»Sag besser schwierig, Mary.«

»O ja. Schwierig, Annie.«

Rosamunde hätte über ihre Worte am liebsten gekichert.

»Aber sündhaftes Verhalten kann auf lange Sicht nie zu Glück führen«, sagte Mary bestimmt.

Diese Aussage war so zutreffend, dass Rosamunde der Drang zu kichern verging. »Ja, das stimmt. Vielen Dank für Ihre Hilfe.«

Sie war versucht, die beiden lieben, mitfühlenden Frauen zu umarmen, beschränkte sich aber darauf, die Hand einer der beiden zu drücken. »Nochmals vielen Dank. Es ...« – sie stockte – »es ist wirklich sehr wichtig.«

Damit stürzte sie aus dem Zimmer, bevor sie in Tränen ausbrechen konnte.

Die beiden Schwestern blickten einander verdattert an.

»Ein richtiges kleines Drama, Annie.«

»Oder eine Tragödie.« – »Schwer zu sagen.«

»Er ist genau der Typ, der Frauen ruiniert.« – »Dunkel. Gut aussehend.«

»Mehr als das.«

»Stimmt.«

»Ziemlich jung, glaube ich. Sie. Unter der Schminke.«

»O ja. Das erkennt man immer an den Händen.«

»Und unglücklich.«

»Liebe. Einfach sinnlos.«

Annie trank ihren Tee aus. »Aber ich hätte nichts dagegen gehabt.«

Mary nickte. »Ich auch nicht. Ich auch nicht.«

Damit beendeten sie ihre Teepause. Miss Mary steckte das Schreiben in ihre Tasche, Miss Annie bezahlte die Rechnung, dann nahmen die exzentrischen Gillsett-Schwestern ihre Reitgerten und Dreispitze in die Hand und stapften hinaus, um sich ihre Pferde bringen zu lassen.

# 15

»Wir müssen sofort abfahren!«, stieß Diana atemlos hervor, als sie in Kleidern, die wie Lumpen aussahen, ins Zimmer gestürmt kam.

Rosamunde drehte sich abrupt vom Fenster weg, aus dem sie in der törichten Hoffnung hinausgeblickt hatte, noch mitzubekommen, wie Brand in Sicherheit gebracht wurde.

»Ganz deiner Meinung.«

Erst dann merkte sie, wie aufgeregt ihre Kusine eigentlich war. »Wieso? Was ist passiert?«

»Der Marquis lässt überall Nachforschungen anstellen und hat sogar die *Armee* eingeschaltet! Wir müssen sofort abreisen. Sobald wir hier weg sind, können wir unsere Verkleidung ablegen und er wird uns niemals finden.«

Sie warf ein Bündel Kleider aufs Bett – die Zofenkluft, die sie zuvor getragen hatte – und begann, sich die sackartigen Kleidungsstücke auszuziehen.

»Ist das schon wieder eine neue Verkleidung?«, fragte Rosamunde, während sie ihr beim Ablegen der groben Kattunschürze, des schlammfarbenen Oberteils und des formlosen braunen Rocks half.

»Das«, sagte Diana und schleuderte das letzte Kleidungsstück auf den Boden, »ist das Beste, was sich auftreiben ließ, nachdem du dich über mich übergeben hattest.«

»Oh, Diana, das tut mir so leid!«

Diana ließ sich ein wenig besänftigen und warf ihr ein Lächeln zu. »Du konntest ja nichts dafür, und ich muss gestehen, es war eine ganz interessante Erfahrung, mal zu erleben, wie das ist, auf der untersten Gesellschaftsstufe zu stehen.« Sie band ihren blauen Rock über dem blütenweißen Unterkleid zu, schlüpfte in das braune Mieder und schnürte es vorne zu. »Als ich bei Dulcie diese Kleider angezogen habe, hätte ich es nie für möglich gehalten, dass ich mich darin einmal so großartig fühlen würde. Jetzt lass uns packen, und dann nichts wie weg von hier!«

Rosamunde sah verwundert zu, wie ihre sonst nicht aus der Ruhe zu bringende Kusine hektisch hin und her lief und ihre Habseligkeiten zusammensuchte.

»Ja, ich finde auch, wir sollten aufbrechen«, sagte sie, »aber der Marquis wird uns bestimmt nicht verdächtigen, Diana.«

Trotzdem machte sie der Gedanke an die Botschaft, die an ihn unterwegs war, nervös. Es war jetzt eindeutig nicht der richtige Zeitpunkt, Diana zu beichten, was sie getan hatte, denn auch Rosamunde wollte Thirsk schnellstmöglich verlassen. Sie half ihrer Kusine beim Packen.

»Dieser Mann verdächtigt jeden«, sagte Diana, lief zum Kamin hinüber und angelte etwas heraus. Papierschnipsel?

Rosamundes Argwohn verstärkte sich. »Diana, was hast du angestellt?«

Diana blieb wie angewurzelt stehen, reckte trotzig das Kinn vor, wie sie es in ihrer Kindheit getan hatte, wenn sie etwas ausgefressen hatte, und zeigte Rosamunde, was sie in der Hand hielt. Die Ecke eines Briefbogens, auf dem das Familienwappen aufgedruckt war. »Ich habe dem Marquis eine Nachricht zukommen lassen, um ihm mitzuteilen, wo Lord Brand zu finden ist. Es ist einfach nicht richtig, dass …«

»*Was* hast du getan? Hast du sie ihm persönlich übergeben?«

»Nein, natürlich nicht! Ganz raffiniert. Ich erkläre es dir später. Aber er wird sie demnächst bekommen. Und ich habe ihn gerade mit zwei Armeeoffizieren gesehen. Unsere Kutsche habe ich schon anspannen lassen. Auch wenn wir es heute nicht bis nach Hause schaffen, müssen wir auf jeden Fall abreisen.«

»In der Tat«, sagte Rosamunde mit dem unguten Gefühl, dass alles schief lief. »Ich habe vorhin ebenfalls eine Nachricht für ihn abgegeben!«

»*Was?*«

Rosamunde schilderte ihrer Kusine rasch ihren Plan, während sich beide noch einmal im Zimmer umsahen, ob sie auch nichts Verräterisches vergessen hatten. Einen Knopf. Einen Faden.

Daraufhin erzählte Diana ihr eine verworrene Geschichte, in der Stallknechte und die Londoner Postkutsche vorkamen.

Diana hatte ihr Schreiben offenbar im Hof fallenlassen, als die Postkutsche gerade abfuhr. Außerdem war sie mindestens einmal um ein Haar mit Lord Rothgar zusammengestoßen.

»Oh, Diana«, rief Rosamunde aus, während sie noch ein letztes Mal durchs Zimmer lief. »Wäre der teuflische Marquis doch nicht gerade zu diesem Zeitpunkt eingetroffen! Selbst in den wenigen Minuten, als er mich ins Zimmer hochtrug, hatte ich das Gefühl, er würde alle meine Geheimnisse durchschauen.«

»Teuflisch. Das ist genau das richtige Wort!«, pflichtete Diana ihr bei, während sie hinter das Bett schaute.

Rosamunde hob den kleinen Handkoffer hoch. »Nun komm schon. Mag er nun ein Teufel sein oder nicht, er wird wohl kaum auf die Idee kommen, dieses Zimmer abzusuchen!«

Diana lag gerade auf dem Bauch und lugte unters Bett. »Dazu ist er durchaus imstande, glaube mir. Ich habe mitbekommen, wie er auf der Suche nach den winzigsten Hinweisen die Diener ausgefragt hat. Er bietet Silbermünzen als Belohnung für Informationen über den Verbleib seines Bruders an. Die Diener werden garantiert mit ihren Fingernägeln die Bodenritzen auskratzen. Da!«

»Was?«

Diana rappelte sich auf und hielt triumphierend einen Schilling in die Höhe. »Reichtümer!«

Die nervöse Anspannung machte Diana offenkundig ganz verrückt. »Nun komm schon, bevor du noch vollkommen überschnappst. Ein Schilling, also wirklich!«

Diana nahm ihr den Handkoffer ab. »Ich bin die Zofe, vergiss das nicht.«

Erschrocken verbannte Rosamunde schleunigst Rosie Overton und zitierte Lady Gillsett herbei. So gewappnet, schritt sie aus dem Zimmer und die Treppe hinunter. Während sie beim Gastwirt die Rechnung beglich und Gertie und den anderen Bediensteten ein Trinkgeld gab, hoffte Rosamunde immer noch, dass Brand hereingetragen würde, solange sie noch hier waren.

Das wäre zwar riskant, aber in diesem Augenblick war ihr das egal.

Nein! Es durfte auf keinen Fall etwas herauskommen. Der Marquis würde in Kürze die beiden Botschaften erhalten und sich daraufhin mit Sicherheit angemessen um seinen Bruder kümmern.

Es wäre ihr allerdings lieber gewesen, wenn sie ihm auf dem Weg zum Ausgang nicht begegnet wäre.

»Lady Richardson«, sagte er mit einer galanten Verbeugung. »Es freut mich zu sehen, dass es Euch besser geht.«

Rosa zitierte zur Panzerung schnell wieder Lady Gillsett herbei und streckte ihm die Hand entgegen. Ausnahmsweise war sie froh über ihr lächerliches Rüstzeug in Form von Dianas glitzernden Ringen. »Es geht mir bedeutend besser, Lord Rothgar. Ich danke Euch vielmals für Eure Gefälligkeit.«

Sie musterte ihn mit einem verstohlenen Blick. Ein stattlicher Gentleman, in legerem ländlichem Stil gekleidet. Daran war eigentlich nichts Beängstigendes. Und dennoch hatte er etwas an sich, beinahe so etwas wie eine Aura, das ihr in ihrem behüteten Leben bislang noch nie begegnet war.

»Haltet Ihr es wirklich für ratsam, Eure Reise schon fortzusetzen?«, fragte er, während er einen angedeuteten Kuss auf ihren Handrücken hauchte. »Es ist schon drei Uhr vorbei.«

Ihre Nerven vibrierten. Ob mit oder ohne Absicht, er versperrte ihr den Weg zur Tür. Wusste er etwas? Ncin, das war unmöglich!

»Wir hatten geplant, heute Abend in York zu sein, Mylord«, erklärte sie und bemühte sich, dabei so kühl und gelassen zu wirken, wie es eine Lady Gillsett gewesen wäre. »Wenn die Straßenverhältnisse gut sind, werden wir es schaffen, und wenn wir Glück haben, wartet unsere Gepäckkutsche dort schon auf uns. Mein Kleid ist furchtbar zerknittert.« Er hielt immer noch ihre Hand, und sie wusste nicht recht, wie sie sie zurückziehen sollte.

»Und für eine Lady – oder einen Gentleman – ist es äußerst unangenehm, sich nicht umkleiden zu können.«

»Ich sehe, Ihr habt Verständnis, Mylord«, sagte sie gedehnt. »Für die Reise ist schlichte Kleidung zwar angebracht, aber man kann nicht allzu lange in tristen Kleidern herumlaufen.«

»Bei einer Schönheit wie Euch sind Kleider doch völlig nebensächlich, Lady Richardson.«

Meine Güte! *Flirtete* der Mann etwa mit ihr? Das gab ihr einen Vorwand, endlich die Hand zurückzuziehen und einen kleinen Schritt nach hinten zu machen.

Sie hoffte, das verriet nicht die Panik, die sie in ihrem Inneren empfand. »Wohl kaum, Mylord, sonst würden wir alle nackt herumlaufen.«

Seine Augen blitzten schalkhaft auf. »Nicht in unserem englischen Klima, meine liebe Lady. Aber Italien könnte dadurch zu einem noch anziehenderen Reiseziel werden.« Er verneigte sich und trat zur Seite. »*Bon voyage*, Lady Richardson. Ich hoffe, wir sehen uns einmal wieder. Vielleicht in Italien.«

Rosamunde vergaß, sich wie die abgebrühte Lady Gillsett

zu geben, stieß hastig ein »Guten Tag, Lord Rothgar« hervor, deutete einen Knicks an und stolzierte mit dem letzten Rest Fassung, den sie noch aufzubringen vermochte, hinaus. Ihr zitterten regelrecht die Knie!

»Gut gemacht«, flüsterte Diana, während sie den Korridor entlanggingen, der zum Innenhof führte.

»Schhhh«, zischte Rosa. »Sag nichts, bevor wir nicht draußen sind.«

Die Kutsche war abfahrbereit. Garforth überprüfte gerade noch einmal die Zugriemen am Pferdegeschirr, sodass sie sofort einsteigen konnten.

Sobald sie saßen, wollte Rosamunde nach der beunruhigenden Begegnung nur noch eins: dass die Kutsche sich schleunigst in Bewegung setzte.

Warum beunruhigend? Der Marquis war eine Spur zu draufgängerisch gewesen, aber er hatte ja auch mit der forschen Lady Gillsett gesprochen.

In seinen Kreisen waren gewagtes Flirten und zweideutige Anspielungen sicherlich gang und gäbe. Er hatte offenbar keinen Verdacht geschöpft.

Trotzdem wollte sie so schnell wie möglich fort, doch Garforth war noch immer mit dem Überprüfen des Fahrzeugs beschäftigt.

Diana hatte schon ihren Straßenatlas hervorgezogen. »Es war schlau, ihm zu sagen, dass wir nach York fahren wollen. Das sollten wir jetzt besser auch tun.«

Rosa wandte den Blick vom Fenster und sah sie an. »Aber das ist doch die völlig falsche Richtung!«

»Ich weiß, aber man muss uns sehen, wie wir den Marktplatz in Richtung York verlassen.«

»Meinst du, er schaut uns hinterher?«

»Worauf du Gift nehmen kannst. *Teuflisch* ist genau das richtige Wort. Er kommt mir vor wie der dreiköpfige Zerberus, der mit seinen drei Augenpaaren alles sieht. Aber schau mal«, sie hielt Rosa die Straßenkarte hin, »wir können hier quer rüberfahren und dann wieder in die Straße nach Ripon einbiegen.«

»Vielleicht ist das wieder so ein holpriger Feldweg wie der andere.«

»Das ist eine Kutschenkarte! Wenn dieser Verbindungsweg so schlecht wäre, wäre er gar nicht eingezeichnet. Wie auch immer, es ist ohnehin die einzige Möglichkeit. Wir brauchen heute ja nicht mehr weit zu kommen. Hauptsache, wir sind weg. Sollte jemand Lady Richardson folgen und in südliche Richtung fahren, wird er in die Irre geleitet.

Und sobald wir hier weg sind«, fuhr Diana befriedigt fort, »werden Lady Richardson und ihre pickelige Zofe wie Staubkörner in der Windbrise verschwinden. Mag er nun ein Teufel sein oder nicht, der vermaledeite Marquis von Rothgar wird uns jedenfalls niemals finden. Niemals.«

Vermutlich hatte sie Recht.

Als Diana dem Kutscher die Fahrtanweisungen gab und das Fuhrwerk endlich aus dem Hof des Gasthofs *Drei Fässer* herausrollte, lief Rosamunde jedoch ein eisiger Schauer über den Rücken, weil es ihr vorkam, als ließen sie für den Mann, der sie in Kürze verfolgen würde, eine leuchtende Spur zurück.

Der Marquis von Rothgar beobachtete, wie die merkwürdige Lady Richardson in Begleitung ihrer noch merkwürdigeren Zofe abfuhr, und fragte sich tatsächlich, was die beiden im Schilde führten.

Es war jedoch reine Neugier, die sofort wieder vergessen war, als Kenyon, Brands Kammerdiener, ihm einen verschmutzten Zettel überbrachte, auf dem folgende Nachricht zu lesen war:

*»Etwa eine Meile außerhalb von Thirsk, in einer offenen Scheune an einem Feldweg, der die Hauptstraßen nach Ripon und Northallerton verbindet, liegt ein Mann.«*

Am liebsten wäre er auf der Stelle selbst dorthin geritten, aber er hatte sich vor Jahren angewöhnt, Aufgaben an sein Personal zu delegieren, während er selbst im Zentrum seines Netzes blieb. Er schickte Kenyon und seine besten Männer los, um der Mitteilung nachzugehen, und beauftragte einen anderen Diener damit, herauszufinden, wo die Nachricht hergekommen war. Bemüht, äußerlich gelassen zu erscheinen, begab er sich dann in seinen Privatsalon – den Raum neben dem Schlafzimmer, das Lady Richardson gerade geräumt hatte – und überlegte angestrengt, was das alles zu bedeuten hatte.

Handelte es sich bei dem erwähnten Mann um Brand? Aus welchem Grund hätte man das Schreiben sonst ausgerechnet Kenyon überbracht?

Gab es dabei einen Zusammenhang mit der Neuen Glaubensgemeinschaft? Der König hatte ihn nach Nordengland geschickt, um die Sekte auf hochverräterische Aktivitäten hin zu überprüfen, doch als er Brand geschrieben hatte, hatte er das Ausmaß der Gefahr unterschätzt.

Dennoch hätte Brand gewarnt werden müssen. Ein Versäumnis.

Hoffentlich keins mit schwerwiegenden Folgen. Aus der Notiz ließ sich nicht ersehen, ob der Mann lebte oder tot war. Warum sollte die Neue Glaubensgemeinschaft auf die Idee kommen, ihm Schaden zuzufügen, indem sie einen Anschlag auf seinen Bruder Brand verübte?

Sein Diener kam zurück, um ihn über die Herkunft der Notiz zu informieren. »Der Stalljunge sagt, er hat sie im Hof gefunden, Mylord. Weil er sie selbst nicht lesen konnte, hat er sie einem anderen Burschen gegeben. Offenbar ist sie aus der Londoner Postkutsche geworfen wurden, die vor einer halben Stunde abgefahren ist.«

»Schnapp dir Denby und Lisle und versucht, die Kutsche einzuholen.« Denby und Lisle waren zwei seiner Pferdeknechte. Die Dienstboten des Marquis wurden allesamt für mehrere Aufgaben eingesetzt. »Notiert euch Namen und Aussehen sämtlicher Mitreisenden und achtet auf Leute, die möglicherweise verkleidet sind. Macht so wenig Wirbel wie möglich und gebt jedem für die Störung als Entschädigung eine Krone.«

Er schloss die Geldkassette auf und füllte einen Beutel mit Silbermünzen. Er reichte ihn dem Diener und fügte hinzu: »Bitte Leutnant Cripp und Leutnant Haughton, zu mir zu kommen. Sie sollen euch begleiten, um der Sache einen offiziellen Anstrich zu verleihen.«

Kurz darauf traten die beiden uniformierten Offiziere ein und verbeugten sich. Sie waren nach Nordengland geschickt worden für den Fall, dass gegen die Neue Glaubensgemeinschaft offiziell eingeschritten werden musste. Rothgar erläuterte ihnen, was sie tun sollten.

»Gestattet bitte den Einwand, Mylord«, sagte Leutnant Cripp, ein nüchterner, ehrgeiziger junger Mann, »wir sind hierher geschickt worden, um gegen George Cotter und seine Anhänger vorzugehen.«

»Ich habe Grund zu der Annahme, dass zwischen dieser Angelegenheit und der Sekte ein Zusammenhang besteht, Leutnant.«

Cripp war anzusehen, dass er dies bezweifelte, doch er war klug genug, keine weiteren Einwände zu erheben. Er hatte die Anordnung in Zweifel gezogen, und wenn es je zu einer Untersuchung käme, würde er sich rechtfertigen können.

Sobald die Offiziere gegangen waren, nahm Rothgar die Notiz wieder zur Hand, um zu überlegen, ob sie noch weitere Aufschlüsse zuließ. Dann verließ er blitzartig seine Privaträume und ging in die Eingangshalle hinunter. Der Lakai kam ihm eilfertig entgegen.

»Wo findet ein Gast hier Schreibpapier und Schreibgeräte?«

»Im Gästesalon, Mylord«, erwiderte der Lakai und geleitete ihn dorthin.

Es war niemand im Zimmer. Rothgar ging zum Schreibtisch hinüber, nahm einen Bogen Schreibpapier heraus und verglich es mit dem Papier, auf dem die für ihn bestimmte Nachricht stand.

Letzteres war von viel besserer Qualität, was ihn neugierig machte, vor allem, weil es so aussah, als sei der Briefkopf abgetrennt worden.

Briefpapier mit einem Wappen. Die Londoner Postkutsche. Brand. Was für ein Zusammenhang konnte zwischen diesen drei Tatsachen bestehen?

Er sollte besser wieder auf sein Zimmer gehen, um in Ruhe nachdenken zu können, doch die Unruhe trieb ihn hinaus vor den Gasthof, wo er schneller erfahren würde, wenn jemand eintraf.

Hier auf dem Land war jetzt gerade Teezeit und der Ort so gut wie ausgestorben, was ihm nur recht sein konnte. Er verlor nicht leicht die Nerven, aber während er jetzt auf die Rückkehr seiner Männer wartete, war er kurz davor.

Als sein Vater und seine Stiefmutter starben, war sein zweitältester Halbbruder Bryght – ein sensibler, verschlossener Junge – in seinem Zorn und Kummer schwierig zu handhaben gewesen. Erst in den letzten Jahren waren sie einander näher gekommen. Cyn und seine Zwillingsschwester waren damals erst sieben und hatten ihm große Sorgen gemacht, als er mit seinen neunzehn Jahren plötzlich für alles verantwortlich war.

Von seinen fünf Halbgeschwistern hatten ihm nur Brand und Hilda nie Probleme bereitet. Brand war damals zwölf, ein gutherziger, freundlicher Junge, was auf seine Weise ebenfalls beunruhigend für ihn gewesen war, weil er es sich zur Aufgabe gemacht hatte, ihn durch die Gefahren des jungen Mannesalters zu lenken. Die zehnjährige Hilda war zum Glück ein ruhiges, vernünftiges Mädchen gewesen.

Diese beiden hatten seinen Schmerz und seine Angst verstanden, obwohl er sich immer bemüht hatte, sich nichts davon anmerken zu lassen. Sie hatten ihn nach besten Kräften zu unterstützen versucht.

Sie waren den Zwillingen hinterhergelaufen, wenn sie mal wieder ausgerissen waren, und hatten Bryght aufzuheitern versucht. Wenn Rothgar Verantwortung und Verwaltungsangelegenheiten über den Kopf zu wachsen drohten, spielte Hilda ihm auf ihrer Laute etwas vor. Manchmal hatte allein ihr Lächeln genügt, um ihm wieder klar zu machen, warum er sich seinen wohlmeinenden Verwandten immer noch widersetzte, die ihm seine Geschwister abnehmen wollten.

Oder Brand hatte ihn unvermittelt mit einer Frage über Pferde oder Waffen überfallen, die ihn eine Weile von den ernsthaften Dingen ablenkte.

Wie alle Eltern – und er fühlte sich oft wie ein Elternteil – hatte er sich bemüht, kein Kind dem anderen vorzuziehen, doch am meisten hing sein Herz an Brand und Hilda, den beiden sonnigsten Naturen, die seiner großherzigen und fröhlichen Stiefmutter am ähnlichsten waren.

Seiner Stiefmutter, deren Tod er auf dem Gewissen hatte, weil er die ansteckende Krankheit in ihr Heim getragen hatte.

Hatte er nun auch Brand auf dem Gewissen?

Wenn sein Verdacht zutraf, gingen die Cotteriten bei der Durchsetzung ihrer frommen Ziele über Leichen. Er konnte sich zwar nicht vorstellen, warum sie Brand etwas antun sollten, aber wer sonst …

Als er das Geklapper harter Schuhsohlen vernahm, fuhr er herum und zückte den Stockdegen, der in seinem vergoldeten Spazierstock steckte.

Der Junge blieb erschrocken stehen und riss die Augen weit auf. Ungefähr dreizehn, kräftig, gesund, die Wangen vom Laufen gerötet.

»Ja?«, fragte Rothgar und zwang sich zur Gelassenheit, um den Jungen nicht zu verängstigen.

»Verzeihung, Sir. Seid Ihr der Marquis von Rothgar?«

»Das bin ich.«

»Jemine«, flüsterte er, während seine Augen noch größer wurden und ihn anstarrten.

»Meine Marquiskrone habe ich zu Hause gelassen«, sagte Rothgar trocken. »Hast du eine Nachricht für mich?«

An den Grund seines Hierseins erinnert, streckte ihm der Junge ein sauberes, ordentliches, gefaltetes Blatt Papier hin. »Für Euch, Mylord. Der Lakai vom Gasthof hat gesagt, Ihr gebt mir dafür ein Sixpencestück!«

Rothgar nahm ihm die Nachricht ab und las aufmerksam die Adresse.

Die andere Botschaft war an Brands Diener gerichtet gewesen, diese hier direkt an ihn. Rasch brach er das Siegel auf und las den Brief. Eine andere Handschrift als die, mit der die vorige Notiz geschrieben war, aber im Wesentlichen die gleiche Botschaft. Diesmal jedoch wurde Brand ausdrücklich genannt.

Es schnürte ihm fast die Kehle zu. Auch hier kein Hinweis über Brands Zustand.

Sollte das eine Art Folter sein?

»Wo hast du das her?«, fragte er barsch.

Erschrocken wich der Junge zurück. »Ich hab nichts Böses getan, Mylord!«

Rothgar merkte, dass er das Papier in seiner Hand zerknüllt hatte, und zwang sich, ganz ruhig zu sein. »Das habe ich auch nicht angenommen. Aber bevor du dein Sixpencestück bekommst, musst du mir sagen, wer dir diese Nachricht gegeben hat.«

Immer noch fluchtbereit, sagte der Junge: »Eine Dame, Mylord. Eine alte Dame auf einem Pferd. Sie hat gesagt, ich soll es zum Gasthof bringen und Euch geben. Aber ich sollte warten, bis die Kirchturmuhr vier schlägt. Ich hab nur getan, was mir aufgetragen wurde, Mylord.«

»Wie war sie gekleidet?«

»Gekleidet, Mylord? Wie eine Frau.«

Rothgar war über diese Auskunft leicht amüsiert. Jungen

achteten wohl nicht sonderlich auf Kleider. »Kennst du die Neue Glaubensgemeinschaft?«

»Ja, Mylord.«

»War sie eine von denen?«

Der Junge schüttelte energisch den Kopf. »Nein, Mylord. Sie war eher wie ein Mann mit Rock gekleidet. Mit einem Dreispitz und einer Männerjacke. Und Reitstiefeln.«

Merkwürdig.

»Kann es sich auch um einen Mann mit Rock gehandelt haben?«

Der Junge zwinkerte mit den Augen. »Warum sollte sich ein Mann einen Rock anziehen, Mylord?«

Rothgar nahm zwei Sixpencestücke heraus. »In welche Richtung war sie unterwegs?«

Die Augen des Jungen leuchteten auf. »Nach Northallerton, Mylord. Sie und die andere.«

»Die andere?«

»Da war noch eine Dame, die genauso aussah wie die erste.«

»Mit Stiefeln, Dreispitz und einer Männerjacke?«

»Ja, Mylord!«

Rothgar warf dem Jungen die Münzen zu und sah ihm hinterher, als er mit einem Jauchzer davonsprang. So leicht konnte man Freude in das Leben eines kleinen Jungen bringen. Ihm selbst kam alles vor wie in einem Fiebertraum. Wie Männer gekleidete Zwillingsfrauen. Oder wie Frauen gekleidete Zwillingsmänner?

Dazu ein pickeliges Küchenmädchen, das sich für seine Stellung ziemlich aufmüpfig verhielt, und ihre dick geschminkte Herrin mit den Händen einer jungen Frau. Sie konnten mit diesem Kuddelmuddel jedoch nichts zu tun haben.

Er konzentrierte sich wieder auf die beiden Botschaften, die dagegen in ganz offensichtlichem Zusammenhang mit Brands Verschwinden standen. Zwei Nachrichten auf unterschiedlichem Papier und in unterschiedlicher Handschrift, die aus verschiedenen Richtungen gekommen waren, aber zur selben Stelle hinlenkten.

Und bei alldem keine eindeutige Verbindung zur Neuen Glaubensgemeinschaft. Aber wer sollte sonst dahinterstecken? Hatten sie vielleicht Sympathisanten außerhalb der Sekte?

Jetzt kam ihm ein neuer Verdacht und er ging rasch in den Gasthof zurück, um das Schreibpapier im Gästesalon noch einmal in Augenschein zu nehmen.

Wie er vermutet hatte, war die zweite Nachricht auf dem hauseigenen Briefpapier geschrieben worden. Er sah sich die Feder genau an. Frisch zusammengesetzt und danach kaum benutzt. Er kritzelte damit zur Probe etwas aufs Papier und war sich so gut wie sicher, dass die zweite Notiz hier geschrieben worden war.

Aber von wem? Der Gasthof war fast vollständig von ihm selbst und Brand und ihren Leuten belegt, aber Kutschen wechselten hier regelmäßig die Pferde, während die Mitreisenden eine Stärkung zu sich nahmen. Die mit der Londoner Postkutsche reisenden Leute hatten zweifellos eine Weile hier verbracht. Möglicherweise stammten beide Nachrichten von derselben Person.

Aber es waren zwei verschiedene Handschriften. Die eine Botschaft war in fein säuberlichen runden Buchstaben geschrieben, die andere in einer eleganteren, größeren, intensiv nach rechts geneigten Schrift.

Mein Gott. War das nicht im Augenblick unwichtig? Wo war Brand? War er am Leben?

Ungeduldig ging er wieder zum Portal des Gasthofs und blickte auf den Marktplatz hinaus. Immer noch nichts zu sehen.

Er zwang sich, wieder hineinzugehen, und sah den Lakai in der Hoffnung auf ein Trinkgeld diensteifrig auf sich zueilen. »Wer hat vor kurzem den Gästesalon benutzt?«

»Ich weiß es nicht genau, Mylord. Es ist ein Kommen und Gehen.«

»Denk nach.«

Der Mann zuckte bei dem barschen Befehlston zusammen. »Die beiden Misses Gillsett haben dort Tee getrunken, Mylord.«

Rothgar blickte ihn an. So einfach war das? Nein, das wäre *zu* einfach. »Hatten sie maskuline Kleider an und waren sie zu Pferd unterwegs?«

»So ist es, Mylord.«

»Sind sie häufig hier zu Gast?«

»Sie reisen sehr selten, Mylord, aber wenn sie einen Ausflug nach York machen, legen sie hier stets eine Pause ein.«

»Wo wohnen sie?«

»Ich weiß es nicht genau, Mylord. Irgendwo oben in Arkengarthdale.«

Eins der abgeschiedeneren Täler, eins ohne Verbindung zu den Cotteriten, aber trotzdem mussten sie es gewesen sein, die dem Jungen die Nachricht übergeben hatten.

Hätte der Lakai sie nicht namentlich gekannt, hätte er sie für Betrügerinnen gehalten. Sie mussten auf jeden Fall befragt werden.

»Wer sonst noch?«

Der Mann kratzte sich unter seiner gepuderten Perücke. »Ein Gentleman, Mylord. Einer der Mitreisenden der Postkutsche, der vorher hier gespeist hat. Ich glaube, er hat hier die Zeitung gelesen. Außerdem haben zwei der Damen aus der Postkutsche eine Weile im Salon gesessen, während sie auf ihr Essen gewartet haben.«

Also: Drei Leute aus der Postkutsche. Zwei von ihnen könnten die Botschaften auf unterschiedlichem Wege versandt haben. Aber warum zwei? Das war es, was ihn beunruhigte. Die zweite Nachricht enthielt nicht viel mehr Informationen als die erste, und dabei konnte man die erste kaum missverstehen.

Die zweite Botschaft war bewusst verzögert worden, während ihm die erste ohne Aufschub überbracht worden war.

»Und diese Lady Richardson.« Er blickte den Lakai an. »Was ist mit ihr?«

»Sie war auch eine Weile im Salon.«

»Steigt sie regelmäßig in diesem Gasthof ab?«

»Ich habe sie noch nie zuvor gesehen, Mylord. Sie soll aus Südengland kommen, habe ich gehört.«

»Ist sonst noch etwas über sie bekannt?«

Der Mann schüttelte bedauernd den Kopf, wohl wissend, dass Informationen mit einem guten Trinkgeld belohnt wurden.

»Nur dass ihre pickelige Zofe aus Surrey stammt, folglich kommt die Herrin wahrscheinlich ebenfalls dorther. Sie – die Zofe – hat ziemlich lebhaft mit den Dienern geplaudert. Ihre Herrin scheint ein zurückgezogenes Leben zu führen, deshalb hat sie wohl die Gelegenheit genossen, mal wieder ein bisschen Gesellschaft zu haben.«

Rothgar dachte über die selbstbewusste Zofe und die dick geschminkte Lady nach und fragte sich, ob sie mit dieser rätselhaften Sache irgendetwas zu tun haben könnten. Er konnte sich nicht vorstellen, dass ein frommer Cotterite sich so eine Verkleidung zulegen würde, aber er musste die beiden Frauen auf alle Fälle im Hinterkopf behalten. Lady Richardson führte zweifellos etwas im Schilde, und es ging dabei mit Sicherheit eher um etwas Lasterhaftes als um etwas Tugendhaftes.

Er war es gewohnt, stets sämtliche Möglichkeiten zu überprüfen, und so gab er dem Lakai eine Münze. »Teile sämtlichen Dienstboten mit, dass ich für jede neue Information über einen der Mitreisenden der Postkutsche, die beiden Misses Gillsett oder Lady Richardson und ihre Zofe dankbar bin.«

Plötzlich einsetzendes Geklapper und Getrappel auf dem Marktplatz schreckte ihn auf, und er begab sich schnell zum

Ausgang. Das Bild, das sich ihm bot, ließ das Blut in seinen Adern gefrieren.

Kenyon kniete in einem Bauernkarren, wobei er sich mit einer Hand am Rand festhielt und mit angespannter Miene nach unten blickte.

Rothgars Männer ritten mit düsteren Mienen neben dem Karren her.

Der wettergegerbte Bauer brachte seinen stämmigen Schecken vor dem Portal zum Stehen, und während Rothgar rasch auf den Wagen zuging, machte er sich auf das Schlimmste gefasst, hoffte aber zugleich, dass seine Befürchtung nicht eintraf.

Bleich und mit dem unregelmäßigen Atem eines Mannes, der heftige Schmerzen hat, lag Brand auf einer Schicht Stroh. Zumindest atmete er. Und es war kein Blut zu sehen. Als Rothgar ihm die Hand auf den Hals legte, stellte er fest, dass der Puls zwar langsam, aber ziemlich kräftig war.

»Holt sofort den Arzt.« Einer seiner Männer galoppierte davon.

Zu Kenyon sagte er: »Gebrochene Knochen?«

»Soweit wir das feststellen können, nein, Mylord. Die Schmerzen scheinen ausschließlich im Kopf zu sein, aber auch dort ist keine Verletzung zu erkennen.«

Rothgar tastete vorsichtig Brands Schädel ab. Wie der Diener gesagt hatte, war nichts festzustellen. Hoffentlich hatte er keine inneren Verletzungen, die noch schlimmer gewesen wären als äußere.

»Tragt ihn hinein.«

Brand stöhnte auf, als die Männer ihn hochhoben. Sein Atem klang fast wie ein Schluchzen. Rothgar, der vorerst nichts tun konnte, achtete darauf, dass die Männer mit seinem Bruder so vorsichtig wie möglich umgingen und dass sein Kopf stets abgestützt wurde.

Dann bemerkte er, dass Brand zwischen schweren, goldbraunen Decken gelegen hatte, die über das halbverrottete

Stroh gebreitet worden waren. Ein Hinweis. Eine Spur, die ihn zu der Person hinführte, an der es Rache zu nehmen galt. Er nahm sie aus dem Wagen und folgte den Männern in den Gasthof und die Treppe hinauf.

Brand war jetzt still, und Rothgar überprüfte noch einmal seinen Puls.

Die Augen seines Bruders bewegten sich hinter den geschlossenen Lidern. Halb bei Bewusstsein, Gott sei Dank. Vielleicht so weit bei Bewusstsein, dass er imstande war, schwache Schmerzenslaute zu unterdrücken.

»Ich bin's, Bey«, sagte er leise. »Du bist jetzt in Sicherheit.« Er ergriff eine der zitternden Hände seines Bruders, und als er sie drückte, hatte er das Gefühl, dass Brand den Druck erwiderte.

Kalte Wut loderte in ihm, aber sie musste vorerst gezügelt werden.

Nachdem Brand in einem abgedunkelten Zimmer auf ein Bett gelegt worden war und man ihm vorsichtig die Jacke ausgezogen und die Hose gelockert hatte, beugte Rothgar sich über ihn und legte eine Hand auf sein stoppeliges Kinn. »Brand?«

Mit einem schwachen Atemzug kam die Antwort: »Wer bist du?«

»Bey«, wiederholte er.

Ein Zittern überlief seinen Bruder. »Gott sei Dank. Ich kann das nicht noch einmal machen, Bey. Bitte mach, dass das aufhört.«

»Ich bin leider kein Gott.«

Wenn sie doch nur die Ursache kennen würden! Alkohol? Brand trank nicht so viel, dass er davon in diesen Zustand geraten konnte.

Aber wieso hatte er »noch einmal« gesagt? Heftige Kopfschmerzen, die immer wieder auftraten, konnten eine schlimme Ursache haben. Brand hatte eindeutig schreckliche Schmerzen, denn er stöhnte jetzt wieder auf.

Rothgar drückte die Hand seines Bruders, um ihn auf sich aufmerksam zu machen. »Was ist mit dir passiert, Brand? Ich muss es wissen.«

Seine Augäpfel bewegten sich hinter den geschlossenen Lidern hin und her. »Sie … Ich …« Nach einem längeren Schweigen sagte Brand: »Es wird wieder vergehen. Wie letztes Mal. Mach dir keine Sorgen.«

»Wann mache ich mir je Sorgen? Es wird gleich ein Arzt kommen. Ruh dich aus …« Er nahm an, dass sein Bruder bis dahin eingeschlafen oder wieder bewusstlos geworden sein würde.

Sie? Eine Frau?

Er beugte sich hinunter und küsste Brand auf die Schläfe. »Ob es nun ein Mann war oder eine Frau, Brand, das wird er oder sie büßen!«

# 16

Der rotwangige Landarzt konnte lediglich bestätigen, dass Brand keine äußeren Verletzungen aufwies und keine bösartige Krankheit zu haben schien, obwohl sein Bauch aufgedunsen war. »Ich fürchte, er hat etwas zu sich genommen, das ihm nicht bekommen ist, Mylord.«

»Könnte es womöglich eine Gehirnentzündung sein?«

Der Arzt senkte den Blick. »Denkbar wäre es, Mylord.« Und tödlich, wie sie beide wussten.

»Sind das die üblichen Anzeichen dafür?«

Der Arzt schaute auf, deutlich beunruhigt angesichts des hohen Ranges seines Patienten. »Das ist schwer zu sagen, Mylord, wenn man die Symptome nicht kennt, die zu diesem Zustand geführt haben. Normalerweise ist der Bauch davon aber nicht betroffen. Deshalb vermute ich, dass die Ursache eher dort liegt.«

»Was kommt dann in Frage? Dass er zuviel getrunken hat?«

»Das ist unwahrscheinlich, sofern es nichts Verdorbenes war. Verdorbene Speisen oder Getränke verursachen selten so heftige Kopfschmerzen.« Er beugte sich vor und zog Brands Augenlider nun schon zum etwa zehnten Mal hoch. »Immer noch verengt. Vielleicht hat er übermäßig viel von irgendeiner Medizin eingenommen, Mylord. Oder es war ein Pilz.«

»Gift?«

Die Hand des Doktors begann zu zittern. »Das ist möglich, Mylord. Ich habe mit solchen Dingen wenig Erfahrung. Für diesen Fall sollte ich ihm jedoch den Magen entleeren.«

»Das ist bestimmt qualvoll für ihn.«

Der Arzt rang die Hände. »Ich werde nichts gegen Euren Willen tun, Mylord, aber falls er Gift im Körper hat, wird es ihm wesentlich mehr Schmerzen bereiten, wenn es weiter darin zirkuliert.«

Brand stöhnte auf, immer noch ohne Bewusstsein. Mit einer flüchtigen Geste gab Rothgar dem Arzt zu verstehen, dass er mit seinem Vorschlag einverstanden war, dann wandte er sich ab.

Als er Geräusche vernahm, drehte er sich wieder um und sah, wie der Arzt sich bemühte, Brand das Brechmittel einzuflößen.

»Halt.« Er ging hinüber, nahm dem Arzt das Glas ab und stützte seinen leidenden Bruder mit dem Arm ab.

»Trink das, Brand«, sagte er in dem Befehlston, den er sich bei den Zwillingen angewöhnt hatte. »Es ist unangenehm, aber notwendig.« Er hielt seinem Bruder das Glas an die Lippen.

Brand drehte sich weg. »Schmeckt widerlich.«

»Woher willst du das wissen, wenn du noch gar nichts probiert hast? Tu, was ich dir sage.«

Sein Bruder öffnete die Augen einen Spalt weit. »Bist du's wirklich? Ich dachte, da ist jemand anders ...«

»Ja, ich bin's. Und deshalb musst du gehorchen.«

»Ich glaube, ich träume, Bey ...«

»Ich bin kein Traum. Trink.« Er drückte das Glas an Brands Lippen, und als dieser den Mund öffnete, neigte er es nach oben. »Den gesamten Inhalt!«, befahl er, als Brand den Mund wieder zusammenkniff, und zwang ihn, alles auszutrinken.

»O weh, Bey!«, jammerte Brand und erbrach sich gleich darauf mitten auf seinen Bruder.

Rothgar, der seinen Bruder weiter stützte, während dieser gleichzeitig würgte und schluchzte, sagte: »Du kannst von Glück sagen, dass ich gerade keinen meiner Lieblingsanzüge anhabe.«

»Verdammt und zugenäht, bring mich nicht zum Lachen. Ich fühle mich völlig ausgepumpt, und mein Kopf tut höllisch weh.«

Trotz des widerwärtigen Gestanks hielt Rothgar ihn weiter im Arm. »Wir mussten dafür sorgen, dass du das Gift loswirst.«

»Ich hätte mich schon von selbst übergeben.«

»Meinst du?«

»Beim letzten Mal war's genauso.«

»Beim letzten Mal?«

Rothgar nahm das feuchte Tuch, das Kenyon ihm reichte, und wischte seinem Bruder damit das Gesicht ab. Dann flößte er ihm schluckweise Wasser ein.

»Letztes Mal hab ich mich auch gleich besser gefühlt, nachdem ich mich übergeben hatte. Ich muss mich nur richtig ausschlafen.«

Als Brand die Augen wieder schloss und das Kissen durch ein frisches ersetzt worden war, ließ Rothgar ihn behutsam zurücksinken. Weil das meiste des Erbrochenen auf Rothgars Anzug gelandet war, brauchte Brand nicht umgebettet zu werden.

»Danach werde ich mich gebührend bei Euch bedanken, Mylady«, murmelte Brand so leise, dass Rothgar ihn kaum verstand. »Aber hört bitte auf, die Kurbel zu drehen ...«

Als Brand eingeschlafen war, trat Rothgar zurück und zog sich seine Oberbekleidung aus. Fettler, sein Kammerdiener, war schon mit frischen Kleidern und warmem Wasser zur Stelle.

Während er sich wusch, grübelte er über die Worte seines Bruders nach.

Mylady? Er dachte sofort an Lady Richardson, aber das war Unsinn. Fast wie der klassische fehlerhafte logische Schluss *post hoc, ergo propter hoc:* Weil auf ein bestimmtes Ereignis ein anderes gefolgt ist, glaubt man, es müsse von ersterem verursacht worden sein. In Nordengland gab es tausende von Damen, die als Kandidatinnen für diesen Vorfall infrage kamen, und die schuldige Person würde sich wohl kaum offen in diesem Gasthof blicken lassen.

Allerdings war für eine der beiden Botschaften das Briefpapier dieses Gasthofs verwendet worden.

Und was hatte Brand mit der Kurbel gemeint? War er etwa gefoltert worden?

In Hemdsärmeln ging Bey wieder zum Bett hinüber und untersuchte die Hände seines Bruders.

Sie waren unversehrt.

Vorsichtig schob er Brands Ärmel hoch. Keinerlei Spuren, weder offene Wunden noch Prellungen. Sachte, um ihn nicht aufzuwecken, versuchte er das Hemd aus der gelockerten Hose herauszuziehen, um seinen Oberkörper betrachten zu können.

Da schoss Brands Hand auf einmal energisch nach unten, um ihn davon abzuhalten. »Optimistin. Hexe. Jedenfalls werde ich dich zuerst schlagen.«

Mit gerunzelter Stirn deckte Rothgar seinen Bruder zu und ließ ihn in Ruhe.

Es war eindeutig eine Frau im Spiel, aber keine Folter. Er verstand nicht, was Brand mit »Hexe« und der »Kurbel« meinte, aber seine Worte hatten sehr zärtlich geklungen.

Was schwierig werden könnte, wenn es darum ging, Vergeltung zu üben.

Rothgar hatte die beiden Decken in seinem Zimmer gelassen, und nachdem er umgezogen war, begab er sich dorthin und rief Kenyon zu sich. »Hat man diese Decken bei ihm gefunden?«

»Ja, Mylord. Er war darin eingewickelt.« Dann fragte der Mann besorgt: »Meint Ihr, er wird wieder gesund werden, Mylord?«

»Ich denke schon. Man hat ihn nicht einfach dort hingeworfen?«

»Nein, Mylord. Sorgfältig hingelegt.«

Eindeutig von einer Frau. An beiden Decken war eine Ecke abgeschnitten worden. Mit ziemlicher Sicherheit war dort ein Wappen aufgestickt gewesen. Und die Qualität der Decken entsprach der Qualität des Briefpapiers, das für die erste Botschaft benutzt worden war. Demnach hatte Brand wohl mit einer herrschaftlichen Dame angebandelt und war dabei in Schwierigkeiten geraten.

Rachsüchtige Angehörige?

In diesem Fall wäre es eher zu einem Duell gekommen als zur Verabreichung von Gift. Eine rachsüchtige Geliebte oder deren Angehörige würden ihr Opfer wohl auch kaum so behutsam einwickeln.

Er musste wieder an Lady Richardson denken. Es wäre gegen alle Vernunft, sich hier aufzuhalten und sich damit so offensichtlich zur Zielscheibe des Verdachts zu machen. Dennoch hatte ihn irgendetwas an ihr stutzig gemacht. Was genau?

Zum einen war sie ungewöhnlich stark geschminkt gewesen. Im ersten Augenblick hatte er geglaubt, sie käme gerade von einer Feier, wo sie zu viel getrunken hatte. Jetzt fragte er sich jedoch, ob sie womöglich maskiert gewesen war. Ungewöhnlich war auch, dass sie zu ihrer schlichten Reisekleidung so viel Schmuck getragen hatte, wie man es normalerweise nur für einen Ball tat.

Auch ihre Zofe war höchst merkwürdig gewesen. Von einer Person mit einem so pickeligen Gesicht würde man eigentlich erwarten, dass sie schüchtern war und sich zu verstecken suchte.

Dieses Frauenzimmer hatte er jedoch ein paarmal beobachtet, wie sie sich keck überall umschaute, und ihr Auftreten war sehr selbstbewusst gewesen.

Während er die Einzelteile zu einem Ganzen zusammenzufügen versuchte, beschloss er, erst einmal etwas zu essen. Er ließ Brands Sekretär rufen, um mit ihm zu speisen.

Der Sekretär, ein Mann mittleren Alters, trat ein und verbeugte sich. »Ich habe gehört, Lord Brand befindet sich auf dem Wege der Besserung, Mylord.«

»Sieht ganz so aus, Mr Vickery. Aber mit hundertprozentiger Sicherheit lässt sich das erst sagen, wenn die Sache ausgestanden sind.«

»Gott sei gedankt. Er hat wohl etwas gegessen, das ihm nicht bekommen ist.« Vickery setzte sich an den Tisch.

»Und sich anschließend in einer verfallenen Scheune auf einem abgelegenen Feld in edle Wolldecken gewickelt?«, entgegnete Rothgar und deutete auf eine der Decken.

Vickery, der erschrocken Rothgars Geste mit dem Blick gefolgt war, erhob sich, um die Decke zu untersuchen.

»Kommen Ihnen die Decken bekannt vor?«

»Nein, Mylord, aber sie sind von feinster Qualität. Reisedecken vermutlich, und es befand sich ein Wappen darauf, das erst vor kurzem abgeschnitten wurde. Die Kanten sind nämlich überhaupt nicht ausgefranst.«

»Genau«, sagte Rothgar, als der Mann wieder ihm gegenüber Platz nahm. »Es sieht so aus, als sei eine Dame darin verwickelt. Wissen Sie, ob mein Bruder in letzter Zeit irgendwelche Liebschaften hatte?«

Der Sekretär schüttelte den Kopf. »Mir ist nichts bekannt, Mylord.«

Rothgar, der sich gerade Suppe auf den Teller schöpfte, hielt inne. »Er hat also keine gehabt?«

»Es würde mich sehr wundern, wenn dem so wäre, Mylord. Wenn Lord Brand auf Reisen ist, lässt er sich selten auf so etwas ein, es sei denn, er begegnet bestimmten Damen aus seiner Bekanntschaft. Er hält es für zu gefährlich, unterwegs Einladungen anzunehmen, wenn er die Situation nicht richtig abzuschätzen vermag.«

Rothgar füllte seinen Suppenteller. »Mir war gar nicht bewusst, dass er so vorsichtig ist.«

»Nicht immer vorsichtig, Mylord«, sagte Vickery mit einem milden Lächeln. »Aber er will das Risiko abschätzen können. Außerdem macht ihm seine Arbeit große Freude und beansprucht einen Großteil seiner Zeit.«

»Ich verstehe. Und er ist in den letzten Tagen keiner ihm bekannten Dame begegnet?«

»Nein, Mylord«, entgegnete der Mann mit Nachdruck.

Rothgar stellte Vickery während des Essens noch etliche Fragen, erhielt aber keinerlei neue Informationen. Inzwischen kamen jedoch seine Reiter zurück.

Leutnant Cripp informierte ihn rasch über die Insassen der Postkutsche. »Alle bestritten, dass die Botschaft von ihnen sei oder dass sie etwas mit der Neuen Glaubensgemeinschaft zu tun hätten, Mylord. Keiner von ihnen sah verkleidet aus.«

»Wie viele Frauen waren darunter, und von welchem Typ?«

»Nur zwei, Mylord. Eine war die Gattin eines Anwalts, der mit ihr reiste, eine unscheinbare, stille junge Frau. Die andere war eine hagere, griesgrämige Frau mittleren Alters. Die Störung missfiel ihr sehr, obwohl sie als Entschädigung eine Krone bekam.«

»Vielen Dank, Leutnant.«

Der junge Mann machte eine steife Verbeugung. »Darf ich nun erfahren, was das mit der Neuen Glaubensgemeinschaft zu tun hat, Mylord?«

»Nein, aber Ihr dürft mit Euren Nachforschungen über die Sekte fortfahren. Untersucht bitte, ob sich unter den Adligen dieser Gegend heimliche Sympathisanten befinden.«

»Heimliche Sympathisanten?«, wiederholte Cripp mit gewecktem Interesse. »Teufel noch mal, Mylord, das würde die Sache komplizieren.«

»Genau. Geht ihr nach, Cripp.«

Rothgar sah dem Mann hinterher, als er das Zimmer verließ. Damit dürfte dieser spitzfindige Offizier eine Weile beschäftigt sein. Eine Verschwörung, an der außer der Sekte noch andere Personen beteiligt waren, konnte man zwar nicht ausschließen, aber er hielt es für unwahrscheinlich.

Nein, der Anschlag auf Brand war vermutlich eine Privatsache, die mit einer Frau zu tun hatte, und daher wollte Rothgar vermeiden, dass Cripp seine Nase hineinsteckte. Es war seine Aufgabe, sich darum zu kümmern. Früher oder später würde die Frau für die Schmerzen, die sie ihrem Bruder zugefügt hatte, büßen müssen.

Als die Kutsche die Straße nach Ripon erreichte – über eine Nebenstraße, die zwar befahrbar, aber nicht viel besser als ein Feldweg war –, hatte Diana sich abgeschminkt und auch bei Rosamunde fast das gesamte Make-up entfernt. »Ein bisschen lassen wir drauf, damit man deine Narben nicht sieht. Es funktioniert erstaunlich gut.«

Rosamunde blickte in den Spiegel und musste ihrer Kusine beipflichten, obwohl ihr die blasse Schicht auf ihrer Haut nicht gefiel. »Ich kann mich doch nicht jeden Tag so zurechtmachen.«

»Du könntest es aber zumindest bei öffentlichen Anlässen tun. Vielleicht lässt sich ja auch eine natürlichere Schattierung erreichen. Wir könnten in Richmond Zwischenstation machen und Dulcie bitten, dir zu zeigen, wie man das macht.«

»Nein. Ich muss nach Wenscote zurück. Ich habe Sorge, dass Digby sich zu sehr über Edward aufregt.«

»Wenn dieser Cotterite, dem du neulich begegnet bist, die Wahrheit gesagt hat, ist Edward doch längst wieder fort.«

»Aber für wie lange? Er wird mit Sicherheit auf dem Rückweg wieder vorbeischauen.«

Diana drückte Rosamundes Hand. »Wenn die Götter uns gnädig sind, wird Edward bald keine Bedrohung mehr darstellen. Das wird Digby ein Trost sein.«

Peinlich berührt verzog Rosamunde den Mund. »Das ist wohl der merkwürdigste Trost, den eine Frau ihrem Mann geben kann! Freue dich, denn ich habe dich betrogen und du wirst das Kind eines anderen Mannes aufziehen dürfen!«

»Ist es nicht genau das, was er will?« – »Das Kind schon. Aber betrogen werden nicht.«

»Das ist doch absurd.«

Rosamunde seufzte. »Es hat mir gefallen, Diana. Mehr als das sogar! Ich habe mich in Brand Malloren verliebt. Das ist die Sünde. Und das ist der Punkt, weshalb ich Digby betrogen habe. Ich habe Angst, er wird es mir anmerken.«

Diana zuckte mit keiner Wimper. »Du darfst es dir eben nicht anmerken lassen.«

Nach einem kurzen Schweigen nickte Rosamunde. »Du hast Recht. Ich darf ihn nicht verletzen. Ich werde nicht einmal mehr an Brand Malloren denken.«

»Hältst du das für möglich?«

Rosamunde ignorierte den zweifelnden Unterton und entgegnete: »Alles ist möglich.« Sie legte die Hand auf ihren Bauch. »Bete einfach nur inständig, dass dort ein Kind entsteht. Ich kann das nicht noch einmal machen.«

»Alles ist möglich«, erinnerte Diana sie, und sie hatte Recht. Der Himmel möge ihr beistehen, aber wenn es nicht geklappt hatte, müsste sie es noch einmal machen. Warum glaubte sie jetzt, dass sie es nicht noch einmal tun könnte? Die Situation hatte sich schließlich nicht verändert.

Doch, das hatte sie. Es hatte keinen Zweck, sich etwas vorzumachen. Sie war verliebt. So töricht, so vernunftwidrig es auch sein mochte, sie liebte Brand Malloren. Der Ehebruch war ein Vergehen gegen ihr Eheversprechen gewesen. Das nächste Mal jedoch würde es ein Vergehen gegen etwas Tiefes und Bedeutsames in ihrem Inneren sein. Obwohl der Verstand es verneinte, hatte sie das Gefühl, dass es sie umbringen würde.

Diana blickte wieder auf die Straßenkarte. »Ich kenne einen ruhigen Gasthof ein Stück abseits der Hauptstraße. Der Gasthof *Zum Schafbock*. Die Pächter sind ehemalige Dienstboten von mir. Dort werden wir übernachten.« Das Lächeln, das ihr dabei übers Gesicht huschte, verriet, was für einen

Spaß es ihr machte, dem Feind ein Schnippchen zu schlagen. »Der teuflische Marquis von Rothgar kann die Straßen absuchen so viel er will, er wird uns nicht finden.«

Rosamunde wünschte, dies wäre nichts weiter als ein Abenteuer, bei dem es einen Verfolger abzuwimmeln galt. Vielleicht war es klug von Diana, der Liebe, der Ehe und all dem Gefühlswirrwarr aus dem Weg zu gehen.

Rosamunde überließ alles Weitere ihrer Kusine, während sie selbst angestrengt versuchte, sich im Geiste eine lange, glückliche Zukunft auf Wenscote auszumalen, mit Digby und einem gesunden, innig geliebten Kind, das einmal alles erben würde.

Wenn sie hart genug daran arbeitete, würde sie vielleicht im Laufe der Jahre den glückseligen Zustand erreichen und nie mehr an Brand Malloren denken.

Mit dem Gefühl, dasselbe schon einmal erlebt zu haben, kaute Brand an einer Scheibe Brot herum, trank dazu schlückchenweise Tee und hoffte, dass sein revoltierender Magen alles bei sich behalten würde. Dann kam sein Bruder herein und schickte die Diener hinaus.

»Ist das der Auftakt zu einer deftigen Standpauke?«

»Nur, wenn du eine verdienst. Ich dachte, du möchtest vielleicht lieber keine weiteren Zuhörer haben, wenn du mir deine Geschichte erzählst.«

»Geschichte?«

Brand war zutiefst erleichtert, dass Bey bei ihm war, und er konnte sich auch an genügend Einzelheiten der Nacht erinnern. Andererseits konnte er sich nicht entscheiden, was er seinem Bruder erzählen sollte. Er war sich nicht einmal sicher, welche Teile seiner Erinnerungen Wirklichkeit waren und welche er nur geträumt hatte.

»Die Geschichte, wie es dazu kam, dass du in einer zerfallenen Scheune gefunden wurdest«, erwiderte Bey.

»War das so? Ich habe keine Ahnung.«

»Und was ist mit der Lady, die eine Kurbel dreht?« Brand starrte seinen Bruder an. »Wie bitte?«

Nach kurzem Schweigen sagte Bey: »Na gut. Erzähl mir das, woran du dich erinnerst.«

»An ein paar nützliche Informationen über systematische Zuchtprogramme«, sagte Brand spaßeshalber, um Zeit zum Nachdenken zu haben.

»Als dein Arbeitgeber freut mich das außerordentlich. Aber das habe ich nicht gemeint.«

Brand zerkaute seelenruhig einen weiteren Bissen Brot.

»Soll das heißen, du möchtest nicht, dass ich herausfinde, wer dir das angetan hat und aus welchem Grund?«

Genau so war es, obwohl er sich selbst nicht erklären konnte, weshalb er es nicht wollte. Brand erinnerte sich ohne Schwierigkeiten an seine Lady, an ihren Liebreiz und an die angeregte Unterhaltung, die sie miteinander geführt hatten. Ihre leidenschaftliche Nacht würde er nie vergessen. Eine Kerze im Fenster. Brombeeren …

An das, was sie über die Zukunft gesagt hatten, erinnerte er sich weniger deutlich. Er glaubte, er hatte sie zu überreden versucht, mit ihm fortzugehen, aber sie hatte es hartnäckig abgelehnt.

Sein Verstand sagte ihm, dass sie es gewesen sein musste, die ihn betäubt und fortgeschafft hatte, doch sein Herz wollte das einfach nicht glauben. Irgendwann würde sich herausstellen, wie es gewesen war. Die Erinnerung an seine letzten wachen Stunden und daran, was er gegessen und getrunken hatte, würde vermutlich schon bald zurückkehren.

»Es ist eine persönliche Sache, Bey«, sagte er schließlich, wohl wissend, dass das seinem Bruder nicht gefallen würde. »Mein Kopf ist immer noch benebelt, und ich muss abwarten, bis ich mich wieder an sämtliche Einzelheiten erinnern kann. Dann werde ich der Sache nachgehen.«

Nach kurzem Schweigen zog Rothgar zwei Briefbögen hervor und legte sie aufs Bett. »Dann helfen dir diese beiden

Botschaften vielleicht weiter. Sie sind mir nicht zusammen überbracht worden, aber in beiden ist genau angegeben, wo du zu finden bist. Eine davon ist auf hochwertigem Papier geschrieben, von dem eindeutig das Wappen abgetrennt wurde. Die zweite Botschaft wurde auf dem Briefpapier und mit der Feder geschrieben, die im Gästesalon des Gasthofs liegen.«

Brand griff nach den Blättern, überflog den Inhalt jedoch nur.

Wenn seine Lady ihr Geheimnis mit solcher Gewalt bewahren wollte, dass sie ihn sogar betäubt hatte, würde sie wohl kaum so deutliche Spuren hinterlassen.

Aber, beharrte der kühle Verstand, wer sonst sollte dahinterstecken, wenn nicht sie? Wimmelte es etwa in Yorkshire von Leuten, die ihn zu betäuben versuchten und dann an abgelegenen Stellen zurückließen? Aber sie hätte ihn doch nicht …

Wie ein Blitz, der bei einem Gewitter schlagartig eine Landschaft erhellt, zuckte dann das Bild vor seinen Augen auf, wie sie ihm mit ihrer grob abgeschnittenen Maske, die nur ihr festes Kinn und die vollen, weichen Lippen sehen ließ, ein Glas reichte.

Sie hatte es ihm regelrecht aufgedrängt. Hatte selbst daran genippt …

Wie ein Messerstich durchzuckte ihn der Schmerz über die hinterhältige Tat.

»Die Botschaft auf dem edlen Papier«, erläuterte Bey gerade, »wurde vermutlich aus einer Londoner Postkutsche geworfen, als diese gerade abfuhr. Keiner der Insassen sah jedoch so aus, als würde er mit einem Wappen verziertes Schreibpapier verwenden. Die andere Botschaft wurde von einer Miss Gillsett weitergeleitet …«

Brand blickte jäh auf. »Von wem?«

»Einer Miss Gillsett. Sagt dir das etwas?«

»Möglicherweise …«

»Ich habe Reiter losgeschickt, die den beiden Misses Gillsett gefolgt sind …«

»Den beiden?«

»Zwillinge.«

Zwillinge? Starr vor Schreck über die Vorstellung, dass er jene beiden Tage womöglich mit Zwillingen zugebracht hatte, saß Brand da. Dann hatte die Maske vielleicht dazu gedient, kleine Unterschiede zu verbergen.

Aber nein, auf keinen Fall. Es war ein und dieselbe Frau gewesen. Er konnte unmöglich bei zwei Frauen gleichzeitig so heftige Empfindungen ausgelöst haben. Bei zwei Frauen, die ein abgekartetes Spiel spielten.

Oder etwa doch?

»Sie geben zu, dass sie die Botschaft weitergeleitet haben«, sagte Bey, »behaupten aber, dass sie ihnen von jemand anderem zugesteckt wurde. Sie weigern sich bislang, mehr zu sagen.«

»Bislang? Heiliger Strohsack, Bey. Hast du sie etwa in eine Folterkammer gesteckt?«

»Fändest du das schlimm?«

Er fand es entsetzlich, aber die Hoffnung war stärker. »Sind sie hier?«

»Nein. Sie müssten inzwischen in Arkengarthdale angekommen sein. Dort wohnen sie.«

War das nicht der Ort, wo er angeblich gewesen war? Sollte die Sache wirklich so einfach zu lösen sein?

Aber Zwillinge. Betäubungsmittel. Hatte man ihm wirklich so schäbig mitgespielt …?

»Brand«, unterbrach Bey seine Gedanken, »deine Verschwiegenheit beginnt mir auf die Nerven zu gehen. Sag mir wenigstens eines. Hat die Sache deines Wissens irgendetwas mit der Sekte namens Neue Glaubensgemeinschaft zu tun?«

Brand hätte beinahe nein gesagt, doch dann fiel ihm ein, dass George Cotter mit seiner Lady gesprochen hatte. »Warum?«

»Du bist an der Reihe, Auskunft zu geben. Also?« Brand nahm den veränderten Tonfall in der Stimme seines Bruders wahr. »Ich glaube nicht, dass die Sekte etwas damit zu tun hat.«

»Das genügt nicht. Der König hat mich nach Nordengland geschickt, damit ich ihre Aktivitäten unter die Lupe nehme. Er ist höchst beunruhigt. Und das nicht ohne Grund, denn wie du weißt waren ihre Vorgänger, Cromwells Puritaner, verantwortlich dafür, dass König Karl I. enthauptet wurde.«

»Teufel, diese Gefahr besteht diesmal wohl nicht, oder?«

»Da die Jakobiter besonders hier im Norden immer noch ihr Unwesen treiben, ist nichts ausgeschlossen. Also, besteht irgendein Zusammenhang zwischen diesem Vorfall und der Neuen Glaubensgemeinschaft?«

Brand versuchte Schmerzen und Gefühle zu unterdrücken und sachlich zu sein. »Die Jakobiter sind größtenteils Katholiken und die Cotteriten sind Puritaner, also genau das andere Extrem.«

»Es hat schon früher unheilige Allianzen geben. Also?«

Brand lehnte sich zurück und dachte nach. »Ich glaube wirklich nicht, dass ein Zusammenhang besteht, aber ich kann es nicht mit Sicherheit ausschließen. Du musst mir Zeit geben, darüber nachzudenken, Bey. Mein Hirn ist völlig benebelt, aber nicht so schlimm wie letztes …«

Mist. Das hatte er eigentlich nicht verraten wollen.

»Letztes Mal? Das Gleiche ist dir also schon einmal passiert?«

»Vergiss es. Schau, ich bin George Cotter begegnet, bevor diese Sachen passiert sind. Ich gehe jede Wette ein, dass er an nichts anderes denkt als an geistige Dinge und an das Wohlergehen der einfachen Leute.«

»Bist du etwa zu der Sekte übergetreten?«

Brand musste lachen und presste die Hand an seinen hämmernden Kopf. »Kaum. Einige Ideen der Sekte sind mir zwar durchaus sympathisch, aber mir missfallen ihre starren Regeln und die strenge Disziplin. Die Art, wie sie ihre Landgüter bewirtschaften, heiße ich hingegen gut.«

»Ganz schön beschränkt. Hast du eins ihrer Landgüter besucht?«

»Nur sein eigenes. Er hat all dies begonnen, indem er sein eigenes Landgut in eine puritanische Gemeinde verwandelt hat. Es wird gut und sehr fortschrittlich geführt. Du weißt ja, wie schwer es ist, die Landbevölkerung dazu zu bringen, neue Wege zu beschreiten. Er …«

Rothgar hob eine Hand. »Ich bin im Moment nicht an landwirtschaftlicher Theorie interessiert. Hast du, während du dort warst, irgendetwas von einer Anstiftung zum Aufruhr mitbekommen?

Brand dachte einen Moment nach. »Nein. Aber sie sind tatsächlich äußerst schweigsam.«

»Und du willst mir wirklich nichts über die Dame erzählen, mit der du dich eingelassen hast?«

Bei dieser Frage versuchte Brand instinktiv, eine Schutzwand zwischen Bey und seiner geheimnisvollen Verräterin zu errichten.

»Was für eine Dame?«

»Du hast im Schlaf von ihr gesprochen. Gehört sie der Glaubensgemeinschaft an?«

Er gab den Kampf auf. »Auf keinen Fall.«

»War sie es, die dir das Mittel eingeflößt hat?«

»Das kann ich nicht mit Sicherheit sagen.«

Bey erhob sich. »Wir werden uns noch weiter darüber unterhalten müssen. Sag mir jetzt nur noch eins: Wer ist Lady Richardson?«

»Wer soll das sein?« Brand war klar, dass sein Bruder ihm diese Frage bewusst so unvermittelt an den Kopf geworfen hatte, weil er hoffte, ihm die Wahrheit entlocken zu können, doch zumindest dieses Mal war seine Verwirrung echt.

»Eine stark geschminkte Dame, die an etwas Ähnlichem litt wie du, allerdings in milderer Form.«

Brand wollte die Sache schon abtun, doch dann stockte ihm der Atem. »Stark geschminkt, hast du gesagt?«

»Stark genug, um alles Mögliche zu verbergen, einschließlich ihrer Identität.«

Sein Herz raste. Er konnte kaum glauben, dass es so einfach sein sollte. »Mittelgroß, mittelschlank, mit üppiger Oberweite?«

»Ja.«

»Mit einem Ehering?«

»Einem Ehering und vier sehr protzigen Ringen. Brand, sag mir ...«

Brand schüttelte abwehrend den Kopf. »Sie trägt nicht viel Schmuck ...« Aber wie konnte er sicher sein, dass er jede Seite von ihr kannte? Er schob das Tablett weg und schlug die Decke zurück. »Ist sie hier? Wo?«

Rothgar drückte ihn wieder ins Bett zurück. »Sie ist abgereist.«

Brand blickte auf. »Und du sagst wirklich die Wahrheit?«

Sein Bruder sah ihm eindringlich in die Augen. »Habe ich dich je belogen?«

»Wo ist sie dann?«

»Ich habe keine Ahnung. Sie und ihre pickelige Zofe haben sich in Luft aufgelöst.«

»Pickelige Zofe?« Brand wurde nachdenklich. »Wie pickelig?« Konnte *das* der Grund für die Maske sein? Aber was war dann mit den Zwillingen?

Pickel und Schminke würden die Ähnlichkeit von Zwillingen verbergen.

»Das arme Mädchen ist schwer gezeichnet«, sagte sein Bruder.

»Pockennarben?«

»Nur Pusteln. Von der entzündlichen, eitrigen Sorte.«

»Ist es möglich, dass sie Zwillinge waren?«

»Und zugleich die Misses Gillsett?« Bey hob die Augenbrauen. »Eine Farce, die verwickelt genug ist, um im Volkstheater aufgeführt zu werden! Leider hielten sich alle vier zur selben Zeit im Gasthof auf, und ich habe vielleicht noch nicht erwähnt, dass es sich bei den Misses Gillsett um ältere Damen handelt.«

»Oder haben sie sich nur so zurechtgemacht, dass sie alt wirkten?«

»Den Berichten zufolge nicht. Außerdem steigen sie hier regelmäßig ab.«

Brand fiel ein Stein vom Herzen. Also nicht die Misses Gillsett, also keine Zwillinge. In dieser Hinsicht zumindest war sie aufrichtig gewesen.

Dennoch hatten die Misses Gillsett eine Botschaft weitergeleitet und seine geheimnisvolle Lady hatte den Namen der beiden benutzt. War das reiner Zufall oder war sie einfach nicht vorsichtig genug vorgegangen und hatte deshalb unbeabsichtigt diese Spur hinterlassen?

War es etwa eine Spur zu einer Falle?

Er verwarf diesen Gedanken. Er würde sich nicht noch einmal zum Narren halten lassen. Nach allem, was sie bisher wussten, handelte es sich bei seiner geheimnisvollen Lady vermutlich entweder um die geschminkte Dame oder um deren pickelige Zofe.

Er sah seinen Bruder an. »So wie ich dich kenne, kann dir diese Lady Richardson doch unmöglich entwischt sein.«

»Ich lüge dich nicht an, Brand«, beteuerte Rothgar abermals. »Wenn du das noch einmal behauptest, kannst du dich mit mir im Morgengrauen zum Duell treffen. Lady Richardson hat gesagt, sie will nach York fahren, und ihre Kutsche hat diese Richtung auch eingeschlagen. Auf der Straße nach York hat man sie jedoch nicht gesehen. Vermutlich ist sie irgendwo abgebogen, doch wir wissen nicht, in welche Richtung. Man hat mir berichtet, dass an verschiedenen Orten Kutschen mit zwei Frauen gesehen wurden, aber keine der Beschreibungen passt auf unsere Lady und ihre Zofe. Sie hat auch in keinem der Gasthöfe übernachtet, die sie letzte Nacht erreicht haben könnte. Ich lasse gerade alle in Frage kommenden Privathäuser überprüfen, die innerhalb eines Zeitrahmens von ein paar Stunden Fahrt liegen. Die Dame war stark geschminkt, aber ihre pickelige Zofe ist leicht wiederzuerkennen.«

»Und hast du irgendwelche Hinweise?«

»Absolut keine.«

Brand konnte sich ein Lachen nicht verkneifen. »Raffinierte geheimnisvolle Lady. Ich glaube, sie hat dich ausgetrickst, Bey, und das ist wirklich eine Leistung!«

»Ich habe mit der Suche noch gar nicht richtig angefangen«, gab Bey kühl zurück, »weil ich aus irgendeinem Grund um meinen elenden, nichtsnutzigen Bruder besorgt war. Ich habe Männer losgeschickt, um Nachforschungen anzustellen.«

»Ruf sie zurück.« Brand hatte immer noch nicht die leiseste Ahnung, was geschehen war oder was er in dieser Sache zu unternehmen gedachte, aber er wollte auf keinen Fall, dass sein Bruder sich einmischte. Bey neigte zu sehr dazu, gnadenlos Vergeltung zu üben, wenn einem Mitglied seiner Familie etwas angetan wurde.

Brand faltete die Botschaften zusammen und legte sie neben das Bett. »Wie ich gesagt habe: Es ist eine persönliche Sache, und sie ist vorbei. Das Letzte, was ich will, ist, dieser Frau noch einmal zu begegnen. Wenn ich mich ein bisschen ausgeruht habe, müssen wir eine Menge miteinander besprechen. Landwirtschaftliche Dinge.«

»Ich kann es kaum erwarten.«

Bei diesen Worten musste Brand trotz allem lachen, denn Rothgars Interesse an neuen Formen der Landwirtschaft war bestenfalls als gering zu bezeichnen.

Als sein Bruder gegangen war, legte er sich wieder hin. Sie hatte unbedingt gewollt, dass er fortging und niemals wiederkehrte. Es sah so aus, als hätte sie mit aller Gewalt dafür gesorgt, dass er ihr keinen Strich durch die Rechnung machen konnte. Aber wenn dem tatsächlich so war, warum war sie dann hierher gekommen? Warum sollte sie sich in eine solche Gefahr begeben haben, entlarvt zu werden? Es passte nicht zusammen. Es schien ein Charakterzug der Mallorens zu sein, Einzelteile unbedingt nahtlos zusammenfügen zu wollen, damit die Welt einen Sinn ergab.

Er schloss die Augen und versuchte angestrengt, sich an die Einzelheiten der letzten Stunden mit seiner geheimnisvollen Lady zu erinnern, doch er war sich nicht einmal sicher, ob das plötzlich aufgestiegene Bild, wie sie ihm ein Glas mit vergiftetem Inhalt reichte, wahr war. Alles war von Schleiern verhüllt.

Wie er es schon einmal erlebt hatte, in der Tat. Aber zumindest wusste er dieses Mal, wer er war. Und mit der Zeit würde auch alles andere klar werden.

# 17

Am Nachmittag des darauf folgenden Tages gelangte Rosamunde schließlich wieder zu Hause an – mit Wehmut im Herzen, aber auch mit Freude darüber, wieder in Wenscote zu sein, wo sie eine eindeutige Aufgabe und klare Pflichten erwarteten. Beim Anblick des heimatlichen Dorfes und des Landguts mit dem massiven Steinhaus traten ihr Tränen in die Augen.

Die hohe Mauer, von der es umgeben war, stammte aus den Tagen der schottischen Aufrührer und war bei ihrer Heirat eins der Dinge gewesen, die ihr an Wenscote so gut gefallen hatten. Die Mauer hatte Rosamunde beschirmt. In ihrem Schutz hatte sie im Garten gearbeitet, ohne dass sie von außerhalb zu sehen gewesen war. Die Mauer war ihr Freund. Selbst ohne diese besondere Bedeutung wirkte sie nicht abweisend, denn sie war mit Efeu, Seifenkraut und Polsterphlox bewachsen und die Eisentore waren stets einladend geöffnet.

Als die Kutsche durch das Tor gefahren war und vor dem Gutshaus anhielt, blieb Rosamunde einen Augenblick still sitzen und genoss die ihr so vertrauten Geräusche – das Plätschern der flink durch ihr steinernes Bett dahinfließenden Ure, das leise Gurren im Taubenschlag, das Summen der Bienen, das Gezwitscher der Vögel und das Krächzen der Krähen. Der Duft von Lavendel, Geißblatt und Rosen erfüllte die Luft. Alles verströmte Sicherheit und Geborgenheit.

Als Digby freudestrahlend in der Tür erschien, sprang sie aus der Kutsche und lief ihm lachend entgegen.

Sir Digby Overton, ein hoch gewachsener, warmherziger Mann, zog sie in seine Arme. »Ach, Rosie, ich habe dich schrecklich vermisst, das kannst du mir glauben. Willkommen zu Hause.«

Sie lächelte ihn an, musste sich aber zwingen, weiterzulächeln, als sie sein gerötetes Gesicht sah. Und er keuchte allein von der Anstrengung, an die Tür gekommen zu sein, um sie zu begrüßen.

Zweifellos alles Edwards Schuld, dachte sie.

»Gehen wir hinein«, sagte sie und hängte sich bei ihm ein. »Ich brauche jetzt unbedingt eine Tasse Tee und werde dir dann alle meine Abenteuer erzählen!«

Er kicherte und kniff ihr in die Wange. »Hast dich wohl gut in Harrogate amüsiert, was, mein Liebling?«

In seinem Blick lag etwas Fragendes – eine verschämte, nicht ausgesprochene Frage, die sie mit einem Lächeln beantwortete. Sie wusste nicht so recht, ob sie ihm offen erzählen konnte, was sie getan hatte. Sie hoffte, er würde erahnen, dass es geschehen war. Und es gutheißen.

Sie schenkte ihm Tee ein und reichte ihm die Tasse, dann nippte sie an ihrer eigenen. »Ah, tut das gut. Ich habe unterwegs keine Pause gemacht, um so schnell wie möglich nach Hause zu kommen. Ich hoffe, es hat dir nichts ausgemacht, dass ich ein paar Tage in Arradale geblieben bin.«

»Nicht im Geringsten, mein Schatz. Also, dann erzähl mir von dem Maskenball. Es ist lange her, seit du zum letzten Mal an so einem Vergnügen teilgenommen hast. War es aufregend?«

»Sehr.« Rosamunde nahm ihren ganzen Mut zusammen und nickte energisch. Erst hinterher wurde ihr bewusst, dass er daraus schließen würde, dass es auf dem Maskenball geschehen war. Das war auch besser so.

Er schloss die Augen, und zu ihrer Bestürzung rannen ihm Tränen über die Wangen. Sie sprang auf. »Digby …!«

Er öffnete die Augen wieder und winkte ab. »Alles in Ordnung, mein Liebling. Alles in bester Ordnung.« Er zog sein Taschentuch hervor und trocknete seine geröteten Wangen.

»Oh, Rosie. Du bist ein so tapferes Mädchen. Eine so gute, treue Ehefrau.«

Jetzt war es Rosamunde, die mit den Tränen kämpfte. Er meinte es ehrlich; das beruhigte ihr Gewissen und ihre Seele. Könnte sie ihm doch nur die ganze Wahrheit erzählen – wie es tatsächlich gewesen war, wie sie sich dabei gefühlt hatte, wie sehr es ihr gefallen hatte. Aber es wäre nicht fair, ihn damit zu belasten. Sie musste diese Bürde alleine tragen.

»Es waren hunderte von Leuten auf dem Ball«, sagte sie und bemühte sich, fröhlich zu klingen. »Und die Kostüme waren wirklich fantastisch. Ritter, Piraten, Nymphen, Monster. Und die Masken! Du hättest sie sehen sollen, Digby. Tiergesichter. Vögel. Sogar Falken und Adler. Manche waren richtig furchterregend, und es war vollkommen unmöglich, zu erraten, wer dahinter verborgen war!« Sie plauderte weiter und erzählte eifrig, was sie so alles erlebt hatte.

Er lächelte und nickte. »Du musst jetzt öfter zu solchen Veranstaltungen gehen, Rosie, nachdem du dich nun endlich wieder dazu durchgerungen hast. Es tut dir nicht gut, immer nur zu Hause zu sein.«

»Ich bin gerne hier. Aber vielleicht können wir mehr gemeinsam unternehmen. Du bist doch oft nur deshalb zu Hause geblieben, weil ich mich nicht unter die Leute gewagt habe.«

»Mir genügt es ebenfalls, in Wenscote zu sein, Liebling. Im Moment ganz besonders. Hast du in Arradale deine Familie gesehen?«

»Mutter und Sukey. Und Tante Arradale natürlich. Sie lässt dich schön grüßen …« Das dortige Abendessen und die sich anbahnende Liebesaffäre zwischen Mr Turcott und Mrs Lampwick lieferten ihr zum Glück noch weiteren Gesprächsstoff, doch dann wurde es immer mühsamer für sie. Früher war ihr das doch nicht so schwer gefallen …

Auf einmal ging ihr auf, womit sie dieses belanglose Geplauder verglich, sie verscheuchte diesen Gedanken jedoch sofort wieder und versuchte, sich ganz auf ihren Ehemann zu konzentrieren. Oh, bitte, lieber Gott, mach, dass ich ein Kind bekomme. Es wird das Kind seines Herzens sein, und er wird es inniglich lieben.

Und es wird von Brand sein.

Ein Stück von Brand.

Schnell scheuchte sie auch diesen Gedanken wieder zurück.

»Witwen sollten wieder heiraten«, sagte Digby gerade über Mrs Lampwick. »Es ist nicht richtig, dass sie alleine sind. Vor allem junge Witwen.«

Rosamunde lächelte nur. »Das Leben von Witwen, die Kinder aufzuziehen haben, ist auch so ausgefüllt.« Es war eine Art Versprechen, und sie meinte es auch ehrlich, hoffte aber trotzdem nicht, dass sie es jemals erfüllen müsste. Vielmehr wünschte sie sich, dass Digby noch viele Jahrzehnte mit ihr zusammen verbringen würde.

Es war jedoch auch eine Mahnung, dass Brand Malloren keinen Platz in ihrem Leben haben würde, selbst wenn Digby sterben sollte. Dieses stille, abgeschiedene Wenscote war ihr Leben. Seines hingegen waren herrschaftliche Ländereien, der Königspalast und Adelskreise.

*Hör auf damit, Rosa!*

*Vergiss ihn.*

Um das Thema zu wechseln, sagte sie: »Ich habe gehört, dass Edward mit einem anderen Cotteriten hier gewesen ist, während ich fort war. Ich wünschte, du würdest dich nicht von ihm belästigen lassen.«

Digby seufzte und schüttelte den Kopf. »Er ist mein Erbe, Rosie. Im Moment zumindest noch. Wir sind außerdem ziemlich weit vom nächsten Gasthof entfernt, und ich kann ihm und seinen Gefährten doch kaum die Tür weisen, wenn es bereits dunkel wird, oder?«

»Das ist zweifellos genau der Grund, warum er erst bei Einbruch der Dunkelheit auftaucht.«

»Ja, das siehst du ganz richtig. Zugegeben, ich ärgere mich immer ziemlich über seinen lächerlichen Aufzug und darüber, wie er an allem herummeckert und mir einzureden versucht, dass ich mich mit einfacher Kost begnügen soll. Wie er das Gesicht verzieht, wenn er ein alkoholisches Getränk oder den prallen Busen einer Dienstmagd sieht.« Er zwinkerte ihr zu. »Ich habe Polly gesagt, sie soll den Ausschnitt ihres Mieders ein paar Zentimeter weiter herunterziehen und sich ihm gegenüber besonders aufmerksam verhalten.«

»Digby, du Schlimmer!« Rosamunde lachte laut heraus. Polly war eins ihrer Hausmädchen und überaus üppig ausgestattet, was umso mehr zur Geltung kam, als sie eine sehr schmale Taille hatte. Sie war kein unanständiges Mädchen, aber sie scheute sich nicht, ihre Reize zur Schau zu stellen.

Auch Digby kicherte und trocknete sich wieder die Augen. »In einer bestimmten Situation ist er tatsächlich puterrot geworden! George Cotter hingegen hat mit keiner Wimper gezuckt.«

Rosamunde hörte auf zu lachen. »Wer?«

»Ja, mein Liebling. Edwards Begleiter war kein anderer als George Cotter, die Ursache allen Ärgers, persönlich. Und Edward machte sich regelrecht zum Affen, geradezu als säße der König neben ihm.«

»George Cotter!« Nichts Gutes ahnend, fragte Rosamunde: »Ist das ein ganz normal aussehender Mann in ziemlich abgetragenen Kleidern?«

»Das ist wohl kaum ein besonderes Merkmal, Liebes, aber ich weiß, was du meinst. Ich hatte ihn mir ganz anders vorgestellt. Bist du ihm etwa begegnet?«

Rosamunde war es plötzlich eiskalt. »Er ist am Witwenhaus vorbeigeritten, als ich gerade draußen im Garten war. Er hat mir seinen Namen nicht genannt, aber er hat erwähnt, dass er hier mit Edward übernachten würde. Wenn er nicht gesagt hätte, dass sie am nächsten Morgen wieder aufbrechen würden, wäre ich sofort nach Hause gekommen.«

George Cotter. Sie versuchte krampfhaft, sich ins Gedächtnis zu rufen, was sie bei dem Geplauder zu ihm gesagt hatte und ob sie damit irgendeinen Verdacht geweckt haben könnte.

»Nun ja, ich will nicht bestreiten, dass Edward mir wie üblich gehörig auf die Nerven gegangen ist, aber Cotter war problemlos. Ehrlich gesagt, er schien ein ganz vernünftiger Mann zu sein, und was er über Gott und Gerechtigkeit gesagt hat, muss jeder vernünftig denkende Menschen gutheißen.« Nach kurzer Pause fügte er hinzu: »Aber das ist gerade das Gefährliche.«

»Sehr gefährlich.«

»Und schlau«, fügte Digby hinzu. »Sehr schlau.«

Rosamunde nahm in seinen Worten eine unterschwellige Frage wahr, eine Frage, die ihre eigene Besorgnis widerspiegelte. »Wir haben lediglich die üblichen Höflichkeiten ausgetauscht.«

Er nickte. »Und wo bist du seitdem gewesen, Liebling? In deiner Nachricht hieß es, du wolltest mit Diana nach Richmond fahren.«

Noch mehr Lügen. »Du hattest doch nichts dagegen, oder? Diana hatte dort einiges zu tun. Unter anderem musste sie eine Freundin besuchen, die früher am Theater war. Wir haben übers Schminken gesprochen.«

»Ach ja?«

»Diese Dame hat mir gezeigt, wie ich meine Narben abdecken kann, damit man sie nicht mehr so deutlich sieht. Diana findet, ich sollte das jetzt immer tun, wenn ich irgendwohin gehe.«

»Da mag sie Recht haben, mein Schatz. Das soll natürlich nicht heißen, dass du meiner Ansicht nach etwas verdecken müsstest«, schwindelte er galant. Rosamunde wurde erst jetzt bewusst, dass er wie üblich an ihrer »guten« Seite saß. »Aber ich weiß, dass du dich deswegen grämst, und du kannst dich schließlich nicht den Rest deines Lebens hier verstecken.«

»Ich fühle mich so fremd, wenn ich geschminkt bin. Gar nicht mehr wie ich selbst.«

»Nun, am besten, du legst die Schminke einmal auf und lässt mich beurteilen, wie es aussieht, was hältst du davon?«

Rosamunde fuhr mit dem Finger über die lange Narbe. »Das werde ich tun, Digby. Aber ehrlich gesagt, habe ich nach diesem Abenteuer gar keine so große Scheu mehr, mich damit sehen zu lassen. Alle haben mir gesagt, dass meine Narben gar nicht so schlimm aussehen. Und George Cotter hat so getan, als sei an mir alles ganz normal.«

»Nett von ihm«, sagte Digby schroff. »Wie ich schon sagte, er ist auf seine Weise ein guter Mensch. Komm, gib mir einen Kuss, mein Schatz, und dann werde ich ein kleines Nickerchen machen. Wie ich dich kenne, möchtest du dir bestimmt erst einmal alles ansehen. Hera hat ihr Fohlen bekommen, während du weg warst.«

»Was?« Rosamunde sprang auf, besann sich aber noch schnell und gab ihrem Mann den gewünschten Kuss auf seine viel zu rote Wange. »Diese ungeduldige Mähre! Es war doch noch gar nicht so weit.«

»Frauen«, sagte Digby neckend. »Kein Verlass auf sie.«

Rosamunde streckte ihm frech die Zunge heraus und lief hinüber, um sich das Fohlen ihrer besten Stute anzusehen, die von Lord Fencotts friesischem Hengst gedeckt worden war.

Auf dem Weg zu den Ställen blieb sie jedoch im Kräutergarten stehen, um sich zu sammeln. Das war zum Glück gut gegangen. Digby war wirklich glücklich über das, was sie getan hatte. Und beruhigt, weil er nun hoffen konnte. Den allgemeinen Moralvorstellungen zum Trotz hatte sie vielleicht das Richtige getan. Hätte sie doch bloß nicht zugelassen, dass die Larve der verbotenen Liebe in diese Blüte gekrochen war! Nun musste sie zusehen, wie sie sie wieder herausbekam, um sie zerdrücken zu können. Ihre Situation würde nur dann wirklich ehrenhaft sein, wenn sie Brand Malloren für immer aus ihren Gedanken verbannte.

Wochen später, als Rosamunde ihre Gefühle weit gehend unter Kontrolle hatte und so sehr mit der Ernte beschäftigt war, dass sie gar keine Zeit hatte, an anderes zu denken, erhielt sie überraschend Besuch von Diana. Rosamunde half gerade Mrs Monkton und einem ihrer Dienstmädchen, im Kühlraum Äpfel auf einem Regel auszulegen, doch ein Blick in Dianas Gesicht genügte, um die Arbeit auf der Stelle zu unterbrechen.

Schwierigkeiten.

Dabei hatte sie inzwischen geglaubt, dass nichts mehr zu befürchten war.

Sie führte Diana rasch in einen stillen Winkel des Gartens. »Was ist los?«

»Der Marquis von Rothgar hat sich praktisch selbst nach Arradale eingeladen.«

Rosamunde schlug entsetzt die Hand vor den Mund. »Heißt das, er ahnt etwas? Aber wie ist das möglich?«

»Ich habe keine Ahnung«, sagte Diana mit einer hilflosen Geste, die gar nicht typisch für sie war. »Vielleicht ist es reiner Zufall. Er zieht im Norden umher und stellt Nachforschungen über die Neue Glaubensgemeinschaft an. Und Arradale ist ein guter Ausgangspunkt, um Wensleydale zu erkunden. Er möchte sich anhören, was ich über die Sekte weiß und was ich über sie denke, aber vielleicht ist das auch nur eine höfliche Ausrede.«

Zufall. Etwas anderes konnte es nicht sein. Rosamunde befahl ihrem Herzen, nicht so zu hämmern. »Es wäre wunderbar, wenn er in der Lage wäre, etwas gegen die Sekte zu unternehmen.«

Diana sah sie an. »Hat sich das Problem denn noch nicht erledigt?«

Rosamunde spürte, dass sie rot angelaufen war. Sie hatte noch mit niemandem darüber gesprochen. »Ich weiß nicht ... aber ... jedenfalls sind ... meine ... Tage überfällig.«

»Aber Rosa! Das ist ja wunderbar! Weiß Digby es schon?«

Sie schüttelte den Kopf. »Ich habe ihm noch nichts gesagt. Ich bin noch nicht ganz sicher. Normalerweise ist es bei mir so regelmäßig wie die Kirchturmuhr, aber es ist noch zu früh, um ganz sicher sein zu können.«

»Und Digby?«, fragte Diana und ergriff Rosamundes Hände. »Freut er sich darüber?«

Rosamunde lächelte und Tränen traten ihr in die Augen, wie so oft in letzter Zeit. Freudentränen. »Ja, sehr, Diana. Anfangs hatte ich Zweifel, aber er zeigt es mir auf so viele verschiedene Weisen.« Sie zog ein Taschentuch heraus und schnäuzte sich die Nase. »Ich kann es gar nicht erwarten, bis ich es ihm sagen kann.«

Diana zog sie fest an sich, während sie beide schwiegen. Dann ließ sie ihre Kusine wieder los und holte tief Luft. »Jetzt hör mir mal zu, Rosa. Ich habe Zeit gehabt, um über all dies nachzudenken. Da ich nun einmal dazu verdammt bin, für Lord Rothgar die Gastgeberin zu spielen, werde ich eine mehrtägige Gesellschaft geben und an einem der Abende einen Ball veranstalten. Das wird von mir erwartet und damit werde ich ihn auch ein bisschen von mir ablenken können.«

»Er würde dich niemals erkennen!«

»Das hoffe ich inständig. Du hingegen darfst dich vor ihm nicht blicken lassen. Das dürfte nicht schwierig sein, da du nicht die Angewohnheit hast, an großen gesellschaftlichen Zusammenkünften teilzunehmen.«

»Aber was ist mit Digby? Du weißt doch, dass er sich über jede Gelegenheit freut, mit Nachbarn zusammenzukommen.«

»Aber das tut er doch auch ohne deine Begleitung. So muss es auch diesmal sein.«

»Natürlich.«

Diana nickte. »Ich dachte, ich bespreche das besser mit dir, denn du bist ja in letzter Zeit öfters unter die Leute gegangen.« Diana berührte vorsichtig die Schminke an Rosas Schläfe. »Es ist hervorragend gemacht.«

»Dulcie hat mir geholfen. Aber das ändert nichts daran. Ich werde natürlich trotzdem nicht kommen.«

»Und was für eine Ausrede wirst du benutzen, nachdem du in letzter Zeit an einigen Veranstaltungen teilgenommen hast? Ich habe es noch nicht erwähnt, aber … es ist möglich, dass Lord Brand seinen Bruder begleitet.«

Rosamunde durchfuhr es heiß und kalt. »Nein!«, rief sie aus und schüttelte den Kopf. »Nein. Ich kann unmöglich …«

»Genau.« Diana ergriff wieder ihre Hände. »Keine Panik. Wenn du zu Hause bleibst, wirst du ihm nicht begegnen. Es wird alles gut gehen, Liebes.«

Eisige Angst, heißes Verlangen. Rosamunde drängte das Verlangen zurück. Sie würde jetzt nicht alles ruinieren, indem sie der Versuchung nachgab, Brand Malloren ein letztes Mal zu sehen.

»Vielleicht will Digby ja auch nicht hingehen«, sagte sie. »Es geht ihm nicht sonderlich gut. Er schafft es einfach nicht, sich beim Essen zu beherrschen. Er versucht es einen Tag lang, und dann macht er sich schon wieder über Süßspeisen her und trinkt Unmengen von Punsch.«

»Es tut mir zwar leid, das zu sagen, aber es wäre vielleicht besser, wenn auch er zu Hause bliebe.«

»Sobald sicher ist, dass ich schwanger bin, wird er sich bestimmt mehr zusammenreißen. Vielleicht sollte ich es ihm jetzt schon sagen.« Ihre Hand glitt zu ihrem Bauch hinab. »Ich bin bestimmt schwanger, Diana. Ich spüre es ganz deutlich. Ich zögere nur, weil ich Angst habe, ich könnte es mir nur einbilden, aber ich bin mir sicher. Alles ist plötzlich irgendwie anders.« Sie schüttelte den Kopf. »Ich kann nicht riskieren, dass es jetzt durch irgendetwas ruiniert wird!«

»Das wird auch nicht geschehen. Das verspreche ich dir.«

»Aber was ist mit dir und Lord Rothgar? Was, wenn er ahnt, wer die pickelige Zofe gewesen ist? Er würde einen sehr gefährlichen Feind darstellen.«

»Nicht gefährlicher als ich es bin«, erwiderte Diana, »und

er wird sich auf meinem Territorium befinden. Und überhaupt, wie sollte er das erahnen können? Ich versichere dir, ich werde mich so würdevoll und erhaben geben, dass sogar Mama mit mir zufrieden sein wird. Keine Spur von einem schnippischen Dienstmädchen.«

Rosamunde entspannte sich. Um Dianas Geheimnis zu durchschauen, bedurfte es wahrhaft mystischer Kräfte. »Und ich werde nicht teilnehmen, auf keinen Fall. Also kann auch nichts passieren.«

Mit einem erleichterten Lächeln schlenderten sie zum Haus zurück. Beim Spalierbogen, der üppig von spät blühenden duftenden Rosen umrankt war, blieb Rosamunde stehen und legte wieder die Hand auf ihren Bauch.

»Ich muss es einmal aussprechen, Diana, einmal und nie wieder. Dies hier ist Brand Mallorens Kind, und ich wünschte um seinet- und meinetwillen, dass ich ihm das sagen könnte und es mit ihm gemeinsam aufziehen könnte. Offiziell ist es Digbys Kind und es wird uns alle retten, aber mein Herz schlägt für den anderen.«

Diana schloss sie schweigend in die Arme. Sie verstand zweifellos alles, was nicht ausgesprochen worden war.

Rosamundes Zukunft war jetzt fest an Wenscote gebunden. Das Kind, mit dessen Geburt dieses Landgut gerettet sein würde, musste hier aufwachsen und zu einem einfachen Gutsbesitzer erzogen werden, der diese Landschaft liebte und hier wohnen bleiben würde. Sie war sich über die Folgen ihrer Entscheidung immer im Klaren gewesen und hatte sie akzeptiert. Sie hatte jedoch nie geahnt, wie schmerzhaft, wie qualvoll das sein würde.

*Bitte, lieber Gott, mach, dass Brand nicht mit seinem Bruder mitkommt. Bitte lass mich nie wieder in seine Nähe kommen.*

Gemeinsam mit Bey ritt Brand durch Wensleydale in Richtung Arradale House. Die Kutschen mit den Bediensteten und dem Gepäck hatten sie weit hinter sich gelassen. Brand, der sich erst im letzten Moment dazu durchgerungen hatte, seinen Bruder zu begleiten, war in der Stimmung gewesen, schnell zu reiten. Sie hatten in der Umgebung von Leyburn ein paar Gestüte mit Rennpferden besichtigt, für die Bey sich interessierte, aber Brand war nur deshalb mitgekommen – jedenfalls behauptete er das seinem Bruder gegenüber –, weil er sich ein Gestüt weiter nördlich im Tal ansehen wollte, in dem Zugpferde gezüchtet wurden.

Auf keinen Fall war er in die Dales gekommen, weil er hier einer gewissen Lady zu begegnen hoffte! Einer Lady, die sich für Tierzucht interessierte. Einer Lady, die Kaltblüter den nervösen Rennpferden mit ihren spindeldürren Beinen vorzog …

Er grinste spöttisch, denn ihm war klar, dass er sich nur etwas vormachte.

Jeden Tag, mit jedem Atemzug suchte er nach ihr, obwohl er keine Ahnung hatte, was er tun würde, wenn er tatsächlich auf »Lady Richardson« stieß.

Sich vergewissern, dass bei ihr alles in Ordnung war?

Sie in die Arme schließen?

Sie verführen?

Sie erwürgen?

»Gutes Land«, stellte Bey fest, als sie die Pferde eine Weile auf einer Allee im Schritt gehen ließen, die zwischen abgemähten Feldern verlief. »Aber dort hinten steigt es bereits an und wird sehr rau.«

Es stimmte, die Berge waren nicht mehr weit weg und die Weiden teilweise schon durch neu angelegte graue Steinmauern voneinander abgegrenzt. »Schafland«, sagte Brand. »Gegen Schafe ist doch nichts einzuwenden.«

»In Form von zartem Lammfleisch nicht.«

»Und Wolle. Die Schafzucht ist doch schon immer eine Säule der englischen Wirtschaft gewesen.« Brand blickte sich um. Selbst hier unten im fruchtbaren Tal hatten sie eine weite

Sicht. »Es gefällt mir hier. Oben auf den Hochmooren kann man sich so richtig allein fühlen.«

»Vielleicht hätte ich dich besser zur Marine gehen lassen sollen.«

»Damit ich mich allein fühlen kann?«, entgegnete Brand grinsend. »Da ist mir dieses Land lieber.«

»Wer hätte das gedacht«, entgegnete Rothgar trocken. »Aber in dieser Gegend kann das Alleinsein auch gefährlich sein. Beispielsweise wenn man bewusstlos mitten in der Wildnis abgelegt wird.«

Brand seufzte. »Fang nicht schon wieder damit an!«

Es war aussichtslos zu hoffen, dass Bey jemals einen Anschlag auf eines seiner Familienmitglieder vergessen würde, aber Brand hatte keine Lust mehr, darüber zu reden. Er konnte sich inzwischen längst wieder an alles erinnern und hatte aus Vernunftgründen beschlossen, die Sache einfach zu vergessen. Die Lady hatte offenbar nicht dasselbe empfunden wie er, denn sonst hätte sie ihn niemals mit dem Betäubungsmittel überlistet.

»Bist du immer noch nicht gewillt, dich dafür zu rächen?«

Ohne etwas zu erwidern, trieb Brand sein Pferd zu einem leichten Galopp an. Er war versucht gewesen, seinem Bruder alles zu erzählen, was er wusste, und ihn Rache üben zu lassen. Das hinterhältige Frauenzimmer hätte es durchaus verdient. Doch dann war ihm zusammen mit anderen Papieren aus London dieses traurige Schreiben zugestellt worden, das seinen Zorn verrauchen ließ und stattdessen Hoffnungslosigkeit schürte.

Trotz allem hatte er die Tatsache nicht ignorieren können, dass dazu das Briefpapier des Gasthofs *Drei Fässer* verwendet worden war und die Handschrift die gleiche war wie die auf dem Schreiben, das die Misses Gillsett weitergeleitet hatten. Die Zeilen waren entweder von Lady Richardson oder von ihrer pickeligen Zofe geschrieben worden, aber beide waren wie Fabelwesen spurlos verschwunden. Sie hatten sogar Bey überlistet, was schon fast eine einzigartige Leistung war.

Aber wozu war das alles gut?

Das Schreiben sagte ihm, dass es keine Hoffnung gab.

Wenn es doch nur so einfach wäre! Träume, Zorn und Fragen verfolgten ihn ständig, ließen die Wörter in einem Buch oder die Zahlen in den Kontenblättern verschwimmen und lenkten seine Gedanken mitten im Sprechen ab.

Er hatte einfach nicht widerstehen können, seinen Bruder auf dieser langen Reise nach Arkengarthdale, dem abgeschiedenen Zuhause der exzentrischen Misses Gillsett, zu begleiten. Er hatte gehofft, dort etwas in Erfahrung bringen zu können. Obwohl es ältere Damen waren, musste doch irgendeine Verbindung bestehen.

Die lederhäutigen alten Damen hatten sich jedoch geweigert, ihm zu verraten, wer ihnen das Schreiben übergeben hatte.

Beide hatten aber rätselhafte Andeutungen über Männer gemacht, die mit verheirateten Frauen anbandelten und versuchten, sie von ihrem rechtmäßigen Ehemann und von ihren Kindern wegzulocken.

*Kinder*.

Er war nie auf den Gedanken gekommen, dass seine Lady Kinder haben könnte, und war schockiert davongeritten.

Ja, er hatte versucht, sie von ihrem ältlichen, sie vernachlässigenden Ehemann wegzulocken, aber ihren Kindern konnte er sie unmöglich entreißen. Er war überzeugt, dass sie eine liebevolle und von ihren Kindern geliebte Mutter war. Vielleicht war dies das unüberwindbare Hindernis gewesen, das zwischen ihnen stand. Ein Hindernis, das er respektieren musste.

Auch bei dieser Frage war er durch und durch ein Malloren. Er musste es ganz genau wissen. Auf dem Rückweg hatte er sich mit Einheimischen unterhalten und erfahren, dass die alten Damen weder adlige noch sonstige nahe Verwandte hatten. Eine Lady Richardson war in Arkengarthdale völlig unbekannt.

Es war eine Sackgasse gewesen, und das war ein weiterer Beweis dafür, wie gerissen seine Lady war. Mit noch größerem Respekt vor ihrem Scharfsinn und ihrer Zielstrebigkeit, mit noch größerer Verbitterung darüber, sie verloren zu haben, war er schließlich nach Thirsk zurückgekehrt.

Obwohl er nie ein Romantiker gewesen war und nie geglaubt hatte, dass es im Leben nur die eine »Richtige« gab, hatte er das Gefühl, als wäre ein Teil von ihm abgestorben. Mochte sie nun eine tapfere Heldin oder ein durchtriebenes Luder sein, sie hatte sein Herz erobert, und obwohl sie ihm so übel mitgespielt hatte, konnte er sie einfach nicht vergessen.

Er stürzte sich in seine Arbeit und ergriff jede Gelegenheit, herumzureisen, damit die Tage schneller vergingen. Und trotz seines Vorsatzes, die Sache zu vergessen, stellte er überall, wo er hinkam, Nachforschungen an. Nach einer pickeligen Zofe. Nach einer Lady, die ihm irgendwie bekannt vorkam. Nach dem Haus, in dem er zwei Tage zugebracht und sein Herz verloren hatte.

Doch ein Baum sah wie der andere aus, und viel mehr hatte er vom Fenster seines Gefängnisses aus nicht gesehen. Bäume, einen kleinen Garten und ein Stück einer ruhigen Landstraße.

Auch jetzt ertappte er sich wieder dabei, wie er ein vor ihnen auftauchendes Gebäude nach ihm bekannt vorkommenden Details absuchte. Verdammt, sein Gefängnis war doch keine kleine Bauernkate gewesen! Es war vorbei und es war besser so. Das Leben musste weitergehen.

Dann gabelte sich die Straße, der rechte Weg führte in Richtung Aysgarth und Hawes, der linke nach Arradale House. Sie bogen nach links ab, und die Landschaft blieb eine Zeit lang unverändert. Nach einer Weile wurde die gewundene Straße von einer Hecke gesäumt, und in der Ferne war zwischen Bäumen ein herrschaftliches Anwesen zu erkennen.

Brand hielt an. »Das muss Arradale sein.«

Bey hielt ebenfalls an. »Sehr eindrucksvoll, vor allem für diesen Teil Englands.« Er deutete mit seiner Reitgerte zu den dahinter aufragenden Hügeln. »Die Ruine dort drüben ist vermutlich Arradale Castle, das vor vielen Generationen der Familiensitz war.«

»Eine imposante Festung in einer faszinierenden Umgebung.«

»Die Familie hat das Land kurz nach dem blutigen Sieg des Mannes, der unter dem Namen Ironhand bekannt war, erworben. Der Grafentitel wurde ihr für die Treue zu den Stuarts verliehen.«

»Und auch das Recht, ihn auf die weibliche Linie zu vererben, soweit ich weiß.«

»Der fragliche Gentleman war ein Günstling von Karl II. und hatte nur Töchter. Die Burg wurde während des Krieges zerstört, und der neue Graf hat ein moderneres Haus gebaut.«

»Eins mit bedeutend mehr Komfort, nehme ich an.« Brand trieb sein Pferd wieder an und ließ es im Schritt weitergehen. »Kommt es auch vor, dass du einen Landsitz aufsuchst, ohne dich vorher über seine Geschichte zu informieren?«

Bey zog die Augenbrauen hoch. »Du besuchst doch auch keine Landgüter, ohne dich über die Umgebung kundig zu machen, oder?«

»Stimmt. Zu dem Zeitpunkt, als ich entführt wurde, war ich gerade mit solchen Recherchen beschäftigt.«

»Ich lasse die Nachforschungen aus Sicherheitsgründen von anderen machen. Das kann ich dir nur empfehlen. Der verstorbene Earl heiratete unter seinem Stand eine Einheimische namens Sarah Ludley. Das wurde ihm nur deshalb erlaubt, weil er der zweite Sohn war. Allerdings starb der ältere Bruder bei einem Kutschenunfall, ehe er heiraten konnte. Trotz der Standesunterschiede scheint es eine glückliche Ehe gewesen zu sein, wenn sie auch nur von einem einzigen Kind gesegnet wurde, einer Tochter. Die Gräfin ist noch jung. Vor drei Jahren, im Alter von zweiundzwanzig, hat sie das Erbe angetreten.«

»Drei Jahre älter als du es warst, als du das Erbe übernommen hast«, stellte Brand fest.

»Ich bin nie jung gewesen.«

Brand musste ihm insgeheim Recht geben. Bey hatte als Kind mit ansehen müssen, wie seine Mutter ihre neugeborene Tochter umbrachte. Er war damals noch zu klein gewesen, um sie davon abhalten zu können. Dieses Erlebnis hatte ihn geprägt. Brand wusste, dass es seinem Bruder aus diesem Grund so schwer fiel, Personen, die seinen Geschwistern etwas antaten, nicht zu verfolgen. Weil es ihm einmal misslungen war, ein Familienmitglied zu verteidigen, musste er es jetzt immer tun.

»Sie nimmt ihre Pflichten ernst«, fuhr Bey scheinbar ungerührt fort. »Sie wird von den Bewohnern dieses Teils von Yorkshire geachtet, aber die Leute üben offenbar auch ziemlich viel Nachsicht mit ihr. Sie scheint als Jugendliche recht ungezogen gewesen zu sein.«

»Ein Wildfang?«

»Gegen ein bisschen jugendlichen Leichtsinn ist doch nichts einzuwenden.«

»Ich kann mich nicht entsinnen, dass du uns viel davon zugestanden hättest«, sagte Brand neckend.

»Weil ich die Gefahren zu gut kannte.«

Brand lenkte das Gespräch in eine unverfänglichere Richtung. »Also, was für ein Mensch ist die übermütige Gräfin heute?«

»Energisch und willensstark, wie ich höre. Sie hat keine Lust zu heiraten, obwohl sie natürlich von Freiern nur so umlagert wird. Die Frau besitzt und kontrolliert einen großen Teil Nordenglands.«

»Da du ebenfalls nicht zu heiraten gedenkst, kannst du kaum etwas dagegen einwenden.«

»Das tue ich auch nicht. Lady Arradale ist jedoch noch jung, und ich bin sicher, dass man sie nicht in Ruhe lässt.«

»Während von dir in deinem fortgeschrittenen Alter keine etwas will.«

»Ich wünschte, es wäre so«, sagte Bey. »Politisch gehört die Gräfin der Friedenspartei an. Also ist sie auf der Seite des Königs. Sie ist Anhängerin der Anglikanischen Kirche, liebt das Vergnügen und lehnt die Neue Glaubensbewegung strikt ab.«

»Eine Frau nach deinem Herzen.«

»Sei nicht albern. Sie hat eine seltsame Marotte. Sie hat den Ehrgeiz, mit Männern von gleichem Rang auf eine Stufe gestellt zu werden, und will sogar erreichen, dass eine Peeress einen Sitz im Parlament einnehmen kann.«

»Was du nicht sagst! Sie will den Männerclubs beitreten und Pfeife rauchen?«

»Keine Ahnung, ob sie so weit gehen möchte. Aber du kannst sicher sein, dass ich sie bei unserem Besuch weitestgehend wie einen Mann von gleichem Rang behandeln werde. Ich empfehle dir, dasselbe zu tun.«

»Die Ärmste. Du bist manchmal ein wahrhaft durchtriebener Teufel.«

»Das bin ich hoffentlich immer. Auf diese Weise habe ich unsere Macht aufgebaut!«

Brand tat die junge Gräfin plötzlich leid. »Verletze sie nicht, Bey. Du weißt, du kannst verdammt verführerisch sein, wenn du dazu in der Laune bist.«

Bey starrte ihn an. »Ich verführe keine Männer von gleichem Rang, mein Lieber.«

Brand lachte, und inzwischen konnten sie das Pförtnerhaus sehen, einen wunderbaren Steinbogen mit angebautem Häuschen, und ein offen stehendes, schmiedeeisernes Tor. Das Tor wirkte irgendwie sinnlos, weil das Gelände nicht von einer Mauer umgeben war, aber es war eine eindrucksvolle Demonstration von Macht und Wohlstand.

»Auf Anweisung der Damen aus den Steinen der alten Burg wieder aufgebaut«, murmelte Rothgar, während sie darauf zuritten. Der Pförtner lief heraus, um sich zu verbeugen und sie durchzuwinken. »Womöglich um den Eindruck von Großartigkeit zu erwecken.«

»Wie ich schon sagte. Ihr zwei wärt wie füreinander geschaffen.«

»Das gäbe nur einen unsanften Zusammenprall unserer Adelstitel und Überzeugungen.«

In diesem Augenblick ertönte ein Horn, das die Ankunft vornehmer Gäste ankündigte.

Die offizielle Zufahrt führte durch eine gepflegte Lindenallee direkt auf das Herrenhaus zu. Rechts und links davon erstreckte sich eine herrliche Parklandschaft mit wunderbaren Ausblicken. Auf der einen Seite befand sich ein kleiner Teich mit einer Bogenbrücke. Inmitten einer harmonischen Baumgruppe war ein griechischer Tempel zu sehen. Das Gras und auch die niedrigeren Stämme der Linden wurden von Rehwild kurz gehalten.

Das Haus war ein langgezogenes, massives Gebäude mit zwei geschwungenen Freitreppen, die auf das herrschaftliche Portal zuführten. Diener eilten von der Seite herbei, um ihnen die Pferde abzunehmen, und das Portal wurde von livrierten Lakaien geöffnet.

Brand lächelte. Entweder es ging hier immer so hochherrschaftlich zu, oder die Gräfin wollte beim Marquis von Rothgar Eindruck schinden.

Die beiden Brüder stiegen die Treppe hinauf und betraten eine getäfelte Halle, an deren Wänden so viele Waffen hingen, dass man damit eine Truppe von beachtlicher Größe hätte bewaffnen können. Hier wartete die Gräfin auf sie. Zumindest musste sie es sein. Kerzengerade Haltung, ein energisches Kinn und ein liebenswürdiges Lächeln. Trotz des bezaubernden zitronengelben Kleides und der modisch-frivolen Musselinschürze mit Spitzenbesatz, trotz der glänzenden kastanienbraunen Locken, die von einem Etwas aus Spitze und Bändern, das kaum den Namen Haube verdiente, gekrönt waren, sah man ihr an, dass sie Autorität besaß.

Brand fragte sich, ob sie diesen Wesenszug stets auf diese Weise zu kaschieren versuchte, oder ob sie sich speziell für Bey so feminin zurechtgemacht hatte. Meine Güte, hoffentlich hatte die Lady ihren Entschluss, ledig zu bleiben, nicht aufgegeben und sich vorgenommen, den Marquis zu umgarnen!

»Es ist uns eine große Freude und Ehre, Euch hier in Arradale begrüßen zu dürfen, Lord Rothgar«, sagte sie und streckte ihm die Hand entgegen. Im gleichen Moment fielen Brand die in einem Sonnenstrahl aufblitzenden Ringe an ihren Fingern ins Auge. Viel zu viele Ringe und alle mit großen Steinen.

Ein Rätsel, diese Gräfin Arradale. Vielleicht fand Bey Gefallen an ihr und würde sich durch sie von Brands Privatangelegenheiten ablenken lassen.

Nachdem Brand ihr ebenfalls die Hand geküsst hatte, geleitete sie die beiden auf einen prächtigen Treppenaufgang zu, der zu einer Empore mit rosafarbenen, warm in der Nachmittagssonne schimmernden Marmorsäulen hinaufführte.

»Ich habe einige meiner Nachbarn zu einem mehrtägigen geselligen Beisammensein eingeladen«, sagte sie. »Sie werden sich freuen, Eure Bekanntschaft zu machen, und auch Euch wird es bestimmt gefallen, sie kennen zu lernen. Morgen Abend wird hier ein Ball stattfinden.« Als sie die Empore betraten, wo schon mehrere Diener warteten, fügte sie hinzu: »Ich werde Euch nun zu Euren Zimmern führen lassen, damit Ihr Euch frisch machen könnt. Es wäre schön, wenn Ihr uns anschließend im Salon mit Eurer Gesellschaft beehren würdet.«

»Wenn Ihr unsere Reitkleidung entschuldigen könnt, Lady

Arradale«, sagte Bey. »Wir sind unserer Gepäckkutsche vorausgeeilt.«

»Selbstverständlich, Mylord.«

Ihre Gastgeberin war die Liebenswürdigkeit in Person, und Bey zeigte sich ebenfalls von seiner besten Seite. Brand bildete sich ein, Alarmglocken läuten zu hören, konnte sich aber nicht erklären, warum.

Vielleicht war sie auf der Suche nach einem Ehemann, und Bey war sich dessen bewusst. Brand für seinen Teil hatte an solchen Albernheiten keinerlei Interesse.

Sobald er allein in seinem Zimmer war, dachte er seufzend, dass es ein Fehler gewesen war, hierher zu kommen. Ein mehrtägiges geselliges Beisammensein und ein Ball erwarteten sie hier. Gegen gute Gesellschaft hatte er zwar nichts einzuwenden, doch für oberflächliche gesellschaftliche Zusammenkünfte hatte er nicht viel übrig.

Während er sich wusch und säuberte, tröstete er sich mit der Aussicht, jeden Tag Ausritte in die Umgebung unternehmen zu können. Bey konnte seine gesellschaftlichen Spielchen mit der Gräfin auch spielen, ohne dass ihm dabei jemand die Hand hielt.

Während er sich das Gesicht abtrocknete, lächelte er bei dem Gedanken, wie er seinen Bruder unterwegs geneckt hatte. Die Gräfin war nicht gerade der Typ, den Bey normalerweise bevorzugte, aber er könnte es durchaus reizvoll finden, mit ihr zu flirten. Leider war es sehr unwahrscheinlich, dass es zwischen ihr und Bey richtig funkte. Jedenfalls könnte es amüsant werden.

Während er sich sein Halstuch wieder umband, fragte er sich, warum sie gar so viele Ringe trug. Er war zwar kein Schmuckexperte, hatte aber nicht den Eindruck, dass sie sonderlich wertvoll waren. Es waren einfach nur große facettierte Steine, die tüchtig funkeln sollten … Er stutzte.

Ringe?

Er schüttelte den Kopf und musste akzeptieren, dass sich

die Erinnerung, die gerade in ihm aufgeblitzt war, schon wieder verflüchtigt hatte.

Gemeinsam mit seinem Bruder begab er sich in den unteren Stock, wo ein Lakai sie in den stattlichen Salon führte, der im derzeit so modischen chinesischen Stil eingerichtet war. Die Gräfin kam wieder auf sie zu, um sie zu begrüßen und ihren Gästen vorzustellen. Brand begann, sich zu entspannen. Obwohl es größtenteils Angehörige der Oberschicht waren, handelte es sich bei den Gästen nicht um Höflinge, sondern um Leute vom Land, und er konnte darauf hoffen, dass sie mit Dingen beschäftigt waren, die auch ihn interessierten.

Ihm fiel auf, dass sein Bruder die Gräfin hin und wieder prüfend musterte, als ob er an ihr etwas Bestimmtes suchte. Er dachte nicht weiter darüber nach. Was immer Bey im Schilde führte, es hatte nichts mit ihm zu tun.

Er gesellte sich zu einer Gruppe rotwangiger Männer, die sich angeregt über die Nutztierzucht in Wensleydale unterhielten.

# 18

Weil Rosamunde wusste, wie gerne Digby an Dianas Fest teilnehmen würde, hatte sie ihn schließlich doch dazu ermuntert. Ihr war klar, dass er in diesem Fall besser zu Hause geblieben wäre, aber er liebte solche Ereignisse nun einmal. Seit ihrer Heirat hatte er ihretwegen oft darauf verzichtet, ein Opfer, das sie nicht immer gebührend gewürdigt hatte.

So konnte er endlich seine alten Freunde wiedertreffen. Das konnte schließlich nicht schaden, oder? Er wusste ja nicht, dass sie mit dem Marquis schon einmal zu tun gehabt hatte.

Natürlich fragte sie sich, ob Brand wohl mit seinem Bruder mitgekommen war. Irgendwie hatte sie das Gefühl, dass sie wissen sollte, ob er in der Nähe war; aber das waren natürlich unsinnige Überlegungen. Es war besser, es nicht zu wissen. Sie war sich nicht sicher, ob sie dann der Versuchung widerstehen könnte, ihn wenigstens einmal zu sehen.

Sie war erst recht froh darüber, dass Digby fort war, als ihr Neffe Edward wieder auftauchte. Wie üblich kam er kurz vor Einbruch der Dunkelheit, sodass sie ihn unmöglich fortschicken konnte. Wenigstens war George Cotter diesmal nicht dabei.

»Digby ist nicht hier«, sagte sie mit Genugtuung, als sie ihn in das Zimmer führte, in dem er zu übernachten pflegte.

»Nein? Aber er geht doch nur selten aus.«

»Er ist in Arradale. Die Gräfin gibt zu Ehren des Marquis von Rothgar eine Gesellschaft und veranstaltet morgen Abend einen Ball.« Sie konnte es sich nicht verkneifen hinzuzufügen: »Wie ich höre, überprüft der Marquis die Aktivitäten der Neuen Glaubensgemeinschaft in Nordengland.«

Edward stellte in würdevoller Haltung seine Reisetasche aufs Bett. »Bei seinen Nachforschungen wird er nichts anderes als Weisheit für seine verdammte Seele finden.«

»Verdammt? Nur weil er Fragen stellt?«

»Nein, wegen seines sündhaften Lebens. George Cotter weiß alles über den Marquis und fürchtet seine Fragen nicht.«

Immer wenn er so herablassend redete wie jetzt und sich selbst für absolut tugendhaft hielt, war sie versucht, irgendetwas Schockierendes zu sagen. Sie wandte sich zum Gehen, doch er redete weiter.

»Ist daraus zu schließen, dass mein Onkel bei guter Gesundheit ist, wenn er sich imstande fühlt, an Gesellschaften und Bällen teilzunehmen?«

Aha, das hatte bei ihm also einen wunden Punkt berührt. »Ich glaube zwar nicht, dass Digby das Tanzbein schwingen wird«, sagte sie leichthin, »aber er ist in guter Verfassung. Ich glaube, er beherzigt deinen Rat bezüglich einfacher, gesunder Kost.«

»Also hat Gott meine Gebete erhört.« Hätte sie ihn nicht so gut gekannt, hätte sie ihm geglaubt. »Und du?«, fragte er. »Wie ich höre, hast du deine Eitelkeit abgelegt und gehst mehr unter die Leute.«

Er hatte sie in der Tat immer wieder ermahnt, sich nicht vor der Welt zu verstecken. Edwards Angewohnheit, anderen Leuten ständig gute Ratschläge zu geben, war einfach unerträglich.

Jetzt sah er sie zum ersten Mal richtig an. »Was ist denn das, Tante?«, fragte er und trat näher heran. »Ein Wunder …?« Dann erstarrte er. *»Schminke?«*

Einen Anflug diebischer Freude verbergend, berührte Rosamunde ihre Wange. »Meinst du das hier? Wunderbar, findest du nicht auch?«

Er hob seine knochige Hand, als wehrte er den Teufel ab. »Du solltest dich so akzeptieren, wie Gott dich erschaffen hat!«

»Gott hat mich aber doch nicht mit diesen elenden Narben erschaffen.«

»Doch Gottes Wille spricht aus allen Dingen.« Er nahm tatsächlich seine Bibel heraus und hielt sie vor sich, als benötigte er Schutz. »Und wenn du so schamlos geschminkt bist, warum bist du dann nicht in Arradale und tanzt und hüpfst dort herum und stellst deinen Körper in solch frivolen Seidengewändern zur Schau?«

»Aus purer Feigheit. Ich fühle mich Fremden gegenüber immer noch unwohl, deshalb habe ich die Ausrede benutzt, mich unpässlich zu fühlen. Ich wünschte, ich wäre mutiger«, sagte sie zu ihm, »und würde mich trauen, in Seidengewändern herumzutanzen.«

Er seufzte. »Tante, ich weiß, du hältst nichts von meiner Sache, aber siehst du nicht, wie sündhaft die Welt geworden ist und welch große Veränderungen notwendig sind? In Lancashire haben die Leute geweint, als sie George Cotter sprechen hörten und aus der Bibel die Anleitung zu einem soliden, ehrlichen Leben vernahmen. Du hast doch genügend Verstand. Sieh dir England an! Wir werden von Königen und Adligen regiert, die ungeniert mit ihren Mätressen herumstolzieren, die sich jede Nacht bis zur Besinnungslosigkeit betrinken und ihr Erbe verspielen, ohne einen Gedanken an die Menschen zu verschwenden, die das Land bearbeiten, mit dem sie so leichtfertig umgehen. Hältst du den extravaganten Lebensstil, wie er in Arradale gepflegt wird, oder Leute wie den Marquis von Rothgar, Ausschweifungen wie Maskenbälle, Alkohol, Unzucht und Ehebruch wirklich für …«

»Hör auf!« Die Worte waren Rosamunde herausgerutscht, ehe sie sie zurückhalten konnte. Ihr Herz klopfte wild, weil es ihr vorkam, als wüsste er Bescheid und als würde er von ihr sprechen. »Meine Güte«, sagte sie mit zittriger Stimme, »du beherrschst dein Handwerk gut. Ich kann mir lebhaft vorstellen, wie du die Leute aufrüttelst, wenn du auf der Kanzel stehst.« Er war sichtlich von Stolz geschwellt. »Ich hoffe in der Tat, dass Gott mir die Gabe geschenkt hat, ein guter Redner zu sein. Wenn auch nicht von der Kanzel herunter. Dem Beispiel unseres Führers folgend, sprechen wir auf gleicher Höhe mit denen, die uns zuzuhören gewillt sind, sei es in einer Scheune, in einer Halle oder auf einem Feld.« Er machte einen Schritt auf Rosamunde zu und ergriff ihre Hand. »Darf ich hoffen, dass meine Worte dich berührt haben, Tante? Dass du eines Tages vielleicht das Licht sehen wirst?«

Sie nahm an, dass er es auf seine Art durchaus aufrichtig meinte. »Ich stimme zu, dass übermäßiger Alkoholgenuss und Glücksspiel falsch sind, ja. Und Unzucht. Wer die Menschen dazu bringen kann, ein ehrliches, solides Leben zu führen, tut der Welt etwas Gutes. Aber ich kann nicht alles gutheißen, was die Neue Glaubensgemeinschaft predigt. An Freude ist nichts Böses. Tanz ist keine Sünde. Du musst mehr Toleranz üben.«

»Gottes Diener müssen wie Felsen in der Brandung sein. Wir von der Neuen Glaubensgemeinschaft werden England Hektar für Hektar in ein Neues Jerusalem verwandeln. Wenn ich hier erst einmal der Herr bin ...«

Sie zog ihre Hand zurück. »Wann soll das sein?«

»Aber Tante! Irgendwann wird jeder Mensch zu Staub und verliert seine irdischen Güter. Deshalb wird das hier eines Tages mir gehören, und wahrscheinlich wird es schon bald so weit sein. Deine Aufopferungsbereitschaft für einen alten Mann, der sich vor deinem Aussehen ekeln muss, ist wirklich bewundernswert ...«

»Wie kannst du es wagen!«

»Komm, komm. Sag die Wahrheit. Du tust auf bewundernswerte Weise deine Pflicht, und das ist dir hoch anzurechnen, aber wenn du wegen deines leichtsinnigen Verhaltens nicht dein Aussehen ruiniert hättest, hättest du niemals hier eingeheiratet.«

Sie zuckte vor der bitteren Wahrheit zurück. »Ich *liebe* Digby, und er ekelt sich nicht im Geringsten vor mir. Aber vor dir! All deinem Gerede über Gott und Sünde und all deinem Bibelstudium zum Trotz hast du vergessen, dass Christus Nächstenliebe und Demut gepredigt hat!«

Damit stolzierte sie hinaus, doch während sie in die Küche hinuntereilte, um nach dem Essen zu sehen – und um Polly zu sagen, sie solle ihr Mieder ein paar Zentimeter herunterziehen –, wurde ihr klar, dass sie sich hätte beherrschen sollen. Das Beste, was man in Bezug auf Edward tun konnte, war, sich mit ihm abzufinden und ihn so bald wie möglich wieder loszuwerden.

Bei dem Gedanken, wie er reagieren würde, wenn sie ihre Schwangerschaft kundtat, überlief sie ein leichtes Schaudern. Zum Glück würde Digby an ihrer Seite sein.

Während sie die Suppe abschmeckte, musste Rosamunde unwillkürlich an die Gesellschaft in Arradale denken. Dianas Feste waren immer wunderbar. Sie hoffte, Digby würde nicht übermäßig viel essen und trinken, obwohl ihm das schwer fallen würde.

Sie fragte sich, was er von Lord Rothgar halten würde, und freute sich schon auf seinen Bericht. Was würde er wohl von Brand halten …

Nein! Sie verbot sich, an ihn zu denken.

Brand entspannte sich an der langen, glänzenden Tafel und nippte an einem Glas erlesenen Brandys. Das Essen war wirklich vorzüglich gewesen, und er fühlte sich gesättigt, aber nicht unangenehm voll. Die Damen hatten sich zum Tee in den Salon zurückgezogen, während die Männer Schnupftabak und ihre Pfeifen hervorgeholt hatten. Obwohl Tonpfeifen nichts Ungewöhnliches waren, hatte Brand nach einem opulenten Mahl in herrschaftlicher Umgebung noch nie so viele in Gebrauch gesehen. Er war darüber geradezu entzückt.

Die Gesellschaft war ebenfalls angenehm. Brand nahm eine Einladung von Sir Malcolm Bursett an, sich seine Schafe anzusehen, und eine weitere von Lord Fencott, der ihm anbot, seinen Zuchthengst zu begutachten. Nach einer Weile zog ihn der enthusiastische junge Viscount ans andere Ende des Tischs zu einem älteren Herrn mit hochrotem Gesicht. »Da Ihr an Kaltblütern interessiert seid, Mylord, müsst Ihr unbedingt Sir Digby Overton kennen lernen. Er hat ein hübsches kleines Zuchtprogramm …«

Sir Digby, der gerade eine Pfeife paffte, war ein typischer Mann vom Lande – graues Haar, buschige Augenbrauen und eine rötliche Gesichtsfarbe. Sein Körperbau war der einer Englischen Bulldogge, mit breitem Brustkorb, kräftigem Kiefer, aber starkem Übergewicht. Vom vielen Alkohol und der anregenden Gesellschaft leuchtete sein Gesicht tomatenrot. Brand vermutete, dass er zu der Sorte Menschen gehörte, die urplötzlich einem Schlaganfall erliegen, aber seinem glückseligen Lächeln nach zu urteilen, würde er das Leben bis dahin in vollen Zügen genießen.

»Lord Brand«, sagte er, »wie ich höre, seid Ihr trotz Eures Ranges ein echter Landmann.«

»Vielen Dank, Sir Digby. Was den Rang betrifft«, sagte er und nahm auf dem Stuhl Platz, der für ihn freigemacht worden war, »bin ich nicht der älteste Sohn und deshalb gezwungen, mich nützlich zu machen.«

»Ich wünschte, diese Herrschaften wären alle dazu gezwungen«, entgegnete Sir Digby unverblümt. »Aus diesem Stall kommen eine Menge Nichtsnutze und Gauner.«

»Das ist zweifellos der Grund, warum mein Bruder uns alle zur Arbeit angeleitet hat. Wie ich höre, habt Ihr einen interessanten Zuchthengst.«

»Ach so, darum geht's.« Er füllte sein Glas nach und reichte die Karaffe an Brand weiter. Um nicht ungesellig zu sein, schenkte Brand sich etwas davon ein.

»Das ist das Steckenpferd meiner Frau«, erklärte der Baronet, »aber die Leute hier in der Gegend glauben immer, es sei mein Werk. Ich denke nicht, dass es für eine Frau so ganz das Richtige ist, sich mit der Zucht zu beschäftigen. Na ja, außer, es handelt sich um eigene Babys natürlich.« Er hustete verlegen und leerte sein Glas zur Hälfte aus. Brand unterdrückte ein Lächeln. Männer wie Sir Digby konnten zwar ungezwungen über Stuten und Mutterschafe reden, wurden aber verlegen, wenn es um ihre Ehefrauen ging.

»Ihr müsst wissen, dass wir ein sehr zurückgezogenes Leben führen, Mylord«, fuhr Digby hastig fort, »und meine Frau hat auf diese Weise etwas, womit sie sich die Zeit vertreiben kann. Ein großartiges Mädchen, meine Rosie. Sie muss immer etwas zu tun haben.«

Brand stellte sich eine Frau wie die kernigen Misses Gillsett vor und war entzückt. »Wie ich höre, geht es ihr zur Zeit leider nicht gut genug, um an diesem Ereignis teilzunehmen.«

»Ihr macht bloß das Wetter ein bisschen zu schaffen, Mylord.« Er senkte die Stimme. »Frauensachen, wisst Ihr.«

Brand war leicht verblüfft. Er war davon ausgegangen, dass Lady Overton in einem Alter war, in dem sie nicht mehr von »Frauensachen« geplagt wurde. Aber vielleicht gab es außer dem einen Frauenleiden ja noch andere. »Ich hatte gehofft, ich würde Gelegenheit haben, mir Euren Zuchthengst anzusehen, aber ich möchte Lady Overton keine Unannehmlichkeiten bereiten.«

»Unannehmlichkeiten? Keineswegs, Mylord. Sie hat lange Zeit keine Fremden empfangen …«

»Nun denn …«

»Aber das hat sich in letzter Zeit geändert. Ich weiß, sie würde sich liebend gerne mit einem Gleichgesinnten über ihre Pferde unterhalten. Ich muss gestehen«, sagte er mit verlegener Stimme, »dass ich an diesen riesigen Tieren nichts Schönes finden kann. Natürlich sind sie nützlich, doch ein schöner Anblick sind sie nicht. Aber sagt bitte nichts davon zu ihr.«

»Wenn Ihr sicher seid, dass es ihr nichts ausmachen würde …?«

»Rosie doch nicht. Über ihre geliebten Pferde redet sie bestimmt noch auf ihrem Sterbebett!«

Brand schien darauf eine betroffene Miene zu machen, denn Sir Digby lachte auf und füllte Brands Glas nach. »Das ist natürlich nicht wörtlich gemeint, Mylord. Sie ist Gott sei Dank kerngesund!«

Dann seufzte er und schob sein eigenes nachgefülltes Glas zurück. »Ich kann nichts weiter tun als beten, dass sich der Herr mir gegenüber nachsichtig erweist. Rosie würde mich heftig ausschimpfen, wenn sie sehen würde, dass ich so viel trinke.«

»Sie passt wohl gut auf Euch auf, wie?«

»Ja, Gott segne sie.« Es sah aus, als blickte er in die Ferne, dann zog er ein blütenweißes Taschentuch heraus und tupfte sich die Augen. »So eine gute Ehefrau. Ich hoffe, Gott wird auch Euch eine so prächtige Frau schicken, Sir.«

»Das hoffe ich auch«, sagte Brand voller Rührung über dieses einander so treu ergebene Ehepaar.

Sir Digby schnäuzte sich heftig die Nase. »Kommt jederzeit vorbei, Mylord. Jederzeit. Wir leben sehr zurückgezogen, aber Ihr werdet auf Wenscote immer willkommen sein, und meine Rosie wird sich riesig freuen, sich mit einem Gleichgesinnten austauschen zu können.«

Brand hätte von der Einladung am liebsten gleich am nächsten Morgen Gebrauch gemacht. Das gäbe ihm Gelegenheit, den vielen Leuten zu entfliehen. Wie ein melancholischer Dichter verspürte er eine starke Neigung zur Einsamkeit, vielleicht sogar dazu, ein paar sentimentale Verse zu schreiben.

Für Bey erwies sich die Gesellschaft als sehr nützlich. Er bemühte sich, bei dem allgemeinen Geplauder Hinweise auf die Neue Glaubensgemeinschaft zu erhalten, und suchte nach jedem kleinsten Hinweis, ob der Adel heimlich damit sympathisierte. Er hatte ein erstaunliches Gedächtnis und vergaß kaum je ein Detail, was zu seinem Ruf geführt hatte, allwissend wie der Teufel zu sein. Wie seine Familie schon häufig feststellen musste, stimmte das auch beinahe.

Als sich die Männer schließlich erhoben, um zu dem schönen Geschlecht in den Salon zu gehen – oder hinüber zu wanken –, fand Bey Gelegenheit, mit seinem Bruder ein paar Worte unter vier Augen zu wechseln. »Hast du etwas Nützliches über unsere frommen Freunde herausgefunden?«

»Lediglich Geschichten, die bestätigen, was wir bereits wissen. Als Prediger können sie es an Popularität mit Wesley aufnehmen. Er ist ebenfalls gerade in der Gegend.«

»Ist er mit ihnen verbunden?«

»Nicht im Geringsten, wenn ich auch vermute, dass er die englische Gesellschaft auf seine eigene Weise aufrütteln wird. Gegen ein bisschen Aufrütteln hätte ich nichts einzuwenden. Wesleys Bewegung kann man mit der Neuen Glaubensgemeinschaft nicht vergleichen. Es herrscht dort keine so rigide Kontrolle über die Mitglieder, und sie sind auch nicht darauf aus, Ländereien an sich zu reißen. Die Cotteriten sollen anscheinend in Kürze ein Landgut in dieser Gegend erben.«

»Testamentarisch?«

»Ohne das Einverständnis des gegenwärtigen Besitzers. Der Erbe ist Mitglied der Cotteriten, weshalb das Gut an sie übergehen wird, sobald der gegenwärtige Besitzer stirbt.«

»Kann das Testament nicht geändert werden?«

»Es ist schon vor langer Zeit alles genau festgelegt worden. Das Gut heißt übrigens Wenscote.«

»Wenscote?« Brand blickte zu Sir Digby hinüber, der gerade schwerfällig und keuchend die Treppe hochstieg und dem man deutlich ansah, dass ihm der Alkohol zusetzte. »Dann braucht die Gemeinschaft vielleicht nicht mehr lange zu warten. Dort drüben ist der gegenwärtige Besitzer. Ein freundlicher Herr, aber wenn er so weitermacht, wird er bald einem Schlaganfall erliegen. Ich hätte nicht gedacht, dass er einen Sohn hat, der sich den Cotteriten angeschlossen hat.«

»Es ist nicht sein Sohn, sondern sein Neffe.« Rothgar musterte den älteren Mann. »Kein Wunder, dass alle so besorgt wirkten.«

»Schade, dass seine Frau zu alt ist, um Kinder gebären zu können.«

»Ist sie das? Einer der Männer hat angedeutet, dass es immer noch Hoffnung gibt.«

»Die Hoffnung stirbt bekanntlich zuletzt. Wenn ich es recht verstanden habe, ist sie fast so alt wie er, aber vielleicht handelt es sich bei der Frauensache, wegen der sie zu Hause geblieben ist, ja um das Übliche.«

»Das hieße, dass sie leider nicht schwanger ist. Und selbst wenn man nach vielen kinderlosen Jahren immer noch hoffen kann, ist es eher unwahrscheinlich, dass es noch klappt. Die Leute hier lehnen die Neue Glaubensgemeinschaft allesamt ab.« Als sie die Treppe hinaufzusteigen begannen, fügte er hinzu: »Bis auf unsere Gastgeberin vielleicht.«

»Die Gräfin! Das kann ich mir kaum vorstellen ...«

»Bei einem kurzen Wortwechsel hat sie sich ziemlich deutlich für eine Verbesserung der Moral, für Abstinenz und Fleiß ausgesprochen.«

»Tun wir das nicht alle?«

»Unsereins wohl eher nicht. Und die Attacke war eindeutig gegen mich gerichtet.«

Brand lachte, fragte sich jedoch, ob er die Gräfin lieber davor warnen sollte, mit seinem Bruder die Klingen zu kreuzen. Sowohl intellektuell als auch beim Gebrauch realer Klingen war er anderen selten unterlegen. Doch dann zuckte er die Achseln. Bey würde der Frau nicht ernsthaft etwas zuleide tun, und falls sie etwas im Schilde führte, hatte sie zweifellos eine Lektion verdient.

Am nächsten Morgen stellte sich heraus, dass die Gräfin zahlreiche vergnügliche Aktivitäten organisiert hatte. Das war zu erwarten gewesen, doch Brand war verärgert, weil sie ihn unbedingt mit ein paar anderen Gästen zum Forellenfang an die Arra schicken wollte.

»Glaubt ihr, Angeln sei meine Lieblingsbeschäftigung, Lady Arradale?«

Sie blickte unter ihrem flachen, mit künstlichen Studentenblumen verzierten Hut zu ihm auf. »Ist es das nicht? Alle Herren ...«

»Genauso gut könnte ich sagen, dass alle Damen gerne sticken.«

Ihr Blick war verärgert, und er wusste selbst nicht so recht, warum er sich überhaupt auf dieses Streitgespräch einließ. »Ich kann nähen«, erwiderte sie. »Man hat mir sämtliche Handarbeitstechniken beigebracht.«

»Und ich kann fischen. Im Augenblick habe ich jedoch keine Lust dazu. Wenn es Eure Pläne nicht zu sehr durcheinander bringt, würde ich lieber in Eurem wunderbaren Park spazieren gehen.«

Warum runzelte sie die Stirn? Sie konnte jedoch kaum Einspruch erheben. Das flüchtige Stirnrunzeln wurde von einem bezaubernden Lächeln abgelöst. »Ihr werdet es bestimmt genießen. Dort drüben am Bach sind ein paar hübsche Spazierwege«, sagte sie und deutete nach links.

Er dankte ihr und ging in die angegebene Richtung, fragte sich aber, was das Stirnrunzeln bedeutet haben mochte. Was, bitte, führte die Gräfin im Schilde? Irgendeinen Plan, der mit seinem Bruder zu tun hatte? Kaum war er außer Sicht, machte Brand kehrt und ging genau in die entgegengesetzte Richtung. Er glaubte zwar nicht, dass Bey Hilfe brauchen würde, aber wenn die hübsche Gräfin mit seinem Bruder Verführungsspiele zu spielen gedachte, könnte es nichts schaden, wenn er ihnen begegnete.

Als er wenig später auf einer kleinen Anhöhe stand und den Blick auf das Herrenhaus genoss, sah er jedoch, wie die Gräfin in Begleitung von zwei Reitknechten davonritt. Demnach hatte sie doch nicht die Absicht, seinen Bruder zu verführen.

Ein wunderbares Pferd, stellte er fest, und eine hervorragende Reiterin. Und, bei Gott, sie ritt nicht im Damensitz, sondern in einem normalen Sattel. Während er das kastanienbraune Pferd und die Reiterin in ihrer roten Reitkleidung davongaloppieren sah, bedauerte Brand einen flüchtigen Moment lang, dass weder sein Bruder noch die Gräfin das geringste Interesse füreinander zeigten.

Rosamunde war oben im Gestüt, als Diana hinter ihr auftauchte und ihren Namen rief.

Obwohl es sehr dringend klang, hob Rosamunde die Hand. »Pst!« Sie wandte den Blick nicht von der Szene vor ihren Augen. Durch ein kleines unverglastes Fenster sah sie auf den umzäunten Deckhof hinaus, wo sich ihre neueste preisgekrönte Errungenschaft, ein flämischer Hengst namens Dirk, gerade einer Stute näherte.

»Meine Güte!«, flüsterte Diana dicht hinter ihr. »Kein Wunder, dass sie sich verdrücken will. Der bringt sie bestimmt um.«

Rosamunde wurde bewusst, dass Diana so etwas vermutlich noch nie zuvor mit angesehen hatte. Weil der Hengst so groß war und sowohl er als auch die Stute jeweils von zwei Männern in Schach gehalten wurden, wirkte die Szene vermutlich bedrohlich.

»Unsinn. Sinda hat seit Stunden wie die schlimmste Hure von York mit ihm geflirtet.«

»Ich habe noch nie eine Hure in Aktion gesehen und du auch nicht. Aber ich verstehe, was du meinst. Sie schiebt ihr Hinterteil dem Hengst regelrecht entgegen. Oh!«

Der Ausruf entfuhr ihr, nachdem Sinda gerade einen Urinstrahl abgegeben hatte. Für Menschen nicht gerade anziehend, aber für einen Hengst offenbar so gut wie ein »Na komm schon, Matrose!« Dirk schnaubte und bewegte sich vorwärts, um die Einladung anzunehmen.

Mit gedämpfter Stimme sagte Diana: »Wie sie den Schwanz

zur Seite hält, ist eindeutig ein Zeichen von Lüsternheit. Ich frage mich«, fügte sie nachdenklich hinzu, »was die entsprechende Verhaltensweise beim Menschen ist.«

»Diana!« Ohne den Blick von den Pferden zu wenden, errötete Rosamunde, allerdings nicht wegen der Pferde. »Ich dachte, du hast so viele Bücher zu diesem Thema.«

»Aber es ist langweilig, sie zu lesen ohne ... Na ja, ohne eben.« Diana lehnte sich an Rosamundes Rücken und stützte das Kinn auf deren Schulter, um durch das kleine Fenster zu blicken. »Der Hengst hat ziemlich gute Manieren, was?«

»Mit gutem Grund. Wenn die Stute nicht bei Laune ist, tritt sie nämlich gerne wütend nach ihm aus.«

»Wären doch auch die Männer so gut erzogen und brächten die Frauen das gleiche Rüstzeug mit. Jemine!«

Dirk sprang nun auf die Stute und knabberte an ihrem Hals. Die Stute protestierte zunächst, ließ sich dann aber willig decken. Rosamunde grinste, als sie hörte, wie ihre Kusine eine Art ersticktes Gurgeln von sich gab. Sie selbst war genauso peinlich berührt gewesen, als sie zum ersten Mal gesehen hatte, wie der Schweif des Hengstes munter im Takt mit seiner Rute hin und her schwang.

Dann hörte der Schweif auf, sich zu bewegen, und die Männer zogen Dirk von der Stute herunter. Sinda wurde fortgeführt, während der Hengst wie eine Statue stehen blieb, als erwartete er, dass man ihm zu seiner großartigen Leistung applaudierte.

»Männer«, murmelte Diana mit immer noch leicht erstickt klingender Stimme. Als Rosamunde sich zu ihrer Kusine umdrehte, stellte sie fest, dass ihr Gesicht knallrot war. Sie fürchtete, dass sie ebenfalls errötet war, allerdings aus anderen Gründen. Seit ihrer Nacht mit Brand war das hier die erste Beschälung einer Stute gewesen, und sie hatte heiße Erinnerungen geweckt, die vielleicht noch dadurch gesteigert worden waren, weil Diana sich so fest an ihren Rücken gedrückt hatte.

Sie konnte ihn beinahe flüstern hören: »Noch mehr?« Erhitzt und mit pochendem Herzen hätte sie am liebsten ja gesagt. Zu ihm.

Diana hakte sich bei ihr unter. »Alles in Ordnung?«

»Ja, natürlich! Das hat doch gut geklappt, oder?«, fragte sie betont munter. »Das ist ein neuer Hengst, deshalb wollte ich mir ein Bild davon machen, ob er sich gut benimmt. Diese Flamen sind so groß, dass ich Angst hatte, obwohl Hextall, mein Stallknecht, sagt, dass jedes Pferd groß und gefährlich ist und es folglich nichts ausmacht, wenn sie besonders groß sind.«

Sie plapperte einfach drauflos, was ihr gerade einfiel, und wartete auf weitere Fragen.

Diana jedoch erwiderte: »Ich muss etwas Wichtiges mit dir besprechen, Rosa.«

Das kühlte ihre aufgeheizten Gedanken schlagartig ab. »Schwierigkeiten?«

»Lord Brand ist in Arradale.«

Das traf sie wie ein Faustschlag. »Ich habe gebetet ...«

»Gebete helfen nicht immer.«

Diana zog Rosa zur Koppel hinüber. »Das eigentliche Problem ist, dass Sir Digby ihn eingeladen hat, sich den Hengst anzusehen.«

Rosa sank rückwärts gegen das Geländer. »Damit bin ich geliefert.«

»Meinst du, er wird dich erkennen?«

»Natürlich! Wenn wir irgendwo aneinander vorbeigehen würden, könnte ich ihn vielleicht täuschen, aber nicht über längere Zeit. Oh, warum ist er nicht nach Südengland zurückgekehrt, wo er hingehört?«

»Weil er ein Mann ist, und Männer tun niemals das, was vernünftig ist.« Diana schritt auf und ab und drosch mit ihrer Reitgerte auf hoch stehende Gräser ein. »Du wirst dich ins Bett verkriechen müssen. Das ist die einzige Lösung. Nichts allzu Ernstes, aber irgendwelche Beschwerden, die dich ans Bett fesseln. Lord Brand wird nur für ein paar Stunden kommen, und Digby kann ihm den Hengst zeigen.«

Die Verzweiflung ließ ein wenig nach. »Das könnte funktionieren. Ich muss nur Millie für eine Weile wegschicken. Er würde sie sofort wiedererkennen.« Eine törichte Stimme in ihr murmelte jedoch: *Hier. So nah. Ich könnte ihn sehen. Werde ich das aushalten?* »Aber was ist mit Digby?«, fragte sie und verscheuchte die dummen Gedanken. »Er wird sich zu Tode ängstigen, wenn er glauben muss, ich sei krank, vor allem in diesem Zustand. Und er darf auf keinen Fall argwöhnen, um wen es sich handelt. Niemals.«

»Ich dachte, du hättest gesagt, es mache ihm nichts aus.«

»Das stimmt. Aber er glaubt, es sei anonym auf dem Maskenball passiert. Ich weiß nicht, wie ihm zumute wäre, wenn er wüsste, mit wem es passiert ist.«

Diana legte ihr den Arm um die Schultern. »Er wird es nicht herausfinden. Das werden wir schon hinkriegen.«

Nach kurzem Schweigen konnte Rosamunde die Frage nicht unterdrücken: »Wie geht es ihm? Brand, meine ich.«

»Keine bösen Nachwirkungen.«

»Gott sei Dank.« Dann regte sich eine neue Furcht. »Verflixt! Was ist mit dem Witwenhaus, Diana?«

Diana verdrehte die Augen. »Es steht da wie ein Fass Schießpulver, das nur auf ein Streichholz wartet. Er hat keinen Anlass, dorthin zu gehen, aber wenn er es doch tut, erkennt er es bestimmt. Ich habe versucht, ihn mit den anderen Männern zum Angeln an den Fluss zu schicken, aber er wollte spazieren gehen. Ich habe ihn jedoch in die entgegengesetzte Richtung geschickt.«

Brand stand am Rand eines naturnah angelegten Parkbereichs und starrte auf das quadratische Steinhaus. Er hatte so lange nach diesem Haus Ausschau gehalten, dass er nun seinen Augen nicht traute. Natürlich wusste er nicht, wie das Haus seiner geheimnisvollen Lady von außen aussah, aber die Aufteilung des Grundstücks schien dem Blick vom Fenster des Zimmers, in dem er gelegen hatte, zu entsprechen.

Es gab eine Möglichkeit, es herauszufinden.

Er folgte dem neben der Straße entlangführenden Pfad und blieb an einem Brombeerdickicht stehen. Er pflückte eine vergessene Beere, probierte sie und schüttelte über sich selbst den Kopf. Lächerlich zu glauben, er könnte eine Brombeere anhand des im Gedächtnis haften gebliebenen Geschmacks des Safts auf den Fingern einer Dame oder in einem alkoholischen Fruchtsaft wiedererkennen! Lächerlich, überhaupt zu denken, dass Brombeeren ein Indiz waren. Sie wuchsen schließlich an jeder Landstraße.

Entschlossen, der Sache auf den Grund zu gehen, überquerte er energischen Schrittes den Rasen zum Haus und suchte die Hintertür. Ehe er um die Ecke bog, drehte er sich noch einmal um, um die Umgebung in Augenschein zu nehmen. Die Ähnlichkeit war verblüffend.

Aber wie war das möglich? Die einzige junge Dame hier war die Gräfin, und er wusste, dass sie nicht seine geheimnisvolle Lady war. Er war sich sicher, dass er in ihrer Gegenwart etwas spüren müsste.

Er klopfte energisch an die Tür. Sie wurde von einem schlanken jungen Mädchen geöffnet, das knickste, aber keine Spur des Wiedererkennens zeigte. »Ja, Sir?«

»Wem gehört dieses Haus, Mädchen?«

»Na, das ist das Witwenhaus von Arradale, Sir. Aber im Moment wohnt hier niemand.«

Der Duft von Gekochtem und Gebackenem strömte aus der Tür. Unter Missachtung der Höflichkeit schob Brand sich an dem Mädchen vorbei in die große Küche. »Wird hier vielleicht für Waldfeen gekocht?«

Das Mädchen starrte ihn mit offenem Mund an. »Ich meine, keine der Herrschaften wohnt hier, Sir! Mr und Mrs Yockenthwait sind die Hausverwalter.«

Im gleichen Augenblick betrat eine große, knochige Frau

die Küche und erfasste mit einem Blick die Situation. War in ihrem Blick nicht Beunruhigung aufgeflackert? Brand war sich nicht sicher, ob er das beurteilen konnte. Mit allen Sinnen suchte er nach irgendwelchen Geräuschen, Gerüchen, Gegenständen oder sonst etwas, das ihm bestätigen würde, dass dies das Haus war, in dem er solch aufwühlende Tage zugebracht hatte.

»Sir?«, fragte die Frau und trat zwischen ihn und das Mädchen. »Können wir Euch irgendwie behilflich sein?«

»Sie müssen Mrs Yockenthwait sein.«

»Das bin ich, Sir.«

Und die Art Frau, mit der man sich besser nicht anlegt.

Ihm fiel kein anderer Ansatz ein als die Wahrheit. »Ist hier vor ein paar Wochen ein kranker Mann versorgt worden?«

Das Gesicht der Frau hätte aus Stein sein können. »Hier, Sir?«

»Ja, hier.« Er blickte das Mädchen an, aber sie stand nur mit großen Augen da.

»Nein, Sir«, sagte Mrs Yockenthwait.

»Mylord«, korrigierte er sie scharf, um seinen bedeutungslosen Titel zur Einschüchterung zu gebrauchen. »Lord Brand Malloren.«

Die Frau zuckte daraufhin tatsächlich leicht zusammen. Aber ihre einzige klare Antwort bestand aus einem Knicks. »Mylord.«

»Es ist also in den letzten Wochen kein Gast hier gewesen.«

»Nein, Mylord. Wenn Ihr mir sagt, wo das Problem liegt, kann ich vielleicht helfen.«

Er blickte sich um, als ob die weiß getünchten Wände, das steinerne Spülbecken oder die von der Decke hängenden Schinken sprechen könnten. Obwohl die Frau es so vehement abgestritten hatte, sagte ihm sein Instinkt, dass dies das gesuchte Haus war. Wen wollte sie schützen? Die nahe liegende Antwort war, Lady Arradale, doch das ergab keinen Sinn. Sie war nicht seine Lady.

Um Sicherheit zu erlangen, müsste er das Zimmer finden. Er schob die Frau beiseite und stürzte auf die Tür zu, die ins Hausinnere führte.

Sie hielt ihn mit erstaunlicher Kraft am Ärmel fest und zerrte ihn zurück. Das nächste, was er wahrnahm, war, dass sie zwischen ihm und der Tür stand und eine gusseiserne Bratpfanne in den Händen hielt. »Was fällt Euch ein, Mylord? Wenn Ihr überhaupt ein Lord seid, was ich langsam bezweifle!« Bevor er antworten konnte, fügte sie hinzu: »Jessie! Lauf schnell und hol Mr Yockenthwait und wen du sonst noch finden kannst.«

Brand fuhr zusammen, als die Tür hinter dem davonstürzenden Mädchen mit einem lauten Knall zuschlug. Mit erhobenen Händen sprach er so besänftigend, wie er konnte, auf die Frau ein: »Ich bitte um Verzeihung, wenn ich Sie erschreckt habe, Mrs Yockenthwait. Ich würde mir nur gern die Schlafzimmer ansehen.«

»Und als Haushälterin soll ich jeden Fremden, der hier hereingeschneit kommt, nach Herzenslust im Haus herumspazieren lassen?«

»Sie können mich ja begleiten, wenn Sie möchten.«

»Und Ihr könnt zum Haupthaus hinaufgehen und die Erlaubnis meiner Herrin einholen!«

»Da ich dort zu Gast bin, dürfte das nicht schwierig sein!«

Er sah, dass ihr diese Worte zu denken gaben. Vielleicht befürchtete sie aber auch nur, ihrer Herrin könne es missfallen, dass sie einen Gast verärgert hatte.

Während er noch überlegte, kamen zwei Männer in die Küche gestürmt. »Was ist denn hier los?«, fragte einer von ihnen, ein drahtiger Mann, der zwar ein bisschen kleiner war als Brand, aber vermutlich imstande war, jemandem ordentliche Verletzungen zuzufügen. Der andere war ein stämmiger junger Landarbeiter, dessen Unterarme so dick waren wie prämierte Schweineschinken.

Brand hob beschwichtigend die Hände, denn er hatte nicht

das geringste Verlangen, wegen dieser Sache in einen Boxkampf zu geraten. »Ich bitte um Entschuldigung, meine Dame und meine Herren. Ich sehe ein, dass es unvernünftig von mir war zu glauben, ich könnte mich hier umschauen, nur um meine Neugierde zu befriedigen.« Er verbeugte sich vor der streitbaren Dame. »Ich werde Lady Arradale um Erlaubnis bitten, gnädige Frau. Ich werde sie mir sogar schriftlich geben lassen. Wird Ihnen das genügen?«

Nicht einmal jetzt lenkte die Haushälterin ein. »Ihr bringt mir die Anweisung meiner Herrin, Mylord, und Ihr werdet alles bekommen, was sie wünscht.«

Es klang, als ob sie hoffte, es werde Gift sein.

Etwas Ähnliches hatte man ihm in diesem Haus ja bereits eingeflößt, wenn sein Verdacht zutraf.

In der Hoffnung, eine Tasse oder eine Kaffeekanne wiederzuerkennen, sah er sich ein letztes Mal in der Küche um. Auf den Regalen stand jedoch nichts dergleichen, und so trat er, ein Auge auf die wachsamen, kampflustigen Männer gerichtet, den Rückzug an. Als er aus der Tür trat, sah er das junge Mädchen mit vor den Mund gepresster Hand in der Nähe stehen.

Sie erblickte ihn, stieß einen Schrei aus und trat einen Schritt zurück.

»Jessie, nicht wahr?«, sagte er mit dem charmantesten Lächeln. »Es tut mir leid, dass ich dich erschreckt habe.«

Sie starrte ihn nur wortlos an.

»Bist du sicher, dass du mich noch nie zuvor gesehen hast?«

Mit weit aufgerissenen Augen schüttelte sie energisch den Kopf.

»Und dass hier kein Mann gewesen ist?«

»Nein, Sir!«, piepste sie. »Nicht, seit ich letzten Winter hier angefangen habe zu arbeiten, Sir!«

»Jessie!« Mrs Yockenthwait erschien in der Tür, die Bratpfanne immer noch in der Hand. »Komm rein, und geh wieder an deine Arbeit.« Mit einem letzten wütenden Blick knallte sie Brand die Tür vor der Nase zu.

Er blieb noch einen Moment vor der geschlossenen Tür stehen und ging dann erneut zu der Seite des Hauses hinüber, auf der seiner Meinung nach sein Zimmer gewesen war. Verflixt noch mal, das musste es sein. Dort drüben war der Pfad, auf dem er seine Lady mit ihrer Begleiterin gesehen hatte …

Bei *dieser* Dame könnte es sich durchaus um die Gräfin gehandelt haben! Die Dame mit dem hellen Kleid und dem großen Hut. Langsam wurde er unsicher, ob Lady Arradale nicht doch seine geheimnisvolle Lady gewesen sein könnte. Wie weit konnte er diesbezüglich seinem Gedächtnis und seinem Instinkt vertrauen? Sie hatte die richtige Größe, die richtige Statur, das richtige Alter …

Aber er empfand nichts für sie, weder Zuneigung noch Verlangen, und nichts an ihr rief irgendwelche Erinnerungen wach. Er konnte nicht glauben, dass sie seine Lady war. Andererseits konnte er auch nicht glauben, dass ihn seine Lady dazu gebracht hatte, das Betäubungsmittel zu trinken, und dass sie zum Beweis ihrer Liebe sogar aus demselben Glas getrunken hatte!

Doch dann war da wiederum dieser Brief, den er ständig in seiner Tasche mit sich herumtrug. Der Brief, der im Gasthof *Drei Fässer* geschrieben worden war, als Lady Richardson sich dort aufgehalten hatte.

Plötzlich durchzuckte ihn ein Gedanke. Hatte Bey im Zusammenhang mit Lady Richardson nicht erwähnt, dass sie zahlreiche Ringe getragen hatte? Und der Frau war offenbar übel gewesen. Wenn man dann noch dieses Witwenhaus mit berücksichtigte, wurde es immer wahrscheinlicher, dass Gräfin Arradale bis an ihren hübschen Hals in diese Sache verwickelt war. Entweder sie benutzte das Haus selbst als Liebesnest, oder sie überließ es anderen zu diesem Zweck. Vielleicht fanden solche Treffen hier regelmäßig statt. Das würde das hartnäckige Leugnen der Dienerschaft erklären. Geheimhaltung gehörte zweifelsohne zu ihren Pflichten.

Und was verriet das über seine Lady? Wenn sie nicht die Gräfin war, und sein Instinkt sagte ihm das, was dann? Spielte sie dieses Spiel ein dutzendmal im Jahr und lachte sich über die armen Opfer, die sich in sie verliebten, ins Fäustchen?

Mit einem Ruck setzte er sich wieder in Bewegung und ging den Pfad zurück Richtung Haupthaus.

Der Teufel sollte sie alle holen! Zweifellos erzählten sich die an diesem Spielchen beteiligten Damen gegenseitig ihre Geschichten, und die Gräfin lachte hinter ihren hübschen Fächern über ihn. Sie würde sich kaputtlachen, wenn sie erfuhr, dass er in ihre Lasterhöhle eingedrungen und von ihren Bediensteten hinausgescheucht worden war.

Er zog den Brief heraus, zerriss ihn und ließ die Schnipsel im Gehen zu Boden fallen. Hätte morgen Abend nicht noch der Ball stattgefunden, wäre er auf der Stelle abgereist.

Am Morgen danach würde er jedoch unverzüglich aufbrechen und sich den Staub von Arradale von den Füßen klopfen.

## 19

Als Diana von Jessie über den Vorfall unterrichtet wurde, dachte sie, jetzt sei alles aus. Brand Malloren hatte das Witwenhaus gefunden! Mrs Yockenthwait und die anderen hatten zwar alles getan, um das Schlimmste zu verhindern, doch er hatte das Haus mit Sicherheit wiedererkannt. Und sie hatte sich solche Mühe gegeben, ihn von dem Haus fernzuhalten!

Vielleicht hätte sie besser zu Hause bleiben sollen, um ihn im Auge zu behalten, aber sie hatte unbedingt mit Rosa persönlich sprechen müssen. Ihr eine schriftliche Nachricht zukommen zu lassen, war ihr zu riskant erschienen, vor allem, weil Edward Overton in der Nähe war.

Edward behauptete nun, er hätte sich das Knie verrenkt und könnte deshalb nicht reiten und Wenscote verlassen. Von wegen! Weil Sir Digbys Kutsche in Arradale stand, hatte Diana vorgeschlagen, sie nach Wenscote bringen zu lassen, damit man Edward darin nach Hause fahren konnte.

Rosamunde hatte beschlossen, es nicht zu tun. »Er geht mir zwar auf die Nerven, aber solange Digby fort ist und er ihn nicht ärgern kann, ist mir das egal. Wenn ich ihn mit aller Gewalt loszuwerden versuche, könnte das verdächtig wirken. Und außerdem«, fügte sie mit einem grimmigen Lächeln hinzu, »ist es ganz lustig, zu beobachten, wie er sich auf ›sein‹ Landgut freut, und sich auszumalen, wie wütend er sein wird, wenn er erfährt, dass er nicht mehr der Erbe ist.«

Als Diana Wenscote wieder verließ, glaubte sie, dass nun alles unter Kontrolle sei; zu Hause aber wartete Jessie bereits mit der Hiobsbotschaft auf sie.

Sie lobte das Mädchen dafür, wie sie alle den Eindringling abgewimmelt hatten, und entließ sie wieder zu ihrem Dienst im Witwenhaus. Dann zog sie sich in ihr Schlafzimmer zurück, das zurzeit der einzige ungestörte Ort im ganzen Haus war. Sie warf ihren Dreispitz auf den Boden und ließ sich aufs Bett fallen, um nachzudenken.

Ihr fielen keine weiteren Schachzüge ein. Sie waren geliefert. Konnte sie die Sache noch irgendwie hinbiegen, um wenigstens Rosa zu schützen?

Was würde Lord Brand jetzt tun?

Vermutlich um Erlaubnis bitten, sich das Witwenhaus ansehen zu dürfen. Wie zum Teufel sollte sie das verhindern?

Was würde er denken, wenn er die Wahrheit erst einmal kannte? Was würde er tun?

Könnte sie ihm weismachen, dass das Haus bewohnt worden sei, ohne dass sie hier im Haupthaus davon gewusst hätten? Sie könnte behaupten, die Yockenthwaits hätten alles arrangiert, und ihre Hausverwalter später großzügig für dic Verunglimpfung entschädigen. Dann würde Lord Brand nicht viel weiter kommen. Er wusste nicht mehr, als dass seine Geliebte vermutlich aus diesem Teil von Yorkshire stammte.

Und was war, wenn er seinen gefährlichen Bruder an der Aufklärung des Rätsels beteiligte? Diana lief es kalt den Rücken herunter. Dass der Marquis zur Aufklärung der Sache herangezogen werden könnte und ihm dabei eine so deutliche Spur präsentiert werden würde, war etwas, woran sie lieber nicht denken wollte.

Sie straffte sich und redete sich ein, dass sie, wie Königin Elisabeth I., zwar »nur über den Körper einer schwachen Frau« verfügen mochte, dass aber »das Herz eines Königs« in ihr schlug. Zumindest das eines Herrschers über eine Grafschaft! In ihren Adern rann das Blut des mächtigen Ironhand, und sie würde nicht aufgeben. Vielleicht könnte sie die Mallorens beschwatzen und sie davon abhalten, Rache zu üben, wenn sie die Wahrheit über das Witwenhaus herausfanden.

Den teuflischen Marquis beschwatzen?

Einen Schauder unterdrückend, glitt Diana vom Bett und läutete nach ihrer Zofe. Um die Mallorens zu beschwatzen, spielte man wohl am besten das schwache Frauchen. Sie würden es bestimmt nicht übers Herz bringen, eine Dame zu verletzen. Sie würde sich also ganz unschuldig geben und die Rolle der jungen Lady Arradale spielen, die man von ihr erwartete.

Um so mädchenhaft wie möglich zu wirken, zog sie sich mit Hilfe ihrer Zofe ein Kleid mit vielen Rüschen, Baumwollspitzen und aufgestickten rosa Röschen an. Während Lucie ihr Haar löste und zu einer weicheren Frisur aufsteckte, überlegte Diana, ob sie Rosa über diese neue Entwicklung informieren sollte. Sie beschloss, es zu lassen. Rosa konnte ohnehin nichts tun und sollte sich in ihrem Zustand auch keine unnötigen Sorgen machen. Wer die Dame im Witwenhaus gewesen war, würden die Mallorens ohnehin nicht herausfinden.

Fröstelnd, weil ihr vage Bilder von Folterszenen in den Sinn kamen – sie traute dem Marquis Derartiges durchaus zu –, legte Diana noch ihre Perlen an und vervollständigte alles mit einem Hauch Puder. Dann wagte sie sich hinaus. Zu ihrem Erstaunen hielt sich Lord Brand jedoch in seinem Zimmer auf, und der Marquis war mit Schreibsachen beschäftigt.

Nachdem sie mit den anderen Gästen mehrere Stunden lang höfliche Konversation gemacht hatte, begann Diana zu beten, dass die beiden endlich auftauchten, damit sie den Kampf beginnen konnte.

Als es schließlich an der Zeit war, sich zum Dinner und für den anschließenden Ball umzuziehen, hatte sie das Gefühl, als schwebte das Schwert des Damokles drohend über ihrem Haupt.

Brand wollte sich gerade zum Abendessen nach unten begeben, als sein Bruder in einem prachtvoll bestickten schwarzen Satinanzug in sein Zimmer kam. Die Stickerei bestand aus Goldfäden, die Knöpfe aus Rubinen.

»Willst du die Einheimischen beeindrucken?«, fragte er mit hochgezogenen Augenbrauen.

»Ich will nur die mir verfügbaren Waffen zur Schau stellen.«

»Waffen? Ich wusste gar nicht, dass wir uns im Krieg befinden.«

»Konflikte schlummern an den unglaublichsten Orten.« Bey musterte Brands blauen Samtanzug, der für den bevorstehenden Anlass vollkommen angemessen war. »Ist das alles, womit du dem Ansehen unserer Familie zur Ehre gereichen willst?«

»Ich ziehe es für gewöhnlich vor, mich anzupassen, statt zu beeindrucken.«

»Und überlegst beim Anblick meiner Stickerei womöglich, wie viele neue Pflüge du dir von dem Geld kaufen könntest, das allein die Goldfäden gekostet haben.«

Trotz seiner gedrückten Stimmung musste Brand lachen. »Manchmal schon.«

»Alles Investitionen, mein Lieber. Alles Investitionen.« Er ging auf Brand zu und griff nach dessen Kinn. »Kein Hauch von Puder auf der Haut? Kein Schönheitspflaster? Du siehst wirklich aus wie ein Hinterwäldler, mein Junge.«

Obwohl auch Bey keine Schönheitspflaster trug, hatte er sich Haar und Haut gepudert wie für einen Besuch am Königshof.

Ein Adliger durfte auf keinen Fall aussehen, als ob er jemals ins Freie ginge.

»Dass ich mir das Haar habe pudern lassen, muss reichen«, sagte Brand und erhob sich. »Gehen wir hinunter?«

»Wir müssen noch etwas besprechen.« Rothgar gab Kenyon ein Zeichen, das Zimmer zu verlassen.

Brand setzte sich misstrauisch wieder auf den Schemel vor der Frisierkommode. Nachdem er nun über das Witwenhaus

Bescheid wusste, war ein Verhör das Letzte, wonach ihm der Sinn stand.

»Könnte Lady Arradale deine Geliebte sein?«, fragte Bey.

Brands Herz pochte warnend. »In der Zukunft? Theoretisch ist alles möglich.«

Bey sah ihn an. »Könnte sie die Lady sein, die dir all diesen Kummer zugefügt hat?«

Brand überlegte einen Moment, was er sagen sollte, und entschied sich für eine vorsichtige Antwort.

»Möglich wäre es schon. Sie hat dieselbe Größe und dieselbe Figur. Aber äußerst unwahrscheinlich, meinst du nicht auch?«

»Und die Stimme?«

»Ähnlich. Aber die Stimmen von Frauen ähneln sich häufig.« Er musste jetzt auf eine Lüge zurückgreifen. »Außerdem haben wir nicht viel miteinander geredet.«

Bey sah ihn eindringlich an. »Soll ich daraus schließen, dass dir an der Gräfin nichts bekannt vorkommt und du nichts wiedererkennst?«

»Nicht das Geringste.« Er konnte das mit voller Überzeugung sagen, und erst hinterher wurde ihm bewusst, dass es unklug gewesen war, den Tonfall zu ändern. Verdammt. Er war derzeit nicht in der Verfassung, um seinem Bruder schlagfertige Antworten geben zu können. »Wie kommst du überhaupt darauf?«, fragte er. »Glaubst du, eine so hochmütige Dame würde mit einer heimlichen Affäre ihren Ruf aufs Spiel setzen?«

»Findest du sie hochmütig?«

»In deinen Augen ist sie zweifellos ein Ausbund an Unsicherheit.«

Beys Mund zuckte. »Kaum. Sie hat jedoch einen schwierigen Pfad gewählt. Da sie als Frau ihre Grafschaft regieren möchte, hat sie eine natürliche Abneigung gegen eine Heirat. Anders als ein Graf kann sie jedoch keine offenen Liebesbeziehungen eingehen. Deshalb wäre es durchaus möglich, dass sie sich Liebhaber nimmt, vor denen sie ihre Identität verbirgt.«

»Und sie anschließend betäubt, um ganz sicher zu gehen?« Eine der Fragen, die Brand am meisten quälte, war die, ob seine Lady ihn vielleicht überhaupt nicht gerettet hatte, sondern auch für die erste Betäubung verantwortlich war. Vor seiner Entdeckung des Witwenhauses hatte er das nicht geglaubt, aber jetzt ... ?

»Zuzutrauen wäre ihr das durchaus«, sagte Bey. »Außerdem trägt sie viele Ringe.«

Aha. Bey hatte das also ebenfalls bemerkt.

Natürlich.

»Das ist doch nichts Ungewöhnliches«, sagte Brand, nun wieder vorsichtiger.

»Aber nur wenige können sich solch eine Menge Gefunkel leisten.«

»Mir ist aufgefallen, dass die meisten von Lady Arradales Ringen nicht sehr wertvoll sind.«

»Sie trägt sie wegen des Geglitzers. Eine seltsame Marotte. In Thirsk trug Lady Richardson einen prachtvollen Rubinring. Hat deine Lady auch etwas von dem Betäubungstrank getrunken?«

Brand überlegte kurz, was er sagen sollte, und entschied sich dann für die Wahrheit. »Ja.«

»Lady Richardson fühlte sich unwohl. Möglicherweise aus dem gleichen Grund wie du.«

»Wir halten es beide für möglich, dass es sich bei Lady Richardson um meine Peinigerin handeln könnte, ich habe sie jedoch nie gesehen. Aber du bist ihr begegnet. Ist es denkbar, dass sich unter der Schminke Lady Arradale versteckt hat?«

»Sie war mit Sicherheit viel jünger, als es den Anschein hatte. Also könnte sie es gewesen sein. Ich bezweifle es jedoch.«

»Warum?«

»Ich glaube nicht, dass sie dein Herz erobern könnte.«

»Mein Herz ist nicht erobert worden«, entgegnete Brand ziemlich bissig.

»Wie du meinst.«

»Also, Lady Richardson ist nicht Lady Arradale. Folglich sind wir kein Stück weitergekommen.« Brand war insgeheim froh darüber, so töricht das auch sein mochte. Er erhob sich und zog seine Weste zurecht. Auch wenn er sich eingestehen musste, dass er ein vernarrter Tor war, auch wenn er noch so wütend auf seine Lady war, er wollte auf jeden Fall vermeiden, dass Bey sie unter seine unsanften Fittiche nahm. »Warum gibst du nicht endlich Ruhe?«, fragte er barsch. »Ich hatte dich gebeten, die Sache zu vergessen. Sie war unangenehm, und meinetwegen soll diese Hexe in der Hölle schmoren. Ich möchte mit ihr nichts mehr zu tun haben. Ich habe beschlossen, morgen von hier aufzubrechen. Solche gesellschaftlichen Zusammenkünfte sind nicht mein Fall, und es wartet ohnehin ein Berg Arbeit auf mich.«

Auch Bey erhob sich jetzt.

»Ich dachte, du wolltest Sir Digbys Landgut besuchen«, sagte er ungerührt.

»Das werde ich vielleicht auch noch tun.« Während Brand sich umständlich abmühte, sein Halstuch in Form zu bringen, fühlte er sich wie ein Fisch, der sich vom Haken zu befreien versucht. »Dem Mann nach zu urteilen, könnte es sich um ein nettes, bescheidenes Gut handeln.«

»Findest du Arradale etwa unbescheiden? Was ist dann in deinen Augen Rothgar Abbey?«

Brand machte dazu nur eine respektlose Geste. Gleich darauf grinsten die beiden Brüder einander an. Ringkampf beendet.

»Meinetwegen kannst du ruhig abreisen«, sagte Bey. »Aber es wäre mir recht, wenn du dir Wenscote vorher noch ansehen würdest, weil es von den Cotteriten übernommen zu werden droht. Gib mir Bescheid, wenn dir irgendetwas Ungewöhnliches auffällt.« Er wandte sich zur Tür.

Dem Familienansehen zuliebe steckte Brand zusätzlich zu seinem Siegelring noch einen Saphirring an die Hand. »Und du hörst endlich auf, Spekulationen über meine Angelegenheiten anzustellen?«

»Nicht, wenn es mir Spaß macht. Und ich muss gestehen, dass mir die Gräfin durchaus Vergnügen bereitet.«

»Wie eine Forelle dem Angler.«

Bey öffnete lächelnd die Tür. »Vielleicht. Aber da du es so möchtest, werde ich alles, was ich herausfinde, für mich behalten.«

Weil im Korridor gerade zwei andere Gäste vorübergingen, unterdrückte Brand seinen Protest. Bey hatte Recht. Er wollte lieber gar nichts wissen.

Falls Lady Arradale jedoch seine Lady war, würde er dann wollen, dass Bey ihr auf die Schliche kam? Als sie wenig später auf die beiden zukam, um sie zu begrüßen, regte sich jedoch nichts bei ihm. Keine Erinnerung, kein Verlangen, kein Hass.

Sie konnte es nicht sein. Seine Lady war nach wie vor in Sicherheit.

»Mylord!«, rief sie aus, während sie amüsiert Beys großartige Aufmachung begutachtete. »Wie Ihr diesen düsteren Teil von Yorkshire erleuchtet!«

Bey machte eine tiefe Verbeugung. »Lady Arradale, kein Ort, der durch Euer Strahlen erhellt wird, kann düster sein.«

Ihr rubinrotes, mit Rüschen und Schleifen verziertes Seidenkleid war eindeutig prächtig genug, um damit am königlichen Hof zu erscheinen.

Es war ein verblüffender Zufall, dass sie beide in Rot, Schwarz und Gold gekleidet waren.

Diana öffnete ihren vergoldeten Fächer. »Wenn wir beide so viel Glanz ausstrahlen, blenden wir die anderen Gäste womöglich so sehr, dass sie zu erblinden drohen, Mylord!«

»Ausgezeichnet. Wie sagte doch Ödipus? *Blind werden sie die Musik sogar noch mehr genießen*. Wollen wir das erste

Menuett gemeinsam tanzen, Mylady? Eine so wunderbare Gelegenheit für eine Tändelei.«

Sie sah ihm über ihren Fächer hinweg in die Augen. »Ja, wozu wäre ein Ball gut, Mylord, wenn man dabei nicht ein wenig flirten könnte?«

Bey drückte ihren Fächer mit einem Finger hinunter. »Vielleicht sollte ich Euch warnen, Lady Arradale. Wenn ich etwas tue, dann richtig und nicht nur *ein wenig!*«

Die Augen der Dame weiteten sich. Vielleicht merkt sie jetzt endlich, dass sie mit dem Feuer spielt, auch wenn sie die in Rot Gekleidete ist, dachte Brand. Wenn er sie nicht für ein gerissenes Frauenzimmer gehalten und nicht gewusst hätte, dass sie an seinem Missgeschick Mitverantwortung trug, hätte sie ihm vielleicht leidgetan. An ihrer rechten Hand, zwischen mehreren Ringen mit Glitzersteinchen, funkelte ein großer, prächtiger Rubin.

Brand zog sich ein wenig zurück und empfand trotz allem ein bisschen Mitleid mit der Gräfin. Sein Bruder hatte einen Verdacht und würde ihm gnadenlos mit allen Mitteln der Verführung nachgehen. Doch sie hatte wahrlich jede einzelne Minute davon verdient.

In dem Bewusstsein, wie töricht das war, schlich sich Rosamunde zum Arradale House. Sie hatte sich einzureden versucht, sie komme nur deshalb hierher, um nach Digby zu sehen, aber ihr war klar, dass sie sich damit eindeutig etwas vormachte. Sie war gegen alle Vernunft hierhergekommen, um einen letzten Blick auf Brand zu werfen.

Unbemerkt von den hin und her eilenden Bediensteten schlich sie sich zu der kleinen Galerie gegenüber der Empore hinauf, auf der die Kapelle saß. In ihrer Kindheit hatten Diana und sie von diesem Versteck aus heimlich die gesellschaftlichen Zusammenkünfte der Erwachsenen beobachtet.

Nun, da sie ein ganzes Stück größer war und von ihren weiten Röcken behindert wurde, war es gar nicht so einfach, sich in den kleinen, hinter einem Vorhang verborgenen Raum zu zwängen. Als sie es geschafft hatte, legte sie ein Auge an eins der beiden sorgfältig in den Vorhang hineingeschnittenen Löcher, und schon kam die glitzernde Versammlung ins Blickfeld: Seidenkleider in allen Farben, Gold und Juwelen schimmerten unter einer verschwenderischen Anzahl von Kronleuchtern.

Einen Augenblick lang wünschte sie, sie befände sich ebenfalls dort unten. Gleich darauf verwarf sie den Gedanken wieder.

Sie gehörte nicht in diese Welt, und hier oben fühlte sie sich wie eine der drallen Göttinnen, die von der gemalten Decke des Ballsaals herabblickten und dem törichten menschlichen Treiben zusahen. Sie sah, wie Lord Fencott Mrs Masham zwickte, ohne dass diese sich wehrte, und wie Lady Coverdale ihrer alten Feindin Mrs Pyke-Herries einen giftigen Blick zuwarf.

Und wo war Brand? Würde sie ihn beim Flirten mit einer Schönheit ertappen? Zu ihrem Leidwesen konnte sie ihn zwischen den unzähligen bleich gepuderten Köpfen nicht ausmachen. Sie würde ihn doch wohl sofort erkennen!

Dann fiel ihr Blick auf einen hoch gewachsenen Mann, der gerade den Saal betrat. Er trug einen prunkvollen schwarzen Anzug, dessen Goldstickereien und Rubinknöpfe wie Feuerfunken in der Nacht blinkten. Der Marquis. Und dort, an seiner Seite, war Brand.

Sie lächelte vor Freude und Erleichterung. Sie hätte ihn auch ohne seinen Bruder erkannt, und sie liebte immer noch das Schlichte an ihm. Seine Kleidung war vornehm, aber nicht extravagant, und er trug sie lässig und unaffektiert. Er lächelte bereits einem Bekannten zu und ging zu einer Gruppe von Männern hinüber, um sich mit ihnen zu unterhalten.

Rosamunde blickte wieder zum Marquis hinüber. Er redete jetzt mit Diana, und von ihrem gottähnlichen Aussichtspunkt aus wirkten die beiden wie ein absichtsvoll aufeinander abgestimmtes Paar: Er in Schwarz, mit Gold und Rubinen verziert, sie in Rubinrot, mit Gold und Schwarz verziert. Rosamunde wusste, was es bedeutete, wenn ihre Kusine ihr Kinn wie gerade eben reckte und so mit ihrem schwarzgoldenen Fächer wedelte.

Gekreuzte Klingen, wenn auch auf höchst charmante, zivile Weise.

O Diana. Tu das nicht. Fordere den Marquis nicht heraus! Dann kam ihr ein Verdacht. Wollte Diana etwa feindliches Feuer auf sich ziehen? Schließlich stellte das Witwenhaus eine eindeutige Verbindung zu Arradale dar, aber nicht zu Rosamunde. Konnte sie das zulassen? Für Digby und Wenscote musste sie es tun. Die Mallorens konnten schließlich nichts beweisen und würden niemals versuchen, die Gräfin Arradale zu zerstören.

Sie wandte ihre Aufmerksamkeit wieder Brand zu und folgte ihm mit den Augen, während er sich im Saal umherbewegte. Es war deutlich zu sehen, dass er bei den Anwesenden bereits Sympathien genoss. Kein Wunder. Er war schließlich ein durch und durch liebenswerter Mensch und brachte allen ein höfliches Interesse entgegen. Selbst der hübschen, schüchternen Miss Mifflyn schien er ein paar Worte entlocken zu können.

Dann spielte die Kapelle einen Tusch zum Zeichen, dass das Eröffnungsmenuett begann, und die Gesellschaft machte die Saalmitte frei zum Tanz. Als ranghöchste Dame würde Diana den Ball mit dem Partner ihrer Wahl beginnen. Rosamunde nahm an, dass sie dazu sicher den Marquis auswählen würde, schon wegen seines Ranges.

Bestens in ihre Rollen eingeübt, tanzten die beiden fehlerlos, doch von Rosamundes erhöhtem Aussichtspunkt sah ihr Tanz so gefährlich aus wie ein Schwertkampf. Die ineinander verhakten Blicke, die verhaltenen Schritte und ihre sich ständig berührenden Hände wirkten wie eine Herausforderung zum Kampf. Sie atmete regelrecht auf, als Lady Fencott die Tanzfläche betrat und dann die anderen Damen in der Reihenfolge ihres Ranges folgten, jede mit ihrem Partner.

Zu ihrem Schreck sah sie, dass Brand mit Miss Mifflyn tanzte. Rosamunde zügelte die aufflammende Eifersucht sofort. Sollte er vielleicht an einem Ball teilnehmen, ohne zu tanzen?

Sie wusste jedoch, dass es mit ihrer Eifersucht noch schlimmer war. Sie wollte nicht, dass er mit jungen Frauen tanzte. Sie konnte es nicht mit ansehen, wie er Celia Mifflyn zum Lächeln und sogar zum Reden brachte. Es war allgemein bekannt, wie schüchtern Celia war und dass sie Fremden gegenüber fast kein Wort herausbrachte. Obwohl Rosamunde nun wieder bei ihrem Ehemann war und sich vorgenommen hatte, Brand aus ihren Gedanken und ihrem Leben zu verbannen, ging es ihr nun bereits zu weit, wenn er eine andere Frau auch nur anlächelte!

Jetzt aber Schluss damit! Sie richtete den Blick fest auf ihn und wünschte, dass er sich mit anderen Frauen vergnügte. Mehr als das. Sie wünschte sich, dass er bald die perfekte Lebensgefährtin finden und mit ihr eine glückliche Ehe eingehen würde. Vielleicht sogar mit Celia Mifflyn. Sie war eine gutherzige junge Frau, ehrbar, sanftmütig und nicht dumm. Nur schüchtern, und wenn irgendjemand eine scheue Knospe zum Erblühen bringen konnte, dann Brand Malloren.

Unwillkürlich musste sie wieder an ihre gemeinsame Nacht und ihren gemeinsamen Tag denken.

Sie war ebenfalls schüchtern gewesen, und sie war bei ihm aufgeblüht. Celia würde all das haben und noch viel mehr. Sie würde mit ihm am Tage lachen und in den geheimen Nächten erblühen.

Rosamunde trat abrupt von ihrem Guckloch zurück; nun war von der magischen Welt dort unten nur noch der Lichtschimmer durch den muffigen Vorhang zu sehen. So war es richtig. Das Liebevollste, was sie für Brand Malloren tun konnte, war, ihn freizugeben.

Brand hätte den Ball am liebsten schon nach einer Stunde verlassen, doch er wusste, was seine Pflicht war. Die Anwesenheit eines Marquis machte dieses Ereignis zu etwas Einmaligem, und als Bruder des besagten Marquis lag ein kleiner Teil des Glanzes auch auf ihm. Ein Tanz mit ihm würde für jede Dame eine hochgeschätzte Erinnerung sein, und so tanzte er pflichtbewusst mit einer nach der anderen. Er achtete darauf, möglichst mit den Schüchternen und den Mauerblümchen zu tanzen.

Er sah, wie Bey die Damen ihrer Rangfolge nach zum Tanz aufforderte und dabei jede bezauberte – allerdings mit einem gefährlichen, eiskalten Charme. Wie viele Herzen aus Yorkshire würden später bei der Erinnerung daran, wie er ihre Hand geküsst hatte, höher schlagen, in wie vielen braven, treuen Ehefrauen mochte er ein sündiges Verlangen geweckt haben!

Brand unterdrückte ein Grinsen. Es war das reinste Theater, aber ein Stück, das Bey im Laufe der Jahre schon so oft gespielt hatte, dass es ihm inzwischen zur zweiten Natur geworden sein musste.

Er war überzeugt, dass sein Bruder sich seiner Wirkung wohl bewusst war und sich vollkommen unter Kontrolle hatte. So gefährlich Bey auch sein konnte, war er im Grunde seines Herzens ziemlich gutmütig.

Es war vielleicht ganz gut so, dass er wegen dieser Verpflichtungen seinen gefährlichen Charme nicht auf die Gräfin versprühen konnte, die ihrerseits höflich von Tanzpartner zu Tanzpartner wechselte. Was immer im Witwenhaus von Arradale geschehen war, es war vorbei. Er sollte endlich aufhören, sich wegen des Vorgefallenen zu grämen.

Das war der Verstand, der da sprach. Er sah wieder zu der lächelnden Gräfin hin. Sie wusste Bescheid. *Sie wusste Be-*

*scheid*. Die Versuchung, das Wissen aus ihr herauszupressen, brannte in ihm wie Säure. Sie wusste Bescheid. Dass sie über seinen Besuch des Witwenhauses kein Wort verloren hatte, war äußerst verräterisch.

Und gegen alle Vernunft wollte er unbedingt Bescheid wissen. Während er heute Abend seiner Pflicht nachgekommen war, hatte er den Saal nach seiner geheimnisvollen Lady abgesucht. Sie war nicht hier und gehörte folglich auch nicht zum hiesigen Landadel. Wer war sie dann?

Bey tauchte auf einmal neben ihm auf. »Was blickst du so finster drein?«

»Nur so.«

»Ich dachte, du wolltest die Sache nicht weiterverfolgen.«

Es war zwecklos, es abzustreiten. »Zugegeben, es juckt mich wie ein Flohbiss. Ich würde es gern wissen, nur um den Juckreiz loszuwerden.«

»Bist du sicher, dass es nicht Lady Arradale ist?«

»Hundertprozentig sicher.«

»Du würdest sie sogar blind erkennen?«

Brand starrte seinen Bruder an. »Was willst du damit sagen?« Doch dann fiel ihm ein, dass er seiner Lady versichert hatte, er würde sie selbst im Dunkeln an ihrem Kuss erkennen …

»Simson, der von der Liebe geblendet ist«, sagte Bey, »und die offensichtlichen Täuschungsmanöver seiner Geliebten ignoriert. Ich empfehle dir, mal wieder die Bibel zu lesen.

»Ich werde einfach nur Schermessern aus dem Weg gehen.«

»Und einschläfernden Trünken.« Nach diesem Seitenhieb ging Bey auf die Gräfinwitwe zu, die ihn liebenswürdig anlächelte.

Von den Kommentaren seines Bruders irritiert, ging Brand in die Bibliothek hinüber, um eine Bibel zu Rate zu ziehen. Dass ihm so zugesetzt worden war, dass er es »zum Sterben leid« war, traf auf ihn durchaus zu. Simson jedoch war von den Philistern geblendet worden, nicht von seiner Liebe zu Delila.

Als er die Bibel zuklappte, war ihm klar, was Bey gemeint hatte. Delilas Täuschungsmanöver waren so simpel gewesen, dass jeder Mann, der nicht blind gewesen wäre, sie durchschaut hätte. Folglich hatte die Liebe Simson blind gemacht, lange bevor ihm die Augen ausgestochen worden waren.

Ihm fiel auf, dass am Ende gar nicht gesagt wurde, ob sich auch Delila unter den Philistern befand, die in dem Haus ums Leben kamen, das Simson zum Einsturz brachte.

Liebe. Wenn Simson gewusst hätte, dass sich Delila in dem Haus befand, hätte er diese Tat bestimmt nicht begangen, mutmaßte Brand.

# 20

Rosamunde brachte ihr Pferd in den Stall des Gutshofs und schlich erschöpft, aber innerlich von einer seltsamen Ruhe erfüllt, in ihr stilles Haus. Es ist vorbei …

Plötzlich löste sich eine Gestalt aus der Dunkelheit, und ihr stockte der Atem. Im schwachen Mondschein erkannte sie Edward Overtons ernstes Gesicht. »Meine Güte, hast du mich erschreckt!«

»Wo bist du gewesen, Tante? Bei einem Liebhaber?«

»Für einen Mann mit strengen religiösen Überzeugungen hast du ziemlich primitive Vorstellungen, Edward. Ich war oben im Gestüt. Einer der Stuten ging es nicht gut.« Das stimmte, wenn es auch nichts Schlimmes und Langwieriges war, und das Gestüt lag vom Gutshaus nicht weit genug entfernt, um bis dorthin reiten zu müssen. Mit etwas Glück würde Edward es ihr abnehmen.

»Es ist unschicklich für eine Frau, sich mit solchen Sachen zu beschäftigen oder nachts allein aus dem Haus zu gehen, Tante.«

»In deinen Augen ist es auch unschicklich, wenn eine Frau ihr Haar oder ihre Arme sehen lässt oder ihr Kleid einen Ausschnitt hat. Ihr Männer von der Neuen Glaubensgemeinschaft scheint sehr leicht in Versuchung zu geraten.«

Er kniff die Lippen zusammen. »Alle Männer geraten leicht in Versuchung.«

»Dann sollte man vielleicht den *Männern* untersagen, nachts das Haus zu verlassen«, gab Rosamunde zurück und versuchte dann, an ihm vorbeizugehen.

Er verstellte ihr den Weg. »Gütiger Himmel, du hast wirklich ein loses Mundwerk! Das sollte man dir austreiben!«

»Mit der Peitsche?« Sie blickte ihm herausfordernd ins Gesicht. »Ich verachte dich, Edward, deine religiösen Überzeugungen und dein scheinheiliges …«

Er versetzte ihr eine Ohrfeige.

Einen Moment lang herrschte eisiges Schweigen, während Rosamunde ihre Hand an die brennende Wange hielt. *»Raus!«*, schrie sie dann und deutete zur Tür. »Raus!«

»Du hast kein Recht …«

»Soll ich die Diener aufwecken und sie anweisen, dich rauszuwerfen?«

»Du kannst mich doch nicht …«

»Raus!«, schrie sie erneut, griff nach dem Schürhaken und ging damit auf ihn zu.

In ihr brannte eine Wut, wie sie es bei sich nie für möglich gehalten hätte. »Raus, raus, raus!«

Er wich zurück. »Du kannst mich nicht hinauswerfen. Ich bin der Erbe …«

»Solange Digby nicht gestorben bist, bist du *gar nichts* und mit Gottes Wille wirst du bis dahin an deiner scheinheiligen Galle erstickt sein!«

»Er wird binnen eines Jahres sterben. Und dann werden wir ja sehen!«

»Wenn er tot ist, kannst du wiederkommen, Edward, aber keinen Moment früher.«

Er stand jetzt direkt vor der Tür und tastete nach dem Knauf. »Onkel Digby wird das niemals zulassen.«

»Das wird er, wenn ich ihm erzähle, dass du mich geschlagen hast.« Sie stieß mit dem Schürhaken nach ihm. »Raus! Raus! Raus!«

Er wankte rückwärts durch die offene Tür. »Es ist dunkel. Wo soll ich denn hin?«

»Geh meinetwegen zur Hölle!« Rosamunde schlug ihm die Tür vor der Nase zu, schloss sie ab und schob zur Sicherheit auch noch den selten benutzten Riegel vor. Dann drehte sie sich um und sank gegen die Eichentür. Meine Güte, hatte das gut getan! Sie sollte viel öfter die Beherrschung verlieren!

Oder hätte sie es besser nicht tun sollen?

Doch, befand sie, richtete sich auf und rieb sich die brennende Wange. Digby hatte nun einen Vorwand, ihm den Zutritt zu Wenscote zu verwehren, und das würde ihm viel Ärger ersparen. Außerdem würde sich die Sache ohnehin bald von selbst erledigen, nachdem sie jetzt schwanger war – sie war sich sicher, dass sie es war.

Vor Freude darüber, die düstere Gefahr gebannt zu haben, tanzte sie in der stillen Diele herum. Nun war alles gut.

Einigermaßen überrascht öffnete der Lakai von Arradale die Tür, als jemand heftig dagegenklopfte. Der Abend war schon weit fortgeschritten, und es wurden keine Gäste mehr erwartet. Als er den schlicht gekleideten Mann im Spitzhut erblickte, wollte er die Tür schnell wieder schließen.

Der Mann zwängte sich hinein. »Ich bin Edward Overton. Ich muss in einer äußerst wichtigen Angelegenheit mit Sir Digby, meinem Onkel, sprechen!«

Damit sah die Sache anders aus, selbst wenn es ein verflixter Cotterite war. Zögernd führte James Mr Overton in ein kleines Empfangszimmer. »Ich werde nachsehen, ob Sir Digby zu finden ist, Sir.«

»Euch scheinen wohl des Öfteren Gäste verloren zu gehen, wie?«

Du meine Güte. Ein Grinsen unterdrückend, schritt James aus dem Raum. Diese frommen Leute von der Neuen Glaubengemeinschaft durften doch eigentlich gar nicht die Beherrschung verlieren. Den musste wohl jemand ordentlich geärgert haben! Als James die Treppe hochstieg, um Sir Digby zu suchen, wich die Belustigung einer leichten Sorge. Vielleicht war der Mann gar nicht wütend, sondern nur beunruhigt. Vielleicht gab es auf Wenscote Schwierigkeiten. Bis auf Lady Overton war von der Familie niemand dort, und keiner wünschte der armen Lady noch mehr Schwierigkeiten.

Er fand Sir Digby ziemlich angeheitert mit ein paar alten Kumpanen im Kartenzimmer und flüsterte ihm die Nachricht ins Ohr.

»Jemine. Was ist denn passiert?«, murmelte der alte Mann vor sich hin, während er sich aus seinem Stuhl hievte. Mit besorgter Miene wankte er, sichtlich betrunken, zur Tür. James wich ihm nicht von der Seite, als er die Treppe hinunterstieg, und betete, er könnte den beleibten Herrn auffangen, falls er ins Stolpern geriet.

Jeder wusste, dass Sir Digby zwischen Wensleydale und der Neuen Glaubensgemeinschaft stand. Hoffentlich blieb er noch lange am Leben!

Als James Sir Digby sicher ins Empfangszimmer geleitet hatte, atmete er erleichtert auf und schloss die Tür.

»Ist etwas nicht in Ordnung?«

James wandte sich um und straffte sich, als er die Gräfin die Treppe herunterkommen sah. Insgeheim waren seine Tagträume hin und wieder von Pikanterien mit der hübschen Gräfin in ihren entzückenden Seidenkleidern erfüllt, und leider ergab sich nur selten eine Gelegenheit, mit ihr persönlich zu sprechen. »Bitte um Verzeihung, Mylady. Mr Overton ist von Wenscote hergeritten, weil er Sir Digby etwas Wichtiges mitzuteilen hat.«

Seine Herrin runzelte die Stirn und schritt auf das Empfangszimmer zu, wobei ihre hohen Absätze laut auf dem Fliesenboden klackten. James öffnete ihr hastig die Tür, und sie ging hindurch. Danach musste er sie wohl oder übel wieder schließen.

»Lady Arradale!«, protestierte Edward Overton. »Das ist eine Privatangelegenheit.«

Diana musterte ihn und bemühte sich, die Abneigung, die sie gegen ihn empfand, zu verbergen. »Verzeihung, wenn ich hier hereinschneie, Mr Overton, aber wenn meiner lieben

Kusine etwas passiert sein sollte … Sir Digby? Ist ein Unfall geschehen?«

Die Hände auf den Knien, saß Sir Digby breitbeinig auf einem Stuhl und blickte verwirrt drein. »Ein Unfall? Mein Gott, davon ist mir nichts bekannt. Mein Neffe hat mir gerade erzählt, dass Rosie ihn in einem Wutanfall rausgeworfen hat.«

Diana wandte sich dem jüngeren Mann zu.

»Na, das kommt mir aber sehr merkwürdig vor. Ohne von Ihnen auch nur im Geringsten geärgert worden zu sein, Mr Overton?«

Der Mann richtete sich zu seiner vollen Größe auf. »Sie war zweifellos verärgert. Ich habe sie dabei ertappt, wie sie nach Einbruch der Dunkelheit ins Haus geschlichen kam, und habe sie ermahnt, in Zukunft vernünftiger zu sein.«

»Reichlich unverschämt, finden Sie nicht?«

»Ich bin ein Mann, sie ist eine Frau. Außerdem bin ich jetzt Sprecher der Neuen Glaubensgemeinschaft. Ich habe in Lancashire gepredigt und erfreuliche Resonanz gefunden. Es ist meine Pflicht, Sünder zurechtzuweisen.«

»Nur solche, die zu Eurer Herde gehören, würde ich sagen.«

»Für die Neue Glaubensgemeinschaft gehört die gesamte Menschheit zu ihrer Herde.«

Diana zog die Augenbrauen hoch. »Soll das heißen, Sie würden auch *mich* zurechtweisen, Mr Overton?«

Er blickte naserümpfend auf sie herab. »Es wäre meine Pflicht, obwohl ich wenig Hoffnung auf Erfolg hegen würde.«

»Wenn Sie so weitermachen, haben Sie bald die Chance auf eine Übernachtungsmöglichkeit verspielt.«

»Ich habe nicht die Absicht, hier zu übernachten«, entgegnete er pikiert, als hätte man ihm angeboten, im Schweinestall zu schlafen. »Ich erwarte, dass mein Onkel mit mir nach Wenscote zurückkehrt und seine Frau zur Räson bringt.«

»Das kommt nicht in Frage. Das wäre viel zu strapaziös für Sir Digby.«

»Onkel?« Edward Overton blickte Sir Digby auffordernd an.

Der ältere Mann schüttelte den Kopf. »Mein Gott, das ist vielleicht ein Zirkus! Ehrlich gesagt, Neffe, ich habe keine Lust, jetzt nach Wenscote zurückzufahren. Ich wollte gerade zu Bett gehen.«

»Wenn du endlich dem Alkohol abschwören würdest, Onkel, wärst du problemlos in der Lage, jetzt noch heimzufahren.«

Diana hoffte, Sir Digby würde ihm wegen dieser Dreistigkeit barsch über den Mund fahren, doch der alte Mann machte ein beschämtes Gesicht. »Du hast ja Recht, Edward. Rosie würde auch böse sein, wenn sie sähe, wie viel ich gegessen und getrunken habe. Ich muss mich endlich bessern. Besonders, weil ...«

»Besonders, weil Euch der Alkohol gar nicht bekommt, Sir Digby«, warf Diana hastig ein. Dies war nicht der richtige Zeitpunkt, um Edward Overton von der Schwangerschaft zu erzählen.

»Nicht so sehr der Alkohol, sondern vielmehr die Süßspeisen, meine Liebe«, sagte er und knöpfte seine straff sitzende Weste auf. »Ich bin fest entschlossen, mich zu ändern.«

»Das freut mich, Onkel«, sagte Edward.

»Aber nachdem mit Rosie alles in Ordnung ist«, Sir Digby hievte sich aus seinem Stuhl, »habe ich nicht vor, meinen brennenden Magen durch die Dunkelheit schaukeln zu lassen. Ich werde morgen Früh hinfahren und alles klären. Außerdem möchte Lord Brand Malloren mitkommen, um sich Rosies Zuchthengst anzusehen. Ich kann nicht ohne ihn abfahren.«

»Und Sie müssen ebenfalls hier übernachten, Mr Overton«, sagte Diana und kam damit jedem weiteren Protest zuvor. »Wir können Ihnen ein ganz schlichtes Zimmer anbieten, das Ihren Vorschriften nicht zuwiderläuft. Es ist Mitternacht vorbei, und meine Kusine liegt mit Sicherheit längst im Bett.«

»Nun gut«, antwortete er steif. »Wenn mein Onkel sich unpässlich fühlt …«

»Sehr rücksichtsvoll von Ihnen.« Sie ging voraus zur Tür. »Und was für ein Glück, dass Ihr Knie wieder in Ordnung ist.«

Er errötete leicht. »Ehrlich gesagt, es tut immer noch weh, aber ich hatte keine Wahl.«

»Wie tapfer Sie doch sind. Morgen können Sie mit der Kutsche nach Wenscote zurückfahren. Das wird Ihnen eine Erleichterung sein.«

Diana besorgte ihm ein Zimmer, indem sie zwei Dienstmädchen in eines zusammenlegte, und beauftragte den bereitstehenden Diener, dafür zu sorgen, dass Sir Digby sicher in sein Bett kam.

Als alles erledigt war, begann sie sich Gedanken zu machen. Was um alles in der Welt hatte Rosa so wütend gemacht? Konnte es etwas mit den Mallorens zu tun haben? Wie das? Und warum war sie im Dunkeln ins Haus geschlichen?

Schlagartig ging ihr auf, dass Rosa hier gewesen sein musste. Sie ließ rasch in den Ställen nachfragen, und ihre Vermutung wurde bestätigt.

Oh, Rosa. Je früher Brand Malloren wieder fort war, desto besser. Außerdem wünschte Diana inständig, sie könnte verhindern, dass er morgen nach Wenscote mitfuhr. Es beunruhigte sie, dass er sie nicht nach dem Witwenhaus gefragt hatte, und sie versuchte sich einzureden, dass er es nur deshalb nicht getan hatte, weil er sich seiner Sache nicht sicher war.

Wenn dem wirklich so war und wenn Rosa sich nicht blicken ließ, bestand immer noch die Chance, dass sie mit heiler Haut davonkamen.

Als die einheimischen Gäste schließlich in ihre von Laternen beleuchteten Kutschen stiegen, um im Schein des Vollmonds nach Hause zu fahren, zog Brand sich endlich in sein Zimmer zurück. Dort stellte er jedoch fest, dass ihm nicht nach Schlafen zumute war. Während er versuchte, nicht andauernd aus dem Fenster zu blicken, hinter dem der Mond und eine Kiefer zu sehen waren, versuchte er sich auf ein langweiliges Sachbuch zu konzentrieren und verfluchte sich jedes Mal, wenn seine Gedanken wieder zu einem anderen Buch und zu einer gewissen geheimnisvollen Lady abschweiften.

Er würde gerne das Buch über systematische Zuchtprogramme weiterlesen, hatte es jedoch bislang noch nicht gewagt, sich ein Exemplar zu kaufen, weil es so viele gefährliche Assoziationen wecken würde.

Auch als er schließlich im Bett lag, konnte er nicht schlafen. Vielleicht sollte er sich anziehen, durch den Park schleichen und ins Witwenhaus eindringen. Aber wozu? Dass sich dort das Zimmer befand, in dem er gelegen hatte, wusste er ohnehin, und was konnte es ihm sonst noch verraten? Konnte es ihm sagen, wo seine Lady zu finden war? Oder ob sie ihn aufrichtig geliebt hatte?

Er lachte über seine eigene Dummheit. Er war tatsächlich wie der blinde Gefangene in Gaza, der immer noch hoffte, es würde sich herausstellen, dass seine Delila ihn nicht betrogen hatte, obwohl sie ihm den vergifteten Liebestrank an die Lippen geführt hatte.

Als der Morgen graute, gab er seine Einschlafversuche auf, schlenderte durch den dunstigen Park und lauschte dem ersten schmetternden Vogelgesang, zwang sich aber, nicht in die Richtung des Witwenhauses zu gehen, obwohl es ihn dorthin zog. Beim Frühstück und bei der Verabschiedung von seiner Gastgeberin und seinem Bruder hoffte er, man merke ihm nichts an. Aber er wusste, dass sich sein Bruder nichts vormachen ließ. Bey konnte andere Leute nämlich furchtbar gut durchschauen.

Das einzige, was sein Bruder zu ihm sagte, war jedoch: »Vergiss nicht, in Wenscote die Augen offen zu halten.«

»Weshalb? Die Sache ist doch glasklar. Der Erbe ist ein Cotterite, der nach Sir Digbys Tod das Landgut übernehmen wird.«

Bey zog ihn die Eingangstreppe hinunter auf die wartende Kutsche zu und vergewisserte sich, dass niemand mithören konnte. »Er wurde erst nach dem Tod eines anderen Neffen namens William Overton zum Erben eingesetzt.«

»Daran ist doch nichts Ungewöhnliches, oder?«

»Und wenn William Overton umgebracht wurde?«

Brand starrte ihn an. »Du versteigst dich doch normalerweise nicht in so haarsträubende Theorien, Bey. Wenn bei seinem Tod irgendetwas nicht mit rechten Dingen zugegangen wäre, hätten wir mit Sicherheit davon gehört.«

»William Overton soll Sir Digby sehr ähnlich gewesen sein, und er war nicht sehr viel jünger als sein Onkel. Er hat Essen und Trinken kräftig zugesprochen, wie man so sagt, und hat dafür mit dem Leben bezahlen müssen. Keiner war sonderlich überrascht, als er eines Tages nach einem üppigen Abendessen tot umgefallen ist.«

»Und du glaubst, es sei kein natürlicher Tod gewesen?«

»Genau dasselbe ist letzten Winter einem gewissen Mr Josiah Crayke passiert, dem Erben eines Landguts bei Northallerton.«

»Northallerton?«, wiederholte Brand gedehnt, weil ihn der Name an irgendetwas erinnerte.

»Es gibt dort durchaus auch Landgüter«, sagte Bey scharf, eindeutig verärgert über Brands Geistesabwesenheit.

»Ja, natürlich. Und wem gehört es jetzt?«

»Einem gewissen Samuel Barlow, der kürzlich zur Neuen Glaubensgemeinschaft übergetreten ist, damit ihm der himmlische Lohn zuteil werde, den diese Leute versprechen. Mr Crayke hat zwei Töchter hinterlassen, und Barlow hat ihnen und der Witwe Geld ausgezahlt, das Gut aber den

Cotteriten überschrieben. Er hat ihren Lebensstil übernommen und teilt sein Haus sogar mit einer Reihe lediger Farmarbeiter.«

»Und Crayke ist an einem Schlaganfall gestorben?«

»Oder so etwas Ähnlichem.«

Brands Aufmerksamkeit war geweckt. »Möglicherweise war es reiner Zufall.«

»Ich bin immer misstrauisch, was Zufälle anbetrifft. Es ist eine sehr schlaue Taktik. Es gibt viele Männer, die durch übermäßiges Essen und Trinken gefährdet sind. Wenn Sir Digby Overton eines Tages nach einem deftigen Abendessen tot umfallen würde – natürlich erst nach einer angemessenen Zeitspanne nach dem Ableben seines Neffen –, würde das irgendjemanden überraschen? Er und sein älterer Neffe«, fuhr Bey schroff fort, »hätten sich wirklich mehr Gedanken um den möglichen Nachfolger machen sollen.«

»Das sagt gerade der Richtige!«, entfuhr es Brand unwillkürlich, und er wünschte sofort, er könnte die Worte wieder zurücknehmen.

»Ich habe schließlich Brüder«, fuhr Bey ungerührt fort. »Einige von ihnen scheinen durchaus gewillt zu sein, eine Ehe einzugehen und sich fortzupflanzen. Du verstehst jetzt hoffentlich, warum ich möchte, dass du in Wenscote nicht nur auf die Zugpferde achtest.«

»Ja, natürlich. Es wäre bedauerlich, wenn Sir Digby vorzeitig sterben müsste.«

»Es wäre bedauerlich, wenn man die Gauner nicht auf frischer Tat ertappte. Es sieht so aus, als würdest du gemeinsam mit dem Erben nach Wenscote fahren, der heute hier übernachtet hat.«

Brand, der nach der durchwachten Nacht noch etwas schwer von Begriff war, starrte seinen Bruder verdattert an. »Ich hätte nicht gedacht, dass er an Bällen teilnimmt.«

»Lady Overton hat ihn offenbar aus Wenscote rausgeschmissen, deshalb ist er hierher zu seinem Onkel gerannt.«

»Mein Gott, Bey, wie machst du das, dass du immer über alles Bescheid weißt?«

»Wenn ich alles wüsste, wäre vieles in meinem Leben bedeutend einfacher. Versuch herauszufinden, warum Lady Overton das getan hat.«

»Zu Befehl, Sir!«

»Brand«, sagte sein Bruder in hörbar beherrschtem Tonfall, »du hast gesagt, du willst nichts mehr von deiner Lady wissen, und dennoch hat sie sich in deinem Kopf festgesetzt wie ein Geschwür. Das ist gefährlich.«

Brand schloss sekundenlang die Augen in dem Bewusstsein, dass er seinem Bruder erzählen sollte, was er über das Witwenhaus herausgefunden hatte. Aber er ließ es bleiben, weil er nicht wusste, wie Bey darauf reagieren würde. »Hast du auf dem Ball etwas über die Gräfin herausgefunden?«

»Wenn sie Spaß an Tändeleien hat, dann lässt sie sich das bei öffentlichen Anlässen jedenfalls nicht anmerken.«

»Hast du sie auf die Probe gestellt?«

»Ich habe innerhalb höflicher Grenzen mein Bestes versucht, um mich in ihr Bett einzuladen.«

»Teufel auch! Hättest du das wirklich getan?«

»Adel verpflichtet. Sie ist in diesem Spiel ziemlich versiert, aber ich habe sie offenbar kaltgelassen. Genau das hatte ich auch erwartet. Ich müsste mich schwer täuschen, wenn sie nicht noch Jungfrau ist, wenn auch keine naive.«

»Dann kann sie nicht meine Lady sein. Ganz wie ich vermutet hatte. Vielleicht weiß sie Bescheid, wer es ist, aber es gibt keine Möglichkeit, das Wissen aus ihr herauszupressen, wenn man nicht gerade Foltermethoden anwenden will.«

»Irgendwo in meinem Gepäck müsste ich die Daumenschrauben haben ...«

Brand lachte, war mit den Gedanken aber schon woanders. »Der Gasthof, an den ich mich als Letztes erinnere«, sagte er, »dort, wo mir vermutlich das Betäubungsmittel eingeflößt wurde, war in der Nähe von Northallerton. Und mir ist gerade aufgegangen, warum mir der Name Barlow bekannt vorkommt. Heißt das Landgut Rawston Glebe?«

»Ja.«

»Es grenzt an das Gut, das ich für uns angeschaut habe. Ich habe dabei auch Erkundigungen über Rawston Glebe eingezogen, weil Nachbarn oft genauso wichtig sind wie das Anwesen selbst. Ich habe bestimmt auch Fragen über die Neue Glaubensgemeinschaft gestellt. Falls Mr Crayke also tatsächlich umgebracht wurde ...«

»Vor allem, wenn sie wussten, wer du bist. Wussten sie es denn?«

Brand zuckte mit den Achseln. »Ich reise immer inkognito, aber ich gebe mir auch keine besondere Mühe, meinen Namen zu verheimlichen.«

»Und ich bin überzeugt, dass es sich bereits bis nach Nordengland herumgesprochen hatte, dass der König über die Neue Glaubensgemeinschaft beunruhigt ist und mich mit Nachforschungen beauftragt hat. Vielleicht bin ich verantwortlich für das, was du erlitten hast.«

»Wenn jemand dafür verantwortlich ist, dann die Cotteriten. Bei Gott, ich wäre wirklich froh, wenn du ihnen das Handwerk legen könntest. Dabei hat George Cotter auf mich gar keinen so schlechten Eindruck gemacht.« Er blickte zum Eingang hinüber. »Da kommen Sir Digby und sein Neffe. Ich muss gehen.«

Rothgar legte kurz die Hand auf Brands Arm. »Pass gut auf dich auf.«

»Glaubst du, sie könnten versuchen, einen weiteren Anschlag auf mich zu verüben? Es ist doch nicht so, als ob ich sie verfolgte!«

»Aber das wissen sie nicht. Nimm dich beim Essen und Trinken in Acht.«

»Diese Lektion habe ich inzwischen gelernt.«

Während Brand zu der wartenden Kutsche hinüberging, lachte er über sich selbst, weil er in sich ein Gefühl der Freude spürte. Wenn er von der Neuen Glaubensgemeinschaft betäubt worden war, dann war er von seiner Lady nicht aus eigennützigen Gründen entführt worden. Dann hatte sie ihn tatsächlich gerettet.

Wenigstens etwas von all dem war also ehrlich gemeint gewesen.

Genau genommen das meiste davon. Sie hatte schließlich von Anfang an klargestellt, dass sie lediglich für ihre Hilfeleistung bezahlt werden wollte.

Edward Overton saß schon mit verbissener Miene in der Kutsche, aber Sir Digby stieg gerade erst ein. Mit keuchendem Atem plumpste er auf den Sitz. »Mein Gott! In Zukunft muss ich wirklich einen maßvollen Lebenswandel führen. Mir dröhnt der Kopf, und das Einzige, was ich heute Morgen herunterbekommen habe, war ein Stück Toast. Dabei genieße ich normalerweise ein gutes Frühstück.«

Brand hatte eigentlich reiten wollen, doch dann wäre der arme Sir Digby mit dem finster dreinblickenden Cotteriten allein gewesen. Er ließ sein Pferd hinten an die Kutsche binden und nahm ohne zu Murren auf dem Sitz entgegen der Fahrtrichtung Platz. Ihm schoss der Gedanke durch den Kopf, ob Sir Digby vielleicht am Vorabend etwas Giftiges verabreicht worden war, doch dann kam er zu dem Schluss, dass sein Unwohlsein wohl einfach von übermäßigem Essen und Trinken herrührte.

»Ein maßvoller Lebenswandel hat durchaus sein Gutes«, sagte er, um Sir Digbys gute Vorsätze zu unterstützen.

»Soll das heißen«, fragte Edward Overton, »dass ein Malloren maßvoll lebt?«

»Allerdings, Mr Overton. Niemand hat mir je vorgeworfen, unmäßig zu sein.«

»Dann seid Ihr wohl noch Jungfrau, was?«

»He, Neffe!«, rief Sir Digby dazwischen. »So redet man doch nicht!«

»Nein«, sagte Brand beinahe amüsiert. »Ich bin keine

Jungfrau mehr. Halten Sie Geschlechtsverkehr wirklich generell für unmäßig?«

»Außerehelichen ja.«

»Demnach sind Sie noch Jungfrau.«

Das bleiche Gesicht bekam einen roten Schimmer. »Ich habe ein einziges Mal gesündigt ...«

»Oh, halt doch den Mund«, stöhnte Sir Digby. »Mir hämmert der Kopf, und dein Verhalten Lord Brand gegenüber ist äußerst unhöflich. Übrigens solltest du als der ergebene Diener, der du bist, eigentlich mit dem Rücken zu den Pferden sitzen.«

Edward Overton verzog das Gesicht, drehte sich zur Seite und betrachtete die vorbeiziehende Landschaft. Die beiden anderen Männer warfen einander ein verstohlenes Lächeln zu. Brand fand den älteren Herrn wirklich sympathisch.

Obwohl die holprige Straße sich das Tal hinaufschlängelte, dauerte es weniger als eine Stunde, bis sie das kleine Dorf am Fluss und das graue Steinhaus, von dem es dominiert wurde, erreichten.

Die Kutsche fuhr zwischen den offenen Toren einer hohen Steinmauer hindurch.

»Sehr wehrhaft«, bemerkte Brand.

»Stimmt. Nun ja, das Dorf ist auch dreihundert Jahre alt«, sagte Sir Digby, »und es hat Zeiten gegeben, da waren dicke Mauern sehr wichtig.«

Die Kutsche hielt zwischen dem Haus und einem wunderschönen Garten. Dahinter, von Bäumen etwas abgeschirmt, sah Brand Ställe, aber nicht von der Größe eines Gestüts.

»Rosies Gestüt befindet sich außerhalb dieser Mauern«, erklärte Sir Digby, während der Kutschentritt heruntergelassen wurde und ein Diener herbeieilte, um ihm beim Aussteigen zu helfen. »Wo ist sie nur? Ich habe sie benachrichtigen lassen, dass ich einen Gast mitbringe.«

Brand fragte sich, ob die Dame vielleicht bereute, Mr Overton hinausgeworfen zu haben – wenn er auch überzeugt war, dass es zu Recht geschehen war. Er hoffte, er würde nicht Zeuge eines peinlichen Familienstreits werden.

Während er hinter Sir Digby aus der Kutsche stieg, atmete er den Duft des herrlichen Gartens ein. Er konnte nicht widerstehen, näher an die blühenden Beete heranzutreten. Jemand hatte sie über viele Jahre hinweg mit großer Sorgfalt gehegt. Vielleicht war es einfach nur ein hervorragender Gärtner, doch er vermutete, dass Lady Overton einen wesentlichen Anteil daran hatte. Der Garten hatte eine sehr persönliche Note und vermittelte das Gefühl, eine Art Zufluchtsort zu sein.

Als Sir Digby nach ihm rief, ging er in das kühle Haus hinein. »Ich habe nur den Garten bewundert. Er ist wirklich bezaubernd.«

Sir Digby strahlte. »Das ist natürlich das Werk meiner Frau. Sie versteht sich auf Pflanzen. Bevor sie hierher kam, war es nur ein normaler Garten. Jetzt ist es mehr als das.«

Brand nahm Edward Overtons säuerliche Miene wahr. »Machen Sie sich nichts aus Gärten?«

»Wir halten nichts davon, gutes Land und Arbeit für nutzlose Pflanzen zu verschwenden. Nicht dass wir Blumen völlig verbannen«, räumte der Mann ein. »Viele davon haben einen praktischen Nutzen.«

Ein Gespräch mit Edward Overton würde niemals zu etwas Erbaulichem führen. Brand wunderte sich, dass Lady Overton ihn nicht schon vor Jahren hinausgeworfen hatte. Sir Digby war, von mehreren Hunden freudig umringt, inzwischen bis zum Fuß der dunklen Eichentreppe gestapft und rief: »Rosie, mein Schatz! Wir haben Gäste!«

Eine Frau mittleren Alters mit Schürze und Haube kam geschäftig herbeigeeilt. Im ersten Augenblick dachte Brand, es handle sich um Lady Overton, weil er sie sich so ähnlich vorgestellt hatte, doch sie knickste und sagte: »Es tut mir leid, Sir Digby, aber Lady Overton geht es nicht gut. Sie hat wohl etwas gegessen, das ihr nicht bekommen ist.«

Brand horchte auf. Die Neue Glaubensgemeinschaft würde doch hoffentlich nicht auf die Idee kommen, die Ehefrau des Gutsbesitzers zu vergiften!

»Gestern Abend ging es ihr noch gut genug, um das Haus zu verlassen«, warf Edward Overton giftig ein.

»Vielleicht ist sie gerade deshalb an die frische Luft gegangen, Sir«, sagte die Haushälterin. »Außerdem hat sie sich schon vorher nicht gut gefühlt, sonst wäre sie ja mit nach Arradale gekommen. Kann ich Euch etwas anbieten, Sir Digby?«

Sir Digby atmete geräuschvoll aus und wandte sich an Brand. »Das tut mir leid, Mylord. Ich werde gleich mal hochgehen und nach ihr schauen. Vielleicht geht es ihr später wieder besser. Aber lasst Euch nicht aufhalten und seht Euch schon einmal das Gestüt an. Der Stallknecht kann Euch über alles Auskunft geben, was Euch interessiert.«

»Sehr gern. Und ich werde bald wieder aufbrechen, nachdem es Eurer Gattin nicht gut geht.«

»Nein, nein! Kommt nicht in Frage. Es ist ein langer Weg von hier bis in die nächste Stadt, es sei denn, Ihr möchtet nur bis nach Arradale zurück. Ihr habt allerdings den Eindruck erweckt, als hättet Ihr genug von diesem Unsinn. Ihr werdet hier übernachten, Mylord, so wie es ausgemacht war. Also, möchtet Ihr zuerst eine Erfrischung genießen oder soll ich Hextall, den Stallknecht, rufen lassen?«

Brand lehnte die Erfrischung ab und schlenderte kurz darauf zu den Ställen hinüber, begleitet von einem noch ziemlich jungen Mann, der sich auf seinem Gebiet bestens auskannte und eine gute Meinung von seiner Herrin hatte. Alles in allem war Brand froh, aus dem Haus zu kommen und sich interessanteren Dingen zuwenden zu können, während sich die Familie mit ihren Problemen herumschlug.

Auf Wenscote wurden die auf dem Land üblichen Essenszeiten eingehalten, und so wurde er am Spätnachmittag zu einer Mahlzeit ins Haus gerufen. Er hatte eine angenehme

Zeit verbracht, war nun aber hungrig. Nachdem er sich in seinem Zimmer frisch gemacht hatte, ging er wieder hinunter, doch Sir Digbys Gattin war nirgends zu sehen. Er bedauerte das, weil er sich gerne mit ihr über das Gestüt unterhalten hätte. Es wurde nach den modernsten Grundsätzen von sorgfältig ausgewähltem Personal geführt, das seine Herrin in höchsten Tönen lobte.

»Sie hat sich in den Schmollwinkel zurückgezogen«, murmelte Sir Digby seinem Gast mit frustrierter Miene zu, während er ihn in einen holzgetäfelten Salon zog. »Solange Edward sich hier aufhält, will sie auf keinen Fall herunterkommen. Sie sagt, er hat sie geschlagen. Er behauptet, das sei nicht wahr. Was soll man da machen?«

»Seiner Frau vertrauen, würde ich empfehlen.«

»Immer?«, fragte Sir Digby zweifelnd. »Frauen sind seltsame Wesen.«

»Wunderbarerweise. Wenn ein Mann heiratet, muss er jedoch Vertrauen haben. Was wäre das sonst für ein Leben?«

Sir Digby blickte ihn verblüfft an. »Ihr seid ja eine Art Philosoph, Mylord. Aber unverheiratet, nehme ich an.«

Brand bestätigte seine Vermutung. Seine geheimnisvolle Lady allerdings hätte er gerne geheiratet, auch wenn das eindeutig eine Torheit gewesen wäre.

»Wenn bloß William nicht gestorben wäre«, sagte der ältere Mann. »Ich kann Euch sagen, Mylord, wir haben seither keinen Frieden mehr im Haus!«

»Kann das Landgut nicht an eine andere Person vererbt werden?«

»Nein, die Erbfolge ist so geregelt, dass in erster Linie die leiblichen Kinder erben, wobei männliche Nachkommen Vorrang vor den weiblichen haben. Wenn keine Kinder da sind, erben die Verwandten der Nebenlinie. So ist das seit Generationen gewesen, und es hat noch nie zuvor Schwierigkeiten gegeben.«

»Ich verstehe. Aber auch wenn dem so ist, seid Ihr nicht

verpflichtet, Euren Neffen hier zu empfangen oder mit ihm zu sprechen. Es ist offensichtlich, dass er den häuslichen Frieden beeinträchtigt.«

»Ja, das ist wahr.« Sir Digby tappte zu einer bis an den Rand gefüllten Bowlenschale hinüber, füllte zwei große Gläser und reichte eins davon Brand. Was war mit seinem Vorsatz, ein enthaltsames Leben zu führen?

»Ich bin im Grunde meines Herzens ein Familienmensch, Mylord«, sagte Sir Digby, nachdem er einen kräftigen Schluck genommen hatte. »Ich und William, wir waren wie Vater und Sohn. Ich hoffe immer noch ...«

»Ich glaube nicht, dass Mr Edward Overton sich jemals ändern wird.«

»Tja.« Er seufzte. »Wenn ich jetzt auf mein Leben zurückblicke, frage ich mich, wie es verlaufen wäre, wenn ich früher geheiratet und Kinder bekommen hätte. Aber William war ein so viel versprechender junger Mann, und ich dachte, eine Frau im Haus bringt nur jede Menge Probleme mit sich ...«

»Vermutlich geht es uns allen so, dass wir zurückblicken und uns fragen, was hätte sein können.«

Sir Digby warf ihm einen verstohlenen Blick zu. Brand hoffte, er habe nicht etwa vor, ihn in Intimitäten einzuweihen.

»Es ist wegen eines Steins«, sagte Sir Digby.

Also doch.

»Ein Stein?«

»Ein Blasenstein. Er hat mir mein ganzes Leben lang schreckliche Schmerzen bereitet. Deswegen habe ich auch nie an eine Heirat gedacht – bis ich Rosie kennen lernte. Ihretwegen habe ich ihn vor einigen Jahren entfernen lassen, und es war für mich eine riesige Erleichterung. Aber manchmal wird bei der Operation ... nun ja, Ihr wisst ... ich ... äh, wollte, dass Ihr wisst, Mylord, dass ich meine Pflichten nicht vernachlässigt habe.«

»Auf diesen Gedanken wäre ich auch nie gekommen, Sir.«

»Und William hat eine armes junges Ding geheiratet«, fuhr Sir Digby fort und füllte sein Glas wieder auf. »Fünf Fehlgeburten und zwei Totgeburten. Schrecklich hart für einen Mann, sowas. Als sie starb, habe ich ihn nicht gedrängt, noch einmal zu heiraten. Ich habe immer gehofft, dass Edward diese Verrücktheit überwinden würde.« Er leerte sein Glas und blickte umher.

»Wo zum Teufel bleibt er eigentlich? Kommt, setzt Euch, Mylord. Wir fangen ohne ihn an. Dinner!«, bellte er, was in diesem Haus eindeutig die Aufforderung war, das Essen aufzutragen, denn die Haushälterin kam flugs mit einer Suppenterrine herein.

Brand nahm Platz und hoffte, beim Essen würden die Geständnisse aufhören.

»Es ist Wenscote, um das ich mir Sorgen mache«, sagte Sir Digby, während er sich die Serviette an den Kragen steckte. »Wenn es so weit ist, werde ich davon nichts mehr mitbekommen, und für Rosie ist gesorgt. Aber es ist bitter, sich vorzustellen, dass Wenscote in die Hände dieser öden, nörgeligen Leute kommen wird.«

Brand ließ sich von einem Dienstmädchen, deren pralle Brüste jeden Augenblick aus dem Ausschnitt zu rutschen drohten, Suppe einschenken. »Sie sind zumindest gute Landwirte.«

»Ja, das habe ich auch gehört. Aber Christen von einer sehr kalten Sorte. Christus hat fünftausend Menschen gespeist«, sagte Sir Digby, während er Brot in die Suppe brockte, »aber diese Typen halten gutes Essen für Teufelswerk. Ist Christus nicht zu einer Hochzeitsfeier gegangen und hat Wasser in Wein verwandelt? Sie aber feiern ihre Hochzeiten nicht und trinken keinen Wein. Soll das vielleicht Bibeltreue sein, frage ich Euch?«

Brand widmete sich der Suppe, denn auf Digbys Bemerkung gab es nichts zu erwidern.

»Und sie werden Rosies Garten umpflügen ... Ah, da bist du ja, Edward. Du kommst aber spät!«

Edward Overton ließ sich auf seinem Stuhl nieder. »Entschuldige vielmals, Onkel. Ich habe die Bibel gelesen.«

»Mit den üblichen Scheuklappen. Iss deine Suppe, falls sie dir nicht zu sündhaft ist.«

Brand sah mit Erstaunen, dass Overton die Suppe tatsächlich prüfend beäugte, bevor er sich einen Teller vollschöpfen ließ. Wie sich herausstellte, aß er nichts anderes als zwei Teller Suppe mit einem Stück Brot.

Er aß sehr langsam, während die anderen Gänge auf- und abgetragen wurden. Dazu trank er ein wenig mit Wasser verdünntes Bier.

Sir Digbys Gesicht rötete sich immer mehr, was Brand mehr auf seinen Ärger über die spartanische Ernährung seines Neffen zurückführte als auf die Auswirkungen des Essens, das er selbst zu sich nahm, obwohl er eindeutig viel zu viel aß. Brand wünschte, er hätte diese Einladung nicht angenommen.

»Nun, Onkel«, sagte Overton, während er sich die Lippen abtupfte und seine Serviette sorgfältig zusammenfaltete, »ich hoffe doch sehr, dass Tante Rosamunde reumütig ist.«

»Hör auf damit, Edward.«

»*Dass eine Frau über ihren Mann herrscht, erlaube ich nicht; sie soll sich still verhalten*«, zitierte Overton aus der Bibel. »Du setzt deinen Platz im Himmel aufs Spiel, wenn du in deinem Haus eine Frau herrschen lässt, Onkel. Ich werde weiterhin zu Besuch kommen.«

Sir Digby kratzte die letzten Krümel Pastete von seinem Teller. »Also, was das betrifft, wäre es vielleicht das Beste, wenn du in nächster Zeit nicht so häufig kommen würdest. Es ist ja nicht so, dass du persönlich an der Leitung des Landguts interessiert wärst.«

»Es wird gemäß den Prinzipien der Neuen Glaubensgemeinschaft geführt werden.«

Sir Digby funkelte ihn wütend an. »Der einzige Grund, weshalb du hierher kommst, ist, um meine Rosie zu ärgern.«

»Das ist nicht wahr …«

»Aber genau das ist es, was du tust! Hör endlich auf damit. Ich verstehe nicht, warum du überhaupt kommst, wo wir dir doch nichts recht machen können. Das Essen behagt dir nicht. Die Dienstmädchen sind dir ein Dorn im Auge. Geh und widme dich dem Predigen!«

Edward Overton erhob sich abrupt. »Diese junge Frau wird dein Tod sein, Onkel!« Brand wunderte sich über das Wort »jung«. »Und sie ist eindeutig keine Heilige.«

Sir Digby, dessen Gesicht mittlerweile puterrot geworden war, sprang auf. »Wage nicht, auch nur anzudeuten …«

»Ich habe sie erwischt, wie sie ins Haus geschlichen ist und nach Sünde gerochen hat! Und wo war sie, als ich vor ein paar Wochen hier war? Hat sich in Harrogate amüsiert, oder etwa nicht?«

»Daran ist doch nichts Schlimmes! Außerdem hat es ihr gar nicht gefallen …«

»Behauptet sie.«

»Sie ist vorzeitig abgereist!«

»Und wo ist sie gewesen, als George Cotter hier war?«

»Sie hat ein paar Tage bei ihrer Kusine verbracht, weiter nichts, und ich war darüber sehr wohl informiert! Ich lasse es nicht zu, dass du Steine auf Rosie wirfst, Edward. Sie ist die beste, treueste Ehefrau, die ein Mann haben kann.«

»Manchmal denke ich, du stellst dich absichtlich blind, Onkel.«

Brand lehnte sich in seinem Stuhl zurück und wünschte, unter ihm würde sich der Deckel zu einem bequemen Loch öffnen, in das er abtauchen könnte, solange über ihm der Streit weiterging.

»Bei ihrer Kusine, ach wirklich!«, zeterte Edward Overton weiter. »Die sündige Gräfin ist doch keine angemessene Gesellschaft für eine anständige Frau.«

Brand horchte auf. »Sündig?«, wiederholte Sir Digby. »Wie kannst du so etwas sagen!«

»Ich sage die Wahrheit! Sie versündigt sich an ihrer Natur. Sie will nicht akzeptieren, wo der wahre Platz einer Frau ist. Sie eifert den Männern nach. Sie trägt Hosen unter ihren Röcken und reitet wie ein Mann.«

»Hast du ihr etwa unter die Röcke geschaut, Neffe?«

Edward Overton stemmte die Hände auf den Tisch und lehnte sich zu seinem Onkel hinüber. »Gott weiß Bescheid, was sie und deine Frau in diesem Witwenhaus tun. Und das meine ich wörtlich, Onkel.« Er richtete sich gerade auf und hob seine rechte Hand. »Gott weiß Bescheid, und er wird sie dafür im Höllenfeuer schmoren lassen!«

Als der Cotterite wutentbrannt aus dem Zimmer gestürmt war, füllte Sir Digby sein Weinglas noch einmal nach und trank es in einem Zug aus.

Brand saß sprachlos da.

Lady Arradale und Lady Overton. Das Witwenhaus. Sie waren vor ein paar Wochen dort gewesen, als George Cotter in der Gegend war.

Ein gut geführtes Gestüt.

Es fiel ihm schwer, sitzenzubleiben und nicht ins Obergeschoss zu stürmen, um das Zimmer zu suchen, in das sich Rosie Overton schmollend zurückgezogen hatte.

Er schluckte und hoffte, seine Worte klängen gelassen. »Wie ich höre, ist Eure Frau jung, Sir Digby.«

Der Mann blickte etwas betreten drein. »Nun ja, sie ist ein ganzes Stück jünger als ich.«

»Noch im gebärfähigen Alter?«

»Ja, ja. Meine Rosie ist noch keine fünfundzwanzig.«

»Dann wird Gott vielleicht gütig sein und Euch eine Alternative zu Edward Overton schicken.«

Jetzt glitzerten Tränen in Sir Digbys wässrigen Augen. »Wir machen uns Hoffnungen, Lord Brand«, flüsterte er. Offenbar hatte er vergessen, dass er Brand bereits anvertraut hatte, dass er impotent war. Er tippte mit dem Finger an seine Nase. »Es ist noch nicht sicher. Aber wir hoffen.«

Wie er es vermutet hatte. Ein heimliches Einverständnis zwischen Ehemann und Ehefrau. Und zweifellos wusste ganz Wensleydale Bescheid. Brand stand auf. »Entschuldigt mich bitte, Sir.«

Sir Digby nickte und ging offenbar davon aus, dass Brand die Toilette aufsuchen wollte. Brand stieg schnurstracks die Treppe hoch, öffnete eine Tür, die ihm die wahrscheinlichste zu sein schien, schloss sie hinter sich und packte die Frau, die gerade in ein Buch vertieft war, das ihm nur zu bekannt war. Er zog sie hoch und drückte sie gegen die Wand. »Wie sieht es aus mit Eurem sorgfältig geplanten Zuchtprogramm, Lady Overton?«

Ihr Gesicht nahm eine eigenartige Farbe an – kalkweiß mit cremefarbenen Flecken.

Dann fiel sie in Ohnmacht.

# 21

»Du meine Güte.« Mit vor Panik und Schuldgefühlen klopfendem Herzen nahm Brand sie in seine Arme und legte sie auf das große alte Bett.

»Rosie?«, sagte er, wobei er an ihre Wangen klopfte und es ihm seltsam vorkam, sie mit diesem Namen anzureden. Aber es war eindeutig seine Lady. Dies war der Körper, den er so gut kannte, das Gesicht, das er unter der Maske erahnt hatte.

Seine Delila. Die Frau, die ihn getäuscht, betäubt und benutzt hatte. Seine Bitterkeit und seine Wut begannen nun jedoch zu schwinden.

Dann fühlte er etwas an den Fingern und rieb sie aneinander. Fett?

Jetzt bemerkte er, dass die rechte Seite ihres Gesichts geschminkt war. Als er näher hinsah, meinte er, darunter Flecken wahrzunehmen.

Er ging zum Waschtisch, um ein Tuch zu befeuchten und ihr damit die Schminke abzureiben. Ihre Augenlider flatterten, und sie hob schwach die Hand. »Nein, nicht.«

Ohne auf sie zu hören, wischte er das meiste der dicken Schminkschicht ab, sodass die Narben zum Vorschein kamen. Ein Netz von gezackten roten Streifen verlief neben ihrem Auge, und eine lange Narbe lief bis zur Wange hinunter. Er berührte sie und konnte an nichts anderes denken als daran, wie schmerzhaft und furchtbar diese Verletzung damals gewesen sein musste.

Rosamunde öffnete die Augen und schloss sie sofort wieder, als sie Brand erblickte, als ob sie ihn dadurch zum Verschwinden bringen könnte.

»Wacht auf, Lady Overton. Wir haben so einiges miteinander zu besprechen.«

Er wollte nicht zulassen, dass seine Wut schwand, aber tief in seinem Inneren regten sich andere Gefühle. Er erinnerte sich daran, wie sie zusammen gelacht, wie sie sich geliebt und ihre Gedanken ausgetauscht hatten.

Sie war genauso hübsch, wie er sie sich vorgestellt hatte. Hübsch trotz der Narben im Gesicht, mit langen Wimpern und einer samtigen Haut mit Sommersprossen auf dem Nasenrücken und auf ihren runden Wangen. Sein Blick verweilte auf ihren vollen Lippen, nach denen er sich immer noch verzehrte.

Er holte tief Luft und richtete sich auf, um den Abstand zwischen ihnen zu vergrößern.

Angstvoll öffnete sie die Augen.

»Und? Bist du nun schwanger?«, fragte er.

Sie richtete sich mühsam auf. »Warum fragst du das?«

»Für wie dumm hältst du mich eigentlich? Wozu du mich gebraucht hast, ist doch wohl eindeutig.«

Sie zuckte zusammen, als ob er sie geschlagen hätte. »Es tut mir leid.«

»Also, bist du nun schwanger?«

»Wahrscheinlich.«

»Es ist mein Kind.«

»Es ist Digbys Kind«, erwiderte sie trotzig.

»Ich könnte beweisen, dass das nicht stimmt.«

»Das würde sehr schwierig sein.«

Zum Teufel mit ihr. »Da das gesamte Personal in die Sache eingeweiht ist, dürfte mir das nicht schwerfallen. Ich könnte dich gewaltsam von hier fortbringen.«

Sie wich zurück. »Warum?«

»Weil du mir ein Kind stiehlst.«

»Es ist genauso mein Kind wie deines. Nein, mir gehört es sogar mehr!« Beide sprachen mit leiser Stimme, aber es hörte sich an, als hätte sie den letzten Satz herausgebrüllt.

Er wandte sich ab. Verdammt noch mal, er wollte ihr kein Kind wegnehmen. Er wollte *sie* – tatsächlich genau wie in der Geschichte von Simson und Delila –, aber er konnte sie nicht bekommen. Sie gehörte einem anderen. Er konnte die beiden sogar verstehen. Wenn er in ihrer Lage wäre, würde er auch fast alles versuchen, um dieses schöne Landgut vor dem Zugriff der Neuen Glaubensgemeinschaft zu bewahren.

Aber war denn nichts von dem, was zwischen ihnen gewesen war, aufrichtig gewesen? Ihm wurde klar, dass genau diese Zweifel der Grund waren, weshalb er hier war und weshalb er sie angriff. Er musste glauben können, dass hinter dem Verrat, hinter dem kaltblütigen Plan auch etwas Echtes gewesen war.

Er wandte sich um und ging zum Bett hinüber. Sie wich wieder zurück, von ihren Röcken behindert. »Hör auf!«, zischte sie. »Das ist unser gemeinsames Schlafzimmer. Mein Mann kann jeden Moment hereinkommen.«

»Er hält mit Sicherheit gerade sein Verdauungsschläfchen.« Auf einmal erfasste er mit einem Blick, was er bislang ignoriert hatte. Von getrennten Schlafzimmern konnte hier keine Rede sein. Sie teilte dieses Zimmer, dieses Bett jede Nacht mir Sir Digby. Zorn loderte wieder in ihm auf und er packte sie an ihrem Mieder und zog sie di ht zu sich heran. »Habe ich nicht eine Belohnung verdient, nachdem ich die Stute gedeckt habe?«

»Ich habe dir das Leben gerettet!«

Das stimmte, wie so vieles andere auch. Er wusste es, und er war nicht blind. Er ließ ihr Mieder los und zog sie stattdessen in seine Arme. Anfangs wehrte sie sich noch, doch dann hörte sie auf, sich gegen die Umarmung zu sträuben.

»Erzähl mir, wo die Narben herstammen«, sagte er. »Was ist damals passiert?«

Ihr Nacken entspannte sich ein wenig, und ihr Kopf ruhte an seiner Schulter. »Ein Unfall mit der Kutsche. Wir sind in der Dämmerung zu schnell gefahren.« – »Wir?«

»Diana und ich. Lady Arradale. Wir sind Kusinen. Fast gleich alt. Wir haben immer irgendwelche Dummheiten gemacht.«

»Wie alt warst du damals?«

»Sechzehn.«

Sie hatte mit sechzehn geheiratet. Wegen der Narben? »Und wohin wart ihr unterwegs?«

Jetzt blickte sie auf, wehmütigen Schalk in den Augen. »Wir hatten den Kutscher überredet, uns zum Pferderennen nach Richmond zu fahren, obwohl es uns unsere Eltern nicht erlaubt hatten. Es war einfach Pech, dass die Kutsche von der Straße abkam, als wir mit hoher Geschwindigkeit nach Hause fuhren.«

Er fuhr mit dem Finger über die lange Wunde. »Und deiner Kusine ist nichts passiert?«

»Sie war zwei Tage lang bewusstlos. Und hat seither immer Schuldgefühle gehabt. Sie war es, die den Kutscher zur Eile gedrängt hatte.«

»Ich bin sicher, dass sämtliche Dummheiten, die ihr begangen habt, ihre Idee waren.« Brand verspürte den starken Drang, eine Peitsche zu nehmen und damit zu der ungestümen, leichtsinnigen Gräfin Arradale zu gehen.

»Du unterschätzt mich. Ich war sehr wohl imstande, hin und wieder einen guten Streich auszuhecken.« Dann wurde sie wieder ernst. »Bevor der Unfall passierte.«

»Bevor du Sir Digby geheiratet hast. Hat man dich dazu gezwungen?«

»Nein!« Sie seufzte. »Mein Gesicht sah damals noch viel schlimmer aus als jetzt. Alle haben mich umsorgt und mich bedauert. Ich habe das irgendwann nicht mehr ausgehalten. Ich konnte es nicht mehr ertragen, ›die arme Rosie‹ zu sein und ewig zu Hause wohnen zu bleiben, ohne die Hoffnung, jemals heiraten zu können. Als sich die Gelegenheit dann bot, habe ich sie ergriffen. Jetzt brauchen sie sich meinetwegen endlich keine Sorgen mehr zu machen, dachte ich mir. Hinter den Mauern von Wenscote würde ich sicher sein ... Digby wollte eigentlich gar nicht unbedingt heiraten. Das war mir damals nicht bewusst.«

»Jemand hätte dir raten sollen abzuwarten.«

»Die anderen waren genauso niedergeschmettert wie ich.« Sie sah ihm nun ganz ruhig und beherrscht in die Augen. »Das ist lange her.«

»Aber es hat uns zusammengeführt.«

»Demnach ist es ein Segen. Wäre dieser Unfall nicht passiert, wären du und ich uns nie begegnet.«

»Seltsame Logik, aber wahr.« Er konnte es sich nicht verkneifen hinzuzufügen: »Ich wünschte, du hättest mir vertraut. War ich nicht vertrauenswürdig?«

Tränen glitzerten in ihren Augen. »Es ging darum, mein Geheimnis zu bewahren. Bitte zerstöre es nicht, Brand. Es geht nicht nur um mich. Es geht ...«

»Schhhh. Ich weiß.« Er wischte eine Träne von ihrer Wange. »Es geht um Sir Digby. Um Wenscote. Um Wensleydale.«

»Edward darf niemals etwas erahnen.«

»Edward ahnt bereits etwas.« Auf ihren erschrockenen Blick hin fügte er hinzu: »Nicht, dass du schwanger bist, aber er zweifelt an deiner Tugendhaftigkeit.«

»Er würde sogar an der Tugendhaftigkeit eines Eremiten zweifeln. Er wird niemals etwas beweisen können, es sei denn, du hilfst ihm dabei.«

Er wusste, dass sie ihn nicht in Versuchung führen wollte, doch sie tat es, einfach weil sie es war. Seine Delila. Seine Geliebte. Die Richtige, die Einzige. Aber verboten. Einen Augenblick lang dachte er daran, sie zu verführen, aber selbst wenn er ihren starken Willen hätte brechen könnte, lägen sie auf dem Bett ihres Ehemanns, und hier wäre ihm schon ein Kuss unehrenhaft vorkommen.

Er ließ sie los und bezwang die Versuchung. »Ich werde dich nicht verraten. Ich gebe dir mein Wort. Vertraue mir dieses Mal. Aber unterschätze Overton und die Cotteriten nicht. Sorge dafür, dass Sir Digby sich an seinen Vorsatz hält, ihn nicht mehr hierher kommen zu lassen.«

Sie legte eine Hand auf ihren Bauch. »Meinst du, er könnte versuchen, uns etwas anzutun?«

»Er würde sich vermutlich für die rächende Hand Gottes halten. Du musst dir darüber im Klaren sein, dass du etwas Illegales tust. Wenn er das vor Gericht beweisen könnte, gibt es bestimmt Strafen für so etwas.«

»Ohne dich könnte er nichts beweisen.«

»Dann könnte er vielleicht versucht sein, Selbstjustiz zu üben. Ich würde dich am liebsten von hier wegbringen, einfach zu deinem Schutz.«

Ihr Kinn straffte sich auf diese faszinierende Weise. »Ich würde kämpfen. Dies ist mein Zuhause, Brand. Dies ist der Ort, wo ich hingehöre. Ich bin hier verwurzelt wie die Rosensträucher im Garten.«

Es war eine Feststellung, die sein Verstand akzeptierte, sein törichtes Herz jedoch nicht gelten lassen wollte. »Ohne Sir Digby oder ein Kind …«

»Dieser Fall wird nicht eintreten.«

Ihre resoluten Worte raubten ihm den Atem. Ehe er sich besinnen konnte, hatte er die Hände auf ihre Schultern gepresst. »Ich verlange einen Preis für mein Schweigen.«

Sie zuckte unter seinem Griff zusammen und flüsterte: »Was für einen?«

»Für den Fall, dass du nicht schwanger bist, dass etwas schief läuft: Ruf mich, wenn du es noch einmal versuchen willst. Versprich mir das. Ich überlasse dich meinetwegen Sir Digby und Wenscote, aber ich werde dich unter keinen Umständen irgendeinem lüsternen, dahergelaufenen Mann überlassen.«

Sie biss sich auf die Lippen, Tränen strömten über ihre Wangen, aber sie nickte. »Mit einem anderen könnte ich so etwas gar nicht tun«, flüsterte sie.

Er hätte sie am liebsten gefragt, ob Digby in diesem großen alten Bett immer noch etwas von ihr wollte. Er hatte zwar angedeutet, dass er impotent war, aber es war möglich, dass er es trotzdem versuchte. Wer weiß ... Er hatte kein Recht, dies zu fragen, und er wollte die Antwort auch gar nicht hören. Die Worte »mein, mein, mein« flatterten wie ein gefangener Vogel in seinem Kopf herum.

In Wirklichkeit gehörte sie ihm nicht und konnte ihm auch niemals gehören.

Der Verstand besiegte die Leidenschaft. Er ließ sie los und ging zur Tür.

Dort blieb er stehen und blickte noch einmal zu ihr hin. »Du weißt, dieser Moment bedeutet das endgültige Ende zwischen uns; alles andere wäre völlig verrückt.«

Jetzt weinte sie noch heftiger, aber sie nickte. »Dann also Lebewohl, Brand Malloren.«

»Wie soll ich dich nennen? Rosie?«

»So wurde ich in meiner Kindheit genannt. Mein Name ist Rosamunde, aber es wäre schön, wenn du mich Rosa nennen würdest, wie es auch Diana tut.«

»Gott und meine Liebe mögen immer bei dir sein, Rosa Overton.«

Er öffnete die Tür, vergewisserte sich, dass die Luft rein war, und trat hinaus in den Gang. Einen Stock tiefer fand er Sir Digby schnarchend in einem großen Sessel, die Hunde zu seinen Füßen. Brand hätte den Mann am liebsten wachgerüttelt und ihm gesagt, dass er auf sich aufpassen solle und dass seine Frau ihn brauche. Ein anderer, bitterer Teil in ihm wünschte, dass Sir Digby jetzt, in diesem Augenblick, sterben möge, bevor er noch einmal das Bett mit seiner Frau teilen konnte.

Stattdessen erwies er seiner Lady einen letzten Dienst. Er trug einem Diener auf, Sir Digbys Kutsche anspannen und sein Pferd satteln zu lassen, und machte sich auf die Suche nach Edward Overton. Er fand den Mann in dem wunderschönen Garten – Rosas Garten – auf einer Bank sitzend und die Bibel lesend.

»Sogar unnütze Blumen können eine angenehme Gesellschaft sein, nicht wahr, Mr Overton?«

Overton klappte die Bibel zu, wobei er den Finger zwischen die Seiten hielt, die er gerade gelesen hatte. »Gottes frische Luft ist gesund, Lord Brand.«

»Ich breche jetzt auf, und Sie werden mitkommen.«

Der Mann erstarrte. »Was bildet Ihr Euch eigentlich ein?«

»Sir Digby hat Sie gebeten abzureisen. Ich biete Ihnen meine Begleitung an.«

»Ich habe nicht die Absicht, einen Ort zu verlassen, den ich als mein Zuhause betrachte.«

Brand riss ihm die Bibel aus der Hand, legte sie auf die Bank und zog ihn hoch. »Ihr *zukünftiges* Zuhause vielleicht. Aber jetzt werden Sie erst einmal mit mir abreisen, ob Sie das wollen oder nicht.«

Overton traten die Augen aus dem Kopf, und sein Gesicht lief rot an.

»Wie könnt Ihr es wagen! Wieso mischt Ihr Euch da überhaupt ein? Hilfe! He! *Helft mir!*«

»Glauben Sie wirklich, irgendjemand wird Ihnen zu Hilfe kommen?« Er schüttelte den Mann. »Ich warne Sie. Ich hätte große Lust, Ihnen eine Tracht Prügel zu verpassen.«

»Wagt es bloß nicht …«, stotterte Overton, ließ sich dann aber widerstandslos von Brand zur Kutsche zerren und bestand lediglich darauf, seine Bibel mitnehmen zu dürfen. Die Bediensteten ringsum taten so, als sei es das Normalste auf der Welt, dass ein Mann gewaltsam in eine Kutsche verfrachtet wurde.

Als Overton drin saß, knallte Brand die Tür zu, denn er hatte nicht die Absicht, mehrere Stunden lang Edward Overtons Gesellschaft zu ertragen.

»Meine Sachen!«, rief Overton und streckte den Kopf aus dem Fenster.

»Sind gepackt und im Kutschkasten verstaut. Als treuem Anhänger Christi sollten Euch solche Dinge eigentlich nebensächlich sein.« Brand schwang sich auf sein Pferd. Als ihm der Stallknecht beifällig zuzwinkerte, musste er trotz allem grinsen.

Obwohl er vermutete, dass seine Lady – Rosa – vom Fenster aus zusah, widerstand er dem Drang hinaufzublicken. Der einzige Dienst, den er ihr nun noch erweisen konnte, war, auf keinen Fall Verdacht aufkommen zu lassen.

Aus diesem Grund blickte er nicht zurück, als er von Wenscote und seiner nun nicht mehr geheimnisvollen Lady fortritt.

Sie kamen an Arradale vorbei, ohne dort anzuhalten. Brand hätte gerne mit Bey gesprochen, um ihm zu sagen, dass er alle Nachforschungen und Rachegedanken aufgeben solle. Wenn er das direkt von Wenscote kommend tun würde, könnte er jedoch ebenso gut eine Fahne hissen, auf der die Kunde über seine Entdeckung prangte. Außerdem war es ohnehin fraglich, ob sein Bruder auf ihn hören würde. Bey war fast immer überzeugt, es besser zu wissen.

Der Ritt nach Leyburn war in einen bittersüßen Nebel getaucht. Rosa Overton. Rosamunde. Wie ein liebeskranker Dichter murmelte er die Worte immer wieder vor sich hin. Rose der Welt. Die schöne Rosamunde, Konkubine des Königs, in einem Irrgarten gefangen. Gefangen ...

Er spürte wieder das süße Gewicht ihres Körpers, als er sie zum Bett getragen hatte. Wie konnte er so ein Schuft sein, sie dermaßen zu erschrecken! Jede Wölbung ihres Körpers, jede Linie, jeder Atemzug waren ihm sofort vertraut gewesen und hatten ihn magisch angezogen.

Er hatte bislang immer geglaubt, kein typischer Malloren zu sein. Er war nicht sehr ehrgeizig. Er war nicht leicht gekränkt. Er erwartete nicht, alles zu erreichen, was er erstrebte. Nun jedoch fragte er sich, ob er vielleicht bisher gar nichts richtig gewollt hatte. Nicht so heftig gewollt, wie er jetzt seine Lady haben wollte.

Ausgerechnet die Frau, die er nicht haben konnte.

Was würde Bey an seiner Stelle tun? Es war natürlich unmöglich, sich das vorzustellen, doch Brand nahm an, dass sein Bruder mit ihr davongeritten wäre, überzeugt, dass er alles richtig machte.

Brand hingegen brachte es nicht fertig, ihr Recht auf eine freie Entscheidung zu verletzen, vor allem, weil er Verständnis für ihr Vorgehen und für ihre Notlage hatte. Sie und ihr Ehemann hatten sich einen Plan ausgedacht, mit dem sie das Gesetz umgehen konnten, und sie hatte ihn tapfer in die Tat umgesetzt.

Er erinnerte sich an ihre Unsicherheit, an ihre Naivität und an ihren verzweifelten Widerstand gegen ihre Gefühle – lauter Beweise dafür, wie schwer ihr das alles gefallen war. Jetzt zweifelte er nicht länger an der Echtheit ihrer magischen Verbundenheit, die sie beide spontan empfunden hatten, zweifelte auch nicht daran, dass ihr die endgültige Trennung genauso schwer fiel wie ihm.

Sie war eine Heldin. Das mindeste, was er tun konnte, war, ihr ein würdiger Held zu sein.

Und den Pfahl in ihrem Fleische zu entfernen.

In Leyburn fragte er Overton, wo man ihn hinbringen sollte.

»Das ist völlig egal. Ich werde ohnehin zum Haus meines Onkels zurückkehren.«

Sie saßen während dieses Gesprächs in einem Gasthof und nahmen eine Mahlzeit zu sich – ein etwas unpassender Ausdruck für die Portion gedünstetes Gemüse, die Overton mit einem Glas verdünntem Bier verzehrte. Brand hätte ihm am liebsten eins der auf seinem eigenen Teller liegenden sündhaften Schweinskoteletts an den Kopf geworfen.

»Sie werden nicht zurückkehren. Ich habe das Dienstpersonal von Wenscote angewiesen, mir Bescheid zu geben, falls

Sie dort noch einmal ungeladen auftauchen.« Er verzichtete darauf, noch eine Drohung anzufügen, denn das war sicherlich unnötig.

»Warum?«, wollte Overton wissen, dessen Gesicht jetzt fast so rot war wie das seines Onkels. »Was geht Euch das alles überhaupt an?«

»Ich mag Sir Digby. Er hat Sie aufgefordert, abzureisen und vorerst nicht mehr zu Besuch zu kommen. Ich will nur sichergehen, dass Sie sich so verhalten, wie es sich für einen guten Neffen gehört. Die anderen Cotteriten sähen das sicherlich genauso wie ich.«

»Wir ziehen es vor, als Heilige bezeichnet zu werden.«

»Dann sollten Sie sich auch entsprechend verhalten.«

Overton versank in brütendes Schweigen. Brand musste sich eingestehen, dass ihm die Sache Spaß machte, obwohl er normalerweise nicht dazu neigte, sich selbstherrlich in fremde Angelegenheiten einzumischen. Er fragte sich, ob sein Bruder Bey wohl die gleiche boshafte Freude empfand, wenn er zusah, wie eins seiner Opfer, einer an Land gezogenen Forelle gleich, im Netz zappelte.

»Bringt mich nach Rawston Glebe«, sagte Overton schließlich, nachdem er sein kärgliches Mahl beendet hatte.

»Wie bitte?«

»Das ist ein Gutshof in der Nähe von Northallerton.«

»Ich weiß, wo er ist.«

In Overtons Augen war ein nervöses Zucken wahrnehmbar.

»Ich war vor einer Weile dort in der Nähe«, fuhr Brand vorsichtig fort. »Es grenzt an ein Landgut, das ich zu erwerben gedenke. Es wird von der Neuen Glaubensgemeinschaft geleitet, stimmt's?«

Overton nickte mit zusammengepressten Lippen.

»Ich habe dort in einem Gasthof George Cotter kennengelernt. Ein interessanter Mann.«

»Ein echter Heiliger.«

Brand nickte. »Da mögen Sie Recht haben. Bei einigen seiner Anhänger hege ich diesbezüglich allerdings so meine Zweifel. Manchmal schmuggeln sich niedrige Beweggründe an den Gebeten vorbei, nicht wahr?«

Als er Overtons nervöses Mienenspiel sah, beschloss Brand, seinem Bruder doch einen Bericht zukommen zu lassen. Falls Overton mit Betäubungsmitteln herumhantierte, hatte er bei dem Anschlag auf ihn selbst und bei dem Tod seines Vetters William womöglich seine Hand im Spiel gehabt. Müsste man deshalb befürchten, dass auch Rosa bedroht war? Nicht, solange Overton und seine »Mitheiligen« von Wenscote ferngehalten wurden.

Brand erhob sich und legte zur Bezahlung des Essens ein paar Silbermünzen auf den Tisch. »Ich werde Sie mit der Kutsche nach Rawston Glebe bringen lassen. Ich selbst reite nach Thirsk. Sollten Sie sich noch einmal in Wenscote blicken lassen, Overton«, fügte er hinzu, »werden Sie sich unversehens von einem Heiligen in einen Märtyrer verwandeln, das können Sie mir glauben.«

Brand gab den Dienern von Wenscote ein großzügiges Trinkgeld, obwohl sie bestimmt keinen Anreiz brauchten, dafür zu sorgen, dass Overton seinen Bestimmungsort erreichte. Dann ritt er weiter zum Gasthof *Drei Fässer* in Thirsk, wo in seinem Zimmer ein Berg Arbeit auf ihn wartete. Er war froher denn je, sich in die Arbeit stürzen zu können, denn allein dies konnte ihm helfen, nicht von einem schönen Zuhause, einer geliebten Frau und einem langsam entstehenden Kind zu träumen.

Eine schwache Hilfe. Bei jeder Gelegenheit schweiften seine Gedanken ab. In etwa sieben Monaten wäre es so weit. Allen guten Vorsätzen zum Trotz konnte er den Kontakt nicht ganz abbrechen lassen. Er musste wissen, ob es ein Sohn oder eine Tochter werden und ob Rosa die Geburt gut überstehen würde. Wie könnte er das herausfinden, ohne Verdacht zu erregen? Würde es jemand seltsam finden, wenn er ein besonderes Interesse an dem Gestüt erkennen ließ und es hin und wieder aufsuchte?

Wahrscheinlich nicht, aber es war einfach zu gefährlich. Irgendwann würde es mit seiner Beherrschung vorbei sein. Er zuckte jedes Mal innerlich zusammen, wenn er an den Kampf dachte, den er in jener letzten Nacht mit ihr gekämpft hatte, als er sie zu überreden versucht hatte, alles im Stich zu lassen, was sie liebte, und damit ihre Ehre aufs Spiel zu setzen. Das Problem war, dass er sich nicht sicher war, ob er dasselbe nicht doch noch einmal versuchen würde.

Was wäre, wenn etwas schief ging? Was wäre, wenn sie das Kind verlor ...?

So einen Schicksalsschlag konnte er ihr auf keinen Fall wünschen. So schwer es ihm auch fallen mochte, er konnte nur beten, dass die Geburt gut verlief, dass das Kind gesund sein würde und dass ihr Ehemann noch lange lebte.

Das Einzige, was er für sie tun konnte, war, sich nicht mehr auf Wenscote blicken zu lassen.

Nie mehr.

Als Rosamunde erfuhr, dass Brand ihren Vetter gewaltsam weggebracht hatte, musste sie mit den Tränen kämpfen. Also war er doch ihr edler Ritter, der die Ungeheuer vom Landhaus seiner Lady vertrieb. Und er hielt weiter Wache, wie sie etwas später herausfand, als Digbys Kammerdiener Potts ihr verriet, dass Brand benachrichtigt werden wollte, falls Edward wieder auf Wenscote auftauchte.

Dass ihre Verbindung auf diese Weise aufrechterhalten blieb, war zwar riskant, aber tröstlich. Sie würde dafür sorgen, dass ihre Beziehung zu Digby dadurch auf keinen Fall beeinträchtigt wurde, und so würde sie Brands Ritterlichkeit für sich behalten und sich nachts, wenn die Traurigkeit sie überkam, heimlich mit diesem wertvollen Wissen trösten.

Zu allen anderen Zeiten verbannte sie ihn strikt aus ihren Gedanken.

Die Tatsache, dass es Digby peinlich war, den ganzen Nachmittag verschlafen zu haben, statt Edward selbst hinauszuwerfen, nutzte sie aus, um ihn unter Druck zu setzen, besser auf seine Gesundheit zu achten. Sie verbot Mrs Monkton, die fetten Speisen zuzubereiten, die ihm so schmeckten, und achtete darauf, dass er seinen Brandy-Konsum einschränkte. Wenn er wieder schwach zu werden drohte, kam sie schnell auf das Kind zu sprechen, und dann riss er sich sofort wieder zusammen.

Um seinen Vorsatz zu bestärken, beschrieb sie ihm all die kleinen Veränderungen, die in ihrem Körper vor sich gingen. Dass ihre Brüste größer und empfindlicher wurden. Dass ihre Taille schon dicker wurde. Dass sie den Stallgeruch immer weniger vertrug, aber von der üblichen morgendlichen Übelkeit bislang noch verschont blieb.

»Dann solltest du auch nicht mehr dorthin gehen«, sagte er, als sie auf dem Weg zu den nahe gelegenen Bergen am Gestüt vorbeikamen. Dr. Wallace hatte gesagt, Bewegung würde Sir Digby gut tun, insbesondere das Erklimmen sanfter Hügel.

»Aber ich gehe gerne dorthin, Digby.« Rosamunde atmete die würzige Abendluft ein und wirbelte plötzlich vor Freude am Leben, an der Natur und an der Schönheit umher.

»He, Rosie, sei vorsichtig. Ich bin mir nicht sicher, ob ich dich auffangen kann, wenn dir schwindelig wird!«

Sie hielt inne und sagte neckisch: »Du wirst bald so fit sein, dass du mich tragen kannst. Bloß dass ich bis dahin so dick bin wie ein Elefant!«

Sie lachten, und Rosamundes Lachen war reine Glückseligkeit. Sie machte sich nichts vor. Digby sah schon viel besser aus, und sie war sicher, er fühlte sich auch wohler, wenn er auch ständig über das langweilige Essen und Trinken klagte.

»Vielleicht kannst du bald an den Bergrennen teilnehmen«, fügte sie hinzu.

Er brach in schallendes Gelächter aus. »Da würden die Leute in den Dales aber gucken! In meiner Jugend habe ich aber tatsächlich an einigen solcher Rennen teilgenommen.«

Während sie weitergingen, erzählte er ihr ein paar Episoden aus seiner Jugendzeit. Sie wünschte, sie hätte ihn damals schon gekannt, als er noch kräftig und bei bester Gesundheit gewesen war, aber auch so war das Leben jetzt vollkommen.

Beinahe vollkommen zumindest.

Sie würde nicht an andere Dinge denken.

Brand war jetzt sogar auf eine harmlose Weise in ihrem Leben präsent.

Der erste Kontakt war ein höfliches Schreiben an Digby gewesen, in dem er sich für die Gastfreundschaft in Wenscote bedankte. In diesem Brief hatte er außerdem um Erlaubnis gebeten, Lady Overton von Zeit zu Zeit zu schreiben, um mit ihr Gedanken über die Pferdezucht auszutauschen.

Als Digby sich darüber erfreut zeigte, hatte Rosamunde ihre anfänglichen Bedenken verworfen und sich eingeredet, dass es völlig ungefährlich sei. Sie vertraute Brand jetzt und wusste, dass er nicht versuchen würde, die Korrespondenz zum Austausch von Geheimnissen zu missbrauchen. Es ging ihm einfach nur darum, den Kontakt nicht ganz abbrechen zu lassen, und sie wollte das – auch wenn es ein Zeichen von Schwäche sein mochte – ebenfalls nicht.

Bis jetzt hatte sie erst zwei Briefe erhalten und zwei Antworten an ihn geschickt. Briefe, die sie Digby vorlas, und Antworten, die sie ihm vor dem Versenden zeigte, »für den Fall, dass er noch etwas hinzufügen wolle«.

Sie hatte Brand sicherheitshalber mitgeteilt, dass ihr Mann die Briefe ebenfalls las, aber sie wusste, dass das eigentlich unnötig war.

Manchmal fragte sie sich, ob es töricht von ihr war, ihm vollkommenes Vertrauen zu schenken, aber sie wusste, dass es das nicht war. Dieses Vertrauen rührte nicht von ihrer im Witwenhaus verbrachten Zeit her, sondern beruhte auf dem

Augenblick in Digbys und ihrem gemeinsamen Schlafzimmer, als er sie nicht geküsst hatte.

Das Verlangen war sehr groß gewesen, in ihr genauso wie in ihm, zumal sie sich zum ersten Mal von Angesicht zu Angesicht gegenüberstanden. Aber er hatte es nicht einmal versucht, und ihr war klar, warum. Deshalb wusste sie auch, dass sie ihm vertrauen konnte – vollkommen und allezeit.

Und so hatte sie sich schließlich über die Briefe gefreut, obwohl jeder erneut alte Wunden aufriss. Dank dieser Briefe blieb nicht nur der wertvolle Kontakt zu ihm erhalten, sondern Brand würde später auch erfahren, wie es seinem Kind ging. Sie würde ihm schreiben, wie es ihr selbst gesundheitlich ging, wie die Geburt verlaufen war, ob es ein Junge oder ein Mädchen war und welchen Namen das Kind hatte. Sofern der Briefwechsel nicht irgendwann eingestellt würde, könnte er auf diese Weise verfolgen, wie sein Kind heranwuchs.

Sein Kind.

Das Kind, das er ihr so großzügig geschenkt hatte – nicht in jenen lustvollen Tagen im Witwenhaus, sondern in dem Augenblick, als er ohne Widerworte und ohne einen Blick zurück von Wenscote fortgeritten war.

# 22

Zwei Wochen nach seinem Besuch in Wenscote, als Brand gerade im Schankraum des Gasthofs mit einem Bauern über den Kaufpreis ein paar erstklassiger Schafböcke verhandelte, tauchte überraschend sein Bruder auf.

Das erste Anzeichen für sein Erscheinen war, dass Bill Stalling auf einmal erstarrte, eine Reaktion, die Bey bei vielen Menschen auslöste.

Sie signalisierte weder Abneigung noch Angst, sondern lediglich ein Gefühl des Unbehagens.

Als Bey an ihren Tisch kam, beendete Stalling sofort das Gespräch und verabschiedete sich. Bey setzte sich auf den frei gewordenen Stuhl und schob den halbvollen Krug zur Seite. »Ich gedenke nächste Woche nach Südengland zurückzukehren.«

»Demnach sind deine Nachforschungen über die Neue Glaubensgemeinschaft abgeschlossen?«

Rothgar nahm sich eine Nuss aus der auf dem Tisch stehenden Schale und knackte sie mit den Fingern auf.

»Gut«, sagte Brand mit Nachdruck. »Hast du einen Beweis dafür gefunden, dass es Mord war?«

»Beweis? Das vielleicht nicht, aber ein belastendes Muster. Die Todesfälle haben sich alle in Nordengland ereignet, weshalb es nicht leicht war, ihnen nachzugehen.«

»Aber einer wie du verfügt ja über ein weit verzweigtes Netz an Kontakten, um an Informationen zu kommen.«

»So ist es. Meine Nachforschungen über medizinische Substanzen, die von der Sekte erworben wurden, sind ebenfalls sehr aufschlussreich.«

»Opium?«

»Das ist noch die schwächste ihrer Waffen. Es ist ziemlich erschreckend, was für Gebräue man zusammenmischen kann, wenn man über das richtige Wissen verfügt.«

»Hast du etwa Rezepte gesammelt?«

Beys Mund zuckte belustigt. »Wie gut du mich kennst. Wenn man das Gesamtbild vor Gericht präsentiert, dürfte es jedenfalls sehr überzeugend sein. Vor allem, weil jedes Mal ein Cotterite bei der letzten Mahlzeit der Opfer anwesend war.«

»Ist auch Edward Overton in die Sache verwickelt?«

»Bis an sein scheinheiliges, schwach ausgeprägtes Kinn. Er ist Helfer in der sekteneigenen Apotheke in Rawston Glebe und war bei drei Todesfällen zugegen, darunter bei dem seines Vetters William.«

Brand versuchte krampfhaft, sich weder seine Erleichterung noch sein brennendes Interesse an diesen Einzelheiten anmerken zu lassen. Er war überzeugt, dass Bey bei seinen Ermittlungen auch Zeit gefunden hatte, nach den Leuten zu suchen, die ihn betäubt hatten. Es war jedoch unwahrscheinlich, dass er etwas herausgefunden hatte. Nun war Rosa vor Edward Overton und vor Bey sicher.

»Aber ich selbst habe keinen Schlaganfall bekommen«, stellte Brand fest. »Warum nicht?«

»Sie haben sich ihre Opfer sorgfältig ausgesucht. Lauter Männer, die diesbezüglich gefährdet waren. Ein gesunder junger Mann mit einflussreichen Verbindungen war etwas ganz anderes. Bei dir mussten sie es wie einen Unfall aussehen lassen.«

»Und was haben sie mir eingeflößt?«

»Vermutlich einen Trank, den sie Mitgliedern verabreichen, die Kritik an der Glaubensgemeinschaft zu äußern wagen. Opium und ein paar andere Zutaten. Tiefe, lang anhaltende Bewusstlosigkeit, gefolgt von heftigen Kopfschmerzen und Übelkeit. Durch die Betäubung kann man den Querulanten eine Zeit lang mundtot machen, und die Auswirkungen sind so abschreckend, dass danach keiner mehr zu rebellieren wagt.«

»Auch ich würde es mit Sicherheit kein zweites Mal versuchen.«

»Dann habe ich ja jetzt ein neues nützliches Rezept.«

Brand lachte. »Du hältst andere auch ohne solche rauen Methoden vom Rebellieren ab!«

»Komisch, dass sich trotzdem so viele Leute nicht nach meinen Plänen richten.« Er lehnte sich in seinem Stuhl zurück. »Diese Nachforschungen haben mir faszinierende Einblicke in die Abgründe der Macht geliefert. Soweit ich es beurteilen kann, hat George Cotter seinen Kreuzzug aus ebenso aufrichtigen Motiven begonnen wie Wesley.«

»Meinem Gefühl nach meint er es immer noch aufrichtig. Ich kann an ihm keine Arglist erkennen.« Brand fragte sich, ob Bey das, was er eben über die Gefahren der Macht gesagt hatte, auch auf sich selbst bezog. Die Versuchung, seine Macht zu missbrauchen, war enorm und konnte sich auf den Charakter auswirken.

»Es ist durchaus möglich, dass Cotter von alldem nichts weiß«, räumte Bey ein. »Wahrscheinlicher ist jedoch, dass seine frommen Vorsätze einfach nicht so realisierbar waren, wie er sich das vorgestellt hatte.«

»Das wäre bedauerlich. Viele seiner Vorstellungen kann man durchaus befürworten.«

»Du bist eben eine gutmütige Seele.«

Brand zuckte mit den Achseln. »Was in deinen Augen wohl eine Sünde ist.«

»Unrechte Taten müssen gerächt werden.«

»Klingt sehr nach Alten Testament. Und wie steht's mit dem Hinhalten der anderen Wange?«

»Diese Empfehlung von Jesus ist nicht so leicht zu befolgen. Aber da ich reich bin, muss ich vor allem herausfinden, wie ich trotzdem ins Reich Gottes gelangen kann, obwohl es in der Bibel heißt, dass eher ein Kamel durch ein Nadelöhr geht. Vielleicht werde ich ja im Rezeptbuch der Cotteriten einen Zaubertrank dafür finden.«

Brand schüttelte den Kopf. Sein Bruder war in einer merkwürdigen Stimmung.

Er dachte an den Anschlag zurück. »Sie haben mich also betäubt und anschließend, um auf Nummer sicher zu gehen, mitten im Moor abgeladen. Wenn ich die ganze Nacht in dem Sumpfloch gelegen hätte, wäre ich jetzt mit Sicherheit tot.«

»Folglich sind die Mallorens deinem Retter zu Dank verpflichtet. Deiner geheimnisvollen Lady.«

Brand nippte an seinem Glas. »Sie hat ihren Preis genannt, und ich habe ihn bezahlt.«

»Wirklich? Ein ungewöhnlicher Handel. Und sonst weißt du nichts über sie?«

»Bey, lass uns nicht wieder damit anfangen.«

»Ist ja schon gut«, sagte Bey nach kurzem Schweigen. »Also, Brand, wenn es deine Zeit erlaubt, würde ich dich gerne an den Ermittlungen über die Neue Glaubensgemeinschaft beteiligen.«

»Hast du vorhin nicht gesagt, sie seien abgeschlossen?«

»Meine Nachforschungen schon. Ich bin mir jedoch noch nicht darüber im Klaren, was für eine Rolle George Cotter bei alldem spielt. Entweder ist er äußerst gerissen und ich bin ihm deshalb noch nicht auf die Schliche gekommen, oder er ist unschuldig. Wenn Letzteres zuträfe, könnte er mir helfen. Ich möchte gerne, dass du das herausfindest.«

»Was?«

»Ob er ein Heiliger oder ein Teufel ist. Ich habe vor, unter dem Vorwand, eine Razzia gegen Schmuggler an der Küste durchzuführen, Soldaten einzusetzen. Binnen weniger Tage werden wir die Güter der Neuen Glaubensgemeinschaft besetzt haben und Untersuchungen durchführen. Am Ende werden die Anführer unter Anklage gestellt und die Sekte aufgelöst.«

Brand erstarrte bei diesen Worten. »Du kannst doch eine

landwirtschaftliche Gemeinschaft nicht kurz vor der Ernte zerschlagen!«

»Genau dafür brauche ich deine Hilfe. Du sollst das alles koordinieren.«

Brand stöhnte auf. Er hätte sich denken können, dass er in eine Wagenladung voll Arbeit gezogen würde.

»Bevor ich sie zu Fall bringe«, fuhr sein Bruder gnadenlos fort, »sollst du jedoch erst einmal Cotter unter die Lupe nehmen. Wenn du ihn für unschuldig hältst, bring ihn dazu, die Sünder in seiner Mitte zu bestrafen.«

»Auch wenn dadurch die ganze Bewegung zerstört würde?«

»Wenn er ein rechtschaffener Mensch ist, wird er einsehen, dass bei seinen Plänen nichts Gutes, sondern Böses herausgekommen ist.« Rothgar erhob sich. »Ich muss in London etwas Dringendes erledigen, werde aber in zwei Tagen wieder hier sein. Pass gut auf dich auf.«

»Und du auf dich. Diese Leute scheinen verrückt zu sein.«

»Es ist bedauerlich, dass die Religion häufig solche Auswirkungen hat. Was soll man davon halten?« Mit dieser philosophischen Bemerkung brach er auf.

Während Brand die Rechnung bezahlte, um ebenfalls zu gehen, fragte er sich, was das wohl für eine vertrauliche Sache war, um die Bey sich persönlich kümmern musste. Sein Bruder war doch eigentlich ein Meister im Delegieren – so wie er nun auch ihm die Aufgabe übertragen hatte, sich der Landgüter der Neuen Glaubensgemeinschaft anzunehmen. Eigentlich hatte er diese Woche nach Südengland fliehen wollen, denn Wenscote und Rosa gingen ihm einfach nicht aus dem Kopf und drohten, ihn zu törichten Handlungen zu verleiten. Dutzende Male am Tag fielen ihm irgendwelche fadenscheinigen Ausreden ein, um die halbtägige Reise dorthin zu unternehmen, und seine Sehnsucht ließ nie nach.

Aber die Pflicht rief. Jemand musste sich um die Ländereien der Neuen Glaubensgemeinschaft kümmern und dafür sorgen, dass die Ernte eingebracht wurde. Es sah so aus, als wäre er derjenige, dem diese Aufgabe zufiel.

Edward Overton öffnete die Nachricht und sank auf den Holzstuhl in seinem kleinen Zimmer auf Rawston Glebe. Nein!

Er las die Botschaft ein zweites Mal. Obwohl man ihm in Wenscote die kalte Schulter gezeigt hatte, hatte er einen Dienstboten gefunden, der sich gegen ein entsprechendes Entgelt bereit erklärt hatte, ihn auf dem Laufenden zu halten. Er hatte *gewusst*, dass seine Tante eine Hure war, und hier war der Beweis. Sein Spion hatte seinen Onkel und seine Tante belauscht, als sie sich darüber berieten, welcher Raum das Kinderzimmer werden sollte. Bestimmt konnte nicht einmal sein Onkel glauben, dass das Kind von ihm war, aber Sir Digby würde geflissentlich über den schändlichen Ehebruch hinwegsehen, um ihn, seinen Neffen, um seine legalen Rechte zu prellen.

Er zerknüllte das Blatt und bemühte sich, ganz ruhig zu bleiben.

Wenscote gehörte *ihm*. Damit er es in ein Neues Jerusalem verwandeln konnte. Was sie da taten, war eine gemeine Sünde – glatter Diebstahl! – und musste verhindert werden. Und er hatte ja auch die Mittel dafür.

Er erhob sich, und während er in seinem Zimmer im Kreis umherging, war er selbst entsetzt über das, was er im Sinn hatte.

Als er sich damals entschlossen hatte, in der Apotheke mitzuarbeiten, war es ihm um nichts anderes gegangen als darum, andere zu heilen und Hilfe zu leisten. Dann war er gebeten worden, bei anderen Dingen zu helfen.

Es war zum Wohle aller und zur Ehre Gottes geschehen. Davon war er fest überzeugt. So viele Heilige führten nun ein schlichtes Leben auf Landgütern, die zuvor nur dem ausschweifenden Leben einiger Weniger gedient hatten und schlecht geführt worden waren. Auf einem Landgut der Glaubensgemeinschaft hatte jeder Heilige ein gleich großes Stück Land, auf dem er sein eigenes Gemüse und Getreide anbauen und seine eigenen Nutztiere halten konnte. Kein Stück Boden wurde für dekorative Ziergärten, Rotwildgehege oder sonstige Torheiten verschwendet.

Auch Wenscote könnte er in diesen glorreichen Zustand bringen, und das würde er auch tun! Ihren Betrug durchgehen zu lassen, bedeutete, Gott zu bestehlen! Onkel Digbys Uhr war ohnehin abgelaufen. Es wäre nicht dasselbe wie bei Vetter William ...

Mit an den Mund gepresster Hand dachte er an die letzten Augenblicke seines Vetters zurück. Das war ganz und gar sein eigener Plan gewesen, aber er hatte es nicht aus eigennützigen Motiven getan, sondern zum Wohle Gottes.

Er war ein rechtschaffener Mensch.

Er war ein Heiliger.

*Sie* hatten gesündigt, nicht er.

Als sein Entschluss schließlich feststand, begab er sich in die Apotheke und befüllte eine kleine Flasche mit Einreibemittel gegen Prellungen, auf dessen Etikett »Gift. Nur zur äußerlichen Anwendung« stand. Weil es nicht viel nützte, wurde es nur selten verwendet. Dann schlug er in einem Buch nach und fand, was er suchte – ein Rezept, das vieldeutig »Mittel zur Wiederherstellung der Regelblutung« hieß. Er mixte die Zutaten zusammen und füllte das Gemisch in eine andere Flasche ab.

Nachdem er beide Flaschen in seiner Tasche verstaut hatte, suchte er demütig um die Erlaubnis nach, seinen Onkel besuchen zu dürfen, dem es nicht gut ging. Wenig später ritt er auf einem der gutmütigen Haflinger, die als Gemeinschaftseigentum der Heiligen gehalten wurden, in Richtung Wensleydale.

Er war ein bisschen nervös, weil Brand Malloren ihm untersagt hatte, das Gut noch einmal zu besuchen. Falls er es doch täte, würden ihn die Diener informieren, hatte er ihn gewarnt. Auf eine weitere Begegnung mit diesem Streithahn war er alles andere als erpicht. Bis Lord Brand die Nachricht erhielt, wäre Sir Digby jedoch längst tot und das Kind der Hure würde im Blut weggeschwemmt sein.

Und dann würde er, Edward Overton, endlich imstande sein, Wenscote zu Gottes Nutzen umzugestalten.

Tags darauf machte sich Rosamunde nach einem Besuch bei ihren Eltern wieder auf den Heimweg. Weil das Dienstpersonal sicherlich bald etwas ahnen würde, hatte sie allen Mut zusammengenommen und war hierher gekommen, um ihre Eltern über die Schwangerschaft zu informieren, bevor sie es gerüchtweise hörten. Sie war besorgt gewesen, was die Eltern wohl dazu sagen würden, aber ihre Freude und ihre Glückwünsche waren echt gewesen. Falls sie irgendeinen Verdacht hegten, hatten sie es sich jedenfalls nicht anmerken lassen.

Ihr war klar, dass ihre Mutter Brand auf Arradale wiedererkannt haben musste, doch sie hatte ihn mit keinem Wort erwähnt. Ob sie Rosamundes Vater etwas erzählt hatte? Sie fühlte sich wegen all dieser Turbulenzen aufgeregt wie ein junges Mädchen, aber jetzt war es geschafft. Alles lief planmäßig.

Ihre Mutter küsste sie zum Abschied, und ihr Vater reichte ihr die Hand, als sie auf den Holzklotz stieg und sich von dort aus vorsichtig auf den Damensattel schob. Sie wollte kein Risiko eingehen. Sie brach zeitig auf, weil sie das Pferd die gesamte Strecke bis nach Wenscote im Schritt gehen lassen wollte.

Ihr Reitknecht, der sie hierher begleitet hatte, schwang sich auf sein Pferd. Sein Sattel war mit Körben und Beuteln behangen. Ihre Mutter glaubte wohl, sie bekäme zu Hause nicht genug zu essen! Aber ihr war klar, dass es nur gut gemeint war. Als sie auf den Pfad hinausritten, der über den

Bergkamm nach Wenscote führte, drehte sie sich noch einmal um und winkte ihnen zu.

Trotz vereinzelter Wolken war es ein wunderschöner Tag, ein Tag in den Dales, der ihr bewusst machte, wie glücklich sie sich in so vielerlei Hinsicht fühlen konnte. Sie würde ihr Glück durch nichts beeinträchtigen lassen.

Als sie und ihr Begleiter gerade durch die letzte Senke vor ihrem Zuhause ritten und Wenscote schon fast in Sichtweite war, kamen plötzlich vier Reiter mit gezückten Pistolen aus einem Gehölz gestürmt und umzingelten ihren entsetzten Reitknecht. Was um alles in der Welt … ?

Nach einer Schrecksekunde trieb sie ihr Pferd in Richtung Wenscote an, um Hilfe zu holen, und verfluchte dabei die Tatsache, dass sie im Damensattel saß. Ehe ihr aufgeschrecktes Pferd beschleunigen konnte, kam ein graues Pferd auf sie zugaloppiert, stellte sich ihnen in den Weg und eine Hand griff nach ihren Zügeln.

»Lady Overton, nehme ich an.«

Der Marquis von Rothgar! Rosamunde war abermals einer Ohnmacht nahe.

»Was hat das zu bedeuten, Sir?«, fragte sie, ohne Furcht heucheln zu müssen. Er wusste Bescheid! Er wusste Bescheid und war gekommen, um Rache zu üben. Von Panik erfüllt, dachte sie nur an eins: Sie musste verhindern, dass er ihrem Baby Schaden zufügte.

»Habt keine Angst«, sagte er mit undurchschaubarer Miene. »Ich will Euch nur in Sicherheit bringen.«

»Bis zu meinem Zuhause ist es nicht mehr weit. Dort werde ich sicher sein.«

»Möglicherweise nicht …«

Rosamunde wollte mit ihrer Peitsche nach seiner Hand schlagen, doch er griff danach und entriss sie ihr. Weil sie jetzt nicht mehr festgehalten wurde, trieb sie ihr Pferd wieder an.

In Richtung Wenscote. Zu Digby.

In Sicherheit.

Doch da war Rothgars großer Grauer schon wieder neben ihr und stellte sich ihrem Pferd erneut in den Weg, sodass es sich aufbäumte. Nur mit größter Mühe konnte sie verhindern, dass sie aus dem Sattel fiel.

Als sie dem Marquis schließlich wütend ins Gesicht sah, wirkte er immer noch unbewegt. Ein rascher Blick zeigte ihr, dass ihr armer Reitknecht an Händen und Füßen gefesselt war und mit bestürzter Miene auf dem Boden lag.

»Das ist nicht deine Schuld, Ned«, rief sie ihm zu. »Niemand erwartet von dir, dass du dich gegen vier Rabauken zur Wehr setzt.«

Lord Rothgars Handlanger wirkten genauso ungerührt wie ihr Herr. Sie stiegen bereits wieder auf und hatten sie gleich darauf umkreist, sodass jetzt jede Flucht unmöglich war.

»Was habt Ihr mit mir vor?« Ihre Stimme zitterte. Das durfte einfach nicht geschehen. Nicht jetzt.

»Ihr werdet nach Südengland gebracht, Lady Overton, weg von der Gefahr. Drüben auf der Straße steht schon eine Kutsche bereit.« Er deutete in die Richtung und trieb sein Pferd und ihres zu einem gemächlichen Schritt an, als wäre eine Entführung das Belangloseste auf der Welt. Von den Männern umzingelt, blieb ihr nichts anderes übrig, als ihm zu folgen.

»Die einzige Gefahr für mich seid Ihr, Sir. Wer seid Ihr?«

»Ihr wisst sehr gut, wer ich bin, und ich versichere Euch, dass Euch von mir keine Gefahr droht. Brand würde mir das nie verzeihen.«

O Gott. Hatte Brand hiermit etwas zu tun? Sie hatte ihm vertraut, und er hatte sie verraten. »Von wegen!«, entfuhr es ihr wütend. »Ich bin wegen Euch fast vom Pferd gefallen!«

»Ich werde Euch nicht noch einmal unterschätzen.«

Er war gnadenlos, hart wie Stein. Wie konnte sie ihm bloß Informationen entlocken? »Warum habt Ihr die Güte, mich zu entführen, Lord Rothgar?«

»Die Neue Glaubensgemeinschaft wird gerade zerschlagen, Lady Overton. Einige Mitglieder sind bereits verhaftet worden, weil sie des Mordes und der Körperverletzung beschuldigt werden. Sie haben Gift benutzt, um an Landgüter heranzukommen; so auch, wie ich fürchte, im Fall von Wenscote, indem sie William Overton umgebracht haben. Ich möchte Euch lieber außerhalb jeglicher Gefahr sehen.«

War er tatsächlich bei Verstand? »Aber was ist mit meinem Mann?«

»Meine Sorge gilt Euch und Eurem Kind.«

»Kind?«, wiederholte sie hilflos, weil ihr nichts anderes einfiel.

»Als Tierzüchterin seid Ihr doch sicher mit den Tatsachen der Fortpflanzung vertraut, Lady Overton.«

»Selbstverständlich. Ich kann nur Eure fruchtlose Fragerei nicht nachvollziehen; weshalb solltet Ihr ein Interesse an meinem Kind haben?

»Fruchtlos ist ein interessantes Wort, meint Ihr nicht auch?«

»Brand hat Euch alles gesagt«, entgegnete sie bitter.

»Nein. Er hat Euer Geheimnis eisern bewahrt, wie auch Eure Leute und die von Arradale. Es war jedoch nicht schwer herauszufinden, dass Lady Arradale eine Kusine hat, mit der sie sehr eng befreundet ist, und dass es sich bei dieser Kusine um Lady Overton handelt, die aufopferungsvolle junge Ehefrau von Sir Digby. Jedermann weiß, dass die Neue Glaubensgemeinschaft ihre Fangarme nach Wensleydale ausstrecken wird, wenn Sir Digby keinen leiblichen Erben hervorbringt. Und leider hat Brand unvorsichtigerweise den letzten Teil in das Puzzle gelegt: Als er von seinem Besuch auf Sir Digbys Landgut zurückgekommen war, war sein brennendes Verlangen, herauszufinden, wer Ihr seid, plötzlich erloschen.«

Rosamunde war von seinem Kombinationsvermögen beeindruckt, aber eins verwunderte sie. »Wie seid Ihr eigentlich darauf gekommen, dass eine Verbindung zu Lady Arradale bestand, Mylord?«

»Wegen der Ringe, Lady Overton. Als Lady Richardson habt Ihr so viele getragen, wie es Lady Arradale normalerweise tut.«

»Das ist nichts Ungewöhnliches.«

»Aber der prachtvolle Rubinring, den Ihr in Thirsk getragen habt, ist ungewöhnlich. Und genau der steckte an einem der Finger der Gräfin auf dem Ball.«

»Ich wünschte, ich hätte mich damals über Euch übergeben«, sagte sie bitter.

»Das wäre bloß eine weitere Verfehlung in Eurem Sündenregister.«

Rosamunde schwieg.

Er wusste alles, und obwohl er sich so gelassen gab, kochte er innerlich vor Wut.

Sie konnte das wie ein in der Ferne grollendes Gewitter spüren. Sie musste unbedingt fliehen! Selbst wenn der Marquis ihr nichts antat, würde er alles ruinieren.

Sie versuchte es mit Ehrlichkeit. »Lord Rothgar, Ihr seid gegen die Neue Glaubensgemeinschaft und begreift sicherlich, dass mein Kind sehr wichtig ist.«

»Die Neue Glaubensgemeinschaft ist zerschlagen, Lady Overton, und Mr Edward Overton mit ihr. Er wird vermutlich gehängt werden. Wenscote ist nicht länger bedroht.«

»Aber mein Kind wird der Erbe von Wenscote sein!«

»Mit welchem Recht?«

Sie waren inzwischen bei der Kutsche angelangt, und Rosamunde ließ sich von Rothgar vom Pferd herunterhelfen, benommen vom Schock seiner letzten Bemerkung.

»Soweit ich weiß, gibt es noch einen anderen Erben«, sagte er jetzt. »Einen Dr. Nantwich, ein entfernter Vetter Eures Mannes. Wollt Ihr ihn etwa um sein Erbe prellen?«

Angesichts dieses völlig neuen Aspekts konnte Rosamunde kaum einen klaren Gedanken fassen. Ihr Kind hatte kein

Recht …? Sie hatte kein Recht? Wenscote sollte für sie verloren sein?

Der Marquis berührte sie sanft am Arm. »Seid nicht betrübt, Lady Overton. Wir werden für Euch und das Kind sorgen.«

»Wir?«

»Rosa!«

Beide fuhren herum und sahen, wie ein Pferd mit Reiter einen steilen Abhang hinab auf die Straße und auf die Kutsche zugaloppiert kam. Grasbüschel, von den Hufen hochgeschleudert, flogen durch die Luft.

»Diana!«, stieß Rosamunde entsetzt aus, voller Angst, dass ihre Kusine stürzen würde.

Lord Rothgar murmelte etwas und packte ihren Arm fester. Doch da rutschte das Pferd schon auf die Straße und blieb bebend und mit weißen Augen stehen. Diana sprang herunter und kam so schnell auf sie zugerannt, dass ihr dabei der Hut wegflog. »Rosa! Was hat das zu bedeuten? Was geht hier vor?«

Der Marquis trat instinktiv ein Stück zurück, um Diana zu Rosamunde zu lassen. Es sah aus, als wollte Diana Rosamunde umarmen, doch plötzlich sprang sie mit einem Satz hinter den Marquis. »Was ich da in Euren Rücken drücke, ist eine Pistole, Lord Rothgar. Tut genau das, was ich Euch sage.«

Sämtliche Anwesenden erstarrten. Rosamunde sank mit dem Rücken gegen die Kutsche. Konnte man sich etwas noch Absurderes vorstellen?

»Die meisten Leute sind nicht wirklich gewillt, den Abzug zu drücken«, sagte der Marquis. »Ihr, Lady Arradale?«

Rosamunde sah, dass Dianas Hände – sie umklammerte die große Sattelpistole mit beiden Händen – leicht zitterten. Vermutlich konnte er das spüren.

»Der Mann, der mir das Schießen beigebracht hat, meinte das auch, Mylord. Er hat mir erklärt, dass mein Kopf genauso bereit sein muss zu töten wie die Pistole. Daran halte ich mich. Wenn Ihr glaubt, ich ziele aus Dummheit nicht auf die lebenswichtigen Stellen, schätzt Ihr eine Frau abermals falsch ein. Wenn ich auf Euch schieße, dann an einem Ort, der Euch die Chance gibt, zu überleben. Keine große, aber immerhin eine Chance.«

»Ich verstehe, Mylady. Und was machen wir jetzt?«

»Zuerst werden Eure Männer die Waffen niederlegen und Rosas Reitknecht die Fesseln abnehmen. Ich habe einen Hilfstrupp dabei, er ist noch nicht in Sichtweite.«

»Eine interessante Vorstellung. Sollen wir Euch das glauben?« Trotzdem befahl er seinen Männern, ihr zu gehorchen.

»Vorwärts!«, rief Diana aus, und plötzlich tauchte auf dem Hügelkamm eine kleine Armee auf. »Ich habe diesen Weg gewählt, um Blutvergießen zu vermeiden, Mylord, aber wenn Ihr auf einen Kampf aus seid, könnt Ihr ihn gerne haben.«

Rosamunde hätte vor Schreck und Verblüffung beinahe laut aufgelacht. Dianas Armee bestand aus bewaffneten Stallburschen und einheimischen Bauern. Ein paar von ihnen hielten Gewehre in den Händen, aber die meisten hatten lediglich Stöcke oder Feldgeräte dabei. Vorsichtig bewegten sie sich den Hang hinunter und blieben unten stehen, nervös, aber eindeutig bereit, bis zum Tod zu kämpfen.

»Gut gemacht, Diana!«, sagte Rosa.

»In der Tat«, pflichtete der Marquis ihr bei, als wäre er auf ihrer Seite.

»Also«, sagte Diana mit etwas festerer Stimme, »werden wir nun kämpfen, Mylord?«

»Kommt nicht infrage, Gräfin.« Er wandte sich langsam um. »Dem König würde ein offener Kampf zwischen seinen Edelleuten mit Sicherheit missfallen.«

»Was hattet Ihr eigentlich mit Rosa vor?«, verlangte Diana zu wissen, wobei sie vorsichtig ein paar Schritte zurückging.

»Sie in Sicherheit bringen.«

»Wovor droht ihr denn Gefahr?«

»Vor allem Möglichen. Sie wird Euch das doch ganz sicher erklären.«

»Trotzdem geht Euch das alles nichts an.«

»Ich bin auf ihr Wohlergehen bedacht.«

»Rosas Wohlergehen kann Euch völlig egal sein, Lord Rothgar. Ich empfehle Euch, dorthin zurückzukehren, wo ihr hingehört, nämlich nach Südengland.«

»Bekomme ich keinen Dank dafür, die Neue Glaubensgemeinschaft zerschlagen zu haben?«

Diana neigte den Kopf. »Der Dank gebührt Seiner Majestät, deren Diener Ihr seid.«

Er erwiderte ihre Verneigung zynisch. »Wie wir alle.«

Auf einen Wink hin brachte ihm einer der Männer sein Pferd und er schwang sich in den Sattel. »Ihr habt das Recht eingefordert, Lady Overton zu beschützen, Gräfin. Bitte tut es gut. Die Auflösung der Neuen Glaubensgemeinschaft hat gerade erst begonnen, und Overton ahnt vielleicht noch nicht, was ihm bevorsteht. Wenn er von dem Kind weiß, könnte er versucht sein, es zu töten. Und denkt sorgfältig darüber nach, wie die Rechtslage Eurer Kusine ist. Die Verletzung der rechten Ordnung hat noch keinem von uns je gedient.«

Er drehte sich zu Rosamunde hin und machte eine ziemlich tiefe Verbeugung. »Euer Diener, Mylady.« Zu Diana sagte er nur: »Bis zum nächsten Mal, Gräfin.«

Rosamunde, die immer noch Donnergrollen in den Ohren hörte, sah ihm hinterher, als er, gefolgt von seinen Männern und der Kutsche, davonritt. Die Armee von Wensleydale stieß einen lauten Hurra-Ruf aus, schwang dabei ihre kunterbunten Waffen und stieß den alten Kriegsruf von Arradale aus: »Ironhand!« Diana lachte, hielt ihre Pistole hoch und feuerte in die Luft. »Ironhand!«, brüllte auch sie.

Gleich darauf ließ sie sich jedoch auf den Boden nieder und beugte ihren Kopf zur Erde, als fürchtete sie, in Ohnmacht zu fallen. Rosamunde kniete neben ihr nieder. »Das war unglaublich. Mir ist beinahe das Herz stehen geblieben, als du den Abhang hinuntergaloppiert bist!«

Diana hob den Kopf und schüttelte ihn schwach. »Mir auch! Der arme Cyrus. Ich werde ihm ganz besondere Fürsorge zukommen lassen müssen nach diesem Ritt.« Sie ergriff Rosamundes Hand. »Gott sei Dank bin ich noch rechtzeitig gekommen. Wo wollte er dich denn hinbringen?«

»Nach Südengland, hat er gesagt. Ich verstehe das nicht. Aber« – sie setzte sich neben ihrer Kusine auf die Erde – »er hatte Recht.«

»Recht? Dich in den Süden zu bringen?«

»Damit, dass mein Kind kein Recht auf Wenscote hat, wenn die Cotteriten erledigt sind und Edward mit ihnen.«

»Unsinn. Wer denn sonst?«

»Es gibt noch einen anderen Erben in der Familie, in einer etwas weiter entfernten Linie. Ich hatte ihn ganz vergessen, aber Digby hält noch Kontakt zu ihm. Er ist Arzt in Scarborough.«

»Aber er wird niemals davon erfahren«, protestierte Diana, während sie sich aufrappelte und Rosamunde eine Hand reichte.

»Aber ich weiß es. Und Digby auch. Wenn er Edward erst einmal los ist, wird er keinen Kuckuck ins Overton-Nest setzen wollen.« Sie legte eine Hand auf ihren Bauch. »Was wird dann aus dem armen Wesen?«

»Das also hat er mit der Verletzung der rechten Ordnung gemeint. Der Teufel soll ihn holen. Ich …« Diana brach ab, eindeutig genauso durcheinander und ratlos wie Rosamunde. »Jetzt komm, Liebes«, sagte sie schließlich und legte den Arm um Rosamundes Taille. »Gehen wir nach Hause. Um diesen Kuddelmuddel zu klären, haben wir noch viele Monate Zeit.«

»Nein, das haben wir nicht. Wenn das Kind nicht erben kann, hat es keine Existenzberechtigung.«

»Rosa!«

Aber Rosamunde schüttelte nur den Kopf, weil sie nicht darüber reden wollte, bevor sie nicht mehr darüber nachgedacht hatte.

Für den Fall, dass der Marquis versuchen sollte, Rosamunde noch einmal zu entführen, ritten sie vorsichtshalber in Begleitung von Dianas sechs Stallburschen nach Wenscote. Als die hohen Steinmauern vor ihnen auftauchten, überlegte Rosamunde, ob sie das Tor zum ersten Mal seit Jahren vielleicht besser schließen lassen sollte.

Doch dann sah sie Dr. Wallaces Einspänner vor der Haustür stehen. Ihr Herz krampfte sich zusammen, sie rutschte unsanft vom Pferd auf den Boden und lief ins Haus.

»Was ist passiert?«, fragte sie Millie, die weinend in der Diele stand.

»Oh, Mylady! Sir Digby hat sich nach dem Essen plötzlich sehr schlecht gefühlt!«

Nein! Rosamunde raffte ihre Röcke und lief die Treppe hinauf zu ihrem Schlafzimmer. Sie blieb vor der Tür stehen, bis ihr Atem wieder ruhiger ging – er durfte sich nicht aufregen –, dann öffnete sie leise die Tür. Vielleicht hatte er die Warnung dieses Mal ernst genommen.

Er lag im Bett, die Augen halb offen, die Haut aschfahl. Ein Schauer durchlief sie. »Digby?«

Eine Hand hielt sie auf, als sie auf das Bett zueilen wollte. Als sie sich umdrehte, erblickte sie Dr. Wallaces ernstes Gesicht. »Es tut mir leid, Lady Overton. Ihr kommt ein paar Minuten zu spät. Er ist gerade von uns gegangen.«

Sie stolperte nach vorn, sank auf die Knie und ergriff Digbys noch warme Hand. »Nein! Bitte komm zurück, Digby!«

Kurz darauf kam Diana herein und legte den Arm um sie. »Schhh, Liebes. Es ist vorbei.«

»Meine liebe Tante.« Jemand legte ihr die Hand auf die Schulter. »Lady Arradale hat Recht. Mein armer Onkel ist zur ewigen Ruhe eingegangen, und als Christen müssen wir uns darüber freuen.«

Rosamunde starrte Edward Overton entgeistert an. »Was tust du denn hier? Man hat dir doch gesagt, du sollst dich hier nicht mehr blicken lassen!«

»Nicht für immer. Mein Onkel hatte das nicht so gemeint. Ich hatte Angst, es würde ihn bekümmern, wenn wir uns nicht mehr sehen.«

»Deine Anwesenheit war es, die ihn bekümmert hat!« Als sie sich wieder aufrichtete, stiegen in ihr böse Ahnungen hoch. Er war hierher gekommen. Digby war tot. Der Marquis hatte von seltsamen Morden gesprochen. Gift ...

Sie wandte sich dem Arzt zu. »Was ist die Todesursache?«

Der Mann zuckte bedauernd die Schultern. »Das fragt Ihr noch, Lady Overton? Ich habe ihn seit Jahren gewarnt, aber er war einfach nicht imstande, sich zu mäßigen.«

»Also war es sein Herz? Seid Ihr sicher?«

»So sicher, wie ein Mediziner sein kann.«

Sie zögerte. Sie hatte ebenfalls gewusst, dass es irgendwann passieren würde, trotz all ihrer Bemühungen, ihm zu helfen, einen gesunden Lebenswandel zu führen.

Möglicherweise hatte Edward mit dazu beigetragen, indem er ihn aufgeregt hatte, aber das konnte man nicht Mord nennen.

Sie schloss behutsam Digbys Augen und legte die beiden Pennys, die der Arzt ihr reichte, auf seine Augenlider. Dann nahm sie seine schlaffen Hände und faltete sie über seiner Brust. Als sie sich hinunterbeugte, um seine Stirn zu küssen, tropften Tränen auf seine leblose Haut. Wie schnell die Seele doch entschwand! Sie trocknete die Tränen mit dem Zipfel des Bettlakens und zog es dann über sein Gesicht.

Was jetzt? Was sollte sie nun tun?

Ihr Schmerz wurde von dem schrecklichen Dilemma überlagert, in dem sie sich befand. Sollte sie ihr Kind für Digbys leiblichen Abkömmling und Erben ausgeben oder sollte sie das Kind verheimlichen? Obwohl einige ihrer Bediensteten mit Sicherheit etwas ahnten, hatte sie es bisher nur ihren Eltern erzählt. Sie konnte sie bitten, zu schweigen. Sie könnte das Kind heimlich austragen, weit weg …

Was hätte Digby gewollt? Hätte sie ihn doch fragen können. Sie war jetzt nicht in der Lage, einen klaren Entschluss zu fassen!

Nun, da Digby tot war, blieb ihr jedoch nichts anderes übrig. In wenigen Tagen würde sich das Räderwerk der Justiz zu drehen beginnen. Wenn es stimmte, was der Marquis gesagt hatte, würde Edward das Gut nicht erben und stattdessen Dr. Nantwich zum Erben ernannt werden. Von Rechts wegen gehörte Wenscote jetzt ihm.

Sie brauchte jedoch nur bekannt zu geben, dass sie schwanger war, und schon würde Wenscote ihrem Kind gehören und somit für viele Jahre ihr selbst. Das wäre zwar niederträchtig, aber sehr verlockend.

Sie blickte ziemlich hilflos im Zimmer umher. Mrs Monkton war auch da und weinte in ihre Schürze.

»Was machen wir nun?«, fragte Rosamunde.

»Du brauchst dir um nichts Gedanken zu machen, Tante«, sagte Edward. »Ich werde mich um alles kümmern. Ich werde für dich sorgen.«

*Nein, das wirst du nicht*, dachte sie, behielt es aber für sich. Sie dankte ihm für sein Anerbieten und führte die weinende Haushälterin aus dem Zimmer. »Gehen wir in die Küche, Mrs Monkton. Ich muss auch mit dem Personal reden.«

Als sie die Treppe hinuntergingen, sagte die Haushälterin: »Es ging ganz schnell, Mylady. Das ist zumindest ein Segen. Zuerst hat er sein Essen noch genossen. Im nächsten Augenblick wurde ihm komisch, und dann wurde er bewusstlos.«

In Rosamunde stieg erneut ein Verdacht auf. Essen. Bewusstlosigkeit. Tod …

»Hat Edward ihn irgendwie geärgert?«

Die Frau schüttelte den Kopf. »Ich glaube nicht, Mylady, höchstens durch seine bloße Anwesenheit. Es kam mir vor, als würde er sich regelrecht zusammenreißen. Und er hat ihm sogar gesagt, er soll den gebratenen Speck besser nicht essen.« Sie fing wieder an zu weinen. »Das tut mir wirklich leid, Mylady, aber er hatte mich extra darum gebeten! Glaubt Ihr, er ist davon gestorben?«

»Nein, nein«, sagte Rosamunde beschwichtigend, obwohl sie verärgert war. Hatte Digby etwa immer dann, wenn sie nicht zu Hause war, heimlich all die Dinge gegessen, die er nicht essen sollte? Vielleicht hatte der Speck den Tod verursacht, doch sie wurde einen bestimmten Verdacht einfach nicht los. Sie musste versuchen, ihn zu widerlegen oder zu bestätigen.

In der Küche traf sie auf ernste, sorgenvolle Gesichter. »Sir Digby ist gerade gestorben«, sagte sie. Die Dienstmädchen fingen an zu weinen. »Wir sollten alle eine Weile die Arbeit niederlegen, um an ihn zu denken und uns von dem Schock zu erholen. Wie wär's, wenn ihr eine halbe Stunde im Garten spazieren geht?«

Die Mädchen blickten verwirrt drein, aber sie scheuchte sie alle hinaus, sogar die Haushälterin. Als sie allein war, eilte sie ins Esszimmer und stellte zu ihrer Erleichterung fest, dass die Diener den Tisch noch nicht abgeräumt hatten.

Diana kam herein. »Was machst du da?«

»Die Suppe war's nicht«, murmelte Rosmunde. »Die hat Edward gegessen.«

»Was?«

Rosamunde nahm Digbys Teller in die Hand, auf dem sich noch ein Rest Kaninchenragout mit gebratenem Speck befand. »Das ist sogar schon seine zweite Portion gewesen. Das sehe ich an der Menge, die sich noch in der Schüssel befindet.«

»Rosa, ich weiß, dass du erschüttert bist, aber hör auf damit. Selbst wenn er das Falsche gegessen hat, spielt das jetzt keine Rolle mehr.«

»O doch. Bitte geh Potts holen. Ich möchte Zeugen haben. Ich bin nicht verrückt, Diana. Bitte.«

Diana verzog das Gesicht und ging hinaus. Rosamunde überlegte, ob es vielleicht der Wein gewesen war, aber die zwei Zentimeter, die noch in Digbys Glas waren, schienen klar zu sein, und sie bezweifelte, dass man klarem Wein etwas zusetzen konnte, ohne dass man es sehen würde. Es musste das würzige Ragout sein.

Möglicherweise war sie tatsächlich verrückt vor Kummer, aber es kam ihr nicht so vor. In ihr brannte eine gerechtfertigte Wut. Der Marquis hatte angedeutet, dass Edward ohnehin geliefert war, aber falls er Digby umgebracht hatte, wollte sie das nachweisen.

Diana kam mit Digbys Kammerdiener herein, dessen Augen vom Weinen gerötet waren.

»Potts, ich möchte, dass du etwas beobachtest, aber ich möchte auch, dass du niemandem etwas davon verrätst. Ist das klar?«

»Ja, Mylady. Aber …«

»Du brauchst nichts weiter zu tun, als zuzusehen.«

Digbys Hunde waren oben und jaulten vor dem Zimmer ihres Herrchens. Rosamunde ging zu der armen alten Hündin Snapper hinüber, die als einzige unten geblieben war, weil sie mit ihren steifen Beinen die Treppe nicht mehr hinaufkam.

Rosamunde stellte den Teller vor die Hündin hin, die daraufhin den Kopf hob, an dem Teller schnupperte und sich mühsam aufrappelte, um die Extraportion zu genießen.

Rosamunde sah zu, wie die Hündin den Teller ableckte und sich dann wieder hinlegte. Einen Augenblick lang glaubte sie, ihr Verdacht sei falsch gewesen, doch auf einmal stieß das Tier eine Art Husten aus und wurde ganz starr. Es hustete noch einmal, machte ein paar krampfartige Bewegungen und war dann tot.

Rosamunde kniete sich nieder und streichelte den knochigen alten Kopf der Hündin. »Ich hoffe, du jagst jetzt im Himmel Kaninchen, Snapper. Oder tollst mit Digby herum.«

»Ich werde diesen Mistkerl verhaften lassen!«, stieß Diana wütend aus.

»Nein«, entgegnete Rosamunde und blickte auf. »Der Marquis hat bestimmte Pläne, und wir wollen sie nicht durchkreuzen.«

»Ach, wollen wir das nicht?«

Rosamunde schüttelte den Kopf. »Außerdem möchte ich jeglichen Wirbel vermeiden, solange Digby nicht unter der Erde ist. Danach werden wir entscheiden, was als Nächstes zu tun ist. Ihr seid beide Zeugen, falls welche gebraucht werden sollten. Ja, Potts?«

»Ja, Mylady.«

»Willst du etwa so tun, als sei nichts passiert?«, protestierte Diana.

»Nur für eine kleine Weile. Sollte Edward jedoch bei den Ermittlungen gegen die Neue Glaubensgemeinschaft ungeschoren davonkommen, habe ich ein Mittel, um ihn zugrunde zu richten. Potts, du kannst jetzt gehen. Und denk daran, Stillschweigen zu bewahren.«

»Ja, Mylady, wenn es mir auch schwerfallen wird, den Kerl nicht anzuspucken.«

Nachdem der Mann hinausgegangen war, stellte Rosamunde den Teller wieder auf den Tisch und schöpfte den Rest des Ragouts darauf, damit man nicht sah, was sie getan hatte. Dann kam ihr plötzlich ein Gedanke, und sie gab dem Teller einen Stoß, sodass er auf den Boden fiel und zersprang.

»Wozu sollte das gut sein?«, fragte Diana.

»Falls eins der Dienstmädchen auf die Idee gekommen wäre, die Reste aufzuessen.«

»O weh! Ich glaube, ich werde vorsichtshalber sofort einen Vorkoster einstellen!« Dann ging sie auf Rosamunde zu und legte den Arm um sie. »Du bist so blass, Liebes. Und du zitterst ja. Komm nach oben und leg dich hin. Ich werde Mrs Monkton sagen, sie soll dir einen heißen Molketrank machen.«

Rosamunde, die mit einem Schlag spürte, dass sie völlig erschöpft war, ließ sich von Diana in ein Gästezimmer führen, streifte dort die Schuhe ab und legte sich aufs Bett. Diana zog eine dicke Daunendecke aus der Truhe und breitete sie über Rosamunde aus, die sich dankbar darin einwickelte, obwohl es ein warmer Tag war. Während sie dalag, versuchte sie die Tatsache zu akzeptieren, dass Digby tatsächlich tot war und dass sie nichts tun konnte, um ihn zurückzuholen.

»Rosa«, sagte Diana, »ich will dir nicht auf die Nerven gehen, aber wie willst du verhindern, dass Edward Overton hier in den nächsten Tagen alles auf den Kopf stellt, wenn du über die Sache mit dem vergifteten Ragout Stillschweigen bewahrst?«

»Lass bitte Mr Whitmore rufen. Es gibt bestimmt rechtliche Wege.« Dann war es mit ihrer Fassung endgültig vorbei. Der Tod. Das Baby. Der Mord …

Und Brand. Immer wieder diese Gedanken an Brand Malloren. »Brand. Es ist auch sein Kind«, flüsterte sie der einzigen Person zu, die es verstand. »Was soll ich jetzt tun?«

Diana machte eine hilflose Geste, und Rosamundes Augen füllten sich mit Tränen.

# 23

Froh darüber, etwas zu tun zu haben, bereitete Mrs Monkton in der Küche für ihre Herrin einen Molketrank mit Haferschleim zu. Hätte sie Sir Digby doch bloß nicht den gebratenen Speck gebracht!

Sie hoffte inständig, dass die Vermutung des Dienstpersonals zutraf und die Lady ein Kind erwartete, egal, auf welchem Wege es dazu gekommen war.

Andernfalls würden Mr Edward und diese Cotteriten hier alles übernehmen, und für solche Leute zu kochen würde keine Freude machen.

Sie gab Wein und Zucker in die heiße Milch und ließ den Trank eine Weile stehen, bis die Milch geronnen und etwas abgekühlt war. Als sie sich vom Herd abwandte, merkte sie, dass Mr Edward ihr zusah. »Was machen Sie da?«, fragte er betont liebenswürdig. »Es interessiert mich, weil ich mich als Teil meiner Arbeit für Gott mit Heilmitteln und dergleichen befasse.«

»Das ist nur eine Hafermilch, Sir. Das wird die Lady beruhigen und wieder zu Kräften bringen.«

Er erkundigte sich nach den Zutaten und schien tatsächlich ein wenig Ahnung zu haben.

Als sie das Trinkgefäß auf ein Tablett stellte, sagte er: »Lassen Sie mich das hochtragen, Mrs Monkton. Sie haben sicher eine Menge zu tun.«

Im ersten Moment war sie versucht, sein Angebot anzunehmen, doch dann fiel ihr ein, dass die arme Lady ihn nicht ausstehen konnte. Sie durfte sich auf keinen Fall noch mehr aufregen, deshalb dankte Mrs Monkton ihm und trug das Tablett selbst hinauf.

Mr Whitmore traf schon ein, bevor er Rosamundes Botschaft erhalten hatte, denn die Nachricht hatte sich wie ein Lauffeuer im Tal verbreitet. Als ein alter Freund Digbys war er sehr erschüttert.

Rosamunde, die sich schon wieder etwas besser fühlte, nachdem sie sich ausgeweint und die warme Milch getrunken hatte, fand die Kraft, ihn zu trösten. Sie bot ihm ein Glas Brandy an.

Er nippte dankbar daran. »Das war ein furchtbarer Schock.«

»Ja. Edward ist hier.«

»Hat er so schnell davon erfahren?«

»Nein, er ist schon seit heute Vormittag da.« Am liebsten hätte sie diesem treuen Familienfreund sofort mitgeteilt, was sie herausgefunden hatte, doch es war besser, vorerst noch nichts zu sagen. »Er ist bestimmt froh darüber, noch ein letztes Mal mit seinem Onkel gesprochen zu haben.«

Der Anwalt nickte, sah dabei aber nicht überzeugt aus.

»Wie geht es jetzt weiter, Mr Whitmore? Bezüglich der Leitung des Landguts, finanzieller Dinge und so weiter.«

Er stellte sein Glas ab und setzte eine geschäftliche Miene auf. »Ihr braucht Euch keine Gedanken zu machen, liebe Lady. Ich und Euer Vater sind als Testamentsvollstrecker bevollmächtigt, unverzüglich Zahlungen anzuweisen. Und es ist vertraglich sichergestellt, dass Ihr gut versorgt seid.«

»Wann werde ich hier wegziehen müssen?«

Er seufzte. »Das hängt natürlich von Sir Edward ab.«

Rosamunde zuckte bei dem Wort »Sir« zusammen, denn sie hatte ganz vergessen, dass Edward auch die Baronetswürde geerbt hatte. »Ich glaube nicht, dass ihm dieser Titel behagen wird«, rutschte es ihr mit diebischer Freude heraus.

Mr Whitmores Augen blitzten kurz auf, doch dann wurde er wieder ernst. »Ich kann mir nicht vorstellen, dass Ihr hier bleiben wollt, Lady Overton, wenn die Neue Glaubensgemeinschaft das Gut erst einmal übernommen hat.«

»Nein, natürlich nicht. Wie schnell muss das geschehen?«
Der Anwalt trommelte mit den Fingern auf den Tisch und überlegte. »Nun, was das betrifft, muss in so einem Fall abgewartet werden, bis mit Sicherheit feststeht, dass die Witwe nicht ... äh ... nicht schwanger ist.«

Rosamunde sah ihm forschend in die Augen. Wusste er etwa Bescheid?

»Natürlich ist das unwahrscheinlich«, fügte er rasch hinzu, »aber man muss diese Möglichkeit stets in Betracht ziehen, bevor ein Alternativerbe Zugang zu dem Besitz erhält.«

Zeit. Zeit, um nachzudenken. »Und wie lange wartet man ab?«

In diesem Augenblick betrat der Alternativerbe mit verkniffenem Gesicht das Zimmer. »Tante, warum hat man mir nicht gesagt, dass Mr Whitmore hier ist?«

»Ich wollte erst selbst mit ihm sprechen, Edward. Über meine Lage hier, meinen Witwenunterhalt und so weiter.«

Er wandte sich dem Anwalt zu. »Ich werde für Lady Overtons Wohlergehen sorgen.«

»Das ist nicht nötig, Sir Edward ...«

»Bitte nicht!« Edward hielt abwehrend die Hand vors Gesicht. »Solche Titel sind bei uns nicht gebräuchlich.«

»Wie Sie wünschen, Mr Overton. Wie Sie zweifellos wissen, ist Lady Overton vertraglich gut abgesichert. Und sofern sie nichts anderes wünscht, ist sie berechtigt, hier wohnen zu bleiben, bis die Erbschaftsangelegenheiten geklärt sind.«

»Das kann ja wohl nicht lange dauern.«

»Etwa zwei Monate.«

»Zwei Monate?«

»Wenn kein leiblicher Nachkomme da ist, wird die Möglichkeit in Betracht gezogen, dass die Witwe schwanger ist, solange das Gegenteil nicht erwiesen ist. Wir müssen mindestens zwei Monate abwarten, bevor Ihnen unbeschränkter Zutritt zu dem Besitz gewährt werden kann. Aber ...«

»Weil eine Schwangerschaft mit Sicherheit ausgeschlossen ist ...« Edward wandte sich an Rosamunde. »So ist es doch, nicht wahr?«

»Ich möchte jetzt nicht über so vertrauliche Dinge sprechen, Edward, aber es ist nicht unmöglich.«

Mr Whitmore räusperte sich. »Ganz recht. Ganz recht. Zwei Monate sind keine so lange Zeit, Mr Overton, und es wird Ihnen bis dahin ein bestimmter Betrag von der Erbschaftsmasse ausgezahlt. Vorerst muss hier jedoch alles unverändert bleiben. Es darf kein Grundbesitz verkauft, dazugekauft oder wesentlich verändert werden. Es dürfen keine Verpflichtungen eingegangen und keine Schulden gemacht werden.« Er erhob sich, um sich zu verabschieden.

Zwei Monate. Rosamunde erhob sich ebenfalls. »Mr Whitmore, Edward ...« Als sie sich letzterem zuwandte, senkte sie den Blick, damit er ihn nicht lesen konnte. »Heute wirst du natürlich hier übernachten, Edward, aber ich ... es ist mir unangenehm, einen jungen ledigen Mann länger als diese eine Nacht im Haus zu haben.«

»Dann solltest du vielleicht besser woanders hingehen, Tante. Deine Familie würde sich über einen Besuch von dir freuen.«

»Sir!«, protestierte der Anwalt. »Lady Overton hat das Recht, so lange in ihrem Haus wohnen zu bleiben, bis alles geregelt ist, und Sie sollten ihre Bedenken respektieren.«

Es war Edward deutlich anzusehen, was er von Rosamundes Bedenken hielt, aber er wagte nicht zu widersprechen. »Es soll natürlich alles so sein, wie du es wünschst, Tante.«

Als er aus dem Zimmer stolzierte, überlief Rosamunde ein kalter Schauer.

Was nun?

Würde er versuchen, *sie* zu vergiften? Sie würde heute beim Abendessen jedenfalls äußerst vorsichtig sein.

Edward stellte jedoch nicht länger die eigentliche Bedrohung dar – das Hauptproblem bestand vielmehr darin, was aus ihrem armen, unschuldigen Kind werden sollte. Nachdem der Anwalt gegangen war, setzte sie sich neben den toten Digby.

Sie brauchte nicht lange zu überlegen, um zu dem Schluss zu kommen, dass sie dieses Kind unmöglich für seinen leiblichen Nachkommen ausgeben konnte. Sobald Edward in sicherem Gewahrsam war, würde Dr. Nantwich der neue Besitzer von Wenscote sein.

Sie seufzte. Wenn sie das Kind hier zur Welt brachte und offen erklärte, dass es nicht Digbys Kind war, würde sie diese Schande niemals überwinden. Selbst wenn sie diese Last auf sich nahm, würde die Tatsache, dass Digbys Frau ihn in seinen letzten Lebensmonaten betrogen hatte, sein Ansehen beflecken.

Um Digbys willen musste sie die Schwangerschaft also verheimlichen und das Kind an einem weit entfernten Ort zur Welt bringen. Was dann? Sie musste sofort an Brand denken, aber von dort war nichts zu erhoffen. Selbst wenn er sie heiraten wollte, konnte es offiziell nicht ihr gemeinsames Kind sein. Dieses Kind konnte nicht existieren, ohne Schande über Digby zu bringen. Die einzige ehrenhafte Lösung war, das Kind wegzugeben und von jemand anderem aufziehen zu lassen.

Das Kind würde nicht leiden. Nur sie würde es tun. Ja, es würde sehr schmerzhaft sein.

Aber Brand wusste von dem Kind und hatte ein Mitspracherecht.

Würde er diesbezüglich genauso hartnäckig sein, wie er es in jener letzten Nacht im Witwenhaus gewesen war? Das ehrenhafte Andenken eines Gutsherrn von Wensleydale konnte ihm schließlich gleichgültig sein.

Verzweifelt vergrub sie ihr Gesicht in den Händen. Sie hatte doch nur versucht, für Digby das Beste zu tun, doch nun lag alles in Scherben …

Die Tür ging auf, und Edward kam herein. »Wir wollen die Nachtwache aufteilen, Tante. Möchtest du dich daran beteiligen?«

Rosamunde ärgerte sich zwar, dass Edward die Sache in die Hand nahm, doch im Augenblick war ihr alles egal. »Natürlich. Mrs Monkton und Potts wollen sich bestimmt auch beteiligen. Sie waren am längsten mit ihm zusammen. Welchen Teil der Nacht möchtest du übernehmen?«

Er machte eine kleine Verbeugung. »Ich richte mich ganz nach dir, Tante.«

Seine Zuvorkommenheit kam ihr nicht geheuer vor, aber sie hatte jetzt nicht die Kraft, darüber nachzugrübeln.

Sie rief die beiden Bediensteten herbei, und nach einiger höflicher Beratung einigte man sich darauf, dass sie die erste Wache übernehmen würde, Edward die zweite, Potts die dritte und Mrs Monkton die verbleibende Zeit bis zum Tagesanbruch.

Um des häuslichen Friedens willen bemühte sich Rosamunde, ruhig und gefasst zu sein und sich um all die kleinen Einzelheiten zu kümmern. Trotzdem kämpfte sie innerlich ständig gegen Angst und Hoffnung an, und sie wurde immer wieder mit der Tatsache konfrontiert, dass Digby nicht mehr hier war und nie wieder lächelnd hereinkommen würde, um sie zu unterstützen.

Und damit, dass ein Teil ihres Lebens, im Grunde genommen ihr gesamtes bisheriges Erwachsenenleben, vorbei war und sie sich nun genauso allein und furchtsam fühlte, wie sie es damals mit sechzehn getan hatte.

*Ach, Brand, mag es auch schwach sein, dies zu denken, aber ich wünschte, du wärest hier.*

Als sie die Glöckchen des Einspänners ihrer Mutter vernahm, eilte sie hinaus, um sie zu begrüßen und in ihre warmen, tröstenden Arme zu sinken. Irgendwie hatte sie das Gefühl, dass nichts Schreckliches geschehen konnte, solange ihre Mutter ihr zur Seite stand.

Als Rosamunde sich schließlich zur Totenwache niederließ, fühlte sie sich innerlich ganz ruhig. Ihre Mutter und Diana übernachteten beide im Haus, und beide hatten ihr angeboten, ihr Gesellschaft zu leisten, aber diese Zeit gehörte nur ihr und Digby allein, ein letztes Mal.

Sie wollte zunächst das Tuch von seinem Gesicht wegziehen, doch als sie feststellte, dass das graue Gesicht mit den eingefallenen Zügen nicht mehr nach Digby aussah, bedeckte sie es wieder, setzte sich neben das Bett und dachte an die Zeit, als er noch am Leben gewesen war.

Eine Weile gingen ihr Gedanken und Erinnerungen im Kopf herum, doch dann fing sie an, laut mit ihm zu reden. »Ich war bestimmt manchmal schrecklich. Sechzehn, voller Wut und Angstgefühle. Und du hast mir Wenscote gegeben, zu meinem Vergnügen. Hat dir der Garten wirklich gefallen? Hoffentlich. Und das Gestüt? Und die Schafzucht? Vielleicht wolltest du gar nicht, dass dein behagliches Leben von einem ruhelosen, verbitterten Kind auf den Kopf gestellt wird. Wie oft bist du hier bei mir geblieben und hast gesagt, dir behage dein friedliches Zuhause, obwohl du lieber bei einem Pferderennen in Richmond oder auf dem Viehmarkt in Hawes und Masham gewesen wärst? Wie ein törichtes Kind habe ich dich beim Wort genommen.«

Sie legte eine Hand auf den Teil des Lakens, der seine Hand bedeckte.

»Ich danke dir. Ich hoffe, ich habe dich trotz allem glücklich gemacht.« Sie seufzte und sagte, was gesagt werden musste. »Du weißt jetzt alles, nehme ich an. Ich hoffe, du bist nicht verletzt. Hätte ich die Gefahr nicht erst erkannt, als es schon zu spät war, hätte ich mich nicht darauf eingelassen. Ich habe diese Art Liebe vorher noch nicht gekannt. Ach, das klingt schon wieder falsch. Ich habe dich doch geliebt. Ich tue es noch immer.« Sie wischte sich ein paar Tränen ab. »Das kannst du in meinem Herzen lesen.«

Sie prüfte ihr eigenes Herz und war mit sich selbst im Reinen. Sie hatte Digby geliebt. Alles, was sie getan hatte, abgesehen vielleicht von jener einen sündigen Nacht, war ihrer Liebe zu ihm entsprungen. Ihre Liebe zu Brand hatte diese Liebe nicht geschmälert.

»Ich wünschte, du wärst hier und würdest mir helfen, das Durcheinander zu entwirren«, sagte sie. »Würdest du wollen, dass ich für das Kind Anspruch auf Wenscote erhebe? Ich glaube nicht. Dir war genauso daran gelegen wie mir, dass das Gut nicht in die Hände von Leuten fällt, die keine Blutsverwandten sind.« Während sie ihre Hand auf seiner liegen ließ, legte sie ihre andere Hand auf ihren Leib. »Aber es ist das Kind deines Herzens, Digby. Sei ihm ein guter Engel. Es wird dich brauchen.«

Auf einmal überkam sie das Gefühl eines so süßen Friedens, dass sie es wie einen Segen empfand und vor Erlösung weinen musste. Dieses Gefühl, sicher, warm und geschützt zu sein, hatte Digby schon immer in ihr ausgelöst. Sie wusste jetzt, dass er das auch bei diesem bedürftigen Kind tun würde.

Traurig lächelnd legte sie den Kopf auf die Matratze und dachte an die acht Jahre dieser speziellen Liebe zurück …

Als die Uhr eins schlug, kam Edward leise herein. Rosamunde erhob sich müde und steif und war einerseits froh, nun zu Bett gehen zu können, aber auch traurig, jetzt endgültig Abschied von ihrem Mann nehmen zu müssen. Aber das war er ja gar nicht mehr. Er war jetzt an einem anderen Ort. Sie konnte Edward getrost mit dieser leeren Hülle allein lassen.

Sie nickte ihm zu und ging an ihm vorbei zur Tür.

Da packte er sie plötzlich von hinten und drückte eine Hand auf ihren Mund.

Sie hätte nie für möglich gehalten, dass er so stark war!

Sie wand sich verzweifelt und trat um sich, konnte sich aber nicht befreien.

Er veränderte den Griff, sodass sein Arm jetzt fest um ihren Hals geschlungen war. Als sie ihn wegzuschlagen und zu schreien versuchte, umklammerte er sie noch fester und drückte ihr dabei fast die Kehle zu.

»Wenn du noch einmal zu schreien versuchst, erwürge ich dich wirklich«, zischte er ihr zu. Dann spürte sie, wie etwas Kaltes an ihren Hals gedrückt wurde.

»Ja, das ist eine Pistole, Tante. Eine von Onkel. War doch nett von ihm, darauf zu bestehen, dass ich damit umzugehen lerne!«

Jetzt ließ er langsam ihren Hals los.

Rosamunde schnappte nach Luft und legte eine Hand an ihre schmerzende Kehle.

»Du wirst mich nicht erschießen. Jeder würde wissen, wer es getan hat.«

»Vielleicht kann ich es wie einen Selbstmord aussehen lassen. Aber ich will dich gar nicht töten, sondern nur diese Teufelsbrut in deinem Leib.« Er hielt ihr eine kleine Flasche vors Gesicht. »Trink.«

Mund und Zähne zusammengepresst, schüttelte sie verzweifelt den Kopf.

»Es wird nicht sonderlich unangenehm sein, und es wird dich von deinen Sünden reinwaschen.« Er klang, als glaubte er tatsächlich, er könnte sie überreden, das Zeug zu trinken! »Andernfalls werde ich dich töten, und dein Kindchen wird ebenfalls sterben. Na los. Ohne Kind wird dein Leben leichter sein. Du wirst dann einen jungen, gut aussehenden Mann finden können. Vielleicht sogar denselben, der diesen sündigen Samen eingepflanzt hat.«

Das einzige, was Rosamunde tun konnte, war, den Kopf zu schütteln und den Mund eisern zusammenzupressen. Sie wagte nicht einmal zu schreien, weil er diesen Moment nützen könnte, ihr die Flüssigkeit in den Hals zu kippen.

Plötzlich stieß er ihr die Pistole in den Nacken. Ihr entfuhr ein Schrei, aber sie schloss den Mund schnell wieder, bevor er reagieren konnte. »Mach den Mund auf!«, knurrte er und drückte die kalte Flasche an ihre Lippen. »Schluck deine Medizin, du miese verkommene Sünderin. Wasch dich von deiner schändlichen Tat rein!«

Er trat hinten an ihr Bein, und sie ging in die Knie. Dann schlug er ihr mit dem Pistolenlauf auf den Kopf, sodass sie nicht anders konnte, als nach Luft zu ringen. Ein paar Tropfen von der Flüssigkeit spritzten in ihren Mund.

Sie spuckte sie aus und versuchte sich wegzudrehen.

Er packte ihr Haar mit der Hand, in der er die Pistole hielt, und zog ihren Kopf nach hinten.

Dann versuchte er, den Flaschenhals zwischen ihre Lippen zu drücken …

Diana wurde auf einmal wach. Im Haus war alles still, aber irgendetwas stimmte nicht. Rosa, mit der sie das Bett teilte, war noch nicht da, also konnte es noch nicht ein Uhr sein. Sie tastete auf dem Nachttisch nach ihrer Uhr und hielt sie in einen Mondstrahl. Sie zeigte eindeutig zehn nach eins an.

Dann hörte sie etwas. Einen Knall? Nicht von einer Tür, sondern als ob jemand im Dunkeln gegen ein Möbelstück gestolpert wäre. Im Untergeschoss?

Mit klopfendem Herzen stieg sie aus dem Bett, nahm ihre Pistole aus dem kleinen Handkoffer und schlich zur Tür. Sie hatte mehr Angst vor der Möglichkeit, sich zum Narren zu machen, als vor einer realen Gefahr. Sie öffnete die Tür und spähte hinaus.

Hier in den Dales gab es keine Einbrecher. Es musste ein Diener sein, der im Untergeschoss umherging. Ja, unten im Korridor waren Schritte zu hören. Sie beruhigte sich, doch gleich darauf spitzte sie erneut die Ohren. War da ein Geräusch aus Sir Digbys Zimmer gekommen?

Wo steckte Rosa bloß?

In die Stille hinein ertönten plötzlich Schritte. Jemand kam mit einer wild flackernden Kerze die Treppe hinaufgestapft.

Es war ein Mann, und er eilte auf das Schlafzimmer des Hausherrn zu.

Brand Malloren!

Diana hob die Pistole mit beiden Händen. »Halt!«

Er stürzte in das Zimmer, als hätte er nichts gehört, und wie es ihr antrainiert worden war, drückte sie ab. Die Flamme, die aus dem Lauf schoss, blendete sie. Die Explosion dröhnte in ihren Ohren und stieß sie nach hinten.

Dann hörte sie Schreie.

Zu Eis erstarrt, stand sie da. Nein, darauf war sie nicht vorbereitet. Sie war nicht darauf vorbereitet, dieses heftige Schluchzen zu hören, das nicht verstummen wollte …

Während auf einmal überall im Haus Stimmen ertönten und Türen aufgerissen wurden, ließ sie die Pistole fallen und wankte in das benachbarte Zimmer.

Rosa lag ausgestreckt auf dem Fußboden. Sie hatte doch wohl nicht Rosa getroffen, oder? Ein Mann beugte sich über sie. Ein anderer lag von Blut umgeben zuckend und schreiend am Boden.

Nicht Brand Malloren.

Edward Overton!

Sie blickte wieder zu Rosa hin und erkannte jetzt, dass es Brand war, der ihren bewusstlosen Körper stützte.

Sie sank neben den beiden auf die Knie. »Ist sie tot?«

»Ohnmächtig.« Er zog Rosamunde näher zu sich heran. »Rosa, Liebste. Es ist alles in Ordnung. Wach auf …«

Dann kam Potts hereingestürzt. »Gott stehe uns bei!« Er ging zu Overton hinüber, der mit schwacher Stimme um etwas bat. Um Hilfe, um den Tod oder vielleicht um Gnade …

Nun erschien Mrs Monkton in der Tür und fing an zu kreischen. Kurze, abgehackte, hohe Schreie.

Dann tauchte Rosamundes Mutter auf, gab der Haushälterin einen Klaps und ging zu Rosa hinüber, die wieder zu sich gekommen war. Kurz darauf führte sie ihre Tochter aus dem Zimmer.

Diana kniete noch immer an derselben Stelle und hatte noch immer die Explosion der Pistole und dazu das Gewimmer im Ohr. Einige Dienstboten, zum Teil nur halb bekleidet, standen inzwischen mit weit aufgerissenen Augen in der Tür, während die Haushälterin zusammengesunken auf einem Stuhl saß. Auf dem Boden breitete sich eine Blutlache aus. Stimmen vermischten sich zu einem verwirrenden Durcheinander.

Das war doch alles nicht möglich!

Mit zittrigen Beinen richtete Diana sich auf. »Würde mir jetzt bitte jemand erklären, was hier eigentlich los ist?«, fragte sie und empfand noch Stolz, mit so fester Stimme gesprochen zu haben.

Leider schlug in diesem Augenblick das Stimmengewirr über ihr zusammen, und um sie herum wurde es dunkel.

# 24

Brand sah sich um und kam sich wie auf einem Schlachtfeld vor. Zwei Personen lagen auf dem Boden: Gräfin Arradale und Edward Overton. Er erinnerte sich daran, wie jemand »halt« gerufen und eine Pistole auf ihn abgefeuert hatte. Offenbar war nicht er, sondern Overton getroffen worden. Overton hatte eine Weile geschrien, doch jetzt war er still.

Jemand hatte Rosa weggebracht. Das war auch besser so.

Es kam ihm vor, als lägen nur wenige Minuten zwischen dem Zeitpunkt, als er auf das Haus zugeritten war – und durch das Fenster gesehen hatte, wie Rosa mit jemandem rang –, und diesem Moment, wo alles vorbei war.

Rosa war jedoch unversehrt. Das war das Einzige, was zählte.

Er kniete neben dem in einer Blutlache liegenden Overton nieder.

Der Diener schüttelte den Kopf. »Noch nicht ganz hinüber, Sir, aber bald. Die Kugel hat ihn an der Seite erwischt und steckt noch irgendwo da drin. Habt Ihr auf ihn … ?«

»Das Beste ist, nicht darüber zu sprechen.« Potts hatte ihn benachrichtigt, dass Edward Overton wieder nach Wenscote gekommen war. Überzeugt, dass Gefahr drohte, war Brand daraufhin sofort hierher galoppiert. Er hob die Pistole auf, die Overton offenbar aus der Hand gefallen war. Nicht abgefeuert. Der Inhalt einer Flasche hatte sich über den Fußboden ergossen.

»Gift?«, fragte Potts entsetzt. »Schon wieder?«

»Schon wieder?«

Potts deutete zum Bett, und erst jetzt sah Brand die verhüllte Gestalt. »Sir Digby?«

»Ja, Mylord. Aber man hat mir strengstens befohlen, nichts zu sagen …«, flüsterte er. »Ich bin froh, dass Ihr Mr Edward erschossen habt, Sir, und es freut mich, dass er noch eine Weile leiden musste. Das ist die Wahrheit, so unchristlich das auch sein mag!«

Brand widersprach Potts nicht, hatte aber auch keine Ahnung, von wem der Schuss abgefeuert worden war. Rosa konnte es nicht gewesen sein. Wer war sonst noch hier?

Er richtete sich auf und ging zu dem Toten hinüber, der sterblichen Hülle eines Mannes, den er gemocht hatte, und der zwischen ihm und der Frau seines Herzens gestanden hatte. Er machte sich Vorwürfe, dass er ihm keine Warnung geschickt hatte. Er hätte nie gedacht, dass Overton so weit gehen würde. Oder war er etwa selbstsüchtig gewesen?

Diese Frage konnte er guten Gewissens verneinen. Um seiner Lady einen Dienst zu erweisen, würde er die Angelegenheit hier so gut wie möglich regeln, nahm er sich vor. Zuerst galt es die entsetzten Diener loszuwerden. Die Haushälterin hatte zwar immer noch glasige Augen, schien sich aber einigermaßen beruhigt zu haben. »Wie wär's, wenn Sie für uns alle einen Tee machen würden, Mrs Monkton?«, schlug er vor.

Die Frau nickte und scheuchte, während sie mit unsicheren Schritten aus dem Zimmer tappte, die Diener fort.

Was nun? Er wäre am liebsten zu Rosa gegangen, aber die verdammte Gräfin lag ja noch immer auf dem Boden. So etwas Dummes, in Ohnmacht zu fallen, wenn sie hätte nützlich sein können!

Er hob sie auf und zog ihr das hauchdünne, spitzenbesetzte Seidennachthemd herunter, damit sie züchtig bedeckt war. Auf einmal roch er Pulver an ihren Händen und entdeckte auf der weißen Seide schwarzen Staub.

Heiliger Strohsack! Hatte *sie* den Schuss abgegeben? Diese Frau braucht unbedingt einen Wärter, dachte er. Er trug sie in den Korridor, horchte und ging dann mit ihr in die Richtung, aus der Stimmen kamen. Wie er gehofft hatte, fand er Rosa auf einem Bett sitzend, während ihre Mutter sie tröstete.

»Diana!«, stieß Rosa hervor und rückte schnell zur Seite, um Platz für sie zu machen.

Brand legte die Gräfin dort ab. Rosas Mutter zog schnell ein Riechmittel hervor und hielt es der Gräfin unter die Nase, bis diese prustend zu sich kam.

Sie stieß das stechende Mittel weg. »Ich hasse dieses Zeug!«, beschwerte sie sich, ließ sich wieder nach hinten sinken und legte eine Hand über die Augen.

»Mach nicht so ein Theater, Diana«, sagte die ältere Frau barsch. »Nur weil es dir peinlich ist, dass du in Ohnmacht gefallen bist.«

»Ich falle nie in Ohnmacht«, murmelte Lady Arradale. »Nie.«

»Und Ihr habt bislang auch bestimmt noch niemanden erschossen«, warf Brand ein. »Wenn Ihr besser gezielt hättet, hättet Ihr mich erwischt!«

Die Gräfin setzte sich auf und funkelte ihn wütend an. »Wenn Ihr einfach so in anderer Leute Haus hereinstürmt, müsst Ihr auch damit rechnen, erschossen zu werden!«

»Ich bin hereingestürmt, weil ich gesehen habe, was drinnen vor sich ging!«

Du meine Güte, er stand wohl selbst unter Schock, weil er so mit der Gräfin herumstritt.

Er wandte sich seiner leichenblassen Geliebten zu. »Ist alles in Ordnung?« Natürlich war es das nicht. Warum gelang es ihm nie, sie zu trösten?

»Den Umständen entsprechend«, sagte sie und bemühte sich, ihn anzulächeln. Er sah ihr an, dass sie genauso ratlos war, wie sie sich in dieser Situation verhalten sollte, wie er.

Er flüchtete sich in die Konvention. »Mein aufrichtiges Beileid zum Tod von Sir Digby.«

»Vielen Dank.« Sie tat es ihm gleich. »Darf ich Euch Mrs

Ellington, meine Mutter, vorstellen? Mutter, das ist Lord Brand Malloren.«

»Wir haben uns schon in Arradale kennen gelernt«, sagte die mollige, besonnen wirkende Frau in Nachthemd, Umschlagtuch und Nachthaube.

Brand verbeugte sich, als befänden sie sich in einem Salon. Ihm kam die Situation selbst immer absurder vor. »Euer Diener, Madam.«

»Ihr müsst einen weiten Weg hinter Euch haben, Lord Brand.«

»Ich bin von Thirsk gekommen.«

Teufel aber auch, als Nächstes würden sie wohl noch über das Wetter reden! Ihnen allen musste doch bewusst sein, in welcher Lage sie sich befanden! Er setzte sich ans Fußende des Betts und ergriff die Hand seiner Lady. »Ihr seid jetzt in Sicherheit, meine Liebe.«

»Ich weiß. Es ist alles in Ordnung.« Doch dann schluckte sie und sah ihn an. »Er wollte … er wollte … Brand.« Sie begann zu zittern, und dann taumelte sie vorwärts, ihm entgegen, und er konnte sie endlich in die Arme nehmen.

Sie verharrten eine Weile in dieser Umarmung, nach der sie sich so lange verzehrt hatten.

Dann flüsterte sie: »Er wollte das Baby töten, Brand. Er wollte mir etwas einflößen.«

»Schhht.«

»Ich habe den Mund zugepresst. Ich konnte nicht mal schreien …«

Er drückte sie fester an sich. »Schhhh, Liebes. Es ist vorbei. Ich bin hier. Ich werde auf dich aufpassen.«

Wenn er das nur könnte! Er hätte sich am liebsten neben sie gelegt, um sie zu trösten und zu beschützen, aber dies war das Haus ihres Mannes, und Sir Digby lag tot in einem der Nebenzimmer.

Er würde wieder fortgehen müssen.

Schrecklich.

Auf einmal glitt die Gräfin vom Bett herunter. »Ich brauche unbedingt eine Tasse Tee. Mit einem ordentlichen Schuss Brandy.«

Rosamundes Mutter erhob sich von ihrem Stuhl und nickte. »Ausgezeichnete Idee.«

Als sie dicht an Brand vorbei zur Tür ging, legte sie ihm zu seiner Überraschung ganz kurz die Hand auf die Schulter.

Nun, der Aufforderung einer Mutter konnte er wohl kaum zuwiderhandeln!

Sobald die Tür geschlossen war, legte er sich neben seine Lady aufs Bett und konnte sie endlich fest in die Arme schließen.

Zunächst erzählte sie ihm aufgeregt immer und immer wieder, was passiert war, was Edward gesagt hatte, wie sie sich gewehrt hatte, der Schock, der Schuss, die Schreie …

Er hielt sie einfach nur in den Armen, und nach einer Weile beruhigte sie sich und schlief schließlich ein. Die Arme um sie geschlungen, wachte er die restliche Nacht über seine Lady, wie es sich für einen wahren Helden gehörte.

Rosamunde erwachte. Wer hatte da die Arme um sie gelegt? Digby?

Nein, nicht Digby.

Sie schlug die Augen auf, wagte kaum zu hoffen, dass das letzte, woran sie sich erinnern konnte, nicht nur ein Traum gewesen war. Es war Brand. Mit schweren Lidern, aber wachsam und bei ihr.

»Du hast mich gerettet. Besser gesagt, das Kind.«

»Würde nicht jeder Vater sein Kind retten?«

Sie schloss die Augen wieder. »Brand …«

»Schhh.« Er legte sachte die Finger auf ihre Lippen. »Ich habe die ganze Nacht Zeit gehabt, um über sämtliche Schwierigkeiten nachzudenken. Aber wir können sie besiegen. Du kennst, glaube ich, das inoffizielle Motto meiner Familie noch nicht.«

»Lass mich raten. ›Wir sind Götter und tun nur, was wir wollen.‹«

Als er lächelte, bildeten sich an seinen Augen reizende Lachfältchen. »Fast richtig. *Bei einem Malloren ist alles möglich.*«

Sie sah ihm direkt in die Augen. »Was soll denn deiner Meinung nach möglich sein?«

»Es würde mich kränken, wenn du das nicht selbst wüsstest.«

»Ich muss es aus deinem Mund hören.«

»Ich möchte dich heiraten, Rosa. Dich lieben und ehren, dich beschützen und dich erfreuen jetzt und immerdar, amen.«

Sie lachte und kämpfte mit den Tränen. »So, wie du das sagst, muss ich es fast glauben.« Sie strich mit den Fingern über sein Gesicht, das schon wieder stoppelig war. Nach dem langen Ritt und dem Abenteuer, das er gerade hinter sich hatte, war er fast wieder in dem gleichen Zustand wie damals, als sie ihn gerettet hatte. »Gibt es das oft, dass man mit einem wildfremden Menschen spontan eine so tiefe Verbundenheit empfindet? Das ist doch gegen alle Vernunft.«

»Ich glaube auch nicht, dass Vernunft etwas damit zu tun hat.«

Sie erwartete – fürchtete fast –, dass er sie jetzt küssen würde. Sie wusste nicht, was sie tun sollte und was sie in dieser außergewöhnlichen Situation wünschen sollte. »Brand, ich bin so verwirrt. Das Kind … ich muss es …«

»Schhh. Wir werden eine Lösung finden. Sag mir nur eins: Möchtest du mich heiraten? Ich werde dich nicht zwingen.«

Konnte er daran zweifeln? »Wenn ich so dumm sein sollte, nicht einzuwilligen, gebrauche bitte Gewalt!«

Er lachte leise und schmiegte seinen Kopf an ihren. Mehr nicht. Dies war etwas, was sie so sehr an ihm mochte – sein Ehrgefühl und sein instinktives Gefühl dafür, was richtig war.

»Rosa«, sagte er, »wir können im Augenblick noch nichts unternehmen, aber ich werde einen Weg finden. Vertraue mir.«

Sie strich ihm übers Haar. »Ich vertraue dir. Und wir können zusammen sein, vorausgesetzt wir verzichten auf das Kind.«

Er sah ihr in die Augen. »Du willst doch wohl nicht auf dein Kind verzichten?«

»Man kann nicht alles haben, was man will. Ich habe mich damit abgefunden.«

»Ich nicht. *Bei einem Malloren ist alles möglich*, vergiss das nicht! Vielleicht glaubst du das nicht bei mir, aber in dieser Hinsicht kannst du uneingeschränktes Vertrauen in meinen Bruder haben.«

Vertrauen war nicht das richtige Wort für das, was sie empfand. »Er wird mich nicht davon abzuhalten versuchen, dieses Kind zu verheimlichen, oder? Ich werde Digby keine Schande machen.«

Er lächelte. »Du siehst richtig grimmig aus. Und furchterregend. Lady Richardson und ihre pickelige Zofe haben ja auch den Marquis von Rothgar ausgetrickst, nicht wahr? Ist dir bewusst, wie einzigartig das ist?«

Sie dachte an die Entführung und fragte sich, ob er auch von *dieser* Niederlage seines Bruders wusste.

Sie war überzeugt, dass der Marquis nun auf Rache sann. »Er macht mir Angst, Brand. Lass bitte nicht zu, dass er sich einmischt.«

»Das wird sich leider nicht vermeiden lassen, mein Schatz. Aber es soll alles so geschehen, wie du es wünschst. Lass mich nur versuchen, einen Plan zu ersinnen, bei dem sich alles verwirklichen lässt, was wir uns wünschen. Alles.«

Sie sah ihn fast verärgert an. Wusste er nicht, dass manche Dinge unmöglich waren, selbst für einen Malloren? Sie konnten nicht zugleich heiraten und das Kind behalten, ohne sie und Digby der Schande auszusetzen. Aber sie war bereit, ihm so viel Vertrauen zu schenken, wie sie konnte. Sie ergriff seine Hand und sagte: »Dann werde ich für ein Wunder beten, mein Geliebter.«

Stille trat ein. Wie von einer unsichtbaren Macht angezogen, näherten sich ihre Gesichter in dem Verlangen nach dem verbotenen Kuss. Doch dann sagte er: »Dies ist Sir Digbys Trauerzeit. Wir würden es beide bereuen, wenn wir das vergäßen.«

Nach diesen Worten rollte er sich vom Bett herunter und streckte und gähnte sich, als sei es ein ganz normaler Morgen. Trotz Bartstoppeln und zerzaustem Haar sah er schön und absolut ehrenhaft aus. All das würde sie eines Tages haben. Sie würde nicht zulassen, dass es vom Verlust des Kindes überschattet würde.

Es würde genügen.

Er drehte sich zu ihr hin. »Ich muss jetzt aufbrechen. Wirst du zurechtkommen?«

Sie hätte ihn am liebsten hier behalten. »Wir haben in der kurzen Zeit, seit wir uns kennen, schon viel zu oft voneinander Abschied genommen ...« Doch sie fand die Kraft hinzuzufügen: »Meine Mutter und Diana sind ja bei mir, und der Rest der Familie wird bald hier sein, um Digby das letzte Geleit zu geben. Willst du nicht bis zur Beerdigung bleiben?«

»Ich habe hier nichts zu suchen. Noch nicht.« Mit Hilfe des kleinen Wandspiegels brachte er geschickt seine Haare in Ordnung. Es gefiel ihr, dass er nicht für jede Kleinigkeit einen Kammerdiener brauchte.

»Wo wird die Beerdigung stattfinden?«, fragte er.

»In Wensley.«

»Dann werde ich dort in der Kirche sein. Lediglich als ein Bekannter, der ihm die letzte Ehre erweist.«

»Und danach?« Sie brachte es nicht fertig, alles einfach so in der Schwebe zu lassen. »Ich kann dich nicht bald heiraten, Brand.«

»Ich weiß.«

Wirklich? Verstand er das wirklich? »Nicht, bevor das Kind geboren ist. Erst nachdem …«

Er legte wieder die Finger auf ihre Lippen. »Vertraue mir.«

Er wartete, bis sie nickte, dann richtete er sich auf und zwinkerte ihr zu. »Du kannst von Glück sagen, dass ich ein sehr geduldiger Mensch bin, Rosa Overton. Sonst würde ich schon längst nach einer anderen Frau Ausschau halten, die mich zu ihrem willigen Liebessklaven macht.«

Nachdem er damit bewirkt hatte, dass sie feuerrot wurde, wandte er sich zum Gehen.

An der Tür hielt er noch einmal inne und sagte: »Denk in den nächsten Monaten immer daran, dass ich dich liebe, Rosa. Dass ich dich liebe, bis dass der Tod uns scheidet, und in alle Ewigkeit. Du wirst alles bekommen, was du dir wünschst.«

»Aber wie?«, flüsterte sie, doch zum Glück war er schon weg.

Ihr war nach Heulen zumute, aber sie bekämpfte die Tränen und schob alle zukünftigen Probleme von sich weg. Sie putzte sich die Nase und erhob sich, um dem neuen Tag, dem ersten Tag nach Digbys Tod, entschlossen entgegenzublicken.

Nachdem sie ihr Zimmer verlassen hatte, erfuhr sie, dass Brand schon die Verantwortung für Edwards Tod übernommen und die Leiche mitgenommen hatte, um sie Lord Fencott, dem Friedensrichter, zu überbringen. Er hatte auch Hinweise hinterlassen, dass gegen die Neue Glaubensgemeinschaft Untersuchungen im Gange waren wegen zahlreicher Vorwürfe, einschließlich der Verwendung von Gift, um unbequeme Personen aus dem Weg zu räumen.

Die Folge davon war, dass unter den Trauernden, die Digby auf seinem letzten Weg begleiteten, sowohl Beunruhigung als auch große Erleichterung herrschten, und die Trauergesellschaft sich in allen möglichen Spekulationen erging. Manchmal wurde sogar gelacht. Rosamunde glaubte nicht, dass Digby daran Anstoß genommen hätte, denn es war trotzdem klar, dass er von allen vermisst wurde. Und er selbst hatte es auch immer genossen, wenn sich eine Gelegenheit geboten hatte, fröhlich zu sein.

Niemand schien Brands Teilnahme verdächtig zu finden. Alle wussten, dass er Digby in Arradale kennen gelernt und dass er Edward bei seiner Abreise gegen dessen Willen mitgenommen hatte. Diese Geschichte war einfach zu gut gewesen, um nicht im ganzen Tal herumerzählt zu werden.

Ob sie wohl noch andere Dinge vermuteten? Rosamunde glaubte es eigentlich nicht. Die Dienstboten im Witwenhaus hatten eisern den Mund gehalten. Und wer von ihren eigenen Bediensteten einen Verdacht hegte, tat es genauso. Vielleicht würde ihr Plan funktionieren – das Kind heimlich zur Welt zu bringen und ein gutes Zuhause für es zu finden.

Dann würde sie Brand heiraten und weitere Kinder bekommen.

Das würde genügen.

Die männlichen Mitglieder ihrer Familie trafen jetzt ein – Onkel, Brüder, Schwäger und ihr Vater. Sie fühlte sich sicher und geschützt, konnte aber nicht umhin, sich zu fragen, wie sich ihre Familie später einmal Brand gegenüber verhalten würde.

Weil ihr Vater einer der Testamentsvollstrecker war, hatte sie ihm sagen müssen, dass ihr Kind nicht von Digby war. Er hatte ihr keine Vorwürfe gemacht – sie war sich sicher, dass er Verständnis hatte –, aber er hatte geseufzt und den Kopf geschüttelt. Es war klar gewesen, dass er die Probleme genauso vorhersah wie sie selbst.

Dass er bei ihr akzeptierte, was sie getan hatte, bedeutete nicht, dass er auch akzeptierte, was Brand getan hatte, aber es machte nichts, wenn zwischen ihnen Kälte herrschte. Wenn sie erst einmal verheiratet wären, würde sie mit Brand in Südengland leben. Als sie den Blick jetzt über die Dales schweifen ließ, schreckte sie jedoch vor dem Gedanken zurück, mit ihrer Heirat auch diese heimatliche Landschaft aufgeben zu müssen.

Aber sie würde Brand haben. Das würde genügen.

Digbys Sarg wurde zugenagelt. Rosamunde legte die Blumengirlande, die sie geflochten hatte, auf den Deckel, und acht Männer hoben den Sarg an, um ihn das Tal hinunter in Richtung Friedhof zu tragen. Rosamunde und Diana ritten voran, die Männer kamen hinterher. Ihre Mutter nahm Mrs Monkton in ihrem Einspänner mit, die Glöckchen waren für diese Fahrt abgenommen worden.

Auf der gesamten Strecke kamen Menschen von den Feldern, aus Häusern und Gasthöfen an den Straßenrand, um sich vor dem Verstorbenen, einem guten Bewohner Wensleydales, zu verneigen, und als sich am Nachmittag der Trauerzug der Stadt Wensley näherte, begannen die Glocken zu läuten. Die kühle Kirche war schon bis auf den letzten Platz besetzt.

Tränen flossen, aber eigentlich nicht vor Schmerz. Hier gedachte man des Mannes, wie man ihn in Erinnerung hatte: als eines warmherzigen, aufrichtigen Menschen.

Rosamunde weinte während des gesamten Gottesdienstes und als er ins Grab hinabgelassen wurde. Aber er war ja schon woanders, an einem besseren Ort. Sie war überzeugt, dass der Friede, den sie innerlich verspürte, sein Geschenk war.

Sie vermutete, dass Brand unter den Trauernden war, sah sich aber nicht um. Als die Leute dann nacheinander an ihr vorbeizogen, um ihr persönlich zu kondolieren, war ihr klar, dass auch er gleich vor ihr stehen würde, und ihr war deshalb ein wenig bange. Aber es ging ohne Zwischenfall vorüber. Er verneigte sich schlicht und sagte: »Es war mir eine Ehre, dass es mir vergönnt war, Euch und Sir Digby einen kleinen Dienst zu erweisen, Lady Overton.«

Sie zwang sich, ihm nicht hinterherzusehen. Ihre gemeinsame Zeit würde kommen. Noch war es nicht so weit.

Nachdem er der Witwe kondoliert hatte, hielt Brand sich noch eine Weile unter den Trauergästen auf und wechselte ein paar Worte mit Leuten, die er in Arradale kennen gelernt hatte. In Wirklichkeit jedoch stand er Wache, falls irgendetwas passieren sollte, das Rosa beunruhigt hätte. Er hoffte, man merkte ihm das nicht an.

Es fiel ihm schwer, als ein bloßer Bekannter hier zu stehen und es anderen überlassen zu müssen, sich um sie zu kümmern. Sie hatten bisher nur so wenig Zeit miteinander verbringen können, und nie war es dabei richtig friedvoll zugegangen.

Er wollte mehr.

Er konnte jedoch nicht haben, was er wollte, und wie er ihr gesagt hatte, war er ein geduldiger Mensch. Er war es gewohnt, Zuchtprogramme und landwirtschaftliche Programme in die Wege zu leiten, die erst nach etlichen Jahren Ergebnisse zeigten. Er hatte die Pflanzung von Bäumen veranlasst, an denen sich zukünftige Generationen erfreuen würden.

Ein Jahr war keine so lange Zeit.

Im Moment jedoch kam es ihm verdammt lang vor, vor allem deshalb, weil sie in dieser Zeit ihre Gefühle füreinander verbergen mussten. Aber jetzt konnte er sie wenigstens betrachten, wenn er Acht gab, dass er sich nicht durch liebevolle Blicke verriet.

Es war das erste Mal, dass er sie unter anderen Menschen sah, und eigentlich auch das erste Mal, dass er sie im Freien sah.

Was für eine seltsame Beziehung war das doch gewesen! Er sah jetzt, dass sie sogar im Umgang mit Nachbarn etwas schüchtern und zurückhaltend war. Manchmal senkte sie den Kopf, als befürchtete sie immer noch, dass man ihre Narben sehen konnte, die jetzt aber unter der Schminke kaum noch wahrzunehmen waren.

Früher mussten sie für sie eine schreckliche Bürde gewesen sein. Er wünschte, er hätte ihr damals schon beistehen können.

Trotz ihrer Schüchternheit war sie freundlich und liebenswürdig zu allen und eindeutig sehr beliebt.

Er beobachtete die anderen Mitglieder ihrer Familie und stellte erfreut fest, dass sie einander sehr nahe zu stehen schienen. Die drei hoch gewachsenen kräftigen Männer waren vermutlich ihre Brüder, und Mr und Mrs Ellington hatte er gleich sympathisch gefunden, als er sie in Arradale kennen gelernt hatte.

Solide, vernünftige Leute, bei denen Rosamunde gut aufgehoben war.

Eigentlich waren ihm die Bewohner von Wensleydale alle sehr sympathisch. Mochten sie auch wortkarg und sparsam mit ihrem Lächeln sein, so spürte man doch ihre tiefe Verwurzelung, eine Kraft, die vom Leben in einer der raueren Gegenden Englands herrührte.

Ihm ging plötzlich auf, wie sehr Rosa diesen Landstrich liebte. Sie hatte selbst gesagt, dass sie hier verwurzelt war wie die Rosensträucher im Garten, und das stimmte. Er selbst, der fast ständig von einem Landgut Beys zum nächsten zog, kannte dieses Gefühl der Sesshaftigkeit nicht.

Die Vorstellung, Wurzeln zu haben, war durchaus verlockend. Falls die Pläne, die gerade in seinem Kopf Gestalt annahmen, Wirklichkeit werden sollten, würde sein Bruder Bey ziemlich ungehalten sein!

Als ihm bewusst wurde, dass sein Blick schon viel zu lange auf ihr geruht hatte, steuerte er rasch den Stall des Gasthofs an. Da er sich offenbar nicht mehr ganz unter Kontrolle hatte, war es besser, wenn er ging. Als er den Stallburschen bezahlt hatte und gerade aufsteigen wollte, hörte er hinter sich jemanden rufen: »Junger Mann.«

Brand drehte sich um und sah Rosas Vater mit hinter dem Rücken verschränkten Händen und ausdrucksloser Miene dastehen.

»Mr Ellington?« Brand fragte sich beunruhigt, ob wohl auch Rosas Brüder in der Nähe waren.

»Ich würde gerne ein Wort mit Euch reden, wenn Ihr nichts dagegen habt, Mylord.«

Brand band sein Pferd fest und ging mit dem Mann ein paar Schritte weiter, um ungestört zu sein. »Ja?«

Mr Ellington musterte ihn wie ein Bauer einen Stier auf einem Viehmarkt oder vor dem Schlachtklotz.

»Ich will nicht lange drumherumreden, Mylord. Wenn ich recht informiert bin, ist meine Tochter von Euch schwanger.«

Malloren'scher Stolz hätte Brand beinahe zu einer kühlen Erwiderung verleitet, stattdessen sagte er: »Es sieht so aus.«

»Trotzdem scheint Ihr abreisen zu wollen.«

Brand hatte das mulmige Gefühl, dass Rosamundes kraftstrotzende Brüder jeden Moment auftauchen würden, womöglich mit Knüppeln in den Händen. »Rosa möchte es so.«

»Frauen wissen manchmal nicht, was das Beste für sie ist.«

»Wirklich? Das finde ich nicht. Wäre es Euch etwa lieber, wenn ich Rosa sofort heiraten würde? Ich bin dazu durchaus bereit, glaube aber nicht, dass es klug wäre.«

Der ältere Mann entspannte sich ein wenig. »So.«

»Mr Ellington, Rosa und ich werden heiraten. Es ist jedoch eine ziemlich heikle Situation, wie Ihr mir sicherlich zustimmen werdet. Bitte vertraut mir, dass ich eine angemessene Lösung finden werde.«

Der Mann entspannte sich noch mehr, sackte regelrecht zusammen. »Es ist sicherlich nicht leicht, eine angemessene Lösung zu finden, Mylord. Vielleicht wäre es das Beste, wenn Ihr sie in aller Stille heiratet und sie von hier fortbringt.«

»Ich hoffe, mir fällt eine bessere Lösung ein. Sagt mir bitte noch eins. Es könnte sein, dass ein paar Leute vermuten, dass sie schwanger ist. Einige wissen, dass ich mit ihr zusammen war. Wenn man der Öffentlichkeit nun eine ganz andere Geschichte präsentiert, die ebenfalls zu den Tatsachen passt, werden sie dann ihr Wissen und ihren Verdacht für sich behalten?«

Der Mann nickte. »Für eine Frau von hier werden sie das mit Sicherheit tun, Mylord.«

Brand streckte die Hand aus. »Dann hoffe ich sehr, dass ich an einem Tag in naher Zukunft in Eurer Familie willkommen geheißen werde, Mr Ellington. Ich, Rosa und unser Kind.«

Nach kurzem Zögern ergriff der andere Mann die Hand. »Wenn Ihr das zuwege bringen könnt, wird das so gut wie ein Wunder sein, Mylord, aber es ist nett von Euch, es zu versuchen.«

Im Gasthof *Drei Fässer* ging es bei Brands Rückkehr hektisch zu, weil sein Bruder mit seinem Gefolge kurz vor der Abreise war. In Beys Zimmer sah es trotz der Unruhe ordentlich aus. Während seine Bediensteten hin und her liefen und alles für die Rückreise vorbereiteten, leitete er letzte Maßnahmen gegen die Neue Glaubensgemeinschaft ein.

»Ich habe Cotter in ein Versteck gebracht«, sagte Brand, als sie für einen Moment allein im Zimmer waren. »Er hatte von den üblen Machenschaften seiner übereifrigen Anhänger keine Ahnung und war in dem Glauben, dass all die glücklichen Todesfälle Gottes Wille gewesen seien.«

Bey las eine Notiz und legte sie zu den anderen. »Er hat mit Sicherheit auch nicht gewusst, dass ein paar dieser verdammten Dummköpfe geplant hatten, Hochverrat zu begehen. Sie hatten vor, die Monarchie zu stürzen.«

»Teufel auch! Also hatte der König Recht.«

»Ich werde ihm das Lob übermitteln lassen. Sie hätten es zwar nie geschafft, aber Cotter ist dadurch in eine unmögliche Lage geraten. Man wird ihn wegen Hochverrats anklagen.«

»Und ihn aufhängen, rädern und vierteilen? Aber er ist doch ein guter Mann, Bey.«

»Er ist ein naiver Dummkopf.«

»Er will seine Botschaft nach Amerika bringen. Können wir ihm helfen, ihn und seine Familie fortzubringen?«

Sein Bruder dachte kurz nach. »Wäre er wenigstens bereit, normale Kleider anzuziehen?«

»Ich denke schon.«

»Sehr gut. Aber sollte er auch in den Kolonien Verrat schüren, wirst du deinen Kopf hinhalten dürfen. Es gärt dort drüben ohnehin schon.«

Bey widmete sich einem weiteren Bericht und gab einem Angestellten Anweisungen, während er nebenbei eine Frage seines Kammerdieners bezüglich seines Gepäcks beantwortete.

»Bring Cotter und seine Familie nach Liverpool«, sagte er, als sie wieder allein waren. »Bryght müsste imstande sein, ein sicheres Schiff zu finden. Eine ganze Reihe unserer Schiffe segelt diese Route. Wenn das erledigt ist, komm wieder hierher zurück und mach den Kauf der Landgüter perfekt.«

Weil Brand schwieg, blickte er auf. »Hast du irgendwelche Bedenken?«

»Ist dir gar nicht aufgefallen, dass ich weg gewesen bin? Ich habe meine eigenen Sorgen. Sir Digby Overton ist gestorben und Lady Arradale behauptet, er wurde von seinem Neffen vergiftet.«

Bey wurde still. »Das tut mir leid. Ich hätte nie gedacht, dass er so weit gehen würde. Was hat die Gräfin damit zu tun?« Die Frage klang seltsam scharf.

»Sie hat zugesehen, wie Lady Overton die Reste von Sir Digbys letztem Mahl einem alten Hund zu fressen gab. Er ist gleich danach gestorben.«

»Also haben wir einen Beweis, falls wir einen brauchen.«

»Das brauchen wir nicht. Edward Overton ist ebenfalls tot. Die Gräfin hat ihn erschossen.«

Bey starrte ihn an. Er schien ausnahmsweise einmal beinahe schockiert zu sein. »Da hast du ja eine interessante Zeit gehabt.«

»Sei nicht zu beeindruckt. Sie hat eigentlich auf mich gezielt.«

»Hat sie das zugegeben?«

»Wir haben nicht darüber gesprochen. Bey, Lady Overton ist meine geheimnisvolle Lady.«

Sein Bruder zeigte sich unbeeindruckt. »Ich hatte die Einzelteile bereits zusammengefügt. Und was hast du nun vor? Sie kann Wenscote nicht behalten.«

Brand sollte es eigentlich nicht überraschen, dass sein Bruder das Wesentliche so schnell erfasst hatte. »Das will sie auch gar nicht.«

»Welche Pläne hat sie für das Kind?«

»Sie will es heimlich zur Welt bringen und ein gutes Zuhause für es finden.«

Bey sah ihn an. »Und du bist damit einverstanden?«

»Nein, aber um das Andenken ihres Mannes in Ehren zu halten, besteht sie darauf, dass nie bekannt wird, dass es ihr Kind ist. Ich muss mich dem fügen.«

»Ich werde es für dich aufziehen, wenn du möchtest. Ein Bastard, aber ein Malloren.«

Brand nickte. »Vielen Dank, aber ich hoffe, es lässt sich eine bessere Lösung finden. Da kommt mir gerade eine Idee.« Er sann eine Weile darüber nach. »Sie hat vor, gleich nach der Beerdigung nach Harrogate zu ziehen, um dort den ersten Teil der Trauerzeit zu verbringen. Bevor die Schwangerschaft sichtbar wird, wird sie jedoch noch weiter wegziehen müssen. Ich muss mich im Hintergrund halten. Würdest du dafür sorgen, dass sie von dort an einen sicheren und ruhigen Ort gelangt?«

Bey schien plötzlich sehr an seinem Rubinsiegelring interessiert. »Deine Lady scheint sehr diskret zu sein.«

»Wie meinst du das?«

Bey blickte auf. »Ob du mir wohl eines Tages die ganze Geschichte hinter dieser geheimnisvollen Affäre erzählen wirst? Nachdem ich Lady Overton einmal – leider nur kurz –

begegnet bin, fällt es mir schwer, mir gewisse Einzelheiten auszumalen.«

»Du bist ihr begegnet?«

»Deshalb habe ich sie ja als diskret bezeichnet. Weil sie dir nichts davon gesagt hat.«

Obwohl Brand jederzeit für seinen Bruder die Hand ins Feuer gehalten hätte, lief es ihm jetzt kalt den Rücken herunter. »Wovon hat sie mir nichts gesagt?«

»Ich habe neulich versucht, sie in Gewahrsam zu nehmen. Nur zu ihrer eigenen Sicherheit, obwohl ich zugeben muss, dass der Gedanke, die Frau, die dir so viel angetan hat, in ein dunkles Verlies zu sperren, nicht ohne Reiz war.«

»Du ... Und es ist dir *nicht* gelungen?«

»Lady Arradale hat ihre Truppen zusammengezogen und mich in die Flucht getrieben. Ich erwähne das nur, weil ich mir vorstellen kann, dass Lady Overton nicht gewillt ist, in meiner Begleitung zu reisen.«

Brand konnte das durchaus nachvollziehen. »Was hast du denn mit ihr gemacht?«

»Ich habe sie geschickt umzingelt. Trotz der Lektionen, die Elf mir beigebracht hat, habe ich jedoch offenbar die Angewohnheit, konventionell erscheinende junge Damen zu unterschätzen. Als sie einen Fluchtversuch machte und ich ihr den Weg abschnitt, hätte sie sich um ein Haar verletzt. Es wäre klüger gewesen, ich hätte sie entkommen lassen.« Er zuckte mit den Achseln. »Ich war wütend auf sie, weil sie dir all das angetan hat.«

Kein Wunder, dass Rosa vor Bey Angst zu haben schien, aber es war nicht Brands Art, anderen wegen etwas, das vergangen und erledigt war, Vorwürfe zu machen. »Wenn ihr etwas passiert wäre, hätte das einen Keil zwischen uns getrieben. Aber so wie die Dinge liegen, bin ich sicher, dass sie die Sache vergessen wird, wenn auch du es tust.«

»Eine tolerante Frau. Ihr werdet gut zusammenpassen.«

Es war in gewisser Weise direkt ein Segen. Brand war sich

nicht sicher, ob sein Bruder all seine Pläne gutheißen würde, aber diese Kämpfe würde er später mit ihm ausfechten, nicht jetzt. Sie besprachen rasch die weiteren Einzelheiten und kamen überein, dass es das Beste wäre, wenn ihre Schwester Elf sich um Rosa kümmerte. Vor Elf würde niemand Angst haben. Zumindest keine Frau.

Anschließend schickte Brand sich an, eine kleine offene Wunde zu heilen. Bey hatte zugegeben, wenn auch auf seine Weise, dass er in einer bestimmten Situation falsch gehandelt hatte, und sich indirekt dafür entschuldigt. Dafür musste er jetzt ein wenig bluten. Brand schenkte etwas Wein aus der Karaffe in zwei Gläser und reichte eines davon seinem Bruder. »Als Buße für die geplante Entführung wirst du mir jetzt haarklein schildern, wie Lady Arradale es geschafft hat, dich in die Flucht zu schlagen.«

# 25

Die Beerdigung nahm Rosamunde mehr mit, als sie geglaubt hätte. Vielleicht lag es an der Schwangerschaft. Sie verließ Wenscote gleich anschließend und unterdrückte dabei ein Gefühl des bitteren Verlusts. Nachdem sie ein paar Tage bei ihrer Familie zugebracht hatte, mietete sie sich mit Millie in Harrogate ein, wo sie endlich zur Ruhe kam.

Sie sehnte sich jedoch nach Brand, und sei es nur nach einem Wort oder einem Brief von ihm, aber sie wusste, dass sie ihre Beziehung nicht offen zeigen durften.

Er hatte ihr noch nicht gesagt, wie seine Pläne aussahen. Sie nahm an, dass er allmählich einsehen würde, dass man nicht alles haben konnte.

Ein Jahr mussten sie abwarten, dann konnten sie endlich zusammen sein. Die Zeit dehnte sich wie eine endlose, verlassene Straße vor ihr aus, und außerdem würde sie auch den Verlust ihres Kindes noch überwinden müssen. Aber am Ende würde ihr zumindest Brand gehören. Das würde genügen.

Eines Tages überbrachte ihr eine Hausangestellte einen Brief. Rosamunde öffnete ihn und stellte fest, dass er von Brand war. Das war doch viel zu riskant! Die Bedienstete, eine Frau mittleren Alters, tippte sich an die Nase. »Bei einem Malloren«, sagte sie leise, »ist alles möglich. Wenn Ihr ihm eine Antwort zukommen lassen wollt, Mylady, gebt sie einfach mir, und ich leite sie weiter. Ich bin Dora.«

Während Rosamunde sich rasch in ihr Zimmer zurückzog, um den Brief in Ruhe zu lesen, wurde ihr klar, dass der Malloren, der hier seine Finger im Spiel hatte, der Marquis sein musste. Er hatte sich zwar nicht mehr blicken lassen, aber sie wusste, dass Brand Recht hatte. Nichts würde Rothgar davon abhalten, sich in die Angelegenheiten seines Bruders einzumischen. Diese Art der Einmischung war allerdings ein himmlischer Segen!

Obwohl es kein Liebesbrief im üblichen Sinne war, las sie den Bericht über die eingebrachte Ernte und die Aussaat von Roggen und Winterweizen wie einen solchen. Bei seiner Schilderung der verworrenen Cotteriten-Geschichte fühlte sie mit Brand und freute sich mit ihm über seine Erfolge. Er hatte sogar ein paar Sachen geschrieben, die sie zum Lachen brachten.

Als sie den Brief zu Ende gelesen hatte, setzte sie sich sofort an ihren Schreibtisch und schrieb einen langen Antwortbrief, der in einem ähnlichen Ton gehalten war wie seiner, in dem sie von den Menschen hier in Harrogate und über ihre erholsame Zeit berichtete.

Wochen vergingen, die durch beinahe täglich eintreffende Briefe zwar versüßt, dadurch zugleich aber immer quälender wurden. Brand war so verlockend nah, und es wäre für ihn ein Leichtes gewesen, einen kurzen Abstecher nach Thirsk zu machen. Warum konnte sie Lord Brand Malloren, dem Freund ihres Mannes, nicht einmal zufällig begegnen und ihn zumindest sehen, mit ihm reden …?

Ihn küssen. Ihn lieben.

Dann, eines Tages, war er plötzlich da. Sie machte gerade einen Spaziergang durch Harrogate, als er auf einmal vor ihr stand, sich verbeugte und sagte: »Lady Overton. Es freut mich sehr, dass Ihr so erholt ausseht.«

Rosamunde forderte Millie rasch auf, sich auf eine Bank in der Nähe zu setzen, und entfernte sich dann ein Stück mit ihm. »Was tust du hier? Das ist doch viel zu riskant!«

»Wegen eines einzigen Besuchs wird schon nicht gleich Gerede aufkommen! Du siehst gut aus.«

»Es geht mir auch gut.«

»Und dem Baby?«

»Auch. Brand ...« – »Sieh mich nicht so an, sonst gibt es doch noch Gerede!«

Er hakte sich bei ihr unter und schlenderte mit ihr die Straße hinunter. »Ich bin gekommen, um etwas Wichtiges mit dir zu besprechen.«

»Schwierigkeiten?«

Er warf ihr einen kurzen Blick zu und schüttelte den Kopf. »Nein. Ein Plan. Ich möchte, dass du von hier aus nach Wales weiterreist. Ich habe erfahren, dass dort an einem abgelegenen Ort eine Tante von dir lebt, und du sollst bei ihr wohnen.«

»Ich soll dort das Kind zur Welt bringen?«

»Nein. Wir werden nur so tun, als würdest du dorthin fahren. In Wirklichkeit wirst du in ein Dorf in Herefordshire ziehen und dich als die Ehefrau eines Kapitäns ausgeben.«

»Die gerade ein Kind erwartet? So ein Ammenmärchen glaubt doch kein Mensch!«

»Die Leute werden aber so tun, als würden sie es glauben, wenn man ihnen zu verstehen gibt, dass du in Wirklichkeit die Geliebte eines Lords bist und von ihm ein Kind bekommst.«

Sie blickte ihn entgeistert an. »Ich soll dort als eine Frau von so zweifelhaftem Ruf leben?«

»Ist das zu viel verlangt?«

Nach kurzem Schweigen lachte sie. »Nein. Ich werde mir einfach vorstellen, ich sei Lady Gillsett.«

»Vielleicht könntest du besser deinen dezenteren Namen benutzen – Mrs Richardson.«

Beide lachten darüber, doch dann fragte sie: »Und auf diese Weise wird es vielleicht möglich sein, das Kind zu behalten?«

»Allerdings. Um wen, glaubst du, handelt es sich wohl bei dem fraglichen Lord? Das ist ja gerade das Schöne daran«, sagte er mit deutlicher Befriedigung. »Ich werde die Verantwortung für mein Kind übernehmen. Ich hoffe«, sagte er mit einem viel sagenden Lächeln, »dass mir meine zukünftige Frau verzeihen und das Kind bei sich aufnehmen wird.«

Eine schwache Hoffnung keimte in ihr auf. »Meinst du wirklich, das könnte funktionieren?«

»Ich wüsste nicht, warum es das nicht sollte. Du wirst das Kind zwar nach der Geburt eine Weile nicht sehen können, aber sobald Lady Overton auf Rothgar Abbey eintrifft und sich mit mir verlobt hat, werdet ihr wieder zusammen sein.« Er wurde wieder ernst. »Das bedeutet, dass du offiziell nicht die leibliche Mutter deines Kindes sein wirst, aber ...«

»Aber das macht mir überhaupt nichts aus. Brand, das ist eine wunderbare Lösung! Jetzt fange auch ich langsam an zu glauben, dass bei einem Malloren alles möglich ist. Wir werden dann alles haben, was wir uns nur wünschen könnten.«

»Vielleicht können wir noch mehr bekommen.«

»Wie bitte? Was könnte es denn noch mehr geben?«

Er weigerte sich jedoch, diese Frage zu beantworten. Er lud sie zu Tee und Kuchen ein, und während sie einander erzählten, wie es ihnen in der Zwischenzeit ergangen war, achteten sie darauf, dass sie sich nicht durch verliebte Blicke verrieten. Aber jetzt war endlich alles geklärt. Irgendwann würden sie ein normales Leben führen könnten. Das war ihre Zukunft.

Das würde wirklich genügen.

Es fiel Brand schwer, sich loszureißen und Harrogate wieder zu verlassen. Nach diesen schönen Stunden würden die Qualen nur noch schlimmer werden. Er würde geradezu erleichtert sein, wenn Rosa so weit weg war, dass sie nicht mehr in wenigen Stunden erreichbar wäre.

Sie würden sich dann aber auch keine Briefe mehr schreiben dürfen. In einem verschlafenen Nest würde es auffallen, wenn täglich ein Bote Nachrichten überbrachte, und niemand würde glauben, dass ein Lord so viel Interesse an seiner ehemaligen Mätresse zeigte, nicht einmal dann, wenn sie sein Kind unter dem Herzen trug. Bey machte jedoch einen Fuhrmann ausfindig, der regelmäßig durch Waltham Green fuhr und bereit war, Nachrichten zu überbringen und mitzunehmen. Soweit Brand wusste, arbeitete er bereits für seinen Bruder, indem er bei seinen Fahrten Informationen für ihn sammelte.

Auf diesem Wege erfuhr Brand, dass das Cottage, in dem Rosa wohnte, sehr gemütlich war, und wann sie zum ersten Mal das Baby in ihrem Bauch spürte, während er selbst Rosa darüber auf dem Laufenden hielt, wie er mit seiner Arbeit vorankam.

Aus reinem Übermut und weil die Dorfbewohner ohnehin von Rosamundes »adliger Entehrung« wussten, ließ er ihr eines Tages einen üppigen Korb mit Früchten aus den Treibhäusern von Rothgar Abbey liefern, dazu eine überreiche Auswahl an Blumen.

In ihrem nächsten Brief schalt sie ihn für das viel zu große Geschenk, und bald darauf war er selbst in Verlegenheit, als aus York drei Kübelpalmen angeliefert wurden. Sie waren so riesig, dass man sie nicht die Treppen der *Drei Fässer* hochtragen konnte, sondern in der Eingangshalle stehen lassen musste.

Brand amüsierte sich köstlich darüber, und seine Sehnsucht nach dieser spitzbübischen Rosa, in deren Bauch sein Kind heranwuchs, wurde noch größer. Es musste doch möglich sein, ihr einen Besuch abzustatten, ohne ihren Plan dabei zu ruinieren!

An einem feuchtkalten Wintertag ritt er nach Waltham Green und erkundigte sich nach dem Weg zum Pate's Cottage, das sich als ein schlichtes, aus grauem Stein erbautes Landhaus erwies. Der Garten war im Sommer vermutlich etwas farbenprächtiger gewesen, und er hätte es vorgezogen, wenn seine Liebste in einem nobleren Haus wohnte. In einer Villa. Oder gar in einem Palast.

Er lächelte. Rosa würde gar keinen Palast wollen. Er wusste, was Rosa wollte, und bemühte sich, es heimlich für sie zu bekommen. Alles, was sie sich wünschte.

Alles.

Während er sich die Handschuhe auszog, ging er auf die Haustür zu und klopfte an. Auf einmal hörte er hinter dem Haus ihre lachende Stimme.

Hatte sie etwa Besuch?

Eifersucht regte sich. Er ging ums Haus herum und blieb dann stehen, um sich an dem Anblick zu ergötzen: Rosa, seine Rosa mit einem hübschen runden Bäuchlein, zog lachend ein Wollknäuel hinter sich her, an dem ein verspieltes Kätzchen herumsprang. Sie war so sehr darin vertieft, dass er sich unbemerkt anschleichen und sie von hinten in die Arme nehmen konnte.

Sie schrie erschrocken auf und stieß dann atemlos hervor: »Brand!«

»Fall bloß nicht wieder in Ohnmacht!«, sagte er besorgt und schalt sich für seine ungestüme Begrüßung.

»Dann darfst du mich auch nicht hinterrücks überfallen!« Aber sie strahlte vor Freude über das Wiedersehen und hatte schon die Arme um seinen Hals geschlungen. »Was tust du denn hier? Ich dachte, wir dürften uns nicht ...«

Er gab ihr erst einen flüchtigen, dann einen intensiveren Kuss. Als ihm dabei bewusst wurde, dass sie im Freien waren, hielt er inne und trug sie bis ans Haus, wo sie vor etwaigen Blicken geschützt waren. »Selbstbeherrschung ist das eine«, sagte er, »ein verdammt langes Martyrium durchzustehen, schon etwas anderes. Wie geht es dir?«

Aber das konnte er ohnehin sehen. Eine vollkommene Frucht, und nun war sie wahrhaft reif.

»Gut. Sehr gut.« In ihren Augen schimmerten Tränen. »Es war eine so furchtbar lange Zeit ... Ich hatte keine Ahnung, wie es sein würde, wenn wir uns so lange nicht sehen.«

»Ich weiß.« Er ließ sie langsam wieder auf den Boden herunter, behielt sie aber in den Armen und musterte sie von Kopf bis Fuß. »Ich hätte mir gewünscht, ein Porträt von dir zu haben. Ich wäre schon froh gewesen, wenigstens diese verdammte Maske zu haben.«

Daraufhin schob sie die Hand in eine Tasche ihres Kleids und zog etwas heraus. Als sie es ihm hinhielt, erkannte er, dass es sich um eine Miniatur handelte, die ein Künstler vor fünf Jahren von ihm angefertigt hatte.

»Das hat mir Lord Rothgar überlassen. Er ist sehr freundlich gewesen, aber er macht mir manchmal immer noch Angst. Nicht, dass er mir dazu einen konkreten Anlass gegeben hätte. Es ist einfach seine Eigenart!«

»Ich weiß, mein Schatz. Aber er ist genau der Mann, den man sich herbeiwünscht, wenn man in Schwierigkeiten ist.«

»Nein, nicht ihn, sondern dich wünsche ich mir herbei.«

Er lächelte. »Nur zu wahr.« Er hielt sie ein Stück von sich weg und musterte jedes Detail an ihr – das leuchtend grüne Kleid und das braune Umschlagtuch, die beide zu ihrer gesunden Hautfarbe und ihrem glänzenden Haar passten. »Ich komme mir vor wie ein Ausgehungerter, der vor einem Festmahl sitzt. Einerseits möchte er es am liebsten gierig verschlingen, andererseits möchte er, dass es ewig hält.«

»Es wird auch ewig halten. Zumindest wenn wir das wollen.«

Er fand es verständlich, dass sie nach dieser langen Zeit Zweifel hegte. Er war froh, dass er gekommen war. Briefe genügten nicht. »Ich möchte, dass es ewig hält«, sagte er und rieb seine kühle Nase an ihrer. »Das Baby fühlt sich seltsam an. Wie ein Ball zwischen uns.«

»Ich hatte mehr Zeit als du, mich daran zu gewöhnen.« Sie ging ein paar Schritte zurück und zog ihn hinter sich her. »Komm rein ins Warme. Oder musst du erst noch dein Pferd versorgen?«

»Ich habe es beim Gasthof untergestellt.« Sie schlenderten Hand in Hand ins Haus, wo Millie dick eingemummelt in einem Sessel saß, aber gleich bereitwillig aufsprang, um ihnen Tee zu machen. Sie warteten in dem kleinen, schlichten Wohnzimmer, in dem überall Bücher und Handarbeiten herumlagen. Ihr Zimmer, von ihr gestaltet. Er nahm ein weißes Baumwolljäckchen in die Hand und fragte: »So klein wird das Baby sein?«

»Offenbar ja.« Mit einem verlegenen Lächeln legte sie die Hand auf den Bauch. »Es kommt mir allerdings jetzt schon größer vor.«

Es war seltsam, einfach nur dazusitzen und miteinander zu reden, obwohl er sie am liebsten ins Bett getragen und sie tagelang nicht aus seinen liebenden Armen gelassen hätte. Aber es war richtig so. Sie hatten nie ausdrücklich darüber gesprochen, aber er glaubte nicht, dass er sie falsch verstand. Sie würden warten.

Im Augenblick war er damit zufrieden, dass er sie betrachten und sie einander erzählen konnten, was sich in den letzten Monaten ihres Lebens ereignet hatte. In ihrem gesamten Leben. Sie wussten noch so wenig voneinander. Als die schwarz-weiße Katze auf seinen Schoß sprang, war er jedoch froh, wenigstens dieses Tier streicheln zu können.

Es genügte nicht! Nachdem sie ihren Tee getrunken hatten, schob er die Katze von seinem Schoß und streckte die Hand aus, in der Hoffnung, dass Rosa nicht zurückscheuen würde. Lächelnd kam sie zu ihm herüber und setzte sich auf seinen Schoß, schlang die Arme um seinen Hals und küsste ihn.

Herzen zerbrechen nicht, schon gar nicht vor Freude. Ihr erster richtiger Kuss, und er hätte hinterher weinen können vor Glück. Das genügte jetzt aber bestimmt erst einmal, vor allem, weil der Kuss endlos lang gewesen war. Auf einmal befreite sie sich aus seinen Armen und legte seine Hand auf ihren Bauch. Er spürte einen leichten Stoß.

»Bei Gott!«, rief er aus und strahlte sie an. »Das ist ja ein richtiges Wunder.«

Sie lachte und schüttelte den Kopf. »Und du bist ein richtiger Ackerbauer und Viehzüchter.«

»Meinetwegen, Bauernmagd. Ich werde an dich denken wie an eine Stute mit ihrem Fohlen.«

Sie lachten, küssten sich wieder leidenschaftlich und blieben dann eng umschlungen sitzen und genossen das bloße Beisammensein nach der endlos langen Trennung.

Er blieb jedoch nur bis zum nächsten Morgen und übernachtete zudem im Gasthof, denn er sollte eigentlich gar nicht hier sein. In den darauf folgenden Monaten arrangierten sie »zufällige« Begegnungen in benachbarten Städten. Und schrieben sich weiterhin Briefe.

Das Jahr verging und er sollte eigentlich zufrieden sein, aber er war es nicht. Manchmal machte ihm nicht einmal die Arbeit mehr Spaß und er hätte am liebsten alles stehen und liegen lassen, um mit Rosamunde zusammen zu sein. Doch er bekämpfte seine Ungeduld. Diesen Preis mussten sie einfach zahlen, um später eine wundervolle Zukunft zu haben.

Um alles zu bekommen.

Er begann allmählich zu hoffen, dass er ihr wirklich alles geben könnte und selbst alles bekommen könnte, was er sich wünschte. Wenn nur die Zeit schneller vergehen würde!

Er stürzte sich wieder in seine Arbeit und bereitete sich nebenbei auf die bevorstehenden Veränderungen vor. Schließlich erhielt er die Nachricht, auf die er ungeduldig gewartet hatte.

Das Ende und der Anfang.

Rosamunde sank in den Gebärstuhl zurück. Brand legte von hinten die Arme um sie. Trotz des Protests der Hebamme hatte er sich geweigert, dieser Frauensache fernzubleiben.

Sie war froh darüber und fand sogar die Kraft, sich über seine Nervosität lustig zu machen. »Entspanne dich«, stieß sie hervor. »Stute mit Fohlen. Erinnerst du dich?«

»Ich bin ja auch bei meinen Lieblingsstuten nervös.« Als

er ihr mit einem feuchten Tuch das Gesicht abwischte, setzte die nächste Wehe ein.

Nachdem sie sich davon erholt hatte, murmelte sie: »Ich bin also nur eine von vielen Lieblingen?«

»Genau«, sagte er und küsste sie auf die Wange. Die Seite mit der Narbe. Durch die Art, wie er das tat, waren die Narben in den letzten Monaten zu einem wahren Segen geworden.

Doch schon setzte die nächste Wehe ein, und ihr Körper krampfte sich vor Anstrengung zusammen.

»Aha!«, ließ sich die Hebamme vernehmen und lächelte sie an. »Das hätten wir!«

Rosamunde konnte es kaum fassen, als sie nach unten blickte und tatsächlich den dunklen, feuchten Kopf ihres Babys sah, ehe die nächste Wehe sie übermannte. Von der Anstrengung halb betäubt, spürte sie, wie das Baby herausglitt, und griff mit der Hand nach unten. »Mein Kind!«

Ehe sie es sich versah, war das Kind schon in ein Tuch gewickelt. »Eine Tochter«, sagte die Hebamme fröhlich und legte Rosamunde das Bündel in den Arm. Brand legte die Arme um sie beide und schmiegte den Kopf an ihren.

»Genauso hübsch wie die Mutter«, flüsterte er, wobei er den dunklen Haarflaum des Babys berührte und Rosamunde auf die Wange küsste. »War es genauso schrecklich, wie es ausgesehen hat?«

»Es war wunderbar«, murmelte sie, während sie ihre Tochter bestaunte und nicht fassen konnte, wie vollkommen alles an ihr war.

»Da machst du dir etwas vor, mein Schatz.«

»Nein. Die armen Männer sind zu bemitleiden, dass sie das nicht erleben können.«

Sie hörte seinem Lachen an, dass er ihr nicht glaubte, aber es stimmte. Gefährliche Ekstase, aber trotzdem Ekstase. Und etwas so Natürliches und Kraftvolles. Sie hatte das Gefühl, sie wäre stark genug, um zu kämpfen, zu fliehen oder ihr

Kind zu verteidigen, wenn in diesem Augenblick Feinde hereinstürzen würden.

Die Hebamme wies sie an, das Baby an die Brust zu legen, und schon verschlug es Rosamunde erneut den Atem. Schon wieder eine ganz neue Erfahrung. Nicht ganz angenehm, aber trotzdem befriedigend. Das Baby stimmte dem offensichtlich zu, denn es entspannte sich vor Zufriedenheit.

Nach einer Weile wurde Rosamunde gewaschen und umgebettet, und als sie schließlich in dem großen bequemen Bett lag, blickte sie Brand mit ernster Miene an. »Eigentlich hatten wir ja vereinbart, dass du das Baby jetzt wegbringen würdest.«

Er saß auf der Matratze, seine Ärmel waren immer noch aufgerollt, und das Haar fiel ihm in Strähnen herunter. Mit einem bitteren Lächeln sagte er: »Das habe ich geahnt. Du willst das Baby nicht einen einzigen Augenblick aus den Augen lassen.«

»Es tut mir leid, Brand. Ich bringe es einfach nicht fertig. Und«, fuhr sie fort, während sie das Baby anblickte und über seinen feinen Flaum strich, »ich möchte sie stillen. Die ganze Zeit. Es tut mir leid.« Tränen brannten in ihren Augen. Hatte sie nicht immer gewusst, dass sie es nicht schaffen würde?

Statt wütend zu werden, lachte er. »Nachdem ich das hier miterlebt habe, würde auch ich sie nicht zu Fremden geben. Ich werde mir eine andere Lösung ausdenken. Vertraust du mir?«

Sie konnte sich zwar immer noch nicht vorstellen, wie das funktionieren sollte, aber sie meinte es ernst, als sie sagte: »Immer. Und in jeder Hinsicht.« Sie begann beinahe schon an das Motto der Mallorens zu glauben.

Eine Woche später kam er mit einer Amme zurück. Als Rosamunde protestierte, schickte er die junge Frau in die Küche, damit sie dort wartete. »Ich verstehe dich ja, Liebes, aber du wirst nicht ständig bei Jenny sein können, und du möchtest doch, dass sie auch dann gestillt wird. Auch sonst brauchen wir auf jeden Fall eine zuverlässige Amme, und sei es nur, um den Schein zu wahren. Es darf niemand wissen, dass Jenny dein Kind ist, deshalb muss jemand sie stillen.«

Rosamunde wäre am liebsten zu ihrem Baby hinübergeeilt, das am Fenster in einer Wiege lag, um es zu beschützen. Sie wollte nicht, dass eine fremde Frau das Kind stillte.

»Vertraue mir, Rosa.«

Sie kämpfte mit sich und bezwang ihre widerstrebenden Gefühle. »Wie wird es weitergehen?«, fragte sie dann.

Erst als er lächelte, wurde ihr bewusst, dass er ihr angesehen hatte, wie sie mit sich rang. Sie streckte die Hand aus, und er trat an sie heran. »Wir werden im Großen und Ganzen so weitermachen wie bisher. Wir brauchen uns erst im letzten Augenblick zu trennen, damit es so aussieht, als träfe Jenny separat ein.«

»Kann man dieser Frau vertrauen?«

»Ich denke schon. Sie ist wirklich ein gutes Mädchen, das von ihrem Freund verlassen worden ist. Sie tut alles, um ihr Kind behalten zu können und sich einen Lebensunterhalt zu verdienen. Ich halte sie für ehrlich und intelligent.«

Vertraue ihm, ermahnte sie sich, und dann ließ sie es zu, dass er Edie Onslow, die Amme, wieder hereinbrachte. Das arme verschüchterte Ding war erst achtzehn, aber genau wie Rosamunde nicht bereit, sich unterkriegen zu lassen. Sie war sauber und sah gesund aus.

Wie Brand gesagt hatte, war sie intelligent und schien ehrlich zu sein. Immer noch verspürte Rosamunde den Drang, ihr Baby vor Fremden zu beschützen, aber sie musste es mit dem Mädchen versuchen.

Für Brand. Für sich selbst.

Für alles andere.

Tags darauf brachen sie als anonyme Familie mit Amme und Baby nach Rothgar Towers auf. Ein paar Meilen vor ihrem Ziel trennten sie sich, wobei Edie und ein Pferdeknecht mit den beiden Babys weiterreisten, während Brand und Rosamunde einen Umweg machten.

Rosamunde konnte nicht umhin, ihrem Kind angstvoll hinterherzusehen, als es mit den anderen verschwand. Brand nahm sie in die Arme. »Ich weiß, wie dir zumute ist, mein Schatz, aber vertraue mir. In ein paar Stunden werden wir alle wieder zusammen sein.«

Es verlief alles glatt, und kurz nachdem sie den herrschaftlichen Wohnsitz erreicht hatten, konnte sie Jenny schon wieder stillen. Es war jetzt sogar noch einfacher, sich dem Kind zu widmen, denn Rosamunde war nun mit Lord Brand Malloren verlobt und es war schließlich ihre Pflicht, mit seinem Kind vertraut zu werden.

Auch Brand und Rosamunde konnten sich jetzt öffentlich sehen lassen und Zeit miteinander verbringen, beschränkten sich aber stillschweigend auf Küsse. Innige Küsse. Sehnsuchtsvolle Berührungen, aber mehr noch nicht.

Als sie eines Abends auf der mondhellen Terrasse umherschlenderten, sagte sie: »Dein Plan scheint zu funktionieren, nicht wahr? Ich danke dir, Brand.«

Seine Finger schlangen sich um ihre. »Ich erbaue damit ja auch mein eigenes Paradies.«

»Alles«, murmelte sie.

»Noch mehr?«

Durch diese Worte in Erregung versetzt, lachte sie ihn an. »Hör auf damit!«

»Da ist wirklich nichts mehr, was du dir sonst noch wünschst?«

*Nach Hause zurückzukehren*, dachte sie, sprach es aber nicht laut aus. Das konnte sie nun wirklich nicht haben, weder Wenscote noch die Dales. Sie würde mit ihm und ihrem Kind hier im Süden leben, und das war mehr, als sie je für möglich gehalten hätte.

Dann rutschte ihr leise etwas heraus: »Hältst du es für möglich, dass wir bei meinen Eltern in Wensley heiraten?«

Es kam ihr unmäßig vor, das zu erbitten, aber er antwortete: »Wo sonst?«

»Aber Brand, das ist doch so weit weg. Eine drei- oder viertägige Reise! Nur für eine Hochzeit!«

»Nur? Wenn du es wünschst«, sagte er voller Überschwang, »können wir meinetwegen auch auf dem Mond heiraten!«

Sie blickte zu dem riesigen Vollmond auf. »Das ist selbst für einen Malloren unmöglich, du törichter Mann.«

»Hmm. Soll das eine Herausforderung sein?«

Sie zog sein Gesicht zu ihrem herab. »Ich liebe dich auch ohne Mond. Alles, was ich mir wünsche, ist, dich in der Kirche von Wensley zu heiraten, im Kreis meiner Familie.«

Und das würde dann wirklich genügen. Zu Besuch dorthin zu fahren. Ihre Familie wiederzusehen. Ihnen Jenny vorzustellen. Und dann würde sie sich an dieses seltsame Leben in Südengland gewöhnen.

Seltsam.

Beängstigend.

Eine kleine bedrohliche Wolke an ihrem Horizont.

Ihre erste Feuerprobe war der Verlobungsball gewesen. Brand hatte gesagt, sie brauchten kein pompöses Fest zu feiern, wenn sie das nicht wollte, aber sie war entschlossen, sich seinem Leben anzupassen. Geschminkt, gepudert und in einem prachtvollen Seidenkleid hatte sie der Feier mutig ins Auge gesehen und sie überstanden, mit Brand an ihrer Seite.

Mit Brand an ihrer Seite würde sie alles überstehen.

Während nun Tage mit kleineren Feiern mit Nachbarn und Pächtern folgten, beruhigten sich ihre Nerven, und sie war froh, sich der Herausforderung gestellt zu haben. Sie konnte es schaffen. Sie war imstande, dieses Leben zu führen, und außerdem unterschieden sich Menschen vom Lande gar nicht so sehr voneinander, mochten sie nun aus Südengland oder aus Nordengland sein.

Morgen jedoch würden sie nach London fahren. Es war

offenbar unverzichtbar, dass sie dem König und der Königin im Gemach der Königin vorgestellt wurde. Diesmal hatte sie keine Wahl. Sie hatten begonnen, sich auf der Bühne der Welt zu präsentieren, und offenbar gehörte dieser Auftritt unabdingbar hinzu.

»Dem König ist das doch völlig egal!«, rief sie eine Woche später entrüstet aus, als sie in ihrem lächerlichen Aufzug vor dem Spiegel stand. »Wozu muss ich zweieinhalb Meter breite Reifröcke tragen?«

Brand, der ebenfalls ungewöhnlich herausgeputzt war, beruhigte sie, geduldig wie immer. »Das Hofprotokoll muss nun einmal unbedingt eingehalten werden. Kopf hoch, Rosa. Es sind nur der König und die Königin.«

Sie starrte ihn ungläubig an, doch auf einmal hatte sie das Gefühl, dass sie es schaffen würde. Es brauchte ihr nicht zu gefallen, aber sie würde es überstehen. Mit erhobenem Kopf begleitete sie Brand in das prächtige Gemach und bewerkstelligte einen perfekten Hofknicks.

Na also. Geschafft. Doch anstatt zur nächsten Person weiterzugehen, blieb der König vor ihnen stehen und sprach mit Brand über landwirtschaftliche Dinge. Noch schlimmer war, dass er anschließend ihr selbst Fragen über Yorkshire, über ihr Gestüt und sogar über ihren Vetter stellte. Sie hatte zwar gehört, dass er stets an Neuigkeiten interessiert war, aber sie fühlte sich wie eine Gefangene beim Verhör.

Sie warf dem Marquis einen wütenden Blick zu, denn sie wusste genau, wer den König auf ihre Interessen aufmerksam gemacht hatte. Der Marquis erwiderte ihren Blick lediglich mit einer galanten Verbeugung. Während sie eine Frage des Königs über das nordenglische Klima beantwortete, musste sie an das Zimmermädchen Gertie denken und konnte nur mit Mühe ein Kichern unterdrücken. *Er kennt den König so gut wie ich Mr Baines, den Metzger!* Das traf eindeutig zu. Der junge König behandelte Lord Rothgar wie einen seiner engsten Vertrauten und Brand wie einen Familienangehörigen.

Nachdem sie den Drang zu kichern erfolgreich unterdrückt hatte, stieg auf einmal Panik in ihr auf. Sie würde es doch nicht schaffen. Sie konnte nicht so leben, konnte sich nicht mit dem König unterhalten, in lächerlichen Kleidern etliche Stunden in stickigen, von Parfüm geschwängerten Räumen verbringen, in einer Atmosphäre der Künstlichkeit und unter dem Druck des Protokolls.

Das besorgte Gesicht des Königs begann vor ihren Augen zu verschwimmen.

Als sie wieder zu sich kam, lag sie in einem Vorzimmer auf einer Chaiselongue, ihre albernen Reifröcke ragten in alle Richtungen und Brand kauerte neben ihr. »Alles in Ordnung? Mach dir keine Gedanken, es ist nicht ungewöhnlich, dass jemand in diesen verdammten Gemächern in Ohnmacht fällt.«

Aber fielen auch anderen Frauen nur deshalb in Ohnmacht, weil sie schreckliche Angst hatten, dass manches einfach unmöglich war, selbst wenn sie es für den Mann zu tun bereit waren, den sie über alles liebten?

»Was ist mit dir, Rosa?« Es kam ihr seltsam vor, wie er da in goldglänzendem, mit Juwelen besetztem Brokat neben ihr kauerte.

*Ich möchte nach Hause, es gefällt mir hier nicht.*

Einen Augenblick später wurde Rosamunde zu ihrem Entsetzen bewusst, dass sie diese Worte laut ausgesprochen hatte.

»Nach Hause?«, sagte er mit erstaunlicher Gelassenheit. »In die Dales? Nach Wenscote?«

»Wenscote ist nicht mehr mein Zuhause.«

Er ergriff ihre Hand. »Es ist möglich, Rosa. Ich kann das Gut für uns pachten, wenn du das möchtest.«

Sie rappelte sich auf. »Pachten? Was? Wieso?«

»Wieso? Weil es so herrlich ist. Dr. Nantwich hat sich mit

seiner Entscheidung verdammt lang Zeit gelassen. Ich glaube, es hätte ihm durchaus gefallen, den Gutsherren zu spielen. Seine Frau weigert sich jedoch strikt, ihre Familie zu verlassen und das zivilisierte Leben in Scarborough aufzugeben, und hat ihn schließlich umgestimmt. Ich habe heute seinen Brief bekommen.«

»Aber was hast du davon, Wenscote zu pachten? Du hast hier im Süden zwei schöne Landgüter. Wir werden auf einem von ihnen leben.«

»Nur, wenn du es wirklich willst. Für mich sind es lediglich Investitionen gewesen. Ich habe ein Zigeunerleben geführt, bin von Ort zu Ort gereist. Ich wäre glücklich, wenn ich mich auf Wenscote niederlassen und endlich Wurzeln schlagen könnte.«

Sie schüttelte den Kopf. »Nein! Ich möchte nicht, dass du ein weiteres Opfer bringst. Wir werden dort leben, wo du es möchtest. Das hier« – sie deutete um sich – »das hier ist deine Welt.«

Er brach in Gelächter aus. »O Liebes, es tut mir leid, aber sogar Bey hätte bei deinen Worten lauthals aufgelacht. Ich habe dieses ganze Theater hier immer gehasst.« Er ergriff ihre beiden Hände. »Ich fühle mich in Wensleydale sehr wohl. Ich habe mich auf den ersten Blick in Wenscote verliebt. Vielleicht können wir die Verfügung irgendwann ändern und das Gut kaufen. Wenn nicht, können wir dort viele Jahre lang leben. Ich möchte es. Vertraust du mir?«

Tränen rannen über ihr Gesicht. Sie sah bestimmt unmöglich aus, völlig verschmiert. »Ich weiß nicht, ob ich das annehmen kann. Du bist zu großzügig. Du kannst doch nicht wirklich in den abgeschiedenen Dales leben wollen. Was ist mit deiner Arbeit?«

»Ich habe neue Leute eingestellt. Ich werde mich weiterhin um alles kümmern und ein bisschen herumreisen, aber ich bin dieses Leben leid. Ich sage dir die Wahrheit. Ich möchte Wurzeln schlagen. Auf Wenscote. Du hast mal von der spontanen Liebe gesprochen. Genauso war es für mich, bevor ich überhaupt wusste, dass Wenscote dein Zuhause ist. Ich kam dort an, sah mich um und war verliebt.«

»Ich verstehe«, sagte sie und versuchte, es nachzuvollziehen. »Du wolltest mich also nur wegen meines Gartens!«

»Und wegen deines Gestüts, deines Landes, deiner Schafe und immer und immer wieder wegen dir.«

Während sie suchend in sein Gesicht blickte, flüsterte sie: »Es ist so wunderbar und vollkommen, dass es einfach nicht wahr sein kann.«

»Na, habe ich nicht gesagt, wir bekommen alles?«

Ihr Herz schmerzte, allerdings vor Freude. »Ja. Alles.« Sie legte ihre zitternde Hand an seine Wange. »Ich danke dir.«

Er küsste die Innenfläche ihrer Hand. »Etwas fehlt noch zu unserem Glück. Aber das, mein Herz, werden wir in unserer Hochzeitsnacht bekommen.«

# Epilog

Lord und Lady Brand Malloren verließen die Hochzeitsgesellschaft und ritten talaufwärts nach Wenscote. Sie unterhielten sich lachend über die seltsame Mischung von wettergegerbten Landbewohnern aus den Dales und parfümierten Südengländern und darüber, wie gut sich alle benahmen.

Rosamunde konnte es kaum fassen, dass alles so harmonisch verlaufen war.

Sie waren mit einer riesigen Kavalkade, zehn Kutschen mitsamt berittener Eskorte, nach Nordengland gereist, denn der gesamte Malloren-Clan – bis auf Lord Cynric und seine Frau, die gerade in Kanada waren – wollte an der Hochzeit teilnehmen. Darunter befanden sich auch sechs Kinder – ihre Jenny eingeschlossen –, zahlreiche Hunde und sogar zwei Stallhasen, weshalb Rosamunde annahm, dass so mancher Gasthofbesitzer froh war, wenn die Meute wieder aufbrach.

Aber vielleicht täuschte sie sich auch, denn der Marquis pflegte guten Service großzügig zu bezahlen. Bei jedem geplanten Zwischenstopp wurden Dienstboten vorausgeschickt, sodass die Zimmer bei ihrer Ankunft immer schon perfekt vorbereitet waren, mitsamt ihren eigenen Bettdecken und Kissen.

Einmal hatte Rosamunde kichern müssen, als sie an ihren gefangenen Liebhaber dachte, den sie für einen ganz normalen Mann gehalten hatte. Das Kichern war auch ihrer Nervosität zuzuschreiben. Was würden die Bewohner von Wensleydale von all dem halten? Verglichen damit musste der erste Aufenthalt des Marquis im Nachhinein wie ein zwangloser Besuch wirken!

Die Bewohner von Wensleydale hatten mit alldem natürlich keinerlei Probleme, und bei der Trauung in der Kirche von Wensley waren am Vormittag nur strahlende Gesichter zu sehen gewesen. Genauso war es während ihres anschließenden Ritts das Tal hinauf, bei dem sie den Kindern am Wegesrand Pennys zuwarfen, und bei der fröhlichen Feier, die sie gerade verlassen hatten.

Und dies war nun die letzte Etappe ihrer langen Reise. Der kurze Ritt nach Wenscote. Tränen rannen Rosamunde über die Wangen, als sie feststellte, wie wenig sich hier verändert hatte. Der Garten war ein bisschen verwildert und das Geißblatt drohte die Eingangstür zu überwuchern, aber sie war in Wenscote. Zu Hause.

Sie warf Brand einen unsicheren Blick zu und fragte sich immer noch, ob er dies wirklich so wollte. Sein Lächeln überzeugte sie. Nun hatten sie alles, was sie sich erwünscht hatten.

Fast alles.

Heute Nacht.

Sie gingen zunächst ins Kinderzimmer, in dem Jenny lag und mit ihren Zehen spielte, während ein Sonnenstrahl durchs Fenster fiel. Beim Klang ihrer Stimmen strahlte sie und streckte die Ärmchen in die Höhe. Brand hob sie hoch, wobei sie einen kleinen Jauchzer ausstieß, und reichte sie dann an Rosamunde weiter, die das Kind stillen wollte. Edie ging leise hinaus.

Wie so häufig sah Brand auch jetzt wieder beim Stillen zu und ließ das Baby seinen Finger umklammern, während es saugte. Häusliches Glück, aber heute, inmitten der lieblichen Musik von Wenscote, war es geradezu das Paradies.

Endlich waren sie zu Hause.

»Das ist ein hübsches Kinderzimmer«, sagte Rosamunde, als sie sich zum ersten Mal in dem Raum mit den weiß getünchten Wänden und den weißen Vorhängen mit den gelben Blumen umsah.

»Für dich und Jenny.«

»Dein Werk?«

»Zumindest meine Anweisungen. Von wem denn sonst?« Schon beim Betreten des Hauses waren Rosamunde einige kleine Veränderungen aufgefallen. Er war wirklich ein erstaunlicher Mann.

Als das Baby satt war, nahmen sie es mit, um ihm bei einem Gang durch das Gebäude sein neues Zuhause zu zeigen. Danach schlenderten sie hinaus, um das Gut zu inspizieren, und stellten fest, dass zwei neue Fohlen zur Welt gekommen waren und das Getreide schon hoch stand. Mittlerweile an ihre gemeinsame Begeisterung für Dinge, die viele Menschen langweilig finden, gewöhnt, begutachteten und inspizierten sie alles und berieten sich, was verbessert werden und was unverändert bleiben sollte.

Immer wieder blieben sie an einem Zaun oder an einer Hecke stehen, um sich zu küssen, allerdings wegen des Babys immer nur flüchtig.

Vielleicht hatten sie die Kleine bewusst mitgenommen, um sich beherrschen zu müssen, geradezu, als wollten sie die Vorfreude noch in die Länge ziehen.

Vielleicht war es auch Nervosität.

Bei Rosamunde war das eindeutig der Fall. Sie hatten bisher noch so wenig Zeit füreinander gehabt, und selbst das war schon so lange her. Außerdem war ihr Körper von der Schwangerschaft immer noch ein bisschen schlaff und aufgedunsen. Aus ihren Brüsten kamen gelegentlich kleine Tropfen Milch …

Als die Sonne schließlich unterzugehen begann und Jenny in Brands Armen eingeschlafen war, schlenderten sie zurück. Das ist vollkommene Glückseligkeit, dachte sie – Wenscote am Abend, dazu Brand und ihr winziges Baby, geborgen in seinem Arm.

Sie übergaben Jenny Edies Obhut und gingen endlich zum Schlafzimmer hinüber. Rosamunde hatte befürchtet, dass es sie zu sehr an die Vergangenheit erinnern würde, doch es stand ein nagelneues Bett darin, und auf dem Boden lag ein schwerer chinesischer Teppich, in dessen leuchtenden Farben sich die Abendsonne spiegelte.

Es war mehr als genug.

»Nun, Mylord«, sagte sie, indem sie ihren ganzen Mut zusammennahm, sich aber fast eine Maske herbeiwünschte, »jetzt habt Ihr mich endlich in Eurer Gewalt. Was befehlt Ihr?«

Er nahm ihre Hand und küsste sie auf den Ehering, den er ihr erst vor wenigen Stunden übergestreift hatte. »Natürlich alles.« Er strich über ihre Narben, dann küsste er sie. »Danke.«

Er hatte sie gebeten, ohne Schminke zu heiraten. »Ohne Maske«, so hatte er sich ausgedrückt. Es war eigentlich gar nicht schwierig gewesen. Die Schminke hatte sie gebraucht, als ihr Mut noch nicht groß genug gewesen war, um ihre Narben offen zu zeigen, doch jetzt hatte sie damit keine Probleme mehr.

Er küsste sie auf den Mund. Sie sanken auf eine Chaiselongue und küssten sich, wie sie sich in letzter Zeit immer geküsst hatten: als ob es nichts weiter als Küsse gäbe und man sie deshalb voll auskosten musste.

Alle Ängste und alle Zweifel fielen von Rosamunde ab.

Er war geschickt darin, eine Dame zu entkleiden, und bewies es nun auch. Sie hatte wenig Übung mit Männerkleidern, lernte jedoch begeistert dazu. Dass sie immer wieder ins Stocken geriet, lag nur an ihrer Freude an seinem schönen Körper, der nach und nach zum Vorschein kam. Wenig später waren sie beide nackt und standen einander Hand in Hand in den warmen Schatten der untergehenden Sonne gegenüber.

Sie war atemlos vor Verlangen, das wie ein Hitzeflimmern im Zimmer vibrierte.

»Habe ich dir schon einmal gesagt«, sagte er nervös, »wie dankbar ich dir bin, dass du mir das Leben gerettet hast?« Ehe sie antworten konnte, fügte er hinzu: »Ich bin sicher, dass ich noch nicht einmal angefangen habe, meine Schuld abzuzahlen. Nein, nein« – er nahm sie in die Arme und küsste sie auf beide Brüste – »kein Widerspruch, liebe Lady. Ich bestehe darauf.«

Er legte sie auf das kühle, nach Blumen duftende Laken und schob eine Hand besitzergreifend zwischen ihre Beine. »Ich bestehe darauf, meine Schulden vollständig abzuzahlen. Das dauert vielleicht ein ganzes Leben lang, aber ich bestehe darauf.«

»Widerspreche ich etwa?« Als der Druck seiner Hand intensiver zu werden begann, schnappte Rosamunde nach Luft und streckte die Hand nach ihm aus. »Jetzt haben wir wirklich alles. Komm zu mir.«

Seine Lippen strichen von ihrem Auge über die Wange bis zu ihrem Mund und verschlossen ihn, während er ihre Beine sachte spreizte und sich auf sie schob. Ganz langsam glitt er in sie hinein. Dann hielt er inne, hob den Kopf und sah ihr lächelnd in die Augen.

»Wirklich alles«, wiederholte er. Doch dann fügte er mit schalkhaftem Zwinkern hinzu: »Oder willst du noch mehr?«

# Anmerkung der Autorin

Eines vorweg: Die Cotteriten habe ich erfunden. Sie passen jedoch in die Zeit um 1760.

Warnung: Es folgt ein bisschen Geschichtsunterricht!

Infolge der absolutistischen Regentschaft König Karls I. brach im Jahre 1642 ein Bürgerkrieg aus. Die Gegner des Königs setzten sich aus verschiedenen religiös und politisch bunt gemischten Gruppierungen zusammen. Einigen von ihnen ging es hauptsächlich darum, die Macht des Königs durch ein starkes Parlament einzuschränken, andere wollten die Anglikanische Kirche schwächen, um alternative Formen des Protestantismus, wie zum Beispiel die Presbyterianische Kirche, zu stärken. Alle Gegner des Königs einte jedoch die Furcht, dass Karl versuchen könnte, den Römischen Katholizismus wieder einzuführen. Man erinnerte sich noch mit Schrecken daran, wie Mary Tudor Protestanten auf dem Scheiterhaufen verbrannt hatte.

Als Karl gestürzt wurde, zerbrach auch die Anglikanische Kirche, und zahlreiche Sekten entstanden. Die Leveller (»Gleichmacher«) waren radikale Republikaner. Die Digger lehnten Privateigentum ab und führten eine Bodenenteignung durch. Die Anhänger der Fünften Monarchie glaubten, das Königreich Christi stehe unmittelbar bevor. Die Muggletonianer hielten ihren Führer für göttlich. Die Ranter frönten sexueller Freiheit und Gotteslästerung.

Die Regierungsgewalt lag jetzt jedoch in den Händen der Puritaner.

Die Begriffe Puritaner und Quäker werden oft gleichbedeutend verwendet, doch genau genommen handelte es sich bei den Puritanern um eine extreme religiöse Bewegung während des Bürgerkriegs und der darauf folgenden Regierungszeit Oliver Cromwells. Die Quäker hingegen waren und sind eine pazifistische Gemeinschaft, die sogar zeitweise von der puritanischen Regierung, dem »Commonwealth der Heiligen«, verfolgt wurde.

Die Herrschaft von strengen, selbst ernannten Heiligen war erwartungsgemäß unpopulär, umso mehr als Cromwell das Kriegsrecht ausrief. Nach Cromwells Tod zerfiel die Republik wieder, und der Sohn Karls I. wurde eingeladen – regelrecht angefleht! –, auf den Thron zurückzukehren. Mit Karl II. folgte dann die Zeit der Restauration (1660 bis 1685) mit einer Fülle an Festen und Feiern als Reaktion auf das strenge Regime der Puritaner. Es war aber auch eine Periode des Wohlstands, in der Künste und Wissenschaften, Industrie und Handel aufblühten.

Gegen 1762 wurden die Folgen des exzessiven Lebens allmählich sichtbar. Der Gin, der im Jahre 1690 auf den Markt gekommen und zunächst noch sehr billig gewesen war, hatte viele Menschenleben zerstört (siehe William Hogarths Kupferstich »Gin Lane«). Nach vielen Versuchen, den Alkoholkonsum einzudämmen, wurden 1756 hohe Steuern eingeführt, woraufhin sich die Lage zu verbessern begann. Bereits 1754 waren die chaotischen Ehegesetze geändert worden, um unüberlegten Eheschließungen und Bigamie vorzubeugen.

Das Leben war jedoch immer noch in vielerlei Hinsicht zügellos, so dass eine Gegenbewegung entstand mit dem Ziel einer nüchternen, rechtschaffenen Lebensführung. Seit 1740 taten sich hierin auch die Brüder Wesley hervor. Die Yorkshire Dales, besonders die Bergbaugebiete, wurden zu methodistischen Hochburgen.

Folglich passt die von mir erfundene »Neue Glaubensgemeinschaft« in den historischen Hintergrund und zu den damaligen Bewegungen, wenn sie auch nie wirklich existiert hat. Hätte sie das, hätte Georg III., eingedenk des Schicksals seines Vorfahren Karl I., sicherlich seine graue Eminenz, den Marquis von Rothgar, entsandt, um Nachforschungen darüber anzustellen.

Nebenbei war diese Periode auch eine Zeit der landwirtschaftlichen Revolution, in der sich die Landnutzung in England veränderte und das Land so geformt wurde, wie wir es heute kennen. Obwohl ich selbst in Nordengland aufgewachsen und oft in den Dales gewesen bin, war ich überrascht, als ich erfuhr, dass die vertrauten Steinmauern nicht uralt sind, sondern erst Mitte des achtzehnten Jahrhunderts im Zuge der Bodenreform und der Neuordnung des Landes errichtet wurden.

Ich liebe es, Neues dazuzulernen. Während meiner Arbeit an diesem Buch habe ich eine Menge über Kaltblüter, Entwässerungsgräben, Getreidearten und Tierzucht erfahren. Wie Sie – vermutlich zu Ihrer Erleichterung! – feststellen werden, ist in diesem Buch davon nicht viel enthalten. Das ist auch gut so. Ich brauchte dieses Hintergrundwissen, um es in die Köpfe meiner Charaktere einpflanzen zu können.

Im Zuge meiner Recherchen habe ich sogar eine Reise nach England unternommen, denn nachdem ich ein paar Szenen eingebaut hatte, die sich im Gasthof *Three Tuns* (Drei Fässer) in Thirsk abspielten, fand ich heraus, dass dieser Gasthof tatsächlich noch existiert. Ich musste einfach dorthin, und es hat bestimmt nicht geschadet, Wensleydale mit aufmerksamem Blick zu durchstreifen.

Arradale basiert sehr vage auf einem Herrensitz namens Bolton House in Wensleydale. Auf den dahinter aufragenden Hügeln steht das alte Bolton Castle. Bis auf die Burg und die Umgebung ist jedoch alles Fiktion, sowohl der Stil des Hauses als auch die Familiengeschichte und alles andere.

Thirsk hat mir sehr gut gefallen. Sollten Sie einmal nach England reisen, kann ich Ihnen einen Besuch dort nur empfehlen. Es ist eine kleine Marktstadt, die allerdings etwas überlaufen ist, weil sich dort auch die tierärztliche Praxis des

Schriftstellers befand, der seine Bücher unter dem Namen James Herriot veröffentlichte. Der Gasthof *Three Tuns* steht an dem hübschen Marktplatz, der Kutschenhof existiert immer noch und die Stallungen werden jetzt als Lagerschuppen und Garagen genutzt.

Man kann sogar im *Three Tuns* übernachten. Die Zimmer sind nicht besonders teuer. Oder man kann in dem mit dunkler Eiche getäfelten Pub etwas essen oder trinken. Oder in dem Raum, den ich als Gästesalon bezeichnet habe, Tee trinken. Man kann sich auch einfach nur an den Fuß der Treppe stellen und sich Rosamunde vorstellen, wie sie Kraft zu sammeln versucht, um nach oben zu gelangen.

Wer an georgianischem Flair interessiert ist, dem empfehle ich, ins Nachbardorf Sowerby zu wandern oder zu fahren, wo es noch eine schöne, gut erhaltene Straße mit georgianischen Häusern gibt. Während meines Besuchs blühten auf den Grünstreifen unter den Bäumen gerade die Narzissen. Diese Grünstreifen trennen die Fahrbahn vom Bürgersteig ab, der an einer langen Reihe georgianischer Häuser entlangführt. Man braucht gewiss nicht zu befürchten, dass man von vorbeifahrenden Kutschen bespritzt wird!

Es fiel mir nicht schwer, mir Rosamunde und Brand beim Spaziergang an einem lieblichen Abend in Thirsk vorzustellen, vielleicht begleitet von einigen glücklichen Kindern, die auf dem Grasstreifen neben ihnen herumtollen.

Deutsche Erstausgabe 2006
Weltbild Buchverlag –Originalausgaben–

Verlagsgruppe Weltbild GmbH, Steinerne Furt, 86167 Augsburg
2. Auflage 2008


Projektleitung: Almut Seikel
Redaktion: Dr. Gisela Hack-Molitor
Übersetzung: Johanna Lauris
Umschlag: Hauptmann & Kompanie Werbeagentur GmbH, München
Umschlagabbildung: © Donald Case via Agentur Schlück GmbH, Garbsen
Satz: avak Publikationsdesign, München
Druck und Bindung: GGP Media GmbH Pößneck

Gedruckt auf chlorfrei gebleichtem Papier

Printed in the EU

ISBN 978-3-89897-410-3